Das Buch

Daniel Panetta, 52, ist glücklich verheiratet, und sein Beruf als Leiter der öffentlichen Bibliotheken Washingtons füllt ihn aus. Doch eine Diagnose verändert alles: Daniel hat gravierende Herzprobleme! Sein Arzt teilt ihm mit, daß er wohl nicht mehr als 200 Tage überstehen werde – wenn er kein neues Herz bekommt. Eine lange, zermürbende Zeit des Wartens beginnt, ein Leben auf Abruf. Dann die ersehnte Nachricht: Man hat endlich ein geeignetes Spenderherz gefunden! Die Transplantation ist erfolgreich, und Daniel fühlt sich bald wie neugeboren. Nun wüßte er gerne, von wem das neue Herz stammt, doch die Ärzte dürfen oder wollen es ihm nicht sagen. Aber die Frage läßt Daniel keine Ruhe, und hartnäckig bohrt er weiter, bis er schließlich erfährt, daß es einem 18jährigen verunglückten Motorradfahrer gehört haben soll. Daniel zweifelt daran; er vermutet, ein grausamer Doppelmörder, der auf der Flucht zu Tode kam, müsse der unfreiwillige Spender sein. Eine Reihe von Indizien deutet darauf hin. Nicht zuletzt ein undefinierbares Gefühl der Verbundenheit dem Verbrecher gegenüber …

Die Autorin

Brigitte Blobel, 1942 in Hamburg geboren und aufgewachsen, studierte Theaterwissenschaft und Politik. Neben ihren Bestsellerromanen schreibt sie Jugendbücher, die mehrfach ausgezeichnet und in 14 Sprachen übersetzt wurden, sowie Drehbücher für Film und Fernsehen. Brigitte Blobel gehört zu den erfolgreichsten Schriftstellerinnen Deutschlands.

In unserem Hause sind von Brigitte Blobel bereits erschienen:

Die dunklen Wasser der Trägheit
Die Kolumbianerin
Die Liebenden von Son Rafal
Der Ruf des Falken

Brigitte Blobel

Mörderherz

Roman

Ullstein

Besuchen Sie uns im Internet:
www.ullstein-taschenbuch.de

Umwelthinweis:
Dieses Buch wurde auf chlor- und säurefreiem Papier gedruckt.

Ungekürzte Ausgabe im Ullstein Taschenbuch
1. Auflage Mai 2005

Umschlaggestaltung: Büro Hamburg
Titelabbildung: © gettyimages/botanica/Charles Krebs
Druck und Bindearbeiten: Ebner & Spiegel, Ulm
Printed in Germany
ISBN-13: 978-3-548-26255-0
ISBN-10: 3-548-26255-4

MÖRDER HERZ

Für Tatjana

TONBANDABSCHRIFT DER TRANSPLANTATIONS–KONFERENZ VOM 27. JUNI 1998

Teilnehmer: Vorsitzender Peter Hershberger, Prof. Ronald Kirklin, Prof. Dr. Bob Grady, Prof. Kathleen Sheehan, Dr. Kenneth Dwight-Williams.

Peter Hershberger:
Kollege Grady *möchte* noch einen dringenden Fall vortragen.

Ronald Kirklin:
Hat das nicht bis nächste Woche Zeit, Bob?

Bob Grady:
Nächste Woche bin ich auf dem Kardiologen-Kongreß in Phoenix.

Kenneth Dwight-Williams:
Ich will mit meiner Frau ins Reisebüro, den Urlaubsflug buchen.

Bob Grady:
Und du denkst, daß alle Flüge ausgebucht sind, wenn ihr nur eine halbe Stunde später kommt?

Peter Hershberger:
Bob, je eher du anfängst, desto eher sind wir damit durch.

Bob Grady:
Okay, an mir liegt's nicht.

Kathleen Sheehan:
Kann jemand vielleicht die Klimaanlage etwas runterstellen? Es ist verdammt heiß hier drinnen.

Kenneth Dwight-Williams:
Hast du es schon mal mit Östrogenen versucht?

Kathleen Sheehan:
Was willst du damit sagen? Daß ich in die Menopause komme? Ich bin dreiundvierzig, Kenneth!

Peter Hershberger:
Und siehst keinen Tag älter aus, Kathy.
Kathleen Sheehan:
Wenn ich nicht das ganze Wochenende Notdienst gehabt hätte, sähe ich zehn Jahre jünger aus, als ich wirklich bin. Frag den neuen Assi. Der hat mich auf Mitte Dreißig geschätzt.
Peter Hershberger:
Können wir zurückkommen zum Thema, bitte? Ich hab um 14.00 Uhr Visite. Dein Fall, Bob.
Bob Grady:
Myocard-Insuffizienz im finalen Stadium. Ich hab die Unterlagen für euch kopiert, vielleicht gebt ihr sie mal rum.
Kathleen Sheehan:
Warum tut mir eigentlich keiner den Gefallen und dreht die Klimaanlage runter?
Peter Hershberger:
Marilyn, kümmern Sie sich darum? Bob, mach weiter.
Bob Grady:
Vor zwei Wochen wurde mir vom Medical Center D.C., Foggy Bottom, der Fall Daniel Panetta überwiesen. Panetta leidet an therapierefaktärer Herzinsuffizienz, die linke Herzkammer ist bereits vollkommen dilatiert, 90 Prozent funktionsunfähig. Die rechte zeigt deutliche Dekompensationserscheinungen. Panetta hat starke Schmerzen, kombiniert mit Angstzuständen bei Atemnot, oft akutem Sauerstoffmangel.
Peter Hershberger:
Was würdest du sagen, welches Stadium?
Bob Grady:
Zwischen drei und vier.
Peter Hershberger:
Mit welcher Prognose?

Bob Grady:
Sehr ungünstig. In den letzten zwei Monaten hat sich, den Berichten zufolge, sein Zustand um 100 Prozent verschlechtert. Nach allem, was ich bis jetzt herausgefunden habe, hält Panetta das psychisch noch weniger durch als physisch. Er faßt sich immerzu ans Herz, als wolle er kontrollieren, ob es noch schlägt. Das hat was Zwanghaftes. Er kann sich kaum auf ein Gespräch konzentrieren, nicht einmal, wenn es sich um seine Krankheit dreht. Er ist besessen von der Angst, daß er jeden Augenblick sterben könnte. Daß sein Herz einfach aussetzt.

Kathleen Sheehan:
Verstehe.

Kenneth Dwight-Williams:
Klar, das hat unsere Kathy auch gedacht, als der neue Assi im Klinikeingang fast mit ihr zusammenstieß. Der Mann sieht aus wie Humphrey Bogart, was?

Kathleen Sheehan:
Du bist ein Arschloch, Kenneth.

Peter Hershberger:
Ich sehe hier, Bob, daß dein Patient Panetta schon zweiundfünfzig ist.

Bob Grady:
Ich weiß.

Peter Hershberger:
Wir waren uns in dieser Runde einig, daß fünfzig das Limit sein sollte für Herztransplantationen. Wir warten immer noch auf die Auswertung der letzten Untersuchungen über die Lebensqualität nach Herztransplantationen bei Patienten über fünfundfünfzig.

Bob Grady:
Panetta ist zweiundfünfzig, Peter. So alt wie du, wenn ich mich nicht irre.

Peter Hershberger:
Mein Herz ist das einzige an mir, worauf ich stolz sein kann, vom medizinischen Standpunkt gesehen.
Kathleen Sheehan:
Wie ist seine familiäre Situation?
Bob Grady:
Verheiratet. Stabile Ehe, wie es scheint, Panetta spricht mit Zärtlichkeit von seiner Frau.
Kenneth Dwight-Williams:
Kinder?
Bob Grady:
Keine.
Kenneth Dwight-Williams:
Was glaubst du, ist der Grund?
Bob Grady:
Ich denke, die beiden waren eine Weile so mit ihrer Karriere beschäftigt, daß sie's darüber verpaßt haben. Irgendwann war es zu spät – seine Frau ist Mitte Vierzig, glaube ich. Bisher ist er zu den Untersuchungen immer allein gekommen. Aber lange wird er das nicht mehr schaffen.
Kathleen Sheehan:
Was für eine Karriere haben die beiden denn gemacht?
Bob Grady:
Panetta ist Leiter der öffentlichen Bibliotheken von D.C. Er kümmert sich um die Events, wenn ich das richtig verstanden habe.
Peter Hershberger:
Klär mich mal auf. Was sind Events in öffentlichen Bibliotheken?
Bob Grady:
Na, ich denke mal, wenn so ein Großschriftsteller Washington die Ehre gibt, dann sorgt Panetta für Blumen im Hotelzimmer, die richtige Whiskysorte neben seinem Bett und

eine anständige Leselampe auf dem Pult. Ich glaube, sie vergeben auch einen Literaturpreis. Er hat ein Budget von mehr als 5 Millionen Dollar zu verwalten.

Kathleen Sheehan:
Klingt nicht schlecht. Ich wünschte, wir hätten so ein Budget in unserer Kinderklinik.

Peter Hershberger:
Arbeitet er bei einer Herzinsuffizienz dritten bis vierten Grades denn überhaupt noch?

Bob Grady:
Natürlich nicht. Vor zwei Monaten hat Panetta die Leitung an seinen Stellvertreter abgeben müssen. Da ging es einfach nicht mehr. Seine Frau ist übrigens im Immobiliengeschäft.

Kathleen Sheehan:
Dann haben sie also ein schönes Haus.

Bob Grady:
Ich glaube, das mußten sie verkaufen. Aber vielleicht lest ihr erst mal meine Beurteilung. Soziale Prognose äußerst positiv. Er ist gut versichert. Ungekündigte Stellung. Übrigens ist er ansonsten vollkommen gesund. Kein Diabetes, keine Arteriosklerose.

Peter Hershberger:
Ulkus und / oder Lungenembolie?

Bob Grady:
Nein. Wie gesagt, ich gebe ihm eine sehr große Chance, daß er nach erfolgreicher Herztransplantation wieder voll ins Berufsleben integriert werden kann.

Kathleen Sheehan:
Wenn ich mich richtig erinnere, hast du das auch vor einem Jahr gesagt, bei diesem Patienten, diesem Supermarktbesitzer.

Kenneth Dwight-Williams:
Der jetzt ein Pflegefall ist.

Bob Grady:
Es hat Komplikationen gegeben.
Kathleen Sheehan:
Und die schließt du hier aus?
Bob Grady:
Komplikationen kann man gar nicht ausschließen. Sagt mal, rede ich mit Laien?
Peter Hershberger:
Ich will nur verhindern, Bob, daß du unseren ganzen Transplantationsetat verpulverst für Patienten, deren Überlebenschance unter 50 Prozent liegt.
Kenneth Dwight-Williams:
Wieviel Prozent gibst du ihm?
Bob Grady:
80 Prozent, wahrscheinlich 90 Prozent. Bei ihm bin ich mir so unglaublich sicher, das ist auch der Grund, warum ich ihn auf der Warteliste vorziehen würde. 200 Tage Wartezeit hält er nicht durch, da hat er vorher den Hut genommen. Ich würde ihm gerne ein neues Herz einpflanzen. Und zusehen, wie der wieder wie neu wird hinterher. Zurück ins richtige Leben, versteht ihr?
Kathleen Sheehan:
Du magst ihn.
Bob Grady:
So ist es.
Beschluß:
Der Antrag von Prof. Bob Grady, an dem 52jährigen Daniel Panetta eine Herztransplantation vorzunehmen, wurde angenommen. Er hat Platz 17 der Warteliste.
Das nächste Treffen findet wegen der Sommerpause erst am 24. August dieses Jahres statt.

Gezeichnet: Marilyn Rose, Sekretärin, Fairfax Hospital, den 28. 6. 98.

ERSTES KAPITEL

PANETTA lag wach und paßte auf sein altes Herz auf. So verbrachte er in der letzten Zeit viele Nächte. Auf dem Rücken liegend, zwei Kissen unter dem Kopf, den Mund geöffnet, atmete er ruhig und gleichmäßig, die rechte Hand auf dem Herzen. Seine Fingerkuppen waren sensibel geworden, sie fühlten das Herz zwischen den Rippen, das Pumpen, die Anstrengung. Jede Kontraktion eine Anstrengung. Das medizinische Wort dafür: Systole. Er konnte die gesamte Anatomie des Herzens auf medizinisch herbeten: aorta, cava, truncus pulmonalis, endocard, myocard, pericard. Zwei Fächer des Bücherregals waren angefüllt mit Fachliteratur. In der Theorie wußte er bereits alles über Herzinsuffizienz und ihre mögliche Behandlung. Oder besser: über die kümmerlichen Versuche, das Ende hinauszuzögern. Im rechten Bein spürte er ein Kribbeln. Das war neu. Nein, nicht neu, er hatte das schon früher manchmal gespürt, im Arm, bevor die Taubheit anfing. Was sagten die Bücher über ein Kribbeln im rechten Bein?

Er würde das nachlesen. Aber nicht jetzt, nicht aufstehen mitten in der Nacht. Martha schlief so schön. Die Leuchtziffern der Digitaluhr zeigten 2 Uhr 13 an. Er schob seinen Körper etwas höher zum Kopfende hin, um seinem Brustraum Erleichterung zu verschaffen.

Er atmete behutsam, aber regelmäßig. Die Fenster waren geöffnet, bei laufender Klimaanlage. So hatte er es am liebsten.

Geschlossene Räume führten bei ihm immer häufiger zu Angstzuständen, unkontrollierten Schweißausbrüchen. Der Schweiß war kalt.

Er erinnerte sich fast wehmütig an die Tennisturniere seines Clubs, durchgeschwitzte Hemden und Shorts. Der Schweiß, der an den Beinen herunterlief, war immer heiß gewesen. Das hat Vitalität, Schweiß als Lebenssaft. Kalter Schweiß hingegen ist der Vorbote des Todes.

Der Lärm der Stadt drang herein. Immer wieder Sirenengeheul. Manchmal beruhigten ihn diese Sirenen, das Hubschrauberdröhnen über dem Dach, das Geheul der Polizeiautos. Manchmal dachte er dann: Du bist nicht allein. Nicht nur du fühlst dich beschissen. In dieser Stadt gibt es in dieser Sekunde mindestens zwei Dutzend Leute, vielleicht zwei Dutzendtausend Leute, denen es dreckiger geht als dir. Manchmal konnte er mit diesem Gedanken wieder in den Schlaf finden.

Die Luft, die hereindrang, war feucht. Er fragte sich zum wiederholten Male, warum die Gründerväter Amerikas Hauptstadt ausgerechnet hier geplant hatten, in den Potomac-Sümpfen, moskitoverseucht. Brutstätten für hundert verschiedene Krankheiten. Was hatten die Brüder sich dabei gedacht?

Nur weil sie damals diese 26 Quadratkilometer unbebautes Land zu einem günstigen Preis kaufen konnten? Oder weil Thomas Jefferson hier seine Vision vom Sitz eines neuen Weltreiches verwirklichen konnte? Geplant als eine Mischung aus dem imperialen Rom und Athen? Klassizistische Monumentalbauten, deren Anblick die Bürger mit Stolz erfüllen und auch einschüchtern sollte, beides gleichzeitig? Und dafür haben sie das für alle Zukunft in Kauf genommen: im Sommer 92 Prozent Luftfeuchtigkeit bei 40 Grad im Schatten, im Winter die Eisstürme aus Westen, von den Großen Seen, die die Knochen klirren ließen?

Wenn sie sich damals für Philadelphia entschieden hätten,

könnte er jetzt dort Leiter der öffentlichen Bibliotheken sein, in einem viel besseren Klima.

Die Herzschmerzen hatten im Sommer vor vier Jahren angefangen, an einem dieser drückend schwülen Tage, die sich in schweren Gewittern entladen. Damals hätte er aus Washington fortgehen und sich um eine Stelle in Philadelphia bemühen sollen, in Boston, Atlantic City. Aber gab es da überhaupt Menschen, die etwas anderes lesen als die Zahlen auf ihren Casino-Chips? Doch dann hatte Martha das Angebot bekommen, Leiterin der Immobilienabteilung von Bankers Trust zu werden. Er würde nie vergessen, wie sie damals vor ihm gestanden hatte, dieses Strahlen ihrer Augen, das ganze Gesicht ein Leuchten, die vibrierende Ungeduld ihres Körpers. So ein Angebot bekommt man nur einmal im Leben, Daniel, hatte sie gesagt, das kann ich einfach nicht ablehnen. Das würde ich mir nie verzeihen, wir würden uns das nie verzeihen, Darling. Verstehst du das? Er hatte es einerseits verstanden, andererseits – aber auch nicht. Der Schmerz war häufig zurückgekommen während dieses Gesprächs, und er hatte gegen die Versuchung angekämpft, die Hand aufs Herz zu legen. Er wollte sie nicht irritieren. Sie kamen gut aus mit dem Geld, das sie verdienten. Sie hatten ein Haus, angefüllt mit den Möbeln, die Martha von ihrer Tante, einer Antiquitätenhändlerin, geerbt hatte. Mahagoni, American Colonial, sehr hübsch. Seinetwegen hätten sie immer noch in diesen Möbeln wohnen können. Jetzt lebten sie in toskanischer Landhaus-Atmosphäre, mitten in Washington, D.C.

Wenn ich das Angebot nicht annehme, Daniel, hatte Martha gesagt, dann werde ich später, egal was ich tue, immer denken: Dieser Job als Leiterin des Immobilien-Büros wäre genau der erste Schritt auf einer Leiter gewesen, die nach oben führt, ganz nach oben.

In den Himmel? hatte Panetta gefragt. Er hatte das nett gemeint, er wollte sie runterbringen von ihrem Höhenflug, ihrer Aufregung, zurück zur Normalität. Sie hatte irritiert die Stirn gerunzelt und sich umgedreht. Er war ihr gefolgt, durch den Flur, die Treppen hinauf. Du mußt das machen, was du für richtig hältst, hatte er gesagt.

Die Möglichkeit, in eine andere Stadt mit einem besseren Klima zu ziehen, war nie wieder zwischen ihnen diskutiert worden. MacLachlin hatte ihm irgendwann bestätigt, daß seine Herzinsuffizienz von einer Qualität war, die auch ein anderes Klima nicht ändern oder womöglich verbessern könnte. Das konnten nur die Wissenschaftler in den Labors, die immer bessere Tests machten, immer bessere Analysen lieferten. Die Pillendreher mit immer neuen Medikamenten, die immer mehr Geld kosteten.

Panetta drehte den Kopf so, daß er aus dem Fenster sehen konnte. Das erste Morgenlicht färbte den Himmel. Er blickte ins Morgenrot, bis die Augen tränten. Schließlich seufzte er tonlos, schloß die Lider und konzentrierte sich auf seine gleichmäßige Atmung.

Plötzlich warf Martha sich neben ihm im Bett herum und stöhnte, schlug mit den Armen um sich. «Nein!» stammelte sie. «Nein! Nein!» Sie schlug wieder um sich, strampelte das Laken weg, krümmte sich, stöhnte.

«Martha», sagte er sanft, «Liebes, wach auf.»

Er knipste die Nachttischlampe an und legte seine Hand auf ihre Stirn. Aber sie schlug die Hand weg und schrie: «Nein! Nein!»

«Martha, du mußt aufwachen, du hast einen schlechten Traum.»

Er rüttelte sie. Das allein brachte sein Herz dazu, wie verrückt herumzuspringen. Er spürte den schmerzhaften Druck gegen die Rippen.

Martha öffnete die Augen, die Pupille ganz klein, ganz tief

im Augapfel. «Was ist? Geht es dir nicht gut?» fragte sie, noch schlaftrunken.

«Mir geht es gut.» Panetta lächelte. «Aber du hast im Schlaf geschrien. Du hast schlecht geträumt.»

«Ach ja? Ich hab nichts gemerkt.» Martha schloß die Augen und drehte sich um, rollte sich zusammen wie ein Kind. Sie zog die Decke über ihren Kopf. «Mach das Licht aus, ja? Schlaf weiter.»

Er knipste das Licht aus.

«Was war das für ein Traum?» fragte er, die Augen gegen die Zimmerdecke gerichtet.

«Weiß nicht, keine Ahnung.»

Er glaubte ihr nicht. Er ahnte, was das für ein Traum gewesen war. Er kannte den Traum: Hände, die in Gummihandschuhen stecken, heben ein pulsierendes Herz aus einem Körper, dessen Brustbein aufgesägt ist. Blut tropft aus dem Herzen auf den Boden, auf die Gummischuhe des Arztes. Das Herz wird in einen Beutel mit eisgekühlter Ringerlösung gelegt, es klopft, es pumpt. Oder pumpt es dann nicht mehr, wenn alles Blut heraus ist? Dieser Beutel kommt wiederum in einen anderen Beutel, der ebenfalls mit eisgekühlter Ringerlösung gefüllt ist (isotonische Salzlösung: Natrium-, Kalium- und Kalziumchlorid). Panetta hatte alles gelesen. Zwei Regale voller Literatur über Herzkrankheiten und Operationen unten im Salon. Ob Martha manchmal darin geblättert hatte? Es gab für Panetta nichts Spannenderes als Literatur über das Herz. Die Rhythmusstörungen, Schwächen, Ausfälle, Verkalkungen, Verengungen, Funktionsstörungen, Herzasthma, Herzbeuteltamponade, Herzbeutelwassersucht, lateinisch: hydroperikard. Wie transportiert man eigentlich ein Herz? In einem Pappkarton? Oder einer Kühlbox so wie die, die Martha und er immer gefüllt hatten, bevor sie ans Meer fuhren, zu ihren Wochenend-Picknicks. Hühnchenbrust und Cesar's Salad, schön kühlgehalten zusammen mit der halben Flasche Chardonnay, eine ganze paßte nicht in die Kühlbox.

Über das Dach dröhnte ein Hubschrauber hinweg. Für einen Augenblick, während das Glas der Schiebefenster leise zitterte, erhellten Scheinwerfer die polierte Granitfassade des gegenüberliegenden Hauses. Dann wurde der Lärm verschluckt vom zwanzigstöckigen Embassy Suites Hotel. Und alles war still.

Der Tag, an dem Panetta erfahren hatte, daß sein altes Herz es höchstens noch fünf Monate machen würde, war der heißeste in diesem Sommer. Er hatte es sich angewöhnt – besonders seit Martha ihn geheiratet hatte –, das Leben schön und lebenswert zu finden. Selbst in Washington, D.C., wo es besonders schwierig ist, dem Alltag gute Seiten abzugewinnen. Sein Job machte ihm immer noch Spaß, und wenn er morgens die *Washington Post* aus dem Briefschlitz zog und es sich mit der Zeitung und einem Becher Milchkaffee am Küchentisch bequem machte, nickte er zufrieden, und ein Lächeln spielte um seine Lippen. Das Leben interessierte ihn. Es war das einzige, das er kannte. Er wollte sich andere Daseinsformen (im Himmel oder wo?) nicht vorstellen. Er wollte hierbleiben, bei Martha, in der Wohnung, die morgens voller Licht war und auf dem Westbalkon Platz für zwei Klappstühle und eine Efeuranke bot. Martha trank ihren Chardonnay am liebsten im letzten Abendlicht, dort auf dem Balkon, wenn vom Potomac eine kühle Brise herüberwehte.

Der Tag, an dem Panetta erfahren hatte, daß er weiterleben könnte, wenn rechtzeitig ein anderer für ihn starb, war der schwülste Tag des Sommers. In der Zeitung schrieben sie, daß es nur 1905 heißer gewesen war. Die Ambulanzen waren Tag und Nacht im Einsatz.

Der Mensch, der sterben würde, damit Daniel Panetta lebte, war zwischen vierzehn und vierzig, ein Mensch ohne Erbkrankheiten, Virusinfektionen oder Systemerkrankungen, ein Mensch, der aus dem vollen Leben in den Tod katapultiert wurde, sei es durch einen Autounfall, beim Sport oder beim Sturz von einem Hochhaus, falls es ihm beim Sturz nicht die Eingeweide zerriß. Ein Mensch, bei dem der Notarzt keine Gehirnströme mehr feststellt, obgleich die Körperfunktionen noch vorhanden sind: Das Herz pumpt das Blut, als sei nichts geschehen, aber der Mensch zeigt keine Reaktion, kein Zucken der Lider, kein Schluckreflex, überhaupt keine Reflexe. Ein klinisch toter Mensch. Im Zentrum für Organspenden saßen sie wahrscheinlich vor den Bildschirmen, auf denen Unfälle en suite gezeigt wurden, und rieben sich die Hände. Wenn es nach ihnen ging, konnte es gar nicht genug Unglücke geben.

So war das: Jemand mußte sterben, wenn Panetta leben wollte. Aber wollte er wirklich leben? Um diesen Preis?

Das Licht draußen war gleißend. Der Wetterkanal hatte am Morgen eine Rekordhitze vermeldet und eine Luftfeuchtigkeit von 86 Prozent prophezeit. Wahrscheinlich war das noch untertrieben. Panetta hatte, auf den dreißig Metern von der Bushaltestelle bis zum Eingang des Hospitals, geglaubt, daß sein Herz nicht mehr mitmachen würde. In der Eingangshalle war er auf dem erstbesten Sitzplatz zusammengesunken. Er hatte sich nicht gerührt, bis eine Schwester ihm auf die Schulter getippt und besorgt gefragt hatte: «Sind Sie okay?»

Er hatte aufgeschaut, ein Lächeln zustandegebracht und gesagt: «Wie fühlt man sich, wenn man okay ist? Es ist so lange her, ich hab's vergessen.»

«Zu wem wollen Sie denn, Sir? Sind Sie Patient oder Besucher?»

Patient, hatte er geantwortet, und den Namen von Prof. Bob Grady genannt. Jeder wußte hier natürlich, daß Bob Grady der große Herzspezialist war. Der Chirurg mit den goldenen Händen, irgendwo hatte er diesen Blödsinn gelesen. Das war noch zu einer Zeit, als er sich gesund fühlte. Damals konnte er sich über so was amüsieren.

Die Schwester hatte ihm befohlen, still sitzen zu bleiben, bis sie jemanden im Herzzentrum erreicht hätte. Er sollte einfach nur warten und sich nicht aufregen. Er hatte gelächelt, die Finger unter sein Hemd geschoben (den dritten Hemdknopf ließ er jetzt schon ganz automatisch geöffnet) und sich nicht bewegt, während um ihn herum das Krankenhausleben tobte. Patienten wurden in Rollstühlen herein- und hinausgeschoben, jemand humpelte, einen Fuß in dicken Gips gehüllt, an ihm vorbei zum Coffeeshop und haute ihm die Krücke auf den rechten Fuß. Ein Kind weinte im Schoß seiner Mutter. Die Mutter sah zum Erbarmen aus.

Wenn er an der Station Dunn Loring ein Taxi genommen hätte, wäre ihm dieser Schwächeanfall im Hospital vielleicht erspart geblieben. Aber er wollte nicht in dieses eingestaubte und verbeulte Taxi einsteigen, das als einziges am Ausgang der Station parkte. Am Vortag hatte in der *Washington Post* ein Artikel über einen Kongreßabgeordneten gestanden, der in Arlington (einer viel besseren Gegend als Dunn Loring) in ein Taxi gestiegen war und auf der Intensivstation des Arlington Hospital wieder aufgewacht war. Alles, woran er sich erinnerte, war, daß der Fahrer, ein Weißer, sich zu ihm umgedreht und nach dem Fahrtziel erkundigt hatte. Dann war es Nacht um ihm geworden. Sie hatten die beiden zehn Zentimeter tiefen Messerstiche in der Herzgegend genäht und die Durchblutung unter großem Aufwand zum Stillstand gebracht. Deshalb hatte Panetta beschlossen, mit öffentlichen Verkehrsmitteln zur Klinik zu fahren. Kein Risiko. Er wollte sich nicht aufregen. Fahrten mit dem eigenen Wagen traute er sich schon seit Monaten nicht mehr zu. Er hätte Marthas Angebot annehmen können, sich den Tag freizumachen und ihn zu begleiten. Aber erstens hatte Marthas Firma gerade mit der größten Immobilienfirma von D.C. fusioniert, und alle waren besorgt wegen der Personalentscheidungen, die zweifellos anstanden, und zweitens wollte er dieses Gespräch mit Grady unter vier Augen führen. Er wollte vollkommen ehrlich sein. Er wollte sagen, was er zu sagen hatte, was ihm auf der Seele lag. Er wollte sagen: «Ich habe Angst vor dem Tod», ohne auf Martha Rücksicht zu nehmen.

Martha lebte seit vier Jahren mit einem herzkranken Mann. Wahrscheinlich hatte sie vergessen, wie es war, als er noch gesund war. Wie ihr Leben damals ausgesehen hatte. Vielleicht hatte sie sogar vergessen, wie der Sex zwischen ihnen gewesen war. Alle ihre Pläne, ihre Träume waren zum Teufel, alles über den Haufen geworfen. Martha, eine vor Gesundheit strotzende Person, war gezwungen, sich seinem Rhythmus anzupassen. Spaziergänge von einem halben Kilometer bezeichnete er bereits als Wanderungen. Früher waren sie in den Appalachen acht Stunden ohne Pause herumgeklettert. Sie gab ihm das Gefühl, daß es ihr nichts ausmachte. Sie tat, als wäre sie sicher, daß er irgendwann wieder gesund wäre. Sie hatte sich daran gewöhnen müssen, daß er nach jedem Satz, den er sprach, eine Pause machte, weil die Luft nicht reichte, oder weil er das Gefühl hatte, Sprechen strenge ihn an. So wie überhaupt alles ihn anstrengte. Wenn er sich morgens ankleidete, formell kleidete mit Anzug (Weste, Button-down-Hemd, Manschettenknöpfe, Krawattennadel, Sockenhalter, über Kreuz geschnürte Lederschuhe), war er schweißgebadet und eigentlich wieder reif für das Bett. Auch wenn er darüber nicht mit Martha sprach, merkte sie es doch. Sie schleppte die Lebensmittel vom Supermarkt, hob die Koffer vom Laufband, reparierte Steckdosen und stieg auf die Leiter, wenn er ein Buch aus dem obersten Regal brauchte. Aus Rücksicht ihm gegenüber hatte sie sogar mit dem Tennis aufgehört. Marthas Leben hatte sich verändert, und zwar nicht zum Besseren. Obwohl sie nicht darüber sprachen – natürlich nicht. Martha war ja eine kluge Person, sie wußte, daß er ihr auch ein anderes Leben gewünscht hätte. Deshalb hatte er sie geheiratet, weil er sie glücklich machen wollte, weil er sich verantwortlich fühlen wollte für ihr Glück. Warum hast du ausgerechnet mich ausgesucht, hatte er sie gefragt bei der Hochzeit, du hättest den Besten verdient.

Aber du bist der Beste, Darling, hatte sie lachend erwidert und ihn geküßt. Wenn sie ihn küßte, fuhr sie mit der Zungenspitze ganz schnell über die Innenseite seiner Lippen, an seinem Zahnfleisch entlang, und hinterließ etwas von ihrer herrlichen Spucke, mit diesem Mintgeschmack der Kaugummis, die sie ständig bei sich trug, aus Angst vor Mundgeruch. Am Mundgeruch, so hatte sie ihm einmal erklärt, könnte ein Millionen-Dollar-Deal scheitern. Wenn sie zum Beispiel einem Kunden ein prächtiges Herrenhaus im Thomas-Jefferson-Stil zeigte, ihn herumführte, ihm alle Annehmlichkeiten des Hauses anpries und dabei einen Geruch von Knoblauch oder Fritten-Öl verbreitete, war das Geschäft gelaufen. Kein Vertrag, kein Millionen-Dollar-Deal, keine Provision, keine neuen Gardinen fürs Schlafzimmer, kein neues Auto oder was immer gerade in Marthas Planung war. Im Grunde lebten sie von dem Geld, das Martha verdiente. Sein Gehalt betrug ungefähr ein Viertel ihres Einkommens. Sie nannte seine Arbeit ein schlechtbezahltes Hobby.

Dennoch beneidete sie ihn darum, daß er einen praktisch unkündbaren Job hatte, der ihm Spaß machte und ihn keinerlei Erfolgsdruck aussetzte (wie Martha glaubte). Sie wußte nichts von dem Ehrgeiz seines Stellvertreters. Von den Intrigen des Kulturausschusses, von den Kämpfen um Budgets und Etats. Sie fragte nicht, und ungefragt sprach er nicht über seine Probleme. Sie dachte, er verbringe die Zeit mit dem Lesen schöngeistiger Literatur und dem Plausch unter geistreichen Literaten (zuletzt hatte er eine Lesetournee durch Washingtons Bibliotheken für eine Politikerin organisiert, die ein Buch über ihre Siamkatze geschrieben hatte).

Martha beneidete ihn. Auf der anderen Seite verachtete sie Männer, die weniger verdienten als ihre Frauen. Sie verachtete Leute, die es im Laufe ihres Lebens nicht so weit brachten, daß sie jederzeit ihre Einrichtung von Old Colonial auf toskanischen Landhausstil umstellen konnten, wenn sie die Lust dazu verspürten.

Nur ihn verachtete Martha nicht, weil sie ihn liebte. Was wiederum, dachte Panetta, ein Beweis für die Unlogik der Liebe war. Und ihre ständige Gefährdung.

Die Assistentin, die ihn in Bob Gradys privates Sprechzimmer geführt hatte, war eine sanfte, ältliche Person, deren Stimme Panetta unangenehm berührte, ohne daß er sich ein Reim darauf machen konnte. Erst als sie ihn allein gelassen hatte, erinnerte er sich, daß sie genau so sprach wie die Bestattungsunternehmerin, die sich damals um die Einäscherung seines Vaters gekümmert hatte. Alles war seinerzeit perfekt und reibungslos verlaufen. Panetta schwitzte, obwohl die Klimaanlage lief und die Sonnenrollos an der Südseite heruntergelassen waren. Das Zimmer hatte auch Fenster nach Westen, mit Blick auf den Hubschrauberlandeplatz über der Tiefgarage.

«Der Professor wird gleich bei Ihnen sein», hatte die Assistentin gesagt und mit einem Lächeln die gepolsterte Tür hinter sich zugezogen. Jäh war Panetta von der Außenwelt, von allen Geräuschen, die das Leben hervorbrachte, abgeschnitten. Er schwitzte stärker. Er zerrte am Krawattenknoten und öffnete den obersten Hemdknopf. Für einen kurzen Augenblick verschaffte ihm das Erleichterung, er atmete tiefer und verspürte sofort einen stechenden Schmerz in der Brust. Der Sessel, den die Assistentin ihm angeboten hatte, war angenehm, weich gepolstert, der Stoff kühl. Heller Sisalteppich, die Wände pastellgelb.

Panetta war das erste Mal in diesem Trakt des Hospitals, zum ersten Mal im Privatissimum des großen Bob Grady. Die anderen Unterredungen hatten in seinem Sprechzimmer neben dem Herzzentrum stattgefunden, in einer klinisch-nüchternen Atmosphäre, die ihn immer an Katheter, Kanülen und Krankenhauskost denken ließen. Hier war alles anders. Er hörte nichts. Draußen starben die Leute oder wurden dem Leben zurückgegeben. Der Weizen wuchs. Kinder lärmten auf Schulhöfen. Schwesternschülerinnen flirteten mit Assistenzärzten. Ein Mann bestellte zwei Dutzend Rosen für seine Geliebte. Jemand schrieb einen Brief an seine Mutter. Ein Ball rollte unter einen Lastwagen. Ein Kind weinte. Eine Frau lag in den Wehen. Ein alter Mann stand am Fenster und wartete auf den Postboten. Warum, verdammt, dachte Panetta, hängt man so sehr an diesem bißchen Leben? Wieso zaubert man ein Leuchten in das Gesicht seiner Geliebten, wenn man ihr zwei Dutzend Rosen überreicht, die in tiefgekühlten Containern über Hunderte von Meilen herangeschafft worden sind, gezüchtet unter unnatürlichen Bedingungen, wahrscheinlich die Gene künstlich manipuliert, geschnitten von einem Mann, der Alkoholiker ist und diesen Job nur macht, weil es keinen anderen für ihn gibt? Warum lächelt der Mensch, wenn er einen Schmetterling sieht? Warum hält man das Gesicht in die Sonne? Wieso tut es mir gut, ein Gedicht von Byron zu lesen? Oder, besser noch, Wordsworth?

Das Monroe-Porträt von Andy Wahrhol war ein billiger Druck, aber aufwendig gerahmt. Panetta überlegte, wie alt die Monroe geworden war. Dreißig? Oder mehr? Ein kurzes, heftiges Leben. Hing er vielleicht nur deshalb so an seinem Leben, weil es nicht intensiv genug gewesen war? Weil er es nicht ausgeschöpft hatte bis zum Grund? Er würde Bob Grady fragen, wieso die Monroe. Und nicht, zum Beispiel, Campbell's Tomato Soup. Eine Blechdose als Hymne an das Leben.

Als Grady dann endlich erschien, mit ausgebreiteten Armen auf ihn zukam, hatte Panetta die Campbell-Dose längst vergessen. Für den kurzen Moment, in der die ledergepolsterte Tür sich öffnete, Grady hereinwehte, die Tür hinter sich zuzog, hörte Panetta die Geräusche des Lebens, das Klingeln eines Telefons, Rufen, eine zischende Kaffeemaschine. Dann plötzlich Stille, bis Grady sagte: «Schön, daß Sie es einrichten konnten, Daniel.»

Panetta nahm wieder Platz. Er lächelte auch. Sie saßen sich gegenüber wie zwei Mitglieder eines eleganten Clubs. Panetta schlug die Beine übereinander, legte die Hände auf die Lehnen, um nicht in Versuchung zu geraten, die Hand aufs Herz zu legen. Diese Kontrollgeste, die schon fast zu einem Automatismus geworden war.

Man gab sich also locker. Grady fuhr sich mit beiden Händen durchs volle Haar. Wenn er lachte, blitzten seine Zähne. Grady strotzte vor Gesundheit.

Er trug Jeans und Polohemd. Dazu Schuhe mit dicker Gummisohle. Wahrscheinlich bewegte er sich vollkommen lautlos in seinem Revier. Seine Arme waren gebräunt, die Härchen darauf lockig.

«Wie fühlen Sie sich heute, Daniel?» fragte Grady.

Panettas Lächeln verkrampfte sich zu einer hilflosen Grimasse. «Ziemlich beschissen», sagte er.

Grady nickte. Seine Augen waren ruhig, aufmerksam. Er musterte Panetta. Panetta setzte sich etwas aufrechter, stellte die Füße nebeneinander, schob die Hände, die jetzt zitterten, zwischen die Knie, um sie ruhig zu halten.

«Verdammt schwül draußen heute», sagte Grady. «Das drückt auf die Pumpe.»

«Ja, das ist es wohl.» Panetta hätte gerne tief Luft geholt, aber er fürchtete sich vor dem Schmerz und vor der Grimasse, die er immer zog, wenn ein heftiger Schmerz ihn durchfuhr. Martha hatte ihn einmal vor den Spiegel gestellt, damit er sich beim Schmerz beobachten konnte. Die Grimasse war eindeutig fürchterlicher gewesen als der Schmerz. Er wußte, daß er lernen müßte, mit dem Schmerz besser umzugehen, um die Umwelt nicht zu erschrecken. Meist verbarg er den Schmerz jetzt hinter einem Lächeln, das mit zusammengebissenen Zähnen zustande brachte. Mehr ein Zähnefletschen als ein Lächeln, aber besser als ein schmerzverzerrtes Gesicht.

«Ich hatte damit gerechnet, daß Sie den Termin absagen», meinte Grady.

«Absagen?» Panetta verstand nicht.

«Zu hohe Luftfeuchtigkeit. Zu heiß. Ich dachte, Sie würden es vorziehen, zu Hause im kühlen Zimmer auf besseres Wetter zu warten.»

«Vielleicht hab ich nicht soviel Zeit», murmelte Panetta. Und lächelte.

«Stimmt», sagte Grady, «auch wieder richtig. In jedem Fall ist es gut, daß Sie da sind.»

Panetta fragte sich, ob er selbst das genauso empfand. Früher, bei den anderen Gesprächen mit Grady, hatte er sich besser gefühlt, beschützter, aufgehobener. Vielleicht lag es daran, daß Grady sonst einen weißen Chirurgenkittel getragen hatte, der ihm Autorität verlieh, der nach Verantwortungsbewußtsein ausgesehen hatte.

Jeans und Polohemd waren eine unpassende Bekleidung für einen Arzt, der mit seinem Herzpatienten redete.

Panetta fragte sich, ob Grady gehofft hatte, daß er nicht erschien, damit er früher zu seinem Golfspiel kam. Vielleicht dachte er über den Abschlag an Loch vier nach. Oder wie er das Einputten verbessern könnte. Panetta spielte nicht Golf. Für ihn war Golf kein Sport, sondern ein Beschäftigungsprogramm für Leute, die nicht gelernt hatten, ihren Kopf zu benutzen. Wieso gab es immer mehr Golfplätze und immer weniger Bibliotheken? Panetta hatte seine Freunde immer unter Leuten gesucht, die ihren Kopf trainierten, nicht unter jenen, die an ihrem Handicap arbeiteten. Andererseits: Grady war der letzte, der einzige, der ihm helfen konnte. Er mußte ihm gegenüber tolerant sein. Warum sollte Grady nicht Golf spielen? Ein Mensch, der von Krankheit und Siechtum umgeben war, brauchte einen Ausgleich, oder nicht? Um Kraft zu schöpfen für jeden neuen Tag. Um etwas Positives gegen das zerstörerische Element der Krankheiten zu setzen.

Grady saß Panetta gegenüber, er hatte den Oberkörper vorgebeugt, die Fingerspitzen gegeneinandergelegt und schaute Panetta ruhig an. Grady hatte eine dunkle, sehr angenehme Stimme, er sprach langsam, mit Südstaaten-Akzent. Panetta mochte das, obwohl er selber aus der New Yorker Gegend kam, dort seinen High-School-Abschluß gemacht hatte, bevor er hier in Virginia ein Studium begonnen hatte. Er hörte Grady wirklich gerne zu. Noch lieber hätte er ihm zugehört, wenn er über etwas anderes gesprochen hätte als über ebendieses Thema.

«Lieber Daniel», sagte Bob Grady sanft. «Wir dürfen uns nichts vormachen. Zuallererst müssen wir ehrlich miteinander sein. Das ist die Grundvoraussetzung. Ich habe Ihnen das bei unseren ersten Gesprächen schon mitgeteilt, und das wird so bleiben, egal was kommen mag. Sie haben mir damals signalisiert, daß Sie damit einverstanden sind. Ich hoffe, sie sind es immer noch?»

Panetta spürte das Pochen des Herzens, spürte einen schmerzhaften Druck gegen den Rippenboden. Er befeuchtete die Lippen mit der Zunge, schluckte zweimal tapfer und nickte: «Natürlich.»

Grady ließ ihn nicht aus den Augen. Sein Blick war sanft, freundlich.

«Die letzten Analysen», sagte Grady, «die mir das Labor gestern geschickt hat, sind nicht gut.»

«Nicht gut?»

Grady holte tief Luft. Er legte eine Hand auf Panettas Knie. «Gar nicht gut, leider. Aber ich denke, das sollte uns nicht allzu ängstlich machen. Ganz im Gegenteil, es könnte Ihnen nämlich helfen, eine Entscheidung zu treffen, die ich persönlich für die einzig richtige halte.»

«Ich verstehe nicht, Doktor.» Panettas Schleimhäute zogen sich zusammen. Es war, als würde sein Mund nach innen gezogen, von innen gegen die Zähne gesaugt. Er brachte kein Lächeln zustande, obgleich er fühlte, daß ihm das jetzt Pluspunkte einbringen würde. Er mußte husten. Er hätte gerne ein Glas Wasser getrunken, aber Grady hatte ihm nichts angeboten. Auf dem Schreibtisch allerdings stand eine Karaffe mit einer durchsichtigen Flüssigkeit, daneben zwei geschliffene Gläser, ohne Stiel.

Panetta hatte schon beim Hereinkommen überlegt, ob in dieser Karaffe wohl Wasser war oder farbloser Alkohol. Etwas wie Wodka oder Gin, ein Grappa. Er hätte jetzt gerne einen Grappa getrunken. Noch lieber klares Wasser. Aus einem Bergquell am liebsten. Er stellte sich in der letzten Zeit gerne Naturszenen vor. Rauschende Wasserfälle, klare Bergseen, der Wind, der durch die Ahornwälder streift im Indian Summer. Alles Kitsch, wahrscheinlich. Er mußte aufpassen, daß er nicht sentimental wurde. Er hatte sentimentale Leute immer verabscheut. «Alle Untersuchungen und Analysen, die wir bis jetzt an Ihnen durchgeführt haben, Daniel, und die ich mit den Unterlagen vergleichen konnte, die mir Professor MacLachlin geschickt hat, geben uns nur eine einzige Chance.» Grady machte eine Pause. Er lehnte sich zurück. Das Knie, auf dem eben noch Gradys Hand gelegen hatte, fühlte sich auf einmal kalt an. Panetta blickte sich nach dem Schalter für die Klimaanlage um.

Draußen, im Vorzimmer, klingelte das Telefon. Oder bildete er sich das nur ein?

«Was … wäre … diese … Chance?» flüsterte Panetta. Seine Stimme war plötzlich tonlos. Das war ihm peinlich, aber er konnte es nicht ändern. Es hatte ihm die Stimme verschlagen.

Grady sprach jetzt sehr langsam, ohne Panetta aus den Augen zu lassen. «Hab ich Ihnen schon gesagt, daß ich bereits neunundzwanzig Herztransplantationen vorgenommen habe?» Er lächelte. «Mit sehr gutem Resultat. Ich möchte sagen, mit einem unverhofft guten Resultat. Die Patienten, die jetzt mit einem neuen Herzen herumlaufen, Daniel, haben das Gefühl, daß ihnen ein zweites Leben geschenkt wurde. Können Sie sich so etwas vorstellen?»

Panetta räusperte sich. «Um ehrlich zu sein, ich habe darüber noch nicht nachgedacht.»

«Wirklich nicht?» fragte Grady.

Panetta errötete. Er hatte in der Tat darüber nachgedacht, in der letzten Zeit häufiger als früher. Nachts, wenn er wachlag, mit der Hand auf dem Herzen, hatte er sich erinnert an die Geschichten, die man damals gelesen hatte: Christiaan Barnard, De Bakey. Diese Leute, die einem Toten ein Herz herausgeschnitten und es einem Kranken eingepflanzt hatten. So skrupellos, hatte er damals gedacht. Ohne Respekt vor dem, was wir Seele nennen. Was unseren Wert als Mensch ausmacht, was uns vom Tier, von allem Lebendigen unterscheidet. Das Nachdenken über das, was wir sind. Woher wir kommen, was unsere Würde ausmacht. Er hatte in der Tat in den letzten Wochen manchmal daran gedacht, im Internet ein bißchen herumzusuchen. Das Wort «Herztransplantation» war ihm nicht so ungeläufig, wie er jetzt tat. Es ärgerte ihn, daß er rot geworden war.

«Ich weiß, was Sie denken», sagte Grady.

«Das glaube ich nicht.»

«Sie denken, wenn das Herz nicht mehr mitmacht, ist es eben aus. Sie denken, es ist mit Ihrer Würde, mit der Würde der Menschen, nicht vereinbar, so eine Transplantation vorzunehmen. Sie denken, wir pfuschen dem Herrgott ins Handwerk. Wir experimentieren zu unserem eigenen Ruhm, denken Sie, ohne daran zu denken, daß der Mensch auch eine Seele hat.»

«Sie können ziemlich gut in meinem Herzen lesen», sagte Panetta.

«Das lese ich in Ihren Augen. In Ihrem Herzen lese ich etwas anderes. Ihr Herz will nicht mehr, Daniel. Und ich glaube, alles, was schon versucht wurde bei Ihnen, hat Ihnen gezeigt, daß wir nicht mehr viel Spielraum haben für Experimente. Medikamentös oder auch operativ. Es hätte keinen Sinn, wenn ich bei Ihnen nur die linke Herzkammer austauschen würde. Die rechte macht zwar ihren Job noch ganz gut, aber wie Sie ja selbst merken, auch nicht gut genug.»

Panetta fragte sich, was Grady im Sinn hatte, worauf er hinauswollte.

«Was Sie brauchen», sagte Grady, «ist eine ganz neue Pumpe. Jung, leistungsfähig.»

«Eine neue Pumpe?»

Grady nickte. «Ich möchte Ihnen ein neues Herz einsetzen, Daniel, ein gutes, junges, kräftiges Herz. Das ist das einzige, was Ihr Leben retten kann. Was Ihr Leben verlängert auf unbestimmte Zeit. Sie wissen, daß auch die Kollegen, was Ihre Herzinsuffizienz betrifft, mit ihrem Latein am Ende sind. Ihr Zustand verschlechtert sich rapide. Um das zu spüren, brauchen Sie keinen Arzt. Sie haben bereits Schmerzen, wenn Sie sich gar nicht bewegen. Sie wissen, was das heißt.»

Panetta spürte, wie eine Hitzewelle durch seinen Kopf lief. Er schloß die Augen, öffnete sie wieder. Grady fixierte ihn. Gradys Blick war aufmerksam, forschend und dennoch sanft.

«Jeder Patient», sagte Grady, «dem ich diesen Vorschlag

mache, reagiert im ersten Augenblick genau wie Sie. Natürlich ist es ein unerhörter Vorschlag, zweifellos.» Er räusperte sich. «Was wollte ich sagen ...? Also: Wie Sie wissen, sind Herztransplantationen nicht so selten, wie es Ihnen jetzt vorkommen mag. Raten Sie mal, wieviel Herzen schon einem Körper entnommen und in einen anderen wieder eingepflanzt wurden.»

Panetta fuhr sich mit der Zunge über die trockenen Lippen. «Ich habe keine Ahnung.»

«Mehr als siebzigtausend. Lassen Sie diese Zahl richtig sakken, Daniel. Siebzigtausend, das sind zwei Orte, sagen wir, in der Größe von Brandton, Virginia. Oder Westhampton, Long Island, falls Ihnen eine weiße Gegend lieber ist. Stellen Sie sich zweimal Westhampton vor, mit allen Einwohnern, und alle haben ein neues Herz. Das ist phantastisch, was?»

Panetta nickte. Mit weitaufgerissenen Augen starrte er Grady an. Grady beugte sich vor, öffnete eine chinesische Lackbox und entnahm einen bedruckten Zettel. Schönes Papier, Bütten. Er reichte Panetta den Zettel. «Hier stehen drei Fragen, die ich selber so formuliert habe. Ein Dichter könnte das besser, ich weiß. Sicher haben Sie ganz andere Sätze über solche existentiellen Fragen gelesen. Ich bitte Sie trotzdem, dieses Blatt immer bei sich zu tragen und von Zeit zu Zeit, wenn Ihnen alles angst macht, das alte Herz – oder das neue, eventuell –, einen Blick auf diesen Zettel zu werfen.»

Panetta nahm den Zettel, seine Finger bebten. Er mußte das Blatt auf die Knie legen.

Drei Fragen:
Warum möchte ich länger leben?
Was werde ich mit den Jahren nach der Operation anfangen, die das neue Herz mir schenkt?
Was bedeutet Glück für mich?

Panetta faltete den Zettel einmal zusammen, nahm seine

Brieftasche heraus, legte den Zettel hinein, schob die Brieftasche in seine Jackentasche zurück.

Grady nickte. «Sagen Sie dazu jetzt nichts. Wir haben noch viele Stunden, um darüber zu reden. Viel Zeit. Sie müssen das alles natürlich mit Ihrer Frau besprechen. Es wäre übrigens hilfreich, wenn Sie Ihre Frau nächstes Mal zur Untersuchung mitbrächten. Wie auch immer Ihre Entscheidung ausfällt, Ihre Frau sollte wissen, was ich Ihnen gesagt habe: mit dem alten Herzen gebe ich Ihnen noch fünf, vielleicht sechs Monate. Mit einem neuen Herzen können es zehn Jahre sein. Und mehr. Aber auch nach der Operation werden Sie die Hilfe Ihrer Frau brauchen. Nicht nur in technischer Hinsicht, was die Bewältigung des Alltags betrifft. Auch emotional. Man geht durch ein Tal der Tränen, Panetta. Und es ist gut, wenn man bei diesem Gang nicht allein ist.» Grady erhob sich. Er ging hinüber zu seinem Schreibtisch, nahm die Karaffe und fragte, in Panettas Richtung: «Ein Glas Wasser? Frisch aus den Bergen. Sehr mineralhaltig.»

«Gern.» Panetta wäre jetzt gerne auch aufgestanden, schon um Grady zu zeigen, daß er bereit war, das Gespräch locker zu nehmen, aber er wußte, daß seine Knie ihm den Gefallen nicht tun würden, seine Knie waren wie Pudding.

Grady füllte die beiden Gläser und trug das Tablett zu dem niedrigen Tischchen, das neben ihnen stand.

«Auf das Leben», sagte Grady und hob sein Glas.

Panetta nickte wortlos und trank. Das Wasser tat gut. Er hatte gar nicht gewußt, wie ausgetrocknet seine Mundhöhle war. Er leerte das Glas und stellte es auf das Tablett zurück.

Grady behielt das Glas in der Hand, spielte damit, drehte es hin und her. Er hatte schöne Hände. Lange, elegante Finger. Er hätte auch ein guter Pianist werden können, dachte Panetta. Aber vielleicht spielt er ja Klavier.

«Spielen Sie Klavier, Professor?»

Grady lachte. «Wissen Sie, daß mich das ganz viele Patienten fragen?»

Panetta ärgerte sich, hob aber nur freundlich fragend die Augenbrauen. Er wollte nicht wie die anderen sein. Er wollte einzig sein. Es war das mindeste, was er sich abverlangte, wenn er schon mit diesem kranken Herzen geschlagen war.

«Ich denke, ich weiß auch, warum die Leute das so oft fragen. Sie möchten sich vorstellen, wie ich mit den Händen arbeite. Sie wissen schon, das dünne Skalpell, die feinen Nähte, Tupfer, Pinzette, das haben wir alles in diesen Fernsehserien tausendmal gesehen, nicht? Aber die Patienten möchten sich das doch auch lieber nicht vorstellen. Deshalb greifen sie zu einer Hilfskonstruktion: Wenn der Doktor gut Klavier spielt, dann kann er bestimmt genauso gut mit Messer, Nadel und Faden umgehen. Der Mensch ist ein kompliziertes Wesen, Daniel.»

«Ich bin froh, daß Sie das so empfinden», sagte Panetta kühl.

Grady lachte leise in sich hinein. «Ich bin gut gelaunt, Daniel, weil ich sicher bin, daß ich Ihnen helfen kann. Glauben Sie nicht, daß das auch Ihre Laune heben könnte?»

«Mir scheint nur der Weg bis dahin ein wenig ... wie soll ich sagen ... bizarr.»

«Oh, nicht bizarrer als manches andere. Lassen Sie uns einfach nur pragmatisch fragen, was ist der Unterschied zwischen einem Zahn, der ausgetauscht wird, und einem Herzen? Haben Sie sich darüber schon mal Gedanken gemacht?»

Panetta schüttelte den Kopf.

«Nun, Sie werden bald damit anfangen. Und als kleine Hilfe möchte ich sagen, auch wenn Sie das jetzt vielleicht irritiert: Das Herz ist eine Pumpe. Nichts weiter. Einfach nur eine Pumpe, die man austauschen kann. Verstehen Sie? Oder bin ich zu grob?»

«Ich denke, Sie können gar nicht grob genug sein.»

«Wissen Sie, Daniel, ich glaube, Sie können das aushalten, Sie wollen das sogar aushalten. Sie sind ein schlauer Mensch. Ihr Kopf braucht etwas zu tun. Ich gebe Ihrem Kopf etwas zu tun. Das erlöst Sie aus der Fixierung auf Ihre Herztöne.»

In der Tat hatte Panetta, seit er in Gradys Zimmer gekommen war, nicht mehr sein Herz gefühlt. Jetzt wollte er auch nicht hinfassen. Jetzt hatte er seinen Stolz.

Die Assistentin steckte den Kopf in die Tür. «Es tut mir wahnsinnig leid», sagte sie mit einem entwaffnend freundlichen Lächeln zu Panetta, «aber ich muß den Professor für eine Sekunde ausborgen.»

Grady stand sofort auf. «Was ist, Alicia?»

Als sie hinausgingen, hörte Panetta, wie die Assistentin sagte:

«Marion Frances von Station 10.»

«Die Pulmonalstenose?» fragte Grady. Und als die Sekretärin nickte, sagte Grady: «Scheiße» und zog schnell die Tür hinter sich zu.

Panetta sank tiefer in seinen Sessel. Er wünschte, Grady hätte ihn nicht allein gelassen. Nicht jetzt. Er wünschte die Patientin mit der Pulmonalstenose zum Teufel. Er schloß die Augen. Die Assistentin stand plötzlich vor ihm. «Haben Sie etwas gesagt?»

Panetta errötete, schüttelte den Kopf. «Selbstgespräche. Ich werde alt.»

Die Assistentin strahlte. «Ganz bestimmt, Mr. Panetta. Bei Professor Grady sind Sie in den besten Händen.» Sie streckte ihm die Hand hin. «Ich bin übrigens Alicia für die Patienten des Professors.»

Die Rolltreppe trug Panetta wieder nach oben, aus dem dunklen Metroschacht ins Tageslicht. Vor der Metrostation parkte ein Polizeiwagen. Die beiden Polizisten saßen mit aufgekrempelten Ärmeln da, die Fenster waren heruntergedreht, auf dem Armaturenbrett drehte sich ein kleiner Ventilator. Sie tranken Cola aus riesigen Pappbechern, die Sitzlehnen weit zurückgedreht, und verfolgten träge das Kommen und Gehen am Eingang der Metrostation.

Panetta war froh, daß sie da waren. Er war immer froh, wenn er Polizisten sah. Es gab ihm Sicherheit. Jedenfalls für den Moment. Seit seine Puste nur noch für zehn Schritte reichte und er stehenbleiben mußte, wenn er vier Treppenstufen geschafft hatte, brauchte er dieses Gefühl von Sicherheit um so stärker. Neben der Reihe von Zeitungskästen – der Kasten von *USA Today* war aufgebrochen – verkaufte ein Schwarzer mit Rasta-Frisur billige Uhren.

«Hey, Mann», er hielt Panetta am Ärmel fest, «hat dir noch keiner gesagt, daß du eine Rolex brauchst? Leute wie du können sich ohne Rolex bei ihren Freunden doch gar nicht mehr sehen lassen.» Er ließ vor Panettas Augen eine Uhr mit silbernem Gliederarmband hin- und herbaumeln. «Achtzig Dollar, und sie gehört dir.»

«Danke», Panetta schüttelte den Händler ab, «ich brauche keine Uhr.»

«Und wie willst du dann wissen, wie spät es ist?»

«Das weiß ich auch so», knurrte Panetta.

Der Händler lachte. Sein Goldzahn schimmerte. Er legte die Rolex zurück und wählte eine andere Uhr, mit digitalem Zifferblatt. «Du weißt immer, wie spät es ist?» fragte er mit ungläubigem Lachen. «Hast du eine innere Uhr oder so was?»

Panetta warf einen hilfesuchenden Blick zum Streifenwagen.

Der Polizist stellte den Colabecher auf das Armaturenbrett und öffnete die Wagentür. Er setzte einen Fuß auf den Bürgersteig. Das allein machte Panetta schon sicherer.

«Genau», sagte er, «eine innere Uhr. Die hab ich. Die sagt mir, es ist Zeit.»

«Zu was, Mann?»

«Zeit zu gehen», Panetta schob den Händler beiseite. Er wußte, daß der Polizist ausgestiegen war und sich jetzt langsam auf den Händler zubewegte. Der Stock baumelte am Ledergürtel, der Colt steckte im Halfter.

Panetta ging weiter. Ruhig und langsam. Alle zehn Schritte machte er eine kleine Pause, faßte sich ans Herz, automatisch. Er überquerte die Straße auf dem Zebrastreifen und wandte sich hinter dem Fahrstuhlausstieg nach links.

Panetta bog in die 42. Straße ein. In der Ferne sah er schon das Zeichen von Starbuck's Coffee-Shop. Er brauchte jetzt einen Cappuccino. Und nicht diesen verdammten Kräutertee, den MacLachlin ihm immer eingeredet hatte. Von Kräutertees wurde sein Herz nur noch schlaffer, und seine Müdigkeit nahm geradezu unüberwindliche Dimensionen an.

Weißt du, was ich nicht mehr aushalte? hatte Martha ihm neulich beim Abendessen gesagt. Daß du mich angähnst, wenn ich mir dir rede. Wenn ich dir was erzähle. Ist das alles so verdammt langweilig, was ich sage? Soll ich lieber ganz den Mund halten? Wollen wir den Fernseher anmachen, während wir essen? Oder ist es dir lieber, wenn ich überhaupt für eine Weile aus deinem Blickfeld verschwinde? Ich mein das nicht böse, Darling. Ich will dir nur helfen.

Er wollte fit sein, wenn Martha nach Hause kam. Als er an dem Blumenstand vorbeikam, fiel ihm ein, daß er Martha lange keine Blumen geschenkt hatte. Er blieb stehen, blickte auf die Eimer mit eingewickelten Rosen. Rosen in jeder Farbe. Er würde heute gleich mit ihr reden müssen. Grady brauchte eine Antwort.

«Alle ganz frisch», sagte die Verkäuferin, eine Frau mit dikken weißen Schenkeln, die sich gegeneinanderrieben, wenn sie sich bewegte.

Als Panetta sich herunterbeugte und seine Nase in einen

Rosenstrauß steckte, bellte unablässig ein Hund. Er hörte, wie eine Frau rief: «Homer, verdammt noch mal, halt die Schnauze!»

Er schaute auf und lächelte die Verkäuferin an. «Ich nehm davon ein Dutzend.» Er fragte sich, was Leute sich dabei dachten, wenn sie ihren Hund Homer tauften.

ZWEITES KAPITEL

«OH», sagte Martha erstaunt, «Blumen. Was ist passiert?»

Sie wirkte abgehetzt, nervös, und gleichzeitig wollte sie genau das vor ihm verbergen.

Panetta, der in seinem Sessel am Fenster saß, fiel plötzlich auf, daß das Strahlen aus Marthas Gesicht verschwunden war, verblichen irgendwie, das Leuchten, die Sommerfrische, der Geruch von Lebenslust und Abenteuer, der ihr früher anhaftete. Vielleicht hatte sie sich einfach nur für ein anderes Parfum entschieden. Er dachte (und sein Herz krampfte sich dabei zusammen), daß er immer noch zuwenig von ihr wußte. Dabei waren sie jetzt sieben Jahre verheiratet. Mehr als die Hälfte dieser Zeit hatte er sich mehr für sein Herz als für die Liebe interessiert, notgedrungen.

«Was siehst du mich so an, Darling?» fragte sie, die Broschüren, die sie aus der Firma oder vom letzten Kundenbesuch mitgebracht hatte, vor den Bauch gepreßt.

Panetta sah, daß ihre Arme dünn waren, dünner als früher. Die Haut bleich, und das Adergeflecht deutlich sichtbar. Auch die Beine unter dem Sommerkostüm: sehnig, aber mager. Früher, als sie noch an den Wochenenden ans Meer gefahren waren, hatte sie braune Beine gehabt, muskulös, die Beine einer Tennisspielerin. Er hatte sich auch in ihre Beine verliebt, in diese federnden Sprünge, mit denen sie einem Ball hinterhergehechelt war, der eigentlich unhaltbar war ...

Sie stand immer noch in der Tür und schaute ihn an. Das Sonnenlicht fiel durch das bunte Glasfenster neben der Haustür auf ihre Schulter. Das Haar lag weich und sanft auf ihrem Hals.

Wann hatte er diesen Hals zuletzt geküßt?

Obwohl sein Herz schmerzte wie lange nicht, hatte er für eine winzige Sekunde eine Vision. Die Vision von Wärme und Glück. Er liebte diese Frau. Martha war die Frau seines Lebens, daran hatte er keinen einzigen Augenblick gezweifelt. Er mochte alles an ihr. Das Temperament, den Ehrgeiz, die Sprunghaftigkeit, die Vitalität, ihre Leidenschaft für ordinäre Kraftausdrücke. Er mochte es auch, wenn sie den Akzent der Schwarzen nachahmte, sie war darin besonders gut. Ihre Nanny war schwarz gewesen, Hortense. Auch das hatte sie zusammengebracht, ihr Engagement für das *Better Life Program*, mit dem den Kindern aus Southeast geholfen werden sollte, den Kindern aus den schlimmsten Vierteln von D.C. Schwarze Kinder, Puertoricaner, Immigranten aus Haiti und Kuba. Die chancenlosen Kids sollten durch das *Better Life Program* aufgefangen werden. Bei einer dieser Veranstaltungen, für die Panetta Bibliotheksräume zur Verfügung gestellt hatte, war sie aufgetaucht, nervös, ein bißchen abgehetzt, die Haare achtlos mit einer Spange im Nacken hochgesteckt, so daß sich kleine Strähnchen um ihre Ohren ringelten bis auf den Hals. Er hatte, weil er hinter ihr Platz genommen hatte, immerzu den Wunsch verspürt, die Haarsträhnen anzufassen. Er konnte an jenem Abend, als er hinter ihr gesessen hatte, kaum der Versuchung widerstehen, die Hand auszustrecken nach dieser kleinen Ringelsträhne dunkelblonden Haares. Dann hatte sie sich umgedreht und in seinem Gesicht alles gelesen: seine Sehnsucht, Begierde, Wollust, aber auch Zärtlichkeit. Offenbar das alles zusammen. Und die unendliche Einsamkeit, in der er immer gefangen gewesen war, eigentlich ein Leben lang. Sie hatte, als ihm die Röte ins Gesicht stieg, einfach nur gelächelt …

Dieses Licht der bunten Glasfenster auf ihrem Haar. Ein kostbarer Augenblick. Alles noch ungesagt.

Sie schaute zu den Blumen, gelbe und pinkfarbene Rosen gemischt, nichts Rotes, keine blutroten Rosen. Dann wieder zu ihm. Er saß in seinem Sessel, fühlte den stechenden Schmerz in der Brust, aber er lächelte. Er wünschte, sie könnte begreifen, was in ihm vorging. Sie könnte es fühlen, ohne daß er etwas sagen müßte. Wie er sie immer noch liebte. Wie er diese Haarsträhne, die in die Kostümjacke fiel, immer noch so gerne anfaßte und wieder zurückschob, hinter ihre Ohren. Der seidige Glanz ihrer Haut, ihr Geruch. Die nervöse Lebendigkeit ihres Körpers.

Blumen auf dem Tisch, ein Sonnenstrahl auf ihrem Haar. Alles war gut.

Panetta saß in seinem Lieblingsstuhl neben der Marmorkonsole. Martha hatte sie auf einer Auktion bei Sotheby's günstig ersteigern können, ein Schnäppchen, wie sie gemeint hatte, weil sie angeblich aus einer Palladio-Villa stammte, vom Künstler selbst entworfen. Panetta war sicher, daß dieses Schnäppchen dennoch den Preis eines Kleinwagens gehabt hatte. Er klärte Martha nicht darüber auf, daß Palladio seine Villen in Venetien gebaut hatte und Martha doch eigentlich toskanischen Landhausstil sammeln wollte. Er liebte sie. Und deshalb gefiel ihm alles, was sie anschleppte, um die Wohnung zu dekorieren. Und er war mit ihr einer Meinung, daß ebenjene Dinge, die sie vor zwei Jahren angeschleppt hatte, nun einfach nicht mehr paßten und in einen Möbel-Second-Hand-Shop gegeben werden mußten. Veränderung ist Leben, predigte Martha, Stillstand ist Tod. Panetta war ihrer Meinung, voll und ganz, hatte nur nicht angenommen, daß das auch für Wohnungseinrichtungen galt. Aber darin war sie Spezialistin. Wer Immobilien makelt, hat damit automatisch das Recht erworben, die Inneneinrichtung der eigenen vier Wände zu bestimmen. Er durfte immerhin entscheiden, welche Bücher in den Regalen stehen sollten und welche auf den Beistelltischen und Marmorkonsolen ausgelegt wurden.

Er hielt ein Buch auf dem Schoß, ein Medizinlexikon. Als Martha die Haustür aufschloß, hatte er das Buch hastig zugeklappt, den Finger aber eingeklemmt gelassen. Er wollte eben nach einem Lesezeichen suchen, als sie schon in der Tür stand und sagte: «Oh, Blumen! Was ist passiert?»

«Nichts von Bedeutung.» Panetta lächelte. Er erhob sich umständlich, das Buch mit der markierten Seite in der Hand. Weil er so schnell nichts anderes fand, legte er einen Brief, den er noch nicht geöffnet hatte, in das Buch und stellte es ins Regal zurück.

«Ich kann mich nicht erinnern», Martha gab ihm einen flüchtigen Kuß, «wann du mir zuletzt Rosen geschenkt hast.»

«Wenn das als versteckte Anklage gemeint ist, tun wir sie gleich in den Müll.»

«Keine Anklage, Darling», sagte sie, ihn ruhig betrachtend, «nur eine Feststellung. Was hat der Arzt gesagt?»

Panetta nahm ihr den Stapel Farbkopien aus der Hand, legte ihn auf dem Olivenholztisch ab, der eigentlich ihr Eßtisch war, aber immer von Büchern, Zeitschriften und anderen Dingen bedeckt war, und küßte sie. Er küßte sie, indem er seine Hände an ihren Hals legte. Seine Hände waren immer kalt, und ihr Hals war immer heiß. Er sah, wie ihre Lider zuckten, als seine kalten Hände ihre heiße, weiche Haut berührten, wie die Wimpern zitterten. Marthas grüne Augen wurden für den Bruchteil einer Sekunde dunkel wie Moos. Er liebte auch das. Er küßte ihre Stirn, weil sie den Kopf senkte. Das tat sie in der letzten Zeit immer, ganz automatisch (oder zufällig?), wenn sie sich begrüßten.

«Du kommst spät», murmelte er, als sie sich seinen Händen sanft entzog.

«Hast du keine Nachrichten gehört? Weißt du nicht, was in dieser verdammten Stadt wieder einmal los ist? Arafat ist da. Was will dieser Kerl alle drei Monate in unserer Stadt? Die Sicherheitsbeamten drehen durch, wenn er kommt. Ich glaube, diesmal mit einer Delegation von hundert Leuten. Sie sind in einem Konvoi durch die Stadt gebraust, auf der Connecticut Avenue gab es einen Stau von Chevy Chase bis hierher. Ich wünschte, wir könnten aufs Land ziehen, Daniel, und Schafe züchten oder so was.»

«O ja», sagte er, «an einem See. Ich würde mir einen Campingstuhl nehmen, eine Angel kaufen, am See sitzen und darauf warten, daß du aus der bösen, heißen Stadt zurückkommst und erzählst. Ich müßte mir das alles dann selber nicht mehr ansehen.»

Martha ließ sich in einen Sessel fallen, streifte die Sandalen von den Füßen und schaute ihn an. «Was hat Grady gesagt?»

«Es müßte ein See voller Fische sein.» Panetta rollte seinen Sessel vor (alle Sessel hatten seit einiger Zeit Rollen), nahm Marthas Füße, legte sie in seinen Schoß und begann ihre Zehen zu massieren. Martha liebte das. Normalerweise schloß sie die Augen und machte: «Aah.»

An diesem Tag ließ sie nicht den Blick von seinem Gesicht.

«Barsche», sagte er, «und diese langen Fische ohne Flossen.»

«Aale?»

«Nein, keine Aale.»

«Barracudas?»

«Unsinn, das sind Salzwasserfische, Killerfische. Wir wollen doch ein Haus an einem friedlichen Süßwassersee. Irgendwo in der Nähe von Charlottesville. Habt ihr da nie was im Angebot?»

«Das ist zwei Stunden von hier, Daniel. Soll ich jeden Tag zwei Stunden bis ins Büro fahren?»

«Was hältst du von Lakeforest? Habt ihr das im Angebot?»

«Das pflastern sie gerade mit neuen Siedlungen zu. Alles Holzhäuser, ein bißchen verschnörkelt und verschmockt, mit Erkern und Türmen, Veranda und so. Hundert Häuser, die alle identisch sind. Mit identischem Vorgarten, eine Kiefer vor dem Haus, ein Gingkobaum dahinter, und die Terrassen sind durch Palisanderzäune von der Terrasse des Nachbarn getrennt. Willst du so leben?»

«Ja», sagte Panetta, «wenn du bei mir bist.» Er nahm den großen Zeh ihres linken Fußes in die Hand und massierte den Zehenballen. Er lächelte. Aber Martha, die Frau, mit der er seit sieben Jahren verheiratet war, ließ sich nicht täuschen.

«Soll ich mit ihm reden?» fragte sie. «Soll ich ihn anrufen?»

«Wen?»

«Doc Grady. War es so schlimm? Kannst du nicht darüber sprechen?»

Panetta hob den Kopf. Er schaute Martha an, er lächelte, aber er hatte plötzlich Tränen in den Augen. Verdammt, das hatte er verhindern wollen. Sanft stellte er ihren Fuß auf den Boden und erhob sich. Er ging zu dem Stuhl, über dem seine Anzugsjacke hing, entnahm die Brieftasche und daraus einen zusammengefalteten Zettel. Martha beobachtete ihn. Wortlos faltete er den Zettel auseinander und reichte ihn ihr.

«Was ist das?» fragte sie.

«Lies.» Er ließ sich wieder in seinen Sessel fallen, rollte ihn etwas von Martha weg. Er betrachtete ihre Stirn, die hohe, gewölbte Stirn, die Augenbrauenbogen, die zuckenden Lider, die langen Wimpern. Martha las, hob den Kopf.

«Was soll das? Warum gibst du mir das?»

«Grady hat es mir gegeben. Ich soll darüber nachdenken, hat er gesagt.»

«Über das hier? Warum du länger leben möchtest?»

«Fang mit der zweiten Frage an», schlug Panetta vor.

Martha runzelte die Brauen. Sie war irritiert, fast gereizt. Sie bewegte die Lippen, als sie las, sprach aber nicht laut. Panetta kannte die zweite Frage auswendig: «Was werde ich nach der Operation mit den Jahren anfangen, die das neue Herz mir schenkt?»

«Was für eine Operation?» fragte Martha. «MacLachlin hat doch gesagt, er kann nicht mehr operieren. Eine Operation bringt nichts. Will Grady operieren? Wie denn, was denn? Wozu gibt er dir diesen blöden Zettel?»

«Ich glaube», sagte Panetta, «weil er wollte, daß ich dich irgendwie vorbereite. Oder mich. Ich weiß nicht. Ich denke, er hat sich gesagt, wenn ich einen Entschluß gefaßt habe, muß ich das mit dir besprechen, müssen wir beide zum gleichen Ergebnis kommen, das ist wichtig, glaube ich. Denn sonst geht es nicht, sonst würde er es wahrscheinlich nicht machen. Er sagt, wenn wir uns bald entscheiden, könnte ich es schaffen. Ich meine, dann könnte die Operation so rechtzeitig angesetzt werden, daß ich die Chance habe, an Thanksgiving noch am Leben zu sein.» Er lächelte wieder. Die Tränen in seinen Augen waren getrocknet.

«Daniel», Martha beugte sich vor, legte ihre Finger auf seine Knie, wie Grady es vor ein paar Stunden getan hatte. «Was ist das für eine Operation?»

Panetta fuhr mit der Zunge über die Lippen. Sein Mund war wie ausgetrocknet. Das passierte oft in letzter Zeit.

«Kannst du es nicht erraten?»

«Nein», sagte Martha.

«Denk doch einmal nach. MacLachlin hat gesagt, eine Operation kommt nicht in Frage.»

«Aber Grady hat offenbar eine neue Methode.»

«So neu nun auch wieder nicht.»

«Daniel, bitte, was will Grady machen?»

Panetta lehnte sich zurück, die Hände ruhten auf den Lehnen, er betrachtete seine Finger und wunderte sich, daß sie nicht zitterten. Auch seine Beine zitterten nicht, sein Kinn nicht. Gar nichts zitterte. Er war vollkommen ruhig.

«Er will mir ein neues Herz schenken», sagte er.

Martha sprang so heftig auf, daß der Reißverschluß an ihrem Rock aufplatzte.

«Scheiße», fluchte sie, «Scheiße.» Sie drehte den Rock und stellte fest, daß auch der Knopf abgeplatzt war. «Verdammt, das war ein besonderer Knopf.» Sie schob die Finger in die Polsterritzen, fand den Knopf nicht. Sie richtete sich auf, der Rock rutschte herunter, sie mußte ihn festhalten. Sie schaute auf, ihre Stimme bebte. «Mein Rock ist aufgeplatzt», sagte sie hilflos.

«Ist das so schlimm?»

«Du meinst das nicht ernst. Das war eben nicht ernst, oder? Grady will ... ein Herz schenken? Ich meine, heißt das, er will dir ein anderes Herz einsetzen? Das Herz eines Fremden? Eines völlig anderen Menschen? Das ganze Herz? Oder nur ein Stück? Oder ein Kunstherz? Gibt es Kunstherzen?»

«Ich glaube, er meint das Herz eines Fremden.»

Marthas Augen waren weit aufgerissen. «Das Herz eines Toten», sagte sie, «das will er dir ... nein ... ich meine ...» Sie lief im Zimmer herum, barfuß, immer mit einer Hand den Rock festhaltend, blieb stehen, abrupt, warf den Kopf in den Nakken, so daß die Haarspange sich löste und immer mehr Haarsträhnen und Locken sich um ihren Hals ringelten.

«Daniel, ich kann das nicht glauben. Das passiert nicht uns. Nein, nein, das passiert nicht uns. Das ist der Alptraum schlechthin. Das ist ...» Sie faßte sich an den Kopf. Der Rock rutschte langsam über ihre Hüften, glitt über ihre Oberschenkel und faltete sich dann zu einem sandfarbenen Kranz um ihre Füße. Martha riß die Augen auf und starrte ihren Mann an.

«Weck mich auf, bitte», flüsterte sie.

Panetta wollte aufstehen, aber er konnte nicht. Er war zu schwach. Er spürte, daß seine Luft für diese Anstrengung nicht mehr reichte, nicht in diesem Augenblick. Er betrachtete die Agonie in dem Gesicht seiner Frau. Dieses ganze verzerrte Bild einer Frau, das sich ihm bot. Der Baumwollslip, hellgrau, mit einem weißen Käntchen. Hellbraune Schamhaare lugten rechts und links heraus. Schweißflecken in der Leiste. Ihre Oberschenkel, ein bißchen zu mager. Die Knie, ein bißchen zu spitz. Eigentlich ein Mädchenkörper, sehnig, hager, unerotisch. Aber die Haut seidig. Der Oberkörper korrekt bekleidet.

«Grady sagt, er habe das schon achtundzwanzigmal gemacht.»

«Was?» schrie Martha. «Einem Toten ein Herz herausgeschnitten? Und es einem anderen eingenäht? Zusammengenäht? Wie geht das überhaupt? Wie macht man so was?»

«Ich denke, dafür haben Leute wie Grady Jahrzehnte studiert. Ich habe ihn nicht gefragt, wie er das macht.»

Martha starrte ihn an. «Mir ist ganz schlecht.»

Sie drehte sich um und lief aus dem Zimmer. Er hörte, wie sie oben im Bad keuchte, hustete, der Wasserhahn aufgedreht wurde.

Panetta lehnte sich in seinem Sessel zurück und schloß die Augen. Seine Lippen waren nur ein schmaler Spalt, die Nase hatte sich zusammengezogen, und er spürte einen bohrenden Schmerz an der Nasenwurzel, dort, wo die Augenbrauen gegeneinanderstießen. Er rieb seine Stirn. Er versuchte, tief zu atmen, aber er konnte nicht tief atmen, seit Jahren schon nicht. Er hatte Angst, er würde nicht genug Luft bekommen, wenn er sich nicht zur Ruhe brachte. Richtig und vollkommen zur Ruhe. Martha tauchte nicht wieder auf. Der Wasserhahn lief nicht mehr, sie hustete und keuchte nicht mehr, aber sie kam auch nicht zurück, ließ ihn da sitzen.

Er wartete, bis er ruhiger wurde. Dann erhob er sich, ging

zum Stuhl, zog die Anzugjacke über, knöpfte sie zu und ging in den Flur. Er lauschte. Er wartete noch einen Augenblick und stieg dann, sehr langsam, ohne das geringste Geräusch zu machen, die Treppen nach oben. Sie hatten jetzt eine Maisonette-Wohnung. Zehn Stufen bis zum Schlafzimmer und zum Bad. Das war zu schaffen. Aber es war auch schon das Äußerste. Wenn sie jemals aufs Land zögen, würde er auf einer Wohnung ohne Treppen bestehen. Ohne eine einzige Treppe. Aber mit einem neuen Herzen waren Treppen ja vielleicht gar kein Problem …

Sie lag auf dem Bett, ausgestreckt, immer noch in dieser Kostümjacke und dem kleinen Baumwollslip. Sie lag ganz ruhig, die Arme ausgestreckt, die Handfläche gegen das kühle Laken gepreßt. Sie bemerkte ihn nicht.

Er hielt sich am Türrahmen fest. Er betrachtete sie, wie er sie lange nicht angeschaut hatte. Seine Frau. Sein Weib. Dieses Bett hatten sie sieben Jahre miteinander geteilt, fast ohne Unterbrechung. Sie hatten es so gewollt. Wenn man sich zur Ehe entschließt, hatten sie gesagt, dann soll man auch beieinanderbleiben. Nicht die Spannung suchen in ewigen Trennungen, auseinandergehen – sich wiedervereinen. Beieinander bleiben. In guten wie in schlechten Tagen. Ja, so hatten sie das damals besprochen.

Als er fürchtete, sie würde sein langes Starren indiskret finden, räusperte er sich. Er hielt sich am Türrahmen fest, weil er seinen eigenen Beinen nicht mehr traute. Er traute seinem Körper überhaupt nicht mehr. Das war das Fatale. Er konnte sich auf nichts verlassen. Die Knie könnten jeden Augenblick nachgeben, aus Schwäche.

Martha richtete sich mit einem Ruck kerzengerade auf. Ihre Augen riesengroß. «Stehst du schon lange da?»

«Eine Weile», sagte er sanft.

«Entschuldige.» Sie ließ die Beine von der Bettkante hängen und fuhr sich mit den Fingern durchs Haar. «Ich war so durcheinander. Wie ich aussehe. O Gott, Darling, entschuldige.»

Er kam lächelnd zu ihr, setzte sich neben sie, aber weit genug entfernt, um sie durch eine Berührung nicht in Verlegenheit zu bringen. Er hatte keine Ahnung, wie sie sich fühlte, was sie dachte, wie sein Körper auf sie wirkte. Machte er ihr angst?

«Was soll ich entschuldigen?» fragte er. «Daß du unten zuwenig anhast? Oder oben zuviel?»

Sie wandte ihm den Kopf zu. Ihre Nase war so spitz, ihr Gesicht so klein. Der dünne Hals. Wann war ihm zuletzt aufgefallen, wie schmal sie war? Eine Welle von Schuldgefühlen überschwemmte ihn. Hatte er zu viel an sich gedacht? War er immer nur mit seinem eigenen Körper, seinem eigenen Herzen beschäftigt gewesen? «Du bist dünn geworden», sagte er leise.

Sie lachte. Sie zog schnell die Kostümjacke aus und warf sie über den Stuhl.

«Gut gezielt.» Er applaudierte.

«Wenn du noch Scherze machen kannst, geht es dir nicht so schlecht, oder?» Sie schenkte ihm einen Blick. Winzig. Ein Blinzeln. Es fiel ihr schwer, ihm direkt in die Augen zu sehen. Damit mußte er sich abfinden. Es fiel ihr schwer, ehrlich zu sein.

Sie will mich nicht verletzen, dachte er. So ist sie. Rücksichtsvoll. Aber insgeheim graust sie sich.

«Meine Scherze sind nichts weiter als Galgenhumor.» Er nahm allen Mut zusammen und strich mit den Fingern über ihre Oberschenkel. Die kühle, glatte Haut. Ein feuchter Film auf der Haut. Härchen, die flimmerten im Licht.

Sie schloß die Augen. Vielleicht, weil sie es anders nicht ertrug, daß er sie anfaßte. Er war so unsicher. Er kannte sie nicht mehr. Er konnte sich nicht ausmalen, was sie dachte, was sie fühlte. Dabei war sie seine Frau. Der einzige Mensch, das einzige Wesen, das bis in sein Innerstes vorgedrungen war. Ihr hatte er immer erlaubt, einen Blick in seine Seele zu tun. Ja, er hatte es sogar gewollt. Sie hingegen war ihm immer ein Geheimnis geblieben. Ein Rest Unergründlichkeit hinter der reizvollen Fassade. Eine grundlose Tiefe, wenn man den Blick in ihre Augen versenkte, das hatte ihn zweifellos immer fasziniert. Heute irritierte es ihn. Würden sie je wieder wie normale Menschen miteinander reden können?

«Darling», ihre Lippen zitterten, als sie sprach, «das muß ein furchtbarer Tag für dich gewesen sein.»

«Er ist noch nicht zu Ende», sagte Panetta weich. Seine Finger tasteten nach ihren Händen. Ihre Finger verhakten sich wie Klammern.

«Ich wollte dir das alles nicht zumuten», sagte Panetta. «Ich wünschte bei Gott, ich hätte mit anderen Nachrichten nach Hause kommen können. Mit besseren Nachrichten. Aber gute Nachrichten hatten wir schon lange nicht, was?»

«Nein. Sie werden immer schlimmer. Man denkt, schlimmer geht es nicht, und dann kommt doch noch etwas.»

Er studierte ihr Profil. Ihre Wimpern zitterten. Er konnte das Mahlen ihrer Kiefer fast hören. So vollkommen verkrampft. Er löste seine Finger aus ihren und erhob sich. Er spürte, wie ihre Verkrampfung sofort nachließ. Er ging zur Tür, hielt sich am Türrahmen fest. «Grady sagt, es gibt schon zigtausend Menschen, die mit einem fremden Herzen leben. Zwei Kleinstädte. Er sagt, wenn man sich das vorstellt, fällt es leichter.»

Martha ließ sich wieder auf das Bett fallen. «Ich weiß nicht, Darling, ob das wirklich hilft.»

«Gut, dann laß ich dich jetzt allein.»

«Danke, Darling, nur eine Sekunde, ja? Ich komm gleich wieder runter zu dir.»

Panetta räusperte sich. Er konnte sich nicht von ihr trennen. Er wollte weiter mit ihr reden, sie war die einzige, die ihm helfen konnte, der einzige Mensch, den er jede Sekunde um sich haben wollte. Immer. Er brauchte sie.

«Grady sagt, es geht nur, wenn wir beide es wollen. Er führt die Operation nur durch, wenn er sicher ist, daß du es auch willst.»

Ihre riesengroßen Augen, voller Angst. Es war gemein von ihm. Wieder hatte er ihr alle Last aufgebürdet, die Entscheidung für sein Leben auf ihre Schultern. Wie konnte er das tun? Wie konnte er immer wieder von ihr alles verlangen?

«Er wartet auf deinen Anruf. Aber laß dir Zeit.»

«Ich weiß nicht, Danny, ob ich jetzt mit ihm sprechen will. Ich weiß es nicht. Ich muß darüber nachdenken.»

«Natürlich», sagte er sanft und zog die Tür hinter sich zu.

Als er das Treppengeländer erreicht hatte, spürte er einen leichten Schwindel. Eine Woge von Enttäuschung und Mutlosigkeit durchflutete seinen Körper. Er wußte nicht, was er sich von diesem Gespräch erhofft hatte. Jedenfalls etwas anderes. Er starrte die Treppe hinunter, Stufe für Stufe dem Abgrund entgegen. Die Terracottafliesen unten im Flur konnte er kaum erkennen, so weit, so tief unter ihm.

Als er wieder ins Wohnzimmer trat, fiel sein Blick als erstes auf Gradys Zettel. Er bückte sich schwerfällig, hob den Zettel auf, preßte die Hand gegen das Herz, um es zu beruhigen, und las: *Warum möchte ich länger leben?*

Er schloß die Augen. Er atmete flach und zitternd. Er mußte seine Atmung als erstes kontrollieren, sonst konnte er nicht denken.

Er mußte eine Antwort finden auf diese Frage, die Grady ihm gestellt hatte: Warum möchte ich länger leben?

Jetzt wußte er, warum Martha ihn so enttäuscht hatte. Er hatte gehofft, daß sie für ihn die Antwort geben würde, ganz selbstverständlich, mit genau diesem strahlenden Lächeln, diesem sommerfrischen Glanz auf der Haut, den er so liebte.

«Aber das ist doch klar, Darling», hatte sie sagen sollen, «weil wir uns lieben. Weil diese Liebe so schön ist, daß sie nie aufhören soll.»

Warum hatte sie das nicht gesagt? Warum rettete sie ihn nicht?

Warum schwieg sie?

Martha erschien erst wieder, als er in der Küche das Abendbrot richtete. Sie hatte die Dean & Deluca-Tüten auf dem Küchentisch abgestellt und sich nicht mehr darum gekümmert. Da er nicht wieder hinaufgehen wollte ins Schlafzimmer, versuchte er, aus den Puzzlesteinchen (Lauchzwiebeln, Schinkenwürfel, Cottage Cheese, frische Himbeeren, Crème fraîche, Mango, fettarme Milch und Pita-Brot) ein Gericht zusammenzustellen. Er kochte gut, wenn auch nicht besonders gern. Seit er nicht mehr arbeitete, hatte es sich aber so eingespielt, daß Martha einkaufte und er kochte. Meistens telefonierten sie, bevor Martha das Büro in der Wisconsin Avenue verließ. Dean & Deluca war nur zwei Blocks von ihrem Büro entfernt, der beste Feinkostladen der Stadt, wie Martha immer sagte. «Allein schon deshalb darf ich die Firma nie wechseln.» Oder die Firma nie ihre Adresse, hatte Panetta hinzugefügt.

Sie hatte sich Bermudas angezogen, in denen ihre sehnigen Beine noch sehniger wirkten, eine weite Leinenbluse, und die nassen Haare mit einem Hornreifen aus dem Gesicht geschoben. Er stand am Küchenblock und hackte den Dill.

«Ich bin nicht ganz sicher, wofür du den Dill geplant hast», sagte er, während sie von hinten ihre Arme um seine Taille schob und ihn küßte, durch das verschwitzte Hemd hindurch, auf eine Stelle irgendwo zwischen dem dritten und vierten Wirbel.

«Für den Lachs», sagte sie und küßte ihn wieder. «Als kleine Vorspeise. Roher Lachs, wie Sushi. Chuck sagt, das sei gesund, wenn der Lachs mager ist. Und dieser ist mager.»

Chuck war ihr Lieblingsverkäufer bei Dean & Deluca.

Okay, dachte Panetta, sie will nicht darüber reden. Er spürte einen Schmerz, als stäche ihm jemand ein Messer zwischen die Rippen. «Aber da ist kein Lachs.»

Martha beugte sich über die Tüte und raschelte in den leeren Papier- und Papphülsen. «Ich bin ganz sicher. Ich sehe noch vor mir, wie Chuck es an der Kasse eingepackt hat – ganz flaches, viereckiges Päckchen. Und was ist das?» Triumphierend hob sie ein glattes, flaches, in weißes Lackpapier gewickeltes Etwas aus dem tiefen Grund der Tüte ans Licht. «Unsere Lachshäppchen.» Sie hielt ihm das Päckchen unter die Augen, legte den Kopf schief und klimperte mit den Lidern. Das sollte ein bißchen neckisch-komisch aussehen, und Panetta tat ihr den Gefallen zu lächeln.

«Sag nicht, daß ich auch noch eine neue Brille brauche.»

Manchmal half der Sarkasmus.

Als er ihr das Päckchen aus der Hand nahm, schmiegte sie sich wieder an ihn, streichelte den Arm, mit dem er arbeiten mußte, das Päckchen auswickeln.

«Es geht dir also besser?» fragte Panetta.

Sie lachte zärtlich. «Mir? Oh, Darling, ich hab mich entsetzlich benommen. Verzeihst du mir?»

«Bislang hatte ich wenig Anlaß, über so etwas nachzudenken. Eher war es immer umgekehrt. Verzeihst du mir, daß ich dir das alles antue?» Es geht wieder, dachte Panetta. Wir fangen wieder an, miteinander zu reden. Die Eiszeit ist vorbei. Jemand zog das Messer aus seiner Brust. Er konnte wieder atmen. Tief und beinah frei. Ihr warmer, zarter Körper an seinem Rücken. Ihre Küsse.

«Ich weiß, daß ich falsch reagiert hab. Mir ist ja so klar, wie enttäuscht du von mir bist. Ich hätte dir sagen müssen, wie wunderbar es ist, daß Grady eine Lösung gefunden hat. Ich hätte es sofort sagen müssen, nicht wahr?»

«Du mußt sagen, was du denkst. Nicht, was ich mir erhoffe», sagte Panetta. «Du mußt ehrlich sein, Martha.»

«Bin ich doch. Bin ich. Du weißt, daß ich nur einen einzigen Gedanken habe, einen einzigen Wunsch auf dieser Welt, und das ist: daß wir noch ein langes Leben miteinander haben, egal wie. Hauptsache, wir bleiben zusammen auf der Welt. Und du läßt mich nicht alleine zurück. Ich liebe dich, Daniel.»

Panetta ließ den Lachs auf den Küchentisch fallen und drehte sich um. Er musterte Martha, das Gesicht, das ihm ungeschminkt nicht so vertraut war wie das geschminkte. Martha war fast immer geschminkt, das verlangte ihr Job, der Umgang mit anspruchsvollen Kunden. Es war zu ihrem zweiten Ich geworden, daß sie ohne Make-up und Puder das Haus nicht verließ. «Es ist alles so ... ich weiß nicht ...» Martha pustete eine Haarsträhne aus der Stirn. Panetta sah, wie die Haarspitzen vor ihrer Nase zitterten. Er sah, wie Marthas Lippen sich beim Sprechen kräuselten, wie ihre Zungenspitze ganz schnell zwischen den Zähnen hervorhüpfte und wieder verschwand. Sah, wie der Adamsapfel sich bewegte, die Augenbrauen zusammengezogen wurden, die Pupillen klein wurden und wieder groß. Alles nur anatomische Vorgänge, Reflexe, Überkontraktionen und Detraktionen. Sagte das etwas über Marthas Seele aus? Über ihre ehrlichen Gefühle? Das, was sie wirklich im Innersten empfand? Mein Gott, dachte Panetta, ich möchte über so etwas nicht nachdenken. Sie ist meine Frau. Der einzige Mensch, dem ich vertraue.

Sie nahm sein Gesicht zwischen ihre Finger und strahlte ihn an, aus einer Entfernung, die so gering war, daß er meinte, er müsse anfangen zu schielen, wenn er nicht einfach die Augen schloß.

«Mir ist erst allmählich klargeworden: Es wird alles so sein wie früher! Keine Angst mehr. Keine Medikamente, oder wenn, dann bestimmt nicht so ein schlimmes Zeug wie das, was du jetzt unentwegt nehmen mußt ... Wir können an den Wochenenden wieder ans Meer fahren ...» Sie ließ ihren Kopf an seine Schulter fallen, er wollte sie nicht anfassen, nicht die frische Bluse mit Fingern, die eben rohen Lachs berührt hatten. Er stand, die Arme ausgestreckt, während sie sich an ihn schmiegte. Er dachte: damit ich ihr Gesicht nicht sehe.

Laut sagte er: «Martha, meine Hände stinken nach Fisch.»

Sie lachte. «Und? Was macht das? Ich glaub, ich brauch jetzt ein Glas Prosecco.» Sie ließ ihn los, klimperte noch einmal mit den Augen und öffnete die Kühlschranktür. Sie drehte sich zu ihm um. «Du auch?»

«Liebes, frag mich doch nicht.»

«Nur einen winzigen Schluck!»

«Du weißt, daß sich das mit den Medikamenten nicht verträgt.»

Ihr Lächeln erlosch, wenngleich der Mund so breit blieb. Und die Augen so schmal. Die Mimik veränderte sich nicht, und dennoch war es möglich, daß das Lächeln einfach erlosch.

«Ich verstehe, natürlich, Darling. Ich dachte nur, ein Schluck, ein winziger Schluck, um das zu feiern.»

«Trink du für mich mit, Liebes.»

Er hielt seine Finger unter den Wasserstrahl, trocknete die Hände mit Kreppapier und nahm zwei blaue Glasteller aus dem Schrank. Er wollte den Lachs mit gehacktem Dill auf blauen Glastellern anrichten. Er war sicher, daß Martha sich genauso entschieden hätte.

Martha nahm den Stöpsel aus der Proseccoflasche. Sie hatte in der letzten Zeit immer wieder einen Anlaß gefunden, ein Glas zu trinken, unter Hinweis auf ihren Kreislauf. Erst ein Gläschen Prosecco, dann der Chardonnay. Vor dem Zubettgehen, für die bessere Verdauung hin und wieder noch einen Grappa. «Ich schlaf dann besser», sagte sie immer. Er verstand. Er wußte, daß es an ihm lag, wenn sie jetzt mehr trank, als ihr guttat. Vielleicht hielt sie die Abende mit ihm, diese Abende, an denen beide immer nur auf seinen Atem, seinen Husten, sein Röcheln, sein Winseln hörten, anders nicht aus. Er war dabei, ihr Leben zu verpfuschen. Das war ihm immer klarer geworden, und es hatte seine Stimmung nicht gerade gehoben.

Er lächelte ihr zu. «Trink für mich und für dich. Und auf das, was kommt.»

Martha hob das Glas. «Ein neues Herz!» sagte sie. «Wow!» Und trank direkt aus der Flasche.

Er schaute zu, wie die Flüssigkeit ihren dünnen Hals hinabglitt, wie sie schluckte, mit dem Handrücken die Lippen abwischte.

«Du hast dich also entschieden», sagte Panetta.

«Ich? Ich hab mich entschieden? Es ist doch dein Herz. Deine Operation, Darling. Dein Leben.»

«Ja», sagte er, «mein Leben.» Er ging um den Küchenblock herum, bis er direkt vor ihr stand. Er spreizte die Beine ein wenig. Ohne daß er noch etwas sagen mußte, kam sie zu ihm, zwischen seine gespreizten Beine, so daß er sie fühlen konnte an der Innenseite seiner Schenkel. Ein gutes Gefühl. «Ich würde nie etwas gegen deinen Wunsch tun, Martha», sagte er. «Niemals, weißt du. Wenn dir der Gedanke irgendwie unheimlich ist ...»

«Unheimlich?» sagte sie gedehnt. Ja, das war's. Ihre riesengroßen Augen. Der Gedanke, daß man sein Herz herausnehmen und durch ein fremdes ersetzen würde, war ihr unheimlich. Würde er, wenn es nicht um sein Leben ginge, um seine Angst, seine Atemnot, nicht ebenso fühlen? Ein fremdes Herz.

Und ausgerechnet er, der immer gesagt hatte: Du liest in meinem Herzen wie in einem offenen Buch. Warum hatte er so einen Blödsinn je gesagt?

«Laß uns nicht darüber nachdenken, Darling. Es ist nicht unheimlich, du hast vorhin selbst gesagt: Siebzigtausend Menschen laufen mit einem fremden Herzen herum.» Sie lehnte sich an ihn, als suchte sie bei ihm Schutz, ihr Kopf an seiner Brust. Er mußte husten und konnte den Reiz nicht unterdrükken. Er keuchte vor Anstrengung, und sie wich schuldbewußt zurück. Er wollte ihr sagen, wie leid es ihm tat. Er rang verzweifelt nach Luft. Ein Anfall, schlimmer als alle zuvor. Das war die Aufregung, die Anstrengung.

Er schob sie zur Seite, ein bißchen unsanft in seiner Verkrampfung, und stützte sich am Küchenblock ab, den Oberkörper vorgebeugt. Er preßte die Augen fest zusammen, atmete ruhiger, flacher, langsamer. Ruhig werden, ruhig, dachte er. Keine Panik. Du hast genug Luft. Es reicht. Du bekommst genug Luft. Dies ist nur ein Anfall, und danach geht es wieder besser. Wenn der Schleim sich gelöst hat. Ruhig bleiben.

Er schloß die Augen und konzentrierte sich. Langsam atmen, leicht und flach. An etwas Schönes denken. Indian Summer, rotes Laub an den Bäumen, Schnee auf den Appalachen. Sommer, dachte Panetta verzweifelt, Sommer. Eine blühende Wiese, ein tanzendes Kind. Das Mädchen mit den Perlenschnüren in den Zöpfen, das ihm neulich in der Metro gegenüber gesessen hatte. Sie wollten auf ein Fest, das Mädchen und ihre Mutter. Ein schönes Fest in einem Garten, heiter gestimmte, freundliche Menschen gehen herum, begrüßen sich, lachen sich zu. Ja, es geht besser. So geht es. Es ist ein Kirchenfest. Jawohl. Der Reverend steht mitten auf dem Rasen in seinem schwarzen Anzug und lacht, verteilt kleine weiße Zettel. Alle wollen einen kleinen weißen Zettel. Der Reverend wirft die letzten Zettel in die Luft, und sie flattern herum. Das Mädchen mit den Perlenzöpfen juchzt, springt in die Luft, greift danach und hat einen Zettel und läuft damit zu seiner Mami und ruft: Mami! Was bedeutet Glück?

Er öffnete die Augen. Langsam, als käme er von einer langen Reise zurück.

Marthas Gesicht war ganz nah.

«Ist es vorbei?» flüsterte sie und hielt ein Glas an seine Lippen. Wasser, danke. Er nahm das Glas mit zitternden Händen. Trank. Kleine, vorsichtige Schlucke, ganz behutsam. Nur nichts in den falschen Hals bekommen. In die Lunge.

Marthas Gesicht, ganz klein und blaß vor Sorge. Er gab ihr das Glas zurück. «Danke», flüsterte er, «du bist mein rettender Engel.»

«Nein», sagte sie, «ich nicht. Aber Professor Grady. Daran müssen wir jetzt immer denken, Daniel: Er befreit dich von all dem. Er macht aus dir wieder einen gesunden Menschen. Du wirst wieder herumlaufen können wie früher, Daniel! Treppen steigen ohne Anstrengung. Lachen können ohne Angst vor einem Hustenanfall. Es wird ein ganz normales Leben werden, Daniel! Daran müssen wir denken.»

Panetta spürte eine unendliche Zärtlichkeit, als er seine Frau anschaute. Dieses sanfte, zärtlich-verzweifelte Gesicht, das Hoffnung ausstrahlen wollte und Optimismus.

Er fuhr sich mit der Zunge über die Lippen. «Grady sagt, er hat einem Mann ein neues Herz eingepflanzt, und der läuft jetzt auf dem Marathon mit.»

«Wunderbar», flüsterte Martha.

«Und einer, der todkrank war und jetzt Vater von Zwillingen ist. Zwei süßen kleinen Mädchen, mit denen er in Disneyland Geisterbahn gefahren ist.»

«Daniel, das ist doch himmlisch!»

Panetta erinnerte sich, daß Martha freiwillig keinen Fuß in einen Vergnügungspark setzen würde. Er erinnerte sich an Gespräche, die sie darüber geführt hatten. Aber das spielte jetzt keine Rolle. Keine Rolle. Er suchte nach weiteren Beispielen.

«Und diese Frau, die mit einem neuen Herzen in einem Flüchtlingscamp arbeitet, in Jugoslawien. Vorher war sie Sekretärin gewesen, hatte einen langweiligen Job, und dann, mit dem neuen Herzen, fühlte sie auf einmal die Kraft, anderen zu helfen ...»

Martha küßte ihn. «So wird es bei dir auch sein, Darling», sagte sie. «Du wirst Kraft haben, ganz viel Kraft.»

«Und Lebensmut», sagte er.

«Ja, und eine Freude am Leben. Lebenslust wirst du haben. Und sie mit anderen teilen, mit unseren Freunden.»

«Es wird sein wie früher», sagte Panetta. Sein Atem wurde leicht. Es war fast, als habe er dieses neue Herz schon, als könnte er bereits besser atmen, als spüre er schon diese Kraft. Solange Martha ihn mit diesem Lächeln anschaute und ihm diese Hoffnung schenkte ...

«Es wird besser sein als jemals vorher», sagte Martha.

«Warum sagst du mir nicht, was dein Doktor von mir will? Ich hab Angst vor dem Gespräch.» Genau in dem Moment, als Martha das sagte, überquerten sie auf der Interstate 66 den Potomac River. Links tauchte das Theodore Roosevelt Memorial auf. Er hatte gerade gedacht, daß ihm niemand ein Denkmal bauen würde, man würde nicht einmal eine Straße nach ihm benennen oder auch nur einen winzigen Platz mit zwei Bäumen, einer Bank und etwas Gestrüpp, unter das die Hunde ihre Haufen machen konnten. Er hat der Nachwelt nichts hinterlassen. Nichts erfunden, nichts erforscht. Nicht ein einziges Gedicht, das sich aufzubewahren lohnte. Als Student hatte er sich mit Gedichten versucht, auch ein bißchen Prosa. Eine Novelle war herausgekommen, mehr eine Parabel, die Geschichte eines Jungen, der sich als blinder Passagier in eine Mondrakete eingeschmuggelt hat. Er wäre in der ersten Sekunde nach dem Start verglüht, aber die Rakete hatte Startprobleme. Erst war es das Wetter, dann ein Fehler im Rechenzentrum der NASA, dann erkrankte der Astronaut an einer unbekannten Virusinfektion. Der blinde Passagier hockte während dieser ganzen

Zeit in der Luftblase zwischen Innenhaut und Außenhaut der Rakete, ernährte sich von Zwieback und kleinen getrockneten Speckstreifen (das hatte Panetta bei einem der russischen Dichter gelesen). Bei der letzten Routinekontrolle vor dem endgültigen Start entdeckten ihn die NASA-Leute und zerrten ihn vor ein Militärgericht. Er bekam einen aufsehenerregenden Prozeß. Er war der erste Weltraumspion. Ich hätte die Novelle damit beenden sollen, daß ihm ein Denkmal gebaut wurde, dachte Panetta gerade. Da sagte Martha: «Ich habe Angst.»

Er hatte einen Augenblick lang nicht an seine eigene Angst gedacht.

Martha war eine gute Autofahrerin, sie fuhr schnell und sicher, hatte extrem gute Reaktionen. Sie waren schon einige Male – nur dank Marthas schneller Reflexe – einer Karambolage entgangen. Der Wagen, ein weinroter Plymouth mit safrangelben Samtbezügen, glitt fast lautlos auf der mittleren Fahrspur dahin. Unter ihnen glitzerte das Wasser des Potomac. Westwind kräuselte die Oberfläche, und die Motorboote sprühten Gischtfontänen, wenn sie mit dem Bug auf eine Welle aufschlugen.

Der Verkehr lief gleichmäßig und ruhig. Es gab keine Staumeldungen, keine verengten Fahrbahnen durch Baustellen. Ein gewöhnlicher Mittwoch, gegen elf Uhr vormittags. Der Temperaturzeiger hatte sich auf 37 Grad Außentemperatur eingependelt, sie hatten die Klimaanlage weit genug heruntergeschaltet, daß es angenehm im Innern des Wagens war, aber auch nicht so kalt, daß sie beim Aussteigen einen Schock bekämen. Sie liebten dieses Auto.

Es hatte sie früher an den Wochenenden sicher nach Chesapeake Beach gebracht. Im Kofferraum der Picknickkorb, auf dem Rücksitz die Tasche mit den Badesachen. Martha trug immer einteilige Badeanzüge in Neonfarben, mit höherem Beinausschnitt. Sie war eine gute, ausdauernde Schwimmerin. Als seine Herzschmerzen stärker wurden, ängstigte es ihn, daß sie so weit hinausschwamm. Er saß unter dem balinesischen Sonnenschirm, einen Strohhut tief in die Stirn gedrückt, ein Buch auf den Knien, aber er las keinen zusammenhängenden Absatz, er schaute nach jedem zweiten Wort auf, suchte das unruhige Meer nach ihrem Kopf ab, der mal auftauchte, dann wieder in einem Wellental verschwand. Manchmal, wenn Martha sich auf den Rücken drehte und kraulte, konnte er die kleinen Wasserspritzer beobachten, die das Aufschlagen ihrer Beine auf das Wasser verursachte. Erst wenn er sicher war, daß Martha umgedreht hatte und sich auf dem Rückweg zum Ufer befand, schlug sein Herz ruhiger. Sie blieb oft, wenn sie aus dem Wasser watete, noch einen Augenblick am Ufer stehen, schüttelte das Wasser aus den Haaren und schaute aufs Meer. Er hatte sie nie gefragt, was in solchen Augenblicken in ihrem Kopf vorging, wenn sie da so stand, das Wasser aus den Haaren schüttelte und das Meer anschaute. Wenn sie durch den heißen Sand zu ihm zurücktanzte, hatte er die Augen wieder auf das Buch gerichtet und tat ganz überrascht, daß sie schon wieder da war. Er wollte nicht, daß sie seinetwegen auf das Vergnügen verzichtete, so lange und so weit hinauszuschwimmen, wie es ihr Spaß machte.

Aber seine Herzschmerzen hatten schon viel früher eingesetzt. Und mit den Schmerzen die Angst.

«Was hast du gesagt?» fragte Panetta, als sie die Brücke längst hinter sich hatten und sich in die fünfspurige Interstate einfädelten. Er lächelte. Er legte seine Hand auf ihr Knie.

Martha hatte für das Gespräch mit Professor Grady Strümpfe angezogen. Ganz gegen ihre sonstige Gewohnheit.

«Es ist ein bißchen wie damals vor dem Examen», sagte Martha. «Ich hatte immer schon Prüfungsangst.»

«Grady wird dir gefallen», sagte Panetta. Wenn er die Hand länger auf ihrem Knie ließ, würde sie merken, daß seine Handflächen feucht waren. Obwohl sie die Klimaanlage so weit heruntergedreht hatten. «Grady ist ein fabelhafter Typ. Er macht niemandem angst.»

«Ich frage mich, warum er mich kennenlernen will», sagte Martha. «Was das bringen soll.»

«Wahrscheinlich, weil es zur Routine gehört.»

«Zu welcher Routine?»

«Operation.»

Martha warf ihm einen kurzen Blick zu, bevor sie sich wieder auf den Verkehr konzentrierte. Er konnte ihre Augen nicht sehen. Die waren hinter dunklen Sonnenbrillengläsern verborgen. Sie hatte an diesem Morgen länger im Badezimmer zugebracht als gewöhnlich. Als sie schließlich herauskam, konnte er keinen Unterschied erkennen. Aber in solchen Dingen war er ohnehin kein Profi. Er sah, daß sie Make-up aufgelegt hatte, und Rouge. Vielleicht mehr als gewöhnlich.

«Es geht doch um dich», sagte Martha, «und nicht um mich. Ich meine, was kann ich in dieser Sache schon groß tun?»

«Warum vertagen wir dieses Gespräch nicht einfach um ein paar Stunden?» schlug Panetta vor. «Dann haben wir mit Grady gesprochen und wissen mehr als jetzt.»

Martha nickte. «Okay», murmelte sie, «okay.»

Sie fuhren jetzt durch ein hügeliges Land. Manchmal konnte man auf einem Hügelkamm eine Villa erkennen, hinter hohen Zypressenhecken leuchtete ein Portal auf, eine Säule, Veranda. Dann ein Lärmschutzwall, wenig später ein Blick auf ein Wohngebiet, dicht besiedelt, kleine kubusförmige weiße Häuser. Eine Schule aus rotem Backstein, ein Einkaufszentrum, dann wieder grüne, sanfte Hügel und hin und wieder ein gläserner Hochhausturm.

«Okay», sagte Martha noch einmal, «warten wir ab, was Doc Grady sagt.» Sie seufzte hörbar.

Panetta wandte ihr das Gesicht zu. «Ja?»

«Ich hab trotzdem Angst. Ich weiß nicht. Es schnürt mir richtig die Kehle zu. Ist das schlimm? Sollte ich das lieber nicht sagen?»

Panetta schüttelte den Kopf. «Das ist schon in Ordnung», sagte er tapfer. «Du darfst das schließlich nicht alles in dich hineinfressen. Das wäre doch furchtbar, wenn du aus Rücksicht mir gegenüber nicht mehr ehrlich wärst.»

Martha verzog das Gesicht. Er konnte nicht herausfinden, was diese Grimasse bedeutete. Zustimmung? Ablehnung? Hatte er ins Schwarze getroffen? Oder waren seine Bedenken völlig überflüssig?

«Glaubst du denn, ich fresse etwas in mich hinein?» fragte Martha.

«Ich weiß nicht», antwortete Panetta aufrichtig.

«Was glaubst du denn überhaupt, wie ich mich zur Zeit fühle?»

Panetta spürte sein Herz. Ein schmerzhafter Stich, dann das instinktive Verlangen, ganz tief durchzuatmen, aber gleichzeitig das Bewußtsein, daß dies den Schmerz vergrößern würde. Er preßte die Hand auf sein Herz und schloß die Augen. Schweißperlen traten auf seine Stirn.

«Was ist?» fragte Martha. Sie merkte alles. Immer. Er versuchte, die Hand von seinem Herzen zu nehmen, schaffte es aber nicht.

Manchmal hatte er einfach das Bedürfnis, das Herz festzuhalten, die Hand wie ein Schutzschild darüberzulegen. Geradezu beschwörend.

«Nichts.» Panetta rang sich ein Lächeln ab. «Es ist schon wieder gut.»

«Du lügst», sagte Martha. «Soll ich anhalten?»

Panetta schüttelte den Kopf.

«Willst du deine Tropfen?»

«Nein», keuchte Panetta. Er hätte sagen können – wenn die Luft gereicht hätte –, daß diese Tropfen schon lange nicht mehr helfen. Daß er sie nur nahm, weil er Martha damit einen Gefallen tun wollte, Martha sollte denken, daß es ihm, sobald er die Tropfen nahm, tatsächlich besserging. Aber es ging ihm nicht besser. Weder nach den Tropfen noch nach den Pillen, noch nach den Injektionen. Es ging ihm unaufhaltsam von Tag zu Tag immer etwas schlechter.

«Gleich kreuzen wir die 495», sagte Martha, «und dann sind es nur noch zehn Meilen.»

«Gut», flüsterte Panetta.

Martha faßte das Steuer fester, mit beiden Händen. «Nein, nichts ist gut. Gar nichts. Aber darüber sprechen wir jetzt auch nicht. Schlag ein anderes Thema vor.»

Panetta atmete ganz flach. Leicht sog er die Luft ein, behutsam stieß er sie wieder aus. Der Schweiß auf seiner Stirn trocknete unter dem kühlen Gebläse der Klimaanlage. Sein Rücken jedoch war klitschnaß. Hoffentlich mußte er das Jackett beim Arzt nicht ausziehen. Er wollte nicht, daß Martha dieses feuchte Hemd sah. Er wollte nicht immer wie ein Schwächling dastehen, vor Martha.

«So eine Villa», sagte Panetta und machte eine Kopfbewegung nach schräg vorn, «wie da drüben. Ist das vielleicht der toskanische Landhausstil, von dem du redest?»

Martha folgte seine Blickrichtung. Sie trat mit Wucht auf die Bremse, und hinter ihr hupte ein Van.

«Wow! Genau!» rief Martha. «Das ist es! So ein Haus! Toskanischer Landhausstil! Ich hatte keine Ahnung, daß es so etwas hier gibt. Wie heißt die Gegend? Kannst du mal auf der Karte nachschauen? Vorn im Handschuhfach. Oh, Mann, ich muß herausfinden, wem das Haus gehört.»

Sie kümmerte sich nicht um das Hupen, sondern scherte, ohne zu blinken, rechts raus und verlangsamte die Fahrt. Sie blickte nach hinten, und Panetta stützte sich mit den Händen am Armaturenbrett ab.

«Das könnte Hillcrest Estates sein.» Martha nahm die rechte Hand vom Steuer, was Panetta noch mehr ängstigte, und schob die Sonnenbrille ins Haar. «Oder Woodland Heights. Ich finde das raus, Darling. Ich hab gewußt, daß es irgendwo mein Traumhaus gibt! Ich finde es raus!» Sie lachte. Sie trat wieder aufs Gas, scherte nach links raus und dann auf die ganz äußere Spur. Sie fuhr jetzt sehr schnell. Das würde mindestens 200 Dollar Geldstrafe kosten, aber sie merkte es gar nicht. Sie trommelte fröhlich mit den Fingern aufs Lenkrad.

«Hast du die Farbe gesehen? Das ist dieses Sienarot, von dem ich immer rede. Und die Bögen? Sandstein, schätze ich. Und der Turm mit den Bogenfenstern? Ich hab so ein Haus schon mal in einem Buch gesehen, könnte ich wetten. Ich finde raus, was es ist und wem es gehört, Darling. Versprochen.»

«Und wenn wir es wissen», fragte Panetta, «was dann?»

«Dann haben wir etwas, wovon wir träumen können», sagte Martha. «Ich mache Fotos, lasse Fotos besorgen, das ist kein Problem. Da haben wir unsere Methoden, selbst wenn der Besitzer überhaupt nicht an Verkaufen denkt. Selbst wenn er sich eingemauert hat wie ein FBI-Agent. Ich besorge die Fotos, und dann lasse ich sie vergrößern, und wir tapezieren damit die Wände.»

«Welche Wände?» fragte Panetta.

«Im Krankenhaus, damit du weißt, daß es sich lohnt, wieder gesund zu werden.»

Panetta streichelte ihr Knie. Daß sie immer wieder an ihn dachte, an sein Wohl, das tat gut.

Eine toskanische Landhausvilla hingegen brauchte er nicht. Aber er wollte sie nicht enttäuschen. Er sagte nur: «Wir könnten uns so ein Haus niemals leisten, Martha, nie im Leben.»

«Wer weiß», Marthas Finger trommelten auf das Lenkrad.

Sie summte eine Melodie. Ihr Körper strahlte auf einmal Vitalität und Energie aus, eine positive Lebenskraft, die er so lange an ihr vermißt hatte. Statt sich zu freuen, erschrak er.

Nur für den Bruchteil einer Sekunde, aber schon das brachte ihn dem Tod etwas näher, dachte er, Martha könnte sich die Villa leisten. Nach meinem Tod.

Er hatte eine Lebensversicherung über eine Million Dollar abgeschlossen, einen Tag bevor er Martha vor dem Standesbeamten das Jawort gegeben hatte. Der Gedanke an den eigenen Tod war etwas vollkommen Abstraktes gewesen. Ein Gedankenspiel. Mehr nicht. Ein Spiel.

Natürlich hatte er Martha von der Lebensversicherung erzählt. Es war ja ein Geschenk für sie. Eine Geste, die aus der Liebe zu ihr entsprungen war. Er hatte die Verantwortung für sie übernommen, noch über den Tod hinaus.

Als er ihr davon erzählte, war sie in Tränen ausgebrochen. Wie kannst du in diesem Augenblick an deinen Tod denken? Wie kannst du mir so ein Geschenk machen? Das ist doch zynisch, hatte sie geschluchzt. Und sich in seine starken Arme geworfen, jawohl, in seine starken Arme. Damals hatte er noch einen richtigen Bizeps. Beim Tennisspielen war jeder zweite Aufschlag ein As. Unhaltbar für den Gegner.

«Okay. Noch eine Meile.» Martha deutete auf das Ausfahrtschild. «In zehn Minuten sind wir da.»

Panetta überlegte, wie oft Martha es inzwischen wohl bereut hatte, mit ihm verheiratet zu sein.

Warum blieb sie bei ihm? Aus Loyalität? Weil die Baptistenkirche es von ihren Mitgliedern erwartete, daß sie ihre Ehe lebenslänglich führten? Wie oft hatte Martha sich wohl in der letzten Zeit gewünscht, wieder frei zu sein? Wie oft hatte sie wohl schon an die Zeit nach seinem Tod gedacht? An die Möglichkeit, daß er sterben könnte? Und was hatte sie dabei empfunden? Erleichterung? Ungeduld womöglich?

Panetta beobachtete Martha, die jetzt den Fuß vom Gas nahm, den Blinker betätigte und sich in die Ausfahrtspur einfädelte. Ihr Gesicht drückte Entschlossenheit aus. Dachte sie an das toskanische Traumhaus? An das Gespräch mit Doc Grady? Oder die Lebensversicherung über eine Million Dollar?

Er hätte das gerne gewußt.

«Martha?»

«Was?» Sie hielten vor einer Ampel. Das Fairfax Hospital war schon angezeigt. Eine steile Falte hatte sich auf Marthas Stirn gebildet, als sie auf das Schild starrte.

«Ich liebe dich», sagte Panetta.

Jetzt wandte sie ihm das Gesicht zu. Sie lächelte. «Ich weiß, Darling», sagte sie.

Alicia schenkte koffeinfreien Kaffee in sonnengelben Keramikbechern aus. Sie entschuldigte sich dafür, daß es keine frische Milch mehr gäbe, mit einem kleinen Seitenblick auf ihren Chef, der an diesem Tag einen schwarzen Anzug trug. Bob Grady grinste. «Ich saufe das Zeug immer allen weg. Sie hassen mich dafür. Niemand grüßt mich hier, wenn ich über den Flur gehe. Einmal haben sie an den Kühlschrank einen Sticker geklebt, mit einem Zettel: Vorsicht, Bob, die Milch ist vergiftet!!» Er lehnte sich zurück und lachte.

Vielleicht eine kleine Feier im Krankenhaus, dachte Panetta. Er konnte den Blick nicht von diesem Anzug lassen. Wer trug im Sommer schwarz? Vielleicht wird ein Kollege verabschiedet, vielleicht erhält er einen Preis. Plötzlich jedoch kam Panetta der Gedanke, einer seiner Patienten könnte gestorben sein, und Grady mußte zur Beerdigung.

Ihm wurde heiß. Er dachte flüchtig daran, sein Jackett (ein helles Leinen-Sakko, das Martha ohne ihn gekauft hatte) auszuziehen. Aber da er nicht sicher war, ob die Schweißflecken am Rücken getrocknet waren, ließ er es.

«Ich habe Ihren Mann gebeten, Sie zu diesem Gespräch mitzubringen», sagte Grady zu Martha. «Ich wollte Sie kennenlernen. Aber ich dachte, vielleicht geht es Ihnen ebenso. Vielleicht wollen Sie den Arzt unter die Lupe nehmen, der Ihrem Ehemann ein neues Herz verpaßt.»

Martha schob ihre Hand in Panettas Hand. «Es ist seine Entscheidung», sagte sie leise. «Ich akzeptiere sie selbstverständlich. Aber es ist seine Entscheidung.»

Panetta streichelte Marthas Finger. Der Ehering ließ sich mühelos hin- und herschieben. Sogar ihre Finger waren abgemagert.

Grady beobachtete sie. Panetta war sicher, daß Grady alles registrierte. Er überlegte, ob es vorteilhafter war, Marthas Hand jetzt loszulassen, oder ob er, im Gegenteil, etwas näher an sie heranrutschen sollte.

Als könnte Martha seine Gedanken erraten, entzog sie ihm ihre Hand. Sofort spürte er diesen Verlust ihrer Nähe wie einen scharfen Schmerz.

«Es wäre besser», sagte Grady, «wenn Sie diese Entscheidung gemeinsam trügen.»

«Das tun wir auch», sagte Panetta schnell.

Martha schaute ihn an, aber sie schwieg.

«Oder etwa nicht?» fragte Panetta.

Marthas Augen wanderten zu der Andy-Warhol-Lithographie, und einen Augenblick war sie abgelenkt. Panetta fragte sich, was ihr durch den Kopf ging.

«Mrs. Panetta», sagte Grady, «der Erfolg einer Operation wie dieser, einer so großen Operation, hängt nicht nur von der Geschicklichkeit oder der Routine des Chirurgen ab. Das wissen Sie doch?»

Ihre Augen wanderten zu ihm zurück. Jetzt überlegte sie, von welchem Schneider sein Anzug ist, dachte Panetta, nur, um nicht über das nachzudenken, was Grady sagt.

«Sondern?» fragte Martha ruhig.

«Es hängt genauso von dem Lebenswillen des Patienten ab. Von seinem Kampfgeist. Er muß es aufnehmen mit einem verdammt harten Gegner, Mrs. Panetta. Ich denk mal, es gibt keinen größeren Gegner für uns Menschen.»

Martha lächelte.

Panetta räusperte sich. «Der Doktor meint den Tod.»

Sie hört nicht zu, dachte er voller Panik, verdammt noch mal, wach auf, Martha, das hier ist ernst! Das hier ist kein Fernsehprogramm, das man abschalten kann. Kein Alptraum, aus dem man wachgerüttelt wird. Das hier ist – verdammt noch mal – todernst!

Ruhig schaute Martha ihn an. «Ich weiß, ich habe verstanden.»

«Und weil es dieser große Gegner ist, gegen den wir den Kampf aufnehmen», sagte Grady, «müssen wir uns alle einig sein, vollkommen einig. Wir müssen uns auf Sieg programmieren. Auf nichts anderes als den totalen, kompletten Sieg. Verstehen Sie, Mrs. Panetta?»

«Natürlich versteh ich das. Daniel und ich sprechen seit drei Tagen über nichts anderes.»

War da ein Vorwurf in ihrer Stimme? Wollte sie sagen, daß drei Tage Gespräche über eine Herztransplantation mehr waren, als sie aushalten konnte?

«Ihr Mann wird Sie brauchen», sagte Grady eindringlich. «Mehr, als Sie jetzt vielleicht ahnen. Er wird Ihren Beistand brauchen. Ihre Hilfe. Ihre Zuversicht. Glauben Sie an Gott?»

Panetta spürte, wie Martha sich verkrampfte. Er hätte den Doktor warnen sollen. Nicht über Religiöses sprechen, bitte nicht die Kirche erwähnen, Gott oder Gebete. Er hatte das versäumt. Das war ein Fehler. Aber dann hätte er viel erklären müssen. Marthas Kindheit, die bigotte Erziehung in einer Familie, die dreimal am Tag in die Kirche rannte und Martha auf den Namen Immaculata taufen ließ, was soviel heißen sollte wie die Unbefleckte. Und was ihr den jahrelangen Spott ihrer Klassenkameraden einbrachte. Es gab noch Dinge, die mit Gott und der Kirche zusammenhingen, über die Martha nicht gerne redete, und Panetta hatte darauf immer Rücksicht genommen. Martha hatte, als sie sich von ihren Eltern löste, auch den Glauben abgelegt. Jedenfalls behauptete sie das. Panetta nahm an, daß die Dinge noch komplizierter waren. Er räusperte sich, als Martha beharrlich schwieg.

«Vielleicht», schlug er vor, «könnten wir lieber über den konkreten Ablauf der Operation sprechen. Über Daten und so etwas. Was mich am meisten interessiert, wenn wir uns auf diese Sache einlassen, wäre die Frage: Wie lange muß ich warten?»

«Das weiß ich nicht», sagte Grady, «das liegt nicht in meiner Hand. Es gibt, was Sie vielleicht nicht wissen, weitaus mehr Herzpatienten als Spenderherzen. Das heißt, wir haben eine Warteliste. Und die ist lang.»

«Wie lang?» fragte Panetta schnell.

Grady zögerte. «Zu lang. Oft ist sie zu lang.»

«Wollen Sie damit sagen, daß ich ... daß es möglich wäre, daß nicht rechtzeitig ...» Panetta stotterte, er war nicht in der Lage, den Satz «... daß ich sterbe» zu Ende zu sprechen. Aber man verstand ihn auch so.

«Ich habe Sie als Dringlichkeitsstufe 4 eingestuft. Ich versuche, Sie vorzuziehen. Das ist nicht leicht», sagte Grady. «Die Spenderherzen werden zentral vergeben, von der Transplantationskonferenz. Die achten auch darauf, daß die Namen der Spender anonym bleiben.»

«Ich erfahre also niemals, wessen Herz ich bekomme?» fragte Panetta. Marthas Hand kroch wieder zu seiner zurück. Seine Finger schlossen sich um ihre Finger.

«Darüber haben wir nämlich nachgedacht», sagte Martha, «ob das nicht eine zusätzliche Belastung wäre ...»

«Zweifellos. Darüber sollten Sie sich nicht den Kopf zerbrechen. Sie werden nie erfahren, wer der Spender ist. Dennoch gibt es Möglichkeiten, sich zum Beispiel bei den Verwandten zu bedanken. Das geschieht oft. Ihnen wird es vielleicht genau so ergehen, daß Sie einfach den Wunsch haben, danke zu sagen, wenn Sie von der Operation aufwachen und sich – nachdem die Operationsschmerzen abgeklungen sind – wie ein neuer Mensch fühlen.»

«Und wie lange dauert das?» fragte Martha.

«Was?»

«Bis die Schmerzen abgeklungen sind?»

«Das geht schnell. Zirka vierzehn Tage nach der Operation werden die Herzpatienten in der Regel nach Hause entlassen. Frisch und vergnügt. Den Umständen entsprechend.»

Panetta sah, daß Marthas Lider zuckten. Vierzehn Tage sind ihr zu kurz, dachte er. Sie würde mich lieber länger in der Klinik lassen. Sie hat Angst vor dem Tag, an dem ich nach Hause zurückkomme. Den Umständen entsprechend.

«Manchmal länger», Grady lächelte. «Aber was am meisten zählt, ist der Kampfgeist. Auf den setze ich, ganz fest.» Er schaute erst Martha und dann Panetta in die Augen. «Bei Ihnen beiden. Bei Ihnen, Mrs. Panetta. Und bei Ihnen, Daniel. Dann schaffen wir das. Ganz sicher.»

Panetta hustete. Ein Hustenreiz, der aus der Tiefe kam, tief unten in diesem mit Wasser und Schaum gefüllten Loch, das sein Brustraum war. Es blubberte in seinem Innern, es schwappte. Er hustete, und als er sich unter den Spasmen vor- und zurückbeugte, lief der Schaum ihm aus den Mundwinkeln und tropfte auf seine Hose. Er fingerte nach einem Taschentuch, er war so verwirrt, so voller Panik, die Peinlichkeit der Situation zerriß ihn fast, und dennoch konnte er nichts anderes machen, als mit dem Oberkörper vor- und zurückschwingen, den Mund aufreißen und Schaum herauslaufen lassen, während ein Hustenkrampf nach dem anderen seine Luftröhre zum Glühen brachte.

Grady schaute ihn an. Er erhob sich, ging zu seinem Schreibtisch, nahm eine Kleenexbox, kam zurück, zog ein paar Tücher heraus, tupfte damit den Schaum von Panettas Knien und reichte ihm mit der anderen Hand gleichzeitig ein paar Tücher, damit er sich selbst den Schaum aus den Mundwinkeln tupfen konnte. Martha saß vorgebeugt und umklammerte seine Handgelenke, während sie ihn fixierte. Es schmerzte, wenn sie ihn so anfaßte, wenn sie ihm ins Gesicht schaute, als wollte sie ihn zwingen, weiterzuatmen, weiterzuleben. Als könnte sie ihren Willen in den Blick legen. Als verfügte sie über irgendeine Wunderwaffe, die ihn am Leben hielt, die ihn durch diese Hölle brachte, egal, wie lange es dauerte. Vielleicht hätte er schon oft, ohne diese hypnotische Willensäußerung von Martha, einfach aufgegeben. Denn alles schien ihm in solchen Momenten besser als dieser Kampf um ein bißchen Luft. Es war immer zuwenig Luft. Es war Folter. Aber sie hielt es aus. Sie fixierte ihn, preßte seine Handgelenke und zwang ihn durchzuatmen. Immer wieder. Sie war großartig.

Er saß wie gelähmt. Es dauerte eine Minute, vielleicht zwei, vielleicht weniger. Bei Anfällen verlor Panetta vollkommen das Gefühl für die Zeit.

Er konzentrierte sich nur auf den Schmerz, die Anspannung, auf den Druck, der in seinem Innern wuchs und zu einem neuen Krampf führte, um sich dann aufzulösen in ein leichtes Blubbern und Glucksen, dann zu verebben. Aber gleichzeitig, wenn er das Erschlaffen spürte, und er glaubte, es wäre vorbei, kam die Atemnot. Ein lauter Sauerstoffmangel, er riß den Mund auf, schnappte nach Luft, und schon begann dieser neue Krampf. Dieser Hustenreiz, dieses Würgen, dieses Herausspuckenwollen.

Bis es dann ganz plötzlich vorbei war. Er nur noch die Hitze im Kopf spürte, im Bauch. Die Hände und die Füße hingegen vollkommen kalt. Auf der glühenden Stirn der kalte Schweiß. Tränen in den Augen von der Anstrengung. Das leichte Keuchen. Aber kein Schmerz mehr, kein Druck, kein Krampf.

Er lächelte. Martha schaute ihn an. Marthas Gesicht verriet Panik. Gradys Miene gar nichts. Er sammelte die benutzten Kleenex auf und warf sie in einen Abfalleimer, den Panetta vorher nicht bemerkt hatte. Er hatte nur den Papierkorb gesehen, hübsch, mit englischen Rosen bemalter Karton, schwarzgrundig, feiner Goldrand. Den Mülleimer hatte er nicht gesehen. «Ich bitte um Entschuldigung», flüsterte er.

«Wenn wir Glück haben und der da oben mitspielt, dann sind Sie nach der Operation so fit, wie Sie zuletzt mit vierzig waren. Ein junger Spund, sozusagen. Dann können Sie Dinge unternehmen, von denen Sie heute nicht mal zu träumen wagen.»

Panetta sah, daß Martha errötete. Er hoffte, Grady würde es nicht bemerken. Und er hoffte weiterhin, daß Grady, wenn er es bemerkte, nicht an dasselbe dachte wie er: an Sex. Wann hatten sie zuletzt wirklich guten Sex gehabt?

Als er Martha kennenlernte, war er vierundvierzig gewesen. Martha achtunddreißig. Sie hatten guten Sex gehabt. Nicht, daß Martha zu jenen Frauen gehörte, die sich beim Orgasmus die Seele aus dem Leib schrien, nicht, daß sie über besonders viel Phantasie verfügte, ihn in Stimmung zu bringen. Aber es war gut gewesen. Klar und gut. Der Anblick ihres Körpers hatte ihn erregt. Das allein genügte schon, daß sie nackt vor ihm stand. Möglich, daß es ihr ebenso ging. Sie hatten nie darüber gesprochen. Sex war kein Gesprächsthema zwischen ihnen, Sex war etwas, das stattfand und das man genoß, ohne es lang und breit zu diskutieren. Sie gehörten nicht zu dieser Generation. Weder er noch sie. Sie hatte auch nicht darüber gesprochen, als der Sex zwischen ihnen weniger wurde und schließlich ganz ausblieb. Martha war klug. Sie wußte, daß er Angst hatte, sein Herz könnte einfach stehenbleiben, mitten in der Ejakulation. Er könnte keine Luft mehr bekommen, genau in dem Augenblick, wo er den Kopf zwischen ihren Schenkeln hatte. Sie hatte verstanden, ohne große Worte. Dafür war er ihr dankbar gewesen.

Gerade deshalb ärgerte es ihn, daß sie jetzt errötete. Er überlegte, ob Martha Grady sexy fand. Ob sie überhaupt in diesem Augenblick, in dem es um Leben und Tod ging – um sein Leben und seinen möglichen Tod –, fähig war, an etwas anderes zu denken. An ihre eigene Lust. An mögliche sexuelle Empfindungen. Er hielt es für unmöglich, jedoch war Tatsache, daß sie errötete.

«Okay», Grady wandte sich an Panetta, «ich bin froh, daß Sie Martha mitgebracht haben. Es ist für mich sehr wichtig, verstehen Sie, das soziale Umfeld der Patienten zu kennen. Zu wissen, in welche Situation ich meine Patienten nach einem solchen Eingriff entlasse. Weil dies mehr mit der Psyche zu tun hat, Martha. Mehr als jede andere Operation. Denken Sie nur daran, wie Sie reagiert haben, als Ihr Mann von einer Herztransplantation sprach.»

Martha legte die Hände vor das Gesicht. «Lieber nicht», flüsterte sie. «Ich habe mich schrecklich benommen.»

«Sehen Sie, genau darum geht es. Der Gedanke, eine Operation am offenen Herzen vorzunehmen, ist schon schwer genug. Für den Patienten wie für die Angehörigen. Aber eine Transplantation – ein fremdes Herz in seinem Körper zu akzeptieren –, das ist ein mentaler Vorgang, für den man Zeit braucht, und Hilfe. Menschliche Nähe. Zuneigung. Trost. Zärtlichkeit. Sehr viel Nähe. Sehr viel Zärtlichkeit, Martha. Sie müssen jetzt nicht erschrecken, ich weiß, daß Sie Daniel lieben und alles für ihn tun würden, nur damit Sie ihn noch ein bißchen länger haben. Ist es nicht so?»

Marthas Lider flatterten. «Doch», sagte sie hastig, «natürlich.»

Panetta dachte, daß er Martha nachher zum Lunch ausführen sollte. Vielleicht ins Blues. Das war derzeit gerade in. Martha liebte Lokale, die auf den Klatschseiten der *Sun* erwähnt wurden. Nicht, weil sie prominentengeil war. Es wäre lächerlich, von Martha zu behaupten, sie hätte so etwas nötig. Martha hatte schon mit Prominenten verhandelt, von denen andere nicht einmal eine Autogrammkarte erbetteln würden.

Das Blues war genau die richtige Wahl an diesem Tag. Seit dem Gewitter vor zwei Tagen hatte sich die Luft etwas abgekühlt, es war weniger schwül, eine Brise wirbelte die Wasser des Potomac auf und lockte die Segler aus der Bucht heraus. Es wäre der perfekte Tag, um am Fluß einen Crabcake zu essen und hinterher ein schönes Stück frischen weißen Fisch. Dazu ihren geliebten Chardonnay. Er ärgerte sich, daß ihm das nicht früher eingefallen war. Er hätte einen Tisch bestellen sollen. Das wäre galant gewesen. Da hätte er gezeigt, daß er nicht immer nur an sich dachte. Daß er wohl wußte, was sie durchmachte in dieser Zeit. Verdammt, wieso hatte er nicht früher an das Blues gedacht.

DRITTES KAPITEL

ES WAR September, und die Erde von Virginia glühte immer noch von einem endlosen heißen Sommer. Panetta wartete seit 87 Tagen neben dem Telefon.

Die Tage verbrachte er in seinem Lieblingssessel neben dem toskanischen Landhaustischchen, zwischen Bücherregalen und Fensterfront. Gegen elf Uhr, wenn die Sonnenstrahlen das Fenster erreichten, stand er für gewöhnlich auf und zog die schweren Vorhänge zu. Dann stellte er die Klimaanlage noch etwas tiefer. So saß er, im Halbdunkel, bei ungefähr 22 Grad in seinem Sessel, umgeben von Zeitungen und Büchern, und wartete, daß das Telefon klingelte. Das Telefon klingelte häufig. Aber nie war es Grady. Meist hatte er Martha am Telefon, die sich erkundigte, worauf er Appetit hätte. Ihm fiel nie etwas ein, und sie ließ sich bei Dean & Deluca weiterhin von Chuck beraten. Dann verabschiedete Chuck sich in die Ferien. Er fuhr zum Tauchen nach Curaçao.

«Ich dachte», sagte Panetta, als Martha es ihm abends erzählte, «das ist der Name eines ekligen süßen Likörs.»

«Und einer Insel, die einmal den Holländern gehört hat.»

«Wonach taucht Chuck? Nach den versunkenen Schätzen einer alten Kolonialmacht? Güldenen Gulden? Alten Weinfässern?»

«Er will sich die Fische ansehen», sagte Martha. «Bunte Fische, blühende Korallen.»

«Hoffentlich begegnet er keinem Hai.»

«Die Haie, sagt Chuck, bleiben alle hinter dem großen Riff. Es ist dort ganz sicher.»

Über solche Dinge redeten sie abends, wenn Martha nach Hause kam. Einmal erzählte sie auch, daß sie in Hillcrest Heights gewesen war. Sie trank einen Schluck Chardonnay und beobachtete ihn, wie er an seinem Evian-Wasser nippte. Sie wartete. Er lächelte freundlich, aber ahnungslos.

«Sagt dir das nichts?» fragte Martha.

Panetta schüttelte den Kopf.

«Die toskanische Villa. Wir haben sie damals gesehen, als wir die Unterredung mit Grady hatten.»

«Oh», sagte Panetta, «der Tag.» Er lehnte sich zurück und fingerte nach dem Taschentuch, um sich den kalten Schweiß abzuwischen. Seine Haut war käsig und etwas geschwollen, die Lider immer dick und die Tränensäcke schwer. Er hatte kein Vergnügen mehr daran, in den Spiegel zu schauen.

«Der Tag», wiederholte er, «an dem wir zusammen zu Grady gefahren sind? Der erste Besuch damals, meinst du?»

Martha nickte. «Da haben wir das Haus plötzlich gesehen. Von der Interstate aus. Kurz bevor die 465 sich einfädelt. Dieses hügelige Land mit den Ahorn-Wäldern. Weißt du nicht mehr? Damals habe ich gesagt, ich krieg's raus, wem das Haus gehört. Und jetzt weiß ich es. Ein Fotograf besorgt Bilder. Vielleicht kann ich sie morgen schon mitbringen.» Sie schenkte sich von dem Wein nach. «Du hast es also vergessen.»

«Nein, nein», sagte Panetta hastig, «es war mir nur eben entfallen. Ich kann mich ganz genau erinnern. Jetzt, wo du es sagst.»

«Ja, aber wenn ich es nicht gesagt hätte, wäre es auch nicht schlimm gewesen.»

Panetta erwiderte darauf nichts. Er dachte an den Tag, an dem Martha und er zum ersten Mal zusammen mit Grady geredet hatten. Das erste Mal von vielen, die noch folgten. Martha begleitete ihn jetzt immer zu den Untersuchungen, sie hatte ihn auch ins Krankenhaus gefahren, im Juli, zur stationären Behandlung, als all die Untersuchungen gemacht werden mußten, Vorbereitungen für die Operation. Jeden Tag Programm. Meist schon vor dem Frühstück hatte man ihn aus dem Zimmer irgendwohin gerollt, ihn in kalten Fluren warten lassen, auf dem Bauch die Mappe mit den bisherigen Untersuchungsergebnissen, Röntgen-Thorax. Sie hatten seine rechte Herzkammer katheterisiert (er wollte lieber nicht mehr daran denken) und dann, zur Sicherheit, auch noch die linke Herzkammer. Hämatologische Untersuchung, Thrombozyten, großer Gerinnungsstatus.

Grady gehörte zu der Sorte Ärzte, die dem Patienten alles erklärten, was er durchmachen mußte. Er war der Meinung, der Patient könnte Schmerzen und Unannehmlichkeiten besser aushalten, wenn er wußte, warum das alles geschah. Panetta war nicht sicher, ob es stimmte. Aber er tat jedenfalls so. Er war ein tapferer Patient gewesen, während der stationären Phase. Hatte sich nicht beschwert, immer gelächelt, wenn eine Schwester den Kopf ins Zimmer steckte, und Martha gebeten, eine Kiste mit sechs Flaschen Prosecco im Schwesternzimmer abzuliefern, am Tag der Entlassung.

Er hatte geglaubt, das würde ihm helfen, später, im Ernstfall, wenn er an Schläuchen und Apparaten hing und von diesen Wesen abhängig war. Vollkommen abhängig.

Dann kamen die Untersuchungen zum Antikörpernachweis für Mononusklerose, Mykoplasmen, Varizellen, Herpes, Toxoplasmose, Epstein-Barr-Virus.

«Wenn das vorbei ist, Martha», hatte er eines Abends gesagt, «werde ich mich immatrikulieren an der medizinischen Fakultät. Wahrscheinlich kann ich die ersten Semester überspringen. Nach allem, was ich inzwischen weiß.»

«Du kennst dich nur mit Herzkrankheiten aus, Darling», hatte Martha erwidert. «Es gibt tausend andere.»

Okay, das war alles später. Damals, an jenem ersten Tag, als sie zusammen bei Grady waren (und er den schwarzen Anzug trug), hatte Alicia ihnen einen Tisch im Blues reserviert, den besten. Der Ecktisch mit dem Blick auf das neue Marriott und den Park auf der anderen Flußseite. Der beste Tisch.

Ein Oberkellner hatte sie hingeführt. Martha war so überrascht gewesen, so gerührt. Er hatte es an der Art gesehen, wie sie dem Kellner für das Reichen der Speisekarte dankte, wie sie das Blumenarrangement mit den Fingern befühlte, die langstieligen Gläser zurechtrückte, ihre Lippen im kleinen Taschenspiegel nachzog, ihn anlächelte, träumend hinausschaute auf das glitzernde Wasser. Eine Yacht hatte am Pier angelegt. Eine kleine Motoryacht. Partyvolk hatte sich an Deck versammelt. Man lachte zu laut, redete zu laut, trank zuviel und bewegte sich rhythmisch nach zu lauter Musik. «Neureiche», hatte Panetta gesagt und sich abgewandt.

Martha hatte gelacht. «Laß sie doch, ist doch lustig. Sie genießen das Leben.»

Und er hatte gedacht: Auch sie möchte ihr Leben genießen. Aber ich hindere sie ständig daran.

Nur weil er dachte, es würde sie glücklich machen, hatte er zwei Gläser Champagner bestellt, hatte mit ihr angestoßen. Er hätte es nicht tun sollen. Nicht das Schicksal herausfordern, an so einem Tag. Es war doch genug, daß er es überhaupt geschafft hatte vom Parkplatz über die Stufen des Waterfront-Komplexes, vorbei an dem Springbrunnen, an den Kids, die auf ihren Inlineskates die Granitrampen wie Abschußbasen benutzten. Er hatte es geschafft. Er saß ruhig und komfortabel in einem Stuhl an der schattigen Seite des Raumes. Warum, verdammt noch mal, mußte er auch noch Champagner bestellen?

Sie hatten den Notarzt geholt. Sie hatten ihn zwischen den

Tischen, an denen andere Leute speisen wollten, auf den Boden gelegt. Der Arzt hatte sein Jackett aufgerissen, das Hemd. Martha war mit ihrem Handy herumgerannt und hatte versucht, Grady zu erreichen. Aber Grady war auf der Abschlußfeier des National Business College, an dem sein Sohn gerade graduiert hatte. Als bester seines Jahrgangs. Grady hatte ausdrücklich gesagt, daß er sich bei dieser Feier nicht stören lassen wollte. Deshalb hatte er seinen Beeper abgeschaltet.

Der Notarzt hatte einen Krankenwagen gerufen, und Panetta war von zwei kräftigen schwarzen Sanitätern über die Tische mit den Hummerschalen und Austernpaletten, mit Weinflaschen in silbernen Kühlern und Arrangements aus sorbetfarbenen Freilandrosen (Minze, Pfirsich und Brombeere, hatte Martha erklärt) in den Wagen getragen worden. An diese Minuten wollte er in seinem Leben nie wieder erinnert werden. Ein Todeskampf, der nicht enden wollte. Spastische Krämpfe, die ihn schüttelten und die er nicht verstand, weil er sie nie vorher erfahren hatte. Zuwenig Luft. Zuwenig Sauerstoff, um zu leben, und zuviel, um in Frieden zu sterben. Er wünschte sich den Tod und kämpfte gleichzeitig mit dem letzten Rest seiner Energie dagegen an. Das Tückische am menschlichen Wesen war die Unfähigkeit, einfach loszulassen. Das Leben einfach fahrenzulassen. Wie ruhig wäre diese Fahrt gewesen, über den Rock Creek und Potomac Highway, an diesem strahlenden Junitag, wenn der Fahrer nicht gemeint hätte, daß er den Geschwindigkeitsrekord brechen müßte. Wenn die Sirenen nicht dauernd geheult und Martha nicht einen Weinkrampf gehabt hätte.

Als er endlich in der Notaufnahmestation des George Washington University Hospital angekommen war und man ihn an ein Sauerstoffgerät angeschlossen hatte, er wieder atmen, die Augen öffnen und vorsichtig sprechen konnte, hatte er zu Martha gesagt: «Und du fährst jetzt zurück und trinkst den

Champagner aus und bestellst dir das schönste Menü, das sie auf der Karte haben.»

Martha hatte seine Hände geküßt und unter Tränen den Kopf geschüttelt. An das Weitere erinnerte er sich nicht, möglicherweise war er ohnmächtig geworden, oder sie hatten ihm eine Spritze gegeben, irgend etwas, das ihn beruhigte und seinem Herzen erlaubte, noch ein bißchen weiterzumachen, auf niedrigem Niveau.

«Darling.» Martha legte ihm die Hand auf den Arm.

Er öffnete die Augen. Er hatte vergessen, daß er die Augen geschlossen hatte. Wie unhöflich, am Abendbrotstisch Martha gegenüberzusitzen und einfach so wegzudämmern, während sie noch aß. Und trank. Und mit ihm reden wollte.

«Darling, hörst du mir überhaupt zu?»

Er riß die Augen auf. Er lächelte. «Natürlich, Martha, entschuldige. Meine Gedanken ... Was hast du gesagt?»

«Ich habe von unserem Traumhaus gesprochen.»

«Ach ja, natürlich. Irgend etwas hat mich abgelenkt. Das Traumhaus. Du hast es gesehen, sagst du?»

Martha nickte. Sie musterte ihn aufmerksam.

«Und? Ist es wirklich so schön?»

«Darling, du hast doch nicht zugehört. Ich habe gesagt, morgen kann ich vielleicht Fotos mitbringen.»

Panetta gab sich Mühe. Er versuchte, so tapfer zu sein, wie seine Kräfte es zuließen.

«Morgen», sagte Martha, «oder vielleicht auch erst nächste Woche.»

«Nächste Woche haben wir schon Oktober», sagte Panetta.

«Indian Summer.» Martha lächelte. «Vielleicht fahre ich am Sonntag mit dir raus.»

«Du weißt, daß wir uns nicht vom Telefon wegbewegen dürfen, Martha. Grady kann jeden Augenblick anrufen.»

«Grady hat gesagt, so schnell wird es nicht gehen.»

«Heute ist der 88. Tag.»

«Grady hat gesagt, du mußt vielleicht 120 Tage warten. Warum nehmen wir nicht den Beeper mit und fahren am Wochenende ein kleines bißchen aufs Land?»

«Um uns dieses Haus anzusehen?» fragte Panetta. «Das mit dem Turm und der sienaroten Fassade? Und den Bogenfenstern?»

Sie lachte. Sie kam um den Tisch herum und gab ihm einen Kuß auf die feuchte Stirn. Er war ihr dankbar, daß sie ihn noch küßte, obwohl die Berührung seiner kalten Haut ihr Schauder bereiten mußte. Sie zeigte es nie.

Überhaupt war sie die perfekte Ehefrau eines Todkranken. Immer gut gelaunt. Nie gestreßt. Er fragte sich, wie sie das machte, daß sie ihm nie ihre Besorgnis zeigte, nie über ihre Probleme im Job redete. Über das Mobbing. Die Intrigen der Kollegen. Den Druck, den die Geschäftsleitung auf sie ausübte. Er ahnte, daß sie jede Menge Probleme hatte. Aber sie sprach einfach nicht darüber. Er hörte auch nicht, daß sie am Telefon mit ihrer Freundin, ihrer Schwester oder ihrem Cousin, der Theologe war, darüber sprach. Vielleicht, weil er Theologe war. Möglicherweise sprach sie mit diesen Leuten aber auch vom Büro aus, wenn er nicht zuhören konnte. Sie wollte ihn beschützen, ihn abschirmen vor den Zumutungen des Alltags. Sie war wundervoll. Sie hatte einen besseren Mann verdient. Vielleicht würde sie ihn ja bekommen, wenn er tot war. Daß Martha hin und wieder darüber nachdachte, was sie ohne ihn tun würde, war doch selbstverständlich. Daß sie von Zeit zu Zeit – und vielleicht besonders nach einem seiner schweren Anfälle – an eine Zukunft ohne ihn dachte. Sie war eine viel zu kluge Frau, um solche Gedanken immerzu von sich fortzuschieben. Der Tod gehörte zum Leben. So war es nun mal. Man bekam das Leben geschenkt, mit gleichzeitiger Garantie auf einen Tod. Auf irgendeinen Tod. So war es nun mal. Er war sicher, daß

Martha auch allein gut zurechtkäme. Schließlich hatte sie es vorher ohne ihn auch gut geschafft – besser als er.

Er hatte sie oft beobachtet, wenn sie an diesen regnerischen Sonntagen auf dem Sofa lag und in alten *House & Garden*-Ausgaben blätterte. Sie sich manche Fotos minutenlang betrachtete, als versenke sie sich in das Bild, in das, was es darstellte. Manchmal ließ sie die Zeitschrift dann fallen und blickte an die Zimmerdecke, als malte sie dort das Haus auf, in dem sie einmal wohnen wollte. Manchmal – und er hatte sich dafür gehaßt – hatte er später die Hefte durchgeblättert und versucht herauszufinden, bei welchem Foto sie ins Träumen geraten war. Welches Haus war es gewesen? Die Villa oberhalb von Portofino? Das kubistische Haus in einem mexikanischen Pueblo? Oder war es doch immer wieder das Südstaatenherrenhaus mit schneeweißen Säulen und einer Veranda mit Teakholzboden, auf der man in Rattansesseln den Sundowner nahm?

Sie zeigte ihm nie, was ihr gefiel. Er wagte aus einer gewissen Scheu – oder aber aus Angst vor der Antwort – auch nicht, sie danach zu fragen. Es blieb ihr Geheimnis, wie sie ihr Leben nach seinem Tod gestalten wollte. Es war ihr gutes Recht. Und schließlich wußte er ja nicht einmal mit Sicherheit, ob sie sich diese Gedanken machte oder nicht für einen Klienten etwas suchte, Beispiele, die es ihr leichter machten, die Wünsche der Klienten zu verstehen.

Panetta beobachtete Martha, die ihr Glas leerte, aufstand, die Teller zusammenstellte.

«Ich wollte dir ja nur sagen, Liebes», murmelte er, als sie an ihm vorbeiging, «daß ich keine Angst habe. Egal, was passiert.»

Martha räumte geräuschvoll die Teller in die Spülmaschine. Früher hatte er das getan.

«Grady hat gesagt, daß es auf deinen Lebenswillen genauso ankommt wie auf seine Operationstechnik.»

«Und auf das neue Herz», sagte Panetta. «Auf das natürlich auch. Wenn es rechtzeitig da ist.»

«Es wird ein gutes Herz sein, das ist doch klar. Grady sagt, er nimmt nur das beste. Weil du es verdient hast.»

Panetta sah zu, wie Martha sich bückte, um das Pulver in die Spülmaschine zu schütten. Er entdeckte in ihren Kniekehlen zwei blaue Adern. Im Zickzack liefen sie von der Kniekehle über die Wade und verblaßten, kurz bevor sie die schmalen Fesseln erreicht hatten.

Er stellte sich vor, daß das Herz das Blut bis dorthin pumpen mußte, mit jedem einzelnen Herzschlag. Er dachte, was für eine verdammt anstrengende Arbeit ein Herz zu leisten hatte. Der Anblick von Marthas Venen machte ihn schwindlig. Er schloß die Augen.

Es war der 88. Tag. Er fragte sich, wie lange er das Warten noch aushielt. Das Telefon stand in Reichweite. Aber es klingelte nicht. Und sein Beeper schwieg. Und schwieg.

Martha mußte Mitte Oktober zu einem Symposium nach Chicago. Es ging um globales Investmentmanagement.

Panetta verstand nicht ganz (obwohl Martha sich viel Mühe gab, es ihm zu erklären), warum ihre Anwesenheit dort so wichtig war. Nicht, sagte sie, weil sie den anderen etwas beibringen könne, sondern, im Gegenteil, weil sie hoffe, von den Erfahrungen der übrigen zu profitieren. Sie erzählte es ihm an einem Dienstag.

Er hatte an dem Morgen einen Anruf von Grady bekommen. Grady wollte den Termin für Donnerstag absagen. Panetta rechnete es ihm hoch an, daß er nicht Alicia mit dieser Aufgabe betraute, sondern selbst zum Telefonhörer griff. Er lebte nur noch von einem Donnerstag zum anderen. Von den Gesprächen mit Grady, seinem Zuspruch, seinen Aufmunterungen.

«Ich bin ganz ehrlich, Daniel», sagte er, «mein Sohn und seine Freundin haben eine Lodge gemietet, die eigentlich nur von Forstleuten bewohnt werden darf. Es soll in der Gegend Steinböcke geben. Ich hab keine Bergtour gemacht, seit ich das Herzzentrum leite.»

«Dann müssen Sie los», hatte Panetta gesagt.

«Danke, daß Sie das so sehen. Ich habe gehofft, Sie würden es verstehen. Wir sehen uns einfach eine Woche später, Donnerstag, den 22., gegen elf Uhr. Wie wäre das?»

«Das wäre phantastisch», sagte Panetta. Er hatte inzwischen Mühe, lange Sätze zu formen, Mühe, seinen Atem richtig einzuteilen. Die Hand, die den Hörer hielt, schwitzte so, daß er fürchtete, der Hörer könnte ihm aus der Hand gleiten.

«Natürlich bin ich dort jederzeit erreichbar», sagte Grady. «Alicia findet mich überall, wenn was sein sollte.»

Es war zwölf Uhr mittags, und er saß immer noch im Pyjama herum, in seinem Lieblingssessel. Die Vorstellung, noch einmal die Treppen hinauf ins Bad zu gehen, trieb ihm den Schweiß auf die Stirn. Sein Herz raste schon bei dem Gedanken an den kalten Wasserschwall, mit dem er sich täglich kasteite. Jemand hatte ihm gesagt, daß man nach jeder heißen Dusche die Haut mit eiskaltem Wasser erschrecken solle, damit sie sich wieder zusammenzieht. Das kurbele den Kreislauf an. Genau so hatte es ihm einmal jemand gesagt.

«Ich habe mich lange nicht auf etwas so gefreut wie auf diese Bergtour», hatte Grady gesagt. Seine Stimme hatte etwas Heiteres, geradezu Jungenhaftes bekommen.

Panetta stellte sich seinen Arzt in Kniebundhosen und mit Steigeisen an den Bergschuhen vor. Eine rote Pudelmütze auf dem buschigen Haar. Auf der Nase pellte sich die sonnenverbrannte Haut. Er konnte sich Grady gut auf irgendeiner Felskante vorstellen, kurz unter dem Gipfel. Er konnte sich Grady auch als Triumphator neben dem Gipfelkreuz vorstellen.

«Noch eine kurze Frage, bevor ich abdampfe», hatte Grady gesagt. «Wie fühlen Sie sich?»

«Gut», hatte Panetta geantwortet. Das war sein größter Liebesbeweis, wenn er so tat, als ginge es ihm gut. Wenn er mit Überzeugung lügen konnte.

«Das freut mich, Daniel, das freut mich von Herzen», sagte Grady warm. «Ich bin sicher, es dauert jetzt nicht mehr lange.»

Sie wünschten sich einen schönen Tag. Panetta bat Grady, keine waghalsigen Dinge zu unternehmen. «Sie werden hier gebraucht, Doktor», hatte er zum Abschied gesagt. Und Grady hatte mit einem warmen Lachen aufgelegt.

Danach fühlte Panetta sich so übel, daß er Angst hatte, ohnmächtig zu werden. Er wollte Marthas Nummer wählen, aber dann fürchtete er, an diese mürrische Telefonistin zu geraten, die jedesmal fragte: «In welcher Angelegenheit?» Auch wenn Panetta vorher sagte: «Ich möchte meine Frau, Martha Wollington, sprechen.» Sie fragte jedesmal: «In welcher Angelegenheit?»

Panetta hatte damals nichts dagegen gehabt, daß Martha ihren Mädchennamen behielt, Marthas Freundinnen hatten alle ihren Mädchennamen behalten. Aber manchmal, fand er, würde es die Dinge erleichtern, wenn sie beide Panetta hießen. Er wußte, daß Martha seinen Namen nicht mochte. Er erinnerte sie an eine Sorte ausdrucksloses ungesalzenes Brot, wie sie es einmal bei einer Studienreise in Neapel gegessen hatte, nicht als Beilage zu Olivenöl und Parmaschinken, sondern morgens, mit Honig und Butter zum Frühstückskaffee.

Panetta glaubte, daß man dieses Brot anders bezeichnete, aber er konnte gegen Marthas Vorurteil nichts ausrichten. Also hieß sie weiter Wollington, und er mußte es sich gefallen lassen, daß die Telefonistin bei Bankers' Trust jedesmal fragte: «In welcher Angelegenheit wollen Sie Mrs. Wollington sprechen?»

Als Martha an dem Abend, als er die Sache mit Chicago erfuhr, aus dem Büro kam, hatte er es gerade erst geschafft, sich zu waschen, zu rasieren, Hemd und Hose anzuziehen. Keine Socken, obwohl der Steinfußboden jetzt schon kalt war. Der Herbst war schnell gekommen, mit einem Sturm direkt aus Neufundland. Der Wind hatte die goldenen Blätter von den Bäumen gefegt, über Nacht war alles kahl, die Leute holten ihre Anoraks aus den Schränken. Panetta verließ das Haus schon lange nicht mehr. Er vergnügte sich damit, die Menschen zu beobachten, in diesem kleinen Ausschnitt des Bürgersteiges, den er von seinem Sessel aus überblicken konnte. Er hatte festgestellt, daß viele seiner Nachbarn ganz klar strukturierte Tagesabläufe hatten. Auch ein Rentner wie Ron Lefrack, der jeden Morgen halb zehn die Haustür hinter sich zuwarf (dann zitterten die Scheiben in Panettas Badezimmer), um am Zeitungsstand eine *Washington Post* und einen *Miami Herald* zu besorgen (er war in den Achtzigern in Miami stationiert gewesen). Er kehrte zurück (um die Zeitungen zu lesen, vermutete Panetta) und verließ die Wohnung wieder Punkt ein Uhr. Panetta nahm an, daß er irgendwo einen Hamburger mit Pommes aß, seine Figur deutete darauf hin. Zur gleichen Zeit führte Emily Brown ihren Pudel aus. Ein Silberpudel an einer roten, mit Glitzersteinchen besetzten Leine. Meist stießen die beiden fast mit den Hunter-Zwillingen aus Nr. 12 zusammen, die von ihrer Nanny aus dem Kindergarten abgeholt wurden.

Gott sei Dank hatte Martha einen interessanten Beruf, der jeden Tag Abwechslung bot, andere Kunden, andere Projekte, neue *big deals*. Am liebsten sprach Martha von den *big deals*. Er hörte zu, zerkrümelte die Quiche Lorraine, die Martha zu früh aus der Mikrowelle genommen hatte, auf seinem Teller und begnügte sich damit, anerkennend zu knurren. Martha erwartete keine größeren Kommentare. Als sie aufstand, um eine zweite Flasche Chardonnay aus dem Kühlschrank zu holen (in der anderen waren nur noch drei Glas gewesen), sagte er: «Grady hat für Donnerstag abgesagt.»

Sie hatte die Kühlschranktür schon in der Hand. Sie drehte sich um. «Oh», sagte sie. Mehr nicht.

Sie nahm die Flasche, zog die Schublade auf, nahm den Korkenzieher heraus und setzte sich wieder an den Tisch.

«Sein Sohn hat ihn zu einer Bergtour eingeladen», sagte Panetta. «Sie haben eine Lodge gemietet, irgendwo hoch oben. Es muß etwas Besonderers sein. Grady sagt, daß man dort vielleicht Steinböcke beobachten kann.»

«Ich dachte, die wären längst ausgestorben.» Martha zog den Korken aus der Flasche und roch daran. Das hatte sie den Sommeliers abgeguckt. Sie legte den Korken hin. «Mein Onkel Lewis hatte diese Dinger in seinem Partykeller an der Wand. Diese Hörner.»

«Ich glaube, man sagt Geweihe.»

«Na, wenn schon. Ich finde es geschmacklos, wenn man sich irgendwelche toten Körperteile eines Tieres an die Wand hängt.»

Sie stockte und riß erschrocken die Augen auf.

Panetta sagte nichts. Er nahm ihr behutsam die Flasche aus der Hand und schenkte das Glas voll. Er selbst trank Evian, wie immer. Seit seinem Anfall im Blues hatte er nie wieder einen Schluck Alkohol angerührt.

«Bitte, entschuldige, Darling», wisperte Martha, «das war ... das war wirklich schrecklich, was ich eben gesagt habe ... ich hatte ganz vergessen. Oh, es tut mir leid, Darling.» Sie streichelte seinen Arm.

«Das macht doch nichts, du hast ja vollkommen recht.» Panetta bemühte sich, ungerührt zu wirken. Dabei kämpfte er mit den Tränen. Das kam zu allem noch hinzu, daß er – vielleicht begünstigt durch die körperliche Schwäche – so sentimental geworden war, daß er bei jeder Angelegenheit in Tränen ausbrechen konnte, daß er nichts aushielt, kein grausames Bild in den Abendnachrichten, keinen Bericht über Folter, Elend und Tod. Er mochte nicht einmal mehr etwas über Sex lesen.

Martha, hochrot im Gesicht, nickte. Das Gesicht zu einem kläglich flehenden Lächeln verzogen.

«Salute. Ich hoffe, der Wein schmeckt nicht nach Korken, neulich hattest du einen Wein, der nach Korken schmeckte, oder? War das die gleiche Lieferung?»

Martha trank. Sie schaute ihn nicht an. Sie sammelte sich, während sie trank, sie überlegte, wie sie das Thema wechseln konnte, so daß es fast unabsichtlich klang.

Panetta half ihr. «Die Hunter-Zwillinge waren heute nicht im Kindergarten. Ich glaube, sie haben Grippe oder so etwas. Man sieht sie am Fenster. Blasse kleine Schnuten haben sie. Und die Nanny sieht aus, als bekäme sie nachts keinen Schlaf.»

Vorsichtig sagte Martha: «Darling, wenn ich dich Donnerstag nicht nach Fairfax rausfahren muß, dann könnte ich ja nach Chicago fliegen.»

«Was?» Er verstand nicht.

«Das Symposium. Du weißt doch, das der Vorstand anberaumt hat. Global Investment Management. Ich habe dir davon erzählt. In Chicago.»

«Ich glaube nicht», sagte Panetta mühsam, «daß ich je etwas von einem Symposium über Global Investment Banking ge...»

«Investment Management, Darling.»

«Okay, gut. Ich glaube nicht, daß du mir davon erzählt hast.»

«Ich wollte dich nicht beunruhigen, Darling. Es war nicht der richtige Moment.»

«Und jetzt ist es der richtige Moment?»

«Nun, es hilft mir, zu wissen, daß du Donnerstag keinen Chauffeur brauchst.»

«Das Taxi können wir uns noch leisten», sagte Panetta, «wenn es dir nur darum geht.» Sie tranken schweigend. Sie Wein, er Wasser.

«Du willst nicht, daß ich zum Symposium fahre.» Martha schaute ihm in die Augen. «Du hast Angst, allein hierzubleiben.»

«Wundert dich das?» fragte Panetta. «Jeden Augenblick kann der Beeper losgehen. Ich wäre ruhiger, wenn ich wüßte, daß du mich begleitest, wenn es losgeht.» Er lächelte. «Die Hand halten und so.»

«Darling, Grady hat gesagt, vor Thanksgiving können wir nicht damit rechnen, daß du drankommst. Du weißt, wie viele vor dir auf der Warteliste stehen.»

«Ich weiß auch, daß Grady gesagt hat, länger als Thanksgiving hält mein altes Herz es nicht aus.»

«Gut. Dann bleibe ich hier, ich werde morgen dem Vorstand mitteilen, daß ich am Symposium nicht teilnehmen kann. Sie sollen Susan schicken. Sie rechnet schon damit. Susan wartet ja auf eine Gelegenheit, mich auszubooten. Sie wird mit Kußhand die Gelegenheit ergreifen und während der ganzen Zeit in Chicago das Blaue vom Himmel lügen. Wie schlecht ich bin und wie gut sie auf meinem Posten wäre.» Wieder tranken sie schweigend.

«Wir könnten Helen fragen.» Panetta schaute auf, lächelte. «Helen hat angeboten, jederzeit zu kommen. Dann mußt du gar nichts absagen.»

«Deine Schwester? Aber du magst sie nicht.»

«Ich habe nur gesagt, als ich ein Kind war, mochte ich sie nicht. Sie hat mich immer ins Klo gesperrt, wenn sie auf mich aufpassen mußte, und ist dann mit ihren Freunden irgendwohin verschwunden, um diese Doktorspiele zu spielen.»

Martha lachte. «Das mit den Doktorspielen hast du eben erfunden.»

«Gut, zugegeben. Wenn ich Geburtstag hatte, durfte sie auch immer ihre Freundinnen einladen. Ich durfte an ihrem Geburtstag nicht einmal Blindekuh mitspielen. Es hieß immer, Daniel ist zu klein. Die Mädels haben keine Lust, mit so einem kleinen Jungen zu spielen.»

«Wie viele Jahre ist das her?» fragte Martha sanft.

Panetta lächelte. «Ich weiß, ich hab ja auch alles längst verziehen und vergessen. Helen schickt so nette Briefe. Und ruft ständig an. Und jedesmal sagt sie: Wenn du mich brauchst, Dannylein, komme ich sofort.»

Das Telefon klingelte. Beide zuckten zusammen. Panetta spürte einen derartigen Stich im Brustraum, daß er die Hand nicht nach dem Hörer ausstrecken konnte. Martha nahm den Hörer.

«Hallo?» Ihre Stimme war fast tonlos.

Doch dann lachte sie plötzlich und zwinkerte Panetta zu und rief ins Telefon. «Weißt du, daß das Gedankenübertragung ist? Eben haben wir von dir geredet.»

Und Helen sagte: Bestimmt hat er wieder irgendein Märchen erfunden, wie ich ihn gezwungen habe, meine Spucke zu essen.

Und Martha sagte das Panetta weiter, und Panetta mußte lachen.

Und dann sprach Martha von dem wichtigen Meeting in Chicago. Aber daß sie nicht hinfahren würde. Als Martha wieder auflegte, war Helen schon dabei, ihren Koffer für Washington zu packen.

Voller Schmerz beobachtete Panetta, wie Martha aufblühte bei der Aussicht, von ihm wegzukommen. Wie hingebungsvoll sie ihren Koffer packte, wie sie morgens verschwand und dann mit einer anderen Frisur zurückkam. Sie versteckte eine rote Papiertüte vor ihm, eine Tüte von Saks Fifth Avenue, aber man konnte vor ihm nichts verstecken. Sie hatte sich ein Twinset gekauft. Kaschmir. Aprikosenfarben. Taillenkurz. Der Pulli ärmellos und ausgeschnitten. Er war sicher, daß sie hinreißend darin aussah. Außerdem war es praktisch. Es gab keinen Grund, ihr dieses Twinset, das sie sich selbst gekauft und selbst erarbeitet hatte, nicht zu gönnen.

Er saß in seinem Sessel, zur Tarnung ein Buch auf den Knien, in dem er keine einzige Zeile gelesen hatte, und paßte auf sein Herz auf. Wenn er hörte, wie sie geschäftig hin und her ging oben im Schlafzimmer, legte er die Hand auf sein altes Herz. Er konnte den Herzschlag kaum noch fühlen.

Als das Taxi am Donnerstag morgen vor der Haustür hielt, als es an der Tür klingelte und Martha fröhlich rief: «Ich komme!», ihm einen Kuß gab, einen nach einem herben französischen Parfum duftenden Kuß, als sie ihren kleinen Koffer nahm und verschwand, saß er bereits in seinem Sessel. Das Buch, das er zur Tarnung auf dem Schoß hielt, fiel herunter.

Eine Viertelstunde später kam Helen.

«Dannylein, weißt du, daß du ganz fabelhaft aussiehst», rief Helen. «Ich hatte damit gerechnet, einen blassen, kümmerlichen Bruder anzutreffen. Dabei sitzt du da, schick angezogen, aufrecht in deinem Sessel und liest ein schlaues Buch. Weißt du, daß dir deine Krankheit niemand ansehen würde?»

Panetta lächelte tapfer. Er war gerührt, daß seine Schwester sich soviel Mühe gab, ihn zu belügen. Sicher hatte sie auf der Bahnfahrt die ganze Zeit überlegt, was sie zur Begrüßung sagen sollte und die Sätze auswendig gelernt. Sie hatte mit der Ansprache schon begonnen, als sie noch im Flur stand und er ihr den Rücken zukehrte. Er war dennoch gerührt, daß sie sich soviel Mühe gegeben hatte. Panetta hatte vergessen, was für eine nette Person seine Halbschwester Helen war. Wie patent und praktisch. Sie hatte zu Hause schon vorgekocht fürs Mittagessen, brachte einen Kuchen mit, fertige Backmischung, aber immerhin selbst zusammengerührt und in den Ofen geschoben. Natürlich hatte sie auch an ein Geschenk gedacht. Panetta war klar, wie viele Gedanken sie sich über ihn gemacht hatte, als er das Geschenk auspackte: ein Mobile mit Herzen aus Metallplättchen, leuchtend rot und grün und gelb. Man konnte es über dem Bett an die Decke hängen oder in die Nische des Wohnzimmers, auch draußen unter das Verandadach. Dort würde die Abendbrise die Herzen hin- und herdrehen, und wenn sie gegeneinanderschlugen, würde es leise hohe Töne geben, fast wie bei diesen indonesischen Glocken-Mobiles. Es war ein bemerkenswertes Geschenk. Helen schaute ihn an wie früher, wenn er seine Geburtstagsgeschenke auspackte. Schon früher war ihr Geschenk immer das originellste gewesen. Und sie erwartete, daß man sich über ihr Geschenk am lautesten freute und daß man am längsten darüber redete. Sie gierte nach dem Lob. Ihr Gesicht war immer noch rot und rund wie früher, vielleicht zeigten sich die Gesetze der Schwerkraft am ehesten an ihren Bäckchen. Früher hatten ihre roten Backen wie aufgeblasen gewirkt, jetzt waren es Hamsterbäckchen, und als sie ihn küßte und er nicht verhindern konnte, mit der Nasenspitze die Haut ihrer Hamsterbäckchen zu berühren, gab es ihm einen Stich. Es war, als reibe man seine Nase an einem frisch bezogenen Plumeau, das mit Lavendel parfümiert war. So altmodisch irgendwie. Er mußte an seine Mutter denken, und das gab ihm wieder einen Stich.

«Ganz fit und kernig siehst du aus.» Helen strahlte ihn an.

Panetta lächelte sanft. «Abgesehen davon, daß ich mich kaum noch bewegen kann. Ich habe seit vier Wochen das Haus nur noch verlassen, um mich von Martha nach Fairfax kutschieren zu lassen, zu Untersuchungen bei Grady.»

Helen nahm ihren Hut ab, den sie mit langen Nadeln an ihrem schweren grauen Haar befestigt hatte. «Was erwartest du? Glaubst du, Grady würde dir ein neues Herz geben, wenn dein altes noch etwas taugte? Wenn ich den Hut hierherlege, kann ich dann sicher sein, daß ihn niemand zerdrückt?»

«Es ist keiner da außer dir und mir.» Panetta schaute zu, wie sie liebevoll den Hut auf dem Garderobenhocker ablegte.

Helen trug immer Rock und Bluse, wie früher. Der Rock hatte kein richtiges Bündchen, so daß die Bluse darin hin und her rutschte. Sie trug unter der Bluse und dem Rock eine Art Korsage, die wie ein Panzer sein mußte. Aber offenbar machte es ihr nichts aus, den eigenen Körper gefangenzuhalten. Panetta bekam schon Atemnot, wenn er sah, wie sie sich bückte, als habe sie ein Lineal verschluckt, und wie ihr Kopf rot anlief, wahrscheinlich, weil sie in den Leisten die Blutzufuhr abklemmte. Große Füße (die hatte sie von der Mutter geerbt, auch sie lebte auf großem Fuß) steckten in derben Lederschuhen mit Gummisohle. Im Haus tauschte sie die Schuhe gegen Sandalen aus, die einen Klettverschluß hatten und eine Korksohle. Der einzige Schmuck, den Helen jemals trug, war ein dünnes Goldkettchen, das in der Mulde zwischen ihren beiden großen Brüsten verschwand. An dem Kettchen hing das Medaillon. Auf Knopfdruck sprang der Deckel auf, und man konnte ein Foto bestaunen, das eine junge schöne Frau zeigte, mit einem Baby im Arm. Die junge schöne Frau war Panettas Mutter, das Baby war Helen. Er hatte sie um dieses Medaillon immer beneidet. Von ihm und seiner Mutter hatte es so ein Foto nicht gegeben.

Helen knöpfte sofort die Manschetten der Bluse auf, krempelte die Ärmel hoch und nahm Marthas und seinen Haushalt in Besitz. Panetta konnte nicht aufhören, ihr zuzuschauen, wie sie im Nu alles veränderte. Sogar der Flaschenöffner, der immer in dem zweiten Schubfach von oben gelegen hatte, bekam einen anderen Platz. Panetta gab zu, daß es wirklich praktischer war, wenn man ihn an einen der Fleischerhaken über dem Herd hängte, neben den Schneebesen, die Haushaltsschere und das Sieb.

Sie bezog nicht nur das Gästebett, sondern auch sein Bett.

«Wenigstens die Freude sollte Martha dir täglich gönnen», sagte sie.

Und Panetta wußte, daß sie es nicht als Vorwurf meinte. Sie war viel zu nett, zu freundlich, sie mochte Martha, sie würde nie etwas sagen, was Martha verletzen könnte. Sie wußte, es würde ihr auch nicht gelingen, zwischen Panetta und sie einen Keil zu treiben.

Er hatte es sich angewöhnt, den Beeper abends auf das aufgeklappte Buch zu legen, zusammen mit der Brille. Daneben das Wasserglas, eine Packung Kleenex, das Atemspray und den Tubus für den Inhalator. Sie hatten für viel Geld eine Sauerstoffleitung am Kopfende des Bettes installieren lassen, etwas, das er bei einem seiner zahlreichen Krankenhausbesuche wie eine Lebensversicherung empfunden hatte. Am Ende des biegsamen Schlauches war ein Mundstück, mehr eine Atemmaske, aus weißgelbem Plastik, mit einer Ausformung für die Nase. Die drückte er sich gegen das Gesicht, wenn er nach Luft rang. Es brachte manchmal Erleichterung, in schlimmen Fällen jedoch war er durch die Todesangst, die mit der Atemnot kam, so verkrampft, daß er entweder die Maske nicht richtig aufsetzte oder den Hahn nicht aufdrehen konnte, dann mußte Martha ihm helfen. Meist kontrollierte er abends, bevor er endgültig das Licht ausmachte, ob der Hahn nicht zu fest zugedreht war, aber auch nicht so leicht, daß er sich bei einer geringen Erschütterung (zum Beispiel, wenn ein Helikopter niedrig über das Haus flog) lösen konnte.

Seine derzeitige Nachtlektüre waren die Tagebücher der Gebrüder Goncourt. Edmond und Jules. «Allabendliche Beichte» – wie es im Vorwort heißt. Klatsch, Intrigen und peinlich genaue Betrachtungen zum literarischen Leben im Frankreich des zweiten Kaiserreichs. Panetta hatte ursprünglich geplant, die Tagebücher im Original zu lesen (eine Anschaffung für die Bibliothek, um die er lange hatte kämpfen müssen), aber er mußte sich irgendwann eingestehen, daß seine Französischkenntnisse nicht ausreichten, um den subtilen Witz vieler Beobachtungen zu begreifen. Also hatte er zu einer – wahrscheinlich ziemlich schlechten – englischen Übersetzung gegriffen. Das Lesezeichen markierte Panettas Lieblingskapitel: der Salon von Prinzessin Mathilde, der Cousine Napoleons III. Höfisches Protokoll, gepuderte Perücken, Schönheitspflästerchen auf den Dekolletés der Kokotten, die Herren im Gehrock und Zylinder, Kutschfahrten im Bois de Boulogne, die Hausmägde in geschnürten Leibchen, im Theater hatte man seine eigene mit rotem Samt ausgeschlagene Loge, beim Diner diskutierte man über die Monarchie und den Verfall der Sitten, eine gefährliche Liaison oder die Unfähigkeit des Personals, im Sommer machte man Landpartien. Flaubert mochten sie nicht, die beiden.

Es gefiel Panetta, ein paar Seiten zu lesen, dann die Brille abzunehmen, den Beeper wegzutun, das Licht zu löschen und für eine Weile mit offenen Augen Goncourtsche Szenen wie Dias gegen die Zimmerdecke zu projizieren. Meist, wenn sein Herz – auf niedrigem Niveau, aber regelmäßig – seinen Dienst versah, gelang ihm das ganz mühelos. Er sah einen zierlichen, in weiches Leder geschnürten Damenschuh, der sich unter den bauschigen Volants hervorstreckte. Er hörte das Lachen und Parlieren, wie er es erlebt hatte, als er mit Martha in Paris gewesen war, ein Jahr nach ihrer Hochzeit. Er sah ein weißes, auf blühender Wiese ausgebreitetes Laken, darauf frisch gebrochenes Baguette, Rotwein, Käse, eine Schale mit tiefroten Erdbeeren. Er lächelte. Das waren die Wunder, die dieser Planet bereithielt, die Magie des Lebens. Deshalb wollte er noch nicht aufgeben, einmal wollte er mit Martha noch nach Frankreich, am liebsten in den Süden, in die Provence. So weit hatten sie es damals nicht geschafft, sie mußten frühzeitig zurück, weil Marthas Mutter einen Schlaganfall erlitten hatte. Daran wollte er nicht denken. Er warf einen letzten Blick auf die Uhr. Er hatte sich, um Martha nicht jedesmal zu wecken, wenn er schlaflos eine Nachtstunde um die andere herumbringen mußte, eine Uhr mit Leuchtziffern gekauft. Es war halb zwölf Uhr nachts. Martha saß jetzt bestimmt noch mit einigen Kollegen des Symposiums an der Hotelbar. Oder sie hatten sich in der Lobby eine gemütliche Ecke geschaffen, Sessel zusammengeschoben um den Tisch mit Armagnac-Gläsern, Aschenbechern, Zigarettenschachteln, Feuerzeugen, all diesen Dingen, mit denen die Menschen mutwillig ihr Leben verkürzten.

Martha hatte das Seidenkleid eingepackt, tomatenrot, ein Wickelrock, spitzer Ausschnitt. Wenn sie die Beine übereinanderschlug, öffnete sich der Rockschlitz fast bis zum Schoß. Deshalb trug Martha unter dem Kleid einen Body aus schwarzer Spitze. Er persönlich fand, daß dieses Kleid nicht zu Martha paßte. Ihm gefiel es besser, wenn Martha sich elegant, aber dezent kleidete.

Er fragte sich, ob Martha in diesem Augenblick glücklich war. Ob sie lachte, sich amüsierte. Erleichtert, einmal eine Nacht ohne ihn zu verbringen. Ohne Angst, daß es plötzlich losgehen könnte: sein letzter Kampf. Daß es zu Ende wäre mit ihm, bevor Bob Grady die Chance bekam, ihm ein neues Herz einzupflanzen.

Panetta warf sich im Bett hin und her. Er dachte an Paris, an geschnürte Leibchen, an geschlossenen Pferdedroschken, die vor der *Opéra* vorfuhren, Lakaien in weißen Kniestrümpfen. Er sah den Hotelflur. Martha in einem tomatenroten Seidenkleid. Was sagte der Typ neben ihr? Redete er französisch?

Seine Stirn war naß, er bekam keine Luft, er richtete sich auf, mühsam, den Kopf gegen die Wand, und keuchte. Seine Hände tasteten nach der Sauerstoffmaske. Das Telefon klingelte.

Er riß den Mund auf, rang nach Luft.

Das Telefon klingelte.

Er fand weder das Telefon noch den Inhalator. Er fühlte sich wie ein Schwimmer, über dem eine große Welle zusammenbricht, ein Schiffbrüchiger mitten im kalten Ozean, zweitausend Meter unter ihm nur schwarzes Wasser und dunkle, geheimnisvolle Fische.

«Danny? Das Telefon. Hörst du nicht?»

Das war Helen. Sie klopfte an die Tür. Er konnte nicht antworten. Aber er streckte, unter Aufbietung aller Kräfte, die Hand aus nach dem Telefonhörer und führte den Hörer zitternd, der Schweiß rann ihm von der Stirn, ans Ohr. Er keuchte. «Ja?»

«Darling, hallo, ich bin's, Martha. Entschuldige, hast du schon geschlafen?»

«Nein, Martha, ich ...»

«Alles in Ordnung, Darling?»

Er spürte, wie die Atemnot nachließ, der Krampf. Wie sein Körper wieder weich und nachgiebig war. Eben noch hatte er steif wie ein Brett dagelegen, jeder Muskel verkrampft. Jetzt war alles weich. Martha war da. Er konnte sie hören. «Wie geht es dir?» flüsterte Panetta.

«Gut, Darling, wunderbar. Entschuldige, daß ich nicht früher angerufen hab, diese verdammte Sitzung dauerte endlos. Jetzt sitzen sie alle unten an der Bar, ich sollte unbedingt noch mit ihnen etwas trinken, aber ich habe keine Lust. Ich muß erst wissen, ob du okay bist. Bist du doch, oder?»

«Ja, ich bin okay.» Er sah, daß Helen die Klinke herunterdrückte. Die Tür öffnete sich einen Spalt. Helen trug einen Morgenmantel aus Chiffon. Er hatte gedacht, daß so etwas seit den Siebzigern nicht mehr Mode sei. Vielleicht war der Morgenmantel aus den Siebzigern. Sie hatte Haarclips rund um das Gesicht gesteckt und sah aus wie ein Clown.

«Es ist Martha», wisperte Panetta.

Helen lächelte. «Schöne Grüße.» Sie zog sich zurück, ein Stück gelber Chiffon blieb in dem Türspalt hängen, sie mußte die Tür noch einmal öffnen und den Chiffon herausziehen.

«Erzähl von dir.»

«Ach, Darling, das ist alles so unwichtig. Die Leute sind eitel, ehrgeizig und intrigant. Aber was haben wir anderes erwartet.»

«Du bist doch auch ehrgeizig.»

«Ja, schon, aber nicht wie sie. Nicht mehr, seit ich weiß, daß es im Leben Wichtigeres gibt.»

«Was ist denn wichtiger?»

«Du, Darling», sagte Martha.

Er hätte sie jetzt gerne geküßt, ganz behutsam auf ihre weichen Lippen. Zum ersten Mal seit langer Zeit dachte er an Sex. Er hielt den Hörer mit der rechten Hand, die linke bewegte sich unter der Bettdecke am Körper nach unten. Er fühlte seinen Schwanz. Im ersten Augenblick erkannte er ihn nicht. Klein und weich. Winzig. Die Haut, die seine Hoden zusammenhielt, war ein schlaffer Lappen, faltig, ausgeleiert wie sein Herz. Gut, daß Martha tausend Meilen weit weg war.

«Ich bin so froh, daß es dir gutgeht!» rief Martha.

Er mußte den Hörer vom Ohr weghalten. Ihre Stimme war ungewöhnlich laut. Vielleicht hatte sie schon etwas getrunken, etwas mehr als die zwei, drei Glas Chardonnay, die sie sich hier abends gönnte. Vielleicht hatten ihr die Männer Komplimente gemacht. Zu viele Komplimente.

«Was hast du an?» wisperte Panetta.

«Was? Was ich anhabe?» Martha lachte. Das amüsierte sie. «Irgendwas, nichts Besonderes. Ein Kleid.»

«Das Seidenkleid? Das rote?»

«Nein», sagte Martha, «ein dunkelblaues. Das Leinenkleid aus Miami. Das mit den weißen Perlmuttknöpfen.»

«Ah», Panetta räusperte sich. Seine Stimme klang immer noch wie ein Wispern, ein Keuchen. Er kriegte seine Stimme einfach nicht klar. «Schön, daß du angerufen hast, Schatz. Danke. Ich glaube, ich werde jetzt ein bißchen schlafen.»

«Und wie läuft es mit Helen?» schrie Martha ins Telefon. «Kümmert sie sich um dich?»

«Sie ist wunderbar», flüsterte Panetta.

«Aber nicht so wunderbar wie ich. Wehe, du sagst, sie ist eine bessere Krankenschwester als ich.»

«Nein», flüsterte Panetta, «du bist die Größte. Aber jetzt muß ich auflegen, Martha. Ich hab nicht mehr genug Luft.»

«Entschuldige, Darling.» Ihre Stimme war auf einmal ganz weich, ganz anschmiegsam. «Wir telefonieren morgen wieder, ja? Schlaf ganz schön und ruhig und gut. Übermorgen bin ich wieder da.»

«Das ist gut.» Panetta räusperte sich noch einmal, dann drückte er einen Kuß – den sie wahrscheinlich so nicht wahrnehmen konnte – auf die Sprechmuschel und legte auf. Sein Herz raste. Wann hatte er zuletzt zu so später Stunde telefoniert?

Die schöne Schläfrigkeit von vorhin war verschwunden. Woran hatte er gedacht? Ach ja, eine Pferdekutsche nachts in Paris. Nein, ein Sonntagmorgen, eine Pferdekutsche, ein Landauer, offen, der durch den Bois de Boulogne fährt ...

Wie hatte Martha sich genannt? Was hatte sie gesagt? Krankenschwester. Wehe, du sagst, Helen ist eine bessere Krankenschwester als ich ...

So sah sie sich also. Das also war ihre Ehe: ein Patient und eine Krankenschwester.

Er stöhnte leise. Er betete, daß Grady bald ein Herz für ihn hatte, ein schönes kräftiges, junges, gesundes Herz. Er wollte nicht, daß Martha noch viel länger das Leben einer Krankenschwester führen mußte. Verheiratet mit einem Todeskandidaten. Einem kümmerlichen Häuflein Leben. Japsend um jeden Atemzug. Angstvoll auf jeden Herzschlag lauschend. Wie schrecklich. Er hörte, wie Helen unten das Radio eingeschaltet hatte. Er hörte Klavierakkorde. Bässe.

Als er sich seufzend auf die linke Seite wälzte, merkte er, daß seine Hand immer noch seinen kleinen weichen Schwanz umklammerte.

Wie immer schlief er schlecht. Mehrfach wurde er aus dem Halbschlaf aufgeschreckt durch das Heulen einer Krankenwagensirene. Einmal flog eine Maschine so tief über sein Haus, daß er an ein Unglück dachte. Der nächste Traum spielte dann auch in den Sümpfen Mexikos, wo die Überlebenden einer Flugzeugkatastrophe einem erlegten Tier – einer Art Gazelle – das Herz herausrissen und es roh verschlangen.

Als der Beeper lospiepste, hielt er es für das Piepsen der Black Box aus den Trümmern des im Sumpf zerschellten Flugzeuges. Er wunderte sich, daß die Menschen, die gierig das rohe Fleisch des erlegten Tieres verschlangen, sich um die Signale nicht kümmerten. Als das Piepen nicht aufhörte, war ihm auf einmal klar, daß es sein Beeper war, der sich meldete. Er war sofort hellwach. Sein Herz raste, als er die Nachttischlampe anknipste und zum Telefon griff. Die Nummer des Hospitals kannte er auswendig. Martha hatte aber, falls beiden im entscheidenden Augenblick die Erinnerung einen Streich spielte, die Nummer mit einem dicken Tintenkuli an die Tapete geschrieben. Alicias Durchwahlnummer im Herzzentrum des Fairfax Hospital. Eine neunstellige Nummer. Zweimal verwählte er sich, und es ertönte ein Besetztzeichen, noch bevor er alle Zahlen gedrückt hatte.

Als sich schließlich jemand meldete, war er schweißgebadet.

«Ich bin's, Panetta», schrie er ins Telefon. «Mein Beeper ist losgegangen. Habt Ihr mich gerufen?»

«Mr. Daniel Panetta?»

«Ja! Der bin ich! Was ist los?»

«Eine Sekunde, ich schalte Sie gleich weiter zu Alicia. Bitte, warten Sie eine Sekunde, Mr. Panetta.»

Panetta strampelte die Bettdecke von den Füßen und setzte sich aufrecht. Er ließ die Beine von der Bettkante baumeln. Augenblicklich waren seine Füße eiskalt, dann kroch die Kälte die Beine hoch. Dieses Phänomen hatte er noch nie erlebt. Er fragte sich, ob das vielleicht einfach nur an der Aufregung lag. Draußen wurde es gerade hell. Hinter dem roten Backsteinhaus des Embassy Suites Hotel ein blasser, silberner Himmel mit leichter Zirrenbildung. Das bedeutete kalte Luftströmung in großer Höhe. Die Wolken schimmerten dunkellila. In der Leitung knackte es unentwegt. Er schaute auf die Uhr. Viertel nach sechs.

«Hallo, hallo!» Das war Alicia. Ihre Stimme klang hell und aufgeregt, frisch wie der junge Morgen, ganz fröhlich.

«Sind Sie noch dran, Mr. Panetta?»

«Natürlich!» Panetta reckte sich, um seinem Brustkorb mehr Raum zu geben. Er rang nach Luft.

«Wir haben ein Herz für Sie!» rief Alicia. «Kommen Sie so schnell wie möglich! Doc Grady hat vor zehn Minuten angerufen. Wo sind Sie?»

«Juniper Street», sagte Panetta, «zu Hause.»

«Gut. Ist Martha bei Ihnen?»

«Nein, sie ist in Chicago.»

In diesem Augenblick wurde ihm bewußt, was das bedeutete: Der Augenblick, auf den sie so lange gewartet hatten, war da, und Martha war nicht bei ihm! Martha konnte nicht seine Hand halten im Taxi, konnte nicht bei ihm sitzen, während die Vorbereitungen für die Operation getroffen wurden. Konnte er das ohne sie durchstehen?

Wenn sie darüber gesprochen hatten, und er meinte: Ich

glaube, ich stehe das alles gar nicht durch, Martha, die letzten Minuten vor der Operation, dann sagte sie immer: Aber natürlich, Darling, du mußt nur mich anschauen. Mir ganz fest ins Gesicht sehen. Dann wird es gehen. Ich weiß, daß es geht.

Aber sie war nicht da.

Statt dessen lag unten seine Halbschwester Helen im Gästebett, wahrscheinlich schlief sie tief und fest, nachdem sie die halbe Nacht lang irgendeine Konzertübertragung verfolgt hatte. Im Unterbewußtsein hatte er immer wieder Musik gehört.

«Ziehen Sie sich schnell an, rufen Sie ein Taxi. Oder besser, rufen Sie erst das Taxi und ziehen Sie sich dann an. Jede Minute ist kostbar. Wir bereiten inzwischen alles vor.»

Panetta sprang aus dem Bett, riß die Tür auf, stürzte in den Flur. «Helen!» schrie er. «Helen, es ist soweit!»

Nichts rührte sich in dem Haus. Er überlegte, was jetzt wichtiger war. Erst das Taxi. Martha hatte zwar die Nummer von Doc Grady an die Tapete geschrieben, aber keine Taxinummer. Hundertmal am Tag fuhren Taxis am Haus vorbei, mit riesengroßen Lettern priesen sie ihr Unternehmen an. Er hatte sich Dutzende von Taxinummern gemerkt im Laufe seines Lebens, jetzt kannte er keine einzige. Sein Kopf war leer. Er brauchte ein Telefonbuch. Die Auskunft.

Helen sollte die Auskunft anrufen. Wieso reagierte sie nicht? Er eilte wieder in den Flur, stürzte die Treppen hinunter. Seit Monaten war er nicht so behende gewesen. Ohne anzuklopfen, stürmte er in Helens Zimmer. «Hörst du nicht? Aufstehen! Es ist soweit.»

Helen fuhr aus dem Schlaf hoch. Er sah ihr weißes Gesicht, die Haarclips, die inzwischen verrutscht waren. Ein Nachthemd mit einem Besatz aus Klöppelspitze. Instinktiv hielt sie die Hände vor ihren großen Busen. Unter anderen Umständen hätte es ihn amüsiert, daß eine Frau Mitte Fünfzig immer noch glaubte, ihren lockenden Busen vor gierigen Männeraugen verdecken zu müssen. «Das Krankenhaus, Helen!» rief er. «Sie haben angerufen. Grady, nein, Alicia. Sie sagt, Grady ist unterwegs. Er bringt das Herz.»

Helens Augen wurden groß. Ihr Mund, ganz rund, als sie «oh» sagte. Und noch einmal «oh».

Dann warf sie die Bettdecke zurück. Der Träger ihres Nachthemdes rutschte herunter, entblößte ihren linken Busen. Blaue Äderchen in weißer Haut.

«Ruf ein Taxi an!» rief Panetta. «Ich muß mich anziehen.»

«Ich? Aber wieso ich denn? Ich kenn doch nicht die Taxinummern. Habt ihr die nicht irgendwo notiert?»

«Doch, natürlich.» Sein Herzschlag beruhigte sich. Sie hatten ja ein privates Telefonbuch. Martha hatte es angelegt. Martha war in diesen Dingen hundertprozentig. Das Telefonbuch lag neben dem Telefon im Eßzimmer, auf dem Teewagen. Genau. Und gleich auf dem Innendeckel klebten Visitenkarten von Taxiunternehmen. Gelb, grellgelb. Jetzt erinnerte er sich.

«Wie spät ist es?» rief Helen. «Ich kann meine Uhr nicht finden. Wo ist denn hier, verdammt noch mal, der Schalter?»

Mein Gott, dachte Panetta, als er mit zitternden Händen die Taxizentrale wählte, Grady hat ein Herz für mich, und wir stolpern herum wie Idioten.

«Hallo!» brüllte er ins Telefon. «Ich brauche sofort ein Taxi, ganz dringend. Zum Fairfax Hospital. Juniper Street 8.»

Panetta schaute sich um wie gehetzt. Er mußte die Treppe wieder hinauf, er mußte sich anziehen, seine Sachen zusammensuchen. Die Brille. Das Köfferchen, das sie schon vor Wochen gepackt hatten. Wichtige Dokumente. Lektüre. Er hatte mit sehr vielen Leuten darüber gesprochen, welches Buch man wohl lesen würde an den Tagen nach der Operation. Würde man überhaupt lesen wollen?

Er hatte sich für ein Bändchen über das Leben Franz von Assisis entschieden. Martha hatte ihm die Bibel dazugelegt, und eine Sammlung mit schönen Psalmen, von einem ungarischen Künstler illustriert.

Er mußte sich anziehen. Jawohl. Die Treppe wieder hinauf. Im Vorbeigehen schaltete er den Lokalsender ein. Sechs Uhr. Rush hour, kam es ihm in den Sinn. Er riß die Schranktür auf, zerrte die Hemden heraus. Martha hatte die Reinigung angehalten, die Oberhemden immer ganz zuzuknöpfen, sie hatte das bei ihrer Mutter so gelernt.

Panetta kämpfte leise fluchend mit jedem einzelnen winzigen Perlmuttknopf. Sie rutschten ihm aus den Fingern, seine Finger konnten die kleinen Knöpfe gar nicht greifen. Er warf das Hemd auf den Boden, griff nach dem nächsten.

Helen rief von unten: «Danny, weißt du, was sie im Fernsehen sagen? Ein Riesenstau auf dieser Brücke über den Potomac.»

«Auf welcher Brücke?» rief Panetta zurück. «Es gibt mindestens fünf!»

«Arlington Bridge!»

«Okay, das ist kein Problem.» Er hatte den Kampf gegen die Knöpfe gewonnen, zog das Hemd an, schlüpfte in die Hosen, schloß den Reißverschluß, schaute an sich herunter. Ah, die Socken. «Wir nehmen die Roosevelt Memorial.»

Grady hat ein Herz, dachte er, sie haben ein Herz für mich. Hoffentlich sterbe ich nicht vor Aufregung noch vorher. Er spürte den Herzschlag gegen seine Rippen. Er hatte das lange nicht gefühlt. Sein Herz pumpte wie verrückt. Das war das Adrenalin. Grady hatte ihn gewarnt. Sie müssen alle Handgriffe vorher üben, Panetta, hatte er gesagt, denn wenn der Anruf kommt, sind bei Ihnen alle Schalter auf Rot.

Keine Angst, Doktor, er hat ja mich. Martha hatte ihn geküßt, ganz zärtlich. Zum ersten Mal in Gradys Beisein. Panetta war dankbar, daß sie es in diesem Augenblick getan hatte. Er ahnte, daß Martha nicht ganz Gradys Vorstellungen von der ergebenen, rührenden Ehefrau entsprach. Aber an diesem Tag hatte sie ihn geküßt und seine eiskalten Hände gestreichelt.

Die Schuhe standen unten. Das Notköfferchen wartete in dem Garderobenschränkchen im Flur.

Er mußte sich nur bücken, es herausholen. Helen würde es für ihn tragen. Er mußte sich einen Mantel anziehen, draußen war es kalt. Grady hatte ihn gewarnt. «Keine Erkältung, Panetta. Nicht der geringste Schnupfen. Verstanden? Ich muß Sie wieder nach Hause schicken, wenn Sie mit einem Virus hier ankommen.»

Er zog den Mantel an. Helen trug wieder diesen Rock, eine Bluse, ihre Gesundheitsschuhe.

«Du hast noch die Clips im Haar», sagte Panetta.

Helen griff sich erschrocken an den Kopf. «Oh, mein Gott.»

«Wegen dieser Kleinigkeit würde ich den alten Herrn nicht belästigen», meinte Panetta, als er die Haustür öffnete. Er freute sich, daß ihm in diesem Augenblick noch ein kleiner Scherz gelungen war. Er hielt das für ein gutes Zeichen. Helen zerrte die Clips aus dem Haar.

Er trug das Köfferchen selbst. Steinstufen, breit. Ein bequemes Geländer. Das war alles gut zu schaffen. Auf dem Bürgersteig, hinter dem kleinen Zaun, stand der Taxifahrer. Der Motor lief. Vom Dupont Circle drang das Rauschen des Verkehrs bis in ihre stille Straße. Rush hour.

«Mr. Panetta, Sir?» rief der Taxifahrer. «Sie haben einen Wagen bestellt?»

Als Panetta nickte, öffnete er die kleine Gartentür, kam ihm entgegen und nahm ihm das Köfferchen ab.

«Es kommt noch jemand», sagte Panetta, «meine Schwester.»

Helen tauchte in dem Moment auf. «Soll ich die Tür einfach zuziehen, Danny?» rief sie.

«Mach, was du willst», murmelte Panetta. Ihm war schwindlig vor Aufregung. Vielleicht hätte er Kreislauftropfen nehmen sollen. Oder einen Vitaminsaft trinken. Er hätte ein paar Kekse einstecken sollen. Aber nein, er mußte doch nüchtern sein vor der Operation. Selbst bei den kleinen Eingriffen, die sie an ihm vorgenommen hatten, Bypass und so etwas, hatte er immer nüchtern sein müssen.

Hilflos deutete er auf die Tasche, die er nicht tragen konnte. Der Fahrer verstand. Er nahm die Tasche und trug sie zum Wagen. Er schlenderte gemächlich, öffnete vorn den Wagen, ging um das Auto herum, betätigte die Kofferraumklappe, ordnete die Dinge, die hinten im Kofferraum waren. Eine leere Selterskiste, Handwerkszeug, ein Babysitz, der Wagenheber, ein Ersatzreifen. Es war ein alter Chevy, verbeult und so tief gelegt, als seien die Achsen gebrochen.

Panetta fragte sich, wie er mit dem Wagen durch den Sicherheitstest gekommen war.

«Bitte!» rief Helen. «Wir müssen zum Krankenhaus! Fairfax Hospital. Sie kennen doch den schnellsten Weg?»

Der Fahrer schlug den Kofferraumdeckel zu. Er nickte lässig, öffnete die hintere Wagentür und half Panetta einzusteigen. Panetta sank in das weiche Polster. Die Federn waren gesprungen. Es quietschte. Er konnte sich nicht erinnern, wann er zuletzt in einem so alten Auto gesessen hatte.

Er tastete nach dem Griff am Wagendach, aber der war abgebrochen. Dafür gab es einen Metallgriff an der Rückseite des Fahrersitzes.

«Willst du nicht lieber vorne sitzen?» fragte Helen besorgt.

Panetta, der kaum Luft bekam, schüttelte den Kopf.

«Aber vorne ist es bequemer.»

«Nein, danke», wisperte Panetta.

«Was hast du gesagt? Hier kannst du die Beine ausstrekken.»

«Bitte, Helen, setz dich.»

«Du bist ganz sicher? Wir fahren eine Weile, Dannylein.»

«Miss», sagte der Fahrer, «wenn er sicher ist, ist er sicher. Wieso setzen Sie sich nicht einfach und machen die Tür zu, dann können wir nämlich losfahren. Ich hoffe, Sie bringen ein bißchen Zeit mit.»

Panetta keuchte. Er ließ den Griff los und preßte die Hand gegen das Herz.

«Zeit?» schrie Helen. «Es geht um Leben und Tod! Man wartet da auf uns! Mein Bruder – bekommt – ein – neues – Herz!»

Panetta verstand nicht, warum sie das sagte. Vielleicht, weil sie glaubte, den Fahrer damit zum Äußersten anzuspornen. Er selber hätte es niemals gesagt. Nie.

Der Fahrer musterte Panetta im Rückspiegel.

Ihm fiel ein, daß er nicht rasiert war. Er hatte sich nicht einmal die Zähne geputzt. Hatte Helen Knoblauch an die Gnocchi getan?

Der Fahrer starrte ihn an. «Sie machen keine Witze?»

Panetta quälte sich ein Lächeln ab. Er schüttelte den Kopf.

«Ein neues Herz?» fragte der Fahrer. Er war schwarz, er trug einen schwarzen Rollkragenpulli unter einer schwarzen Lederjacke, er hatte dickes schwarzes Haar, wenn er sprach, entblößte er schneeweiße Zähne. Er war jung, gedrungener Körper, dennoch athletisch. «Ich kann's nicht glauben», murmelte er. «Ich kann's nicht glauben, daß mir so was passiert. Ich fahre einen Gast, der ein neues Herz bekommen soll. Hey, das ist der Wahnsinn!»

Panetta lehnte den Kopf gegen das Fenster. «Welche Strecke wollen Sie nehmen?» fragte Panetta.

«Darüber denke ich gerade nach», sagte der Fahrer. «Die

Roosevelt Memorial ist dicht, das haben sie gerade durchgegeben. Da ist ein Laster umgekippt. Hundert Tonnen Tomaten.»

«Das ist die Arlington», korrigierte Panetta, «die Arlington ist dicht.»

«Die sowieso.» Der Fahrer fuhr elegant, indem er das Lenkrad nur mit dem kleinen Finger betätigte. Es machte Panetta rasend. Er dachte, dieser Kerl nimmt es zu leicht. Dieser Kerl nimmt seinen Beruf zu leicht. «Das mit der Roosevelt kam eben über Funk.»

«Können Sie bitte beide Hände ans Steuer nehmen?» flüsterte Panetta.

Der Fahrer schlängelte sich gerade zwischen zwei riesigen Speditionsautos durch. «Was?» fragte er.

«Die Hände ans Steuer», flüsterte Panetta.

«Hey, Mann», sagte der Fahrer, «ich hoffe, daß Ihr Arzt so gut operiert, wie ich fahre.»

Sie rasten die Connecticut Avenue herunter. Der Fahrer nahm jede Ampel bei Gelb, umfuhr die Staus, fuhr sogar über Bürgersteige, um schneller voranzukommen. Ein Polizist wollte ihn zur Seite winken, als sie auf eine Kreuzung stießen, an der die Ampelanlage ausgefallen war. Der Fahrer drückte auf den Fensterheber und schrie: «Wir müssen ins Krankenhaus! Notfall!» Der Polizist winkte ihn weiter.

Panetta hatte seine Hand auf seinem Herzen. Er starrte auf die Uhr. «Geht Ihre Uhr genau?»

«Auf die Sekunde», sagte der Fahrer.

«Wie lange brauchen wir, was meinen Sie?»

«Kommt drauf an, was wir auf der Interstate erleben», sagte der Fahrer. «Normalerweise mache ich es in fünfzig Minuten. Aber um diese Zeit ...» Er schüttelte bedenklich den Kopf.

Panetta brach der Schweiß aus. «Ich muß um sieben Uhr da sein!» flüsterte er. Er hatte auf einmal keine Stimme mehr. Er faßte sich an den Hals, an den Kehlkopf.

«Danny, was ist los?» schrie Helen.

Panetta drehte sich zu ihr um. Er rollte mit den Augen. Er konnte nicht sprechen. «Er schafft es nicht ...», stammelte er.

«Hey, Leute», sagte der Fahrer, «nun mal ganz entspannt. Hat jemand von euch beiden ein Handy? Oder legt ihr was drauf, wenn wir meins benutzen?» Er zauberte ein Handy aus dem Seitenfach und hielt es in die Luft.

«Wir legen was drauf», wisperte Panetta.

«Gut.» Der Fahrer entblößte seine weißen Zähne. Er gab Panetta das Handy. «Die Nummer wissen Sie?»

«Besser als meinen Geburtstag», sagte Panetta.

Der Fahrer lachte. «Na ja, den müssen Sie sich ja wohl sowieso neu merken.»

Panetta wählte die Nummer. «Alicia?» keuchte er ins Telefon. «Wir schaffen es wahrscheinlich nicht.»

«Daniel Panetta? Sind Sie es, Mr. Panetta?»

«Ich kann Sie ganz schwer verstehen!» schrie Panetta.

«Wo sind Sie?»

«Wo sind wir?» fragte Panetta.

«Kurz vor dem Potomac Parkway Drive», sagte der Fahrer, «biegen gerade ein. Oh, shit.»

Er trat auf die Bremse. Vor ihnen eine endlose Kette roter Schlußlichter. Dreispurig. Ein Auto hinter dem anderen, und keines bewegte sich vorwärts.

«Was ist das?» flüsterte Panetta.

«Mr. Panetta?» schrie Alicia. «Was ist los?»

«Wahrscheinlich noch so ein verdammter Tomatenlaster», sagte der Fahrer. Er knallte mit der Faust aufs Steuer und eröffnete ein Hupkonzert. Panetta blinzelte in die aufgeblendeten Scheinwerfer auf der anderen Seite des Highway. Im Osten war es schon hell.

«Panetta!» schrie Alicia.

«Wir stecken im Stau. Wieviel Zeit habe ich?»

«Warten Sie, Mr. Panetta, bleiben Sie eine Sekunde dran, ja?»

«Okay.» Er preßte das Handy ans Ohr. Der Fahrer versuchte, zwischen den Reihen der Haltenden hindurchzukommen. Als ein Buick vor ihnen das bemerkte, scherte er aus und stellte sich so, daß sie nicht vorbeikamen. «Du Arschloch!» brüllte der Fahrer. Der andere hielt den Mittelfinger in die Luft.

«Ich kann ihn anzeigen», sagte der Fahrer. «Wissen Sie, was das Zeichen bedeutet? Fick dich selbst.»

«Danke, das wissen wir», sagte Helen. «Selbst in Brownsville, wo ich lebe, ist das Handzeichen bekannt. Daniel, was sagt Alicia?»

«Sie sagt, ich soll eine Sekunde warten.»

«Wenn Sie wollen, daß wir ausscheren, sollten Sie es bald sagen, da vorne ist die letzte Möglichkeit. Da könnte ich noch raus.»

«Alicia?» Panetta keuchte. Er beugte sich vor, er hustete. Er wedelte mit der Hand ins Leere, und Helen rief: «Was ist? Was hast du? Was brauchst du?»

Martha wußte in solchen Augenblicken, daß er ein Taschentuch brauchte, daß er die Spucke loswerden mußte, die sich in seinem Mund sammelte, daß er sich nicht überwinden konnte, die eigene Spucke wieder herunterzuschlucken, weil er dachte, sie würde ihm die Luft wegnehmen. Martha wußte immer ganz genau, wann er was brauchte. Helen wußte nichts. Und dieser gottverdammte Fahrer schon gar nicht.

«Mr. Panetta!» brüllte Alicia ins Telefon. «Sie müssen da raus. Sie müssen zurück. Fahren Sie auf die 395 und nehmen Sie dann die Ausfahrt 7th Street. Fahren Sie direkt zum Southeastern Hospital! Southeastern Hospital!»

«Ja, ich habe verstanden.» Panetta keuchte.

«Was will sie?» rief der Fahrer. «Soll ich raus oder nicht?»

«Raus.» Panetta machte eine heftige, bejahende Geste. Er

schloß die Augen. Er kriegte keine Luft mehr. «Bitte», flüsterte er, «sprich du mit Alicia, Helen. Ich kann nicht ... ich ...» Er ließ das Handy einfach in Helens Schoß fallen.

«Hallo? Alicia? Hier ist Helen. Ich bin Daniels Schwester. Ja, gut. Sie wissen Bescheid. Also, was sollen wir machen? Der Fahrer biegt jetzt vom Parkway ab.»

Panetta lehnte den Kopf gegen die Scheibe, während Helen telefonierte. Der Fahrer lenkte den Wagen weiterhin mit dem kleinen Finger der rechten Hand. Der Finger hatte einen besonders langen, besonders gelben Fingernagel. Er fuhr sehr sicher. Er grinste Panetta an. «Kopf hoch, Buddy», sagte er. «Wir machen das schon. Was immer wir machen sollen, wir machen das, okay? Nicht schlappmachen. Nicht hier, in meinem Wagen, so kurz vorm Ziel. Oh, Mann, ein neues Herz. So was erleb ich sonst immer nur im Kino. Echt, Sie müssen mir Ihre Adresse geben. Ich ruf Sie irgendwann mal an und frag Sie, wie Sie sich fühlen. Ein gesundes Herz. Wow!»

«Also», sagte Helen. «Alicia ist einfach wundervoll. Weißt du, was sie gemacht hat? Sie hat einen Hubschrauber organisiert. Der wartet auf uns auf dem Dach des Southeastern Hospital.» Sie legte dem Fahrer ihre Hand auf die Schulter. «Sie wissen, wo das ist?»

«Klar, Ma'am», sagte der Fahrer, «zwischen der 7th und der Eye Street.»

«Wie lange brauchen wir?»

«Geben Sie mir acht Minuten», sagte der Fahrer und drückte auf die Hupe.

Sie lotsten ihn durch, ihn und seine Schwester Helen, die das Köfferchen trug. Helens Mantel geöffnet, der Schal schleifte über den Boden. Die Schwester, die neben ihnen herlief, zog ihr im Laufen den Schal vom Hals und stopfte ihn in Helens Manteltasche. «Danke, Herzchen», keuchte Helen.

Panetta saß im Rollstuhl. Zum ersten Mal in seinem Leben. Ein Pfleger schob ihn im Laufschritt durch die Flure. Der Flur war gebohnert, er glänzte und war endlos lang. Sie bewegten sich im Untergeschoß. Rechts und links die üblichen Bestrahlungsräume. Die lagen immer unter der Erde. Das hatte Panetta im Laufe der vielen Krankenhausaufenthalte schon begriffen.

«Alles in Ordnung?» fragte der Pfleger.

Panetta nickte. Er hätte in jedem Fall genickt, auch wenn er kurz vor dem Exitus gewesen wäre.

«Da vorne ist der Fahrstuhl», rief die Schwester, die neben Helen herlief, «der bringt uns direkt zum Heli-Ladeplatz.»

Der Fahrstuhl wartete schon. Jemand stand in der offenen Fahrstuhltür, eine Frau in einem feuerroten Overall. Blond. Um den Hals trug sie eine Art Taucherbrille. Am Gürtel Haken, die Panetta an Fleischerhaken erinnerten. Sie hielt eine Art Logbuch in der Hand. Als die Gruppe sich im Laufschritt näherte, schrie sie: «Panetta?»

«Das sind wir!» Helens Kopf glühte, als würde er jeden Augenblick platzen. Panetta war dankbar, daß sie so gesunde Schuhe trug. Wenigstens war sie gut zu Fuß.

Die Frau in dem roten Overall übernahm Panetta im Rollstuhl, der Pfleger blieb zurück. Die Schwester tätschelte flüchtig, unkonzentriert Panettas Hand.

«Jetzt geht es schnell», sagte sie. Panetta nickte ergeben.

Helen lehnte schwer atmend an der Wand. «Mein Gott», flüsterte sie, «mein Gott.»

«Der Heli ist startbereit, unsere Kollegen im Fairfax sind informiert, Sie müssen sich keine Sorgen machen», sagte die Blondine. Panetta erinnerte sich schwach an eine Fernsehserie, in der es von diesen Blondinen in engen roten Overalls nur so wimmelte.

Der Fahrstuhl bremste so sacht, daß sie im ersten Augenblick gar nicht merkten, daß sie bereits oben waren. Die Türen glitten lautlos zur Seite, und plötzlich wehte die frische Morgenluft sie an. Eine kühle Brise an der Stirn. Ein Luftzug an seinem Gesicht. Der Himmel in blaßroten Morgenfarben. Panetta schloß die Augen. Er spürte, daß er weinen mußte.

Man schob seinen Rollstuhl zum Helikopter. Man half ihm heraus, zwei kräftige Männer trugen ihn in den Heli, setzten ihn auf einen Lederpolsterstuhl, der Panetta an jene Stühle erinnerte, auf denen die Todeskandidaten ihren Elektroschock empfingen. Man schnallte ihn an.

Jemand beugte sich zu ihm runter, er blickte in stahlblaue Augen. «Alles okay?»

Panetta nickte.

Er sah, wie Helen ihm gegenüber Platz nahm, auf einem sehr viel schmaleren Sitz. Ihr wurden Riemen über die Schultern und zwischen den Beinen hindurch gelegt. Dann schnappten die Gurte ineinander. Die Blonde setzte sich ans Steuer. Sie drehte sich zu Panetta um. Sie lächelte ihm aufmunternd zu.

«Wir haben gutes Wetter», sagte sie, «das wird ein sanfter Flug.»

Einer der beiden starken Männer, der neben der Blondine Platz genommen hatte, grinste: «Wenn Engel reisen.»

«Der Mann», keuchte Helen, «ist ja ein Sadist.»

Sie legte ihre Hände auf Panettas Knie. Seine Finger tasteten nach ihren schweißnassen. Er wünschte, Martha wäre bei ihm.

Ihm fiel ein, daß Martha immer noch ahnungslos war. Sie lag jetzt in ihrem Hotelbett in Chicago, vollkommen arglos. Er hoffte, daß sie allein in ihrem Bett lag. Es wunderte ihn, was man alles denken konnte, eine Stunde, bevor einem das Herz herausgenommen wurde. Sie würden ihn an eine Herz-Lungen-Maschine anschließen während der Vorbereitungen. Das Blut würde außerhalb seines Körpers kreisen, gewaschen werden, durch einen Filter laufen, ins Pumpsystem zurückgeleitet. Alles außerhalb seines Körpers. Er versuchte, aus dem Fenster zu schauen. Er hatte Angst, ihm könnte schwindlig werden. Der Hubschrauber dröhnte. Er spürte das Vibrieren der Rotorblätter in seinem ganzen Körper. Ein Kribbeln lief durch seine Beine. Rosa Wölkchen schwammen auf einer durchsichtigen Ozonschicht dahin. Sie hatten das Zentrum von Washington schon verlassen. Unter ihnen breiteten sich die ersten grünen Matten aus. Hügel, Wälder, kleine Haufensiedlungen, ein Golfplatz, große Anwesen mit einem einzigen Haus in der Mitte, daneben ein Pool in leuchtendem Türkis. Er mußte an die toskanische Villa denken. Er hatte sich vorgenommen, Martha in der letzten Minute, bevor sie ihm die Betäubungsspritze gaben, zu raten, von der Lebensversicherung dieses Haus zu kaufen. Damit sie kein schlechtes Gewissen hatte, später, nach seinem Tod. Sie sollte wissen, daß er es sich wünschte. Natürlich war es eine Lüge. Aber eine Lüge aus Liebe. Er wollte selbst im Angesicht des Todes großzügig und tapfer sein. Er wollte, daß Martha ihn so in Erinnerung behielt, der letzte Gedanke ihrem Glück gewidmet. Aber sie war nicht da.

Er räusperte sich. Er fuhr mit der Zunge über die ausgetrockneten Lippen. «Martha», krächzte er.

Helen beugte sich vor. «Was hast du gesagt?»

Er formte wieder dieses eine Wort: «Martha.»

Helen schüttelte hilflos den Kopf. «Ich versteh nicht!» schrie sie. «Kannst du lauter sprechen?»

Die Blondine drehte sich zu ihnen um: «Da vorne ist es!» sagte sie. «Fairfax Hospital.»

Sie verloren bereits an Höhe. Der Hubschrauber geriet in Schräglage, die Nase nach unten. Panetta konnte für einen Augenblick den Landeplatz sehen. Er kannte ihn aus anderer Perspektive, aus dem Behandlungszimmer von Grady. Drei weißgekleidete Leute standen da unten und winkten. Er sah einen Rollstuhl neben einem weißen Kreis. In dem Kreis ein Kreuz. Da würden sie aufkommen müssen.

Die Pilotin verständigte sich mit den Leuten am Boden über Funk. Panetta verstand kein Wort. Die Motoren dröhnten. Sie verharrten in der Luft, ein paar Meter über dem Landepunkt. Die Blondine schaute links aus dem Fenster, machte irgendwelche Zeichen. Er sah, wie der Rollstuhl weiter weg geschoben wurde. Dann gingen sie tiefer, und mit einem Ruck setzten sie auf.

«Gute Landung», lobte der Kollege. Die Blondine nahm den Helm ab und schüttelte die Mähne. Panetta mußte wieder an diese Fernsehserie denken. In gewisser Weise war er enttäuscht, daß das Leben wirklich wie diese Soaps war. Von außen wurde die Tür aufgeriegelt. Jemand steckte den Kopf herein. Ein Mann, den Panetta schon einmal gesehen hatte. «Hallo, Mr. Panetta», sagte der Mann. «Gut, daß Sie da sind.» Er hatte eine Nickelbrille und einen weißen Kittel mit Durchsteckknöpfen, kurze, graue Haare. «Wie war der Flug?»

«Prima», flüsterte Panetta. Es fiel ihm wieder ein: der Mann war der Anästhesist. Sie hatten einst ein langes Gespräch geführt. Das hatte zu den Vorbereitungen gehört, während seines Klinikaufenthaltes. Der Anästhesist hatte ihm mindestens hundert Fragen gestellt. Viele davon so intim, daß er sie sofort wieder verdrängt hatte.

«Ziemlich exklusive Art zu reisen», sagte der Anästhesist.

«Wir hatten einen Stau», flüsterte Panetta. Er deutete auf Helen. «Das ist meine Schwester Helen.»

Der Arzt streckte Helen die Hand entgegen. «Angenehm. Ich bin Dr. Thoreau.» Es war wie auf einer der Stehparties in D.C.

Helen überschüttete den Arzt mit irgendwelchen Geschichten. Der Stau, der Taxifahrer, und daß ihr Bruder etwas Wichtiges sagen wollte, was sie nicht verstehen konnte wegen des Motorenlärms. Panetta nickte aufgeregt. Er formte den Satz:

«Wir müssen Martha anrufen.»

«Mach dir keine Sorgen, ich ruf sie an. Ich sage ihr, sie soll mit dem nächsten Flugzeug kommen, in Ordnung?»

«Ja», flüsterte Panetta, «mit dem nächsten Flugzeug.»

Sie setzten ihn in einen Rollstuhl.

Der Anästhesist ging neben Panettas Rollstuhl her. «Grady ist noch nicht zurück», sagte er, «aber wir sind in Kontakt.»

«Wo ist er denn?» flüsterte Panetta.

«Kleiner Ort, ungefähr hundert Meilen von hier», sagte Thoreau.

«Und ... wer ist es?» fragte Panetta.

Dr. Thoreau lächelte. «Keine Ahnung.»

«Ein junger Mensch?» fragte Panetta.

Wieder lächelte der Arzt. «Ich weiß es nicht, Mr. Panetta. Aber auch wenn ich es wüßte, dürfte ich es Ihnen nicht sagen. Sie können sicher sein, daß Grady was Gutes für Sie hat. Grady mag Sie.»

Das Handy in der Kitteltasche klingelte. Thoreau zog es heraus. Er blieb zurück. Der Pfleger schob Panetta weiter. Helen blieb an seiner Seite. Helen sagte: «Das Hotel, in dem Martha wohnt, ist es das Hyatt?»

Panetta nickte und fingerte in der Manteltasche. Er hatte Marthas Nummer notiert, hatte sie in seine Manteltasche gesteckt. Aber seine Hand zitterte so, daß er den Zettel nicht greifen konnte. «Park Hyatt in Chicago», sagte er. «Ich hab hier irgendwo die Nummer, ihre Zimmernummer. Hier in der Manteltasche.» Er zitterte vor Aufregung. Tränen schossen ihm ins Gesicht. Immer wenn er an Martha dachte, kamen ihm die Tränen. Er ahnte, daß es Selbstmitleid war. Er konnte nichts dagegen tun.

«Mach dir keine Sorgen, ich krieg das schon raus», Helen drehte sich nach dem Arzt um. «Da kommt er wieder.»

Der Arzt steckte das Handy in die Tasche zurück. «Das war er», sagte er.

«Grady?» flüsterte Panetta.

«Ja, er ist immer noch da. Sie müssen noch ein paar Checks machen. Es wird noch einen Augenblick dauern, bevor sie losfliegen können», sagte er.

«Mit dem Herzen?» fragte Helen. Panetta sah seine Schwester an. Sie sieht aus, als habe sie Fieber, dachte er. Vielleicht diese Art Fieber, die von Alpträumen kommt. Er persönlich hatte keine Alpträume mehr. Das lag hinter ihm. Er wollte dieses Herz. Er wollte, daß man ihn aufsägte, sein Herz, seine Lunge herausnahm, alles draußen an Maschinen anschloß. Er wollte, daß Grady dieses Herz auspackte aus der Kühlbox, aus diesen verschiedenen Plastikbeuteln mit der Ringerlösung.

Dr. Thoreau schob ihn durch eine Tür und sagte Helen, daß sie hier zurückbleiben müsse. «Wir richten ihn schon mal ein bißchen her», sagte er, «dann geht es nachher schneller.»

Helen nickte. Plötzlich begann sie zu weinen. Sie küßte Panetta auf die Stirn. «Ich drück dir die Daumen, Brüderchen», flüsterte sie. «Es wird alles gut.»

Panetta war wie gelähmt. Er schaute seine Schwester an, entdeckte einen Altersfleck mitten auf der Stirn. Im nächsten Augenblick schloß sich hinter ihnen eine stählerne Tür.

«So. Dann wollen wir mal.» Dr. Thoreau lächelte Panetta zu, öffnete eine Schwingtür und rief: «Wir sind da!»

Im nächsten Augenblick waren ganz viele Leute um ihn, die ihn aus dem Rollstuhl hoben, ihn auszogen, auf eine Bahre legten, ihn wuschen, rasierten, am ganzen Körper, er spürte ein Kitzeln und Schaben auf der Haut, manchmal juckte es, und er verzog das Gesicht zu einer Grimasse. «Gleich vorbei», rief die Schwester fröhlich. Ihre Augen ruhten aufmerksam auf seinem Gesicht.

Jemand schloß ihn an einen Monitor an. Jemand nahm ihm Blut ab, einer prüfte seinen Blutdruck. Sie legten ihm einen Urinkatheter. Dann eine Magensonde. Er wurde in einen weiteren Raum geschoben, er zitterte. Jemand legte ein weißes Tuch über ihn, auch über sein Gesicht.

Ah, dachte er, so ist es, wenn man tot ist.

Aber schon zog ihm jemand das Tuch wieder vom Gesicht. Und er blickte in die milden Augen von Dr. Thoreau.

«Ich gebe Ihnen jetzt etwas zur Beruhigung», sagte er.

«Schon die Narkose?» fragte Panetta.

«Nein, damit fangen wir erst an, wenn Grady genau durchgibt, wann er hier ist. Wir wollen Ihren Körper so wenig wie möglich belasten. Sie vertragen nicht mehr viel, das wissen Sie.»

Panetta fühlte, wie der Wattebausch mit Desinfektionsmittel über seine Armbeuge geführt wurde. Eiskalt war es. Dann ein winziger Nadelstich. Er lächelte in die aufmerksamen Augen des Narkosearztes. Zu Dr. Thoreau hatte er Vertrauen. Grady hatte ihm erzählt, Thoreau sei einer der Besten. Von ganz Amerika. Selbst wenn es eine Lüge war: Gut, daß Grady es gesagt hatte.

«Sie können etwas schlafen, wenn Sie wollen», sagte Dr. Thoreau, «sich entspannen. Wir machen Ihnen ein bißchen Musik. Was möchten Sie hören?»

«Bach», sagte Panetta.

Thoreau lächelte. «Guter Geschmack.» Er verschwand.

Panetta konnte sehen, wie die Schwestern im Raum hin und her gingen. Er hörte, wie sie leise miteinander sprachen. Sie machten etwas mit seinen Beinen, er wußte nicht was. Seine Lider wurden schwer. Die Musik nahm er zuerst gar nicht richtig wahr, nur, daß es ihn angenehm durchströmte. Er fühlte sein Herz nicht mehr. Keinen Schmerz. Er war wohlig aufgehoben in einem Raum, der aus Watte war. Kein unangenehmer Ton. Von weither Bach. Ein Oboenkonzert. Gute Wahl. Oboen gehörten zu seinen Lieblingsinstrumenten, neben der Harfe. Martha fand, daß Harfen sich nur für die Lobby altmodischer

Luxushotels eigneten, zum Fünf-Uhr-Tee. Er hatte mit Martha darüber gestritten. Er hatte das Harfenkonzert von Vivaldi gekauft, aber immer, wenn er es ihr vorspielen wollte, sagte sie nach dem zehnten Takt: «Darling, sei mir nicht böse, aber ist das nicht schrecklich langweilig?» Oboen hingegen mochte sie auch. Jemand fummelte an seinem Kopf. Wurden seine Haare gewaschen? Oder gekämmt? Er dachte wieder daran, daß er nicht rasiert war. Wenn sie ihn jetzt operierten und er nach zwei oder drei Tagen endlich wieder richtig da wäre, würde er aussehen wie ein Penner. Es gab Männer, denen stand so ein Drei-Tage-Bart. Die waren aber zwanzig Jahre jünger als er und hatten irgendwelche neumodisch-kreativen Berufe wie Werbetexter oder Designer. Er hingegen beschäftigte sich nur mit Büchern. Er war ein Auslaufmodell, was das betraf. Ihm fiel ein, daß er den Goncourt nicht mitgenommen hatte. Er versuchte sich zu erinnern, welche Literatur er in den Koffer gepackt hatte. Es fiel ihm nicht ein. Er dachte an die rote Tüte von Saks Fifth Avenue, Marthas Kaschmir-Twinset. Lächerlich von ihm, auf so etwas eifersüchtig zu sein. Er versuchte, sich die toskanische Villa vorzustellen. Er in einem Rollstuhl auf der Veranda. Unter ihm gestutzte Zypressen und ein Brunnen aus Sandstein. – Er lächelte. Er würde Martha erzählen, daß sein letzter Gedanke, bevor sie ihn operierten, der toskanischen Villa gegolten hatte. Das wäre für sie ein Liebesbeweis.

«Mr. Panetta? Machen Sie die Augen auf. Hören Sie mich, Daniel Panetta? Schauen Sie mich an.»

Er spürte, wie es leicht gegen seine Wange klatschte, gegen seinen Hals. Jemand klopfte auf seine Hand. Widerstrebend öffnete er die Augen. Dr. Thoreaus Gesicht. Er lächelte nicht. «Wachen Sie auf, Mr. Panetta», sagte er.

«Schon ...? Alles ... fertig?» flüsterte Panetta. Er hatte einen trockenen Mund. Er hoffte, daß jemand ihm Wasser anbieten würde.

«Leider schlechte Nachrichten für Sie.» Dr. Thoreau wirkte sehr bedrückt, fast verlegen. «Grady hat angerufen. Das Herz war nicht geeignet. Die Untersuchungen haben ergeben, daß es sich als Spenderherz nicht eignet. Dabei hatte der Kerl einen Spenderausweis bei sich. Er war fünfzehn. Ganz ungewöhnlich für einen solchen Jungen. Ein Jammer. Tut mir richtig leid für Sie, Mr. Panetta. Alles umsonst. Der teure Hubschrauberflug.»

Panetta hatte Mühe zu begreifen. Er spürte, daß sein Herz weh tat. Er starrte den Arzt an.

«Ich werde nicht operiert?»

«Heute nicht», sagte Dr. Thoreau. «Heute leider ganz bestimmt nicht. Ein Jammer, wirklich, wir haben hier alles vorbereitet, alle waren zusammengetrommelt. Schauen Sie sich um, alle in den Startlöchern.»

Panetta ließ seine Augen schweifen. Er sah Gesichter. Manche kamen ihm bekannt vor. Er versuchte zu lächeln, weil die anderen lächelten, traurig, enttäuscht. Was meint ihr, dachte Panetta, wie enttäuscht ich bin.

«Helen weiß schon Bescheid. Sie wartet draußen. Eigentlich müßten Sie fit genug sein, sich aufzurichten. Versuchen Sie es mal?»

Jemand riß seine Schultern hoch, einer stemmte sich in seinen Rücken, man schob seine Beine von der Bahre und ließ sie herunterbaumeln. Panettas Lider waren immer noch schwer. «Ich hab so schön geschlafen», murmelte Panetta.

«Nicht geschlafen, nur gedöst. Das war nur ein ganz leichtes Beruhigungsmittel. Aber wenn Sie sich nicht fit fühlen, können Sie gerne noch ein bißchen draußen ausruhen. Nur hier müssen Sie leider Platz machen. Wir haben zu tun, verstehen Sie?»

Panetta nickte. Sein Herz schlug heftig. Er dachte, aha, ein anderer bekommt das Herz. Einer, für den es besser paßt. Mich müssen sie los sein. Alles in ihm verkrampfte sich.

«Ich werde sterben, Doktor», flüsterte Panetta. «Sie lassen

mich einfach sterben. Das ist es doch, nicht? Sie haben es sich anders überlegt. Für mich lohnt sich der Aufwand nicht.»

«Mr. Panetta, ich schwöre Ihnen, daß es nicht so ist. Grady ruft Sie morgen an. Ich versprech's Ihnen. Morgen ruft er Sie an.»

Panetta suchte in den Augen des Arztes nach einem Anzeichen dafür, daß der Mann log. Er fand nichts. Durch die Nickelbrille wirkten die Augen des Arztes milde. Und klug. Aufmerksam und mitfühlend. Mehr konnte man nicht verlangen.

Man reichte Panetta das Hemd, die Unterwäsche. Er zog sich widerstandslos an. Man setzte ihn auf einen Stuhl, und jemand sagte: «Socken hatten Sie keine an?»

«Nein», sagte Panetta, «es ging alles so schnell.»

Sie faßten ihn rechts und links und führten ihn aus dem Zimmer heraus durch die Stahltüren in einen Flur, von da in ein Zimmer mit bequemen Sesseln. In einem der Sessel saß Helen, ganz bleich. Neben ihr auf dem Boden sein kleiner Koffer.

«Hallo, Helen.» Panetta lächelte. Das Lächeln tat weh. Es schmerzte in seinem ganzen Gesicht. Jeder Muskel schmerzte für dieses eine Lächeln.

Helen stand auf. «Hallo, Brüderchen», flüsterte sie. Sie hatte geweint.

VIERTES KAPITEL

UND ICH war in Chicago und konnte nicht einmal deine Hand halten!» Martha lief auf Strümpfen vor ihm auf und ab. Sie fuhr mit den Fingern durch die Haare, zerstörte ihre schöne Frisur, der Kaffee schwappte aus dem Becher, als sie damit gegen die Stehlampe lief, ein Spritzer auf der Sofalehne.

«Laß nur», sagte Panetta, «ich hol einen Lappen.»

«Nein, nein, du nicht. Du bleibst sitzen und ruhst dich aus.» Sie zwang ihn, wieder Platz zu nehmen. «Das geht nur mit heißem Wasser. Mein Gott, du bist mit dem Helikopter geflogen ...»

«Dreitausend Dollar für nichts», brummte Panetta.

«Ach, vergiß das Geld! Wie gerne hätten wir das bezahlt, wenn du dafür jetzt ein neues Herz hättest.»

«Das kostet dreihunderttausend.» Panetta unternahm einen zweiten Versuch aufzustehen, in der Küche ein Handtuch, heißes Wasser und irgendein Spülmittel zu besorgen. Diesmal hinderte Martha ihn nicht. Sie lief ihm in die Küche nach. «Ich laß dich nie wieder allein, Darling, ich schwör's. Nie wieder. Ich ruf in der Firma an. Ich nehm meinen Jahresurlaub.»

«Jetzt ist es noch zu früh. Den wolltest du doch nehmen, wenn ich aus dem Krankenhaus zurückkomme.»

Er hielt ein Geschirrtuch in der Hand, ein Stück Seife in der anderen. «Glaubst du, damit kriegen wir den Fleck raus?»

Martha lehnte an dem Küchentisch. Sie schaute ihn voller

Zärtlichkeit an, immer noch aufgewühlt, obgleich sie schon seit Stunden wieder da war.

Helen saß bereits wieder im Zug nach Brownsville. Dafür war Panetta ihr dankbar. Eine Ménage à trois hätte er in seinem Zustand nicht lange ertragen. Martha und Helen waren, bevor Helen ins Taxi stieg, eine Viertelstunde verschwunden. Wahrscheinlich in dem kleinen Gästezimmer, in dem Helen übernachtet hatte. Als Martha wieder herauskam, waren ihre Lider rot und geschwollen. Panetta hätte gerne gewußt, was Helen ihr erzählt hatte. Welche Schauermärchen. Er war schon darüber weg. Das redete er sich jedenfalls ein.

Seit Grady mit ihm telefoniert und alles erklärt hatte («Das war ein verdammt schlechtes Herz, Daniel, richtig verkümmert. Ich wette, der Kerl hatte in seinem ganzen Leben nicht einen einzigen Tag Sport getrieben. So was biete ich Ihnen doch nicht an, Daniel. Ihnen nicht.»), ging es ihm besser.

Nein, das war gelogen, es ging ihm besser, seit Martha die Haustür aufgeschlossen und ihr Köfferchen in der Diele abgestellt hatte, die Haare geschüttelt, die Schuhe von den Füßen gestreift und ihm den ersten Kuß gegeben hatte. Seitdem sah er die ganze Sache gelassener.

«Ich hab schon mal geübt.» Er folgte Martha, die ihm die Reinigungsutensilien abgenommen hatte, ins Wohnzimmer. «Beim nächsten Mal kann mich nichts mehr überraschen. Ich kenn sogar schon die Kittelfarbe des Anästhesisten. Und ich weiß, daß man sich Musik wünschen darf. Ist doch nicht schlecht. Fast wie im Hotel.»

«Welche Musik hast du dir gewünscht?»

«Was glaubst du?»

Martha rieb an dem Fleck herum. «Bach?»

Dafür, dachte Panetta, liebe ich sie. «Ganz genau. Ein Oboenkonzert. Außerdem, falls das nächste Herz bald eintrudelt, bin ich schon rasiert.»

«Du siehst aus wie ein kleiner Junge», sagte Martha.

Panetta wurde rot. «Wie? Du hast mich heimlich angeschaut?»

«Wie ein kleiner, magerer Junge», sagte Martha. «Der Hintern hängt ein bißchen. Der Hintern hat, wenn ich ehrlich bin, Ähnlichkeit mit dem ledernen Rucksack meines Vaters, den er zur Jagd mitnahm.»

«Du lügst», sagte Panetta, «dein Vater hat nie einen Rucksack besessen.»

«Der Fleck geht nicht raus.» Martha richtete sich auf, pustete eine Haarsträhne aus der Stirn. «Ist es schlimm?»

«Ich würde dich gerne in den Arm nehmen», sagte Panetta. «Ich habe nur Angst, daß wir beide das Gleichgewicht verlieren könnten. Ich bin heute etwas wackelig auf den Beinen.»

«Wie wär's, wenn ich dich in den Arm nähme?»

Sie schauten sich an. Panetta lächelte. Sein Herz tat überhaupt nicht weh. Er spürte es gar nicht. Er senkte den Blick in ihre Augen und dachte, irgend etwas ist passiert. Etwas ist anders. Sie ist so sanft, so weich. In ihren Augen nur Zärtlichkeit. Ein schlechtes Gewissen?

Seltsamerweise machte es ihm nichts aus. Hauptsache, Martha war wieder da. Mit ihrem Lächeln. Ihrem Geruch. Es gab ihre Stimme wieder und ihre Schritte auf dem Küchenboden. Die dritte Treppenstufe knarrte. Es war wunderbar, wenn man sie hörte im Haus. Das Leben überhaupt war wunderbar.

«Grady hat geschworen, daß es nicht mehr lange dauert», sagte Panetta, als Martha ihn behutsam in die Arme nahm. «Er hat was gutzumachen. Das weiß er. Ich glaub, er war ganz erleichtert, daß ich es sportlich genommen hab.»

«Das war auch mehr als anständig von dir, Darling.»

Panetta strich ihre Haare aus der Stirn und legte seine Hände an ihre Wangen. «Weißt du, woran ich denken werde, wenn sie mir dieses Betäubungsmittel geben, die Narkose?»

Martha schüttelte den Kopf.

«An dieses wunderschöne, sanfte, zärtliche Gesicht.» Er küßte sie. «Wenn man so etwas vor Augen hat, kann man ruhig sterben.»

Sie zog ihn fester an sich. Er spürte auf einmal wieder sein Herz.

«Du stirbst nicht, Daniel», flüsterte sie. «Ich weiß es. Ich weiß es. Irgendwann bald rufen sie wieder an, und dann ist es das richtige Herz.»

Martha behielt recht. Es dauerte nicht einmal zwei Wochen. Martha war mittags nach Hause gekommen mit vegetarischen Spring Rolls von Dean & Deluca, dazu ein Gläschen süßsaurer Soße.

Sie hatte die Buchbeilage der *New York Times* mitgebracht und aus seinem Büro die Post für ihn abgeholt. Ein Stapel neuer Verlagsprogramme. Normalerweise kamen sie erst Ende Dezember, aber dieses Mal hatten die Verlage geradezu ein Wettrennen veranstaltet. Jeder wollte seinen Star als erster der Presse und dem Buchhandel vorstellen.

Panetta hatte in diesem Jahr nicht so aufmerksam wie sonst die Ereignisse auf der Frankfurter Buchmesse verfolgt. Früher war er sogar rübergeflogen, nur um die Luft zu schnuppern, nicht weil irgendein Mensch auf dieser Riesenshow ihn vielleicht kannte. Damit hatte er nicht gerechnet. Er war einfach wie alle anderen Besucher durch die schmalen Gänge zwischen den einzelnen Verlagsständen geschoben worden. Wenn sich etwas Raum auftat, war er stehengeblieben, ohne bestimmte Absicht. Er hatte sich treiben lassen und sich wohl gefühlt. Nie wieder, hatte er zu Martha gesagt, würde er so viele intelligente Gesichter auf engem Raum sehen wie hier, er hatte ihr erzählt, daß die Taxifahrer die Buchmesse liebten, es war das große Geschäft. Morgens zur Messe, abends zurück in die Hotels, dann zu den Empfängen, und anschließend eine Bar oder ein Puff. Gabriel Garcia Marquez hatte am Stand seines französischen Verlegers auf einem schmalen schwarzen Bänkchen gesessen und gelangweilt etwas in das Mikrofon eines Rundfunkreporters gesprochen, das er wahrscheinlich so oder so ähnlich schon hundertmal gesagt hatte. Da hatte der Pulk, in dem Panetta mitgeschleift wurde, sich auf einmal aufgelöst, und er stand ganz frei, geradezu unbelästigt, mit seiner Tüte voller Werbeprospekte in dem Gang der französischen Verleger, als der Nobelpreisträger aufschaute, ihn entdeckte und rief: «Daniel Panetta! Gehen Sie ja nicht weiter, ohne mir guten Tag zu wünschen.»

Danach wurde Panetta vom französischen Verleger aufgefordert, ein Glas Champagner mit ihm zu trinken und kleine Kanapees zu essen, man fragte ihn, ob er die Einladung zu einem Diner erhalten hatte, von dem Panetta vorher noch keine Ahnung gehabt hatte. Die Fotografen hielten ihn für einen mindestens ebenso berühmten Menschen und umlagerten sie beide, Blitzlichter flammten. Gabriel rief immer: «Fotografiert nicht mich! Fotografiert ihn! Er ist viel wichtiger als ich!»

Danach war Panetta nie wieder zur Buchmesse geflogen. Es gab auch Probleme, sich die Spesen abzeichnen zu lassen, die Etats und Budgets wurden drastisch gekürzt, Jahr für Jahr. Während man das Pentagon zu einer Stadt ausbaute und für die CIA einen eigenen Flughafen baute, mußte der Theaterintendant betteln gehen für ein Werkraumtheater. Und in den Bibliotheken wurden die Bleistifte gezählt.

In Wahrheit aber war Panetta nie wieder nach Frankfurt gefahren, weil er wußte, daß sich etwas so Großartiges wie dieses Zufallstreffen mit einem Nobelpreisträger nicht wiederholen konnte. Panetta erzählte, während sie die Spring Rolls aßen, noch einmal seine Frankfurter Story. Sie wurde jedesmal ein bißchen glanzvoller. Aber er glaubte nicht, daß Martha ihm das übelnahm.

«Und wieso bist du zu diesem Diner eigentlich nicht gegangen?» fragte sie. «Du hättest doch sagen können, daß deine Einladung wahrscheinlich bei dir in Washington auf dem Schreibtisch liegt ...»

Da ging sein Beeper los. Panetta sprang auf, sein Stuhl fiel um. Er hatte den Beeper in der Jackettasche verstaut, er hatte das Jackett angezogen und den Tisch gedeckt, um Martha eine Freude zu machen. Das Jackett hatte sich in den Spitzen der Stuhllehnen verfangen. Er zerrte und zog daran.

«Telefonieren!» keuchte er. «Martha, das Telefon!»

Als er endlich aus dem eingerissenen Innenfutter der Jacke den Beeper herausgeklaubt hatte, sprach Martha bereits mit Alicia. Sie kam zu ihm, den Hörer in der Hand.

«Hier!» wisperte Panetta und hielt ihr den Beeper hin. Das rote Lämpchen leuchtete nicht mehr, es war still. «Ich hab's ausgeschaltet.» Er hockte auf dem Boden.

Martha war bleich wie das Tischtuch. Wortlos hielt sie ihm den Hörer hin. Ihr ausgestreckter Arm zitterte.

«Hallo!» keuchte Panetta in den Hörer. «Sind Sie's, Grady? Der verdammte Beeper ist losgegangen. Wieder Fehlalarm, was? Na ja, wir sind gerade beim Mittagessen, Martha hat ...»

«Mr. Panetta, ich bin's, Alicia. Wir haben ein Herz für Sie. Dieses Mal ist es das richtige. Lassen Sie alles stehen und liegen, und kommen Sie so schnell wie möglich hierher.»

Panetta kauerte noch auf dem Boden, neben dem umgeworfenen Stuhl, dem eingerissenen Jackett. Er ließ den Hörer aus der Hand fallen. «Es geht los», flüsterte er.

Dieses Mal ging alles blitzschnell. Panetta wurde, als sie endlich das Herzzentrum erreicht hatten, im Laufschritt durch die Flure gerollt. Er saß aufrecht, stocksteif, das Köfferchen auf seinen Knien, die Hände um den Henkel geklammert. Marthas Absätze klapperten auf den Fliesen. Alle anderen, die um ihn herum waren, die Pfleger, Schwestern, Assistenzärzte, trugen Schuhe mit Gummisohlen. Die Räder seines Rollstuhls glitten lautlos über den Boden. Nur das Klicken von Marthas Absätzen war zu hören. Fahrstuhltüren öffneten sich lautlos und schlossen sich wieder. Im Fahrstuhl stand Martha immer neben ihm und legte ihre bebende Hand auf seine Schultern. Manchmal streichelte sie seinen Nacken. Es war ihm, als könnte er, obwohl diese Aufzüge einen ziemlichen Lärm verursachten, ihren schnellen Atem hören. Sie hat mehr Angst als ich, schoß es ihm durch den Kopf. Er fühlte sich wie auf einer Wolke, auch wenn er nur wenig Luft bekam. Das würde jetzt bald vorbei sein. Wie auch immer dieser Kampf ausging: am Ende müßte er nicht mehr um jeden Atemzug kämpfen.

Dr. Thoreau begrüßte ihn wie einen alten Bekannten. «Das letzte Mal haben wir nur Spaß gemacht, Mr. Panetta, jetzt wird es ernst. Ich muß Ihnen wohl gar nichts mehr erklären. Sie sind ja schon Profi. Lewis wird Sie jetzt rasieren.»

Lewis, ein schwarzer Athlet mit kahlrasiertem Kopf, ein Typ wie ein Boxer, fletschte freundlich die Zähne und legte die Hände an Panettas Rollstuhlgriff.

«Ich leiste keinen Widerstand», flüsterte Panetta. «Seien Sie sanft mit mir.»

«Lewis ist ein Engel, Mr. Panetta. Sie werden sehen.»

Lewis nahm den Koffer von Panettas Knien und drückte ihn jemandem in die Hand, den Panetta nicht sehen konnte. Er versuchte, den Kopf zu wenden, als Lewis ihn aus dem Zimmer schob.

«Martha?» rief er. Die Stimme versagte. Er konnte nur die Lippen formen, aber kein Ton kam heraus. «Martha! Martha!»

«Machen Sie sich keine Gedanken.» Lewis hatte einen breiten Südstaatenakzent, als drehe er eine dicke, heiße Idaho-Potato im Mund. «Sie kommt noch mal. Achtung, eine Tür.»

Der Raum, in dem Panetta rasiert wurde, kam ihm bekannt vor. Die Lampen, der Drehhocker, auf dem Lewis um ihn herumrollte, das Rasiermesser in der Hand. Sanft schob er sein schlaffes Glied beiseite und klemmte den Hodensack zwischen die Beine. Er schäumte die Schamhaare ein und rasierte. Panetta hatte vergessen zu fragen, warum man ihn zwischen den Beinen rasierte, wenn er doch eine Operation im Brustkorb bekam. Wahrscheinlich alles Hygienevorschriften.

Aus dem Lautsprecher an der Decke perlten Klaviertöne.

«Bach», flüsterte Panetta, «sie haben daran gedacht.»

«Der Computer hat daran gedacht, sagen wir's lieber so.» Wenn Lewis lächelte, konnte das Weiß seiner Zähne einen blenden.

«Ich wette, Sie werden sich wundern, wenn Ihnen nach dem Aufwachen ihr Lieblingspudding serviert wird. Alles im Computer.»

«Aber niemand hat mich gefragt, welches mein Lieblingspudding ist.»

«Dann hat man vielleicht Ihre Frau gefragt oder Ihre Köchin, Ihre Tochter, was weiß ich. Jetzt mal ganz still liegen.» Lewis setzte das Messer an. Panetta drehte den Kopf weg.

Martha durfte sich von ihm verabschieden, als er schon das hellblaue Operationshemd trug. Das würden sie ihm aber wieder ausziehen, wenn es ernst wurde, soviel hatte Lewis ihm noch verraten, bevor er mit den Utensilien, die eher an einen orientalischen Barbier als an eine High-tech-Klinik im Staat Virginia erinnerten, verschwunden war.

Martha lächelte unter Tränen. «Darling, bald ist es überstanden», wisperte sie, ihre Lippen an seiner Stirn, die mit einem kalten Schweißfilm bedeckt war.

«Sie haben ja noch nicht mal angefangen», flüsterte Panetta.

«Alicia sagt, daß Grady schon unterwegs ist.»

Panetta sagte nichts. Er schaute Martha an. Er wollte sich ihr Gesicht merken, wenn sie ihm die erste Infusion gaben, die, von der man so schläfrig wurde.

«Mit dem Helikopter.»

«Hoffentlich rüttelt es nicht», flüsterte Panetta. «Ist Sturm draußen?»

«Wieso, Darling?»

«Damit das Herz nicht runterfällt, auf den Boden, falls sie in ein Luftloch geraten.»

«Daß du jetzt noch Witze machen kannst.»

«Mein voller Ernst. Wenn sie es erst aus dem Staub ausklauben müssen und nicht richtig wieder sauberkriegen, hab ich nachher ein Problem.»

Sie küßte ihn noch einmal am Haaransatz. «Du bist wunderbar, Darling.»

Das wußte er selbst. Er fühlte sich wunderbar. Er hatte die Verantwortung abgegeben. Er mußte nicht mehr kämpfen. Nur bereit sein für das, was kommen würde, sich nicht dagegen sträuben, es freudig erwarten, was immer es war.

Auf meine alten Tage werde ich noch Buddhist, dachte er. Na, auch gut. Er bemerkte, wie Martha sich verstohlen die Tränen wegwischte. Das ging nicht. Hier wurde nicht geweint.

«Wie steht mir mein Hemd?» fragte er, um einen koketten Ton bemüht.

Martha schniefte. «Du siehst fabelhaft aus.»

«Macht es mich nicht ein bißchen blaß?»

«Überhaupt nicht.»

«Aber zu meinen Haaren hätte Grün besser gepaßt, was meinst du?»

«Ich glaub, daß das völlig egal ist, Darling.»

«Na ja, Grün tragen die Ärzte. Ein besonderes Grün. Das habe ich irgendwo gelesen. Eine schöne Leiche hingegen braucht ein weißes Hemd, was meinst du?»

«Daniel, bitte, mach darüber keine Witze. Du wirst nicht sterben.»

Panetta zwinkerte ihr zu. «Nie? Versprich es mir.»

Er streckte die Hand aus, und sie griff danach wie eine Ertrinkende und preßte sie an ihre Lippen.

«Lach doch», flüsterte Panetta.

Eine Träne rollte auf seinen Handrücken. «Ich kann nicht.»

«Tu's für mich», flüsterte er.

Sie hob den Kopf. Sie versuchte es. Es war rührend.

«Weißt du, was mir gerade einfällt? Ich wollte es dir schon immer mal sagen.»

«Was?» wisperte Martha.

«Ich liebe dich.»

Als sie Martha aus dem Zimmer führten und er in einen anderen Raum gerollt wurde, in dem Pfleger mit hauchdünnen Astronautenanzügen, Mundschutz und Handschuhen ihn in Empfang nahmen, fiel ihm ein, daß sein Herz gar nicht mehr weh tat.

Jemand beugte sich über ihn, und er erkannte die Nickelbrille von Dr. Thoreau. «Heute wieder Bach?» fragte er.

Panetta versuchte, die Hand unter dem Laken hervorzuholen. Es gelang ihm nicht.

«Sagen Sie, was Sie auf dem Herzen haben», meinte der Arzt, während er gelassen eine Spritze aufzog.

«Mir geht es so gut wie lange nicht», flüsterte Panetta. «Keine Atemnot, keine Stiche in der Brust. Wie kommt das?»

Thoreau ließ einen Tropfen von der haarfeinen Nadel perlen. «Haben Sie vergessen, wie es ist, wenn man mit einer dikken Backe zum Zahnarzt kommt? Sobald man den Bohrer sieht, sind die Schmerzen weg. Ich gebe Ihnen jetzt etwas zum Einschlafen, Mr. Panetta, damit die Zeit nicht so lang wird. Ich wünsche Ihnen ein paar süße Träume. Wenn Sie aufwachen, sind Sie ein neuer Kerl.» Jemand zog das Laken weg und schob seinen Kittel über dem Hintern hoch.

«Einen Moment», wisperte Panetta.

«Ja?» Thoreau hielt in der Bewegung inne. Sein Blick war ruhig, aber konzentriert.

«Ist Grady schon da?»

«Noch nicht, aber er ist unterwegs.»

«Und er hat alles dabei?»

«Da können Sie diesmal sicher sein, Mr. Panetta.»

«Ein gutes Herz?» flüsterte Panetta. Seine Augen hingen an Thoreaus Lippen.

«Ein verdammt gutes Herz», sagte Thoreau.

ERSTER ANRUF

Grady (aus dem OP des Williamsburg Health Center):
Alicia! Alicia, bitte kommen!

Alicia:
Ich höre, Doc.

Grady:
Wo ist Thoreau?

Alicia:
Im OP, Doc, er wartet auf Ihren Anruf.

Grady:
Habt ihr mir eine Leitung gelegt?

Alicia:
Schon vor zwei Stunden.

Grady:
Gut. Wie geht's Panetta?

Alicia:
Ich denke, gut. Soll ich Sie verbinden?

Grady:
Eine Sekunde noch. Ist ... ist seine Schwester wieder bei ihm? Wie hieß sie?

Alicia:
Helen.

Grady:
Ist Helen bei ihm?

Alicia:
Nein, Martha ist mitgekommen. Sie sitzt in Ihrem Büro, Sir. Ich dachte, da ist sie etwas aus der Schußlinie.

Grady:
Gut, das wollte ich vorschlagen. Sie sorgen dafür, daß sich immer jemand um sie kümmert, ja? Ich möchte nicht, daß noch einmal etwas passiert wie bei dieser Mitralstenose. Sie wissen schon.

Alicia:
Verstanden. Ich habe alles Zerbrechliche weggeschlossen, Doc.

Grady:
Wenn ich Sie nicht hätte. Martha ist eine sehr nervöse Person. Hyperaktiv. Beim letzten Besuch hat sie Panikattacken gehabt, aber Sie wissen, wie man solche Leute beruhigt.

Alicia:
Ich hab's gelernt, hier bei Ihnen. Jetzt verbinde ich Sie mit Dr. Thoreau.

Thoreau:
Bob? Verstehst du mich?

Grady:
Du sitzt ja in meiner Ohrmuschel.

Thoreau:
Ich kann leiser sprechen.

Grady:
Danke, sehr verbunden. Es geht los, Marcel.

Thoreau:
Gott sei Dank. Eine zweite Enttäuschung hätte Panetta nicht durchgehalten.

Grady:
Sag ihm, es läuft wunderbar.

Thoreau:
Dafür ist es zu spät, er schläft schon. Ich mußte ihm eine Beruhigung geben. Aber ich hab ihm gesagt, daß alles wunderbar läuft.

Grady:
Junge, du bist ein bißchen vorschnell.

Thoreau:
Ich mache meine Sache und du deine. Was hat so lange gedauert?

Grady:
Wir haben keinen anständigen Venendruck zustande gekriegt. Wassersäule konstant unter 6, und dieses Aramine läuft verdammt langsam. Ich melde mich wieder.

ZWEITER ANRUF

Thoreau:
Ich hoffe, du hast einen guten Anästhesisten an der Hand.
Grady:
Wir sind hier in Williamsburg, Marcel.
Thoreau (lacht leise):
Hauptsache, er weiß über die Gefahr einer Myocard-Fibrose Bescheid.
Grady:
Er hat einundzwanzigtausend Einheiten Heparin gegeben, ich denke, das ist okay. Das Herz ist in Ordnung. Keine Anomalien, keine Koronarsklerosen, ein junger, athletischer Typ. Außer einer Blinddarmoperation war nichts.
Thoreau:
Und was dauert so lange?
Grady:
Ich hatte den Verdacht, ob nicht Traumafolgen vorliegen. Ich mußte das näher ansehen. Das war nicht einfach, weil wir gleichzeitig das Problem mit dem Venendruck hatten.
Thoreau:
Okay, ihr fangt jetzt an?
Grady:
Die Aorta ist freipräpariert. Und die Cava superior. Ich beginne jetzt mit dem Anschlingen der Vena Cava superior, zwei Ligaturen. Schwester, das Mikro verrutscht. Kann man das nicht hinten am Kragen anklemmen? Sekunde, Marcel.

Thoreau:
Okay.
Grady:
So, danke, Schwester. Marcel? Hörst du mich?
Thoreau:
Zwei Ligaturen war das letzte.
Grady:
Ah, Dr. Herschowitz. Sie sind der Abdominalchirurg? Macht nichts. Es ist ja gerade noch rechtzeitig genug. Marcel, Dr. Herschowitz ist jetzt eingetroffen, wir explantieren jetzt. Danke, Doc. Schwester, das Mikro verrutscht wieder. Marcel?
Thoreau:
Ich bin hier, Bob.
Grady:
Das läuft ganz phantastisch. Das Herz hat sich mit drei Schlägen entleert. Wir beginnen jetzt mit der Kardiologie.
Thoreau:
Okay, Bob, dann klink ich mich jetzt aus.

DRITTER ANRUF

Grady (im Helikopter):
Marcel!
Alicia:
Ich bin's, Doc. Wo sind Sie?
Grady:
Im Heli. Wir starten jetzt. Wo ist Thoreau?
Alicia:
Bei Panetta.
Grady:
Was ist mit der Leitung?

Alicia:
Alles okay.
Grady:
Dann geben Sie mir Marcel.
Alicia:
Sekunde. Guten Flug, Doc.
Thoreau:
Und?
Grady:
Ich hab's bei mir, auf dem Nebensitz. Lief alles prima, nach ein paar Verständigungsproblemen mit dem Anästhesisten. Aber Herschowitz ist gut. Ich hab ihm meine Karte gegeben. Leute wie ihn können wir in Fairfax brauchen.
Thoreau:
Wann seid ihr hier?
Grady:
Wen meinst du mit ihr? Mich und das Herz?
Thoreau:
Komm schon. Ich brauch genaue Anweisungen, wenn ich eine anständige Arbeit abliefern soll.
Grady:
Der Pilot sagt, fünfzig Minuten, wenn der Wind sich nicht dreht.
Thoreau:
Wie ist das Wetter?
Grady:
Willst du das wirklich wissen? Warte, blauer Himmel. Wir drehen gerade eine Kurve über dem Meer. Eine Bucht. Schaumkronen auf dem Wasser. Hier herrscht eine richtig steife Brise, Marcel. Und ein Haufen Polizei da unten.
Thoreau:
Gut, daß ihr nicht drinsteckt. Bestimmt ein Unfall.

Grady:
Nee, sieht nicht so aus. Sie umstellen ein Haus. Erinnert mich an diese Geschichte, dieser Massenselbstmord von so einer Sekte. Wie hieß das Nest?
Thoreau:
Das war Tennessee, Bob.
Grady:
Genau, vierzig Leichen und wir hatten nichts davon, was? Ich melde mich, sobald ich Boden unter den Füßen habe.
Thoreau:
OP-Beginn also ungefähr um 13 Uhr.
Grady:
Rechne etwas früher. Der Pilot fliegt wie der Teufel. Guter Mann. Die wissen, worum es geht.
Thoreau:
Wie viele Stunden OP willst du ansetzen?
Grady:
Nicht länger als sonst. Zum Abendessen bist du bei Michelle.
Thoreau:
Wir haben neunten Hochzeitstag.
Grady:
Ich tu, was ich kann, Marcel.
Thoreau:
Weiß ich doch.

FÜNFTES KAPITEL

PANETTA war nie zuvor in dieser Bar gewesen, obwohl er nicht wenige Nightclubs und Cocktailbars kannte, aus der Zeit bevor er Martha traf, monogam wurde und sich für andere Frauen nicht mehr interessierte. Vorher war er meist mit Freunden nachts «um die Häuser gezogen», wie sie es nannten. Washington ist die Heimat der Heimatlosen. Nirgendwo in Amerika (außer vielleicht in New York City) gibt es mehr Ein-Personen-Haushalte als in D.C. Allein die Leute, die im Pentagon arbeiten: eine Großstadt von 200 000 Einwohnern, die wenigsten von ihnen waren hier aufgewachsen, hatten hier ihre Wurzeln, ihre Familie. Freitagabends hebt alle dreißig Sekunden eine Maschine vom National Airport ab, bis auf den letzten Platz besetzt mit Leuten, die aus der Stadt flüchten, zurück in die Arme ihrer Lieben, in die Einfamilienhäuser mit Sandkiste und Schaukel hinter dem Haus. Ein Barbecue auf der Terrasse, Samstag Sex mit dem Ehepartner, Sonntagmorgen Brunch mit den Freunden aus dem Golfclub. Dafür arbeiten sie. Dafür ertragen sie das Mobbing der Kollegen, winzige, überteuerte Apartments mit einer pfeifenden Klimaanlage und undichten Fenstern. Dafür schaufeln sie in den Büros Berge von Papier um, füttern Computer mit Daten, die keinen Menschen interessieren, sammeln Informationen, geben sie weiter, vernichten sie, stellen Analysen an und Prognosen, ärgern sich mit dem Abteilungsleiter herum, lassen sich kujonieren von ihrem Chef, treten nach unten, alles nur für das Einfamilienhaus, den Rasen vor der Haustür, die Sandkiste und die Schaukel dahinter, Barbecue, Sex am Samstag, Brunch am Sonntag.

Von Montag bis Donnerstag ist Washington Behausung für die heimatlosen Seelen, die herumirren auf der Suche nach ein bißchen menschlicher Wärme, einem Lächeln, der Hoffnung auf ein sexuelles Abenteuer.

Panetta hatte, was dies betrifft, nicht häufiger Glück als andere auch. Manchmal spielte ihm der Zufall eine nette Dolmetscherin aus dem Pentagon zu, eine Verkäuferin von Bloomingdale's oder eine Sekretärin aus den Headquarters der Navy oder der CIA. Das waren die besten Mädchen: über ihre Jobs durften sie nicht reden, deshalb konzentrierten sie all ihre Energie auf guten Sex. Panetta war immer begeistert, wenn er auf seinen nächtlichen Streifzügen an ein Navy- oder CIA-Mädchen geriet. Aber in dieser Bar war er nie gewesen. Er hatte geklingelt, und eine langbeinige Schönheit hatte die Tür geöffnet, allerdings erst, nachdem sie ihn durch ein kleines Fensterchen, das mit einer Holzklappe versehen war, gemustert hatte. Die Schöne hatte ihm lächelnd den Mantel abgenommen und ihn dann in einen Raum geführt, der dunkelrot war. Blutrot. Dieses Rot, das man mit keinem anderen verwechseln kann. Es war das Hurenrot, das Bordellrot. Die Empfangsdame, die sich Michèle nannte, bat ihn, an der Bar Platz zu nehmen. Die Barhocker waren mit Tigerfell bezogen, die Theke mit schwarzem Leder. Er saß an der schmalen Seite der Bartheke, ihm gegenüber, am anderen Ende, warteten die Mädchen auf ihn. Er hatte noch nie so viele aufregende Schönheiten an einem Ort versammelt gesehen. Ein Mädchen trug ein hautenges Kleid mit einem Rückenausschnitt, der bis zur Porille ging. Die andere eine Chiffonbluse, die vollkommen durchsichtig war. Scharf zeichneten sich die Brustwarzen ab. Die eine schob ihren Rock, als sie sich auf den Barhocker setzte, so hoch, daß er ihre bloßen Pobacken sah. Er fragte sich, ob ein feuchter Fleck zurückblieb, wenn sie wieder aufstand. Eine trug eine Art Mieder, ein geschnürtes Leibchen, das ihre entblößten Brüste auf einer Krause aus weißer Spitze präsentierte. Diese Brüste waren klein wie Äpfelchen, mit einem sehr großen schwarzen Warzenhof. Manchmal legte das Mädchen die Hände unter die Brüste und fuhr ganz leicht mit den Fingerspitzen über die Brustwarzen. Wie zufällig war diese Geste, aber Panetta hielt jedesmal die Luft an. Dieses Mädchen erregte ihn am meisten. Wenn sie lachte, beugte sie sich vor und ließ einen Schwall kastanienbrauner Haare nach vorne fallen. Ihr Nacken war weiß, mit winzigen Leberflecken. Er verspürte den Wunsch, diesen Nacken zu küssen.

Jemand stellte einen Drink vor ihn hin, eine Blondine mit sehr großen Lippen. «Irgend jemand dabei, der dir besonders gefällt, Daniel?» fragte sie freundlich.

Er nickte. Er hatte einen trockenen Mund. Er spürte eine Hitze im Körper, die aber angenehm war. «Das Mädchen mit dem Schönheitsfleck auf dem Busen.»

«Die mit dem Mieder? Das ist unsere Mitzi», sagte die Bardame, «sie ist aus Paris. Sie ist superscharf heute nacht, nicht? Soll ich sie dir schicken?»

Panetta schluckte wieder, nickte dann. Er streckte die Hand nach dem Glas aus, aber als er trinken wollte, war das Glas leer. Er wollte sich bei der Bardame beschweren, fürchtete schon, daß man ihn austricksen wollte, da schob die Mitzi ihre bauschigen Unterröcke über den Barhocker neben ihm, so daß man ihre Strumpfbänder sehen konnte, kleine schwarze, gekräuselte Dinger mit einem winzigen glitzernden Brillanten darauf, und flüsterte: *«Bonsoir, chéri. Comment ça va?»*

Panetta lächelte. Er wollte etwas sagen. Er wollte auf französisch etwas erwidern. Etwas, das ihn als Connaisseur entlarvte. *«Ça va bien. Et toi?»* fragte er.

«Du trinkst ja gar nichts. Komm, bestell uns etwas», sagte Mitzi.

Panetta schnippte mit den Fingern und rief: «Champagner!»

«Champagner? Laß uns lieber Chardonnay trinken», flüsterte Mitzi, «Chardonnay macht scharf.»

Panetta fühlte einen kleinen Stich der Enttäuschung, er wußte nicht, warum, aber da stand schon die Flasche mit dem Chardonnay vor ihnen. Mitzi nahm ein Glas, schenkte etwas ein und ließ den Wein aus dem Glas auf ihre bloßen Brüste laufen, ganz langsam, Tropfen für Tropfen. Panetta schaute fasziniert zu.

«Trink», murmelte Mitzi. Sie legte die Hände unter ihre Brüste und hob sie ihm entgegen. Der Leberfleck glänzte wie eine schwarze Perle. Er beugte sich vor. Er fuhr mit der Zunge über die Lippen, seine Lippen waren trocken. «Näher», flüsterte er.

Mitzi lachte. Sie hatte ein wunderbares Lachen, tief und samten kam es aus ihrem Innern. Er starrte auf die schwarzen, feuchten Perlen. «Was ist?» murmelte Mitzi. «Magst du meine Äpfelchen nicht?»

Er lächelte, wollte den Augenblick noch ein wenig hinauszögern. Er hob den Arm, seine Finger zitterten. Er wollte ihren Hals streicheln und ganz langsam mit den Fingerspitzen heruntergleiten über das Dekolleté, die schwarze Perle zur Brustspitze. Mitzis Titten wurden fest und groß unter seinem Blick. Es war wunderbar. Im Hintergrund spielte jemand Klavier. Er lächelte. Seine Finger bebten. «Komm her», flüsterte er, «komm näher zu mir, Mitzi.»

«Daniel? Hören Sie mich? Sie müssen Ihren Arm ruhig halten, Daniel. Öffnen Sie die Augen. Können Sie mich hören? Wenn Sie mich hören, dann öffnen Sie die Augen jetzt, Daniel.»

Panetta runzelte die Stirn. Er hatte eine trockene Kehle, einen staubtrockenen Mund. Seine Lippen waren wie mit einer Kruste überzogen. Vorsichtig versuchte er, die verklebten, geschwollenen Lider auseinanderzuziehen.

«Guten Abend, Daniel Panetta. Willkommen im Leben.»

Das war ein Gesicht, das Panetta kannte. Die buschigen Augenbrauen, dunkel, mit den ersten grauen Härchen dazwischen. Die blauen Augen, unter kurzen Wimpern. Der forschende, aufmerksame Blick.

«Es ist alles gut, Daniel. Alles wunderbar verlaufen. Sie können aufhören, sich Sorgen zu machen.»

«Was für Sorgen?» flüsterte Panetta. Er verstand nicht. Er wußte nicht, wer der Mann war, wovon er redete. «Kann ich etwas zu trinken haben, bitte? Man wollte mir einen Chardonnay bringen ...»

«Das ist ein bißchen zu früh.» Der Mann lachte. Sein Gesicht entfernte sich etwas, und jetzt sah Panetta, daß er eine Haube aus weißem Plastik trug. Einen grünen Kittel, bis zum Hals zugeknöpft. Als er sich erhob, sah Panetta, daß auch seine Hände in Gummihandschuhen steckten. Panetta ließ die Augen wandern, verwundert. Weiße Wände, Neonröhren an der Decke. Instrumente, Stahl.

Seine Augen blieben an einem Stahlgerüst hängen, an dem verschiedene Flaschen mit bunten Flüssigkeiten baumelten. Von den Flaschen liefen dünne durchsichtige Schläuche zu ihm. Panettas Augen rutschten tiefer, er sah das grüne Bettuch. Und plötzlich fühlte er eine Art Rauschen im Kopf. Ein Surren und Summen, und er bekam eine Angst, die ihm die Luft abschnürte. Schnell schloß er die Augen.

Die Bar. Ich will in die Bar zurück. Wo ist meine Mitzi? Mitzi, bitte, wo bist du? Komm her, Michèle, sag mir, wo Mitzi hin ist. Mitzi, die mit dem Mieder, die Äpfelchenbrüste, sie war eben noch hier. Was ist los, warum macht ihr das mit mir?

«Nicht wieder wegsacken, Daniel, schön wach bleiben.»

Panetta spürte, wie Grady ihm kleine Schläge mit den Fingerkuppen gegen die Wangen gab. Gradys Hände waren kalt.

«Lassen Sie das», flüsterte Panetta, «ich bin müde.»

«Nein, nein, Sie sind nicht müde. Sie wollen bloß nicht richtig aufwachen. Aber Sie müssen sich jetzt konzentrieren, Daniel. Genug geträumt. Genug geschlafen. Jetzt kommt das Leben. Jetzt geht es wieder los. Öffnen Sie die Augen. Schauen Sie mich an.»

Panetta preßte die Lider zusammen. Nein, dachte er trotzig. Ich will nicht, ich will nicht.

Grady schob seine Hand in Panettas Faust. «Drücken Sie zu», sagte er, «fest. Spüren Sie meine Hand?»

Nein, dachte Panetta. Aber er drückte trotzdem.

«Na also. Ich wußte doch, daß Sie brav sind. Ich kenne Sie doch, Daniel. Sie können mich gut verstehen? Wenn Sie mich gut verstehen, dann drücken Sie noch mal.»

Ich verstehe dich, dachte Panetta, aber was du redest, ist Scheiße. Ich will nicht mit dir reden. Hau ab. Laß mich allein. Ich will zu meiner Mitzi. Diese Bar. Rot. Das Tigerfell. Ihre Rüschenröcke. Das Strumpfband. Nein, nicht abhauen, Mädels, nicht weggehen, bleibt bei mir ...

Der Geruch war scheußlich. Und der Geschmack in seinem Mund. Widerlich. Was hatten sie mit ihm gemacht?

«Ich habe Durst», flüsterte Panetta.

«Weiß ich doch, Daniel. Weiß ich doch. Tut mir wahnsinnig leid, aber ich kann Ihnen nichts geben. Schwester Heather hat Ihnen schon ein paarmal die Lippen angefeuchtet. War das gut?»

«Nein», flüsterte Panetta.

Er hörte, wie Grady leise lachte. «Doch, das war gut. Ich geb's zu, die Lösung ist nicht gerade wie ein Martini-Cocktail, aber wer Durst hat, dem schmeckt alles. Was, Daniel?»

«Guten Abend, Mr. Panetta, bitte schließen Sie den Mund, ich werde Ihre Lippen noch einmal mit dem Schwamm abwischen.»

Das war Schwester Heather. Eine Stupsnase, hinter den Brillengläsern Augen wie Kohlestücke, weiße Plastikhaube über dem Haar. Panetta schloß die Augen.

«Den Mund, Daniel, Sie müssen den Mund zumachen», sagte Grady.

Panetta gehorchte.

Schon fühlte er den weichen, feuchten Schwamm. Sanft bewegte Heather ihn auf seinen trockenen Lippen hin und her. Sie zupfte sogar ein dünnes Häutchen ab und betupfte die Stelle mit einer fettigen Creme. Das war angenehm. Richtig gut. Er wollte Heather danken, aber als er die Augen wieder öffnete, schaute er in Gradys Gesicht.

«Sie dürfen nicht immer wieder einschlafen, Daniel», sagte Grady eindringlich. «Sie müssen richtig wach werden. Das verlange ich einfach von Ihnen. Richtig wach. Zählen Sie bis zehn.»

«Warum?» fragte Panetta.

Grady lachte. «Na gut, deklinieren Sie ein lateinisches Verb.»

«Ich hasse Latein.»

«Oh, dann also doch. Von eins bis zehn. In welcher Sprache auch immer.»

Panetta versuchte noch ein letztes Mal, sich in die rote Bar zu träumen, zu Mitzis Busen. *«Un, deux, trois»*, murmelte Panetta, bevor seine Stimme dann versagte. Als er wieder aufwachte, lag ein kalter Lappen auf der Stirn. Jemand sagte: «Mr. Panetta, ich weiß, daß Sie wach sind. Ich weiß, daß die Narkose längst nicht mehr wirkt. Mit mir können Sie das nicht machen, dieses Spiel. Ich bin Dr. Thoreau. Erinnern Sie sich an mich?»

Panetta öffnete die Augen. Thoreau blickte streng.

«Waren das die London Philharmonics?» fragte er. «Das Oboenkonzert, von Bach. War das Ostrowitch, der gespielt hat?»

Thoreau lächelte endlich. «Das gefällt mir, Mr. Panetta. Ich werde das sofort herausfinden und es Ihnen sagen. Kann ich sonst noch irgendwas für Sie tun?»

Panetta überlegte. Er hatte Durst, aber sie gaben ihm ja doch nichts zu trinken. Hunger spürte er nicht. Es war weder zu warm noch zu kalt, und Schmerzen empfand er keine. Er wußte nicht, was er sich wünschen sollte, ihm fiel einfach nichts ein.

«Ihre Frau», sagte Thoreau, «wartet in Doc Gradys Zimmer. Möchten Sie mit Martha sprechen, Mr. Panetta? Soll ich ihr Bescheid sagen?»

Panetta schloß die Augen. Martha, dachte er. Martha.

Er versuchte, sich ihr Gesicht vorzustellen. Sie saß in Gradys Zimmer. Er kannte das Zimmer. Marilyn Monroe an der Wand. Aus dem Fenster konnte man auf den Helikopter-Landeplatz schauen. Sie waren doch zusammen hier angekommen? Oder hatte Helen ihn begleitet? Wieso erinnert er sich nicht? Waren sie mit dem Taxi gekommen? Hatte Martha ihn gefahren? War es Tag gewesen oder Nacht? Wieso konnte er sich nicht erinnern?

Er spürte, daß etwas seine Hand berührte. Kaltes Gummi.

«Mr. Panetta, soll ich Martha Bescheid sagen?»

«Nein», murmelte Panetta, «noch nicht.»

«Hallo, Daniel. Na, das ist ein Gefühl, was?»

Panetta blinzelte. Er schaute in Gradys Gesicht. Grady strahlte. Er rieb sich die Hände, die in Gummihandschuhen steckten.

«Ich wette, Sie können sich an nichts erinnern. Hatten einen guten Schlaf, schöne Träume, und schwups, sind Sie aufgewacht, und in Ihrer Brust schlägt ein neues Herz. Wie fühlen Sie sich?»

«Ich weiß nicht.» Panetta versuchte, sich etwas aufzurichten, was aber wegen der ganzen Kanülen und Sonden, die man an seinen Körper gelegt hatte, nicht leicht war.

«Komm, komm, nicht das wieder. Wenn ich Sie früher gefragt habe, als Sie noch Ihr altes Herz hatten, dann haben Sie auch immer gesagt: Ich weiß nicht. Sagen Sie doch einfach, es geht mir gut. Ich hab keine Schmerzen. Ich krieg genug Luft.»

«Es geht mir gut. Ich habe keine Schmerzen. Ich krieg genug Luft.»

«Na also, das sind doch die Essentials. Davon haben Sie vor ein paar Tagen nur träumen können. Schon alles vergessen?»

Grady prüfte den Durchlauf der Infusion und fühlte dann seinen Puls. Er lächelte, obwohl er müde aussah.

«Doktor», sagte Panetta, «dieser Mensch, der mir sein Herz gespendet hat ...»

Grady hob die Augenbrauen, arbeitete aber ruhig weiter, er kontrollierte die Apparate. «Ja? Was ist mit dem?»

«Das wollte ich Sie fragen, Doktor.»

«Daniel, Sie wissen, daß man keine Auskunft über seinen Spender bekommt. Das sind geschützte Daten, richtig geschützte Daten.»

«Da kommt nicht mal das FBI ran, was?» flüsterte Panetta.

«So ist es. Machen Sie sich darüber also keine Gedanken. Wenn Sie irgendwann den Wunsch haben, sich bei den Verwandten zu bedanken – es gibt viele Spender, die diese Bitte äußern –, dann müssen Sie den Brief an das Transplantationszentrum schicken. Ich kann Ihnen die Adresse geben.»

«Was dürfen Sie denn sagen, ohne Ihr Arztgeheimnis zu verletzen? Wie alt ist dieses Herz, das jetzt hier in meinem Körper seine Pflicht tut?»

Grady überlegte. «Achtzehn.»

Panetta schwieg. Seine Augen weiteten sich. «Oh», sagte er schließlich, «so jung.»

«Je jünger, desto besser. Ich kann Ihnen noch was sagen, Daniel: Es war ein Motorradunfall. Der junge Mann ist aus der Kurve geschleudert und gegen einen Baum geprallt. Als er ins nächste Krankenhaus eingeliefert wurde, war er schon klinisch tot. Aber das Herz schlug noch. Und da er einen Spenderausweis trug und Sie der nächste auf der Liste waren ... So, nun wissen Sie alles.»

«Ein Unfall.» Panetta versuchte, die Nachrichten zu verarbeiten. Es war nicht einfach. «Ein Motorradfahrer, sagen Sie. Ich selber habe Motorräder immer scheußlich gefunden. Wenn ich im Rückspiegel einen dieser Wahnsinnigen auf mich zuschießen sah, bin ich immer sofort rechts rüber. Die spielen doch mit ihrem Leben, auf diesen Feuerstühlen.»

«So ist es.» Grady schob den Teewagen mit dem Hagebuttentee und den Pillentellerchen näher zu ihm heran. «Und jetzt denken Sie nicht mehr darüber nach, schauen Sie nach vorn, Daniel, in die Zukunft. Da liegt das Glück.»

Panetta lächelte schwach. «Martha wollte heute nachmittag kommen. Sind Sie dann noch da? Ich glaube, sie hat ein oder zwei Fragen.»

«Martha kann mich jederzeit erreichen, das weiß sie. Um Ihre Frage zu beantworten, ich bin hier.»

«Gut», murmelte Panetta, «das ist gut.»

Sekunden später war er wieder eingeschlafen.

«Ah, Frühstück!» Panetta zog sich vorsichtig am Galgen hoch. «Darauf warte ich seit Stunden.»

«Kommen Sie, Mr. Panetta, vor Stunden haben Sie noch geschlafen wie ein Baby.»

«Genau», sagte Panetta, «wie ein Neugeborener.»

Schwester Heather hatte an diesem Morgen, dem vierten nach seiner Operation, Frühdienst. Heather war ihm von allen Schwestern die liebste, obgleich sie in einer Schönheitskonkurrenz keinen Preis gewinnen könnte, andere schon. Wie zum Beispiel Jessica mit ihren Mandelaugen und dieser Haut wie Milchkaffee.

Aber Heather war die erste, die er wahrgenommen hatte, nachdem er aus der Narkose aufgewacht war. Sie hatte gelächelt. Er hatte ihre Augen gesehen. Und die kleine dunkle Locke, die sich unter der lächerlichen sterilen Plastikhaube hervorgewagt hatte. Diese Locke war wie ein Versprechen für das neue Leben gewesen.

Er mochte Heather. Sie war direkt, unkompliziert und ohne Scheu. Es gab Schwestern, die immer noch rot wurden, wenn sie ihn waschen sollten, besonders unterhalb der Gürtellinie. Er hätte ihnen das gerne erspart, aber in den ersten zwei Tagen war er zu gar nichts in der Lage gewesen. Sich aufrichten, die Füße von der Bettkante baumeln lassen, das war's schon. Feierabend. Die totale Erschöpfung, wenn er sich in die Kissen zurückgleiten lassen durfte. Schweißgebadet jedesmal.

Aber keine Herzschmerzen! Herzschmerzen niemals. Nicht eine einzige Sekunde. Das war das Wunder.

Panetta schlug Grady vor, zu den sieben Weltwundern noch ein achtes hinzuzuzählen. Die Herztransplantation. «Das macht Sie wirklich unsterblich, Doktor», sagte er.

Es war der vierte Tag, und er fühlte sich, obwohl man sein Brustbein der Länge nach aufgesägt hatte, wie ausgewechselt. Die Wiedergeburt.

Das verdankte er Grady, natürlich. Ihm vor allen Dingen. Und diesem Wundermann Marcel Thoreau, dem besten Anästhesisten der Vereinigten Staaten. Offenbar war es zeitweise schwierig gewesen. Heikel, hatte Grady gesagt. Sie hatten einmal schon das Wort «Exitus» auf den Lippen. Aber Thoreau hatte ihn zurückgeholt, zurück ins Leben. In diese Welt, die voller Schönheiten war, jede Sekunde ein Flash. Irgend etwas, das die Sinne reizte: der Sonnenstrahl auf der Thermoskanne mit Kräutertee. Der Spatz auf dem Fenstersims. Wie er die kleinen Federchen spreizte. Nicht zu vergessen: die Musik. Im Augenblick spielten sie ihm ein Orgelkonzert herein. Er hatte die Lautstärke aufgedreht, gerade als Heather das Frühstück ins Zimmer schob. Die Überzieher aus Plastik über den Tennisschuhen, diese Weltraumkittel, die Ärzte und Schwestern trugen, waren das einzige, was wirklich störte. Dieses kratzige, eklige Rascheln von Kunststoff. Und daß sie ihn immer nur mit Gummihandschuhen berührten. Daß sie einen Mundschutz trugen, wenn sie zu ihm ins Zimmer kamen. Er konnte ihr Lächeln nicht sehen, nur ahnen. Sie waren stolz auf ihn, Panetta. Und auf sich.

Sie hatten dem alten Herrn mit der Sense eine Niederlage bereitet. Das war ein gutes Gefühl. Dafür hatten sie fünfzehn Jahre lang studiert.

«Warten Sie», sagte Heather, «ich klopfe Ihnen Ihr Kissen auf. Lassen Sie mich das machen.»

Panetta hielt sich mit beiden Händen am Galgen fest. Er ignorierte den Urinkatheter, der unter der Bettdecke hervorlugte, er nahm auch die beiden Heftpflaster in der Armbeuge nicht mehr zur Kenntnis, die dünnen Schläuche, die von dort zu dem anderen Galgen führten, an dem seine Mahlzeit hing. All das Zeug, das man in ihn hineinpumpte, um seine natürlichen Abwehrkräfte auszuschalten. Da hatte er ein Leben lang daran gearbeitet, ein gutes Immunsystem aufzubauen, und nun machten sie es kaputt, legten es vollständig lahm, damit keiner der kleinen Wachsoldaten in seinem System auf die Idee kam, dieses neue Herz als etwas Fremdes zu erkennen, etwas Böses, das man bekämpfen muß.

Heather nahm die Kissen, klopfte sie auf ihren Knien zurecht, türmte sie wieder am Kopfende auf und sagte: «So, nun können Sie sich entspannt zurücklegen, Mr. Panetta, und das Frühstück genießen. Heute gibt es Quark, schön angerührt mit frischem Obstsaft, und das erste Croissant. Mhm, wie duftet das?» Sie hob den Teller mit dem goldgelben Hörnchen hoch und hielt es ihm unter die Nase. Panetta schloß die Augen. Ein Gedicht aus seiner Kindheit fiel ihm ein, von dem himmlischen Bäcker, der Safran, Mehl und Zucker zusammenrührte. Er lächelte. «Himmlisch riecht das, Schwester.»

«Kaffee ist verboten. Das wissen Sie. Also fragen Sie nicht schon wieder. Wir haben sehr leckeren Hagebuttentee für Sie zubereitet.»

«Ich hasse Hagebuttentee.»

«Sie werden sich daran gewöhnen wie alle anderen Patienten auch. Es ist wirklich nur eine Frage der Einstellung.»

«Ich hasse alles, was gesund riecht und schmeckt.»

«Gut», Heathers Stimme wurde energischer, «dann müssen Sie damit leben. Sie klingeln, wenn Sie etwas brauchen, ja?»

Panetta ließ den Blick über sein Frühstückstablett gleiten. «Und die Zeitungen?» fragte er.

Heather zögerte. «Die Zeitungen?»

«Ja, Sie haben mir gestern versprochen, daß ich jetzt jeden Morgen meine Zeitungen bekomme. *New York Times*, *Washington Post* und die *Sun*. Möglichst auch *USA Today.* Hat man den Kerl schon gefaßt?» fragte Panetta.

«Welchen Kerl?»

«Der Mord an diesem Ehepaar in Buena Vista, Virginia. Nähe von Williamsburg. Gestern war das der Aufmacher auf allen Kanälen. Erinnert mich an den Mord in ‹Kaltblütig›. Truman Capote. Mal gelesen?»

«Mr. Panetta, haben Sie eine Ahnung, wieviel Zeit eine Krankenschwester, die auf einer Intensivstation im Herzzentrum arbeitet, zum Lesen hat?»

«War ein guter Stoff, den Capote sich da ausgesucht hat. Zwei Jungen bringen eine Familie um. Farmer in Kansas. Nicht gelesen? Ein Mord ohne Motiv. Einfach so. Die haben den beiden nichts getan. Die kannten sie nicht mal.»

«Wie schrecklich. Sie sollten etwas Schöneres lesen.» –

«Ich hab lange genug was Schönes gelesen, Heather. Die ganze Zeit, als ich auf dieses Herz gewartet hab, habe ich mich eingelullt mit schöner Literatur, weil ich mich nicht aufregen durfte, weil ich das Brutale nicht aushalten konnte. Sie kennen Martha? Meine Frau? Sie ist wundervoll.»

«Ich weiß, Mr. Panetta. Ich habe schon mit ihr gesprochen.»

«Martha arbeitet in der Immobilienbranche. Ich weiß, was die Leute denken: Das sind Haie, geldgierig, skrupellos. In den Zeitungen spekulieren sie ja auch, daß dieses Ehepaar, das da ermordet wurde, eine Villa erst vor wenigen Jahren gekauft hatte und irgend etwas damit vorhatte. Na ja, es wird immer viel spekuliert. So eine Art Fememord. Das halten sie auch für möglich. Martha arbeitet gern in der Branche.»

«In welcher Branche? Ich fürchte, ich hab eben nicht zugehört.»

«Immobilien. Wenn Sie mal was suchen: Martha kann Ihnen bestimmt die richtigen Kontakte verschaffen. Sie handelt zwar nur mit den großen Objekten, aber ...»

«Wissen Sie, Mr. Panetta ...», sagte Heather, «ich hab ein Ein-Zimmer-Apartment in Rosslyn gemietet. Ich hab noch nie was mit Maklern zu tun gehabt. Und bei meinem Gehalt werde ich auch kaum die Gelegenheit haben, in nächster Zeit mit Immobilienhändlern zu verhandeln. Lassen Sie Ihren Tee nicht kalt werden.» Sie ging zur Tür.

«Denken Sie an meine Zeitungen!» rief Panetta ihr nach. Lautes Sprechen strengte ihn an, und er lehnte sich erschöpft zurück. Es gab jetzt, am dritten Tag, bereits Augenblicke, in denen er völlig vergaß, daß in seiner Brust ein neues Herz schlug.

Wenn Martha anrief, was sie versprochen hatte, würde er sie bitten, einen Stapel Zeitungen mitzubringen. Als Abwechslung zum TV-Programm. Nichts, dachte Panetta, interessiert einen Krankenhauspatienten mehr als Leben, das draußen stattfindet. Das war eine neue Erkenntnis. Lächelnd zerriß er den weichen Blätterteig des Croissants in kleine Brocken und schob sie in den Mund. Der Geschmack war unvergleichlich – er kaute langsam, mit Bedacht. Von jetzt an wollte er alles genießen. Jeden Bissen. Jeden Augenblick. Jeden Sonnenstrahl, einfach alles.

Martha sah schlecht aus, blaß und angespannt, und das lag nicht nur an dieser blaßgrünen Uniform, die man ihr jedesmal aufnötigte, bevor sie sein Zimmer betreten durfte. Nicht ein einziges Bakterium konnte von ihr zu ihm gelangen, kein Virus, kein Keim, kein Staubkorn. Sie bewegte sich wie ein Roboter in diesem Raumanzug aus weißer Fallschirmseide. Natürlich war es keine Fallschirmseide, sondern irgendein Kunststoff. Wenn er es genau nahm, war die Umgebung, in der man ihn festhielt, ein Alptraum. Alles steril. Hermetisch von der Außenwelt abgeschlossen. Die Speisen wahrscheinlich desinfiziert, durch eine Schleuse geschickt, bevor sie ihn erreichten. Ganz abgesehen davon, daß die Blumen, die man ihm schickte, alle hinter Glas standen. Er durfte sie sehen, aber nicht riechen, nicht fühlen. Heather hatte ihn getröstet. Das Theater ist nur in den ersten Tagen, hatte sie gesagt, ab morgen werden die Maßnahmen schon wieder zurückgefahren.

Er hatte nicht gefragt, um welche Maßnahmen es sich handelte. Wenn sie ihn am zehnten Tag entlassen wollten, mußten sie sich ja was einfallen lassen. Aber er hatte siebzigtausend Vorgänger. Grady und seine Leute wußten, was sie taten.

An diesem vierten Tag jedenfalls mußte Martha noch einmal in den Astronautenanzug steigen, eine Haube auf den Kopf setzen, eine Maske vor dem Gesicht tragen, Handschuhe, Fußüberzieher. Sie durfte sich ihm nur auf eine Distanz von zwei Metern nähern. Ihre Stimme klang ganz fremd durch den Mundschutz.

«Hallo, Darling, es tut mir so leid. Ich wollte ganz pünktlich sein, aber irgendwie schaff ich es nie.»

«Du bist doch pünktlich.» Panetta lächelte, um sie zu beruhigen. Sie machte sich zu viele Sorgen um ihn. Sie machte sich jetzt mehr Sorgen als er. Davon mußte sie wegkommen. Er hatte jetzt die Pflicht, ihr sein Zutrauen zu vermitteln.

«Zehn Minuten. Ich weiß, daß die Minuten zu Ewigkeiten werden, wenn man wartet. Oh, Darling, ich bin so froh, daß du lächelst. Ich wünschte, ich könnte es auch.»

«Kannst du. Es ist ganz einfach. Mach es so wie früher.»

Marthas Augen wurden klein. «Ach», sagte sie, «früher.»

Er streckte die Hand nach ihr aus. Nicht die Hand, in der die Kanüle steckte, sondern die andere. Er streichelte diesen Arm in der knisternden Kunstfolie.

«Es wird wie früher. Alles. Ich hab's dir versprochen. Schon vergessen?»

«Ach, Darling, du bist so tapfer.»

«Unsinn. Ich bin überhaupt nicht tapfer.»

«Doch, das bist du. Ich habe heute morgen mit Helen gesprochen. Sie findet auch, daß du das ganz fabelhaft machst. Wir liegen alle am Boden vor Angst und Sorgen, und du bist stark wie ein Fels. Wirklich, dabei sollte es umgekehrt sein ...»

Er hob die Hand. «Psst», machte er, «pssst.»

Martha nahm seine Hand und legte sie in ihren Schoß.

«Unten vor dem Eingang parkt ein Streifenwagen», sagte Martha. «Hast du eine Ahnung, was hier los ist?»

«Ich? Wieso soll ich etwas wissen? Die halten mich hier in dieser keimfreien Zelle und erzählen mir nichts.»

«Ich war mit zwei Polizisten im Lift. Auch wenn man nichts

getan hat, irgendwie hat man immer ein blödes Gewissen, wenn man einem Polizisten gegenübersteht.»

«Weil du früher Lippenstifte und Wimperntusche geklaut hast, im Supermarkt.»

«Komm, da war ich zehn oder elf.»

«Trotzdem, es war illegal. In den arabischen Ländern hakken sie einem dafür die Hand ab.»

«Dir geht es ja schon wieder richtig gut, wenn du über so was reden kannst.»

«Diebstahl ist gegen das Gesetz, ist doch klar.»

«Darling, ich war damals zehn Jahre alt, und meine Eltern erlaubten mir nicht mal, einen Lippenstift auszuprobieren. Die waren strenger als der Pfarrer.»

«Ich hab schon immer was gegen die Baptisten gehabt», sagte Panetta. «Was glaubst du, machen die Polizisten hier im Krankenhaus? Eine Razzia?»

Martha lachte. Ihre Schultern bewegten sich.

«Wenn du willst, kann ich nachher fragen.»

«O ja, bitte. Ich liebe Klatsch. Ich ernähre mich von Klatsch. Heute morgen habe ich übrigens ein richtiges Croissant bekommen, zum Hagebuttentee.»

«Und? Hat es geschmeckt?»

«Einfach grandios. Man glaubt nicht, welch ein Kunstwerk so ein Plunderhörnchen ist. Leichtester Blätterteig, locker gerollt, mit ein bißchen Schmalz das Backblech bestreichen. Wußtest du, daß sie die Backbleche mit Schmalz bestreichen? Heather hat es mir erzählt. Sie sagt, in Spanien nennt man diese Teigteilchen Ensaimadas. Und die Leute seien richtig süchtig danach. Aber die haben eine andere Form. Keine Hörnchen, sondern Schnecken. Obenauf Puderzucker. Den krieg ich natürlich nicht, weil der staubt. Nachher kommt was in meine Lunge. Ich hab übrigens kein einziges Mal gehustet diese Nacht. Grady sagt, ich sei ein Phänomen.»

«Hat er mir auch gesagt. Ist es nicht wunderbar, Darling, daß du hier liegst, ganz vergnügt, und wir über so etwas Banales wie Teigteilchen reden können? Hätten wir das vor vier Tagen zu hoffen gewagt?»

Panetta fragte sich, ob Martha dasselbe dachte wie er: Lohnte sich die ganze Mühe, dieser ganze Apparat, den er in Gang gesetzt hatte für das neue Herz, um danach über Blätterteig zu reden? Warum macht der Mensch das alles? Erfindet die Herz-Lungen-Maschine, läßt einen Anästhesisten an der teuersten Universität Amerikas ausbilden, denkt sich die Formel für eine Flüssigkeit aus, in der man ein totes Herz transportieren und einem anderen wieder einpflanzen konnte? All diese Apparaturen, die gebraucht wurden, die erst einmal erfunden werden mußten. Diese ganze Chemie, mit der man erst den Körper des Spenders und dann seinen Körper vollgepumpt hatte. Der Transport im Helikopter. Acht Stunden war der OP blockiert. Acht Stunden hatten Grady und Thoreau mitsamt dem Team Schwerstarbeit geleistet. Waren Daten per Internet ans Transplantationszentrum geschickt worden, man hatte mit Überwachungskameras jeden Handgriff von Grady gefilmt – eine Universität in Afrika war zugeschaltet bei der Operation, sie hatten es Panetta erzählt. War es Namibia oder Harare? So konnten die Mediziner dort lernen. All das machte die moderne Technik möglich. Dreihunderttausend Dollar würde ein neues Herz am Ende kosten. Auch das wußte er schon. Dreihunderttausend Dollar, damit er vier Tage nach der Operation mit Martha über Blätterteig sprechen konnte.

Wieso redeten sie nicht über die wirklich wichtigen Dinge des Lebens? Er war schon fast drüben gewesen, auf der anderen Seite des Jordans. Was hatte er gesehen? Was gefühlt? Was konnte er Martha mitteilen aus jener Welt, in die wir alle nach dem Tod eintreten würden? Wollte sie es nicht wissen?

«Die Rosen sehen ja noch prächtig aus», sagte Martha, um irgend etwas zu sagen.

Panetta nickte zufrieden. «Keine läßt den Kopf hängen. Das habe ich persönlich verboten. Die Zeichen stehen auf Sieg, Martha. Ich glaube, wir haben es geschafft.»

«Sagst du das nur, um mich zu beruhigen?»

«Um mich zu beruhigen.» Panetta lachte. «Nein, nein. Ich fühle, daß das Schlimmste überstanden ist. Sie geben mir ganz hohe Dosen von irgendwas. Urbason heißt das Zeug. Das soll verhindern, daß meine Wachsoldaten das fremde Herz bekämpfen. Sie werden eingelullt, weißt du, meine Wachsoldaten. Sie sollen denken, das neue Herz ist etwas, auf das sie schon lange gewartet haben. Es ist wie eine Gehirnwäsche für meine Antikörperchen, verstehst du? Sie müssen lernen, umzudenken. Weiß ist nicht weiß, sondern schwarz. Und Schwarz ist weiß. Nicht so einfach. Aber dafür gibt es Urbason. Und Antilymphozytenglobulin.»

Martha schüttelte ergriffen den Kopf. «Daß du dir solche Worte merken kannst, Darling.»

«Ich hatte in den letzten fünfzig Stunden Zeit, mir das Etikett der Flasche, die da an dem Haken hängt, zu merken. In fünfzig Stunden lernst du jedes verdammte Wort.»

Es klopfte.

«Ja?» rief Panetta. Er hatte schon wieder seine laute, kräftige Stimme. Es war phänomenal. «Ja? Was ist?»

Es war Heather. Heather wußte, daß Martha da war, aber leider mußte sie den Urinkatheter auswechseln. Leider. Sie hatte gleich Schichtwechsel, und es stand in ihrem Dienstplan, daß sie sich kümmern mußte.

Die Schwester wandte sich an Martha: «Vielleicht ist es besser, wenn Sie draußen warten.»

Panetta wiegelte ab. «Ach, das macht ihr nichts aus. Wir sind ein altes Ehepaar. Das wirft sie nicht um. Pinkeln müssen wir alle, oder? Es gibt Leute, die sagen, Urin ist ein ganz besonderer Saft.» Er strampelte die Bettdecke zurück.

Martha wandte den Kopf. «Darling», sagte sie mit sanftem Vorwurf.

«Wieso? Was ist?» Jetzt sah man den Plastikbeutel, mit gelber Flüssigkeit gefüllt, der an der Seite herunterhing. «Ist dir das peinlich, Liebes?»

«Natürlich ist ihr das peinlich», sagte Heather. Martha verschwand. Heather hatte geschickte, flinke Hände. Die Gummihandschuhe störten jedoch. «Verdammt kalte Finger», sagte Panetta fröhlich. «Hoffentlich fassen Sie Ihren Freund nicht mit solchen Handschuhen an.»

«Keine Angst», Heather klemmte den Schlauch ab und tauschte die Beutel aus, «wir kommen zurecht.» Sie deckte ihn wieder zu, klopfte sein Kopfkissen zurecht und kontrollierte auch die anderen Kanülen.

«Alles in Ordnung?» fragte Panetta. «Nichts verstopft?»

«Ich schick Ihre Frau wieder rein», sagte Heather.

«Ja, tun Sie das. Aber vergessen Sie nicht meine Zeitungen! Sie wollten sie schon vor zwei Stunden bringen!»

«Oh», sagte Heather, «stimmt.»

«Und schalten Sie den Fernseher wieder ein, ich muß wissen, ob sie den Kerl geschnappt haben. Ach, übrigens, meine Frau sagt, das Hospital ist voller Polizisten. Was ist los? Haben sie Saddam hier eingeliefert?» Er lachte, weil ihm ein guter Witz eingefallen war. «Vielleicht hat Grady, der Schlingel, ihm mein altes Herz eingepflanzt? Sehen Sie, jetzt lachen Sie auch, Heather. Das gefällt mir – aber im Ernst, was ist passiert?»

«Ich hab noch keinen einzigen Polizisten gesehen», sagte Heather streng.

Panetta schaute auf die Flaschen, aus denen seine Venen gespeist wurden. «Hab ich auch richtiges Blut bekommen, Heather? Ich meine, während der Operation, oder danach?

Oder immer nur dieses künstlich durchsichtige Zeug, das nach gar nichts aussieht?»

Heather schob das Nachtkästchen neben seinem Bett wieder in den richtigen rechten Winkel. «Wer Sie reden hört, Mr. Panetta, würde im Leben nicht auf die Idee kommen, daß Sie erst vor vier Tagen ein neues Herz bekommen haben. Ich denke, Sie haben Ihr eigenes Blut wieder bekommen. Es ist nur gewaschen worden. Und gefiltert.»

Panetta brauchte einen Augenblick, um die Nachricht zu verarbeiten, dann strahlte er. «Gewaschen? Das ist gut. Das Blut ist ja eine schmutzige Sache, kreist seit zweiundfünfzig Jahren in meinen Venen und kommt nie unter die Dusche. Die Amerikaner duschen jeden Tag, aber ihr Blut lassen sie verdrecken. Gut, daß Grady das erledigt hat. Wahrscheinlich fühl ich mich deshalb so prächtig.»

Heather streckte sich. «Mr. Panetta, ich hoffe nur, daß Sie Ihren guten Humor auch dann behalten, wenn Sie sich mal nicht so gut fühlen. Wirklich, das wünsche ich Ihnen.»

Panettas Lächeln erlosch. «Sie halten das hier für so eine Art Euphorie, was? Sie wissen es besser, Sie wissen, daß man sich nach ein paar Tagen hundsbeschissen fühlt, ja? Ist es das?» fragte er mißtrauisch. «Jetzt geht es mir gut, aber wehe, was in einer Woche ist. Wollen Sie das sagen, Heather?»

«Nein, nein, ich will gar nichts sagen. Wir freuen uns doch alle, daß Sie so einen Humor haben.»

«Ich hatte diesen Humor verloren, Schwester. Glauben Sie mir. Ich war nicht komisch. Mir war nicht zum Lachen. Vier Jahre lang nicht. Auf einmal ist mir klar, was ich vermißt habe. Was mir fehlte: das Lachen über irgendeinen Blödsinn. Das gehört auch zum Leben, glauben Sie nicht?»

Heather war schon an der Tür. Sie nickte. «Ich sage jetzt Ihrer Frau Bescheid, daß sie wieder rein kann.»

«Ja, sagen Sie ihr Bescheid. Aber vergessen Sie nicht, den

Fernseher einzustöpseln. Ich will wissen, ob sie diesen Kerl geschnappt haben. Und morgen, zur Frühschicht, sind Sie gefälligst wieder da!»

«In alter Frische, Mr. Panetta.»

«Mit druckfrischen Zeitungen. Was gibt es morgen zum Frühstück?»

«Wünschen Sie sich etwas.»

Panetta lehnte sich zurück, er schaute gegen die Decke. Er überlegte. Ihm fiel die Terrasse des Jamaica Inn ein. Ein altes Hotel auf der Insel, mit riesiger Veranda über einem türkisblauen Meer. Sie hatten eine Tropical-Fruit-Platte bestellt. Eine Platte mit saftigen Melonenscheiben, Mangos, Papayas, Bananenscheiben, auf denen braune Zuckerkrümel schmolzen, in Musselin verpackte Limonenhälften, Ananasscheiben, aus denen der Saft lief. Dazu Pancakes, mit Maple Syrup. Und jede Menge schwarzer Kaffee. Ein heißer und stiller Tag. Damals konnte er die Hitze noch wunderbar vertragen, sogar die Luftfeuchtigkeit. Über ihnen an der Decke der Veranda hatte sich träge ein Ventilator gedreht, und in der Bucht ankerte die Hochseeyacht, klein und hoch, die sie für den Tag gechartert hatten. Es war der Tag, an dem Panetta den ersten Blue Marlin seines Lebens gefangen hatte. Ein Festtag, der mit einem tropischen Fruchtteller begonnen hatte.

Heather wartete immer noch an der Tür, das brave Kind.

«Okay», sagte Panetta, «ich wünsche mir, frisch eingeflogen aus Jamaika, einen tropischen Fruchtteller, danach Pancakes mit Maple Syrup. Und dazu eine Kanne pechschwarzen Kaffee, so stark, daß der Löffel drin steckenbleibt.»

«Sie wissen, daß Sie keinen Kaffee trinken dürfen, Mr. Panetta.»

«Okay, dann vergessen Sie das Ganze. Jetzt bin ich beleidigt. Dann bringen Sie einfach, was Sie wollen.»

«Danke, Mr. Panetta. Heute werde ich übrigens von Schwester Theresa abgelöst. Ich bin sicher, daß Sie mit ihr gut klarkommen werden.»

«Ist die nicht längst tot?» fragte Panetta.

«Die doch nicht. Unsere Theresa ist fünfundzwanzig.»

«Ach so, und ich dachte schon, ihr wollt mir eine alte Betschwester aus Kalkutta schicken.»

«Sie sind wirklich komisch, Mr. Panetta.» Heather kicherte verlegen. «Ehrlich. Sie sind ganz anders als die anderen Patienten von Doc Grady.»

Als Martha wieder zu ihm ins Zimmer kam, sage Panetta: «Heather findet mich komisch.»

«Bist du doch auch, Darling.»

«Ich? Komisch? Seit wann?»

«Immer schon, Darling. Einer der Gründe, warum ich mich in dich verliebt habe.»

Panetta schaute Martha an. «Und warum hast du dann so selten gelacht?» fragte er. Als Martha ihn nur stumm anschaute, lächelte er verlegen. «Okay, ich zieh meine Frage zurück. Ich bin ein Idiot. Vergiß es. Ab heute machen wir alles anders, ja, Martha? Jetzt sofort treten wir in die Phase Nummer zwei unseres gemeinsamen Lebens ein. Und soll ich dir etwas verraten? Phase zwei ist die schönste. Von allen. Phase zwei ist es überhaupt.»

«Was, Darling?»

«Ich weiß nicht. Ich hab vergessen, was ich sagen wollte. Liebes, kannst du einmal für mich klingeln? Irgend etwas ist nicht in Ordnung. Der Doktor möchte kommen und nach dieser dummen Kanüle hier sehen. Tut mir leid, wenn ich dich jetzt erschrecke, das wollte ich nicht. Aber es wäre schön, wenn er schnell kommt.»

Panetta schloß die Augen. Er spürte, wie sich ein Schweißfilm auf seiner Stirn bildete. Wie seine Hände zitterten. Das Herz aber fühlte er nicht. Das war merkwürdig. Sonst hatte er immer sein Herz gefühlt. Das Blubbern, das Klopfen, das Kämpfen, den Krampf. Jetzt fühlte er an der Stelle, auf die sich sein ganzes Sein in den letzten Jahren konzentriert hatte, überhaupt nichts.

Er öffnete die Augen wieder. Martha hatte immer noch den Klingelknopf in der Hand, über der Tür blinkte die rote Lampe. Man hörte, wie auf dem Flur eine Lautsprecherstimme rief: Professor Grady auf Zimmer fünf!

«Weißt du was, Martha?» flüsterte Panetta. «Ich fühl es nicht. Ich fühl das Herz nicht.»

SECHSTES KAPITEL

WER IMMER die Mörder von Buena Vista waren: Sie hatten es geschafft, die Alarmanlage auszutricksen. Bis jetzt wußte noch keiner, wie das geschehen konnte, denn eigentlich hätten, sobald ein Kabel durchtrennt oder eine Sicherung ausgeschaltet wäre, im Police Department von Buena Vista die Warnsirenen aufheulen müssen. Aber das war nicht passiert. Jedenfalls behauptete das Sergeant Jamón Lopez, der in dieser Nacht Dienst tat. Er war allein, weil sein Kollege sich mit einem Grippevirus zu Hause ins Bett gelegt hatte. Normalerweise schoben sie immer zu zweit ihren Dienst, an den Wochenenden auch zu dritt. Am Wochenende gab es in der Regel doppelt so viele Einsätze wie unter der Woche. Schlägereien in den Kneipen, Beschwerden von Bürgern, die sich durch den Partylärm der Nachbarn belästigt fühlten, Familienväter, die plötzlich Amok liefen. Und hin und wieder eine Drogenrazzia in einer der Discos. Meist waren es die Discos der Puertoricaner, die es erwischte. Das hatte schon zu Unmut unter den Leuten geführt, eine Art Diskriminierung, meinten sie. Denn schließlich war es kein Geheimnis, daß die Kids der reichen Weißen genausoviel Stoff konsumierten wie die Kubaner, Kolumbianer oder die Leute aus Puerto Rico. Das war Jamóns Lieblingsthema, und er ließ auch dieses Mal, als die Reporter der TV-Sender ihn ausfragten, keine Gelegenheit verstreichen, über das ungerechte System herzuziehen. Das war unklug, denn damit geriet er automatisch in das Visier des ermittelnden Staatsanwaltes. Und der Justiz, die einen Sündenbock brauchte, um von dem Desaster abzulenken, daß man noch keine brauchbare Spur hatte, die zum Mörder führte. Oder die Einwohner von Williamsburg zu beruhigen. Seit dieser Sache verriegelten sie nachts wieder ihre Türen und Fenster. Alte Ehepaare, die in einsamen Gegenden wohnten oder in einem Gebiet mit hoher Kriminalität, wuchteten nachts noch die Kommode vor die Schlafzimmertür. Bis ein Reporter der Lokalzeitung daran erinnerte, daß diese Leute sich, falls die Verbrecher durchs Fenster kämen, den Fluchtweg selbst verstellten.

In der Nacht vom 8. zum 9. November, gegen vier Uhr morgens, hatte bei Christopher Clark das Telefon geklingelt. Das Klingeln hatte ihn aus dem Tiefschlaf gerissen, und im ersten Augenblick konnte er gar nichts hören, weil er verzweifelt den Lichtschalter suchte.

«Ich hab nur ein Wimmern gehört», erzählte er dem Fernsehreporter. «Und immer in den Apparat geschrien: Hey, was ist los? Wer ist da?»

Dann endlich war das Licht angegangen, und er hatte sich in seinem eigenen Zimmer wieder zurechtfinden können. Er führte das Fernsehteam durch seine Wohnung.

«Chris», hatte eine Stimme kaum hörbar geflüstert, unterbrochen von schrecklichem Stöhnen, «sie haben ihn umgebracht. Und ich ... bitte, ruf die Polizei ...» Dann war Schluß.

«Ich war sofort hellwach», sagte Christopher Clark, der den Zuschauern als pensionierter Versicherungskaufmann vorgestellt wurde, «ich wußte, wer da angerufen hatte. Sophie, Randolph Harpers Frau. Randolph und ich sind Freunde. Wir sind im Sommer zusammen mit dem Boot rausgewesen, Randolph und ich, zum Fischen. Ich mochte ihn. Seine Frau Sophie ebenfalls. Sie erinnerte mich an meine verstorbene Frau. Betsy war genauso pusselig und ein bißchen der Typ altes Mädchen, wenn Sie verstehen, was ich meine: Sie wurde rot bei jedem schlüpfrigen Witz.»

Christopher Clark war zehn Sekunden später mit der Polizeistation verbunden. Jamón Lopez habe sehr schnell reagiert, betonte Clark. Er habe kurze, präzise Fragen gestellt. Und dann gesagt: «Okay. Wir kümmern uns drum.» Und er, Clark, habe seine Hilfe angeboten. «Ich zieh mir nur was über und fahr auch rüber zu den Harpers.»

«Aber fassen Sie nichts an. Keine Spuren verwischen!» habe Jamón noch gewarnt, bevor die Verbindung abriß.

Clark zog seine Anglerjacke über den Schlafanzug, stieg in die Gummistiefel («einfach nur, weil man am schnellsten reinkommt»), setzte sich in seinen Pick-up und brauste los. Den Pick-up hatte er sich gekauft von einem Teil des Geldes, das er für den Verkauf seiner Versicherungsagentur bekommen hatte. Den Pick-up und das Baumaterial, die neue Garage. Den Rest hatte er auf die hohe Kante gelegt. Gut versichert, mit einem kleinen Polster auf der Bank würde er anständig rumkommen, bis zu dem Tag, an dem es Zeit war, den Löffel abzugeben. Clark sprach, auch gegenüber den Reportern, die ihn interviewten, gern in flapsigem Ton über den Tod. Das gefiel Panetta, der von einem Kanal zum anderen zappte, um immer wieder diesen pensionierten Versicherungsvertreter zu sehen. Der mit seinem viereckigen Schädel den Bildschirm füllte. Christopher Clark war sicher, daß er vor den Polizisten da sein würde. Sein Haus lag näher dran, und die Straßen waren absolut leer. Er fuhr mit hoher Geschwindigkeit. Er hatte die ganze Zeit dieses Wimmern im Ohr, dieses tiefe Stöhnen im Hintergrund, und Sophies flehende Stimme. Er holte aus dem Wagen raus, was in ihm steckte. Aber als er in die Einfahrt zum Grundstück der Harpers einbog (sie hatten sich nicht die Mühe gemacht, einen Garten anzulegen, alles war Brachland), sah er schon den Streifenwagen. Die Lichter waren eingeschaltet, beleuchteten die Fassade des Hauses, in dem die Harpers wohnten.

Clark parkte seinen Wagen neben dem des Polizisten. Als er den Motor ausstellte, fiel ihm die Stille auf. So still, sagte er, sei es sonst nie. Irgendein Geräusch hörte man immer. Den Laster, der über die Interstate brummt, das Motorrad, Hundegebell, das Heulen der Kojoten. Jawohl, es gebe in der Gegend Kojoten. Irgendein Verrückter, der die Viecher als Haustiere gehalten hatte, habe sie freigelassen, als die Tierschützer ihm auf den Leib rückten. Seitdem marodierten sie in der Gegend und vermehrten sich wie die Kaninchen. Die Jäger waren alle scharf darauf, so einen vor die Flinte zu kriegen, aber die Kojoten waren schlauer. Das gefiel Clark, er war immer auf der Seite der Schlauen. Die Reporter notierten alles, was Chris ihnen sagte, nickten, lächelten an den richtigen Stellen und spornten ihn an, mehr zu sagen. Je mehr sie aus Chris und Jamón herausbekamen, desto länger würden ihre Beiträge, desto mehr verdienten sie. Für die festangestellten Reporter konnte es eine Beförderung einbringen. Schlagzeilenträchtige Verbrechen lohnten sich immer für Leute der Medienbranche.

Clark schloß die Wagentür ab und steckte den Schlüssel in die Tasche seiner Anglerjacke. Er schaute zum Himmel hinauf und sah, daß er sternenklar war. Immer noch kein Geräusch. Die Haustür stand offen. Aber im Haus selbst war es dunkel. Nur die Fassade und die Freitreppe wurden von den Scheinwerfern des Streifenwagens erleuchtet.

Chris sagte, daß er erst, als er die Treppen hinaufstieg und die Dunkelheit in der Diele ihn umfing, wirklich Angst verspürt hatte. Eine Panik, sagte er, das Gefühl eines drohenden Unheils, dem man nicht mehr ausweichen könne. Er sagte, er hätte ja in diesem Augenblick noch zurückgehen können zu seinem Wagen und einfach abwarten, aber er sei wie ein Roboter immer vorwärtsgegangen, wie von fremden Mächten gezogen. Er ahnte, daß ihn etwas Grauenvolles erwartete, er hatte Angst davor, eine unglaubliche Angst, und dennoch gab es in ihm keine Sperre, keinen Instinkt, der ihn abhielt, einfach weiterzugehen. Er kannte ja das Haus. Er war hier oft gewesen. Hatte Samstagabende hier gepokert, mit den Harpers alte Schwarzweißfilme geguckt («Casablanca» war Randolphs absoluter Lieblingsfilm) und so manche Flasche Sauvignon und manchen Kasten Bier geleert. Die Einladung für Thanksgiving hatte er schon in der Tasche. Sophie war eine fabelhafte Köchin. Den Puter, den sie in die Röhre schieben würde, hatte sie persönlich beim Farmer ausgesucht. «Ein Bursche», hatte sie gesagt, «der sein Leben so verbracht hat, wie es sich für einen anständigen Puter gehört.»

«Mit Ficken, was?» hatte Randolph, der gerade die Bierflaschen öffnete, eingeworfen, und Sophie habe einen roten Kopf bekommen. Clark mochte Sophie in solchen Momenten besonders gern. Manchmal, berichtete er einer Reporterin, beneidete er Randolph um das Vergnügen, immer so eine sanfte, freundliche, gute Gefährtin um sich zu haben. Er habe sich auch phantastisch mit seiner Frau verstanden. Zwei Jahre lang nach ihrem Tod sei er selbst wie tot gewesen. Völlig auf den Hund gekommen. Ohne seine Betsy. Ganz langsam habe er erst wieder Tritt fassen können. Dabei hätten ihm auch die Harpers geholfen, mit ihrer Offenheit, ihrer Gastfreundschaft. Er habe keine Taschenlampe anknipsen und kein Streichholz entzünden müssen, um zum Beispiel vom Eingang zur Küche zu finden, oder durch die Pantry ins Wohnzimmer. Ein weitläufiges Haus, sparsam, wenn auch nicht sehr geschmackvoll möbliert, man holte sich wenigstens keine blauen Flecken, wenn man im Dunkeln unterwegs war. Randolph gehörte zu den Leuten, die nachts schlecht schliefen. «Er ist heute nacht mal wieder gewandert», erzählte Sophie dann seufzend zu Chris, «nachts im Dunkeln. Ich frag mich, was er da immer tut.» – «Nichts, worüber du dir Gedanken machen mußt», habe Randolph dann immer erwidert.

Clark habe, als er mitten in der Diele stand, plötzlich einen schwankenden Lichtschein im Kellereingang gesehen. Hinter den gemauerten Bogen. Er habe sich geräuspert und «Hallo? Ich bin's, Christopher Clark!» gerufen. Der Lichtschein sei weitergewandert, und für einen Augenblick habe er gedacht, daß der Typ mit der Taschenlampe (natürlich nahm er an, daß es Jamón, der Polizist, sei) ihn nicht gehört habe. Also habe er noch einmal «Hallo!» gerufen.

Und dann war auf einmal alles gleißend hell gewesen und er habe nichts sehen können außer diesem Strahl einer 100-Megawatt-Taschenlampe, die ihm direkt ins Gesicht leuchtete.

«Mr. Clark?» Das war Jamón, der Polizist. «Christopher Clark? Sie haben angerufen, nicht? Sie sind da unten im Keller.»

Chris räusperte sich. «Im Keller?»

«Sie sehen nicht gut aus», sagte Jamón. «Wenn Sie nicht wollen, müssen Sie nicht runter. Aber es wäre hilfreich, wenn jemand sie identifiziert, damit wir sicher sind, daß es sich bei den Leichen um die Bewohner des Hauses handelt.»

«Sie sind tot?» hatte Chris gefragt, und seine Knochen waren plötzlich wie Eis gewesen.

Der Polizist nickte. «Warten Sie, ich habe noch eine Taschenlampe im Wagen. Dieses Licht funktioniert nicht. Wer auch immer für das hier verantwortlich ist, er hat ganze Arbeit geleistet. Telefon tot, Licht, Fernseher, Alarmanlage – nichts geht mehr. Hier, nehmen Sie die.» Jamón drückte Chris die Taschenlampe in die Hand. «Ich hol mir eine zweite. Und ruf vom Wagen aus gleich in der Zentrale an. Wir brauchen einen Haufen Leute. Und zwar sofort. Arzt, Gerichtsmediziner, Spurensucher etc. Nichts anfassen, okay?»

Es sah aus wie eine Hinrichtung, wie irgendein furchtbares Ritual, ein Racheritual, dessen Sinn man nicht verstand. Randolph saß auf einem alten Gartenstuhl, grünes Metall. Er war nackt. Sie hatten ihn mit einer Nylonkordel (wahrscheinlich eine Wäscheleine) an den Stuhl gefesselt. Sie hatten ihm irgend etwas auf die Haut gebrannt. Sein Körper war übersät mit roten Stellen, möglicherweise Brandwunden. Manche Leute drückten ihre Zigaretten auf der Haut anderer Menschen aus. Aber das war alles gerichtsmedizinisch noch nicht bestätigt, es konnte auch eine Art Hautausschlag gewesen sein. Oder Hautkrebs. Clark meinte, davon hätte er gewußt. Randolph gehörte nicht zu diesen Leuten, die ihre Krankheit verschwiegen. Der oder die Mörder hatte dann die Pistole an seine Stirn gesetzt und abgedrückt. Das war sicher.

«Ich hab mal gelesen», erzählte Clark den Reportern, «wie das aussieht, was so eine großkalibrige Waffe mit der Schädeldecke anstellt. Aber, nein danke, ich möchte nicht mehr darüber sprechen. Ich sage Ihnen nur: Es ist anders, ob man so etwas liest oder es sieht, mit seinen eigenen Augen. Wissen Sie, man möchte sich die Augen ausstechen, in so einem Augenblick. Blind werden. Aber ich schätze, das hat sich eingebrannt in die Hirnschale. Das kriegt man nicht mehr weg, auch nicht, wenn man blind wird.»

Der Stuhl, auf dem Sophie gesessen hatte, war umgekippt. Neben dem Stuhl ein nasser Fleck. Vielleicht Urin. Vielleicht hatten sie den beiden auch etwas zu trinken gegeben. Oder sie gequält, indem sie einen Eimer vor sie hingestellt hatten, eine Flasche mit Limonade, während die beiden vor Durst fast umgekommen waren. Niemand wußte bis jetzt, wie lange die beiden da unten haben aushalten müssen. Clark hatte zuletzt eine Woche zuvor mit ihnen telefoniert. Randolph wollte Clark eigentlich begleiten, um den neuen Pick-up abzuholen in Arlington, er hatte ihm den Autohändler vermittelt. Die Harpers hatten selber früher da gewohnt, aber dann, am Morgen, kurz bevor sie eigentlich los wollten, hatte Randolph angerufen und gesagt, es sei was dazwischengekommen. Jetzt machte Clark sich Gedanken, daß er hätte nachfragen sollen, irgend etwas sei komisch gewesen, im nachhinein. Aber an dem Morgen, als Randolph anrief, habe er nur an sein neues Auto gedacht. Und sei sauer gewesen, weil er jemanden anderes finden mußte, der ihn nach Arlington brächte. Das alte Auto hatte er bereits verkauft, das war am Vorabend abgeholt worden, eigentlich alles eine minuziöse Planung, und dann rief Randolph an und sagte einfach ab.

Wegen dieser kleinen Mißstimmung habe es dann eben eine Sendepause zwischen ihnen gegeben. Keiner wollte zuerst anrufen. Kindisch, meinte Clark mit einem Achselzucken. Aber so ist das eben manchmal, auch unter Erwachsenen.

Sophie mußte die Kellertreppe raufgekrochen sein, um zu telefonieren. Ihr Nachthemd war verschmiert. Was das für ein Zeug war, würden die Fachleute noch herausfinden. Sie hatte Clark angerufen, von dem Handy in Randolphs Aktenmappe. Das Handy fanden die Ermittler später, es war unter einen Schrank gerutscht. Oder Sophie hatte es da versteckt. Auch das gab Rätsel auf. Dann mußte Sophie wieder in den Keller hinuntergekrochen sein. Und dort war sie dann, neben dem Stuhl, an den ihr Mann gefesselt war, verblutet. Das Messer, mit dem ihre Arme aufgeschnitten waren – senkrecht, nicht quer über das Handgelenk –, lag in der Nähe, zweieinhalb Meter von Sophie entfernt. Auf dem Messergriff gab es nicht einen einzigen Fingerabdruck.

Als Bob Grady hereinkam, deutete Panetta auf die Zeitungen, die auf seiner Bettkante verstreut waren. «Haben Sie das gelesen?»

Grady runzelte die Stirn. «Was meinen Sie genau? Daß sie die Mehrwertsteuer erhöhen wollen? Hoffentlich haben Sie keine Aktien in der Stahlbranche gekauft. Die gehen gerade nach unten. Oder den Wetterbericht? Zu Thanksgiving bekommen wir ein Bilderbuchwetter.»

«Ich meine das da. Dieser Mord. Diese Geschichte mit den Harpers. Wer macht so was, Doc? Wer schneidet jemandem die Pulsadern durch bis zu den Knochen? Wie geht das überhaupt?»

Grady sammelte stumm die Zeitungen auf Panettas Bett zusammen und stopfte sie in den Papierkorb.

«Sie sind doch Fachmann. Was sagen Sie, geht so was mit einem normalen Küchenmesser?»

Grady zog einen Stuhl heran. Er musterte Panetta. «Seit wann sind Sie an solchen blutrünstigen Geschichten interessiert? Seit Sie selber unter dem Messer waren?»

Panetta grinste. «Ich kann's aushalten. Das ist wahrscheinlich das beste an der Story: daß ich aushalten kann, so etwas zu lesen. Früher hab ich immer gedacht, wie können sich die Leute so was antun. So einen Müll lesen. So einen Trash im Fernsehen angucken. Wieso sind die so verroht? Aber das ist es gar nicht, Doc. Sie haben einfach nur bessere Nerven gehabt als ich.»

Grady gab als Antwort nur ein Grunzen von sich. Er sammelte die Zeitungen, die auf Panettas Bettdecke verstreut waren, und legte sie vor die Tür. Dann zog er den Stecker aus dem Fernseher, ohne sich um Panettas Protest zu kümmern. Er trug einen Stuhl ans Bett. «Erzählen Sie mir, was Ihnen so durch den Kopf geht», sagte Grady.

«Was mir durch den Kopf geht?»

Gradys Gesicht war ernst. Panetta hatte keine Ahnung, worauf er hinauswollte. «Was anders ist als vorher.»

«Hormone», sagte Panetta nach kurzem Zögern, «die schlagen Purzelbäume in meinem Gehirn. Und dann woanders.»

Grady grinste. «Ein gutes Zeichen.»

«Ich hoffe, Martha findet das auch.»

«Und sonst?» fragte Grady. Offenbar interessierte ihn das Sexleben seines Patienten nicht besonders. Das enttäuschte Panetta. Er wäre gerne etwas länger bei dem Thema geblieben. Aber er war ein braver Patient.

«Mir geht nicht viel durch den Kopf, Doktor. Oder, anders ausgedrückt: Ich bin noch nicht zu neuen philosophischen Erkenntnissen gekommen. Ich genieße die Leichtigkeit des Seins sozusagen. Atmen ohne Reue. Luftholen ohne Angst. Das ist doch schon was.»

«Irgendwelche besonderen Träume in der letzten Zeit?» fragte Grady leichthin. Er wanderte im Zimmer auf und ab und betrachtete die Blumensträuße, die hinter der Glasscheibe aufgereiht waren. Ein bißchen wie ein Blumenladen, dachte Panetta. Eigentlich scheußlich. Martha würde das nicht erlauben.

«Träume sind verdammt viele im Angebot, Doktor. Das stimmt, wenn ich darüber nachdenke, das ist anders. Ungewöhnlich. Oder hab ich früher auch so viel geträumt?»

«Keine Ahnung», Grady drehte sich zu ihm um. «Was sind das für Träume?»

«Na ja, keine Angstträume, mehr so Mutproben.» Panetta überlegte. «Also, ich habe das nur bruchstückhaft noch im Kopf. Aber zum Beispiel eine Situation: Man geht die Straße entlang, und plötzlich stehen da fünf Typen, breitbeinig. Bedrohlich. Und fordern: Geld her, Mann. Und ich bin in Begleitung. Eine schöne Frau an meiner Seite. Ein Mädchen, dem ich imponieren will. So was in der Art.»

«Vielleicht Martha?» schlug Grady vor.

«Okay, vielleicht Martha. Ich sage also zu den Jungen: Geht arbeiten, wenn ihr Geld braucht. Mein Mädchen klammert sich an mich. Die Typen ziehen ein Messer. Oder eine Knarre.»

«Und? Wie reagieren Sie?» fragte Grady interessiert.

Panetta grinste. «Ich wache einfach auf.»

Er fand, Grady sah müde aus, erschöpft. Das gewisse Etwas,

das ihn an Grady immer so fasziniert hatte, war nicht mehr da. Er fragte sich, was genau es gewesen war, dieses gewisse Etwas. Das Grady in Panettas Augen zum Übermenschen gemacht hatte.

«Sie hatten eine schlimme Nacht, was?» fragte Panetta mitfühlend.

Grady schaute ihn überraschend an. «Wie kommen Sie darauf?»

«Intuition. Was war los? Schon wieder einer mit einer kaputten Pumpe?»

«Ein paar Leute haben mich die ganze Nacht auf Trab gehalten.»

«Hier auf der Station?»

«Nein, nein, nicht auf der Station.»

«Was Familiäres? Ärger in der Familie? Mir können Sie es erzählen, Doc, ich hab meinen Müll auch bei Ihnen gelassen.»

Grady nahm seine Hand und tätschelte sie mit diesem Gummihandschuh, in dem seine Finger steckten. Ein leichtes Lächeln spielte um seinen Mund. Panetta war sehr froh über dieses Lächeln.

«Ein paar Leute haben mir einen Haufen Fragen gestellt. Ich will nicht darüber reden. Machen Sie sich keine Gedanken. Mit Ihnen hat das nichts zu tun.»

«Ich habe auch nicht angenommen, daß es etwas mit mir zu tun hat.»

Der Blick, den Grady ihm darauf zuwarf, rührte etwas in Panetta. Eine kleine Alarmanlage in seinem Innern sprang auf Rot.

«Oder doch?» fragte er mißtrauisch. «Hat es vielleicht doch etwas mit mir zu tun?»

Grady erhob sich. Er schaute auf die Uhr. Er tat, als habe er sich ganz plötzlich an einen wichtigen Termin erinnert, und ging zur Tür.

«Doc!» rief Panetta. «Verschweigen Sie mir etwas?»

Grady zog einfach wortlos die Tür hinter sich zu. Panetta lehnte sich in die Kissen zurück und starrte gegen die Decke. Zum ersten Mal seit der Operation spürte er einen kleinen Schmerz. Es war ein Schmerz, der durch seinen Körper wanderte. Der das Herz umkreiste. Das Herz selbst spürte Panetta nicht.

Am fünften Tag wurden bei Panetta alle invasiven Maßnahmen beendet. Nachdem die letzte Flasche mit Antilymphozytenglobulin in seine Venen gelaufen war, schraubte Grady den Schlauch von der kleinen Kanüle, die in seinem Handrücken steckte, und zog die Nadel vorsichtig aus der Vene. Ein Tropfen Blut quoll aus der einzigen Öffnung hervor, die von der Kanüle zurückblieb.

Grady versorgte den Einstich, desinfizierte und klebte dann ein durchsichtiges Pflaster über den kleinen Mulltupfer.

«So», er tätschelte Panettas Arm, «jetzt sind Sie endlich wieder von der Leine.»

Panetta hatte schlecht geschlafen, und das ärgerte ihn. Er wollte jetzt immer gut schlafen, Nacht für Nacht, solange sein neues Herz durchhielt. Keine Ängste mehr, keine Anfälle, kein panisches Luftschnappen.

Er hatte sein Nachthemd durchgeschwitzt. Und die Krankenschwester, die er rief, sagte besorgt: «Das ist aber gar nicht schön, Mr. Panetta.»

«Wie meinen Sie das?» hatte Panetta ängstlich gefragt.

«Nun regen Sie sich bitte nicht auf. Aber ich muß das dem Oberarzt melden. Das Schwitzen ist nicht in Ordnung. Haben Sie gestern abend zuviel getrunken?»

Panetta hatte ein Kännchen von dem üblichen Kräutertee getrunken, war vor dem Einschlafen noch einmal zum Pinkeln gegangen (das konnte er schon, er nahm den Infusionsständer

– der auf Rollen montiert war – einfach mit ins Bad). Erstaunlich, woran sich ein Mensch gewöhnt, hatte er noch gedacht, als er auf der Klobrille saß und zuschaute, wie das chemische Zeug, das sein Immunsystem ausschalten sollte, in seine Vene lief, während seine Blase sich leerte.

Morgens um sechs hatte die Schwester ihm wie üblich das Fieberthermometer in den Mund geschoben, als er noch im Halbschlaf lag. Sie machte normalerweise einen Witz, wenn sie die Temperatur ablas und sie in seinen Krankenbogen eintrug. Dieses Mal sagte sie nichts. Panetta lag auf dem Rücken und beobachtete die Schwester. «Wie hoch?» fragte er.

Die Schwester lächelte. «Ein bißchen höher, als es sein sollte. Machen Sie sich keine Gedanken.»

«Wenn Sie gestatten, mache ich mir trotzdem Gedanken.» Panetta richtete sich mühsam auf. Sein Nachthemd war wieder durchgeschwitzt, aber aus irgendeinem Grund wollte er es der Schwester verheimlichen. Er wollte auf Heather warten.

Heather verbreitete diesen Optimismus, den er brauchte.

Heather war sein Sauerstoff.

«Sie haben 38,5», sagte die Schwester. Sie legte ihre Hand mit dem Gummihandschuh auf seine feuchte Stirn. Erschrokken fragte sie: «Schwitzen Sie immer noch?»

«Nein», murmelte Panetta. «Nein, nein, das ist jetzt nur, weil ich so unsanft geweckt wurde.»

Was konnte es bedeuten, wenn er jetzt Fieber bekam? Daß sein Körper das Herz nicht wollte? Schon der Beginn der Abstoßung?

Er hatte sich verboten, über diese Möglichkeit nachzudenken. Wer einhundertachtundneunzig Tage auf ein Herz gewartet hat, kann sich nicht mit dem Gedanken quälen, daß der eigene Körper diesen fremden Fleischklumpen vielleicht abstoßen könnte.

Das ist nicht erlaubt. Das darf nicht sein. Er hatte sich mit positiven Gedanken angefüllt, hatte sich programmiert, alle Hebel waren auf «Willkommen» gestellt. Sein Körper hatte die Botschaft verstanden. Dieses Herz wurde gebraucht, es war sehnlichst erwartet worden.

«Wann kommt der Professor heute?» fragte Panetta.

«So gegen zehn Uhr, glaube ich. Er hatte eine anstrengende Nacht.»

«Schon wieder?»

«Ja», die Schwester warf ihm einen kurzen Blick zu, «schon wieder.»

«Warum sagen Sie das mit so einem Unterton?»

«Kein Unterton, Mr. Panetta. Ich find's nur nicht in Ordnung.»

«Was?»

«Daß man um diesen Spender so ein Getue macht. War sonst nie so. Wir haben schon viele Herztransplantationen gehabt, Mr. Panetta, aber so ein Theater gab es noch nie. Ich weiß nicht, warum die sich alle einmischen. Was das bringen soll. Was ist das für ein Staat, der Ärzte nicht in Ruhe ihre Arbeit machen läßt?»

Panetta richtete sich mühsam auf. «Können Sie etwas deutlicher sein, Schwester? Wer läßt die Ärzte nicht in Ruhe?»

«Na, diese Schnüffelhunde aus Williamsburg.»

«Williamsburg? Sie meinen Polizisten?»

«Ach, was weiß ich. Da in der Nähe irgendwo. Mr. Panetta, ich darf mit Ihnen über das, was auf der Station passiert, nicht sprechen. Wieso verstehen Sie das nicht? Wieso hören Sie nicht endlich auf, mich mit Ihren Fragen zu löchern?»

«Schon gut», Panetta ließ sich wieder in die Kissen fallen, «ich hab verstanden.»

Heather baute sich vor ihm auf, die Hände in den Hüften. Sie legte den Kopf schief. «Nein», sagte sie energisch, «das haben Sie nicht. Sie haben nicht verstanden, gar nichts, weil ich Ihnen nichts erzählt habe. Ich werde den Professor zu Ihnen schicken, sobald er ins Haus kommt.»

Panetta schloß die Augen, als die Schwester gegangen war. Achtunddreißig Komma fünf. Unter normalen Umständen wäre er mit dieser erhöhten Temperatur noch ins Büro gegangen. Er erinnerte sich an die Buchmesse in Atlanta, die er mit einer dicken Grippe durchgestanden hatte. Jeden Abend zwei Aspirin und darauf zwei Bourbon (doppelte), morgens wieder zwei Aspirin, aber keinen Kaffee, nur Tee, den ganzen Tag über. Das war sein Rezept gewesen während der ganzen Woche. Er hatte viele Verhandlungen geführt, wichtige Leute kontaktiert und ein paar Abschlüsse für Lesungen und Vorträge geschlossen, für die man ihn später in Washington beglückwünschte. Kein Problem mit ein bißchen Fieber.

Aber jetzt lag er da wie ein nasser Sack. Er wußte nicht, was seinen Körper mehr schwächte: das Fieber oder die Angst. Wahrscheinlich die Angst. Er war inzwischen zu einem ausgebildeten Psychologen geworden. Ihm konnte niemand mehr erzählen, daß es keinen Zusammenhang zwischen Physis und Psyche gab. Er wußte, daß eines vom anderen abhing. Nichts ist monokausal. Gerade deshalb hatte er ja immer versucht, sich positiv zu programmieren. Was hatte Grady noch mal gesagt: «Sie haben wunderbar gekämpft während der Operation.»

«Haben Sie das gemerkt?» hatte Panetta gefragt.

«Natürlich, ich merke alles. Ich habe zu Dr. Thoreau gesagt, dieser Mann kämpft wie ein Soldat.»

«Ich bin nie bei der Army gewesen. Zu schlechte Augen.»

Grady hatte gelacht. «In der Army sind nicht die besten Kämpfer. Die findet man auf anderen Schlachtfeldern. Aber wem erzähle ich das.»

Panetta und er hatten sich in die Augen gesehen, wie Kumpels, wie Freunde. Für einen Moment hatte Panetta gedacht, wie phantastisch es wäre, wenn Grady und er richtige Freunde sein könnten. Der Mann hat mir ein neues Herz geschenkt, würde er sagen, abends auf der kleinen Cocktailparty zum zweiten oder dritten Geburtstag seines neuen Herzens.

Ob Grady so was Spaß machen würde? Ein Abendessen mit Schriftstellern?

Panetta überlegte, wen er dazu bitten würde. Im Geist ließ er ein paar Namen Revue passieren. Schriftsteller, die große Säle gefüllt hatten in und um Washington. Die gut verdient hatten an dem Verkauf der Bücher, die hinterher am Büchertisch auslagen. Panetta sorgte immer dafür, daß man die Bücher, aus denen die Autoren lasen, am gleichen Abend kaufen und signieren lassen konnte. Das kam gut an.

Danach hatte er es immer so gehalten, daß er dem Schriftsteller freistellte, ob er noch mit ihm und einigen Kollegen aus der Bibliothek und dem Kulturausschuß zu Abend aß. Vorsorglich war immer in einem guten Restaurant ein Tisch bestellt. Manche Schriftsteller wollten nichts mehr essen, nur noch in der Hotelbar «abhängen» bei einem guten Drink und einer Zigarette. Oder einer Havanna. Auch dafür sorgte Panettas Sekretärin. Xenia war ein Glücksfall.

Xenia hatte jeden Tag einmal angerufen und sich bei den Stationsschwestern nach Panettas Wohlbefinden erkundigt. Die Schwestern schwärmten von ihr. Sie war wirklich ein Ausbund an Liebenswürdigkeit. Er wußte, daß er für sie eine Gehaltserhöhung durchsetzen mußte, sein Stellvertreter würde es nicht tun. Panetta hielt, ohne daß er je von dieser Meinung öffentlich Gebrauch gemacht hätte, Clive McCall für ein Arschloch.

Gut. Zurück zu den Schriftstellern. Er hatte neulich doch gerade einen Abdruck aus der venezolanischen Kulturzeitschrift *Cambio* gelesen. Im *New Yorker*?

Gabriel Garcia Marquez hatte über ein Abendessen mit dem amerikanischen Präsidenten Bill Clinton geschrieben. Carlos Fuentes hatte auch daran teilgenommen. Sie hatten über Bücher und Filme geredet, über Don Quijote (Panetta erfuhr da zum ersten Mal, daß Don Quijote die Lieblingslektüre von Garcia Marquez war) und William Faulkner. Clinton war aufgestanden und hatte, während er mit langen Schritten um den Tisch herumging, aus dem Gedächtnis den Monolog des Bnij zitiert. Aus «Schall und Wahn». Es muß ein phantastischer Abend gewesen sein, unter intellektuellen Freunden.

Ob Grady so etwas gefallen würde? Er könnte auch versuchen, Toni Morrison einzuladen. Sie würde bestimmt kommen. Er hatte für Toni ein Symposium organisiert, zum Thema Frauenrechte. Sie hatten sich blendend verstanden. Martha war völlig begeistert von Toni gewesen. Sie hatte keine Veranstaltung ausgelassen und jeden Abend irgend etwas organisiert. Mal ein Abendessen zu Hause, einmal auch einen Empfang im Büro ihrer Agentur. Das beste Essen der Stadt geordert. Und einen Haufen wichtiger Leute eingeladen. Sie hatte eine A-Liste von Prominenten, mit denen sie im Laufe ihrer Arbeit Kontakt gehabt hatte. Blumendekorationen überall. Champagner. Hohe Bartische mit Damastdecken, die bis auf den Boden reichten. Die schwarze Elite von Washington war praktisch vollzählig erschienen. Marthas Bosse stolzierten herum wie die Pfauen, stolz, daß in ihren schnöden Marmorhallen der Geist Einzug hielt. Toni würde kommen, wenn er sie einlüde. Er könnte damit auch Martha eine Freude machen. Martha würde es lieben, so einen Abend zu organisieren.

Anlaß: Panettas erster Geburtstag.

Wenn das kein Grund war.

Sein Telefon klingelte. Es war Martha. Sie hatte eine ganz kleine, verheulte Stimme, kläglich. «Darling, ich werde noch verrückt.»

«Nein», sagte er, «du doch nicht.»

«Sie lassen mich nicht zu dir! Ich bin schon seit einer halben Stunde im Hospital, aber ich darf nicht zu dir! Es tut mir so leid, Darling. Ich weiß doch, wie du darauf wartest ...»

«Wieso lassen sie dich nicht zu mir?»

«Weil ich gehustet hab. Wegen diesem bißchen Husten! Aber sie sagen, es ist zu gefährlich. Ich könnte dich anstecken.»

«Was hast du gemacht? Den Kamin angezündet, alle Fenster aufgerissen und dich nackt in den Luftzug gestellt?»

Martha schneuzte sich. «Du bist so süß, daß du selbst jetzt noch daran denkst, mich aufzumuntern. Wie geht es dir denn überhaupt? Heute morgen, als ich anrief, hatten sie dich gerade zum Röntgen gebracht. Hat man dir wenigstens gesagt, daß ich angerufen hab?»

Sie hatten es ihm nicht ausgerichtet, aber Panetta, der wußte, wieviel die Schwestern um die Ohren hatten, nahm sie in Schutz. «Natürlich. Sie haben mir einen großen Zettel hingelegt, auf dem stand Martha. In dicken Buchstaben.»

«Ach», sagte Martha überwältigt, «süß.»

Sie hustete. Sie preßte irgend etwas gegen den Hörer, vielleicht ein Taschentuch oder einen Schal, als habe sie Angst, die Viren könnten durch das Telefonkabel zu ihm gelangen.

«Das hört sich nicht gut an», sagte Panetta besorgt.

«Es ist nichts, wirklich. Ich hab das gleich gesagt, nur ein kleiner Katarrh. Aber sie haben sofort eine Blutprobe genommen und wer weiß was veranstaltet. Auf jeden Fall bekomme ich jetzt noch eine Spritze, und wenn alles okay ist, werde ich gegen Grippe geimpft. Ungefähr gegen zwanzig verschiedene Arten. Sie machen das umsonst.»

«Prima, da holen wir all die Arztkosten wieder rein.»

«Darling, ich fahre jetzt nach Hause. Sie sagen mir Bescheid, ob ich morgen wieder zu dir darf. Soll ich dir noch irgend etwas besorgen? Irgend jemanden anrufen? Brauchst du etwas?»

«Du sollst gesund sein», sagte Panetta warm. «Dann ist alles gut.»

«Ich liebe dich», flüsterte Martha.

«Und was meinst du, was ich mache?» fragte Panetta zärtlich. Sie gaben sich durchs Telefon einen Kuß. Dann legten sie auf.

Gegen Mittag brachte Heather die neuen Zeitungen. Triumphierend legte sie den dicken Stapel auf seinen Nachttisch. «Alle von mir persönlich desinfiziert.»

«Ich hab Fieber», erwiderte Panetta. Er schaute Heather an, als könne sie dieses Fieber mit einer Armbewegung einfach verscheuchen. «Wo kriegt man so was her?»

«Keine Ahnung.» Heather legte ihm ihre Hand auf die Stirn. «Wie hoch soll das Fieber denn sein?»

«Achtunddreißigfünf. Hat Ihnen die Nachtschwester nichts gesagt?»

Heather zwinkerte ihm zu. «Um ehrlich zu sein, wir sprechen nur über die Kranken. Sie sind doch gesund. Wie war das Frühstück heute morgen?»

Er hatte es nicht angerührt, aber er wollte Heather nicht enttäuschen. Also sagte er: «Lecker.»

«Gut, das will ich hören. Machen Sie sich doch wegen ein bißchen erhöhter Temperatur keinen Kopf, Mr. Panetta. Ich bin sicher, daß es gar nicht der Rede wert ist.» So war Heather, immer positiv.

«Aber wir müssen es dem Doktor sagen.»

«Klar.»

«Ist er schon im Haus?»

«Er läuft hier irgendwo rum. Ich weiß nicht, wieso wir immerzu irgendwelche Cops auf der Station haben. Sie schnüffeln hier rum, stecken ihre Nase in alles und halten den Doktor von der Arbeit ab.» Sie nahm den Zeitungspacken und legte ihn auf Panettas Bauch. «So, jetzt lesen Sie sich erst mal durch diese

Tonnen von Papier, und inzwischen hab ich den Professer losgeeist. Wie war's auf dem Klo?»

«Wie ist es schon auf dem Klo», gab Panetta zurück.

«Also alles in Ordnung.»

Panetta nickte. Er hörte schon nicht mehr richtig zu. Eine Schlagzeile der *Sun* hatte seine Aufmerksamkeit gefangen: «Der Killer fuhr Kawasaki.»

Als Heather merkte, daß Panetta sie gar nicht mehr wahrnahm, schlüpfte sie schnell aus dem Zimmer.

Panetta nahm die Brille vom Nachttisch, setzte sie auf, klopfte die Kissen zurecht und begann zu lesen.

Sie hatten eine Hundestaffel über das Gelände der Harpers geschickt. Spezialisten hatten jeden Zentimeter nach brauchbaren Spuren abgesucht. Das Grundstück der Harpers erstreckte sich über drei Hektar. Es war nicht eingezäunt, nur im Norden durch einen kleinen Fluß begrenzt, der aber kein Wasser mehr führte.

Früher hatte das Grundstück einem Farmer gehört, der dort Weizen angebaut hatte. Dann, als der Fluß versiegte, mit dem er seine Farm bewässert hatte, verkaufte er nach und nach den schlechten Boden. Übersäuert, überdüngt. Das Grundwasser sank ständig ab, und niemand konnte dem Farmer erklären, woran das lag. Dennoch ging es ihm, nach dem Verkauf von ein paar Hektar Land, besser als je zuvor. Er hielt sich ein paar Kühe, ein Pony für seine beiden Töchter, einen scharfen Hund. Der Hund hatte in der Nacht an der Kette gelegen. Er hatte nicht einmal angeschlagen. Das Farmhaus lag Luftlinie ungefähr eineinhalb Meilen von Harpers Bungalow entfernt.

Sie fanden nichts Brauchbares. Dabei durchwühlten sie sogar die Mülltonnen und den Komposthaufen hinter dem Haus. Clark sagte, daß Sophie Harper den Traum hatte, aus der Steppe einen blühenden Garten zu machen. Im Frühjahr wollte sie damit beginnen.

Die einzig brauchbare Spur waren Reifenabdrücke von einer Kawasaki. Einer dicken, schweren Maschine. Die Fachleute waren sicher, daß es eine Kawasaki war. Wieder schwärmten die Reporter aus und fragten Clark, ob er im Bekanntenkreis der Harpers jemanden kannte, der ein Motorrad fuhr.

«Die Harpers», sagte Christopher, «hatten nicht viele Bekannte. Freunde schon gar nicht. Da war ich wahrscheinlich der einzige. Ich kann mich nicht erinnern, je ein Motorrad auf dem Gelände der Harpers gesehen zu haben. Manchmal ein Auto mit einem Nummernschild von D.C., das waren dann wahrscheinlich Leute, die mit Randolph Geschäfte machten. Aber das waren alles keine Motorradtypen. Zu den Harpers paßten mehr die Leute, die Limousinen fahren, weich gefederte, mit einem Restaurantführer auf der Hutablage. Sie wollten was Besseres sein, wissen Sie», sagte Christopher. «Ich meine, vielleicht waren sie es auch, keine Ahnung. Sophie redete immer davon, daß sie wieder anfangen wollten mit Golf. Sie haben das wohl irgendwann mal gespielt. Früher, als sie noch nicht in Buena Vista lebten.»

Merkwürdigerweise wußte Clark nicht, wo die Harpers früher gelebt hatten. Miami? Cincinnati? L.A.? Sicher war, daß die Harpers sich ziemlich gut auskannten in den Vereinigten Staaten. Vielleicht hatten sie überall mal eine Weile gelebt. Und waren dann weitergezogen. «Sie kennen doch die Amerikaner», sagte Christopher, «die sind mobil. Die fühlen sich überall zu Hause, wo es einen Fernseher mit fünfzig Programmen, ein Pizza Hut, eine Tankstelle und einen Drugstore gibt.»

Es meldeten sich Zeugen, die in der Nacht ein Motorrad gehört hatten. Auf intensive Nachfrage bestätigten sie, daß es sich durchaus um eine Kawasaki gehandelt habe. Ein Zeuge jedoch war sicher, daß er eine BMW gehört hatte. Man setzte Geräuschvergleiche an. Motorgeräusche. Man lud die Zeugen und führte ihnen eine aufgedrehte Kawasaki vor, und dann eine BMW. Alle waren sich einig, daß es eine Kawasaki gewesen sein müsse, nur der eine Zeuge behauptete, daß er zwei Maschinen gehört habe, die in sehr kurzem Abstand an seinem Haus vorbeifuhren. Der Zeuge mußte ernst genommen werden. Er war Kfz-Mechaniker, er arbeitete bei dem Gebrauchtwagenhändler in Tracy Mills. Er bewohnte ein Apartment, dessen Schlafzimmer direkt auf die Straße hinausging. Er sei aufgewacht von dem Motorenlärm, sagte er, und habe auf die Uhr geschaut: vier Uhr dreißig am Morgen. Er habe nicht wieder einschlafen können und den Fernseher eingeschaltet, da sei nur eine alte *Bonanza*-Folge gelaufen. Darüber sei er dann weggedämmert. Dann jedoch so weit, daß er den Wecker nicht gehört habe. Der Besitzer des Gebrauchtwagenhandels in Tracy Mills gab an, daß sein Mitarbeiter Hugh Jackson, der sonst immer superpünktlich sei, an dem besagten Morgen erst gegen neun Uhr in der Werkstatt erschienen war. Er habe einen konfusen Eindruck gemacht.

Panetta schloß sich der Ansicht der *Washington Post* an, die einen Zusammenhang zwischen dem Mord und dem merkwürdigen Betragen von Hugh Jackson für wahrscheinlich hielt. Ein Foto zeigte den Kfz-Mechaniker in einem Kapuzen-T-Shirt zwischen lauter verbeulten Schrottautos. Er grinste.

Grady, wie immer mit Mundschutz und Kopfhaube, setzte sich zu ihm an den Bettrand. Er verschränkte die Hände, die in den hauchdünnen Gummihandschuhen steckten, ineinander.

«Irre ich mich, oder sind Sie nicht rasiert?» fragte Panetta.

Grady zog seinen Mundschutz etwas zur Seite und zeigte Panetta sein glattrasiertes Kinn.

Panetta war erleichtert. «In Ordnung. Ich dachte schon, die Dinge hier geraten außer Kontrolle. Wieso geht die Polizei ein und aus bei uns?»

«Wer hat Ihnen das erzählt?»

«Schwester Heather. Ich glaube, sie hat sich in einen der Polizisten verliebt. Sie redet von nichts anderem. Glauben Sie, daß ein Polizist einen interessanteren Job hat als eine Krankenschwester?»

«Wenn man gerne Patienten den Hintern abwäscht, dann ist der Job der Krankenschwester interessanter. Ich muß Sie heute mitnehmen, Daniel.»

Panetta erschrak. Irgend etwas an der Stimme von Grady beunruhigte ihn. «Wohin mitnehmen?»

«In den OP. Den kleinen OP.»

Panettas Augen wurden groß. Er versuchte, seine Angst mit einem Scherz zu bekämpfen. «Aber mein Herz kriegen Sie nicht.» Er legte die Hand auf die Decke, die den Brustkorb bedeckte.

«Nicht das ganze», sagte Grady beruhigend, «nur ein winziges Stück.»

Panetta starrte ihn an. «Was?»

«Wir müssen eine Biopsie machen, Daniel, das ist wirklich überhaupt kein Problem.»

«Was ist eine Biopsie? Ich wußte es mal. Vor Schreck habe ich es vergessen.»

«Wir müssen eine winzige Gewebeprobe des Herzens nehmen.»

«Nein!» flüsterte Panetta.

«Doch, doch, aber Sie müssen das nicht tragisch sehen, das ist Routine.»

«Daß man von dem Herzen, das man eben bekommen hat, gleich wieder etwas abgeben muß? Wieso haben Sie mir das nicht früher gesagt?»

Panetta spürte, wie Panik in ihm aufstieg. Eine Säure aus gallenartiger Angst. Das erinnerte ihn an früher. An die Zeit, die er vergessen wollte. Er schüttelte heftig den Kopf. Trotzig wie ein kleines Kind. «Nein, nein, ich will das nicht.»

«Aber wir müssen das tun, Daniel. Es wird sich nicht verhindern lassen.»

«Und warum muß es sein?»

«Wir müssen herausfinden, wie ihr Körper das neue Organ annimmt. Sie haben heute morgen leicht erhöhte Temperatur.»

«Beim zweiten Messen war es schon weniger. Achtunddreißigzwei.»

«Immer noch zu hoch», sagte Grady.

«Und Sie glauben, Sie kriegen das Fieber runter, wenn Sie mir ein Stück von dem neuen Herzen wegschneiden?»

«Das ist so winzig, daß Sie es mit bloßem Auge gar nicht sehen können. Wir gehen mit einer Sonde in Ihre Vene und gehen mit einem Herzkatheter vor bis zum Herzen.»

«Ah», Panetta wurde schwindlig, aber er bekämpfte den Anfall von Übelkeit. «Und am Ende des Herzkatheters ist ein kleines Messerchen, was? Und das macht schnippschnapp.»

Grady lachte. «Woher wissen Sie das so genau? Exakt so ist es. Aber Sie bekommen nichts davon mit.»

Er schaute auf ihn herunter. «Wir haben die Biopsie für zwölf Uhr angesetzt. Schwester Heather wird Sie eine Viertelstunde vorher abholen. Bitte bis dahin nichts trinken, nichts essen. Und auch keine aufregenden Telefongespräche führen.»

Panetta dachte an Martha. «Meine Frau hat auch Fieber», sagte er.

Grady nickte. «Ich weiß.»

«Hat die Biopsie etwas damit zu tun?»

Grady schüttelte den Kopf. «Damit nicht.»

«Womit dann?» fragte Panetta. «Sie machen neuerdings so rätselhafte Andeutungen. Das gefällt mir nicht.»

«Es tut mir leid, wenn der Eindruck entstanden ist. Aber es gibt keine Rätsel. Es ist alles in schönster Ordnung.»

Panetta musterte ihn. Er lügt, dachte er. Der Mann belügt mich.

Heather half Panetta in den Bademantel, den Martha am Vortag bei Bloomingdale's gekauft hatte. Außen taubenblauer Frottee, innen gelbweiß karierter Baumwollstoff. Sehr weich und angenehm. Er hätte auch seinen alten Bademantel akzeptiert, an den hatte er sich so schön gewöhnt, weinrot. Aber Martha fand aus irgendeinem Grund, daß er einen neuen Bademantel brauchte. So ganz würde er Frauen nie verstehen. Aber genau das liebte er an ihnen. An Martha besonders, daß sie es sich in all dem Chaos auch noch angetan hatte, in einem Kaufhaus nach einem Bademantel zu suchen.

Gut. Er trug nun diesen Bademantel und saß auf der Bettkante. Heather schob einen Rollstuhl ins Zimmer.

«Das hier», sagte sie fröhlich, «ist Ihr neuer Porsche, Mr. Panetta.»

Panetta schaute den Rollstuhl an. Chrom, schwarzer Kunstledersitz, rote Greifringe an den Rädern.

«Wieviel PS?» fragte er.

Heather lachte. «Kommt auf meine Kondition an. Fünf Meilen in der Stunde könnten wir schaffen.»

«Aber nur bergab.» Panetta setzte sich in den Rollstuhl, rutschte ein bißchen hin und her, legte die Hände an die Laufstange.

«Und? Wie fühlt sich das an?»

«Wie lange soll ich mit diesem Ding herumkutschieren?»

«So lange, bis der Professor grünes Licht gibt und Sie alle Wege auf Ihren zwei Beinen machen. Ich bringe Sie jetzt runter in den OP, Mr. Panetta. Sie wissen, was man mit Ihnen machen will?»

«Sie wollen mir ein Stück von meinem neuen Herzen rausschneiden.»

Heather schüttelte den Kopf. «Mr. Panetta! Eine Biopsie ist keine Operation! Wissen Sie, wie ein Herzkatheter funktioniert? Das spüren Sie kaum.»

«Es gefällt mir, wie Sie das *kaum* ausgesprochen haben.»

Heather öffnete die Tür seines Zimmers. Sie waren kaum im Flur, als über der gegenüberliegenden Tür die rote Lampe aufleuchtete.

«Mist», Heather stöhnte. «Ich lasse Sie hier kurz stehen, ist das okay für Sie, Mr. Panetta? Oder wollen Sie solange zurück in Ihr Zimmer?»

«Lassen Sie mich ruhig hier. Ich mach schon keinen Unsinn.»

Heather verschwand in dem anderen Zimmer, und Panetta schaute sich auf dem Flur um.

Das Mittagessen wurde gerade heraufgebracht. Der Lift am Ende des Flurs ging direkt in die Küche. Eine Schwester drückte auf den Knopf, die Tür glitt zur Seite, und ein Trolley mit schimmernden Kochtöpfen und Stapeln von Geschirr wurde sichtbar. Hinter ihm räusperte sich jemand. Panetta drehte sich um. Da lehnte an der Glaswand, die den sterilen Bereich von den anderen trennte, ein Polizist in voller Uniform. Aber mit Mundschutz und Haarhaube.

Im gleichen Augenblick tauchte Dr. Cohen auf. Gradys Assistent. Er stürmte auf den Polizisten zu.

«Wer hat Ihnen das erlaubt?» rief er. «Dies hier ist der Sicherheitsbereich.»

«Okay, okay.» Der Polizist hob die Hände. «Ich geh schon.» Er musterte Panetta. «Ist er das?»

Dr. Cohen schob den Polizisten nach draußen. Die Sicherheitsschleuse öffnete sich, ging wieder zu, Dr. Cohen wechselte seine Handschuhe und kam zu Panetta zurück.

«Ein Tollhaus!» Er lächelte, aber seine Stimme klang gereizt.

«Wen hat er damit gemeint?» fragte Panetta, als Dr. Cohen ihn zum Lift rollte.

«Ich verstehe nicht.» Sie blieben vor der Lifttür stehen, Cohen drückte den Knopf.

«Dieser Polizist. Wen hat er gemeint, als er sagte: Ist er das?»

«Keine Ahnung.»

Die Fahrstuhltüren blieben geschlossen. Cohen drückte immer wieder gereizt auf den Knopf.

«Er hat mich angesehen und gefragt: Ist er das?»

«Hat er das gesagt?» Lautlos glitten die schweren Türen zur Seite. «Ich hab nichts gehört.»

«Sie lügen», sagte Panetta. «Ihr lügt alle.»

SIEBTES KAPITEL

OBWOHL die Mordkommission eine Nachrichtensperre verhängt hatte – oder vielleicht gerade deswegen –, barsten die Zeitungen vor Neuigkeiten im Mordfall Harper. Die *Washington Post* schrieb, daß das FBI eingeschaltet und Sonderermittler Sulzberger hinzugezogen worden sei. Das verwirrte Panetta. Er kannte Sulzberger. Er hatte ihn mehrfach bei Podiumsdiskussionen erlebt, als die Kokain-Affäre des Bürgermeisters Schlagzeilen machte. Sulzberger hatte damals die Ermittlungen geleitet und war keinem Mikrofon und keiner Kamera aus dem Wege gegangen. Sulzberger war außerdem ein Fachmann auf dem Gebiet der Dinosaurier-Forschung. Man konnte ihn alles über das Pleozän fragen, zum Beispiel. Nicht, daß Panetta diesbezüglich je irgendeine Frage auf der Seele gebrannt hätte. Aber als ein befreundeter Verleger händeringend jemanden suchte, der ein Vorwort zum «Großen Buch der Dinosaurier» schreiben könnte, hatte er Sulzberger vorgeschlagen. Sulzberger war für die Geologen, was Nabokov für die Schmetterlingsforscher war. Nun hatte Sulzberger sich also hinter den Fall Harper geklemmt. Die Sache bekam eine immer größere Dimension, gleichzeitig erfuhren die Reporter offenbar immer weniger. Die Motorradfahrer waren nicht ermittelt. Weder der BMW-Fahrer noch der Kawasaki-Fahrer. Die *Washington Times* spekulierte, daß der Fahrer der Kawasaki bei dem Unfall auf einer Kiesstraße im Forest District ums Leben gekommen sein könnte. Ein betrunkener Fahrer auf einer Kiesstraße hatte das entgegenkommende Motorrad von der Straße abgedrängt, das war gegen einen Strommast geprallt und zwanzig Meter durch die Luft geschleudert worden. Der Fernfahrer, mit zerschnittenem Gesicht und gestauchter Wirbelsäule, und der Motorradfahrer wurden in unterschiedliche Krankenhäuser gebracht. Für das Team des Rettungswagens war es die letzte Fahrt vor dem Urlaub gewesen, irgendeine Übermittlung der Daten hatte nicht funktioniert, und man wußte also zur Stunde angeblich weder, wo der Lastwagenfahrer behandelt worden war, noch in welchem Krankenhaus man nach dem Motorradfahrer suchen sollte. Panetta ärgerte sich.

Er hielt nicht besonders viel von der amerikanischen Polizei und ihren Erfolgen. Die Hälfte aller Verbrechen, so sagte die Statistik, blieben ungesühnt. Das war nicht in Ordnung. Leute wie Randolph und Sophie Harper, harmlos und nett, waren offenbar auf qualvolle Weise zu Tode gekommen, und der Mörder lief frei herum. Das war der wahre Skandal. Panetta hatte das Gefühl, daß er Randolph und Sophie Harper inzwischen gut kannte. Ihm waren die Tränen gekommen, als er las, daß die Harpers Clark zu Thanksgiving eingeladen hatten und daß Randolph versucht hatte, ihn mit Angeltouren aus seiner Witwer-Einsamkeit zu erlösen. Er hatte sehr aufmerksam das Foto der beiden betrachtet (es war offenbar das einzige Foto, das die Polizei freigegeben hatte, denn alle Zeitungen brachten das gleiche): Randolph, ein stattlicher Mann, der fürs Foto den Bauch einzog, kurzgeschorene Haare, breiter Nacken und breite Schultern. Er hatte den Arm um seine Frau gelegt. Sie war einen Kopf kleiner als er, und eine Art Gartenhut, der ihre Augen beschattete, gab ihr etwas Altmodisches. Dazu trug sie Jeans und eine karierte Bluse, und sie machte in diesem Outfit keine schlechte Figur. Panetta wußte natürlich, was Martha dazu bemerken würde: In dem Alter trägt man einfach keine

Jeans mehr, und daß Randolph aussah, als würde er sich jeden Abend ein Sixpack reinkippen. Martha mochte Biertrinker nicht. Aber für Panetta waren die beiden ein typisch amerikanisches Paar. Sie gehörten nicht nach New York, nicht in die Boutiquen der Fifth Avenue oder in die Restaurants am Broadway, sie sahen auch nicht aus wie diese eleganten geschniegelten Politiker, die in Washington herumwieselten. Sie sahen aus wie normale, handfeste, freundliche Menschen, die auf billigen Plätzen Golf spielten, sich küßten, wenn sie morgens in ihrem Doppelbett aufwachten, in dem Schlafzimmer mit der Blümchentapete und den flauschigen Bettvorlegern. Sie hatten sich irgendwann in ihrem Leben eine billige Sonderausgabe von Klassikern zu überhöhtem Preis andrehen lassen, und die war jetzt der ganze Stolz ihres Wohnzimmers. Neben dem Bücherschrank lehnten Randolphs Gewehr und sein Angelzeug. Sophie strickte oder malte kleine Bildchen mit Entchen, Kätzchen und Blümchen, die zu Weihnachten von der Kirche für wohltätige Zwecke versteigert wurden. Wahrscheinlich war es Randolph, der die Bilder heimlich ersteigern ließ, um seiner Frau eine Demütigung zu ersparen.

Panetta mochte solche Leute. Sie sahen nicht aus wie Rassisten. Sie sahen einfach nett aus.

Panetta las die Zeitungen nicht mehr im Bett, sondern auf einem Sessel aus Chrom und schwarzem Kunstleder, den Schwester Heather am dritten Tag ins Zimmer gestellt hatte. Der Sessel war angenehm breit, wenn auch das kalte, glatte Chrom ihm unangenehm war. Die Ärmel des Bademantels schoben sich immer hoch, und es war wie ein kleiner elektrischer Schock, wenn er das kalte Metall an der warmen, weichen Innenhaut seiner Arme spürte. Deshalb hatte er sich angewöhnt, ein Oberhemd zu tragen und die Manschetten zuzuknöpfen. Es war schade um den schönen Bademantel, den Martha besorgt hatte, andererseits gefiel es ihm aber auch, in Hemd und Hose neben seinem Krankenbett zu sitzen, gleichsam als sei er Gast in diesem Zimmer und nicht Patient.

Die Lehne war etwas zu steil und nicht hoch genug, um eine Stütze für den Nacken zu bieten. Manchmal wurde ihm der Kopf schwer, und er spürte ein Ziehen im Nacken.

Aber angeblich gab es keinen bequemeren Stuhl auf der Station. Je besser Panetta sich fühlte, desto mehr ärgerten ihn die kleinen Unzulänglichkeiten.

Sie vergaßen seinen Tee, er mußte zweimal danach klingeln. Sie gaben ihm keine frischen Servietten fürs Mittagessen, und das Musikband, das sie ihm über die Lautsprecheranlage ins Zimmer spielten, lief nun schon zum dritten Mal.

Er klingelte. Er hatte sich die Klingel an der rechten Sessellehne angebracht (auch das mußte er selber machen, die Schwestern waren angeblich zu beschäftigt).

Er schaute auf die Uhr, es war fünf Minuten vor elf. Martha wollte um halb zwölf kommen. Er hatte Martha gebeten, ihm ein Sakko mitzubringen. Das dunkelblaue Leinensakko und ein weißes Polohemd. Hoffentlich vergaß Martha nicht die Socken. Aber eigentlich vergaß sie nie etwas.

Er durfte nicht versäumen, sie zu loben für den kleinen Kuchen, den sie ihm gebacken hatte nach dem neuen Diät-Rezept. Frauen wollten ja immer besonders für das gelobt werden, was sie am wenigsten konnten. Das war auch ein Punkt, den sie vorher nicht angesprochen hatten: daß er fortan strenge Diät halten mußte. Eine besondere Mischung aus Trennkost und fettarmer Diät. Cholesterinbewußt sowieso. Nur gewisse Gemüse durften mit gewissen Eiweißprodukten gemischt werden, Butter nie mit pflanzlichen Fetten, und Joghurt nie mit Milchprodukten (was ihm absurd erschien). Industriezucker war verboten, Nüsse sowieso. Es blieb ihm ein Rätsel, wie Martha unter diesen Bedingungen einen Kuchen zustande gebracht hatte.

Heather steckte den Kopf in die Tür. «Sie haben schon wieder geklingelt?»

«Wenn sie mit ‹schon wieder› meinen, daß ich zuletzt um halb zehn geklingelt und nach den Zeitungen gefragt habe, dann stimmt es. Und der Fernseher läuft nicht.»

«Sie wissen, daß die Zeitungen erst um halb zehn kommen. Wir müssen sie dann auf die verschiedenen Zimmer verteilen.»

«Ich weiß, ich weiß. Im Mordfall Harper haben sie jetzt das FBI eingeschaltet. Haben Sie das gehört? Der Fall wird immer mysteriöser. Wenn die Politik erst mal im Spiel ist ...»

«Mr. Panetta, tut mir wahnsinnig leid, aber wir haben heute nacht einen Notfall hereinbekommen ...»

«Was ist passiert?»

«Sie wissen, daß wir darüber nicht reden dürfen.»

«Ein Notfall? Heißt das, jemand mit einer Herzoperation hat ein Problem? Was für ein Problem?»

«Bitte, Mr. Panetta, ich habe wirklich ...»

«Schon gut, verstehe. Mir geht es so gut, daß man sich um mich keine Sorgen mehr machen muß.»

«Freuen Sie sich doch.»

«Ich freu mich ja auch. Aber weil es mir so gut geht, Schwester Heather, fällt mir auf, daß man mir unentwegt das gleiche Band vorspielt. Dieses Brandenburgische Konzert Nr. 2 ist heute morgen um halb sechs gelaufen, als ich aufwachte, und gestern, bevor ich einschlief, habe ich es auch gehört. Nach meiner Berechnung wird jetzt gleich» – er schaute wieder auf die Uhr – «das Magnificat kommen, da gibt es übrigens einen Aussetzer, kurz bevor der Chor zum zweiten Mal einsetzt.»

Schwester Heather war endlich ganz ins Zimmer getreten. Ihre Augen blitzten ihn über dem Mundschutz an. Sie hatte die Hände in die Hüften gestemmt. Ihre Haltung erinnerte ihn an die resolute Putzfrau, die sie damals in Georgetown hatten, wie hieß sie noch gleich, irgend etwas mit R am Anfang ...

«Wenn Ihnen die Musik auf die Nerven geht, Mr. Panetta», Heather ging zu seinem Bett und deutete auf die Knopfleiste am Kopfende, «dann kann man hier die Austaste drücken.» Sie drückte auf den Knopf, und sofort war Stille.

Panetta erhob sich. Er atmete heftig. Sein Gesicht wurde unnatürlich rot. Er stürmte auf sein Bett zu, stieß mit der Hüfte gegen die Leiste am Fußende, schob die Schwester energisch zur Seite und stellte das Radio wieder an. «Jetzt kommt gleich die Sonate für Viola da Gamba G-Dur. Meine Lieblingssonate, aber die gönnen Sie mir nicht, was?»

Heather warf ihm einen Blick zu, der ihn nicht weiter interessierte. Sein Hüftknochen schmerzte, und es ärgerte ihn, daß die Schwester ihn so unnötig in Aufregung versetzt hatte. Waren die Schwestern, war diese ganze Station nicht dazu da, ihm alle Probleme vom Hals zu halten?

«Was glauben Sie», fragte Panetta, «wie oft man das Magnificat mit einem Aussetzer vor dem zweiten Chor anhören kann, ohne Pickel im Gesicht zu kriegen?»

«Ich weiß es nicht, Mr. Panetta, ich höre nie Bach. Ich höre überhaupt keine klassische Musik. In Ihrer Kartei allerdings steht, daß Sie Bach hören möchten, und ich habe ...»

«Hören Sie», Panetta mußte sie am Ärmel festhalten, weil sie schon wieder fliehen wollte, «man hat mich vor der Operation gefragt, welche Musik ich hören wollte, da hatte ich noch mein altes Herz und war voller Angst und Panik. Und da habe ich gesagt: am liebsten Bach. Johann Sebastian Bach. Weil ich dachte, daß Bach mich in dieser Situation am meisten beruhigt. Ich liebe die Logik seiner Musik, der Barockmusik überhaupt, verstehen Sie? Es hat was Sphärisches, ist außerdem sakral, und ich hielt es für die passende Begleitmusik auf meinem Weg. Ich liebe auch Händel und Vivaldi. Also, es muß nicht immer Bach sein, ich habe nur damals, als Dr. Thoreau mich fragte, womit er mich beruhigen könnte, gesagt:

am liebsten Bach. Wenn daraus jetzt gleich ein Dogma formuliert wird und ihr mir seit sechs Tagen vierundzwanzig Stunden ununterbrochen Bach reinspielt, dann drehe ich irgendwann durch. Ich spüre es schon jetzt. Es steigt in mir hoch, Schwester Heather, und ich verstehe ehrlicherweise nicht, wieso Sie das nicht begreifen.»

Schwester Heather steckte die Hand nach der Knopfleiste über Panettas Bett aus und drückte auf den Ausknopf, genau, als der erste Akkord der G-Dur-Sonate für Viola da Gamba, gespielt von Siegfried Pank, erklang.

«So», sagte Schwester Heather, «und jetzt lassen Sie mich meine Arbeit machen, ja?»

Sie standen sich gegenüber wie Duellanten. Panetta hätte es nie, wirklich niemals für möglich gehalten, daß am sechsten Tag nach einer so großen Operation einem Patienten so etwas zugemutet würde. So viel unnötige Aufregung. Offenbar waren diese Schwestern ausschließlich auf Patienten vorbereitet, die sich am Rande des Todes bewegten oder bereits im Koma lagen. Mit diesen Patienten, das erinnerte Panetta, konnten alle Schwestern gut umgehen, rührend liebevoll waren sie gewesen, hatten seinen Hintern abgewischt und den Schleim mit einem Spanspachtel aus seiner Mundhöhle geschabt. Und dabei hatten ihre Augen geradezu ein zärtliches Lächeln gehabt. So hilflos wollten sie den Patienten. So abhängig von ihrer Gnade. Sobald man aber anfing, eigene Wünsche zu äußern, war es vorbei mit der Nächstenliebe. Dann wurde deutlich, daß Schwestern diesen Beruf nicht aus Nächstenliebe gewählt hatten, sondern aus einer Art Sadismus. Sie waren die Dominas. Er konnte sich Heather plötzlich genausogut mit einer Peitsche im Keller eines Sex-Schuppens vorstellen. Eine von den Folterkammern für Sado-Maso-Fans.

Panetta hatte nie in seinem Leben so ein Etablissement besucht, aber als er den kalten Glanz in Heathers Augen sah, konnte er sich alles vorstellen. Jawohl, sie genoß wie eine Domina, die Patienten leiden zu sehen, wimmern zu sehen, abhängig, seiernd, sabbernd. Sie verachtete die Leute, die da in ihrem Blut, in ihrem Schweiß und in ihrer Scheiße lagen. Denn sie war anders. Schön, langbeinig, grazil und kräftig. Ihr riesiger Busen war wie eine Verheißung, aber sie würde jedem mit der Peitsche auf die Finger schlagen, wenn er versuchte, diese Brüste zu berühren. Panettas Kopf glühte. Merkte Grady nicht, was auf seiner Station los war? Welche Sadonummer hier von den Schwestern durchgezogen wurde? Er mußte mit Grady sprechen. Er mußte Grady warnen, mußte ihm die Augen öffnen.

Aber vorher wollte er einmal ihren Busen berühren. Nur einmal fühlen, ob diese Brüste sich von allein trugen oder gehalten wurden. Ob sie weich und nackt sich frei unter ihrem Kittel bewegen durften oder eingeklemmt waren in Stangen und Träger, Spitze und Baumwolle.

«Finger weg, Mr. Panetta.» Heathers Stimme klang streng. Sie schob seine Hände weg.

«Sie sind wie eine Lehrerin», schmollte Panetta.

«Ja, genau, ich bin die Lehrerin, und Sie sind ein artiger Schüler und setzen sich wieder da hin, oder von mir aus gehen Sie ins Bett. Sie sollen nicht immer rumlaufen und dumme Gedanken aushecken.»

«Ich will nicht ins Bett, ich erwarte Martha jeden Augenblick.»

«In Ordnung», sagte die Schwester. «Aber dann gehen Sie noch mal an den Spiegel, kämmen Sie sich die Haare und waschen Sie sich das Gesicht, ja? Sie haben noch die Reste vom Kartoffelbrei in den Mundwinkeln.»

Panetta schämte sich. Deshalb konnte sie so mit ihm sprechen, weil er sich lächerlich gemacht hatte, weil er versucht hatte, ihre Brüste zu berühren, mit Kartoffelbrei in den Mundwinkeln. Eine Schmach.

Er stand sofort auf und ging zum Waschbecken. Im Spiegel sah er, wie Heather lächelte.

Warte, Mädchen, dachte er, irgendwann bist du fällig. Er hielt den Waschlappen in den lauwarmen Wasserstrahl.

Martha sah fabelhaft aus. Er hatte vergessen, wie leicht sie sich bewegen konnte, selbst in dieser lächerlichen Schutzkleidung, in die man sie zwängte. Wie eine Fee trug sie diesen Kittel, in dem alle anderen erbärmlich aussahen, wie eine Königin. Ihre Bewegungen waren fast zärtlich, flüchtig, wie die eines Schmetterlings. Er schämte sich, daß er nur einen einzigen Augenblick eine gewisse Erregung gespürt hatte beim Anblick von Heathers Brüsten. Marthas Brüste waren schöner, schwerer. Wenn sie auf dem Rücken lag, fielen sie zur Seite. Er mochte das. Er mochte alles an ihr. Wie sie sein Zimmer mit Leben erfüllte. Mit Normalität. Ihre Stimme, ihr Lachen.

«Schön, daß du da bist», sagte er immer wieder und streckte die Hände nach ihr aus, «schön.»

Und sie kam, legte den Kopf schief, machte Faxen unter diesem lächerlichen Mundschutz und der Haube, erzählte Banalitäten aus der Firma. Er liebte diese Banalitäten. Solche Geschichten hatte sie auch früher erzählt, wenn sie abends aus dem Büro nach Hause kam. Damals hatte er nie richtig zugehört. Typisches Mobbing in einer Firma, wo es schöne und häßliche Mädchen, geile und unnahbare Chefs gab, von allem etwas. Er wollte mit ihr über den Mordfall von Buena Vista sprechen, aber dann tat er es doch nicht. Er wollte sie lachen hören, immer und immer wieder. Er liebte dieses Lachen, weil es ihn an das erinnerte, was er sich vom Leben versprach, von der Zukunft. Er hatte sich ein paar richtig gute Geschichten für sie überlegt, mit denen er sie zum Lachen bringen konnte. Ihr Lachen war für ihn Medizin. Immer schon gewesen. Gut, daß sie darüber einmal gesprochen hatten, wie ihm der Humor abhanden gekommen war in den Jahren seiner Krankheit. Daran sollte es jetzt nicht mehr scheitern. Er würde ihr Lachen zurückerobern. Er würde ihr die Welt schenken. Alles. Alles. Im Augenblick beschenkte sie ihn noch, hatte wieder Hemden bei Bloomingdale's gekauft.

«Arbeitet Chuck jetzt bei Bloomingdale's?» hatte er amüsiert gefragt. Sie hatte es nicht verstanden, und er hatte abwehrend gesagt: «Nicht wichtig.» War es ja auch nicht.

Chuck arbeitete bestimmt noch bei Dean & Deluca und würde sie beide wieder mit teuren Spezialitäten wie Sushi-Häppchen und foie-gras-blinis versorgen. Er mußte nur erst einmal wieder zu Hause sein.

Sie saß auf der Bettkante und er in seinem Sessel. Sie hatte die Beine übereinandergeschlagen, die Strümpfe knisterten, wenn sie gegeneinanderrieben. Ihre Knie waren rund und klein. Sehr süß. Mädchenknie. Er hatte das immer gemocht. Er erzählte eine Geschichte, und Martha lachte. Er begehrte sie.

«Nimm doch erst einmal diesen albernen Mundschutz ab», bat er, «ich möchte deine Lippen sehen. Welche Farbe hat der Lippenstift? Kirschrot, wette ich. Die Männer bei Bloomingdale's müssen ausgerastet sein, als du durch den Laden gingst.»

«Darling, es gehen jeden Tag Tausende von Frauen durch die Etagen von Bloomingdale's.»

«Aber unter Tausenden gibt es nur eine Martha Wollington. Nur eine mit meergrünen Augen. Seit wann sind deine Augen so grün? Was hast du gemacht? Das sieht wahnsinnig sexy aus.» Er mußte an die Wochenenden denken, damals, vor seiner Krankheit, in Chesapeake Bay. Diese kleine Hotel, in dem sie einen Spezialpreis ausgehandelt hatten, ein weißes Holzhaus mit grünen Fensterläden und einer Veranda, die um das ganze Haus herumlief. Hinten im Schuppen Fahrräder, die man ausleihen konnte.

Fliegengitter vor dem Fenster. Sie hatten immer mit offenen Fenstern geschlafen, morgens die Vögel gehört, das Kreischen der Möwen. Wundervoll. Man wachte auf und dachte: weit, alles so weit. Der Himmel, das Meer, der Horizont, die Brust. Alles weit.

Aber hatten sie miteinander geschlafen in diesen Nächten in dem altmodischen Mahagonibett? Hatte er sie verführt? Oder sie ihn? Hatte sie auf ihm gesessen oder gelegen, oder er auf ihr? Oder sie beide auf diesem Sisalteppich?

Er erinnerte sich, daß der Sisalteppich rot gewesen war. An alles erinnerte er sich. Die Tapete mit dem Efeurankenmuster, weiß und grün. An Sex in diesem Hotel erinnerte er sich nicht. Er wollte sie fragen, ob sie sich an den Namen des Hotels erinnern konnte, aber statt dessen sagte er: «Weißt du, ich träume jetzt jede Nacht von Sex. Du und ich. Wir haben Sex miteinander.»

Für einen Augenblick brachte sie das aus dem Konzept. Sie schaute ihn an, ihre Wimpern legten sich wie ein Gitter vor die Iris, aber dann, im nächsten Moment, warf sie den Kopf in den Nacken und lachte ihr schönes samtiges Lachen. Sie warf den Kopf, und ihr Hals, so weiß, überzog sich mit einem rosigen Hauch.

Das reizte ihn. Er schaute auf ihren Hals und fuhr fort. «Jede Nacht ein anderer Traum, aber immer spielt Sex eine Rolle. Immer so, daß ich morgens beim Aufwachen einen Steifen habe.»

«Hör auf. Bitte, Darling, wenn einer reinkommt.»

«Ja und? Glaubst du, die Schwestern und Ärzte träumen nicht von Sex?»

«Ich habe keine Ahnung, Darling, ob sie von Sex träumen. Und wenn ich ehrlich bin, es interessiert mich überhaupt nicht. Redest du mit den Schwestern etwa genauso wie mit mir?»

«Wie spreche ich denn mit dir?»

Sie hatte ihm das Sakko gebracht, Polohemden (natürlich neu, von Bloomingdale's. Ihm kam für einen winzigen

Augenblick der Verdacht, daß sie dort einen Verehrer haben könnte).

Sie beendete das Gespräch, an dem er gern noch eine Weile festgehalten hätte, indem sie die Sachen aus der Reisetasche in seinen Schrank räumte.

«Bald können wir ja vielleicht zusammen schon einmal in den Garten, wenn das Wetter nicht umschlägt», sagte sie.

«Das Wetter schlägt nicht um, nicht, wenn Daniel Panetta mit einem neuen Herzen aus dem Krankenhaus entlassen wird. Da bildet sich über dem ganzen Kontinent das Hoch Daniel. Ein Hoch wie ein Naturphänomen. Wenn ich hier rauskomme, Martha, dann gibt es für uns beide nur noch Sonnenschein.» Sie hatte Tränen in den Augen, als sie sich verabschiedete. «Fahr vorsichtig», sagte er, «und ruf an, wenn du zu Hause bist. Du wirst noch gebraucht.» Er zog ihren Kopf zu sich herab, schob die Haarsträhne hinter ihr Ohr und flüsterte: «Denk an meinen Traum.»

Dann war Grady dran. Grady verfolgte, wie Panetta auf seinem Sessel unruhig hin und her rutschte, die Beine übereinanderschlug, sie wieder auseinandernahm, und zwar immer unter Mithilfe seiner Hände. Er schob die Hände unter das Knie und hob das Bein. Das verlangte weniger Anstrengung. Und er fühlte sich angestrengt, müde.

«Was halten Sie davon, wenn Sie sich fürs Bett fertig machen, und ich komme später noch einmal vorbei», schlug Grady vor.

«Warum? Noch eine Untersuchung?» fragte Panetta mißtrauisch.

«Ich möchte nur, daß Sie sich wohl fühlen.»

«Ich fühl mich wohl, Doc, jeden Tag ein bißchen mehr.»

Grady lächelte und sagte nichts.

«Wieso? Ist das so unwahrscheinlich? Sagen Ihre Untersuchungen etwas anderes? Haben Sie was gefunden, was Anlaß zur Sorge gibt?»

Grady wehrte lächelnd ab. «Nein, nein, gar nichts, gar nichts. Sie können ganz entspannt sein.»

Panetta knöpfte sein Hemd auf, dabei ließ er Grady nicht aus den Augen. «Ich weiß nicht, Doc, ich war immer entspannt, den ganzen Tag. Aber wenn ich Sie oder Schwester Heather bei mir habe ... dann krieg ich Beklemmungen. Woran liegt das? Was ist los?»

«Nichts, soviel ich weiß.»

«Warum hat sich die Stimmung hier so geändert?»

Grady hob die Augenbrauen. «Wir sind immer dieselben, Daniel. Das schwör ich. Hier hat sich nichts geändert.»

Panetta zog sein Hemd aus und hängte es über den Stuhl. Er hatte keinen Gürtel in die Hose gezogen, das machte zuviel Mühe. Er zog den Reißverschluß herunter und ließ die Hose an seinen mageren, behaarten Beinen heruntergleiten. Dann stieg er aus der Hose, bückte sich, hob die Hose auf und legte sie in den Bügelfalten sorgsam zusammen. Die ganze Zeit lehnte Grady mit dem Rücken am Fensterbrett und schaute ihm zu, die Arme über der Brust verschränkt.

«Ich hatte vorhin ein kurzes Gespräch mit Martha», sagte Grady.

«Und? Was haben Sie ihr gesagt? Darf ich das auch erfahren, oder habt ihr beide Geheimnisse?»

«Ich hab ihr gesagt, am Tag vor Thanksgiving können Sie raus.»

«Da hat sie sich erschrocken, wette ich.»

«Wieso kommen Sie darauf?»

«Weiß ich nicht.» Panetta schlüpfte unter seine Bettdecke. «War nur eine Fangfrage. Sie freut sich, hm? Ja, sie freut sich.» Dann klopfte er sich die Bettdecke zurück, schob sich das Kissen in den Rücken. Es war wohltuend, die Beine auszustrecken, den Körper zu entspannen. Grady hatte recht. Er sollte nicht zu lange in dem Sessel sitzen.

«Und Sie?» fragte Grady.

«Ich? Na, was meinen Sie?»

«Keine Ahnung. Erzählen Sie mal.»

«Was wollen Sie hören, Doc?»

«Wie Sie sich fühlen.»

«Glänzend, bis auf ein paar Kleinigkeiten. Aber darüber habe ich schon mit Heather gesprochen.»

«Ach ja, stimmt. Schwester Heather sagt, Sie hätten heute morgen eine kleine Auseinandersetzung gehabt. Das sollten Sie nicht tun, Daniel. Schwester Heather ist unser bestes Pferd. Wenn Sie sie vergraulen, haben wir hier auf der Station ein echtes Problem.»

«Habe ich sie vergrault? Ich hab sie nur gefragt, ob sie Lust hätte, vierundzwanzig Stunden am Tag Bach zu hören.»

«Es war Ihre eigene Wahl, Daniel.»

«Ich weiß, ich weiß. Aber ich habe auch zu Schwester Heather gesagt: Vor der Operation, da hat Dr. Thoreau mich gefragt, und da wollte ich gerne Bach hören.»

«Und heute? Heute auf einmal nicht mehr?»

Panetta überlegte einen kurzen Augenblick. Er schaute zu Grady herüber und hob die Schultern. «Ich könnte mir was anderes vorstellen.»

«Was zum Beispiel?»

«Irgend etwas mit einem Rhythmus, der ins Blut geht, verstehen Sie? Heute nacht hab ich von einer Diskothek geträumt. Laserstrahlen, flackerndes Licht, wummernde Bässe, Körper, die sich biegen im Rhythmus der Musik.»

Grady lächelte. «Und Sie mittendrin, was?»

Panetta nickte. «Das wär doch mal Thema für eine Doktorarbeit: Musik am Krankenbett. Interessante Analyse. Könnte was bringen, nehm ich an.»

«Ich werde darüber nachdenken. Und sonst?» fragte Grady.

«Was sonst?»

«Spüren Sie irgendeine Veränderung?»

«Wo?»

«In Ihrem Körper, Ihren Gedanken. Was weiß ich. Irgendeine Veränderung zu früher.»

«Hat Martha gepetzt? Ich weiß, Sie findet es peinlich.»

Grady schüttelte den Kopf. «Ich habe keine Ahnung.»

«Ich wach jeden Morgen auf und hab eine Erektion. Ich wach auf, schau an der Bettdecke herunter und seh, daß ich einen Steifen hab.»

«So was kommt vor», sagte Grady lächelnd.

«Ja, weiß ich. Aber mir ist das zuletzt passiert, als ich im College war.»

«Ein Zeichen dafür, daß Sie wieder jung werden. Und sonst?»

Panetta dachte nach. Ihm fiel nichts Bemerkenswertes ein. «Ich fühl mich gut. Jeden Tag stärker. An das Essen hab ich mich gewöhnt. Auch an dieses Riesenpflaster auf der Brust. Meine Hände, gucken Sie.» Er streckte Grady die Handrücken hin, die Stelle, in der vor ein paar Tagen noch Kanülen gesteckt hatten, war kaum mehr zu erkennen. Nur noch ein kleiner gelbgrüner Fleck. «Alles verheilt und fit.»

«Das ist gut.» Grady holte aus seiner Jackentasche einen Notizblock, nahm einen Kugelschreiber, zog mit den Zähnen die Kappe ab und begann zu schreiben. Panetta schaute wortlos zu.

Schließlich hob Grady den Kopf. «Wenn Sie irgendwann ein Gefühl haben, daß etwas nicht in Ordnung ist, sagen Sie mir Bescheid, ja? Möglichst sofort.»

«Was könnte denn nicht in Ordnung sein?»

Grady steckte das Notizbuch weg, bevor Panetta die Möglichkeit hatte, einen Blick darauf zu werfen.

«Ich weiß es nicht, Daniel. Ich sage ja auch nicht, daß es passieren muß. Ich sage nur: Wenn Ihnen irgend etwas auffällt, an sich, an Ihrer Umwelt, irgend etwas, das Sie irritiert oder ängstigt – sagen Sie sofort Bescheid.»

Panetta nickte. Grady kam zu ihm ans Bett, fühlte seinen Puls, legte die Finger an seine Halsschlagader, schaute ihm mit einem kleinen Spiegel in die Augen, dann in den Mund, klopfte auf seine Knie, um die Reflexe zu prüfen, zog vorsichtig das Pflaster an einer Ecke von seiner Brust und musterte die Wunde.

Während der ganzen Zeit hatte Panetta das Gefühl, daß Grady das alles nur tat, um von etwas anderem abzulenken. Er wußte nur nicht, was dieses andere sein könnte.

«Doc», sagte Panetta, als Grady die Decke wieder über seinen Körper breitete, «wenn etwas nicht in Ordnung wäre, nur mal gesetzt den Fall – Sie würden das doch nicht verschweigen? Sie würden mir doch alles sagen, oder?»

«Natürlich, Daniel. Aber bis jetzt gibt es, wie gesagt ...»

«Und Martha», fragte Panetta, «würden Sie es ihr auch sagen?»

«Selbstverständlich. Darüber waren wir uns doch immer einig, Daniel, daß wir in einem Boot sitzen, daß wir keine Geheimnisse voreinander haben, daß Sie uns alles mitteilen ...»

«Und umgekehrt genauso.» Panetta ließ Grady nicht aus den Augen. «Umgekehrt ganz genauso. Ich weiß nicht, Doc, aber ich habe das Gefühl, daß Sie irgend etwas bedrückt.»

«Das Gefühl täuscht, Daniel.»

«Oder irritiert. Vielleicht ist das das bessere Wort. Ich glaube, daß Sie Geheimnisse vor mir haben. Wissen Sie was, Doc?» Panetta richtete sich auf. «Ich glaube, daß die ganze Station über etwas informiert ist, das ich nicht wissen darf. Daß etwas im Busch ist. Etwas, das mich betrifft.»

Grady lachte herzhaft. «Das ist doch absurd, Daniel. Was sollte denn im Busch sein? Jeder auf dieser Station weiß, daß

Sie vor sieben Tagen ein neues Herz bekommen haben, natürlich gehen wir alle vorsichtig mit Ihnen um. Das ist normal, das ist Routine. Aber wir haben keine Geheimnisse vor Ihnen.»

«Und warum», fragte Panetta, «war dieser Polizist neulich auf dem Flur an mir so interessiert? Was wollte der von mir?»

«Gar nichts. Das war ein Mißverständnis, das haben wir schon aufgeklärt. Sie müssen aufhören, sich im Zentrum aller Dinge zu sehen. Es gibt auch andere Patienten auf dieser Station.»

«Ein Mafia-Boss? Der wird abgeschirmt, bewacht, was?»

«Ja, genau. Oder sagen wir: so ähnlich.» Grady erhob sich. «Morgen schicke ich Ihnen einen Kollegen vorbei. Herb Reston. Bei uns hat er den Spitznamen Scotty. Weiß der Himmel wieso. Er ist ein fabelhafter Typ, Sie werden ihre Freude an ihm haben. Er kommt so gegen neun.»

«Und was will Scotty von mir? Was ist er? Internist? Will er mit mir über die Farbe meines Urins reden?»

«Er ist unser Psychologe, Daniel. Ich bin sicher, ein Gespräch mit ihm wird Ihnen guttun.»

Panetta hätte jetzt sagen können, er könne sich nicht vorstellen, daß ein Gespräch mit einem Psychologen ihm guttäte. Er konnte mit dem ganzen Berufsstand nichts anfangen. Aber er ließ es lieber. Grady wirkte, als sei er in Zeitdruck. Er ließ ihn gehen und drehte das Radio auf. Sie spielten gerade die Bachkantate: Herz und Mund und Tat und Leben. Wieso nicht, dachte Panetta, und schloß die Augen.

Die Zeitungen kamen später als gewöhnlich. Panetta hatte schon gefrühstückt und war gerade dabei, sich vor dem Spiegel über dem Waschtisch zu rasieren, als Schwester Miriam mit einem munteren «Guten Morgen, Mr. Panetta» ins Zimmer kam.

Panetta wandte sich um. «Hat Schwester Heather heute frei?»

«Nein, sie ist da.»

«Und warum kommt sie dann nicht? Sie ist mir zugeteilt, aber ich habe sie seit gestern vormittag nicht mehr gesehen.»

«Sie hat viel zu tun, Mr. Panetta. Es gibt noch andere Patienten auf dieser Station.»

Panetta legte den Rasierapparat weg. «Sie ist wütend auf mich, stimmt's? Wegen gestern, wegen unseres kleinen Mißverständnisses. Ich wollte mich dafür bei ihr entschuldigen. Ich hab gestern vormittag viermal nach ihr geklingelt. Aber sie ist nicht gekommen. Sie schickt immer andere vor. Sie will nicht mehr mit mir reden. Das kränkt mich.»

Schwester Miriam, eine kleine untersetzte Person, Mitte Fünfzig, zog sein Bettlaken glatt, schüttelte die Kissen auf und spannte ein frisches Tuch über das Laken.

«Dafür bin ich doch jetzt da, Mr. Panetta. Mich können Sie ruhig beschimpfen, mir macht das nichts aus.»

«Aber ich will Sie gar nicht beschimpfen. Ich wollte auch Schwester Heather nicht beschimpfen.» Panetta tapste auf bloßen Füßen zum Bett. Er faßte die Schwester an der Schulter, und als sie zusammenzuckte, fragte er sanft: «Haben Sie etwa Angst vor mir?»

«Unsinn, Mr. Panetta, das wäre ja noch schöner, wenn wir Angst vor unseren Patienten haben müßten.» Miriam lachte. Es klang wie das Glucksen einer Wasserleitung, die dringend repariert werden müßte. Panetta empfand es als eine Degradierung, daß man Heather, die schöne, schlanke, strahlende, biegsame Schönheit mit dem großen Busen, durch ein pummeliges altes Mädchen ersetzte. Miriam hob die Zeitungen auf und sagte: «Sie legen sich jetzt wieder hin, und ich gebe Ihnen die Zeitungen, und dann haben Sie Beschäftigung, bis das Frühstück kommt. Wieder zwei Croissants mit Aprikosenmarmelade?»

«Gibt es auch was anderes als Aprikosenmarmelade in diesem Laden?» fragte Panetta.

«Aber natürlich. Erdbeer, Grapefruit. Aber das ist natürlich nicht die Marmelade, die Sie von früher gewohnt sind. Sie wissen, daß Sie keinen Fruchtzucker mehr essen dürfen.»

Panetta brummte etwas Unverständliches. Er wollte Miriam nicht verärgern. Aber es wurmte ihn, daß er jetzt, wo er sich so gut fühlte, um einen Teil des Lebensgenusses gebracht wurde. Wie sollte er denn mit Martha in Zukunft fröhlich Freßorgien feiern, wenn er von den Dingen auf der Speisekarte nichts essen durfte?

«Ich bringe Ihnen einfach eine Auswahl, und Sie probieren alles einmal durch. Wie klingt das?» fragte Miriam fröhlich.

Panetta quälte sich ein Lächeln ab. «Das klingt fabelhaft, Miriam. Und bitte, wenn Sie Schwester Heather sehen: Sie möchte doch mal kurz bei mir reinschauen, ja?»

«Ich werde es ihr ausrichten.»

«Sagen Sie ihr, wenn sie nicht kommt, dann komme ich zu ihr.»

Miriam drehte sich zu ihm um. In ihrem Blick lag ein Erschrecken, das Panetta nicht verstand.

Scotty war Mitte Vierzig, klein. Er ging gebeugt und zog das rechte Bein nach. Bei genauer Betrachtung wurde Panetta klar, daß Scottys rechtes Bein nicht aus Fleisch und Knochen, sondern aus Kunststoff bestand. Die Schuhe waren sicherlich das Meisterstück eines Schuhmachers mit Budapester Vorfahren, feinste Handarbeit, dennoch bemerkte Panetta, daß nur der linke Fuß sich in dem Schuh bewegte, daß nur der linke Schuh seine Linien und Rollen in dem haselnußbraunen Leder hatte, der rechte hingegen glatt und schwer wirkte, wie nie getragen.

Scotty brachte seinen eigenen Stuhl mit. Er schwenkte ihn über dem Kopf – es handelte sich offenbar um ein federleichtes Plastikmodell – und stellte ihn mit lässigem Schwung Panettas Sessel gegenüber. Er knöpfte sein Tweedsakko auf (darunter trug er ein schwarzes, kragenloses Wollhemd mit kleinen schwarzen Perlmuttknöpfen), lachte breit und sagte: «Herb Reston. Der Professor hat gemeint, wir sollten uns ein bißchen unterhalten.»

«Wenn Sie der Mann sind, den Grady als Scotty angekündigt hat, dann kommen Sie eineinhalb Stunden zu spät. Ich hab um neun mit Ihnen gerechnet.»

Scotty lachte immer noch. Panetta dachte, daß Krankenhauspsychologen offenbar mehr so eine Art Clown zu sein hatten. Entertainer, die ihren Patienten die Depression einfach weglachten oder so. Je fröhlicher Scottys Miene, desto mürrischer wurde Panetta. Er haßte professionelle Optimisten. Er haßte jede Art von organisierter Fröhlichkeit wie auch Halloween und Silvester – Anlässe, zu denen er sich immer in seine Bibliothek verkrochen hatte. Er hatte bislang nicht geahnt, daß man die Psychologen in die gleiche Kategorie einreihen mußte.

«Wir hatten noch eine Konferenz, Mr. Panetta, tut mir wirklich leid, wenn ich Sie irgendwie in Ihren Terminen durcheinandergebracht habe.»

«Was soll das», knurrte Panetta. «Sie wissen sehr gut, daß man als Patient keine Termine hat. Außer denen, die einem hier diktiert werden. Ich hab heute schon alles abgeliefert. Blut, Urin, Speichel. Nur von meinem Herzen haben sie mir noch nicht wieder ein Stück rausgeschnitten, aber wie ich den Betrieb hier kenne, kommt das noch.»

Scottys Gesicht wurde endlich ernst. «Damit hatten Sie Probleme, stimmt's?»

«Womit?»

«Mit der Biopsie. Grady hat es angedeutet.»

«Wundert Sie das?»

Scotty zupfte an seinen Gummihandschuhen herum. «Mich persönlich wundert gar nichts, Mr. Panetta. Ich bin Psychologe. Aber warum gerade die Biopsie?»

«Mr. Reston, ich habe dieses Herz vor acht Tagen bekommen. Ich habe einhundertachtundneunzig Tage auf den Augenblick gewartet, wo man mein kaputtes, ausgeleiertes Herz gegen ein neues, kräftiges eintauscht. Die Operation hat sieben Stunden gedauert. Danach war ich zwei Tage zwischen Himmel und Hölle. Jetzt geht es mir gut. Besser als in den letzten vier Jahren. Das alles verdanke ich diesem neuen Herzen. Und dann fragen Sie, warum ich mich weigere, davon wieder ein Stück abzugeben?»

Scotty hatte ruhig zugehört, ernsthaft, aufmerksam. Das versöhnte Panetta. Er war bereit, mit diesem Mann eine Diskussion zu führen, dennoch wollte er ihn nicht zu nahe an sich heranlassen. Er wußte, daß Psychologen die fatale Neigung haben, sich in die Windungen der Seele zu schlängeln, sich gewissermaßen einzuschleichen in den Körper ihrer Patienten, sich unersetzlich zu machen. Er kannte genug Beispiele von Leuten, die mit fünfzehn zum Psychiater mußten, weil sie von ihrer depressiven oder hysterischen Mutter hingeschickt worden waren, und mit fünfzig immer noch jede Woche einmal auf der Couch lagen. So wollte er nicht werden. Das paßte nicht zu ihm, dennoch sollte dieser Scotty wissen, wen er vor sich hatte. Panetta verlangte nicht viel, aber er verlangte Respekt vor seiner Person. Scotty verstand offenbar. Er nickte, wortlos, und blickte auf seine Gummihandschuhe. Offenbar wartete er darauf, daß Panetta weitersprach.

«Es ist gut, daß Sie heute kommen», sagte Panetta, «denn gestern hätte ich noch nicht gewußt, was ich mit Ihnen reden soll, heute schon.»

«Was ist heute besonderes passiert?» fragte Scotty. Er lehnte sich noch weiter vor, legte den Kopf ein wenig schief und drückte mit jedem Zentimeter seines Körpers äußerstes Interesse aus.

Wahrscheinlich, dachte Panetta, muß man dieses Talent haben, wenn man Psychologe wird. Dieses vor allen Dingen: Anteilnahme und Interesse zu heucheln.

«Gestern gab es nur so ein Unbehagen, so einen Verdacht, der sich in meinem Kopf eingenistet hat, in einem dunklen Winkel meiner grauen Zellen. Es geht um diese Mordsache in Buena Vista.»

Scottys Augenbrauen zogen sich unmerklich zusammen. «Eine Mordsache?» fragte er.

«Tun Sie nicht so, als wäre das an Ihnen vorbeigegangen. Die Fernseher sind voll davon! Die Zeitungen! Jeden Tag wird auf dem Bildschirm ein neuer Zeuge präsentiert. Ein neuer Aspekt der Geschichte. Ich mach es kurz, wenn es Sie interessiert.»

«Sollte es mich interessieren?» gab Scotty zurück. «Wäre es nicht besser, wir würden die Zeit nutzen, um über Sie zu sprechen?»

«Wenn wir über den Fall sprechen, sprechen wir ja über mich. Also.» Panetta konzentrierte sich. «Ein Ehepaar wurde ermordet. Man kann auch sagen: hingerichtet, in seinem Haus, in dem kleinen Ort Buena Vista, Virginia, Atlantikküste. Die Polizei hat keinen Anhaltspunkt. Bis auf einen: Motorradspuren auf dem Grundstück. Frische Motorradspuren. Eine Kawasaki. Die Spezialisten bei der Polizei finden so was in Null Komma nichts raus.»

«Kluge Leute», sagte Scotty anerkennend.

Panetta knurrte unwillig. «Ich will auf etwas anderes hinaus: auf diesen Motorradfahrer, der in der gleichen Nacht keine zwanzig Meilen von Buena Vista entfernt gegen einen Baum gefahren ist. Achtzehn Jahre alt.» Er holte tief Luft. «In der gleichen Nacht hat man mich angerufen, um mir mitzuteilen, daß ich ein neues Herz bekomme. Grady ist mit dem Hubschrauber los, nach Williamsburg. Der Motorradfahrer wurde in Williamsburg ins Hospital eingeliefert, man hat dort seinen klinischen Tod festgestellt. Ich habe das Herz eines jungen Mannes, der klinisch tot war. Verstehen Sie? Diese Zusammenhänge?»

«Ich fürchte», sagte Scotty, «daß ich immer noch nicht genau weiß, was Sie mir eigentlich erzählen wollen.»

Du Schuft, dachte Panetta, du weißt es genau. Spielst nur den Ahnungslosen, wie alle hier.

«Also gut. Heute, auf dem Weg zur Biopsie, habe ich einen Polizisten gesehen, hier auf der Intensivstation. Da, wo sich meine Frau nur mit Genehmigung und Astronautenanzug hinbewegen kann, läuft ein Polizist herum. Was bewacht der hier? Das Herz eines Mörders? Was will der? Ein Stück von meinem Herzen, um zu sehen, ob der genetische Fingerabdruck paßt?»

«Ich habe keine Ahnung», sagte Scotty mit einem entwaffnenden Lächeln.

Panetta lehnte sich zurück. Er war jetzt gereizt. «Vielleicht können Sie das für mich herausfinden?»

«Es geschehen jeden Tag in Washington mindestens fünf Morde. Haben Sie das gewußt, Panetta? Schauen Sie sich immer die Berichte über diese Morde im Fernsehen an? Lesen Sie alles über so etwas in den Zeitungen?»

Panetta schüttelte den Kopf.

«Und warum ausgerechnet dieses Mal?»

«Ich habe versucht, es Ihnen zu erklären, Dr. Reston.»

«Und ich versuche, Ihnen klarzumachen, daß Sie sich da in etwas verrennen. Sie suchen Zusammenhänge und Zufälligkeiten, die so gar nicht stimmen müssen. Sie sind so fixiert auf diese Sache. Das macht mir, gelinde gesagt, ein wenig Kopfzerbrechen.»

«Falls es Sie interessiert: mir auch», brummte Panetta. Seine Reizbarkeit nahm nur noch zu, je länger dieser Scotty ihm gegenübersaß und den Ahnungslosen spielte. Es war infam, was ihm hier zugemutet wurde. So naiv konnte doch keiner sein, diese offensichtlichen Zusammenhänge nicht zu erkennen!

«Sie haben schwere Jahre hinter sich, Panetta.» Scottys Stimme war sanft und eindringlich. «Und jetzt diese komplizierte Operation, die Gott sei Dank so wunderbar verlaufen ist. Warum nehmen Sie das nicht als Zeichen? Als einen Hinweis? Als Schicksalsfügung? Sie sind vielleicht ausersehen, in Ihrem Leben noch etwas ganz Besonderes zu leisten, Panetta. Sei es in der Literatur, sei es im privaten Bereich. Niemand kann das vorhersagen.»

«Sind Sie im Nebenberuf Geistlicher?» knurrte Panetta.

Scotty lächelte. «Warum konzentrieren Sie sich ab sofort nicht auf das Positive? Warum lassen Sie nicht alles, was mit Ihrer Krankheit zu tun hat, einfach hinter sich? Werfen es ab wie eine alte Haut? Andere können das, Mr. Panetta. Und ich bin sicher: Sie können es auch. Warum kreisen Ihre Gedanken immer um etwas so Brutales? So Blutrünstiges?»

Panetta fixierte Scotty. Bedächtig knöpfte er sein Hemd auf. Er hatte damit nicht mehr soviel Mühe wie noch vor zwei Tagen, alles ging ihm leichter von der Hand. Einen Knopf nach dem anderen löste er, dann zerrte er das Hemd aus dem Hosenbund. Scotty sagte nichts. Er schaute nur aufmerksam zu. Schließlich öffnete Panetta das Hemd.

Am Morgen hatte der Assistenzarzt das große Pflaster entfernt. Jetzt sah man die Wunde. Ein langer, leuchtendroter Strich, der oben am Brustbein begann und dann senkrecht hinunterlief bis zum Nabel. Daneben lauter kleine Punkte, vom Einstich der Nadeln. Die beiden Hautlappen, die am Schluß über dem zersägten Brustbein, dem geöffneten Leib wieder zusammengefügt und vernäht worden waren, hatten sich aufgestülpt wie wulstige Lippen. Es sah nicht besonders gut aus, aber der Assistenzarzt hatte Panetta versichert, daß es sich um eine wunderschöne Narbe handelte, die von Tag zu Tag blasser werde. Sie wollten der Operationswunde jetzt ein bißchen Luft gönnen, um den Heilungsprozeß zu beschleunigen. Scottys Augenbrauen gingen ein wenig nach oben, die Pupille wurde um Millimeter verkleinert. Sonst bemerkte Panetta keine Reaktion. «So sehe ich jetzt aus, Scotty. Einmal aufgeschnitten vom Hals bis zum Bauch. Grady und seine Leute haben im Blut gewatet, möchte ich wetten. Das war eine Orgie von Blut und Fleisch und Hautfetzen und was weiß ich. Haben Sie eine Ahnung, wie oft ich vorher von dieser Operation geträumt hab? Wie viele Nächte ich vorher wachgelegen hab und versucht, die Bilder zu verdrängen? Eine Säge, ein Messer, eine Spritze, ein Hammer, eine Pumpe, blutverschmierte Arztkittel und ein Narkoseapparat, der zu blubbern und zu spucken anfängt, und dann jemand, der tonlos ‹Exitus› sagt. Und dennoch, Mr. Reston, habe ich mich nach dieser Operation gesehnt. Mit jedem Erstickungsanfall wurde die Sehnsucht größer, mit jedem Reizhusten, der mich schier zerriß, habe ich um so verzweifelter den Augenblick herbeigesehnt. Ich habe mich betäubt mit dem Lesen von sinnigen Sprüchen, von philosophischen Gedanken. Ich habe Berge von leichter Literatur verschlungen, um meine Gedanken abzulenken, ich habe meine Seele mit Balsam gesalbt, sozusagen, habe Proust und Maupassant gelesen, jawohl, sogar Maupassant, weil ich dachte, etwas Grausames, das hältst du nicht aus, grausam ist schon dein Leben. Ich habe James Joyce noch einmal gelesen. Können Sie sich etwas Langweiligeres vorstellen als die Geschichte über einen Mann, der stundenlang durch die Straßen von Dublin wandert?»

«Ich bin nie in Irland gewesen.»

«Seien Sie froh. Dort regnet es 250 Tage im Jahr, deshalb ist die Insel so grün, bei einer Durchschnittstemperatur von ungefähr zehn Grad, sommers wie winters. Babies bekommen Regencapes zur Geburt geschenkt.»

«Vom Staat?» fragte Scotty.

Panetta lachte. Er war nicht sicher, ob Scotty ihn auf den Arm nahm oder ob er wirklich so naiv war. James Joyce hatte bei Panetta noch zum Pflichtprogramm im Fach Literatur gehört. Kann sich in zehn Jahren so viel verändert haben? Scotty war höchstens zehn Jahre jünger. Aber es war ja eine allgemein bekannte Tatsache, daß immer weniger Leute sich für Literatur interessierten. Panetta hatte sich noch nicht entschieden, wem er dafür die Schuld geben wollte. Den Eltern? Den Schulen? Den neuen sogenannten Lebensentwürfen, in denen das Wort «Nachdenken» und «Innehalten» nicht mehr vorkam? Und was war mit ihm selbst? Hatte er sich ein neues Herz gewünscht, damit ihm mehr Zeit bliebe, sich durch die Weltliteratur zu lesen? Hatte er überhaupt daran gedacht, die Zeit, die ihm geschenkt wurde, den sogenannten schönen Künsten zu widmen? Was genau warf er Scotty eigentlich vor?

Panetta räusperte sich. «Was wollte ich sagen? Ach ja, ich hatte Angst vor dem Leben, Dr. Reston. Angst vor seiner Brutalität, vor seiner Grausamkeit. Ich habe in unserer hübschen Wohnung, mit meiner bezaubernden Frau Martha, zwischen wunderschönen Möbelstücken im toskanischen Landhausstil gewohnt, jeden Abend kleine Köstlichkeiten auf edlem Porzellan verspeist und die Welt draußen gelassen. Aber jetzt, Dr. Reston, will ich wieder mitspielen! Ich weiß, daß ich die Welt aushalte, Scotty! Verstehen Sie, was ich meine? Ich bin stark und jung, und in meinen Adern fließt frisches Blut, gewaschenes, sauberes Blut! Ich spüre eine unglaubliche Energie in mir.»

Er war plötzlich erschöpft. Er spürte, wie das saubere, gewaschene Blut aus seinem Gesicht wich. Ihm wurde schwindelig. Scotty beugte sich vor. «Haben Sie mit der Energie vielleicht ein bißchen übertrieben?»

«Ich könnte einen Schluck Wasser gebrauchen», flüsterte Panetta. Schweiß trat ihm auf die Stirn. Das hatte er lange nicht erlebt. Es ärgerte ihn. Dieser Scotty ärgerte ihn. Er sah, wie Scotty aufstand, das Bein nachzog, als er zum Tisch ging, aus der Mineralwasserflasche etwas einschenkte, ihm mit seinen Gummihandschuhen das Glas reichte. «Danke», flüsterte Panetta. Er trank in kleinen Schlucken, mit geschlossenen Augen. Er wußte selbst nicht, warum er sich so in Rage geredet hatte. Warum er sich so aufregte. Sein Hemd war immer noch geöffnet, der Oberkörper entblößt. Er schämte sich plötzlich. Er gab Scotty das Glas zurück und knöpfte das Hemd wieder zu.

«Verzeihung», murmelte er.

«Wofür entschuldigen Sie sich?» fragte Scotty sanft. Die Sanftheit der Psychologen, dachte Panetta, alles ein Trick. Er bringt mich zum Reden, und ich weiß nicht wieso. Ich sollte aufhören. Scotty sagte nichts. Er saß da, ruhig, die Hände im Schoß, und wartete, bis Panetta sich gefangen hatte. Er wartete lange. Die Zeit verging.

Schließlich hielt Panetta es nicht mehr aus. Trotzig fragte er: «Sonst noch was?»

Scotty nickte. Er beugte sich vor. «Mr. Panetta, ist das wirklich die einzige Frage, die Sie zur Zeit beschäftigt? Warum die Polizisten im Krankenhaus waren?»

Panetta schaute ihn an. Dieses Gesicht, von dem er nur Stirn und Augen sah. Und die Ohren.

Panetta räusperte sich. Er fuhr mit dem Ellenbogen über sein Gesicht, er schaute zum Fenster, zurück zu Scottys unterschiedlichen, haselnußbraunen Schuhen, auf Scottys Ohren, in seine Augen. «Ich frage mich natürlich hin und wieder, wem dieses Herz gehört hat, das jetzt in meiner Brust schlägt. Was das für ein Mensch war. Das frage ich mich natürlich hin und wieder.»

«Nur hin und wieder?» fragte Scotty sanft.

Panetta holte tief Luft. Er umklammerte die Sessellehne, stützte sich ab, stand auf. Er ging mit unsicheren Schritten (vorher war er schon viel sicherer unterwegs gewesen) zum

Bett, setzte sich auf die Bettkante. Scotty drehte seinen Stuhl so, daß er ihn nie aus den Augen ließ. Panetta stand wieder auf, ging zum Fenster. Scotty drehte seinen Stuhl. Panetta lehnte sich gegen das Fensterbrett.

«Ich denke Tag und Nacht daran», sagte Panetta leise. «Und ich frage mich immer ...» Er stockte.

«Was fragen Sie sich?» Scottys Stimme war noch sanfter geworden, geradezu schmeichelnd.

Panetta schüttelte den Kopf, räusperte sich. «Ich weiß nicht. Ich will nicht darüber sprechen.»

«Doch, doch, sprechen Sie, deshalb bin ich ja hier, damit Sie sprechen, damit Sie das aussprechen, was Sie bedrückt.»

«Es bedrückt mich nichts. Es bedrängt mich eher. Die Frage, wer dieser Mann war ...»

«Woher glauben Sie, daß es sich um einen Mann gehandelt hat?» fragte Scotty.

Panetta sah auf. «Eine Frau? Ein Mädchen? War es ein Mädchen? Schlägt in diesem Körper ein Mädchenherz?» Er schloß die Augen. Er spürte das Zittern seines Körpers. Er schaute in sich hinein. Das tat er manchmal, das hatte er trainiert in den Jahren, in denen er sich um sein Herz kümmern mußte. «Nein, nein», murmelte er, «kein Mädchenherz.»

«Was macht Sie so sicher?»

Panetta riß die Augen auf. Scotty hatte sich weit vorgebeugt. Seine Augen hielten ihn fest, nagelten ihn an den Platz, an dieses Fensterbrett.

«Ich fühle eine Kraft in mir, Dr. Reston», murmelte Panetta. «Eine ungeheure Kraft. Das ist etwas ganz Besonderes. Etwas, das ich noch gar nicht beschreiben kann. Wofür ich keine Erklärung habe. Aber vielleicht brauche ich sie auch gar nicht. Es genügt doch, daß ich diese Kraft spüre, oder? Ich habe die Jugend in mir, Dr. Reston, Saft und Kraft. Haben Sie Cormac McCarthy gelesen? ‹All die schönen Pferde›?»

«Ich fürchte, Panetta, Sie erwischen mich immer auf dem falschen Fuß.»

Das war wieder so eine Anspielung. Konnte ironisch gemeint sein. Vielleicht wollte Scotty andeuten, daß er andere Probleme gehabt hatte als junger Typ, daß ihm zum Lesen keine Zeit geblieben war. Oder keine Möglichkeit. Wo war Scottys Bein geblieben? Erwartete er jetzt von ihm, Panetta, daß er die Frage stellte?

«Das Buch handelt von allem möglichen, aber ganz besonders von dem Erwachen der Sexualität. Der Manneskraft, wenn sie so wollen. Den Versuchungen, den Verführungen, den Irrwegen, den Um- und Abwegen. Von der Sexualität. Von der Lust. Verstehen sie, was ich sagen will?»

«Vielleicht werden Sie etwas deutlicher. Weniger literarisch», schlug Scotty milde vor.

Panetta schaute auf seine Hände. «Ich träume seit vier Tagen nur vom Sex. Die ganze Nacht.»

«Niemand träumt die ganze Nacht, Mr. Panetta.»

«Okay, aber wenn ich träume, dann vom Sex. Ich komm damit nicht klar. Das beschäftigt mich. Ich wollte Sie fragen, ob Sie eine Erklärung dafür haben.»

«Weil Sie früher keine sexuellen Träume hatten?»

«Genau, früher hatte ich sie nicht.»

«Und nun denken Sie, daß das etwas mit dem Herzen zu tun hat, das in Ihrem Körper schlägt?»

«Womit sonst?» fragte Panetta leise.

«Sie haben es selbst gesagt: mit der neuen Kraft, zum Beispiel. Ihre Pumpe funktioniert. Sie tut die Arbeit, die sie tun soll. Sie fühlen sich kräftiger, weil Ihre Pumpe funktioniert. Das beeinflußt auch die Sexualität. Es ist übrigens ganz normal, Mr. Panetta, daß Herzpatienten in der postoperativen Phase starke sexuelle Regungen spüren.»

«Na dann.» Panetta gab sich einen Ruck. Er lächelte Scotty

ins Gesicht. «Worüber reden wir überhaupt? Sie entschuldigen mich jetzt bitte, Martha, meine Frau, wird jeden Augenblick hier sein. Und ich möchte mir noch ein frisches Hemd anziehen.» Er ging zur Tür, öffnete sie und wartete, bis Scotty mit seinem Hinkefuß und dem Plastikstuhl sein Zimmer verlassen hatte. Dann, als die Tür geschlossen war und er in seinem Sessel lag, die Augen geschlossen, ließ er die Tränen einfach kommen. Sie drängten unter seinen geschlossenen Lidern hervor, rollten über sein Gesicht, die rasierten Wangen, den Hals, der dünn geworden war, über die frische Wunde. Er spürte jede Träne, die an ihm herunterlief. Und eine ungeheure Traurigkeit erfaßte ihn, wie er sie seit seinen Kindertagen nicht mehr gekannt hatte.

ACHTES KAPITEL

PRECIOUS WHITE sagte: «Die Namen Randolph und Sophie Harper habe ich nie gehört. Otis hat auch kein Motorrad. Mein Otis ist kein Mörder. Ich muß es doch wissen, ich bin doch seine Mutter. Wer sollte wissen, was für ein Junge Otis ist, wenn nicht ich? Außerdem hat er nie ein Motorrad besessen. Hören Sie auf, Lügengeschichten über meinen Sohn in die Welt zu setzen, Mann. Ich weiß mich zu wehren. Wir leben in einem Staat, der den Schwarzen die gleichen Rechte garantiert wie den Weißen, schon vergessen?» Und sie schlug dem Reporter die Tür vor der Nase zu.

So weit der Reporter vom *Washington Star*. Ein Mann namens Jimmy Kosner.

Die Leute von NBC hatten ein Mädel zu Precious White geschickt. Eine gewisse Cecilia Diaz. Sie hatte offenbar mehr Glück. Precious bat sie und das Kamerateam in ihre Wohnung und bot ihr eine heiße Schokolade an. («Ich mache die Schokolade nicht aus Kakaopulver wie die anderen Leute hier, sondern ich reibe schwarze, bittere Schokolade aus Kolumbien. Und die wird in kochendem Wasser geschmolzen, dann nur kurz der Quirl rein, und probier selbst, Honey. Das ist doch ganz was anderes. Otis hat immer gesagt, Mom, wenn es sonst keinen Grund gäbe, immer wieder zu dir zurückzukommen, dann ist es deine heiße Schokolade. Aber auch die bringt ihn mir jetzt nicht wieder zurück.»)

Precious White hielt ihre Wohnung sauber wie eine Puppenstube, wenn man Cecilia Diaz glauben durfte. Kubanische Puppen saßen in ihren Festtagskleidern aus steifer Kunststoffspitze auf dem Sofa, der Kanarienvogel auf dem Fensterbrett zwitscherte wie ein richtig glücklicher Vogel, und die Fotos über Precious' Bett (sie schlief in einer kleinen, fensterlosen Kammer, weil ihr Sohn Otis das große Zimmer bekommen hatte, am Tag, als er zur High School kam) deuteten auf ein Leben ohne große tragische Momente hin. Precious hatte ihren Sohn allein aufgezogen, aber sich darüber nicht beklagt. «Weißt du, Kindchen, ich habe schon immer gesagt, einen Mann brauchst du, wenn du jung bist, für einen guten Fick, aber dann können die Männer bleiben, wo der Pfeffer wächst. Ich möchte nicht wissen, was aus meinem Otis geworden wäre, wenn hier in dieser Wohnung immer so ein arbeitsscheuer Typ herumgesessen hätte, der nur das Glücksspiel im Kopf hat oder wie er an die nächste Bierdose kommt, ohne sich zu bewegen. Ich habe ein Leben lang gearbeitet, Honey, ich hab dem Staat nicht auf der Tasche gelegen, nie. Ich arbeite noch heute, jeden Morgen Punkt sechs Uhr verlaß ich das Haus. Ich putze im Brinkley Building unten an der K-Street. Zusammen mit einer Brigade von sechs Leuten. Aber mir geben sie immer die wichtigsten Sachen. Die Marmortische zum Beispiel, gleich an der Bar, und das Messing. Ich mach die Feinarbeit, möchte ich sagen, und die anderen sind fürs Grobe. Mein Chef sagt, Precious, ohne Sie hätten wir den Auftrag beim Brinkley Building längst an die Konkurrenz verloren. Was glauben Sie, wie viele Reinigungsfirmen es in Downtown Washington gibt?»

Das verblüffende an der Geschichte von Cecilia Diaz, deren Beitrag dreimal an ein und demselben Tag ausgestrahlt wurde, war, daß sie Precious nie unterbrochen hatte. Unzensiert ist alles über den Sender gegangen, ohne das Wesentliche vom Unwesentlichen zu trennen. Sie wollte dem Leser Precious White vorstellen, eine tapfere, schwarze, alleinerziehende Mutter aus dem Südwesten der Stadt. Eine Mutter, die immer stolz auf ihren Sohn war. («Hier, Honey, das ist seine Urkunde. Da hat er einen Wettbewerb gewonnen, in der Schule, in Physik. Er hat auch mal einen Vorlesewettbewerb gewonnen.»)

Nachmittags, wenn die anderen aus Precious' Reinigungsmannschaft auf dem Ohr lagen, führte Precious die Hunde der reichen Leute aus Georgetown aus. Ein Doggie-Walker, das war sie auch. Sie machte das gern. Sie liebte Tiere, Hunde, Katzen, Vögel, eigentlich alles, sagte sie, was kreucht und fleucht. Zwischendurch kaufte sie ein, und abends gab es für Otis und sie ein richtig gutes Essen. («Bei uns hat es auch in der Woche mal nach einem frisch gebratenen Hühnchen gerochen oder einem Steak mit *mashed potatoes* und Zwiebeln. Ich weiß noch, wie Julia, oben aus dem dritten Stock, sie hat zwei Kinder und einen Mann, der bei einer Möbelspedition arbeitet, einmal zu mir sagte: Wenn ich bei dir an der Tür vorbeigehe, Precious, dann läuft mir immer das Wasser im Mund zusammen, so ein köstlicher Duft kommt unter der Wohnungstür durch.»)

In der letzten Zeit, als sie wegen ihrer Arthritis nicht so gut zu Fuß war, habe Otis den Job übernommen. Die Hunde ihrer Kundschaft ausgeführt. In Georgetown hatten die Häuser nur kleine Gärten, und die Hunde brauchten Auslauf. «Welcher Junge macht das schon, Honey», sagte Precious, «daß er seiner Mutter die Arbeit abnimmt? Und das Geld hat er abgeliefert, einmal in der Woche, hier auf den Küchentisch hat er es gelegt. Mom, dein Geld, hat er gesagt, und wenn ich gesagt habe, kommt gar nicht in Frage, Otis, das Geld gehört dir, steck die Dollars ein, du hast sie dir auch verdient. Dann hat er sie eingesteckt, wortlos, aber was sagen Sie jetzt, Honey: Am nächsten Tag stand ein Blumenstrauß hier auf dem Küchentisch, und daneben lag ein Schal, so einer, wie ich ihn mir immer mal gewünscht hatte, oder ein Buch über Hunde, oder zum Beispiel die Puppe da, die mit dem roten Haar, die hat Otis von dem Geld gekauft, das er verdient hat. Glauben Sie, so ein Junge ist ein Mörder? Bringt Leute um, die er überhaupt nicht kannte? Er hatte noch nicht einmal ein Motorrad! Er besaß doch gar keinen Führerschein! Das Ganze stimmt hinten und vorne nicht, Miss Diaz. Und jetzt zeige ich Ihnen das Zimmer, in dem Otis gewohnt hat.»

Panetta schaute auf die Uhr. Martha war jetzt schon seit einer Stunde bei Grady. Sie war gekommen, hatte seinen Nacken gekrault und ihren Kopf an seine Wange gelegt, eine Geste der Zärtlichkeit, die ihn so rührte, daß er beinah wieder in Tränen ausgebrochen war.

Der Deal mit der Villa in der Madison Street, an dem sie so lange gearbeitet hatte, war nicht zustandegekommen, das hatte Panetta schon gewußt, als Martha zur Tür hereinkam. Man konnte ihr Erfolge und Mißerfolge am Gesicht ablesen, ihrem Gang, der Art, wie sie die Schultern nach oben zog, als müsse sie ihren Kopf vor Ohrfeigen schützen. Martha hatte als Mädchen eine strenge Schule besucht und ihm erzählt, daß eine Lehrerin, wenn sie strafte, ihnen immer Ohrfeigen gab. So heftig, daß einem Mädchen das Trommelfell geplatzt war. Danach war die ganze Sache aufgeflogen, und man hatte die Lehrerin nach Hause geschickt.

«Hallo, Darling», sagte Martha mit einer kleinen, verzagten Stimme, «ich bin schon wieder zu spät, nicht? Tut mir leid, aber dieser Kerl hat sich das Haus vom Speicher bis zum Keller angesehen, jede Türklinke und jede feuchte Stelle an der Gartenmauer, und als wir unten im Keller waren, hat er gesagt, jetzt würde ich doch gerne noch einmal hinaufklettern und mir ein Bild machen von der Qualität der Dachziegel.»

«Ein Scheißkerl», sagte Panetta mitfühlend, «und zum Schluß hat er gesagt, er will es sich noch mal überlegen, was?»

«Genau. Ich wette, morgen ruft er an und sagt, es sei doch nicht genau das, was er sich vorgestellt hatte.» Sie ließ sich auf den Bettrand sinken. Sie seufzte, aber dann lächelte sie. «Und du?»

«Mir geht es gut», sagte Panetta. «Mir geht es doch immer gut, seit ich das hier habe.» Er legte seine Hand auf das neue Herz. «Jeden Tag hundert Prozent besser als am Tag zuvor. Wenn du gleich zu Grady gehst, dann erinnere ihn daran, daß ich einen Tag vor Thanksgiving rausdarf.»

Martha nickte.

«Falls er es vergessen hat: Thanksgiving ist in drei Tagen.»

«Er hat es bestimmt nicht vergessen, Darling.»

Martha nahm aus der Kitteltasche einen Stapel Briefe. Die waren bestimmt sterilisiert worden. Aber man sah es ihnen wenigstens nicht an. «Das Telefon steht überhaupt nicht still», sagte Martha. «Alle rufen an und wollen wissen, wie es dir geht. Ich soll dich von Joyce und Ed ganz herzlich grüßen, und sie können es gar nicht mehr abwarten, bis wir uns wieder zu einer Partie Bridge treffen.»

Panetta lächelte. «Joyce und Ed», murmelte er, «die Bridge-Abende. Mein Gott. Ich hab ganz vergessen, daß es so was mal gegeben hat.»

«Tom Hearst hat angerufen. Er sagt, du sollst dir keine Sorgen machen wegen der Neubaupläne für die Bibliothek. Das Ganze ist auf das Frühjahr verschoben worden. Was denn für Neubaupläne, Darling? Ich hab natürlich so getan, als wenn ich Bescheid wüßte. Wieso hast du mir nicht erzählt, daß ihr einen Neubau plant?»

«Ich fand es nicht wichtig, Liebes. Ein Teil der Bibliothek wird ausgelagert. Die historischen Folianten, die wirklich wertvollen Sachen, weißt du, bekommen ein neues Haus. In unserem Gebäude ist die Luft einfach zu feucht. Die Klimaanlage pumpt irgendwo ein Wasser-Luft-Gemisch in unsere Lesesäle, das ist zwar gut für die Leute, die dort arbeiten, aber nicht für die alten Folianten, wir mußten uns da was überlegen.»

«Das klingt interessant», sagte Martha. «Schade, daß du so was nie erzählst.»

«Ach, Liebes, du weißt doch, wie es gewesen ist.»

«Ja», sagte Martha, «ich weiß.»

Und Panetta hörte den Unterton, der sagte: Es war zum Sterben langweilig und trostlos. Aber natürlich sagte sie es nicht.

«Deine Sekretärin möchte dich unbedingt besuchen, aber ich habe ihr erklärt, daß sie besser warten soll, bis du nach Hause kommst. Da habt ihr beide mehr davon.»

«Brav», sagte Panetta. «Xenia ist eine gute Seele.»

«Sie sagt, sie habe die ganze Nacht gebetet, als du operiert wurdest.»

Panetta lächelte. «Und das hast du geglaubt?»

«Warum sollte ich es nicht glauben?»

«Na gut, vielleicht stimmt es ja sogar. Liebes, wenn du mit Grady sprichst, vergiß nicht, ihn zu fragen, wie es mit der Entlassung steht, ja? Und komm bald zurück. Ich vermisse dich jetzt schon.»

Martha verstand den Wink. Panetta mußte entweder die Toilette aufsuchen oder irgendwelche Tabletten schlucken. Er hatte Martha immer noch nicht genau aufgeklärt, was alles zu den postoperativen Maßnahmen gehörte, denen er sich fügen mußte. Sie wollte es auch gar nicht so genau wissen, davon war Panetta überzeugt. Sie stand sofort auf, warf ihm eine Kußhand zu und war schon verschwunden.

Panetta nahm die Zeitungen so vom Stapel, wie die Schwester sie ihm hingelegt hatte. Als nächstes also die *Sun*. Der Bericht, den Grady ausgeschnitten hatte, stand auf Seite 3, er hatte diesen dicken Balken, den die *Sun* sich ausgedacht hatte für den Harper-Mordfall. Und darunter stand: *Von unserem Sonderkorrespondenten Michael Golden.*

Panetta mußte lachen. Das klang wichtigtuerisch und bombastisch, es paßte zum Stil der Zeitung. Aber er war sicher, daß Cecilia Diaz alles aus Precious White herausbekommen hatte. Das Foto jedenfalls, das die *Sun* ihren Lesern präsentierte, war unscharf und außerdem nicht besonders schmeichelnd. Precious blinzelte in die Kamera, so als würde sie von der Sonne geblendet. Sie hatte den Mund geöffnet, und man sah, daß ein Schneidezahn fehlte. Kein Mensch sieht vorteilhaft aus, dem ein Schneidezahn fehlt. Der Sonderkorrespondent hatte nicht mit Precious gesprochen. Sie hätte genug, sagte sie ihm, zwei Fernsehteams hätten schon vor ihrer Haustür gelauert, und sie würde jetzt nur noch mit Leuten sprechen, die Geld für ein Interview böten. Das habe ihr Chef ihr geraten. Und ihr Chef wisse, wie man mit der Presse umgeht. Der Sonderkorrespondent aber wollte offenbar nicht zahlen. Deshalb redete er mit Julia, der Nachbarin. Sie war gerade mit ihren beiden Kindern vom Supermarkt zurückgekommen, die Kinderkarre war vollbepackt mit prall gefüllten Tüten. Julia trug das Baby auf dem Arm, und ein kleiner, vierjähriger Junge klammerte sich an ihr Hosenbein, als der Sonderkorrespondent sie ansprach.

«Ja», sagte sie argwöhnisch, «ich kenne Precious White.»

«Wie gut kennen Sie sie?»

«Wie man sich kennt, wenn man drei Jahre im gleichen Haus wohnt.» Sie war abwartend, zurückhaltend. Sie schaute immer wieder an der Fassade des fünfstöckigen Klinkerbaus empor. Ein Haus ohne Balkone und den geringsten Versuch, wohlgefällig zu wirken, ein viereckiger Kasten mit einem kleinen Glasdach über dem Eingang, das allerdings geborsten war. Links eine Reihe von Mülltonnen. Neben dem Haus eine Wäschestange. Daneben der betonierte Parkplatz. Das war's. Zehn Meter weiter ein Haus, das genauso aussah, aber neben der Haustür einen Busch hatte mit herbstlich gelben Blättern. Panetta dachte, viel wird der Sonderkorrespondent nicht herausgefunden haben, wenn er so ins Detail geht mit Nebensächlichem.

Julia sagte, sie sei immer gut mit Precious ausgekommen. Auch mit Otis. Otis sei ein prima Kerl, er habe einmal, als sie mit dem Baby ins Krankenhaus mußte, den Babysitter gespielt für Jimmy. Und dann beugte sie sich zu Jimmy und fragte: «Weißt du noch, wie du mit Otis in einem Bett geschlafen hast, Jimmy?»

Und Jimmy nickte und hatte glänzende Augen und erzählte irgend etwas von einem Polarbären, der seine Mutter suchte. Offenbar eine Geschichte, die Otis sich ausgedacht hatte, eine Gute-Nacht-Geschichte.

«Immer, wenn Jimmy Otis sah, fing er wieder von diesem weißen Bären an», sagte Julia, «das hat ihn wirklich beeindruckt. Wissen Sie, ich bin nicht so gut im Geschichtenerzählen, kann sein, daß der Kleine das vermißt. Aber der eine hat es und der andere nicht, oder?»

Otis sei in der ganzen Nachbarschaft beliebt gewesen, sagt sie, er habe nie mit den anderen rumgehangen, den Leuten, die mit Drogen dealen oder sich zu Gangs zusammentun. Er habe immer zu Hause gesessen und gelernt. Im Sommer habe er draußen gesessen, auf einer Bank am Spielplatz, neben sich einen Stapel Bücher.

Ob er abends viel weggewesen sei?

«Keine Ahnung», sagte Julia, «kann sein. Kann nicht sein. Fragen Sie doch Precious.»

Der Sonderkorrespondent ließ unerwähnt, daß Precious keinen Journalisten mehr empfangen würde.

«Noch eine letzte Frage», sagte er, als Julia den Kinderwagen durch die Haustür schieben wollte. «Halten Sie es für möglich, daß Otis der Mörder der Harpers ist?»

Julia blieb stehen. Sie wischte sich die Haare aus dem Gesicht, schrieb der Korrespondent, und schaute mich an wie jemanden von einem anderen Stern.

«Otis? Otis ein Mörder? Glauben Sie, daß ein Mensch, der einen Spenderausweis mit sich herumträgt, ein Mörder sein kann? Er hat mir den Ausweis mal gezeigt. Da steht, daß man seinen Körper vollkommen auseinandernehmen kann, ausweiden, zerteilen, was auch immer. Seine Augen, seine Haut, sein Gehirn. Alles. In dem Ausweis steht, daß er damit einverstanden ist, daß man nach seinem Tod sein Herz herausnimmt und es einem anderen Menschen einpflanzt. Ich möchte, hat er zu mir gesagt, wenigstens im Sterben zu etwas nütze sein. Und so jemand soll ein Mörder sein? Einer, der sein Herz einem Fremden gibt?»

Die Zeitung glitt aus Panettas Hand. Er zitterte am ganzen Körper. Er bückte sich, hob die Zeitung auf, aber er war unfähig weiterzulesen. Er saß da, zu keinem Gedanken fähig, starr, wie ausgelöscht.

Er hörte nicht, daß die Tür aufging und Martha hereintrat. Es war dämmrig im Zimmer, aber er hatte kein Licht angemacht.

«Darling, schläfst du?» flüsterte Martha, aber auch das hörte er nicht oder gab vor, es nicht zu hören.

Martha kam auf Zehenspitzen zu seinem Sessel, schaute ihn an, ganz aus der Nähe. Er öffnete ganz plötzlich die Augen. Er sah ihren Blick. Er sah, daß etwas in ihrem Blick war, etwas Neues, Fremdes, eine andere Angst.

Er hob die Hände, legte sie um ihren Kopf und zog ihn noch dichter zu sich heran. Er spürte ihren Widerstand. Leise, aber beharrlich. Er ließ sie wieder los.

«Hast du es gelesen?» flüsterte er.

Martha räusperte sich. «Ich bin nicht sicher, ob du dasselbe meinst wie ich, Darling ...»

«Diese Sache mit Otis, Precious Whites Sohn. Der soll die Kawasaki gefahren haben. Dieser Unfall mit dem Kieslaster ... in Williamsburg ... weißt du überhaupt, worüber ich rede?»

«Du sollst dich nicht aufregen, Darling. Doc Grady sagt, es gibt überhaupt keinen Zusammenhang. Es sei alles nur eine dumme Spekulation. Der Doktor regt sich furchtbar über diese Presse auf, Darling. Er nennt sie Schmierfinken. Er sagt, die wahren Mörder sitzen in den Redaktionsstuben.»

«Das sagen sie immer», murmelte Panetta müde. «Das bedeutet gar nichts. Nur, daß jemand Dreck am Stecken hat.»

«Grady? Grady soll Dreck am Stecken haben?» Martha lachte nervös, ein bißchen hysterisch. «Darling, das geht wirklich zu weit. Grady wußte genau, daß du diesen Schluß ziehen würdest. Er sagt, dieses Interesse, das du an dem Mord hast, das sei von Anfang an ganz fatal gewesen. Er habe nur nicht gewußt, daß es dich so interessiert. Erst später habe Schwester Heather ihm gesagt, daß du von nichts anderem redest. Wenn er das gewußt hätte, dann wären diese Zeitungen nie unzensiert in dein Zimmer gekommen.»

Panetta schüttelte müde den Kopf. «Liebes, es geht nicht um die Zeitungen. Es geht doch nicht darum, ob ich die Zeitungen lese oder nicht. Es geht um etwas ganz anderes: Dieser Junge, dieser Otis White, er hatte einen Spenderausweis bei sich. Er ist in der Nähe von Williamsburg ums Leben gekommen, als er mit seiner Kawasaki gegen einen Kieslaster geprallt ist.»

«Der hat ihn von der Straße abgedrängt. Und es war nicht seine Kawasaki, Darling, Otis besitzt kein Motorrad, das hat die Polizei längst bestätigt. Daran siehst du doch, daß die einfach irgendwas zusammenschreiben. Grady hat mit der Polizei telefoniert, und sie haben ihm bestätigt, daß es bislang nur einen Verdacht gegen Otis White gibt. Nichts sonst, nur einen Verdacht. Es können noch hundert andere in Frage kommen für den Mord, Danny. Verstehst du mich?»

Panetta starrte seine Frau an. Er brauchte eine Weile, bis er wieder sprechen konnte. «Grady hat mit der Polizei telefoniert?»

Martha nickte. Sie verstand nicht, worauf er hinauswollte.

«Grady hat die Polizei gefragt, ob Otis White als Mörder in der Harper-Sache in Frage kommt?»

«Ja, Darling.»

«Und warum hat er sie angerufen? Warum, verdammt noch mal, hat er bei der Polizei angerufen, wenn es überhaupt keinen Zusammenhang gibt?»

Er packte Marthas Kittel. Er schüttelte sie. Martha verlor fast das Gleichgewicht. Sie war so erschrocken, daß sie sich nicht wehrte.

«Verstehst du nicht? Wieso begreifst du nicht, worum es geht? In mir schlägt vielleicht das Herz eines Mörders, Martha!»

Er ließ sie los, Martha taumelte zurück. Seine Hände waren schweißnaß, sein Körper flatterte. Er fühlte sich nicht gut. Ihm war schwindlig. Er überlegte, ob es Zeit für die Medizin war. Jeden Tag zwanzig verschiedene Tabletten. Und alle dienten nur dem einen Zweck: daß sein Körper dieses Herz nicht abstieß. Wie hatte Grady gesagt? Wir möchten erreichen, Daniel, daß Ihr Körper sich mit diesem fremden Herzen anfreundet. Ihr sollt Kumpel werden, das Herz und Ihr Körper! Martha sah, daß es ihm schlechtging. Sie lief nach draußen. Er sah den Lichtschein, das grelle Neonlicht auf dem Flur. In seinem Zimmer brannte ein warmes gelbes Licht. Martha hatte dafür gesorgt, daß man ihm eine Stehlampe ins Zimmer stellte. Kein Mensch kann bei Neonlicht lesen, hatte Panetta geklagt. Jetzt hatte er dieses gemütliche Licht, fast wie in einer richtigen Stube.

«Meinem Mann geht es schlecht, Schwester, bitte kommen Sie schnell!» Marthas Stimme überschlug sich fast.

Es dauerte keine zehn Sekunden, da war Martha zurück, und mit ihr Schwester Miriam und Assistenzarzt Dr. Cohen. Sie knipsten das Deckenlicht an.

«Was ist mit Ihnen los, Mr. Panetta?» fragte Dr. Cohen besorgt und faßte sofort nach seinem Handgelenk, um den Puls zu fühlen. Schwester Miriam schenkte ihm kalten Kräutertee ein, und Martha benetzte einen Waschlappen, um ihn auf seine Stirn zu legen.

«Was haben Sie nur gemacht, Mr. Panetta?» fragte der Assistenzarzt. «Ihr Puls macht ja richtige Bocksprünge.»

«Fragen Sie Martha, meine Frau», sagte Panetta.

Martha schüttelte immer wieder den Kopf. «Es ist nicht wahr, Darling. Du darfst dir das nicht einreden!»

Beide, Schwester und Arzt, blickten gleichzeitig zu Martha, die am Waschbecken stand. Martha zog den Kopf noch tiefer zwischen die Schultern. Mit einem hilflosen Lächeln sagte sie: «Er hat es in den Zeitungen gelesen, daß sie einen Motorradfahrer verdächtigen. Diese Mordsache bei Williamsburg. Und jetzt denkt er, daß er das Herz von diesem Otis hat, diesem Mörder. Und ich weiß nicht, wie ich ihm das ausreden kann.»

«Oh», sagte Panetta amüsiert, «großer Bahnhof, was?»

Sie hatten sich im Aufenthaltsraum versammelt. Zum ersten Mal sah Panetta die Schwestern und Ärzte ohne Kittel und Gummihandschuhe, ohne Mundschutz. Sie hielten ein Glas in der Hand, in dem sich wahrscheinlich eine Apfelschorle befand, und prosteten ihm zu. «Alles Gute, Mr. Panetta. Auf ein langes Leben!»

Grady trat einen Schritt vor, vergrub seine Hand in einer Plastiktüte und holte ein Lebkuchenherz heraus. Auf dem Herzen stand: «Alles Gute, Daniel.»

Grady hängte es Panetta um den Hals und klopfte ihm anschließend auf die Schultern. «Sie haben gut gekämpft, Daniel, wir hier sind alle sehr stolz auf Sie. Alles ist nach Plan verlaufen. Keine Komplikation, nichts, was uns Sorgen gemacht hätte. Wirklich, Sie waren ein Musterpatient.»

«Danke», sagte Panetta, «danke. Ich danke Ihnen allen. Und ich hoffe, daß ich Ihnen mit meinen Extrawünschen nicht allzusehr auf die Nerven gefallen bin.» Er suchte Augenkontakt mit Heather. Sie stand etwas verdeckt von Marcel Thoreau und Alicia, aber sie hatte eine entzückende Frisur, lauter schwarze Locken, und in ihnen steckten kleine, gelbe Schmetterlinge. Er wußte schon, warum ihm Schwester Heather von allen am besten gefallen hatte: Sie strahlte Lebenslust aus.

Grady versenkte seine Hand abermals in der Plastiktüte und zog triumphierend ein zweites Herz heraus. Das hängte er Martha, die sehr überrascht und fast erschrocken reagierte, um den Hals. «Das ist für Sie, Martha. Für Ihre Unterstützung. Wir wissen nicht, was wir ohne Sie gemacht hätten. Sie waren einfach wunderbar.»

Auf Marthas Lebkuchenherz stand: «Love».

Martha wischte sich eine Träne aus den Augenwinkeln und hängte sich dann bei Panetta ein. «Wir sind so glücklich», stammelte sie, «wir wissen gar nicht, wie wir das wiedergutmachen sollen.»

«So etwas kann man nicht wiedergutmachen», sagte Grady charmant, «das muß man einfach hinnehmen. Und sich freuen. Also, meine Kinder, zieht hin in Frieden. Liebt euch, genießt das Leben und ertragt seine Herausforderungen mit Gleichmut. Denkt immer daran, was auch geschieht: Dafür habt ihr gekämpft, um das erleben zu können.»

Panetta hatte schon immer gefunden, daß Apfelschorle ein lächerliches, beleidigendes Getränk war. Warum verdünnte man einen Saft, der ohnehin schon nicht schmeckt, noch mit Wasser? Ihm hatten sie statt des Selterwassers ein stilles unter den Apfelsaft gemischt, ohne Kohlensäure. Dadurch schmeckte die Schorle wie eine trübe Lauge. Er nippte an dem Glas und stellte es zur Seite.

Er räusperte sich. «Ich hab nichts vorbereitet. Keine feierliche Rede. Ich denke, Sie sind froh, wenn Sie das hier hinter sich haben und wieder an die Arbeit gehen können. Diese Situation hat so etwas Pathetisches, nicht? Ich weiß, es ist Ihnen peinlich, mir übrigens auch. Martha und ich wollten Sie nur wissen lassen, daß wir Ihnen allen zutiefst dankbar sind, und deshalb haben wir überlegt, womit wir Ihnen eine kleine Freude bereiten können. Also, Martha meint, daß in Ihrer Pantry eine richtige italienische Espressomaschine fehlt. Die hat sie bestellt, eigentlich sollte sie heute schon geliefert werden, aber wegen Thanksgiving gibt es da Engpässe im Kurierdienst, und so kommt sie erst nächste Woche. Ich hoffe, Sie freuen sich dennoch.»

Sie freuten sich wirklich. Heather kam und umarmte Martha und dann Panetta. Marcel Thoreau schüttelte ergriffen Panettas Hand und sagte: «So ein großzügiges Geschenk hat bisher keiner gemacht.»

«Nein», sagte Alicia, «sonst kommen sie immer nur mit einem Körbchen Prosecco-Flaschen oder süßem Wein.»

«Und zwar die halben Flaschen», fügte Schwester Miriam hinzu. Es wurde also alles genau registriert. Panetta dankte im stillen seiner Frau, die wieder einmal den richtigen Riecher gehabt hatte.

Bevor sie die sichere Station verließen, auf der Panetta die letzten vierzehn Tage verbracht hatte, mußte er die weißen Baumwollhandschuhe anziehen, von denen Grady Martha gleich ein ganzes Dutzend mitgegeben hatte. Und einen Mundschutz aus hautfarbener Gaze umbinden, der mit Gummibändern hinter den Ohren befestigt wurde, wie die anderen auch.

Als sie im Lift nach unten fuhren, betrachtete Panetta sich in dem spiegelnden Chrom. Er verzog das Gesicht.

«Was ist, Daniel? Mögen Sie sich nicht mehr?» fragte Grady.

«Wissen Sie, was die Leute denken? Da kommt einer, der hat ein so entstelltes Gesicht, daß er es vor den Leuten verbergen muß. So eine Art Krebs, wissen Sie, der von innen das Gesicht zerfrißt.»

«Bitte, Darling», flüsterte Martha.

«Oder er hat sich die Pistole in den Mund gehalten, abgedrückt, aber irgendwas ist schiefgegangen. Da, wo früher sein Mund war, seine Lippen, seine Nase, ist jetzt ein großes Loch. Sagen Sie ehrlich, Doc, genau das denken die Leute doch, wenn sie mich sehen.»

«Darling», sagte Martha, «das ist doch wirklich nur ein ganz dünnes Stück Tuch, das du über dem Mund hast.»

«Und Nase», fügte Panetta grimmig hinzu.

Grady lachte. «Sie haben ein neues Herz, Daniel», sagte er, «wollen Sie auch noch den Schönheitswettbewerb gewinnen?»

Unten in der Lobby standen Menschentrauben vor dem Saftstand, eine Schlange hatte sich an der Information gebildet, und jeder der Sitzplätze war besetzt. Grady bahnte ihnen einen Weg zum Portal. Er gab der Drehtür einen Schwung und beförderte sie nach draußen.

«So», sagte Grady, «vorsichtig tief durchatmen. Zum ersten Mal wieder eine ganze Dröhnung frische Luft, Daniel. Was meinen Sie, wie die Lungen sich freuen.» Er trug Panettas Köfferchen. «Das ist was anderes, als nur die Nase aus dem Fenster zu stecken.»

Martha hatte den Wagen auf dem Personalparkplatz geparkt, das mußte sie etwas verlegen eingestehen, aber Grady nahm es mit Humor.

«Solange Sie nicht die Zufahrt zur Notambulanz zuparken, ist mir alles recht. Holen Sie den Wagen, Martha, ich paß inzwischen auf ihn auf.»

Sie standen nebeneinander an der Bordsteinkante, Grady hatte die Hände tief in die Hosentaschen geschoben, sein

Sakko beulte. Panetta versuchte, sich an die Baumwollhandschuhe zu gewöhnen. Er fingerte in seiner Manteltasche herum. Martha hatte darauf bestanden, daß er einen leichten hellen Staubmantel anzog. Sie wollte jedes Risiko ausschalten, daß er sich auf dem Weg zwischen dem Krankenhaus und der Wohnung erkältete. Die Luft war mild, und die Sonne kämpfte sich durch einen feinen Wolkenschleier. Für den Tag hatten sie Höchsttemperaturen von 18 Grad angesagt.

Endlich hatte Panetta den Zettel gefunden. Er war ein bißchen abgegriffen an den Ecken, und dort, wo Panetta ihn immer wieder zusammengefaltet hatte, gab es die ersten Sollbruchstellen. «Hier», sagte Panetta, «haben Sie ihn zurück.»

«Was ist das?»

«Ihre Erbauungsfragen», sagte Panetta.

Grady betrachtete kopfschüttelnd den Zettel. «Habe ich gesagt, daß Sie mir den Zettel zurückgeben müssen?»

«Ich brauche ihn nicht mehr.»

«Sie haben die Antworten auswendig gelernt, was?»

Panetta blinzelte gegen die Sonne. Er sah, wie Martha sich durch die eng geparkten Wagen zwängte, den roten Plymouth aufschloß und auf dem Vordersitz Platz nahm. Er hörte nicht, wie sie den Motor anließ, dafür war der Lärm von der Hauptstraße zu groß.

«Mir fällt gerade ein», sagte Grady, die Hände immer noch in den Hosentaschen, «wie Sie damals zu mir kamen und ich Ihnen den Zettel gab. Das hatte Sie verwirrt. Sie wußten nichts damit anzufangen. Aber als Sie das nächste Mal kamen, sagten Sie: Jetzt weiß ich, was ich mit den Jahren tue, die das neue Herz mir schenkt. Ich werde die Jahre nutzen, um Martha all das zurückzugeben, was sie mir an Treue und Zärtlichkeit, aufopfernder Sorge und Zuneigung geschenkt hat. Wissen Sie das noch? Ich werde die Zeit nutzen für das größte Geschenk, das das Leben bereithält: die Liebe. Erinnern Sie sich?»

Panetta verfolgte den roten Plymouth, der sich jetzt vorsichtig einen Weg aus dem engen Parkplatz bahnte, kurz bremste, weil ein weißer Golf ausscherte, aber schnell wieder in die Parklücke zurückfuhr, um Martha vorbeizulassen.

«Ich habe bei der Operation vielleicht einiges verloren, Doc, aber nicht meine Erinnerung. Ich weiß, was ich damals gesagt habe.»

«Und?» fragte Grady. «Gilt das immer noch?»

Panetta hob den Arm, um Martha zu zeigen, daß er sie erwartete. Er lächelte, als sie kurz aufblinkte, trat vom Bordstein auf die Straße und breitete die Arme aus. Martha bremste sofort erschrocken und blieb vier Meter von ihm entfernt stehen.

«Wir werden sehen, Professor», sagte Panetta. «Was ich in Zukunft mit meinem Leben mache, hängt nicht allein von mir ab.»

«Sondern?» Grady schulterte Panettas Reisetasche. Er ging neben ihm her. Martha räumte den Beifahrersitz frei.

«Es hängt zum Beispiel davon ab, was in dieser Mordsache weiter passiert.» Panetta versuchte seiner Stimme einen gleichmütigen, fast heiteren Tonfall zu geben. Er wollte Grady nicht mißtrauisch machen. «Ich hänge da ja mittendrin, verstehen Sie.»

Grady hustete. Er ließ die Tasche auf den Asphalt fallen. «Nein», sagte er barsch, «das verstehe ich nicht.»

«Wenn man Otis White des Mordes überführt», sagte Panetta, «dann hat es für mich Konsequenzen, oder nicht?»

«Daniel», Grady lehnte sich an die Fahrertür, um zu verhindern, daß Martha aussteigen und Zeuge dieses Gesprächs werden könnte. Er sprach eindringlich und leise. «Hören Sie auf, sich wegen dieser Sache einen Kopf zu machen. Sie verrennen sich da in eine Geschichte. Ich habe niemals bestätigt, daß Otis White der Spender Ihres Herzens war. Oder?»

«Sie nicht», sagte Panetta ruhig. Er nahm die Tasche und

öffnete den Kofferraum. Martha klopfte von innen gegen die Wagenscheibe. Grady reagierte nicht drauf.

«Wer denn?» fragte Grady.

«Ich nenne keine Namen.» Panetta schlug den Kofferraumdeckel wieder zu. «Aber in diesem Krankenhaus gibt es eine ganze Menge Leute, die wissen, wer der Spender meines Herzens ist. Wenn Sie das in Zukunft vor Ihren Patienten geheimhalten wollen, dann sollten Sie besser aufpassen.»

«Wer hat was gesagt? Wer?» Grady packte Panettas Schultern.

Panetta blinzelte. «Ich bin Rekonvaleszent, Doc, fassen Sie mich nicht so hart an.»

«Ich möchte nur verhindern, daß Sie sich in irgend etwas verrennen, Daniel. Sie haben ein fabelhaftes Herz, eine gut funktionierende Pumpe, alles ist wunderbar verlaufen, keine Komplikationen bei der Operation, keine Komplikation danach. Es gibt nicht den geringsten Grund für Sie, sich irgendwelche Sorgen zu machen. Hören Sie auf, sich mit diesem Mordfall zu beschäftigen. Das ist ja zu einer fixen Idee bei Ihnen geworden.»

«Eine fixe Idee?» Panetta atmete tief durch. «Und was würden Sie sagen, wenn ich Ihnen jetzt erzählte, daß man bei der Biopsie eine Gen-Analyse gemacht hat? Warum macht man so was, Professor? Und warum werden solche Daten vom FBI angefordert? Martha will Ihnen was sagen. Sie klopft immer gegen das Fenster.»

Grady trat einen Schritt zur Seite. Martha stieß die Tür auf. Sie blickte erschrocken von einem zum anderen. «Was ist denn? Was habt ihr beide denn? Etwas nicht in Ordnung?»

«Alles in Ordnung, Liebes. Wir haben uns nur verabschiedet.»

«In acht Tagen muß er wieder antreten zur Untersuchung, Martha.» Grady ließ sich nicht anmerken, ob ihn das Gespräch verwirrt hatte oder nicht. Er küßte Martha auf die Wangen. «Falls er es vergißt, weil es ihm so unverschämt gut geht: Sie denken dran, nicht? Sie liefern ihn hier ab.»

«Worauf Sie sich verlassen können, Doktor.» Martha stellte sich auf die Zehenspitzen und erwiderte Gradys Kuß. Sieht aus, als hätten die beiden sich ineinander verliebt, dachte Panetta. Und wunderte sich, daß er dabei nicht mal einen Stich spürte. Sein Herz interessierte sich offenbar nicht für Privates. Nicht für sein seelisches Besinnen. Dieses Herz war eine Pumpe. Er sollte das nicht vergessen. Ein Herz ist eine Pumpe.

«Hey, das ist meine Frau, Doc.» Sanft zog Panetta Martha von ihm weg.

«Ich hatte nicht vor, sie auszuleihen.»

«Aber Darling, das war doch nur ein Dankeschön-Kuß.»

Martha lachte. Grady lachte auch.

«Vielleicht nehme ich nächstesmal schon wieder die Metro», sagte Panetta. «Dann muß Martha sich im Büro nicht extra freinehmen.»

«Keine Angst, Darling, ich hab mir Urlaub genommen. Ich lasse dich nicht aus den Augen.»

Er war erstaunt, wie gut er die Autofahrt vertrug. Martha fuhr zügig, aber nicht wirklich schnell. Sie hielt sich an die Geschwindigkeitsbegrenzungen, was sie sonst nie tat. Sie fuhr dicht an die Vordermänner heran, aber nicht so dicht, daß er hätte Panik bekommen können. Alle fünf Meilen oder so warf sie ihm einen besorgten Blick zu und fragte: «Alles in Ordnung, Darling?»

Dann lächelte er, löste behutsam ihre linke Hand vom Steuer und küßte ihre Fingerspitzen. «Wunderbar in Ordnung.»

Es herrschte dichter Reiseverkehr. Die Leute, die in Washington wohnten, strömten hinaus, und andere, die auf dem Land wohnten, hatten sich offenbar vorgenommen, Thanksgiving mitten in der Hauptstadt zu feiern. Je mehr sie sich der Innenstadt näherten, desto dichter und zäher wurde der Verkehr.

«Ich denke, in einer halben Stunde sind wir da», sagte Martha.

«Gut.» Er lächelte.

«Dann essen wir etwas Kleines, Leichtes, und anschließend stecke ich dich ins Bett.»

«Vorher muß ich allerdings ein halbes Pfund Tabletten fressen.»

«Klar, Darling.»

«Ich will nicht übernervös sein, Martha, aber hast du daran gedacht, daß ich fast alles, was mir schmeckt, nicht mehr essen darf?»

Sie lachte. «Und ob ich daran gedacht habe. Aber etwas gibt es, das du essen darfst: das Magere vom Hühnchen. Und jede Menge Gemüse. Und genau das hab ich eingekauft.»

«Und Zeitungen?» fragte Panetta.

Martha konnte nicht antworten, weil sie gerade versuchte, einen Kühltransporter zu überholen. Als es vorbei war, hatte sie die Frage offenbar vergessen, und er wollte sie nicht noch einmal stellen. Sie schwiegen, bis sie in die Juniper Street einbogen. Er spürte eine Woge von Emotion, eine Art Wärmeschauer in seinem Körper. Hier kannte er jedes Fenster, jeden Treppenaufgang, jedes Eisengitter.

Der Ahorn war gelb geworden, rot, und hatte im nächtlichen Sturm auf einmal alle Blätter abgeworfen. Sie bedeckten jetzt den Bürgersteig, es sah aus, als habe jemand zu seinem Empfang Blumen gestreut. Es sah wunderschön aus.

«Da vorn ist ein Parkplatz», sagte Panetta, «genau vor unserer Haustür. Das erste Mal in unserem Leben, was?»

Wenn es überhaupt ein Problem mit der Wohnung gab, waren es die Parkplätze. Wegen der vielen neuen Geschäfte, die am Dupont Circle eröffneten, und der Kongresse und Empfänge, die pausenlos in dem neuen Embassy Suites Hotel stattfanden, gab es im Viertel einen chronischen Platzmangel. Das war ein Ärgernis. Oft genug hatte es Martha, wenn sie schnell zu ihrem Mann nach Hause wollte und ohnehin genug gestreßt vom Bürotag war, den letzten Nerv geraubt.

Aber an diesem Tag, einen Tag vor Thanksgiving, mittags um eins, klaffte eine dicke Parklücke genau vor ihrem Haus.

«Ein gutes Omen, Darling», sagte Panetta.

Martha war zwar eine gute Autofahrerin, aber nicht gerade ein Genie, was das Einparken auf der linken Straßenseite betraf.

«Dieser verdammte Bordstein ist so hoch», sagte sie, «das macht mich immer unsicher. Ich hab mir schon den Kotflügel verbogen an dem Ding.»

«Okay», Panetta öffnete die Wagentür, «was hältst du davon, wenn ich das für dich mache?»

Martha schaute ihn an. «Du? Du willst fahren?»

«Nicht fahren, nur einparken.»

«Das traust du dir zu?»

«Ich trau mir noch was ganz anderes zu, mein Engel. Mir geht es nämlich gut.»

Martha schüttelte ungläubig den Kopf. «Ich kann es nicht fassen, du bist vor vierzehn Tagen operiert worden.»

«Eben», sagte Panetta, «du steigst aus.»

Martha blieb auf dem Bürgersteig stehen, während Panetta einparkte. In der Tat war die Bordsteinkante hoch und der Parkplatz nicht so groß, wie er vermutet hatte. Das erste Mal hatte er zu stark eingeschlagen und mußte noch einmal vorfahren. Als er sich wieder zurückbeugte, scherte gerade ein weißer BMW in seine Parklücke ein. Mit einem Satz sozusagen, ohne ein einziges Mal zu kurbeln und zu drehen.

Panettas Kopf wurde heiß. «He!» schrie er, sich aus dem Fenster beugend. «Das ist mein Parkplatz.»

Nichts passierte. Panetta drückte auf die Hupe. Der BMW stand. Die Scheinwerfer erloschen. Panetta drückte wieder auf die Hupe. Dieses Mal länger, ausdauernd. Martha lief um den Kühler herum, trommelte gegen seine Tür.

«Laß doch, Darling, ich glaube, da vorne fährt einer weg.»

Panetta wollte nicht nach vorne schauen, er schaute zurück. Der BMW hatte einen Spoiler und grüngetönte Fensterscheiben. Ein Angeber-Auto. Er haßte diese Leute. Wahrscheinlich ein Zuhälter. Aus der Gogo-Bar in der Upper Street. Das würde passen. Er drückte wieder auf die Hupe.

«Darling, reg dich nicht auf.»

«Ich reg mich nicht auf», sagte Panetta, «ich will nur meinen Parkplatz.» Er stieß die Tür auf und stieg aus. Ihm war ein wenig schwindlig vom schnellen Aussteigen oder weil er sich doch aufregte, aber das ignorierte er.

Er ließ seinen Wagen mitten auf der Straße stehen, mit laufendem Motor, ging zu dem BMW und klopfte gegen die Scheibe. «Hey, Sie Arschloch, das war mein Parkplatz.»

Der Fahrer des BMW telefonierte. Er trug eine Spiegelsonnenbrille und schob, während er telefonierte, das Kaugummi von einer Mundecke in die andere. Er war die Karikatur eines Autofahrers. Panetta spürte, wie der Zorn in ihm hochkochte.

Der Mann ließ die Scheibe herunter und musterte ihn. Er schob die Sonnenbrille in die Haare. Er grinste.

«Was hast du gesagt, Zombie?»

Panettas Kopf wurde heiß. Ihm fiel plötzlich ein, daß er diesen Mundschutz trug. Er hatte es verdrängt.

«Das ist mein Wagen!» schrie Panetta. Er deutete auf den Plymouth, der jetzt den Durchfahrverkehr behinderte. Eine junge Frau in einem Kombi blickte sich schon genervt um. Gleich würde sie auf die Hupe drücken.

«Ich wollte rückwärts einparken. Ich hatte den Blinker betätigt. Das müssen Sie doch gesehen haben.»

«Ich hab telefoniert, Mann. Und im Straßenverkehr gilt: Wer zuerst kommt, parkt zuerst. Reg dich ab, Mann, und geh zurück in deinen Sarg.»

Panetta hatte das Gefühl, daß hinter seinen Augen etwas explodierte. Er trat gegen den Kotflügel, so heftig, daß er den Schmerz in der Wirbelsäule fühlte.

Der Mann hörte auf zu grinsen. Eine steile Falte bildete sich auf seiner Stirn. «Haben sie dir ins Gehirn geschissen? Wie bist du denn drauf? Bist du irgendwo entlaufen?»

Panetta wollte gerade wieder zutreten, da sah er Martha. Sie winkte der Fahrerin in dem Kombi zu und machte eine entschuldigende Geste einmal im Schwenk von 360 Grad. Das war typisch für Martha. Sie entschuldigte sich vorsorglich immer auch gleich bei denen, die sich überhaupt nicht belästigt gefühlt hatten. Im nächsten Augenblick hatte sie den Wagen um die Häuserecke gefahren.

Panetta spürte, wie der Druck in seinem Innern nachließ. Er wich von dem BMW zurück. Der Fahrer starrte ihn immer noch verblüfft an. «Regst du dich gerade wieder ab, oder was kommt jetzt?»

«Ach, geh zum Teufel.» Panetta wedelte mit seinen Baumwollhandschuhen, klatschte noch einmal auf die Kühlerhaube und überquerte, nachdem er den Kombi vorbeigelassen hatte, den Bürgersteig. Vor der Haustür wartete er.

Martha kam über die Straße, in der Hand seinen Koffer. Sie lächelte verzweifelt. Ein Radfahrer kurvte an ihm vorbei, bremste, lehnte das Rad gegen den Zaun. Auf dem Gepäckträger hatte er einen Korb, gefüllt mit Blumensträußen, die alle in Folie verpackt waren. Er nahm einen Strauß heraus, den größten, und studierte die Adresse auf dem Briefchen, das mit einer Stecknadel befestigt war.

«Wissen Sie, ob hier ein Daniel Panetta wohnt?» fragte der Fahrradkurier.

Panetta lächelte. «Der wohnt hier. Ich bin Panetta.»

«Dann ist das für Sie.» Der Kurier schaute Panetta ins Gesicht und dann rasch wieder weg. Panetta mußte das Sakko öffnen, um in seiner Hosentasche nach einem Dollar zu graben. Er würde Grady irgendwann sagen, daß diese Baumwollhandschuhe für den normalen Alltagsbetrieb vollkommen ungeeignet waren. Der Schweiß auf seiner Stirn war wieder getrocknet, der Puls ging gleichmäßig. Er fühlte sich besser.

«Wir hätten gewinnen können, Martha», sagte er zu ihr, als sie gemeinsam auf die Haustür zugingen, «ich hatte ihn schon fast so weit.»

Martha steckte ihre Nase in die Blumen. «Was ist nur mit dir los? So kenn ich dich gar nicht.»

«Nein?» fragte Panetta amüsiert. «Das ist gut.» Er hätte Martha jetzt gern einen Kuß gegeben, aber er mußte warten, bis sie in der Wohnung waren. Martha hatte die Wohnung nach Gradys Angaben sorgfältig von jedem Staubkorn befreit und desinfiziert. Wenn sie in der Wohnung waren, würde er sie endlich in den Arm nehmen und ihre weichen Lippen küssen.

NEUNTES KAPITEL

PANETTA parkte in der zweiten Reihe vor dem Brinkley Building, Ecke K- und 56. Straße.

Der Portier hatte ihm – gegen ein anständiges Trinkgeld – verraten, daß die Reinigungstruppe immer gegen zehn Uhr morgens das Gebäude verließ. «Sie fangen um fünf Uhr morgens an, Sir», hatte er gesagt, «und brauchen gewöhnlich fünf Stunden. Manchmal, wenn wir Aufsichtsratssitzung hatten oder ein Empfang war, natürlich länger, aber rechnen Sie damit, daß die Leute gegen zehn Uhr fertig sind.»

Er fragte Panetta nicht, warum er das wissen wollte, aber vielleicht konnte er zwei und zwei zusammenzählen. Precious' Foto war oft genug in den Zeitungen gewesen, er mußte wissen, daß sie etwas – direkt oder indirekt – mit dem Mordfall Harper zu tun hatte. Vielleicht interessierte es ihn nicht, vielleicht sagte er sich auch: Was Precious draußen macht, geht mich nichts an. Im Gebäude selbst, darüber hatte er keinen Zweifel gelassen, würde Panetta jedenfalls nicht mit ihr reden können (was Panetta insgeheim gehofft hatte). Aber, nun gut. Es war zwölf Minuten nach zehn, Panetta hatte mindestens drei Dutzend smart gekleideter junger Frauen im gläsernen Portal zwischen den Marmorsäulen verschwinden sehen. Eine Limousine war vorgefahren, und ein Chauffeur mit schwarzem Anzug und weißen Handschuhen hatte einer angestrengt lächelnden Dame aus dem Wagen geholfen. Panetta war ihr Gesicht bekannt vorgekommen, aber erst, als sie oben an der Treppe vor den Marmorsäulen von zwei Herren begrüßt und unter tiefen Verbeugungen in die Halle geführt worden war, fiel ihm ein, daß dies die Ehefrau des Präsidenten gewesen war.

Panetta hatte sich erkundigt. Das Brinkley Building, ein Komplex, der in den zwanziger Jahren gebaut worden war, mit viel Marmor und Stuck im Foyer und einer Rotunde, über die sich eine Kuppel aus venezianischem Glas spannte, gehörte einer Investment-Gruppe, die riesige Mengen von Kapital umschaufelte. Im Augenblick suchten sie eine Möglichkeit, das Geld der kalifornischen Rentenversicherung gewinnbringend anzulegen. Sie hatten auch ein dickes Aktienpaket der Reederei erworben, die einmal fast an der *Exxon-Valdez*-Katastrophe pleite gegangen wäre.

Ein Trupp dynamischer, mittelalterlicher Herren eilte mit federnden Schritten an seinem Wagen vorbei. Manche von ihnen trugen Aktenmappen – diese dünnen Taschen aus weichem Kalbsleder – unter dem Arm, andere nur ihren Regenschirm. Sie sprachen angeregt miteinander. Sie lachten. Auch sie verschwanden in dem Gebäude. Heraus kam niemand.

Panetta verstellte die Rücklehne seines Sitzes, er hätte auch gerne den Hosenbund geöffnet, aber das ließ er lieber, jeden Augenblick konnte Precious das Gebäude verlassen. Und er wollte ihr angemessen gegenübertreten, er wollte sie beeindrucken. Das hatte er sich vorgenommen. Daher auch der Zweireiher, dunkelgraues Flanell, die Krawatte mit kleinem Muster. Den Anzug hatten sie vor zwei Jahren gekauft, aber im letzten Winter hatte er ihn kaum getragen. Da war er ja schon von seiner Arbeit suspendiert. Jetzt spannte die Hose über dem Bauch. Er stellte sich täglich auf die Waage, und es sah so aus, als würde er Tag für Tag fünfzig Gramm mehr auf die Waage bringen. Grady war mit ihm zufrieden. Sehr sogar.

Grady hatte ihn gestern untersucht. Einen ganzen Vormittag hatte er dort im Krankenhaus vertrödelt, nur um zu hören, was er schon wußte: Er war sozusagen kerngesund. Wenn man davon absah, daß er jeden Tag eine Handvoll Tabletten schlucken mußte. Aber immerhin: auch die Rationen würden heruntergesetzt werden, das hatte Grady versprochen. Sein Magen rebellierte allmählich gegen all die Chemie, die man in ihn hineinpumpte. Um den Magen zu beruhigen, trank er vor jedem Essen jetzt immer eine Tasse heiße Consommé. Das hatte Helen geraten. Helen war überhaupt ein Schatz. Sie telefonierten fast täglich. Er war nicht sicher, ob Helen über seinen Spender Bescheid wußte, ob Martha ihr etwas gesagt hatte über diese ganze Geschichte, er jedenfalls hatte eisern geschwiegen.

Er würde auch schweigen, bis er Gewißheit hatte. Die Fernsehsender und Zeitungen hatten inzwischen andere Themen gefunden, die ihnen mehr Zündstoff versprachen. Mit dem Mordfall Harper beschäftigten sie sich nur noch am Rande. Es sah so aus, als gelte die Nachrichtensperre immer noch. Oder die Medien hatten das Interesse verloren.

Panetta hob den Kopf. Da. Das war sie. Diese Frau, die er von den Fotos kannte. Sie war kleiner als die anderen der Gruppe. Fast einen Kopf kleiner als die Frau, mit der sie sprach, aber lebendiger. Die Gruppe bestand aus drei Frauen und vier Männern. Fast alles Puertoricaner, wenn er das richtig einschätzte. Precious hatte von allen die dunkelste Hautfarbe, aber sie war nicht wirklich schwarz. Sie trug einen schwarzen Hut, er saß keck, etwas schräg auf ihrem Kopf, dazu einen Wollmantel, der tailliert war, dunkelbraun, Schnürstiefel. Sie hatte eine Art, die Fußspitzen nach außen zu setzen, so als habe sie irgendwann Ballettunterricht gehabt. Oder davon geträumt, Ballettänzerin zu werden. Wenn sie sprach, leuchteten ihre weißen Zähne. In der rechten Hand trug sie eine Einkaufstasche mit zwei Bambusbügeln, die beim Gehen gegen ihre Beine schlug.

Panetta zog den Schlüssel ab und stieg aus. Er blieb neben dem Wagen stehen. Precious verabschiedete sich von einem Teil ihrer Gruppe und kam jetzt, zusammen mit der um einen Kopf größeren, sehr viel jüngeren Frau, ihm direkt entgegen.

Panetta fluchte leise. Er hatte gehofft, daß er Precious allein erwischen würde. Das wäre einfacher gewesen. Er fürchtete, sie könnte Zicken machen, besonders, wenn sie in Begleitung war. Immerhin möglich, daß die anderen ein bißchen neidisch waren über ihre plötzliche Berühmtheit.

Heute war es egal, ob man wegen irgendwelcher Preise, die man gewonnen hatte, in die Zeitung kam, oder wegen eines Verbrechens. Hauptsache, man war für einen Augenblick aus der Anonymität herausgehoben.

Panetta hielt den Stapel mit Fotokopien in der Hand. Es waren alte Farbkopien von Immobilien, für die Martha irgendwann mal Kunden gesucht hatte. Er hatte sie einfach aus einer Schublade genommen, von der er wußte, daß Martha sie nur für abgelegte Dinge benutzte.

Er postierte sich mitten auf den Bürgersteig, neben einen grauen Ford, der halb auf dem Bürgersteig parkte. Wenn sie an ihm vorbeiwollten, mußten sie schon drängeln. Precious ging links, die andere Frau rechts. Sie gestikulierte, während sie sprach, und war plötzlich blitzschnell zwischen dem grauen Ford und dem Wohnmobil verschwunden. Panetta konnte gerade noch rechtzeitig reagieren, da war Precious schon vor ihm. Er stolperte, tat einen unbeholfenen Schritt, dann noch einen, stieß gegen Precious' große Einkaufstasche, und im nächsten Augenblick flatterten all die schönen Farbkopien von herrlichen Immobilien auf das Pflaster. Zwei von ihnen segelten unter den grauen Ford und schwammen in der Pfütze.

«Oh, verdammt», fluchte Panetta leise. Er stöhnte. «Wieso haben Sie ...»

Precious schaute ihn an. Und dann die Fotos, die verstreut auf dem Boden lagen. Zuoberst ein Haus, eine viktorianische Villa mit Veranda und Säulen, weiße Fassade, rotes Dach, Erker und Türmchen. Davor ein Rondell mit einem Brunnen. Precious schaute auf das Foto, dann auf ihn.

Sie musterte ihn. Der graue Zweireiher, das Hemd mit dem hohen Kragen, die Krawatte von Calvin Klein.

Panetta ließ ihr Zeit. Dann bückte er sich ächzend, und im nächsten Augenblick hatte Precious ihre Tasche abgestellt und half ihm, die Seiten einzusammeln.

«War das meine Schuld?» fragte sie. «Hab ich Sie angerempelt, oder was? Entschuldigung, ich war so in Gedanken, ich hab ...»

«Das hab ich gemerkt, daß Sie in Gedanken waren», knurrte Panetta. «Meine Güte», er wischte mit dem Handrücken über eine Fotokopie eines gelben Klinker-Bungalows mit Panoramascheiben, «die ganze Arbeit umsonst.»

«Warten Sie, ich helfe Ihnen. Ich bring das in Ordnung. Oh, das tut mir leid, wirklich.»

Precious war flink. Er schaute zu, wie ihre Finger die Blätter einsammelten, säuberten und stapelten. Dabei murmelte sie unentwegt Entschuldigungen. Sie holte aus ihrer Tasche ein sauberes Taschentuch und wischte damit liebevoll Seite für Seite die Fotos blank.

«Warten Sie», sagte sie, als Panetta die Hand danach ausstreckte, «ich hab auch noch einen Umschlag, glaube ich.» Sie zwinkerte ihm zu. «Ich arbeite da drüben, wissen Sie, im Büro. Sie glauben gar nicht, was die alles wegschmeißen, wenn sie nicht dafür zahlen müssen. Schauen Sie», triumphierend zog sie einen nagelneuen, unbenutzten Umschlag aus der Tasche: «So was landet bei denen im Papierkorb. Nur weil die Ecke ein kleines bißchen eingerissen war. Schauen Sie, hier stopfen wir alles rein.»

Panetta ließ sie gewähren. Er nutzte die Zeit, um sich ein Bild von Precious White zu machen. Er war nicht sicher, ob er sie mochte. Sie wirkte wie all diese Frauen, um die er sich in seinem Leben nie wirklich Gedanken gemacht hatte, obwohl er gern so tat.

Frauen, die billige Jobs ausführten, damit Leute wie er so leben konnten, wie sie wollten. Die Tag für Tag ihre Arbeit machten ohne den Hauch einer Chance, wirklich aufzusteigen. Das Wort Karriere kannten sie nur aus dem Fernsehen. Und Häuser wie die, die Martha vermakelte, betraten sie höchstens durch den Lieferanteneingang. Irgendwann, wenn sie begriffen, daß für sie der Zug abgefahren war, verbitterten diese Frauen, wurden hart, kalt, grob, fluchten wie Männer und soffen wie sie.

Precious war vielleicht vierzig, vielleicht ein paar Jahre älter, womöglich sogar jünger. Sie sah nicht aus, als hätte sie alle Hoffnung schon aufgegeben. Panetta bemerkte die Trauer in ihrem Gesicht, ihren Bewegungen. Aber hinter dieser Trauer war noch etwas lebendig, brannte noch ein Feuer. Er hielt es für möglich, daß sie immer noch davon träumte, einen Kerl zu treffen, der sie samstags zum Tanzen ausführte, ihr in einem eleganten Restaurant ein Drei-Gänge-Menü spendierte und zu Weihnachten eine goldene Uhr unter den Tannenbaum legte. Sie hatte noch nicht abgeschlossen mit dem Leben. Ihre Hände waren schlank und flink. Ihr Rücken biegsam. Sie achtete darauf, daß die Enden ihres Wintermantels nicht den Boden streiften, als sie sich bückte. Sie schob das Hütchen, das ihr in die Stirn rutschte, mit einer geradezu graziösen Handbewegung zurück. Vielleicht hatte sie tatsächlich einmal Ballettunterricht gehabt. Er tippte auf Kuba. Er wußte nicht wieso, aber irgendwie war er sicher, daß sie aus Kuba kam. In den Zeitungen hatte über ihre Herkunft nichts gestanden, aber sie mußte sich legal hier aufhalten, sonst wäre sie jetzt nicht mehr hier. Nach all dem Presserummel.

«Tut mir leid», sagte Panetta, als sie sich wieder aufrichtete, «daß ich so ein Chaos angerichtet hab.»

«Ach, wissen Sie, Mister, wenn Sie das schon Chaos nennen ... Das sind hübsche Häuser da auf den Fotos. Was machen Sie damit? Werden die in einer Tombola verlost?»

Panetta lachte. «Das wäre endlich mal eine Idee, was? Nein, nein, das sind Immobilien.»

«Ah», sagte Precious gedehnt. Sie wartete ab.

«Na ja, irgend jemand will sie an irgend jemanden verkaufen und dabei einen Haufen Geld verdienen. Mein Wagen steht da drüben. Ich würde Ihnen gerne für Ihre Hilfe danken und Sie wenigstens irgendwohin fahren. Zur nächsten Metro-Station oder zu Ihrer Wohnung. Wohin auch immer.»

Precious musterte ihn. «Nur weil ich die Papiere vom Boden aufgehoben hab? Deshalb wollen Sie mich nach Hause fahren?»

Panetta grinste. «Wenn Sie jetzt sagen, daß Chicago Ihr Heimatort ist, werde ich mir das vermutlich überlegen.»

«Ich wohne in der James Street», sagte Precious. Ihr Blick hatte jetzt etwas Aufmerksames, fast Lauerndes. «Wissen Sie, wo das ist?»

Panetta nickte. «Unten im Südwesten.»

«Es gibt Leute», sagte Precious, als sie neben ihm zu seinem Auto ging, «die reißen die Arme hoch, wenn sie James Street hören. Sie setzen keinen Fuß in die Gegend.»

«Ist es so schlimm da?» fragte Panetta lässig. Er hatte sich erkundigt, er wußte, das Precious' Wohnung in einem Viertel lag, das an ein besseres Viertel grenzte, eines, in das die Stadt inzwischen investierte. Da würde es genug Polizeipatrouillen geben. Außerdem hatten die Reporter sich schließlich auch hingewagt, oder nicht?

«Sie können mich immer noch an der nächsten Metro-Station absetzen», sagte Precious, «ich hab eine Monatskarte. Ich spar nichts, wenn Sie mich fahren.»

«Schon gut.» Panetta wartete, bis Precious sich angeschnallt hatte, dann startete er den Motor. Er fuhr vorsichtig. Es war seine zweite Ausfahrt seit der Operation. Er mußte brisante Situationen meiden. Er durfte sich keinesfalls wieder so aufregen wie damals, als er den Krach mit dem BMW-Fahrer angefangen hatte. Das Entsetzen in Marthas Gesicht würde er nicht vergessen.

«Also», sagte Precious, nachdem sie ihre Tasche auf dem Rücksitz verstaut hatte und es sich in dem bequemen Sitz gemütlich gemacht hatte, «was wollen Sie von mir?»

Panetta lächelte. Sie war schlauer, als er angenommen hatte. Sie durchschaute seinen Plan. Zugegeben, er war auch nicht besonders intelligent gewesen, aber er hatte genau dahin geführt, wohin er wollte: Precious saß in seinem Auto.

«Mein Name ist Daniel Panetta.»

«Sagt mir nichts.»

«Das dachte ich mir. Ist auch nicht wichtig. Ich wollte nur höflich sein. Da ich weiß, wie Sie heißen, denke ich, sollten Sie auch wissen, mit wem Sie es zu tun haben.»

Precious senkte den Kopf, sie schaute ihn unentwegt aus den Augenwinkeln an. Er konzentrierte sich auf den Verkehr, fuhr langsam.

«Ich wollte mit Ihnen über Otis reden», sagte Panetta, «Ihren Sohn.»

«Also ein Reporter», schnappte Precious, «mit Reportern rede ich nicht mehr.»

«Ich habe mit der Presse überhaupt nichts zu tun», sagte Panetta hastig. «Keine Angst.»

«Was denn? Wer schickt Sie denn? Was wollen Sie?»

«Wieso glauben Sie, daß jemand mich schickt?»

«Hören Sie, Mister, ich habe alles gesagt, was ich weiß. Ich habe der Polizei haarklein alle Angaben gemacht. Nichts ausgelassen. Es gibt nichts, was die nicht wissen.»

«Ich bin nicht von der Polizei», sagte Panetta. «Ich bin ein Privatmann. Ich interessiere mich aus ganz persönlichen Gründen für Ihren Sohn.»

Precious schnaubte verächtlich. «Was können das schon für persönliche Gründe sein.»

Panetta zögerte. Er fuhr sich mit der Zunge über die trockenen Lippen.

«Ich kann mir keine persönlichen Gründe vorstellen, nichts, was Ihr Leben und das Leben von Otis verbindet. Nicht, daß ich genau wüßte, was Otis alles so gemacht hat in der Zeit, wo er nicht zu Hause war. Er war ein Einzelgänger, wissen Sie, das hab ich auch der Polizei gesagt. Ich hab ihn nicht gefragt, was er gemacht hat, wenn er abends spät nach Hause kam oder mal ein Wochenende weg war. Ich hab gedacht, wenn ich ihn nicht frage, muß er mich nicht anlügen. Ich wollte, daß das Verhältnis zwischen Otis und mir sauber bleibt, verstehen Sie? Außerdem wußte ich, daß ich Otis vertrauen kann. Und wenn er eine Freundin hat oder irgendwelchen Spaß brauchte an den Wochenenden: ich wär die Letzte, die ihm das nicht gegönnt hätte. Als ich so alt war wie Otis jetzt ...» Sie stockte. Und es war Panetta, als fiele ihr in diesem Augenblick erst wieder ein, daß Otis tot war. Sie preßte ihr Taschentuch, mit dem sie vorher seine Fotos abgerieben hatte, vor das Gesicht. Sie schwieg.

Panetta hätte gern etwas Tröstendes gesagt, aber ihm fiel nichts ein. Er hatte vorher auf der Straßenkarte genau den Weg studiert, den besten und einfachsten Weg, um zu Precious' Wohnung zu kommen. Sie fuhren eine Weile schweigend.

«Otis hat nichts Schlechtes gemacht», sagte Precious schließlich, «da bin ich ganz sicher. Otis ist doch kein Mörder! Der bringt doch keine Leute um! Aber das habe ich schon oft gesagt.

Und ich habe fast das Gefühl, sie wollen mir nicht glauben. Sie schnüffeln und schnüffeln und stehen immer wieder bei mir auf der Matte. Wichtige Leute. Nicht welche, die eine Uniform tragen, nein, das sind Leute, die schon weit über denen sind, die eine Uniform tragen müssen. In der Zeitung stand ja, daß das FBI sich für die Sache interessiert. Ich weiß nicht, wie die Leute vom FBI aussehen, aber ich glaube, sie waren es. Sie haben meine Wohnung auf den Kopf gestellt. In Otis' Zimmer ist kein Blatt Papier auf dem anderen geblieben, das können Sie mir glauben. Ich habe versucht, es wieder so herzurichten, daß es aussieht, als würde mein Sohn jeden Augenblick wieder zur Tür reinkommen, sich an den Schreibtisch setzen ...» Ihre Stimme versagte wieder.

Panetta knurrte etwas Mitfühlendes.

Schließlich schnaubte Precious einmal kräftig ins Taschentuch, räusperte sich und fragte: «Und was sollen das für persönliche Gründe sein, weshalb Sie sich für Otis interessieren?»

Panetta blinkte und fuhr rechts ran. Sie waren jetzt in der Sudley Road, und der Verkehr rauschte vierspurig an ihnen vorbei. Ein Laster nach dem anderen donnerte auf dem Nachbarstreifen vorüber. Ein ohrenbetäubender Lärm. Es gab Orte, die vielleicht besser geeignet wären für so ein Gespräch. Aber Panetta wollte es genau so. So anonym wie möglich. So profan wie möglich. Ohne Pathos.

Er knöpfte sein Sakko auf und dann sein Hemd.

«Hören Sie, Mister», Precious' Augen wurden schmal.

Panetta schüttelte nur den Kopf. Als der letzte Knopf geöffnet war, zog er das Hemd auseinander und zeigte ihr die Wunde. Vom Jochbein bis zum Nabel. Eine feine, lange, rote Linie.

«Ich hab sein Herz», sagte Panetta.

Precious riß die Augen auf. Und den Mund. Sie starrte auf die Wunde, auf Panetta. Und dann begann sie auf einmal zu schreien wie ein Tier. Er mußte sie festhalten. Die Anstrengung tat verdammt weh. Aber er mußte sie zur Ruhe bringen. Er wollte, daß dieses Schreien endlich aufhörte.

«Sehen Sie hier, das ist sein Zimmer. Die Cops haben ja alles durchwühlt, alle Schubladen rausgerissen und umgestülpt. Ich hab versucht, so gut Ordnung zu machen wie möglich.»

Precious ließ Panetta den Vortritt in das Zimmer. Dann schaltete sie die Deckenlampe ein. Die Rollos vor den Fenstern waren heruntergezogen. Es roch wie in allen Zimmern, die lange nicht gelüftet wurden: kalt, feucht und ein bißchen nach altem Schweiß. Unter dem Bett standen drei Paar Turnschuhe. Gleiche Farbe, gleiche Größe. Nur unterschiedlich verschlissen.

«Warten Sie, ich zieh das Rollo hoch, dann können Sie mehr sehen. Otis hatte sie immer unten. Er sagte, gegenüber wohnt ein Spanner. Der hat sein Teleskop immer auf diese Häuserfront gerichtet. Otis sagte immer: Die Zahl der Perversen in diesem Land wächst ständig.» Precious ließ das Rollo hochschnappen. Dahinter ein vergittertes Fenster. Als sie Panettas überraschte Miene bemerkte, sagte Precious schnell: «Hier haben vorher Leute gewohnt mit einem Idioten. Einem richtigen Idioten, der nichts sah und nichts verstand. Aber klettern konnte der offenbar wie ein Affe. Deshalb haben die Eltern das Fenster vergittern lassen, damit er nicht irgendwann rausfiel. Gegen die Leute kann man nichts sagen, die haben ihr Kind geliebt. Jetzt leben sie irgendwo auf dem Land. Ist wahrscheinlich auch besser so.» Sie verschränkte die Hände vor der Brust. «Was sagen Sie?»

Was mache ich hier? dachte Panetta. «Schönes Zimmer», murmelte er. Er fühlte einen leichten Schweißausbruch, der unter den Achseln begann und sich über den ganzen Brustkorb ausbreitete. Verlegen rieb er sich die Brust, auf einmal juckte die Narbe. Das war neu. «Groß.»

Ich muß hier raus, dachte er, sofort.

«Ja», sagte Precious, «das größte Zimmer der Wohnung. Mein Schlafzimmer zeige ich Ihnen nicht. Das ist nur ein Loch. Aber ich hab gesagt: Otis muß eine Chance bekommen. Er soll ein Zimmer haben, in dem er ungestört lernen kann.»

«Irgendwo hab ich gelesen, daß er im Sommer immer unten auf dem Kinderspielplatz gesessen hat mit seinen Schulbüchern.»

«Ja, auf der Bank da. Kommen Sie.» Precious winkte ihn ans Fenster. Wenn er die Stirn gegen die Eisenstangen drückte, konnte er unten das kleine Viereck sehen. Eine Sandkiste, eine verrostete Rutsche, die einmal blau lackiert gewesen war, eine Wippe mit abgebrochenen Plastiksitzen und daneben eine Bank aus Beton und Eisendraht. So etwas, dachte Panetta, verkauft man in sozial schwachen Gegenden als hypermodernes Design, in Wahrheit hat es nur einen Charme: Es ist unverwüstlich.

«Ich konnte ihn von hier oben immer sehen. Er hat stundenlang dagesessen, im Schneidersitz, die Bücher auf dem Schoß», Precious zog ein Taschentuch aus dem Gürtel und schneuzte sich, «und die Stifte, mit denen er schrieb, die hatte er immer in die Haare gesteckt, damit die Kids sie nicht klauten. Er hatte immer gutes Zeug zum Arbeiten. Hefte, Stifte, Kugelschreiber und so. Alle hier waren sicher, daß Otis mal einen White-Collar-Job bekommen würde. Schauen Sie sich nur die ganzen Bücher an. Hat er alle selbst gekauft.» Precious deutete auf das Bücherregal aus hellen Spanplatten, das sich über eine ganze Zimmerwand zog. Panetta legte die Hände auf den Rücken und trat dicht an das Regal heran. Die meisten dieser Bücher waren Paperbacks, mit verschlissenen Rücken, was darauf hindeutete, daß sie oft gelesen worden waren. Vielleicht hatte Otis die Sachen ja auch secondhand erstanden. Die Hardcover-Ausgaben hingegen machten den Eindruck, als sei man behutsam mit ihnen umgegangen. Manche waren eingeschlagen in eine durchsichtige Folie. Panetta stellte fest, daß Otis sich für ziemlich viele Bereiche interessierte: es gab praktische Wirtschaftsbücher, einen politischen Bestseller des Vorjahres entdeckte er neben Biographien von Mandela, Iacocca und Martin Luther King. Dann Bücher mit Songtexten, Comics, Südstaatenromane und jede Menge klassischer Literatur. Wahrscheinlich alles Schullektüre, Stevenson, Defoe. Panetta nahm einen dicken Buchband aus dem Regal. John Steinbeck. Drei Werke in einem Band. Er stellte ihn wieder zurück. Daneben Shakespeare: «Romeo und Julia». Dann «Richard III.». Neben dem «Fänger im Roggen». Vollkommen zerlesen und mit kleinen Bleistiftanmerkungen versehen, die Panetta nicht entziffern konnte. Dann, eingeklemmt zwischen zwei John-Osborne-Dramen: «Der kleine Prinz». Als sie Panettas Lächeln sah, sagte Precious: «Er hat viel gelesen, mein Otis. Ich hab das nie verstanden. Junge, hab ich gesagt, da draußen ist die Welt, da mußt du hinschauen.»

«Und was hat Otis erwidert?»

«Er hat gesagt: Mom, was ich von der Welt wissen will, das finde ich in den Büchern besser. Und schneller. Und genauer.»

«Guter Junge.» Panetta war fast glücklich. Das Schicksal hätte ihm keinen größeren Liebesdienst erweisen können, als ihn vor dieses Bücherbord zu führen. Für das hier hatte Otis' Herz geschlagen. Für das hier. «Er hat recht. Die Bücher trennen das Wichtige vom Wesentlichen.»

«Ach ja? Ist das so?» Precious schaute ihn mit leeren Augen an. Sie saß auf der Kante des frisch bezogenen Bettes und strich mit den Handflächen wehmütig über die Bettdecke. Vielleicht hatte sie manchmal so auf dem Bett ihres Sohnes gesessen, wenn er krank war. Hatte ihm von ihren Sorgen erzählt. Und sich seine Sorgen angehört. Über Literatur hatten sie jedenfalls nicht miteinander geredet.

«In letzter Zeit jedenfalls, da hat er die Bücher nicht mehr mit nach Hause gebracht, da hat er sie gleich an Ort und Stelle gelesen.»

«Sie meinen in der Bibliothek?»

Precious nickte. «Ich hab immer gesagt: Junge, hier hast du es doch bequemer. Der Kühlschrank ist gefüllt, du kannst dich aufs Bett legen oder in den Sessel werfen und deiner Mutter ein bißchen Gesellschaft leisten. Wissen Sie, selbst wenn er nicht mit mir geredet hat: daß er da war, das allein war mir schon genug. Ich hab ihn gern um mich gehabt, meinen Otis. Er hat mich nie gestört. Aber er fand diese Wohnung plötzlich zu klein. Er wollte immer weg. Wohin gehst du, Junge? hab ich gefragt. 'ne Antwort hab ich nie bekommen.» Precious hob die Schultern. «Es ging mich nichts an, oder? Otis war alt genug. Das habe ich auch den Polizisten gesagt, die mich gelöchert haben. Hatte er eine Freundin? Keine Ahnung, hab ich erwidert. Was, Sie sagen, Sie hätten so ein gutes Verhältnis gehabt und wissen nicht, ob Ihr Sohn eine Freundin hatte? Wenn Otis gewollt hätte, daß ich sie kennenlerne, dann hätte er sie mitgebracht. Aber er hat nie eine Freundin mitgebracht. Ich hab mir deswegen keinen Kopf gemacht. Ich hab gedacht, dazu ist es immer noch früh genug, daß eine Frau ihm den Kopf verdreht und ihn ablenkt vom Lernen. Otis war kein Typ, der leicht sein Herz verschenkt.» Sie riß plötzlich die Augen auf und legte erschrocken die Hand auf den Mund. Hastig stand sie auf. «Sie wissen, wie ich das gemeint hab.»

Panetta folgte ihr ins Wohnzimmer. Aus dem Flur drangen laute Stimmen, Geschrei. Und dann ein heftiges Poltern. Precious drehte sich zu Panetta um. «Hören Sie sich das an. So geht das hier immer. Das hallt durch das ganze Haus, wenn einer schreit. Und dann die Eisentreppen. In jedem normalen Haus haben sie Steintreppen, oder? Bloß weil sie Angst haben, daß sie alle zehn Jahre mal einen Eimer Farbe fürs Treppenhaus investieren müssen, haben sie diese löchrigen Eisenroste als

Treppenstufen eingebaut. Wenn du da im achten Stock den Schlüssel fallen läßt, landet er im Keller. Und wenn der Lift streikt, kannst du dein Baby wieder auf den Arm nehmen und den ganzen Weg zurückgehen. Ich sag Ihnen: Wenn man arm ist, wird man immer betrogen. Um alles.»

Das Wohnzimmer war kleiner als Otis' Zimmer, das Sofa aus Plüsch mit den hellblauen Wolldecken war im Grunde für das Zimmer zu groß. Ebenso der Tisch: eine Nummer zu groß. Die Möbel sahen so aus wie alle die Möbel, die das Sozialamt in den großen Lagern kostenlos an Bedürftige abgibt. Der Zustand okay, die Farbe immer etwas daneben, die Mode von vorgestern. Aber für Leute, die sich eine Sitzgarnitur im Möbelladen nicht kaufen können, immer noch wie ein Dreier im Lotto. Die Stadtverwaltung von D.C. machte viel Reklame für das Projekt «my home is my castle». Alle Möbelgeschäfte luden da ihr unverkäufliches Zeug ab.

Precious hatte offenbar am Morgen an dem Tisch gefrühstückt. Es stand noch eine Butterdose da, ein Topf mit Zucker, eine Toastscheibe, die wie ein Stück Pappe aussah. Precious entschuldigte sich: «Wissen Sie, zum Aufräumen bliebt morgens keine Zeit mehr. Ich muß ja um zehn nach fünf schon los. Aber ohne Frühstück geht's auch nicht. Da mach ich schlapp. Mein Magen braucht was zu tun. Und jetzt biete ich Ihnen erst mal was zu trinken an. Sie können Kaffee, Tee, Apfelsaft, Cola oder was Alkoholisches haben.»

«Danke», Panetta schüttelte hastig den Kopf, «ich möchte gar nichts. Wirklich. Ich bin Ihnen schon lästig genug geworden. Ich habe nur noch eine Frage.» Precious, das Tablett mit den Frühstücksresten in der Hand, schaute ihn an.

«Hatte Ihr Sohn eine Waffe?» fragte Panetta.

«Sie fragen wie die Polizisten», sagte Precious enttäuscht. «Da hab ich mir so viel Mühe gegeben, Ihnen etwas über Otis zu erzählen, und dann fragen Sie am Ende genauso dumm wie die Polizisten. Otis hatte keine Waffe. Er hat nie eine besessen. Otis war gegen Waffenbesitz. Darüber hat er oft mit mir geredet: die Gewalt an den Schulen. Dieser Junge, der Zehnjährige, damals, an der Trinity High School, der Amok gelaufen ist und zwei Kinder angeschossen hat, erinnern Sie sich? Darüber hat Otis einen Artikel für die Schülerzeitung geschrieben. Er hat sich furchtbar aufgeregt. Otis hatte keine Waffe, Mister. Und wenn man die Waffe findet, mit der diese armen Menschen erschossen wurden, dann kann ich Ihnen schon jetzt prophezeien: Man wird keinen einzigen Fingerabdruck von meinem Otis darauf finden. Keinen einzigen. Nicht einen Fitzel eines Fingerabdrucks werden die finden.» Sie stellte das Tablett wieder auf dem Tisch ab. «Wir sind nicht reich, Mister, wir haben jeden Dollar umdrehen müssen, solange ich denken kann. Aber wenn Sie mich fragen, ob es Otis an irgend etwas wirklich Wichtigem gefehlt hat, dann würde ich sagen: nein, nein und noch mal nein. Er hat mehr Liebe bekommen als irgendein Kind in seiner Klasse, darauf möchte ich wetten. Und wenn er irgend etwas wollte, was gerade Mode war: irgendeine Jacke, ein Sweatshirt oder diese Rollerskates – seine Precious hat genickt und gesagt: in Ordnung. Wünsch es dir zu Weihnachten oder zum Geburtstag. Er hat es immer gekriegt, und wenn ich mich dafür krummgelegt hab. Immer. Und so war unsere Beziehung. Er wußte, er kann sich auf mich verlassen. Und ich wußte, mein Otis macht mir keinen Kummer. Ich glaub nicht an diese Geschichte in Buena Vista. Ich hab das Wort Buena Vista nie aus seinem Mund gehört. Er hatte keine Feinde, keinen Haß auf irgendwas. Das hätte ich doch gemerkt! Er ist kein Mörder! Das ist ein Irrtum. Irgendeine Verschwörung. Haben Sie auch gehört, daß man das FBI eingeschaltet hat?»

Panetta nickte.

«Na sehen Sie.» Precious riß eine Zigarettenschachtel auf und klaubte mit zitternden Fingern eine Zigarette heraus. Als sie sie zwischen die Lippen steckte, sagte Panetta erschrocken: «Bitte nicht.»

Precious hob den Kopf.

«Bitte nicht rauchen», Panetta lächelte verlegen, «mein Herz.»

Precious hielt schon das Streichholzmäppchen in der Hand. Er konnte ihren Blick kaum aushalten. Dieser Schmerz in ihrem Blick. Sie öffnete die Finger und ließ das Streichholzmäppchen auf den Boden fallen. Panetta atmete erleichtert auf. «Danke», murmelte er.

«Schon in Ordnung.» Precious räusperte sich. «Wo waren wir stehengeblieben?» Sie nahm die Zigarette aus dem Mund, legte sie auf den Tisch, das feuchte Mundstück ragte über den Tischrand. «Das FBI. Die sind doch für meinen Otis nicht eine Nummer zu groß, sondern hundert Nummern! Das ist doch alles Unsinn, blanker Unsinn.»

«Aber Otis ist in Williamsburg gewesen, oder nicht? Er hat diese Kawasaki gefahren. Dann ist dieser Autounfall passiert. Oder?»

Precious' Gesicht zuckte. «Sie halten mich jetzt vielleicht für verrückt, Mr. Panetta. Aber ich sage Ihnen einfach, was ich glaube. Es war nicht Otis. Er war es nicht. Er war nicht da unten. Eine Verwechslung. Es war ein anderer, den sie ins Krankenhaus gebracht haben. Ein anderer, der vielleicht Otis ähnlich sah, der vielleicht seine Papiere hatte, was weiß ich. Vielleicht haben sie meinen Otis umgebracht und dann seine Papiere geklaut. Und der Typ ist gegen den Baum gefahren. Wie klingt das?»

Panetta schüttelte mit einem hilflosen Lächeln den Kopf.

«Sie glauben das nicht, was? Jetzt sage ich Ihnen noch was, Mr. Panetta, und Sie können sich einen Reim drauf machen. Wissen Sie, wann man mich angerufen hat? Wann man mir gesagt hat, hey, Mrs. White, Ihr Sohn liegt bei uns im Hospital. Wissen Sie, wann das war?»

«Sie werden es mir gleich sagen.»

«Genau. Das war am fünfzehnten, morgens um vier. Am fünfzehnten, morgens um vier. Lassen Sie sich das auf der Zunge zergehen, Mr. Panetta. Und wissen Sie, wann die Polizei den Unfall aufgenommen hat? Am vierzehnten dieses Monats, um elf Uhr vormittags. Wie finden Sie das?»

Panetta hob hilflos die Schultern. Er versuchte zu rechnen. Wann hatte Alicia ihn angerufen? Wie war das gewesen? Er hatte mit Martha zu Mittag gegessen. Spring Rolls, vegetarisch. Genau. Er hatte Martha etwas erzählt, und dann war plötzlich der Beeper losgegangen ...

«Und ich sage Ihnen noch was, Mister, damit Sie was haben, worüber Sie nachdenken können: Diese Leute haben mich nicht zu ihm gelassen! Die haben eine Mutter nicht zu ihrem Sohn gelassen. Ich bin mit dem Taxi da runter. Soll ich Ihnen sagen, was das gekostet hat? 250 Dollar. War ein Spezialpreis, das ganze Geld, was ich hatte. Mehr hatte ich einfach nicht. Der Taxifahrer, der begriffen hatte, was los war, sagte: Reg dich nicht auf, Mom, ich nehm nur 200. Sieh zu, daß dein Junge wieder in Ordnung kommt.» Sie griff nach der Zigarette, steckte sie in den Mund, aber stutzte in dem Augenblick, als sie sich nach dem Streichholzmäppchen bückte. Ohne ihn anzusehen, fuhr sie fort: «Ich weiß auch, warum sie mich nicht mehr zu ihm lassen konnten. Weil sie alles gebrauchen konnten von so einem achtzehnjährigen Jungen. Verstehen Sie? Die haben alles genommen.»

Panetta hatte einen trockenen Hals. Die Wunde auf seiner Brust juckte. Er dachte plötzlich an Martha. An Doc Grady. An all die Gespräche, die sie vor der Operation geführt hatten. Sie müssen wissen, warum Sie ein neues Herz haben wollen, Daniel! Nur wenn Sie das Ziel kennen, werden Sie damit glücklich sein! Die Stimme hallte in seinem Kopf. Precious' Stimme war wie der Klagegesang eines alten Weibes. Er wollte fliehen.

Raus hier. Zu Martha. Er wollte in Marthas weiche Arme sinken.

«Sie haben gesagt, Sie wollten mir das nicht zumuten, meinen Sohn so anzusehen. Ich dachte zuerst, das hat was mit dem Unfall zu tun. Aber dann begriff ich, was sie meinten. Ich brauch jetzt einen Schnaps, Mister. Sie wollen wahrscheinlich keinen?»

Panetta räusperte sich. «Wenn Sie vielleicht etwas abgekochtes Wasser hätten? In einem sterilen Glas?»

Precious lachte. «Haben Sie Angst, die Wohnung ist verseucht? Verlaust oder was? Abgekochtes Wasser. Wer hat so was gehört?»

«Es ist wegen der Hygienevorschriften. Aber lassen Sie nur. Nicht wichtig.» Er schaute Precious zu, die sich aus einer Flasche, die sie hinter dem Sofa vorholte, einen Cognac einschenkte. Eine trübe, braune Flüssigkeit. Precious trank aus dem Schraubverschluß. Sie füllte den Verschluß dreimal, seufzte tief, verschloß die Flasche und stellte sie an ihren Platz zurück.

«Ich weiß, was Sie denken, Mr. Panetta.»

«So?»

«Sie denken, wie kann diese Frau so reden. Ihr Sohn ist zwanzig Tage tot, und sie redet so. Aber ich kann so reden, weil ich ahne, daß es gar nicht mein Sohn war, der ins Hospital von Williamsburg eingeliefert wurde, sondern ein anderer. Er ist im Sarg gekommen, aber der Sarg war verschlossen. Aus Pietät, hat der Pfarrer gesagt, damit ich ihn so in Erinnerung behalte, wie ich ihn zuletzt gesehen hab: lebend und ganz. Und dann war das Krematorium und aus.» Sie schob die Hand zwischen die Sofakissen, zog ein Taschentuch hervor, schneuzte sich. «Er war es nicht, Mr. Panetta. Es war nicht Otis. Sie haben keinen einzigen Beweis. Und ich sage Ihnen noch was: Wenn es nicht Otis war, sondern das Ganze doch eine riesige Verschwörung ist, dann ist es gut möglich, daß das FBI doch seine dreckigen Finger in der Sache hat. Oder? Wie klingt das in Ihren Ohren?»

Panetta hielt sich an der Wand fest. Seine Mundhöhle war so trocken, daß er keinen Speichel mehr zusammenbekam, um zu schlucken. Er starrte Precious an. Er wußte, daß er gleich ohnmächtig werden würde. Kalter Schweiß brach aus. Ihm fiel ein, daß niemand wußte, wo er sich befand. Er hatte niemandem Bescheid gesagt. Weil ihm klar war, daß sie es ihm nicht erlaubt hätten, Martha nicht, und Doc Grady nicht. Deshalb hatte er sich heimlich aus dem Haus geschlichen, hatte das Auto genommen (Martha war mit einem Klienten unterwegs, in einer Stretchlimousine, mit Chauffeur) und hatte sich durch den Berufsverkehr bis zum Brinkley Building gequält. Alles war gut gelaufen. Fast wäre er auch heil wieder nach Hause gekommen.

Nun aber würde er hier sterben. In diesem Loch. Er konnte nicht einmal mehr Doc Grady anrufen und ihn zur Rede stellen. Grady war ihm eine Erklärung schuldig. Schade, dachte er, zu spät. Alles umsonst.

«Mister? Hier ist Wasser, abgekocht, wie Sie es gesagt haben. Die Tasse auch. Ich hab sie mit kochendem Wasser übergossen. Es ist nicht mehr zu heiß, glaube ich. Trinken Sie. Trinken Sie, Mister.»

Panetta öffnete mit Mühe die Lippen, die wie zugeklebt wirkten. Auch die Zunge klebte am Gaumen. Das Wasser rann über sein Kinn.

«Schlucken!» rief Precious. «Sie müssen auch schlucken!»

Panetta trank. Zuerst mühsam, dann immer gieriger. Das Wasser schmeckte nach nichts.

Er öffnete die Augen. Precious kniete vor ihm, in der einen Hand einen Teekessel, in der anderen das Telefon. «Sie haben mir vielleicht einen Schrecken eingejagt! Wie heißt Ihr Doktor?»

Panetta räusperte sich. Er richtete sich etwas an der Wand auf. «Ich brauche keinen Doktor», sagte er, «ich komm zurecht. Nur einen Moment verschnaufen.»

Precious musterte ihn.

«Ich sollte jetzt irgend etwas fühlen, denke ich», sagte sie langsam. «Irgend etwas wie Wut. Oder Verzweiflung. Sie sitzen da in meiner Wohnung auf dem Fußboden. Und das Herz meines Sohnes schlägt in Ihrem Körper. Falls das alles stimmt, was Sie mir erzählt haben. Ich glaube langsam gar nichts mehr. Ich kenne Sie nicht, ich habe Sie nie vorher gesehen. Ich weiß nicht mal, ob Sie ein guter Mensch sind oder ein Arschloch.»

Panetta zog mühsam den Stuhl zu sich heran und richtete sich daran hoch. Er klopfte sein Sakko ab. Ihm war schwindlig.

«Sie sehen aus wie ein Leichenhemd», sagte Precious. «Sind Sie sicher, daß es eine gute Idee war?»

«Was?»

«Wissen sie, ich überlege mir gerade, ob Otis sich das so vorgestellt hat. Sie sind ein alter Mann. Älter als ich. Wie alt genau?»

«Zweiundfünfzig.»

«Ich sag Ihnen was, Mister. Ich war immer gegen diese ganzen Organspende-Geschichten. Das treibt die Ärzte nur zu immer verrückteren Sachen. Die benutzen doch einen Körper nur noch als Ersatzteillager für ihre neuen Modelle. Ja, genau, die arbeiten an einem ganz anderen Menschenmodell. Das hab ich zu Otis gesagt. Aber Otis hatte mal im Fernsehen so einen Bericht gesehen über einen leukämiekranken Jungen, elf Jahre alt, der vom Tod gezeichnet war. Dieser Junge wartete auf jemanden, der ihm sein Knochenmark spendete. Und dann die andere Geschichte von dieser jungen Schauspielerin, gerade zwanzig Jahre alt, Sie haben von ihr gehört, es ging durch alle Zeitungen, ich glaub, sie hieß Jennifer oder so ...»

«Was war mit ihr?»

«Na, sie hatte Leberkrebs. Sie brauchte eine neue Leber. Der Chirurg, der in diesem Film interviewt wurde, sagte, mit einer neuen Leber kann sie noch fünfzig Jahre leben. Es war klar, daß der Krebs nur in dieser Leber war. Eine besondere Art von Tumor. Wer weiß, vielleicht kriegt sie irgendwann den Oscar, hat Otis gemeint. Und wie wär das, wenn ich sagen könnte: Meine Leber hat einen Oscar bekommen?»

Panetta hatte den Stuhl zu sich herangezogen und sich gesetzt. Er fühlte sich noch schwindlig, aber der Kreislauf arbeitete wieder. Verstohlen legte er die Fingerspitzen an seinen Puls.

«Ich hab zu ihm gesagt: Otis, wie willst du jemandem sagen, daß deine Leber einen Oscar bekommen hat? Du bist dann tot. Und er hat gegrinst und mir einen Kuß gegeben und gesagt: Stimmt, das ist der Nachteil bei der Sache.»

Panetta versuchte sich diesen Jungen vorzustellen. Otis White, ein guter Schüler, ein Junge, den die Nachbarn mochten. Einer, der rausstrebte aus dem Ghetto. Und der von seiner Mutter vergöttert wurde. Das war nichts Neues. Mütter sind nicht objektiv. Das macht sie ja so unersetzlich.

«Und das Motorrad?» fragte Panetta. «Wie erklären Sie sich das?»

«Ich habe dafür keine Erklärung.» Precious zuckte mit den Achseln. «Er hat nie von einem Motorrad geredet. Niemals.»

«Hatte er denn einen Führerschein?»

«Wissen Sie, Mr. Panetta, so ein Führerschein kostet eine ganze Menge Geld. Ich hätte das wissen müssen, oder? Er hätte irgendwann zu mir kommen müssen und sagen: Mom, ich möchte meinen Führerschein machen. Und dann hätte ich gesagt: Otis, wenn du einen Führerschein hast, willst du auch ein Auto. Aber ein Auto können wir uns nicht leisten. Ich glaube nicht, daß ich ihm das Geld für einen Führerschein gegeben hätte. Das hätte ihn nur auf Ideen gebracht. In der letzten Zeit habe ich ihm mehr als einmal gesagt: Söhnchen, du heißt nicht Dickens. Du bist nicht mit einem goldenen Löffel im Mund zur Welt gekommen wie Greg. Du solltest gar nicht erst darüber nachdenken, warum das so ist. Du sollst dich an Greg nicht messen.»

«Wer ist Greg?» fragte Panetta.

«Greg Dickens, der Sohn von Theodore Dickens. Fünfundfünfzig Minuten mit der Metro von hier. Und dann noch ein Stück zu Fuß. Die wohnen genau auf der anderen Seite der Stadt. Auf der weißen Seite. Die Dickens wohnen in Georgetown. Im ganz feinen Teil hinter der M-Street. Das Haus ist hundertvierzig Jahre alt. Damals haben die Leute noch Häuser gebaut. Heute bauen sie nur noch Schuhkartons.»

«Wir haben gerade über Greg gesprochen ...»

«Ja, das haben wir. Die Dickens haben einmal so eine Anzeige aufgegeben, sie suchten jemanden, der mit ihrem Lester spazierengeht. Lester ist ein Golden Retriever. Schöner Hund, wirklich. Aber die Dickens haben den Augenblick verpaßt, wo ein Hund Gehorsam lernt. Und dann wundern sie sich, daß sie mit ihm nicht zurechtkommen. Na ja, ich hatte keine Probleme. Ich bin zweimal in der Woche nach der Arbeit im Brinkley Building zu ihnen raus und den ganzen Nachmittag mit ihm unterwegs gewesen. Ich konnte ihn von der Leine lassen und wieder ranpfeifen. Warten Sie, die Trillerpfeife, die liegt da auf dem Regal ...»

Panetta konnte sie nicht daran hindern, die Trillerpfeife zu holen, das bunte Wollband über den Kopf zu streifen und das Mundstück zwischen die Lippen zu nehmen. Panetta hielt sich die Hände an die Ohren. «Bitte», flüsterte er.

Precious lachte. «Sie würden sich wundern, was die Pfeife für einen feinen Ton hat. Aber Lester hat darauf reagiert. Ich hab Otis gesagt, mit der Pfeife kriegst du ihn immer wieder. Du kannst ihn ruhig im Park laufen lassen. So ein Hund muß sich doch bewegen, muß doch springen, sprinten, aber beim ersten Pfeifton hat er wieder da zu sein, Männchen machen.»

«Otis hat den Hund auch ausgeführt?»

«Ja, als ich diese Sache mit dem Knie hatte. Ausgekugelt. Bin in meiner eigenen Seifenlauge auf den Marmortreppen ausgerutscht, in der Halle von Brinkley. War ein Betriebsunfall. Gott sei Dank. Die haben alles bezahlt, Arztkosten und so. Aber der Hund tat mir leid, der Lester. Ich wußte genau, die lassen ihn nur hinten in das winzige Gärtchen, klein wie ein Bettlaken, der Garten hinter dem Haus. Lester kriegt eher Darmkrebs, als daß er in seinen eigenen Garten scheißt. Das macht den todunglücklich, wenn er nicht raus kann, um sein Geschäft zu machen. Und so hab ich zu Otis gesagt: Wenn du deiner Mutter und einem Hund einen Gefallen tun willst und außerdem noch ein paar Dollar verdienen – die Dickens sind großzügige Leute, da gibt's nichts zu mäkeln –, dann fährst du rüber bis nach Foggy Bottom.» Sie hatte in einem Zug geredet und mußte jetzt tief nach Luft schöpfen.

Panetta nahm den Zettel, auf dem er Precious' Adresse notiert hatte, aus der Jackentasche, schraubte den Kuli auf und schrieb: «Theodore Dickens.»

«Was schreiben Sie da?» fragte Precious mißtrauisch.

«Ich schreib mir nur den Namen auf.»

«Okay, da sollten Sie mal hinfahren. Die können Ihnen etwas über Otis sagen, damit Sie sich ein Bild machen. Den Hund können Sie sich nicht mehr ansehen, der ist gestorben. Das war kurz nachdem die Sache passiert ist. Mr. Theodore Dickens war selbst am Telefon. Mrs. White, hat er gesagt, tut mir leid, Ihnen noch eine schlechte Nachricht zu überbringen: Lester ist tot. Was, hab ich geschrien, und wissen Sie was, Mr. Panetta, ich bin wirklich in Tränen ausgebrochen, ich mochte den Hund. Wieso ist er tot? Er war doch prima in Form. Was haben Sie mit ihm gemacht? Wir haben nichts gemacht, aber der dumme Kerl muß irgendein Rattengift gefressen haben, hat Mr. Dickens gesagt. Mercedes hat ihn im Garten entdeckt, er hatte sich unter den Büschen verkrochen. Der Schaum vorm Mund war schon getrocknet, als sie ihn fand, hat Mr. Dickens gesagt, aber sie hätten trotzdem den Tierarzt angerufen. Na, der konnte dann nur noch feststellen, daß Lester schon längst an dem Platz war, den Gott für die Tiere vorgesehen hat, wo immer das ist.»

«Dann fahren Sie jetzt also gar nicht mehr da raus?» fragte Panetta. «Das ist ja schlecht für Sie. Ich meine, wegen des Geldes.»

«Na ja, da waren sie sehr großzügig. Ich bekam noch zwei Monatslöhne. Waren zweihundert Dollar. Ich hab gefragt: Soll ich mir das Geld abholen, Mr. Dickens? Aber er hat gesagt, nein, nein, sparen Sie sich die Mühe. Ich schick das Geld vorbei. Und das muß ich sagen: Am nächsten Nachmittag kam der Chauffeur. Ohne weiße Handschuhe, aber er hat da vor der Wohnungstür gestanden, und die Mütze hatte er in der Hand und gesagt: Tut mir leid, Mrs. White, Sie nicht mehr zu sehen, war immer nett, mit Ihnen zu plaudern. Und dann hat er mir den Umschlag in die Hand gedrückt. Und da waren fünfhundert Dollar drin.»

«Wow», sagte Panetta. «Fünfhundert?»

«Fahren Sie hin und fragen Sie, ob ich lüge. Das sind gute Leute, Mister. Sie mochten meinen Otis. Die werden Ihnen alles bestätigen, was ich Ihnen erzählt habe. Wissen Sie, Mister, daß ich so lange mit Ihnen rede, hat einen Grund: Der Gedanke, mein Otis könnte ein Mörder sein, macht Sie verrückt. Raubt Ihnen den Schlaf, was? Mit einem Mörder in Ihrer Brust können Sie nicht leben. Was Sie sich wünschen, ist der Beweis, daß Otis es nicht gewesen ist. Ich habe denselben Wunsch. Und deshalb, Mister, sind wir irgendwie ein Team. Das Schicksal hat das so gewollt. Denke ich mal. Mag Ihnen unangenehm sein, der Gedanke, daß Sie, ein feiner, gelehrter Mann, und die schwarze Putze Precious, die nie eine High School besucht hat, nun vom Schicksal zusammengeschmissen wurden. Aber ...», sie breitete die Arme aus, und nun lachte sie zum ersten Mal, und da erinnerte sie Panetta plötzlich an seine Nanny aus Phoenix, Arizona, die auch jedesmal, wenn sie lachte, ein Gesicht bekam wie ein Breitmaulfrosch, «ich find's gut, ja, wirklich.»

ZEHNTES KAPITEL

EIN SCHNEEBLIZZARD war in der Nacht von Baltimore herüber nach Virginia gezogen. Da die Erde noch nicht gefroren war, schmolz der Schnee sofort wieder, und in den Straßen von Washington blieb von der weißen Pracht nichts als ein paar gefrorene Reste auf Autodächern und Lagerschuppen und große braune Pfützen an den Bordsteinkanten. Die Leute von der Stadtreinigung schippten die nassen Schneereste von den Treppen zur Metro-Station.

Es fuhren an diesem Tag mehr Menschen mit der Metro als sonst. Viele hatten ihr Auto offenbar zu Hause gelassen, in der Angst, daß sie ihren Feierabend im Schneechaos verbringen müßten anstatt zu Hause vor dem Fernseher.

Panetta saß seit seiner Operation zum ersten Mal wieder in der Metro. Die Leute redeten über das Wetter, über Weihnachten und die steigenden Preise. In Clarendon stieg ein junger Schwarzer mit Rastalocken ein, stimmte seine Gitarre und begann zu singen: *Home for Christmas*.

Der Mann, der neben Panetta Platz genommen hatte, ein Arbeiter im blauen Drillich und mit schwarzen Rändern unter den Fingernägeln, schüttelte erbost den Kopf.

«Es wird immer schlimmer», knurrte er, «von Jahr zu Jahr. Nicht nur, daß sie uns in jedem Kaufhaus die Weihnachtslieder um die Ohren hauen und in jedem verdammten Supermarkt, jetzt hat man schon nicht mal mehr in der Metro seine Ruhe.»

Panetta erwiderte nichts. Er beobachtete den Mann, der seine bunte Häkelmütze herumgehen ließ, kaum daß er die erste Strophe beendet hatte. Er mußte sich beeilen, wenn er bis zur nächsten Station durch sein wollte.

Als der Musiker vor Panettas Bank stehenblieb, schob Panettas Nachbar die Mütze mit einem angewiderten Gesicht weg. «Hau ab, Mann, ich hab nichts zu verschenken.»

Der Musiker verbeugte sich lächelnd. «Trotzdem schöne Weihnachten, Sir.»

«Ach, was weißt du denn über meine Weihnachten.» Der Mann stand auf und ging zur Tür.

Panetta kramte in seiner Manteltasche, bis er einen Fünf-Dollar-Schein gefunden hatte. Er legte ihn in die Mütze. «Gute Stimme», sagte er.

Der Musiker nahm schnell den Geldschein aus der Mütze und ließ ihn in der Hosentasche verschwinden. «Und du bist ein guter Mensch, Bruder.»

«Ach», Panetta lächelte, «da bin ich nicht so sicher.»

Der Musiker legte Panetta flüchtig die Hand auf die Schulter. «Ich seh so was, Bruder. Genieß noch deinen Tag.»

Panetta war nicht sicher, ob ihm das gelingen würde. Er hatte in der Nacht beschlossen, Grady um eine Unterredung zu bitten. Er hatte nicht bei Alicia angerufen, wie es sonst üblich war, und um einen Termin gebeten, er wollte den Doktor sozusagen in flagranti ertappen.

Es war Donnerstag, und Panetta wußte aus Erfahrung, daß Grady Donnerstag morgens immer eine Besprechung im Ärzteteam hatte. Um zehn Uhr. So würde es auch heute sein. Er würde dasein, und Panetta würde einfach in seinem Zimmer stehen und sagen: «Sie schulden mir ein paar Erklärungen, Doc.»

Panetta hatte keine Ahnung, wie Grady auf seine Anschuldigungen, ihm das Herz eines Mörders eingepflanzt zu haben, reagieren könnte. Aber er wollte ihm jedenfalls nicht die Möglichkeit geben, sich lange Ausreden auszudenken, sich eine Strategie zurechtzulegen. Er wollte vor ihn hintreten und sagen: «Ich glaube, wir müssen reden, Doc. Über dieses Herz, das Sie mir gegeben haben. Da gibt es ein paar Probleme, denke ich.»

Wenn Grady versuchen würde, ihm auszuweichen, würde er das nicht zulassen. Er wollte alles wissen. Alles. Er war darauf vorbereitet, und es ängstigte ihn nicht.

Als er in Dunn Loring ausstieg, war die Welt weiß verschneit, und es gab keine Taxis. Vor der Bushaltestelle wartete ein verfrorenes Häuflein von Leuten. Als Panetta zu ihnen trat, sagte eine Frau: «Ich hoffe, Sie bringen Zeit mit, Sir, hier geht im Augenblick gar nichts.»

«Wieso?»

«Die warten auf den Schneeräumer.»

Ein Mädchen, das den Schal der Redskins um den Hals trug, sagte: «Und davon haben sie hier in der Gegend nur einen.»

Panetta sagte, es mache ihm nichts aus, ein bißchen zu warten. Die Schneewolken waren weitergezogen, und eine blasse Wintersonne beleuchtete die Straße, das Wartehäuschen und den Eingang zur Metro-Station mit dem Häuflein winterblasser Leute. Panetta legte den Kopf in den Nacken und verfolgte das Dahinstürmen der Wolken. Wie schnell sie auftauchten, an der Sonne vorbeizogen und fort waren. Wie die Schneekristalle glitzerten. Wie man die Kälte in der Nase, auf den Lippen spürte, am Kinn. In seinem Kopf noch das Weihnachtslied des Rasta-Musikers. Schöne Welt, dachte Panetta. Und dieser Gedanke bohrte sich wie ein eiserner Nagel in sein Fleisch. Auch deswegen will man immer weiterleben. Noch einmal Schneeflocken, die herumwirbeln, noch ein Sonnenstrahl auf dem Gesicht, noch einmal das Knirschen von frischem Schnee unter den Schuhsohlen ... Man will weiterleben, weil man mit einer

Sehnsucht auf die Welt gekommen ist, die nie ganz gestillt wird. Bis zum Tod nicht.

Panetta holte die Handschuhe aus seiner Manteltasche und zog sie umständlich an. Er atmete tief die klare Schneeluft ein. Er mußte husten. Das erschreckte ihn, und er atmete fortan nur noch ganz flach durch die Nase. Der Frost kitzelte in den Nasenlöchern, und er hatte das Gefühl, daß die kleinen Härchen vereisten. Es juckte. Er suchte nach einem Taschentuch, als plötzlich jemand neben ihm auftauchte und sagte: «Das darf nicht wahr sein: Mr. Panetta! Sie sind es wirklich?»

Panetta schob schnell das Taschentuch in den Mantel und drehte sich um. Vor ihm stand Schwester Heather. Eine schwarze, langbeinige Person in einem roten Anorak und weißer Pudelmütze. Ihre Haare hatte sie zu zwei Zöpfen geflochten, auf denen sich Schneekristalle gebildet hatten. Sie sah viel besser aus als in der Schwesterntracht. Sie lachte, als sie Panettas Freude bemerkte, sie hier zu treffen. «Ich bin spät dran heute. Aber als ich heute morgen aufgewacht bin und den Schnee gesehen hab, da mußte ich unbedingt erst raus und mit Timmy einen Schneemann bauen. Der ist klasse geworden. Eine Kartoffel als Nase und zwei Knöpfe von meinem alten Trenchcoat für die Augen. Und auf dem Kopf ein alter Kochtopf, in dem mir mal das Chili con carne angebrannt war. Hat echt Spaß gemacht. Sie sehen ja phantastisch aus.»

«Und wer ist Timmy?» fragte Panetta.

«Der Sohn meiner Nachbarin. Die läßt ihn immerzu alleine, obwohl er erst vier Jahre alt ist. Wenn ich morgens aus dem Haus gehe, dann höre ich ihn manchmal weinen hinter der Wohnungstür. Dann kauert er da auf dem Boden und wimmert vor sich hin. Aber wenn ich frei habe, dann hole ich ihn oft zu mir rüber, geh mit ihm in den Zoo oder eine Tüte Pommes essen.»

«Oder einen Schneemann bauen», sagte Panetta. Er versuchte

sich das Leben der Krankenschwester vorzustellen. Sie hatten einmal über ihre Wohnung gesprochen, das fiel ihm wieder ein. Ein Ein-Zimmer-Apartment irgendwo in einer dieser Siedlungen, die von den Architekten, die sie entworfen haben, später nie wieder betreten werden. Sie bauen Umgehungsstraßen, nur um ihre eigenen Sünden nicht sehen zu müssen. Ein Wunder, dachte Panetta, wie ein junges Mädchen dennoch so viel Lebensfreude und Zuversicht ausstrahlen kann. Ob sie daran glaubt, daß ein Prinz sie eines Tages aus ihrem Leben erlöst?

«Sie haben einen Termin bei unserem Professor?» fragte Schwester Heather, nachdem sie eine Weile im Schneematsch hin und her gestapft war und ihr Atem kleine weiße Rauchkringel in die Luft gemalt hatte.

Panetta hob die Schultern. «So ungefähr.»

«Aber es geht Ihnen doch gut?» Die Schwester warf ihm einen Seitenblick zu. «Ich sehe, Sie tragen keinen Mundschutz mehr. Keine Hygienevorschriften mehr?»

«Grady hat mich davon befreit. Er meinte, mein Körper habe sich bereits mit dem Herzen angefreundet.» Panetta hob die Augenbrauen und lächelte. «Und Grady muß es wissen, oder?»

«Aber was denken Sie?» fragte Heather.

«Ich?» Panetta zögerte. Er steckte die Hände in die Manteltasche und suchte den Himmel nach einem Zeichen ab. Einer Antwort. Irgend etwas. Aber er konnte nichts entdecken außer den Kondensstreifen zweier Flugzeuge, deren Flugroute sich irgendwo dreitausend Meilen über der Erde gekreuzt hatte. «Ich hab keine Meinung.»

Heather lachte ungläubig. «Kommen Sie, Mr. Panetta, das nehm ich Ihnen nicht ab.»

«Wirklich, ich weiß es nicht.»

«Also, Sie haben keine Schmerzen, Sie laufen hier rum. Sind offenbar mit der Metro gekommen – Mann, Mr. Panetta, vor vier Wochen hätten Sie der heiligen Madonna eine Kerze gestiftet, wenn man Ihnen das erzählt hätte.»

Panetta lächelte. Ihm fiel die Madonna in einer kleinen Kapelle in den italienischen Abruzzen ein. Geschminkt wie eine Nutte und mit einer Perücke aus Lametta, die eine kleine Plastikpuppe im Arm gehalten hatte, eine jener Zehn-Cent-Puppen, die man an jedem billigen Kiosk kaufen kann. Die Babypuppe trug eine Kette aus bunten Glasperlen und rote Babysocken. Unter dem Madonnenbild gab es Marmeladengläser, gefüllt mit verwelkten Blumensträußen, Feldblumen, Akkerblumen, am Wegesrand gepflückt. Überall klebten Zettel mit Botschaften, Wünschen, Bitten. Er konnte damals noch kein Italienisch (er war auf einem Weg zu einem Sprachkurs nach Florenz gewesen), und er hätte etwas darum gegeben, die heimlichen Wünsche entziffern zu können. Wahrscheinlich war es um Liebe gegangen, Krankheit und Tod, wie immer im Leben.

Ja, vielleicht hätte er, wenn er mit seinem alten kranken Herzen noch einmal an dieser Kapelle vorbeigekommen wäre, wirklich ein Gelübde abgelegt. Etwas Verborgenes. Irgend etwas. Eine Spende an ein Kloster, an eine Leprastation in Indien, irgend etwas. Für den Fall, daß die Madonna ihm helfen könnte, sich so stark zu fühlen, wie er sich heute fühlte.

Dabei glaubte er weder an eine Madonna noch an sonst irgendeinen heiligen Samariter. Aber der Gedanke gefiel ihm dennoch.

Der Bus kam wenige Augenblicke später. Sie stiegen ein, und Heather, aus Diskretion, Scheu oder weil sie sich in seiner Gesellschaft langweilte, zwängte sich durch die ganze Länge des Busses bis zur letzten Bank. Dort setzte sie sich, holte aus ihrer Anoraktasche Earphones und setzte sie auf, und während der ganzen Fahrt saß sie mit geschlossenen Augen und einem Lächeln auf den herrlichen Lippen da und bebte im Rhythmus der Musik, die nur sie hören konnte. Panetta drehte sich mehrfach nach ihr um. Er setzte sich so, daß er den Kopf nicht um hundertachtzig Grad drehen mußte, jedesmal, wenn er dieses Lächeln sehen wollte, diese Lippen, die sich leicht bewegten, ohne wirkliche Worte zu formen. Sie hatte die langen Beine in Schuhen mit dicken Profilsohlen weit von sich gestreckt. Sie war in einer anderen Welt. Panetta hätte sie gerne dorthin begleitet.

Grady schätzte es nicht, wenn seine postoperativen Patienten unangemeldet bei ihm reinschneiten, das wurde Panetta sofort klar, als er Alicia gegenübertrat.

Sie tippte gerade Krankenblätter ab und telefonierte dabei mit einer Freundin. Er konnte es aus ihrem Tonfall erkennen, daß es eine gute Freundin war. Eine von der Sorte, der man alles erzählen kann.

Panetta stand schon in der Tür, als sie vom Computer aufschaute und ihn ansah. Ihre Augen wurden vor Überraschung ganz groß, sie sagte schnell: «Ich muß aufhören. Ich ruf wieder an, okay?»

Panetta verbeugte sich. «Meinetwegen hätten Sie nicht so schnell auflegen müssen. Ich hab Zeit.»

«Mr. Panetta, welche Überraschung! Haben Sie für heute einen Termin? Hab ich was übersehen?»

«Ich war gerade in der Gegend und dachte, ich schau doch mal, ob Grady ein paar Minuten Zeit für mich hat.» Er holte aus seiner Manteltasche ein viereckiges, in tannengrünes Papier gewickeltes Päckchen und legte es neben den Computer. «Die Schleife ist unterwegs aufgegangen, tut mir leid», sagte er. «Aber in der Vorweihnachtszeit sind ja alle Verkäuferinnen immer ganz schrecklich im Streß.»

Alicia starrte auf das Päckchen, dann auf Panetta. «Für mich?» Panetta nickte. Er machte gerne Geschenke. Besonders unerwartet. Er genoß die Fassungslosigkeit, die man bei den

Beschenkten damit erzeugen konnte. Bei Alicia funktionierte es wie bei fast allen anderen auch. «Aber warum denn für mich?»

«Martha meint, es könnte Ihnen gefallen.» Panetta sprach leichthin, er wollte ihr nicht das Gefühl geben, daß dieses Geschenk etwas ganz Besonderes sei. War es auch nicht.

«Darf ich es jetzt schon auspacken?» Alicias Gesicht leuchtete. Offenbar bekam sie nicht so oft Geschenke außer der Reihe.

Panetta hob amüsiert die Schultern. Er hatte die Hände tief in den Taschen seiner Cordhose vergraben, der Mantel war geöffnet, das Sakko auch, im Krankenhaus war es immer ein paar Grad wärmer als in anderen öffentlichen Gebäuden. Er hätte gern den Mantel ausgezogen, dachte aber, daß es ratsam sei, damit zu warten, bis sie ihm zu diesem Termin mit Grady verholfen hatte.

Alicias lange, sorgfältig gefeilte Nägel rissen das tannengrüne Papier auf. Dunkelrote Nägel, so lang, daß man unmöglich damit die Tasten des Computers bedienen konnte, aber offenbar ging es doch. Sie hielt die Luft an, und ihre Augen wurden rund. «Valentino!» rief sie. «Wissen Sie, daß ich mir genau das Parfum von meiner Mutter zu Weihnachten wünschen wollte?»

Sie hielt den Flakon, nachdem sie ihn aus dem lackierten Karton gerissen hatte, hoch wie einen Gral in den offenen Handflächen. «Das ist furchtbar nett von Ihnen, Mr. Panetta. Womit habe ich das verdient?»

«Muß man sich jedes Geschenk verdienen? Ich dachte immer, das macht das Wesen des Schenkens aus, daß es keinen Grund braucht. Einfach so. Ist der Professor denn überhaupt im Lande?»

«Donnerstag ist doch immer großes Symposium hier im Haus, von zehn bis zwölf. Haben Sie das etwa vergessen? Wer da fehlt, sammelt Minuspunkte.»

Panetta lachte. Er hatte es natürlich nicht vergessen, aber er sagte: «Dann hab ich ja Glück. Ist er da drin? Oder steht er unten in der Cafeteria gerade in der Schlange am Salatbuffet?»

«Er ist da drin, Mr. Panetta.» Er spürte, daß sie zögerte. Ihre Augen irrten von dem Parfumflakon (er hatte die größte Ausführung gewählt) zu der Tür, die verschlossen war. «Er wollte eigentlich nicht gestört werden, Mr. Panetta. Er muß sich vorbereiten auf einen Vortrag in Philadelphia. Das hat er schon so lange rausgeschoben.»

«Will er über meinen Fall reden?» fragte Panetta leichthin.

«Über Ihren Fall? Nun, ich weiß nicht. Ich denke, er wird über Risiken und Nutzen der Herzkatheter sprechen. Das ist sein Lieblingsthema.»

«Nicht die Biopsie?» fragte Panetta. «Und wie man damit einen Mörder überführt?»

Alicia verstand ihn nicht, das merkte er wohl.

«Und wenn ich einfach mal den Kopf durch die Tür stecke und sehe, was für ein Gesicht er macht?»

Alicia sprang erschrocken auf. «O nein, Mr. Panetta, das würde ich nicht raten, lieber nicht.»

«Okay, okay, dann klingeln Sie ihn doch einmal an.»

Alicia schaute ihn unschlüssig an.

«Er beißt doch nicht, oder?» fragte Panetta aufmunternd.

Sie lächelte verlegen. «Nein, das nicht. Aber ...» Sie wurde rot. «Er ist gerade ein bißchen sauer auf mich, weil ich einen Termin verschwitzt habe. Und wenn ich da jetzt reingehe und sage ...»

Panetta spürte, daß seine Geduld ihm nicht mehr viel Spielraum ließ. «Also», sagte er energisch, «dann machen wir es kurz.» Er ging, ohne daß Alicia ihn hindern konnte, zur Tür, klopfte zweimal mit dem Fingerknöchel gegen den Holzrahmen, drückte die Klinke runter und sagte: «Haben Sie eine Sekunde für mich Zeit, Doc?»

Grady arbeitete nicht an seinem Vortrag. Er hatte die Rükkenlehne seines Schreibtischstuhls weit zurückgedreht, die Füße auf den Schreibtisch gelegt und pellte eine Clementine. Der Geruch erfüllte den ganzen Raum. Er wandte nur leicht den Kopf. «Daniel?» fragte er, ohne ihn wirklich gesehen zu haben. «Welche Sehnsucht treibt Sie hierher?»

Panetta trat schnell ein und schloß hinter sich die Tür. «Danke, Doc», sagte er. «Alicia wollte mich schon wieder abwimmeln. Und ich bin doch so stolz.»

Grady nahm die Füße (er trug weiße Lederturnschuhe) vom Schreibtisch, sammelte die Orangenschalen von seinem Schoß und warf sie in den Papierkorb. «Worauf sind Sie stolz?»

«Die erste Fahrt in der Metro mit dem neuen Herzen.»

Grady grinste. «Da hat das Herz sich gefreut, daß es mal was erleben durfte, oder? Ein Ausflug also. Wieso setzen Sie sich nicht? Ich habe genau zehn Minuten Zeit für Sie. Dann muß ich an diesem verdammten Vortrag weiterarbeiten.»

«Vielleicht über meinen Fall?» fragte Panetta.

Grady schaute ihn überrascht an. «Wieso denn ausgerechnet über Ihren Fall?»

«Ich dachte, das wär ein gutes Thema für einen Medizinerkongreß. Es ist doch ein Medizinerkongreß, oder?»

«Nur Herzchirurgen», sagte Grady. «Eine Versammlung von lauter Zombies, um mit Ihren Worten zu reden. Sie haben mich einmal als Zombie bezeichnet. Wissen Sie das noch?»

Panetta ging nicht darauf ein. «Das wäre doch ein Thema unter euch Herzklempnern: Was passiert, wenn ich einem Patienten das Herz eines Mörders einpflanze? Und was bedeutet das im Hinblick auf alles, was wir über die Seele eines Menschen wissen? Sie interessieren sich doch für diese letzten Fragen der Menschheit, Doc. Ich erinnere mich an den Zettel, den Sie mir damals – übrigens genau in diesem Raum – zugesteckt haben. Da ging es auch um die letzten Dinge des Lebens.»

«Irgendwie», sagte Grady, «geht es immer um die letzten Dinge des Lebens, denke ich.» Er deutete einladend auf den Sessel, in dem Panetta schon viele Stunden verbracht hatte. «Aber nun zu Ihnen. Zu Ihrem wirklichen Anliegen. Womit kann ich helfen?»

«Das weiß ich selbst nicht genau.» Panetta zögerte. Er musterte Grady, der einen ganz entspannten Eindruck machte. Er hatte angenommen, so ein Überraschungsbesuch würde Grady irgendwie aus der Bahn werfen, würde ihm etwas von seiner Selbstsicherheit nehmen. Aber das war ganz offensichtlich nicht der Fall.

Grady preßte die Finger gegeneinander, beugte sich vor und sagte: «Schießen Sie los.»

Panetta hatte sich auf dieses Gespräch vorbereitet, nachts, als er keinen Schlaf finden konnte. Er hatte noch am Morgen ganz genau gewußt, wie er anfangen sollte, aber jetzt schien ihm jeder Anfang falsch.

«Sie sind eben gar nicht darauf eingegangen, als ich von einem Mörderherzen sprach», begann Panetta vorsichtig.

Grady lachte. «Nein, warum auch? Warum sollte ich? Wir betreiben Medizin und keine schwarze Magie.»

Panetta räusperte sich. «Wenn ich Ihnen eine einzige Frage stelle und Sie bitte, mir die ganz ehrlich nur mit ja oder nein zu beantworten, würden Sie das tun?»

«Kommt auf die Frage an», sagte Grady.

«Okay, die Frage lautet: Schlägt hier drin das Herz von Otis White?» Panetta legte die Hand auf seinen Brustkorb.

Gradys Miene blieb ausdruckslos. Er schwieg. Er sagte einfach gar nichts.

«Soll ich die Frage wiederholen? Ist sie irgendwie nicht richtig bei Ihnen angekommen?»

«Die Frage ist angekommen», sagte Grady.

«Also, dann können Sie sie ja auch beantworten.»

Grady schüttelte den Kopf. «Nein, Daniel, das kann ich nicht. Denn ich weiß überhaupt nicht, wer Otis White ist. Wie kommen Sie ausgerechnet auf diesen Namen? Sie wissen doch, daß die Organspender vollkommen und absolut anonym bleiben. Und wenn Sie hier vor mir einen Handstand machen und auf den Fingerspitzen laufen, Daniel: Ich werde Ihnen den Namen des Spenders nicht verraten. Ich darf es gar nicht. Darauf steht ein Jahr Gefängnis.»

«Otis White war achtzehn Jahre alt, Motorradfahrer. In der Nacht, bevor man mich über den Beeper anrief und sagte, daß Sie ein Herz für mich hätten, wurde Otis in einen schweren Unfall verwickelt. Ein Kieslaster drängte ihn von der Straße, er prallte gegen einen Baum, er war sofort tot. Klinisch tot. Ich bin doch richtig informiert, daß ausschließlich klinisch tote Spender von Interesse für Sie sind?»

Grady nickte. «Sie sind richtig informiert.»

«Otis White wurde in dem Hospital in Williamsburg eingeliefert, von dem aus Sie mit Dr. Thoreau telefoniert haben. Da lag ich schon im Vorbereitungsraum zum OP. Ich weiß, daß Sie aus Williamsburg angerufen haben, Doc.»

Grady seufzte. «Selbst wenn es so wäre, Daniel, würde ich das jetzt nicht bestätigen. Aber was schließen Sie daraus? Was macht Sie so unruhig?»

«Otis White wird verdächtigt, in der Nacht, bevor er sein Herz einem anderen überließ, zwei Menschen umgebracht zu haben. Randolph und Sophie Harper aus Buena Vista. Sagen Sie nicht, daß Sie es nicht gelesen haben, Doktor. Wir haben persönlich darüber gesprochen, da lag ich noch oben im zehnten Stock auf Ihrer Intensivstation.»

Grady schaute Panetta an, dann nahm er die Hande und hielt sie an die Nase. Er lächelte. «Unglaublich, welchen Geruch diese Clementinenschalen ausströmen, was? Und wenn man erst an den Duft ihrer Blüten denkt! So winzige weiße Blüten!»

Als Panetta stumm blieb, erhob Grady sich und ging einige Male in seinem Zimmer auf und ab. Dann blieb er vor Panetta stehen. «Mr. Panetta, ich muß Sie warnen», sagte er sanft. «Sie machen einen großen Fehler.»

«Was könnte das für ein Fehler sein?»

«Sie verrennen sich da in etwas. Sie sind ja wie besessen von diesem Mordfall. Ich wiederhole mich: Sie müssen aufhören, Ihr eigenes Leben mit diesem Mord in Verbindung zu bringen. Ich verstehe ehrlich gesagt auch gar nicht, warum Sie immer und immer wieder auf diesen Punkt zurückkommen.»

«Das wissen Sie genau, Doktor. Sie selbst haben doch meinen Fernseher ausgeschaltet, als die Reportage über den Mordfall lief, und meine Zeitungen aus dem Zimmer getragen.»

Grady seufzte. «Weil ich Sie genau vor dem bewahren wollte, was jetzt eingetreten ist. Herzpatienten, Daniel, sind komische Wesen. Deshalb haben wir ja einen Psychologen auf der Station, keine andere Transplantation macht psychisch solche Probleme wie die Herztransplantation. Das klinische Bild ist vollkommen klar und einfach. Aber die Psyche spielt uns immer wieder einen Streich. Zu lange hat man den Menschen vorgebetet, daß das Herz der Sitz der Seele ist, und jetzt kriegen wir diesen Gedanken nicht mehr raus. Das Herz ist eine Pumpe, Daniel.»

«Ich weiß, eine Druck-Saug-Pumpe. Sie haben es mir erklärt.»

«Egal, wessen Herz Sie bekommen haben, Daniel: Es kann nicht den allergeringsten Einfluß auf Sie nehmen, nicht den allergeringsten Einfluß, verstehen Sie? Es sei denn ...» Er holte tief Luft.

«Ja?» fragte Panetta.

«Es sei denn, es wird für Sie zu einer fixen Idee. Dann ist alles möglich. Aber das würde auch bedeuten, daß meine Arbeit sinnlos war. Ich habe Ihnen kein neues Herz geschenkt, um zu erleben, wie Sie Ihre Zeit mit Hirngespinsten vergeuden. Mit Wahnvorstellungen. Hören sie auf, über Otis White nachzudenken. Fangen Sie lieber mit dem an, was Sie mir versprochen haben. Wie geht es Martha? Was macht das Eheglück?»

Panetta erhob sich. Eine Welle von Enttäuschung breitete sich in seinem Körper aus. Er wußte, daß er auf einmal blaß war. Und müde aussah. Er fühlte sich auch müde. «Sie wollen mir also keine Antwort geben.»

«Ich habe Ihnen eine Antwort gegeben!» rief Grady. «Eine andere Antwort gibt es nicht!»

Panetta blickte ihn an. Lange. Grady wich seinem Blick nicht aus. So waren sie schon immer gewesen, Zweikämpfer. Duellanten.

Warum, dachte Panetta verzweifelt und zornig, warum hilft er mir nicht? Warum ist er immer auf der anderen Seite?

Grady brachte Panetta bis zur Tür. Alicia saß schon wieder vor dem Computer, aber der Flakon stand direkt daneben. Als die beiden herauskamen, schaute Alicia sich um.

«Schon fertig? Schauen Sie mal, was Mr. Panetta mir mitgebracht hat.» Sie hob triumphierend den Flakon hoch.

Grady schnaubte. «Ihnen macht er Geschenke. Und mir macht er Probleme.» Er legte versöhnlich seine Hand auf Panettas Schulter, als er ihn durch das Vorzimmer zum Flur brachte. «Ich wünsch mir auch etwas von Ihnen zu Weihnachten.»

Panetta blieb stehen und sah Grady erwartungsvoll an.

«Daß Sie aufhören, an diesen Quatsch zu glauben. Ich sage Ihnen, über kein Geschenk würde ich mich mehr freuen.»

Er streckte die Hand aus. Er war ernst. Panetta erwiderte den Händedruck schweigend, wandte sich um und ging davon. Er spürte Gradys Augen wie Pfeile in seinem Rücken.

Als er das Krankenhaus verließ, dämmerte es bereits. Schneeflocken wirbelten um die Bogenlampen, die den Parkplatz beleuchteten. Der Bus wartete bei laufendem Motor, die Türen geschlossen. Panetta wartete neben der Fahrertür, den Mantelkragen hochgeschlagen, die Hände in den Taschen. Der Fahrer beachtete ihn nicht.

Erst als Panetta heftig gegen die Scheibe klopfte, schwangen die Türen zurück, er stieg ein und mit ihm ein Wirbel von Flokken. Panetta setzte sich in die zweite Reihe. Der Fahrer beobachtete ihn im Rückspiegel. Von Zeit zu Zeit versuchte er, mit Panetta ein Gespräch zu beginnen. Aber Panetta reagierte nur mit Schulterzucken oder einem leichten zustimmenden Knurren. Als neue Passagiere eintrafen – zwei fröhliche junge Mädchen, die offenbar eine kranke Klassenkameradin besucht hatten –, verwickelte der Fahrer die beiden ins Gespräch, und Panetta konnte ungestört seinen Gedanken nachhängen.

Grady lügt, dachte er, ich glaube ihm kein Wort. Er ist nicht ehrlich zu mir. Überhaupt keiner ist ehrlich zu mir. Sie wissen etwas. Alle.

Er knöpfte das Sakko auf und dann einen Hemdenknopf und schob seine Hand in das Hemd. Seine Finger waren kalt auf der heißen Haut. Er suchte die Stelle, an der seine Hand früher immer gelegen hatte. Er fühlte den Wulst der Narbe, die immer weicher wurde. Er spürte sie kaum noch als Erhebung, wenn er mit den Fingern darüber hinstrich. So schnell wuchs alles wieder zusammen. Er schob die Hand noch weiter in den Hemdschlitz hinein und drehte sich dabei zum Fenster, um von den Mädchen nicht beobachtet zu werden. Aber sie nahmen von ihm ohnehin keine Notiz. Einen Augenblick überlegte er, ob diese beiden albernen Mädchen mit den rosigen Gesichtern Otis gefallen hätten. Oder gehörte Otis zu jenen Schwarzen, die nur ihresgleichen schön fanden? Interessierte Otis sich überhaupt für Sex?

Und dann, auf einmal, fühlte er es: das Pochen. Von innen gegen den Rippenbogen, und wenn er einen Fingerbreit weiter nach unten tastete, konnte er das Pumpen bis zur Hautoberfläche spüren.

Tok. Toktok-toktok-toktok-toktok-tok.

Ganz gleichmäßig. Immer derselbe Rhythmus. Das war jetzt also sein Rhythmus. Nach diesem Rhythmus lebte er. Dieser Rhythmus trieb ihn an.

Martha öffnete die Tür, als er die Treppen heraufkam. Sie hatte ein Glas in der Hand, in der anderen das Handy. Sie wirkte völlig aufgelöst, obwohl sie immer noch dieses Herbstkostüm trug, auberginefarben, mit dem sie am Morgen in die Stretchlimousine ihres Klienten gestiegen war.

Panetta hatte sie vom Schlafzimmerfenster aus beobachtet. Wie elegant sie in ein Auto einsteigen konnte! In einem engen Rock, der über den Knien endete. Es war ein Vergnügen gewesen, ihr dabei zuzuschauen.

Der Chauffeur hatte selbstverständlich nicht auf ihre Knie geschaut, sondern den aufgespannten Golf-Regenschirm gegen die anbrausenden Schneeböen verteidigt.

Sie hatte gewunken, er hatte ihre Hand und ihr weißes Gesicht für einen Augenblick hinter den regennassen Scheiben erkannt. Sie wußte, daß er dort oben stand und ihr nachblickte. Das hatte er in den letzten Monaten immer getan, wenn sie ihn verließ, um zur Arbeit zu gehen. Und er zurückblieb, um einen weiteren Tag seines Lebens mit Warten zu verbringen.

«Wo bist du gewesen?» rief sie ihm entgegen. «Was hast du den ganzen Tag gemacht, Daniel?»

«Hallo, Liebes, schon zu Hause?»

Er zog sich am Treppengeländer hoch. Jetzt, wo er fast zu Hause war, das Sofa in erreichbarer Nähe wußte, fühlte er sich auf einmal zu Tode erschöpft. Dennoch lächelte er tapfer gegen ihre Empörung an. «Ich war ein bißchen länger unterwegs als geplant», sagte er leichthin.

«Ein bißchen länger unterwegs! Weißt du, wie spät es ist? Hast du eine Ahnung, welche Sorgen ich mir gemacht habe? Ich komm mir ja vor wie ein Idiot, wenn ich in Fairfax alle Leute verrückt mache. Alicia hat Grady aus einer Sitzung geholt. Ich hab mich lächerlich gemacht vor all diesen Leuten … Und da kommst du die Treppe herauf und …»

Panetta hatte sie endlich erreicht. Er zog ihr Gesicht zu sich heran und küßte die letzten Worte einfach weg. Er ließ sie nicht ausreden. Er preßte seine Lippen auf ihren Mund, dessen Geschmack er längst vergessen hatte.

Grady hatte ihm erlaubt, ohne Mundschutz zu gehen. Er wollte das mit ihr feiern. «Ich kann Ihnen ja sowieso nichts mehr verbieten», hatte er gesagt, «also, in Gottes Namen, dann werfen Sie den Zettel mit den Hygienemaßnahmen in den Papierkorb oder dahin, wo Sie meinen anderen Merkzettel geworfen haben …»

«Einen habe ich Ihnen zurückgegeben, Doc», hatte Panetta erwidert. Grady hatte nur mit den Schultern gezuckt, war ärgerlich gewesen, gereizt, genau wie Martha jetzt. Offenbar verbreitete er eine Atmosphäre, die für andere ungemütlich war. Das täte ihm leid. Das wollte er nicht.

«Merkst du was?» flüsterte Panetta.

Martha schob ihn von sich weg. «Daniel, sag mir, wo du warst.»

«Ich geh nur schnell pinkeln, wasch mir die Pfoten und zieh das Sakko aus, ja? Darf ich? Und die Schuhe vielleicht auch? Ich hab das Gefühl, ich hätte den Marathon mitgelaufen, dabei hab ich die meiste Zeit im Auto gesessen. Ich dachte, du würdest dich über den ersten Kuß ohne Verhütungsmittel mehr freuen.»

Martha folgte ihm wortlos, zog die Tür hinter sich zu, mit

Nachdruck, wie es ihm schien, und folgte ihm die Treppen hinauf nach oben. Sie lehnte an der Schlafzimmertür, als er das Sakko auszog, auf der Bettkante den Hemdkragen öffnete, die Krawatte abzog, sich vorbeugte, um die Schuhbänder aufzuknoten. Das Vorbeugen fiel ihm schwer. Die Wunde schmerzte. Es war das erste Mal, daß er einen wirklichen Schmerz verspürte. Vielleicht lag es nur daran, daß sein Kreislauf rebellierte. Er hatte sich nicht an die vorgeschriebenen Mahlzeiten gehalten, an die Ruhepausen, er hatte nicht einmal die zwei Liter Wasser getrunken, die Vorschrift waren. Der Schmerz war die Quittung. Er richtete sich auf und seufzte. «Ich bin doch noch nicht ganz so fit, wie ich es mir wünschte», sagte er.

Martha sprach immer noch nicht. Sie hielt die Luft an, als er sich an ihr vorbeidrängte, um ins Bad zu gehen, und wandte den Kopf ab. Sie war sehr wütend. Er würde das wiedergutmachen. Er mußte es wiedergutmachen. «Ich war beim Doktor», sagte er. «Grady ist sehr zufrieden mit mir, weißt du das? Sehr zufrieden. Vielleicht kann ich in einem Monat wieder arbeiten. Na ja, zuerst wahrscheinlich nicht gleich den ganzen Tag. Dreimal in der Woche oder so, schwebt mir vor, oder immer nur vormittags. Dann könnte ich zu Dean & Deluca und die Einkäufe machen, und du brauchst dich abends nach dem Büro nicht mehr abzuschleppen. Wie klingt das?»

Martha schmiegte sich an ihn. Ihre Finger schoben sich in seine warmen Hände. «Zu mir hat Grady was anderes gesagt», murmelte sie.

«Was?» Panetta spürte einen Stich. «Was hat er gesagt?»

Martha vermied es, ihm in die Augen zu sehen, das wurde ihm plötzlich klar. Seit wann wich sie seinem Blick aus?

«Der Gedanke, daß du das Herz dieses Mörders haben könntest … das ist so lächerlich … so weit hergeholt … Du hast dich da in etwas reingesteigert, Darling, und Grady hat mich ausdrücklich beauftragt, daß ich dich davon abbringen soll. Er sagte, es ist gefährlich, wenn du dich so verrennst.»

«Und was ist, wenn Grady dir nur die halbe Wahrheit erzählt hat, um dich zu beruhigen, um mich zu beruhigen, um die Dinge unter der Decke zu halten, was weiß ich? Was dann?»

«Darling, Professor Bob Grady ist einer der berühmtesten Herzchirurgen der Vereinigten Staaten. Ein anerkannter Wissenschaftler. Du warst vier Jahre krank und hast eine Operation hinter dir, die schon andere aus dem Gleichgewicht gebracht hat. Das hat Grady mir auch gesagt, daß ...»

«Ich bin nicht aus dem Gleichgewicht. Ich bin vollkommen klar.»

Martha küßte ihn auf die Wange. Ihre Lippen waren eiskalt. «Um so besser. Für morgen abend hab ich Ed und Joyce eingeladen. Wir lassen uns Sushi kommen, Joyce bringt einen Nachtisch mit (ich habe ihr die Nahrungsmitteltabelle durchgefaxt), und dann machen wir uns einen schönen Abend, spielen ein bißchen Bridge und reden mal von etwas ganz anderem als von Krankheit und Mord und Tod. Was meinst du?»

Panetta erhob sich. Er ging zum Kühlschrank, holte eine Packung Diätkäse heraus und riß die Packung auf.

«Ich war bei ihr», sagte er. «Sie ist überzeugt, daß er es nicht getan hat.»

Martha starrte ihn verständnislos an. «Was?»

«Precious White, die Mutter von Otis White, der verdächtigt wird, dieses Ehepaar in Buena Vista umgebracht zu haben. Ich war letzte Woche bei ihr. Sie wohnt hinterm Eastern Market, eine ziemlich finstere Gegend. Aber ihre Wohnung ist okay. Ich hab auch sein Zimmer gesehen. Wirklich, vollkommen okay. Sie hat mir eine Menge über Otis erzählt.» Er bot ihr einen Keks aus der Packung an – Martha schüttelte wortlos den Kopf. «Ich habe mir überlegt, daß ich es tun muß. Für Precious. Aber vor allen Dingen für dich und mich.»

Martha riß ihm die Packung aus der Hand und schleuderte sie auf den Boden. «Kannst du endlich einmal einen Satz richtig zu Ende sprechen!» schrie sie. «Was willst du beweisen? Worüber redest du überhaupt?»

Er beugte sich vor und nahm ihre Hände, hielt sie ganz fest, als wollte er sie daran hindern, ihm ins Gesicht zu schlagen. Oder irgend etwas anderes Verrücktes zu tun. «Ich werde beweisen, daß Otis kein Mörder ist. Ich muß es tun, Martha. Weil der Gedanke, mit einem Mörderherzen zu leben, mich auf Dauer umbringen würde. Und diesen Tod fürchte ich mehr als den anderen, den ich schon fast gestorben bin. Verstehst du das, Liebes? Ich hab vorher nicht gewußt, daß ich so ein moralischer Mensch bin. Auch diese Erfahrung verdanke ich meinem neuen Herzen!»

Er sah, daß Tränen in ihre Augen stiegen. Martha schüttelte den Kopf wild, wie ein zorniges, unvernünftiges Kind. «Nein», schrie sie, «nein, nein! Ich versteh das nicht, und ich will es auch nicht verstehen! Ich hab genug! Genug! Ich kann nicht mehr, Daniel!»

Sie wollte sich losreißen, aber er hielt sie fest. Ein eiserner Griff. Das hätte er noch vor ein paar Wochen nicht gekonnt. Sie war überrascht, daß er so stark war. Er konnte das in ihrem Gesicht lesen. Er konnte viel in ihrem Gesicht lesen. Mehr als ihr vielleicht lieb war. Entsetzen. Angst. Eine Angst, die tief aus ihrem Innern aufstieg.

«Morgen, wenn Ed und Joyce kommen», Panetta sprach mit sanfter Eindringlichkeit, wie man zu einem trotzigen oder verstörten Kind spricht, «werden wir erst Sushi essen und dann Joyce' Dessert, was auch immer das Scheußliches sein wird, und wir werden Bridge spielen, und ich verspreche dir, daß wir nicht über Krankheit, Mord und Totschlag reden werden. Ich verspreche es dir. Aber übermorgen werde ich dahin fahren, Martha. Und niemand wird mich aufhalten.»

«Wohin willst du?»

«Da runter, nach Buena Vista. Ich will mir dieses Haus ansehen, in dem es passiert ist. Dieses Haus der Harpers, Martha.»

Martha starrte ihn an. «Das ist nicht dein Ernst.»

«Doch, doch. Ich habe es dir nicht erzählt, weil es mir selber so absurd vorkommt. Aber vielleicht hätte ich es dir besser schon längst sagen sollen. Ich sehe dieses Haus jede Nacht vor mir. Ich habe immer denselben Traum. Ich gehe auf ein Haus zu, ein Haus, das ich nie gesehen oder betreten habe, das schwöre ich. Das weiß ich. Ich kenne jede Einzelheit dieses Hauses, von außen. Denn sobald ich die Stufen hinaufgehe bis zur Haustür, wache ich auf.» Er hielt, erschöpft, inne. Er fuhr sich mit dem Ärmel über die Stirn. Es war entsetzlich, daß alle immerzu eine Erklärung von ihm verlangten. Und ihn dann, wenn er die Erklärung gegeben hatte, anstarrten wie einen Geisteskranken.

«Ich muß wissen, ob es das Haus der Harpers ist, das ich im Traum sehe. Verstehst du?»

Martha schüttelte, ganz langsam, den Kopf. «Weißt du, was Grady vorgeschlagen hat?»

Er wußte es nicht, aber er war eigentlich auch nicht besonders interessiert daran, es zu erfahren. Grady war nicht ehrlich. Grady belog ihn. Und er hatte auch Martha belogen. Warum sollte er sich dafür interessieren, was Grady sagte? Ihm war längst klar, daß er durch die Sache allein durchmußte. Daß niemand ihm helfen würde.

«Er meinte, du solltest regelmäßige Sitzungen mit Scotty vereinbaren. Er sagte, Scotty würde das für dich tun, weil er dich schätzt, Darling. Alle Leute schätzen dich, du merkst es nur nicht, sondern stößt sie immer vor den Kopf.»

«Wie kommt ihr darauf, daß ich mit Scotty reden will?»

«Nicht einfach reden, Probleme aufarbeiten. Was weiß ich, was Psychologen eben so machen.»

«Eine Gehirnwäsche», sagte Panetta trocken.

«Ach, Darling, niemand will dir etwas einreden. Niemand. Du bist ja wie verhext von der Sache.»

«Ich möchte nur wissen, wem mein Herz vorher gehört hat. Was ist daran Hexerei?»

«Aber wir haben immer gewußt, daß der Name des Spenders anonym bleiben muß. Das hat dich nicht gestört!»

«Nicht, bis ich über diesen merkwürdigen Zufall grübeln mußte, daß Randolph und Sophie Harper in der Nacht sterben mußten, bevor ich operiert wurde. Und ein Junge namens Otis White mit einem Motorrad, von dem niemand weiß, wem es gehörte, gegen einen Baum prallte.»

«Weißt du was? Sosehr ich mich freue, daß diese Operation so gut gelungen ist und du wieder so viel Kraft hast, bin ich auch richtig wütend, daß die Operation ausgerechnet an jenem Tag sein mußte, wo dieser Mordfall passierte.»

Panetta lächelte. «Und soll ich dir etwas verraten? Wenn es diesen Mordfall nicht gegeben hätte, hätte ich jetzt vielleicht kein neues Herz. Wie findest du das?»

Martha starrte ihn an. «Gibt es in deinem Kopf keinen einzigen anderen Gedanken mehr?»

«Ich fürchte, nein», sagte Panetta sanft.

Martha verließ wortlos das Zimmer.

Panetta trat ans Fenster, zog die Gardinen zurück und starrte nach draußen. Die Welt war auf einmal weiß. So weiß, als habe jemand ein großes Laken über alles gedeckt. Ein Leichentuch. Das konnte als eine Geste der Gnade gedeutet werden. Man breitete ein Tuch über das Gesicht eines Toten, um seine Totenruhe nicht zu stören, ihn zu beschützen vor neugierigen Blicken. Andererseits bedeckte man die Toten auch, wenn man etwas zu verbergen hatte. Der Gedanke faszinierte ihn. Er wollte mit Martha darüber sprechen. Natur und Tod. Die Parallelen. Das weiße Leichentuch. Warum weiß?

Er wartete, daß sie zurückkam, das Licht anknipste und ihn in den Arm nahm, etwas Zärtliches zu ihm sagte, ihn küßte. Aber sie kam nicht.

Panetta hauchte seinen Atem gegen die Scheibe und malte ein Herz hinein. Das hatte er noch nie getan. Er dachte an Heathers Gesicht unter der weißen Pudelmütze, die lustigen Zöpfe, an ihr Lachen. An die langen Beine, ausgestreckt im Mittelgang des Linienbusses. An die Hose, die im Schritt so eng war, daß sie über dem Schamhügel spannte.

Oben hörte er Marthas Schritte. Heute nacht werde ich sie vögeln, dachte er.

«Siehst du, es geht doch, es geht!»

Er bewegte sich über ihr auf und ab, langsam, im immer gleichen Rhythmus. Er hatte die Hände rechts und links von ihrem Kopf aufgestützt, das Kopfkissen hatten sie weggeschoben. Martha lag ganz flach, die Arme seitlich weggestreckt, die Beine gespreizt. Er hätte sich gewünscht, daß sie ihre Beine um seinen Rumpf schlang, so wie sie es früher getan hatte, ganz früher. Wie ein kleiner Affe war sie gewesen mit ihrem geschmeidigen, biegsamen Körper. Dieser zarten Haut über den feinen Knochen. Niemand, der sie zum ersten Mal nackt sah, ahnte, wie zäh und sehnig sie in Wirklichkeit war, wieviel Ausdauer sie beim Sex haben konnte. Damals. Er war immer vor ihr erschöpft, war immer vor ihr zur Seite gesunken, ein Bein über ihrer Hüfte, sein weicher, feuchter Schwanz an ihrem Bauch. So hatten sie dagelegen, ihre Gesichter ganz nah, und wenn er die Augen öffnete, merkte er, daß sie ihn die ganze Zeit angeschaut hatte, mit riesengroßen Augen. In diesen Augen war eine Erwartung gewesen, die ihn bestürzt hatte, irgendein Hunger, eine Gier, etwas, das befriedigt werden wollte, ohne daß er je herausbekam, wie es geschehen konnte. Sie sprachen nie, wenn sie sich liebten. Er gehörte nicht zu diesen Verbalerotikern, die sich aufgeilen, wenn sie nur oft genug das Wort «Muschi» in den Mund nehmen. Auch Cunnilingus kam für ihn nur in seltenen Fällen in Betracht, und dann nur, wenn er vorher genug getrunken hatte, wenn seine Geschmacksnerven durch Schnaps betäubt waren. Bourbon funktionierte am besten. Er wußte, daß Frauen es liebten, wenn man sie leckte. Er hatte das immer wieder gelesen, bei guten und schlechten Schriftstellern, aber er sagte sich: Solange sie meinen Schwanz nicht in den Mund nimmt, leck ich sie auch nicht. So blieb der Sex zwischen Martha und ihm, auch in der Ehe, eine Art Machtkampf, eine Rivalität. Keiner gab dem anderen mehr, als er verdiente. Keiner von beiden war selbstlos genug, dem anderen einen Orgasmus zu verschaffen. Sie wollten beide ihren Anteil.

Martha hatte die Augen geschlossen und das Gesicht weggedreht. Er bewegte sich über ihr auf und ab. Sie reagierte auf keine seiner Bewegungen. Früher hatte er Kontraktionen ihrer Vagina gespürt, das hatte ihn erregt, wenn er seinen Schwanz durch einen engen Ring zwängen mußte. Einen Ring, der sich bewegte, der fest war, aber von einer feuchten Gleitmasse umgeben.

«Sieh mich an», flüsterte Panetta.

Martha schüttelte den Kopf.

«Warum nicht? Warum siehst du mich nicht an? Schau her, Honey, schau doch her.»

«Bitte, Darling», murmelte sie. «Bitte, ich kann nicht mehr.»

«Aber wir haben doch eben erst angefangen. Warte ab, was er alles kann. Schau ihn dir an, faß ihn an.»

Zögernd schob sie ihre Hand zwischen seinen und ihren Bauch. Sie verzog dabei ihr Gesicht. Er spürte einen kalten Finger, der sein Glied berührte, dann huschte die Hand wieder weg.

«Wahnsinn, oder?» flüsterte Panetta. «Was sagst du? Davon haben wir geträumt, was, daß wir vögeln können wie die Teenies, was? Ich fühl mich so stark, Mann. Ein Stier. Weißt du, daß ich den Stier im Aszendenten habe? Oh, das ist gut. Ist das gut!»

Martha öffnete ganz langsam die Lider, blickte forschend in sein Gesicht, dann auf seine Brust und schloß die Augen.

«Stört es dich? Stört dich diese Narbe?» flüsterte Panetta.

«Nein, nein.»

«Was denn? Was stört dich denn?»

«Gar nichts, Darling.»

«Und wieso lächelst du nicht ein einziges Mal? Wieso sagst du nichts?»

«Ich weiß nicht, was ich sagen soll. Wir haben doch nie dabei geredet.»

«Dann fangen wir heute eben an.» Er rutschte ein wenig nach vorn, suchte eine neue Position für seine Hände und machte weiter kreisende Bewegungen des Beckens, ohne Anstrengung. Wann hatte er das zuletzt gekonnt? Er würde wieder mit Liegestützen anfangen, Gymnastik, langsam steigern. Grady hatte recht, das war's, worauf er sich konzentrieren sollte. Auf Marthas Stirn bildete sich eine kleine, senkrechte Falte.

«Du und ich», flüsterte Panetta, «du und ich. Endlich wieder. Endlich. Lieber Gott, ich danke dir.»

«Könntest du Gott aus dem Spiel lassen?» Sie versuchte, ihn an den Schultern nach oben zu drücken, wegzudrücken, sein Schwanz rutschte aus ihrem Loch, und er fand nicht wieder hinein. Sein Schwanz war immer noch steif. «Nein, bitte!» drängte er. «Jetzt nicht aufhören, nicht aufhören. Komm, komm, mach weiter, weiter. Hilf mir, ihn wieder reinzutun.»

Er fragte sich nicht ein einziges Mal, ob sein Herz das aushielt. Diese Belastung. Unter hundert Männern, die an einem Herzinfarkt starben, erwischte es zehn Prozent bei genau dieser

Beschäftigung. Daran hatte er früher immer denken müssen. Als er nach dem Orgasmus nach Luft schnappen mußte wie ein Fisch, den der Angler auf das Feld geworfen hat. Heute fragte er sich nicht, er wußte einfach, daß dieses Herz es aushielt.

Ein gutes Herz, dachte Panetta. Er warf den Kopf zurück, riß den Mund auf und ließ einen tiefen, langen Schrei los. Wie ein Wolf heulte er, während er seinen Samen in sie spritzte. Wie ein Wolf.

Dann fiel er auf die Seite, erschöpft, ein Krieger nach dem Kampf. Er legte seine Hand auf ihre Brust und schloß lächelnd und zufrieden die Augen.

«Ich bin glücklich», murmelte er, «so verdammt glücklich, Martha.»

Martha sagte nichts. Unter dem weichen, flachen Busen fühlte er ihren Herzschlag. Er öffnete vorsichtig die Augen. Martha hatte den Kopf weggedreht, die Hände vor dem Gesicht.

ELFTES KAPITEL

UND ICH habe gedacht, hier wird gearbeitet!»

Panetta lachte, damit auch den letzten Aushilfskräften klar war, daß es sich um einen Scherz handelte, man wußte ja nie. Er schaute sich in dem großen ebenholzgetäfelten Lesesaal um. Immer wieder konnte er sich berauschen an der Architektur, an dem Maß dieses Raumes, dem vollendeten Oval, dreigeschossig, mit einer hohen gläsernen Kuppel, weiße, grüne und gelbe Glasprismen, durch die das Licht einflutete, selbst an einem Wintertag wie diesem. Es hatte in der Nacht wieder geschneit, aber das Glas der Kuppel war beheizbar, und so war der Schnee längst geschmolzen. Im Lesesaal herrschte eine angenehme Temperatur.

Bücher, wohin das Auge blickte, drei Stockwerke hoch, in Regalen aus wunderbarem altem Holz, ebenerdig die Lesetische in Reih und Glied, über jedem leuchtete ein grüner Lampenschirm. Hin und wieder das Rascheln von Papier. Im Lichtkegel konzentrierte Gesichter und die wunderbar gelassene Ruhe, die den Charme dieser frühen Stunde ausmachte. Erst später würden die Massen hereindrängen.

Dies war die Stunde, in der die Mitarbeiter noch Zeit für ein Schwätzchen hatten, Arbeit aufholen konnten, die am Vortag liegengeblieben war, oder sich selber den Luxus gönnten, einen Blick in eine der Neuerscheinungen zu werfen, die fast täglich mit der Frühpost angeliefert wurden.

Clive McCall, Panettas Stellvertreter, erschien auf der Bildfläche. Und reagierte wie alle anderen: mit Erstarrung. Daß er sich hätte anmelden müssen, wurde Panetta erst in diesem Augenblick bewußt, als er ihre Gesichter sah. Sie starrten ihn an wie einen Geist, wie eine Erscheinung. Sie ließen alles fallen, was sie gerade in der Hand hielten, sie verharrten mitten in der Bewegung. Es war geradezu grotesk. So mußte sich der Autor des 2. Buchs Mose Lots Weib vorgestellt haben, als sie zu Salz erstarrte.

Um seinen Kollegen weitere Verlegenheit zu ersparen, rieb Panetta fröhlich die Hände und rief: «Das ist kein Geist, sondern Daniel Panetta mit Haut und Knochen, Kopf und Herz. Jawohl. Leute, erschreckt nicht. Ich komm nicht, um euch ins Handwerk zu pfuschen. Ich weiß, ihr könnt das ohne mich genausogut. Ich wollte nur mal kurz hallo sagen und mich für die vielen lieben Grüße, Blumen, Genesungswünsche und Geschenke bedanken, das war wirklich überwältigend. Und es hat mir echt geholfen. Wirklich. Ich hab gedacht, ich kann das meinen Leuten nicht antun, einfach aufzugeben. Mein Doc hat gesagt, ich hätte Kampfgeist besessen. An dem habt ihr alle einen Anteil. Dafür wollte ich mich bedanken. So, das war's schon.»

Er sah, daß seine Rede wirkte. Ein paar Leute lächelten sogar. Xenia, Panettas langjährige Assistentin, ein hageres spätes Mädchen mit dünnen Beinen, die in orthopädischen Schuhen steckten, lief auf ihn zu und hängte sich an seinen Hals, was ihn fast straucheln ließ. «Ich bin so froh, so unsagbar froh, zu sehen, wie gut es Ihnen geht, Mr. Panetta!» schluchzte sie. «Wenn man sich vorstellt, was Sie alles ...»

Sanft schob Panetta Xenia von sich weg. Er mochte sie, aber ihre anschmiegsame Anhänglichkeit war ihm auch früher eher lästig gewesen. Xenia ahnte nicht, wie das beobachtet wurde im Kollegenkreis. Und wie man jede kleine Vergünstigung, die sie erhielt, mit ihren besonders guten Kontakten zum Chef in Zusammenhang brachte … Er hatte keine Lust, schon wieder so tief in die Seelenlabyrinthe seiner Mitarbeiter einzusteigen.

«Stellen Sie es sich lieber gar nicht erst vor», sagte er mit einem milden Lächeln, «es ist schlimmer als jeder Alptraum.»

«Sie würden es also nicht wieder tun?» Das war Leonard, Spezialist für Altertum. Ein freundlicher Familienvater, der aussah wie der Besitzer eines koscheren Restaurants in der New Yorker Bronx.

«Darüber habe ich noch nicht nachgedacht», sagte Panetta. «Ich muß es auch nicht. Denn dieses Herz funktioniert.»

«Wissen Sie, daß man schon im Mittelalter versucht hat, Organe zu verpflanzen? Organe von Schafen zum Beispiel?»

«Nein», Panetta schüttelte den Kopf. «Aber ich nehme an, daß die Patienten nach gelungener Operation immer gestorben sind.»

Leonard nickte. Er putzte seine Brille. «Natürlich. Die Abstoßung des fremden Organs hat immer hundertprozentig funktioniert. Ohne diese neuen Erkenntnisse über das Immunsystem des Menschen wäre man heute ja immer noch nicht in der Lage, einem Menschen das Organ eines anderen einzupflanzen.»

Panetta atmete tief durch. «So ist es, Leonard. Ganz genau so. Und wie geht es der Familie? Alle frisch und munter?»

Leonard setzte seine Brille wieder auf. Die Augen blitzten. «Wie die Fischlein im Wasser», sagte er. «Sarah hat jeden Tag nach Ihnen gefragt. Wir würden Sie gerne einmal zum Essen einladen, Sarah hat sich schon erkundigt. Sie brauchen eine besondere Diät, nicht wahr? Also, wenn Sie und Martha irgendwann Lust und Zeit haben …»

«Danke, danke, lieber Freund, sehr nett. Aber im Augenblick ist es für solche Verabredungen noch ein bißchen früh. Ich muß erst wieder Tritt fassen, verstehen Sie?»

Leonard nickte.

Clive McCall, Panettas Stellvertreter, ergriff die Chance, sich ins Gespräch einzuschalten. Er schleppte einen der dunkel gebeizten Thonet-Stühle herbei und schob ihn Panetta in die Knie. «Das haben wir uns immer gefragt», sagte er, «ob der Alltag auf einmal wieder etwas Besonderes ist, nach so einer Grenzerfahrung.»

«Alles ist etwas Besonderes», Panetta ließ sich dankbar auf den Stuhl fallen. Er fühlte sich plötzlich erschöpft. «Alles ist eine Beglückung, ein Wiedererkennen. Wenn es nicht so sentimental klingen würde, müßte ich sagen: Die Dankbarkeit wächst.»

Xenias Augen wurden feucht. «Oh, wie schön Sie das sagen, Mr. Panetta. Ich weiß genau, was Sie fühlen, ich weiß es genau.»

Clive rieb die Hände und schaute die Kollegen, die sich im Halbkreis um Panettas Stuhl versammelt hatten, unternehmungslustig an. «Ich denke, wir sollten das jetzt irgendwie feiern, oder? Die Rückkehr unseres Chefs. Die triumphale Wiedergeburt von Daniel Panetta. Dürfen Sie etwas trinken oder essen, das auch schmeckt?»

Panetta lachte. «Ich darf Saft trinken. Apfelsaft, Johannisbeersaft, Wasser, Kräutertee.»

«Wie wäre es mit einem Tee mit Apfel-und-Zimt-Geschmack?» schlug Xenia eifrig vor. «Das riecht ein bißchen weihnachtlich. Und schmeckt ganz lecker.»

Panetta wollte sie ungern enttäuschen, auf der anderen Seite wurde ihm fast übel bei dem Gedanken an Apfel-und-Zimt-Tee. «Ich glaube, ich nehm einfach nur ein Glas Wasser», sagte er. Xenia eilte davon.

«Und?» rief Clive munter. «Wollt ihr unserem lieben Panetta nicht endlich mal sagen, wie gut er aussieht? Wie phantastisch erholt er uns hier gegenübertritt? Oder hat es euch allen die Sprache verschlagen?» Er schaute in die Runde. «Na? Keine Wortmeldungen?»

«Clive», Panetta winkte ab, «ich weiß selbst, wie ich aussehe. Ich hab heute morgen beim Rasieren in den Spiegel geschaut.»

«Er sieht besser aus als je zuvor.» Es war Ruth, die das gesagt hatte. Eine stille, etwa fünfundvierzigjährige Bibliothekarin, die jeden Morgen die weite Tour von Chevy Chase mit dem Fahrrad machte, bei Regen und Schnee, Hitze oder Sturm. Und die über ihr Privatleben nie auch nur eine einzige Silbe verlor. Sie trug immer Schwarz. Und niemand wußte, ob sie das aus Modebewußtsein tat oder weil ihr Leben der Trauer gewidmet war. Das Besondere an Ruth war, daß alle hier sie respektierten und keiner sich traute, Fragen zu stellen.

Niemals hatte Ruth einen so persönlichen Satz über einen Kollegen geäußert wie diesen. Panetta konnte endlich seine Hand aus der Umklammerung von McCall befreien. «Ruth!» rief er, «das finde ich aber wirklich reizend.»

Ruth errötete. «Sie waren immer schon ein gutaussehender Mann», sagte sie mit ihrer leisen, aber festen Stimme, «aber jetzt sind Sie richtig schön.»

Alle schauten Ruth an. Ruth lächelte freundlich, drehte sich um und ging in ihrem wallenden schwarzen Wollkleid zurück zu ihrer Arbeit. Panetta starrte ihr nach. Einen Augenblick sprach keiner ein Wort, dann rettete, wie üblich, Yannich die Situation. Yannich war zuständig für den Fachbereich Neue Medien und hatte eigentlich Ambitionen gehabt, in der Werbung Karriere zu machen.

«Mr. Panetta, wenn Sie glauben, das geht jetzt immer so weiter mit den Komplimenten, müssen wir Sie enttäuschen. Eins pro Tag, vor Arbeitsbeginn. Wäre das okay? Könnten Sie damit leben?»

Panetta lachte. Er legte den Arm um Yannichs Schulter. «Ich

denke, ich muß es versuchen, was? Ich besuche Sie nachher gleich in Ihrem Büro. Ich habe eine kleine Bitte an Sie.»

«Klar», sagte Yannich, «jederzeit.»

Panetta ließ sich von McCall noch in einem Schnelldurchlauf die neuesten Entwicklungen aufzeigen («Aber nur das Positive, Clive, für schlechte Nachrichten bin ich noch nicht fit genug») und schlenderte dann zu Ruth Sandtons Arbeitsplatz hinüber. Sie arbeitete konzentriert, schaute nur einmal kurz auf und schenkte Panetta ein kleines Lächeln über den Rand ihrer halben Brille. Sie übertrug Listen aus einem Katalog in den Computer.

«Und die Arbeit hier macht immer noch Spaß, Ruth?» fragte Panetta.

«Jetzt wieder.» Ruth hörte keine Sekunde auf zu arbeiten.

«Und was war zwischendurch?»

«Zwischendurch waren Sie krank», sagte Ruth ruhig.

Panetta betrachtete Ruths leicht gesenkten Kopf, den etwas zu breiten Scheitel, der darauf schließen ließ, daß ihre Haare dünn waren. Vielleicht hatte sie sich deshalb für diesen krausen Wuschelkopf entschieden, der eigentlich seit Jahren nicht mehr modern war. Sie trug indianischen Ohrschmuck und eine indianische Kette. Das Amulett rutschte zwischen ihren Brüsten hin und her. Nicht sehr große Brüste, nicht sehr fest, wie ihm schien. Jedenfalls war es offensichtlich, daß Ruth keinen BH trug. Wieso war ihm das vorher nie aufgefallen? Wie arrogant war er gewesen, daß er eine Frau wie Ruth einfach nicht als Weib, als begehrenswertes Objekt zur Kenntnis genommen hatte? Weil sie über fünfzig war?

Als Ruth weiter auf den Bildschirm ihres Computers starrte, räusperte Panetta sich: «Nun, bald bin ich wieder ganz da, Ruth», da hob sie flüchtig den Kopf, lächelte und sagte: «Schön» und arbeitete weiter.

«Ich möchte etwas herausfinden über einen gewissen Theodore Dickens», sagte Panetta wenig später, als er in Yannichs Büro war. «Ich habe so eine vage Erinnerung, daß dieser Mann bekannt ist, daß sein Name durch einige Zeitungen gegangen ist. Weiß aber nicht, wie ich an nähere Informationen komme, da scheint entweder etwas blockiert zu sein, oder es gibt keine Informationen. Können Sie das mal versuchen?»

Yannich drehte sich auf seinem Schreibtischstuhl herum. «Da muß ich gar nicht viel suchen. Das kann ich Ihnen auch so sagen. Wenn es der Theodore Dickens ist, den Sie meinen.»

«Wohnt in Georgetown, Green Street.»

«Keine Ahnung, ob er da wohnt. Aber ich sage Ihnen mal, wen ich im Sinn habe. Das war nämlich immer mein Feindbild während des Studiums.» Er grinste. «Jeder braucht ein Feindbild, oder? Ganz besonders Pazifisten. Wehe, Sie sagen jetzt, das sei paradox.»

«Ich werde mich hüten», Panetta lächelte. «Solange Sie mir Ihre Information nicht preisgeben, werde ich Ihnen nicht widersprechen.»

«Theodore Dickens ist Senior-Mitglied der großen Anwaltskanzlei Halston, Korvac & Partner. Es gibt ungefähr noch dreißig Anwälte, die namentlich nicht genannt werden, aber alle höllenmäßig Kohle machen, und zwar – halten Sie sich fest – hat diese Riesenkanzlei nur einen einzigen Klienten.»

«Mhmmh.» Panetta fielen auf Anhieb mindestens zehn Firmen ein, die jeweils eine riesige Anwaltskanzlei beschäftigten, aber er dachte, alles muß man mit fünfundzwanzig ja noch nicht wissen. Er wartete ab, was noch kam.

«Und wissen Sie, wer dieser Klient ist?»

«Sie werden es mir bestimmt gleich sagen.»

Jannik ließ Panetta noch ein bißchen zappeln. «Ich geh davon aus, daß Sie Pazifist sind», sagte er. «Genau wie ich das Vietnamtrauma verinnerlicht. Keine Aggressionen gegen niemand, das ist mein Motto. Unsere Kids haben nicht einmal Wasserpistolen besessen. Und die Zwille, die mein Jüngster sich gebastelt hat, hab ich ihm eigenhändig weggenommen, als ich sah, wie er damit auf einen Spatzen zielte.»

«Martha und ich», sagte Panetta, «haben keine Kinder, aber ich hätte wahrscheinlich ebenso gehandelt wie Sie.»

«Um auf Theodore Dickens zurückzukommen: Der Klient, den seine Kanzlei vertritt, ist die National Rifle Association. Das ist der Verband der Waffenindustrie. Kapiert? Der Leute, die unser Land überschwemmen mit halbautomatischen und automatischen Feuerwaffen, mit Revolvern, Pistolen, Luftgewehren, Jagdgewehren, Schnellfeuerwaffen, was weiß ich. Die ganze Palette. Frei verfügbar und käuflich an jeder Ecke. Sie haben das sicher auch gelesen, daß sich in unserem wunderbar demokratischen Land schon die Schulkids bewaffnen. Daß manche Schulleiter dazu übergegangen sind, die Kids mit Detektoren abzutasten am Eingang der Schule. Schießereien sind ja nicht erst seit diesen Massakern der letzten Jahre an der Tagesordnung. Aber die National Rifle Association sagt: Wir waschen unsere Hände in Unschuld. Nicht die Waffe ist schuld, sondern der Mensch, der sie bedient. Das ist eine perfide Logik, bei der sich mir das Nackenhaar sträubt.»

Panetta trat ans Fenster. Er blickte hinaus in den Innenhof, auf die schneebedeckten Sitzbänke, auf den Brunnen in der Mitte, der wie üblich während der Wintermonate mit Holz abgedeckt war. Er erinnerte ihn an die Bilder des Massakers. Die Schüler, die sich in Panik aneinanderklammerten, an den Lehrer, der sich schützend vor seine Schüler gestellt hatte und kaltblütig erschossen worden war von einem dieser Jungen, die sich berauschten an dem Blutbad, das sie anrichteten. Er erinnerte sich. Es war passiert in der Zeit, als er bewegungslos neben dem Telefon ausgeharrt hatte. Mit einem Herzen, das nicht mehr wollte.

Er erinnerte sich gut. Danach hatte die National Rifle Association eine Niederlage im Senat erlitten: Die Gesetze zum Erwerb von Waffen sollten erschwert werden, jedenfalls für Jugendliche. Für Theodore Dickens sicherlich eine Schlappe. Und für seinen Klienten möglicherweise der Verlust von vielen Millionen Dollar. Pro Jahr. Aber sicherlich arbeitete ein Braintrust in der Kanzlei schon an einem neuen Plan, mit dem die Gesetze hintergangen werden konnten. Sicherlich wühlten sie schon die Gesetzestexte durch auf der Suche nach der einen winzigen Lücke, mit der die neue Verfügung ausgehebelt werden konnte. Als Panetta sich umdrehte, blickte er in Yannichs aufmerksame Augen. «Darf ich fragen, was Sie mit Leuten wie Theodore Dickens zu tun haben?»

«Ich persönlich», sagte Panetta, «nicht viel, bislang jedenfalls hatte ich nichts mit denen zu tun. Aber ein Teil von mir», er grinste plötzlich verlegen, stockte und fuhr dann mit veränderter Stimme fort: «Ich möchte nicht, daß das hier die Runde macht, Yannich. Ich weiß, daß das, was ich in diesen vier Wänden sage, auch hier bleibt. Das ist doch so, oder?»

«Und zwar hundertprozentig», sagte Yannich. Dennoch spürte man eine vibrierende Neugier bei ihm.

«Ich recherchiere gerade über den Menschen, dessen Herz ich hier trage», sagte Panetta. «Das mag bei Ihren Ohren komisch klingen.»

«Überhaupt nicht», sagte Yannich, «wir sprechen die ganze Zeit davon, wie das wohl ist. Ob man eigentlich erfährt, wessen Herz man da bekommt und so. Und was das für einen Unterschied macht, ob der Spender weiß oder schwarz, männlich oder weiblich ist.»

«Um Ihre Frage zu beantworten: Man erfährt es nicht. Aber ich weiß es trotzdem, und das läßt mir jetzt keine Ruhe.»

«Verstehe.» Yannichs Augen wurden schmal. «Und das hat etwas mit Theodore Dickens zu tun?»

«Mit dessen Sohn. Wenn es der Dickens ist, den ich meine, müßte er einen Sohn haben, der Greg heißt. Könnten Sie das herausfinden? Dieser Greg war ein Freund meines Spenders. Kann alles Zufall sein. Ich wüßte nur gerne Bescheid. Manchmal ist Wissen eben Macht, nicht?»

Yannich grinste. «Weshalb arbeiten wir wohl hier? Weil wir den Satz begriffen haben.»

Das Haus, in dem der Anwalt der National Rifle Association, Dr. Theodore Dickens, lebte, fügte sich unauffällig in die Reihe zweistöckiger, weißer Schindelhäuser ein, die sich entlang der Green Street die leichte Anhöhe hinaufzogen. Die Häuser mit roten Ziegeldächern und Türgriffen aus poliertem Messing, beschattet von jahrhundertealten Alleebäumen, strahlten gediegenes, wohlhabendes Bürgertum aus. Wer hier wohnte, war vermögend. Und sah keine Veranlassung, damit zu protzen. Die kleinen gepflegten Vorgärten waren nicht eingezäunt, ungehindert konnte jeder bis zur Haustür gelangen. Panetta wunderte sich, daß ein Mann wie Theodore Dickens nicht auf mehr Sicherheit und Abgeschiedenheit bedacht war. Offenbar fürchtete er sich nicht.

Panetta hatte einen Schlagbaum, ein Wärterhäuschen mit privaten Sicherheitsleuten in Uniform (und mit Sonnenbrillen) erwartet. Statt dessen: kugelförmig gestutzte Buchsbäumchen rechts und links am Fuß der Eingangstreppe. An der Haustür Weihnachtsschmuck, ein Kranz, geflochten aus dunkelgrüner Eibe, mit rotgoldenen Taftbändern umwickelt. Am weißlakkierten Briefkasten hing ein Nikolausstiefel aus rotem Filz. Panetta fürchtete schon, bei dem falschen Theodore Dickens gelandet zu sein, als er die Überwachungskamera über der Haustür entdeckte. Er klingelte und stellte sich dann so, daß die Kamera ihn gut im Visier hatte. Eine weibliche, höfliche Stimme fragte ihn über die Sprechanlage nach seinem Namen.

Panetta nannte ihn. Und fügte hinzu, daß er Leiter der öffentlichen Bibliotheken sei. Und daß er den Sohn des Hauses, Gregory Dickens, zu sprechen wünschte. «In welcher Angelegenheit, bitte?» fragte die höfliche weibliche Stimme.

«In», sagte Panetta leichthin, «einer privaten Geschichte. Es geht um einen gemeinsamen Freund.»

«Sind Sie angemeldet?»

Panetta verneinte.

Die höfliche Stimme bat ihn, sich einen Augenblick zu gedulden. Sie werde nachfragen.

«Ist Greg denn überhaupt zu Hause?» fragte Panetta.

«Ja, ich denke schon», war die Antwort. «Aber ich muß erst fragen.»

Panetta nickte ergeben und wandte sich von der Haustür ab, um von der obersten Stufe der Treppe auf die Straße zu schauen, hinunter in Richtung Madison Street, der Einkaufsstraße von Georgetown. Das Geräusch fahrender Autos drang nur gedämpft bis hierher. Hier oben war es friedlich wie auf dem Land. Hier lungerte niemand in dunklen Hauseingängen herum, gab es keine Graffiti an Mauern, und die Sitzbänke unter den Straßenlampen waren nicht beschmiert. Keine durchwühlten Mülltonnen und Pappkartons neben einem zusammengerollten Bündel, den Habseligkeiten eines Obdachlosen.

Während er da stand und wartete, dachte Panetta, daß die Gegend, in der er mit Martha wohnte, früher auch einmal so ausgesehen hatte. Noch vor fünf Jahren, als sie in die Juniper Street gezogen waren, hatte sie einen besseren Eindruck gemacht als heute. Dabei waren gute Läden in die Gegend gezogen, und die Tatsache, daß ein Hotel wie das Embassy Suites Hotel in der Parallelstraße errichtet worden war, hätte eigentlich Positives bewirken sollen. Aber die Metro spuckte stündlich Leute aus, die nicht dahingehörten. Vielleicht ging es Georgetown so gut, weil es keinen Metroanschluß hatte.

Panetta wurde in seinen Überlegungen unterbrochen, als hinter ihm die Haustür aufging.

«Sir? Mr. Panetta? Ich soll Sie in den Flur bitten.»

Als Panetta sich umwandte, erblickte er eine dickliche Haushälterin in gestreiftem Baumwollkleid und weißer Schürze. Sie ließ ihn genau im Zentrum sternförmig angelegter Marmorplatten stehen und verschwand über eine runde Freitreppe im ersten Stock. Innen war das Haus viel geräumiger, als es von außen den Anschein gehabt hatte. Panetta überlegte, ob er seinen Mantel ausziehen und über den Arm hängen sollte. Draußen war es winterlich kalt gewesen. Er fürchtete, sich zu erkälten, wenn er hier ins Schwitzen geriet und dann so wieder hinaus mußte. Dennoch wollte er nicht den Anschein wecken, daß er sich hier als willkommener Gast fühlte. Aber eine Sitzgelegenheit hätte man ihm schon anbieten können. Es gab Augenblicke, in denen Panetta sich immer noch schwach fühlte. Panettas Augen wanderten durch den Raum. Als sie das Treppengeländer hinaufglitten, zuckte er plötzlich zusammen. Oben stand Dr. Theodore Dickens, ein schmaler Mann mit hagerem Gesicht und grauen Schläfen. Es konnte niemand anderes sein. Er trug über einem makellosen Oberhemd und schmal gebundener Krawatte eine dunkelblaue Strickjacke, zweireihig. Seine Hände lagen auf der Brüstung. Panetta fragte sich, wie lange der Mann da oben schon gestanden und ihn gemustert hatte. «Sie sind tatsächlich Leiter der öffentlichen Bibliotheken?» fragte Theodore Dickens, während er langsam die Treppe herunterkam. «Das ist phantastisch. Wissen Sie, daß ich sozusagen meine Jugend in einer Bibliothek verbracht habe? Wir wohnten – meine Stiefeltern und ich – damals ganz in der Nähe. Die Bibliothek war meine Zuflucht. Sie hat aus mir gemacht, was ich heute bin.» Er war schließlich unten am Fuß der Treppe angekommen. Panetta trug immer noch seinen Mantel und schwitzte immer heftiger.

«Theodore Dickens», der Mann streckte Panetta die Hand entgegen. Seine stahlblauen Augen lächelten nicht, obgleich das ganze Gesicht nur Freundlichkeit ausstrahlte. Seine Augen waren aufmerksam, fast mißtrauisch. «Ich weiß, daß Sie meinen Sohn sprechen möchten. Aber die Neugier trieb mich einfach herunter. Was hat mein Sohn Greg, den ich noch nie mit einem Buch erwischt habe, das nicht Pflichtlektüre in der Schule war, mit dem Direktor einer Bibliothek zu tun?»

Sein Händedruck war fest. Noch fester, als Panetta es ohnehin erwartet hatte. Panetta verbarg die brennende Hand auf dem Rücken, als Theodore Dickens sie endlich losließ.

«Eigentlich», sagte er so munter und beiläufig wie möglich, «nicht viel. Wir haben einen gemeinsamen Bekannten. Mehr ist es nicht.»

Theodore musterte ihn. «Ah», sagte er. Und wartete.

Panetta räusperte sich. «Es geht um ebendiesen gemeinsamen Bekannten. Ich wollte Ihren Sohn nur um seine Meinung bitten, eine Einschätzung der Dinge, gewissermaßen. Ist er zu Hause?»

Theodore Dickens reagierte nicht auf die Frage. «Eine Einschätzung der Dinge? Welcher Dinge?»

«Darüber würde ich gerne mit Ihrem Sohn sprechen, Dr. Dickens. Ihre freundliche Hausangestellte meinte vorhin ...»

«Würden Sie nur kurz andeuten, um welchen gemeinsamen Bekannten es sich handelt? Falls Sie das nicht ein bißchen zu aufdringlich finden, wenn ein Vater sich so in die Belange seines Sohnes einmischt.»

Panetta wich seinen argwöhnischen Augen nicht aus. «Otis White», sagte er. «Der junge Mann, der Ihren Hund Lester ausgeführt hat. Wie ich hörte, waren er und Greg befreundet. Aber genau darüber wollte ich mit Ihrem Sohn ...»

«Greg hat sich in sein Studio zurückgezogen. Er muß sich auf ein Referat vorbereiten. Ich würde ihn ungern da rausreißen.» Theodore Dickens schenkte Panetta sein liebenswürdigstes Lächeln. Das wahrscheinlich, dachte Panetta, das er bei einer Verteidigungsrede für die Geschworenen reservierte.

«Sie wissen ja, wie diese jungen Burschen sind: haben nur Flausen im Kopf. Nehmen die Schule nicht ernst. Glauben immer noch, daß man für die Schule lernt, und nicht fürs Leben. Non scholae, sed vitae ...» Er zwinkerte Panetta kumpelhaft zu. «Wir alten Lateiner wissen Bescheid, was?»

Panetta ließ sich nicht täuschen, Theodore Dickens war auf Abwehr eingestellt. Panetta war nicht entgangen, daß Theodore Dickens bei der Erwähnung von Otis' Namen zusammengezuckt war.

«Otis White, das ist doch der Junge, den sie in dieser Mordsache in Buena Vista verdächtigen?»

«Sie wissen gut Bescheid», bemerkte Panetta trocken.

«Bei der Medienöffentlichkeit, die der Mordfall erfahren hat, wohl kein Wunder. Außerdem, wie Sie schon sagten: Wir kannten den Jungen. Flüchtig, aber wir kannten ihn. Eine furchtbare Sache. Wer hätte gedacht, daß er zu so etwas fähig ist.»

«Genau der Grund, warum ich Ihrem Sohn gern ein paar Fragen stellen würde.»

Theodore Dickens' Gesicht wurde enger, noch mißtrauischer. «Zu dem Mordfall? Dazu kann mein Sohn nicht das Geringste sagen, nicht das Geringste.»

«Ich interessiere mich aus sehr persönlichen Gründen für den Menschen Otis White», sagte Panetta. «Und natürlich auch für die Motive, die ihn zum Mörder gemacht haben. Falls er es gewesen ist, der dieses Ehepaar umgebracht hat.»

«Er war es, daran besteht kein Zweifel. Wir möchten am liebsten mit dieser leidigen Geschichte gar nichts mehr zu tun haben. Vielleicht finden Sie einen anderen Gesprächspartner, mit dem Sie über diesen Jungen reden können. Mein Sohn wird wohl kaum hilfreich sein.»

«Ich wäre Ihnen außerordentlich verbunden», sagte Panetta sanft, «wenn Sie mir diese Schlußfolgerung selbst überließen. Ich nehme nicht an, daß es verboten ist, mit Ihrem Sohn zu sprechen, oder?»

Greg lag auf dem Bett und rauchte. Auf dem Fußboden verstreut Bücher und Hefte, eine Kaffeetasse, ein Aschenbecher, Zigarettenschachteln, volle und leere, ein paar Jonglierbälle, ein Jojo-Spiel, schmutzige Socken, Wildlederstiefel, ein meterlanger schwarzer Schal, Skihandschuhe.

Theodore Dickens trat zu der Musikanlage und drückte den Ausknopf.

Greg, der mit geschlossenen Augen dagelegen und der Musik gelauscht hatte, öffnete die Augen. «Hey, Dad», sagte er, «gleich kommt die beste Stelle auf der ganzen Scheibe. Mach wieder an.»

«Das hier ist Daniel Panetta, Kleiner. Er ist Leiter der öffentlichen Büchereien, falls dir das was sagt.»

Greg, ein blonder Hüne, der durch eine besonders fahle Gesichtshaut auffiel, musterte Panetta mit schläfrigem Blick. Panetta lächelte und verbeugte sich leicht in seine Richtung.

«Nee», meinte Greg, der sich aufrappelte, die Beine vom Bett nahm und mit den Händen durch die blonden Strubbelhaare fuhr, «sagt mir nicht das Geringste. Ich hab keine geliehenen Bücher verschlampt, falls daß das Thema ist. Ich leih mir nie was aus.»

«Er möchte mit dir über Otis sprechen, Kleiner.»

Panetta sah, wie die beiden sich einen Blick zuwarfen. Er sah, daß Greg seinen Mund öffnete, wie zu einer Frage, und ihn sofort wieder schloß, als sein Vater weiterredete. «Ich hab Mr. Panetta gesagt, daß du mitten in einer wichtigen College-Arbeit steckst. Also mach es kurz, ja? Viel kannst du ja sowieso nicht sagen.»

Greg nickte. Er wirkte auf einmal verunsichert. Seine Lider

zuckten, und er begann, daran herumzureiben, bis sie rot waren. «Okay» brummte er schließlich. «Okay, wenn du meinst, Dad.» Er erhob sich seufzend, schob mit dem Fuß lässig die Sachen beiseite und streckte Panetta die Hand hin. «Das mit Otis ist schlimm, was?»

Panetta nickte. Er wartete, daß Theodore den Raum verließ, der aber lehnte an der Schreibtischkante und blätterte gelegentlich in einem Mathematikbuch.

«Ziemlich schlimm, ja», sagte Panetta.

«Die Polizei scheint ja ziemlich sicher, daß er es gewesen ist. Gräßliche Geschichte», murmelte Greg. «Aber Sie können ihn wenigstens nicht mehr verurteilen. Er ist schon tot.»

«Furchtbar, ja», sagte Panetta. «Aber ich glaub nicht, daß er es war. Ich seh kein Motiv, und die Polizei sieht auch keins.»

«Wenn Sie sich ein bißchen mehr in diesen schwarzen Ghettos auskennen würden, Mr. Panetta, und ich werfe Ihnen beileibe nicht vor, daß Sie sich nicht auskennen, dann wüßten Sie, daß diese Jungs auch ohne Motiv morden. Aus reiner Freude am Blutvergießen, an der Gewalt, an den Schreien der Opfer, aus Spaß am Quälen und Töten. Deshalb brauchen sie kein Motiv. Das Töten ist ihr Motiv.»

«Daddy», sagte Greg sanft, «das ist nicht wahr. Otis war nicht so.»

«Woher willst du denn wissen, wie Otis war, Kleiner?» schnaubte Theodore Dickens. «Du hast ihn doch gar nicht gekannt!»

Greg schwieg. Panetta wartete, was passieren würde.

«Haben Sie Otis gemocht?» fragte er nach einer Weile, als Vater und Sohn mürrisch schwiegen.

Greg hob die Schultern. «Ich glaub schon. Er hat Lester ausgeführt, unseren Hund.»

«Weil du zu faul dazu warst, Kleiner.»

«Stimmt gar nicht. Weil ich als Junge ihn nicht erziehen

durfte. Weil du es mir nicht zugetraut hast. Deshalb hat er mir nicht gehorcht.»

«Aber Otis hat er gehorcht?» fragte Panetta. Greg nickte.

«Otis' Mutter hat gesagt, daß Otis und Sie sich mochten. Otis habe oft von Ihnen gesprochen, und immer voller Zärtlichkeit und Zuneigung.»

Greg wurde rot. «Stimmt», sagte er, «war auch so. Das mit der Zärtlichkeit ist ein bißchen übertrieben. Aber wir mochten uns.»

«Kleiner, paß auf deine Worte auf. Otis ist ein Mörder. Man mag keine Mörder.»

«Ich hab ja in der Vergangenheitsform gesprochen, Daddy.»

«Vielleicht ist er ja doch kein Mörder», sagte Panetta.

Theodore Dickens hustete nervös. «Sagen Sie, Mr. Panetta, haben Sie eigentlich persönliche Aktien in diesem Fall? Warum finden Sie es wichtig, daß Otis nicht der Mörder gewesen ist?»

«Würde mich auch interessieren», brummte Greg.

«Ich möchte Ihnen etwas zeigen.» Vater und Sohn schauten zu, wie Panetta den Mantel auf das Bett legte, das Sakko aufknöpfte, dann das Hemd, sich den Krawattenknoten aufzog und schließlich das Hemd über der Brust öffnete.

Beide starrten auf die feine, blasse Linie, die senkrecht über seiner Brust lief, eine weiße, etwas aufgestülpte Narbe, perfekt verheilt.

«Ich hab sein Herz», fügte Panetta hinzu, als er merkte, daß die beiden nicht verstanden hatten. «Und ich merke, daß es von Tag zu Tag schwieriger ist, mit dem Herzen eines Mörders zu leben. Ich weiß nicht, wie ich mit dieser Angst umgehen soll, mit dieser Angst vor mir selbst.»

Theodore Dickens setzte sich behutsam auf die Kante des Schreibtisches. Greg griff mit zitternden Händen nach einer Zigarette. Zweimal erlosch das Feuerzeug.

«Deshalb wäre es viel einfacher für mich, Otis wäre nicht der Mörder.»

Es herrschte Schweigen im Zimmer. Greg inhalierte tief den Rauch der Zigarette. Sein Vater malte mit der Spitze des rechten Samtpantoffels Kreise auf den Sisalteppich. Panetta knöpfte das Hemd wieder zu.

Schließlich räusperte Theodore Dickens sich. «Tut mir leid, wenn wir Sie enttäuschen müssen», sagte er, «aber hier können Sie keine andere Antwort finden. Otis ist ein Mörder.»

Panetta hatte sich vorgenommen, den Weg zurück zur Madison Avenue zu Fuß zu gehen. Egal, wie der Besuch bei Dickens verlaufen würde. Der Himmel war blau, und hier in Georgetown hatte sich der Schnee noch auf den Häusern und in den Vorgärten gehalten. Panetta wollte dieses besonders seltene Zusammentreffen von winterlicher und weihnachtlicher Stimmung in Georgetown auf sich wirken lassen. Die Schneehauben auf den Mistelzweigen, die roten Schleifen und Tannengirlanden um alle Laternenpfosten und Litfaßsäulen.

Wenn er für das Abendessen mit Ed und Joyce eingekauft hätte, wollte er noch nach einem Weihnachtsgeschenk für Martha Ausschau halten. Victoria's Secret warb auf allen Fernsehkanälen mit einer neuen Kollektion seidener Wäsche. Außerdem hatten sie einen Morgenmantel aus hauchdünnem Kaschmir im Angebot. Er hatte Marthas entzückten Seufzer noch im Ohr, als sie auf dem Bildschirm verfolgte, wie eine langbeinige, magere Schönheit das federleichte Teil um sich raffte. Martha verdiente etwas Besonderes.

Panetta war drei Blocks gegangen, als er hinter sich Schritte hörte. Laufschritte und keuchenden Atem. Mißtrauisch wandte er sich um.

Es war Greg. «Hallo, Sir», keuchte er, als er vor Panetta bremste. «Ich bin hinten bei uns über den Zaun. Mann, Hechtsprünge muß ich wieder trainieren. Was dagegen, wenn ich Sie ein Stück begleite?» Panetta bemühte sich, seine Überraschung zu verbergen.

Eine Weile schwiegen sie. Greg hatte seine Hände in den Skihandschuhen versteckt, er schlug im Rhythmus seiner Schritte die Fäustlinge gegeneinander. Es machte Panetta nervös, aber er hütete sich, das anzumerken.

«Das mit eurem Hund hab ich gehört», sagte Panetta, um irgend etwas zu sagen. «Das tut mir leid. Schrecklich, einen Hund zu vergiften. Wer macht so was?»

«Mein Dad», sagte Greg und schlug die Fäustlinge etwas heftiger gegeneinander.

Panetta blieb stehen. «Was?» Er hob überrascht und ungläubig die Augenbrauen. «Was sagst du?»

«Dad hat ihn umgebracht.»

«Aber warum sollte er das tun?»

«Damit Mrs. White nicht mehr zu uns ins Haus kommt. Ist doch klar, oder? Keine Verbindung zu Otis. Nichts, was die Polizisten auf unsere Spur hetzen könnte. Deshalb war Dad so fassungslos, daß Sie auf einmal vor der Tür standen und mit mir über Otis sprechen wollten. Er hat gehofft, keiner weiß, daß wir Freunde waren. Er dachte, niemand kriegt es raus, daß ich mit ihm unten war in Buena Vista. Dabei ist Dad Anwalt. Und einer der besten. Ich kapier nicht, wieso ihm solche simplen Sachen immer wieder danebengehen. Mann, hier in der Gegend gibt es ganz viele Leute, die Otis und mich zusammen gesehen haben. Wir sind mit Lester in den Park, haben ihn da laufen lassen und auf der Bank unseren Joint geraucht. Alle konnten es sehen. War ja auch nichts dabei. Otis war ein prima Kerl. Bis diese Sache passierte mit dem Mädchen aus Haiti.»

Panetta blieb stehen. «Ich glaube, wir sollten zusammen einen Kaffee trinken, Greg», sagte er ruhig. Es fiel ihm nicht leicht, äußerlich ruhig zu bleiben. Er mußte seine zitternden Hände in der Manteltasche verstecken.

«Okay», Greg grinste. «Wenn mein Dad das erfährt, bringt er mich um. Aber ich denke mal, er wird es nicht erfahren.»

«Bist du nicht achtzehn?» fragte Panetta.

«Klar, seit fünf Monaten. Aber im Augenblick hab ich so was wie Stubenarrest. Der Alte läßt mich nie aus den Augen.»

«Mit achtzehn, hab ich mir sagen lassen, darf man schon selber die Leute aussuchen, mit denen man einen Kaffee trinkt. Was hältst du von Barnes & Noble? Die brauen einen hervorragenden Kaffee. Außerdem riecht es da um diese Uhrzeit nach frischgebackenen Muffins.»

«Besser, als wenn's nach frischgebackenen Büchern riecht», sagte Greg.

Panetta dachte, kein Wunder, daß Otis ihn mochte. Ich mag ihn auch.

Otis war an einem Dienstagnachmittag im April plötzlich in Gregs Leben getreten. Bis zu dem Augenblick hatte Greg nicht einmal von seiner Existenz gewußt. Er kannte Mrs. White, diese dünne Frau, die immer einen Anorak zu halblangen Röcken und Wollsocken trug, er wußte, daß sie zweimal in der Woche mit Lester spazierenging, und er hatte manchmal mit halbem Ohr zugehört, wenn seine Eltern schwärmten, wie phantastisch sie mit dem unerzogenen Hund zurechtkäme. Und wie Lester sich jedesmal halbtot freute, wenn Mrs. White mit ihrer komischen Trillerpfeife und dieser braunen Papiertüte auftauchte, in der sie Spielsachen für den Hund mitbrachte. Greg hörte schon alleine deshalb nur mit halbem Ohr zu, weil er wußte, daß diese Gespräche für ihn eine Botschaft enthielten: Er hatte versagt. Er hatte sich zuerst einen Hund gewünscht, ihn dann verwahrlosen lassen und schließlich, als niemand mit ihm zurechtkam, einfach aufgegeben.

Dann wurde Mrs. White krank, und der Hund bewegte sich nicht von der Fußmatte vor der Haustür weg. Jedesmal, wenn es klingelte, führte er einen Heidentanz auf, nur um beleidigt den Schwanz einzuklemmen, wenn sie es dann doch wieder nicht war.

An einem Dienstagnachmittag erschien Otis. Er trug Jeans und ein Kapuzen-Shirt wie Greg, Reebok-Turnschuhe wie er und diese Sonnenbrille mit ganz kleinen, runden Gläsern, die er ins krause Haar geschoben hatte.

Als Greg die Tür öffnete, lehnte Otis lässig am Geländer. In seiner Gesäßtasche steckte ein dickes Taschenbuch. Er kaute einen grünen Apfel, den er nach jedem Bissen aufmerksam betrachtete, so, als interessiere er sich für nichts mehr als für den Abdruck seiner Zähne im Fleisch eines Apfels.

«Hi», sagte Greg.

«Hi.»

«Du hast eben geklingelt?»

Otis schaute sich um. Die Straße war menschenleer, ebenso der schmale gepflasterte Weg, der durch den Vorgarten zur Haustreppe führte. «Muß ich wohl gewesen sein, oder?»

Greg wartete. Er kannte diese Typen, die so cool taten und irgendeinen Filmschauspieler nachmachten, der gerade in war. Greg wartete, bis Otis den Apfel – bis auf das Kerngehäuse – verspeist hatte. Otis schenkte dem Torso noch einen letzten Blick und warf ihn dann in den Vorgarten, unter den Magnolienstrauch.

«Also dann», sagte Greg, nachdem Otis immer noch nicht den Mund aufgemacht hatte, «war nett, dich kennenzulernen.» Er wollte die Haustür wieder zumachen, aber Otis hatte seinen Fuß auf die Schwelle gestellt. Und langsam begann Greg, sich richtig zu ärgern.

«Hey», sagte er scharf, «laß das, ja? Nimm deinen Fuß da weg.»

«Ich komm nicht zu meinem Vergnügen, Mann», sagte Otis. «Und keine Angst, ich mach euch euren Salon nicht dreckig. Ich will bloß Lester abholen.»

«Lester?» fragte Greg. Er war jetzt wirklich verwirrt, aber auch alarmiert.

«So ein großer gelber», sagte Otis, «mit langen Ohren und einem langen Schwanz. Hört angeblich auf den Namen Lester.»

«Das ist unser Hund», sagte Greg mißtrauisch.

Otis grinste zum ersten Mal. «Sollte man nicht glauben, wie lange es dauert, bis zwei Typen in Washington, D.C., die gleich alt sind, die gleichen Klamotten tragen und die gleiche Sprache sprechen, sich verstehen, was?»

Greg ahnte, worauf Otis hinauswollte: eine Diskussion über Schwarz und Weiß. Er überhörte also Otis' letzten Satz.

«Mit dem Hund», sagte er, «geht immer eine Frau spazieren. Ich glaube nicht, daß wir jemanden anders brauchen. Sie ist nur ein paar Tage krank.»

«Genau», sagte Otis, «das ist Precious White. Und jetzt verrate ich dir ein Geheimnis, Mann: Ich bin ihr Sohn Otis.» Er grinste wieder und streckte Greg die Hand hin. «Und du bist Greg, der hoffnungsvolle Sohn, der das hier alles mal erbt, was?»

Dann holte Otis die Pfeife aus der Hosentasche und stieß einen kleinen Lockpfiff aus, in der nächsten Sekunde wurden sie überrannt von einem Wirbelwind aus Fell und Pfoten, und eine Viertelstunde später waren sie unterwegs zum Park, Greg, Lester und Otis. Lester raste mit wilden Bocksprüngen über die frühlingsgrüne Wiese, scheuchte die Enten auf, die sich am Teichrand sonnten, jagte anderen Hunden nach und japste und kläffte.

Otis und Greg hockten auf der Lehne einer Parkbank, die Füße auf dem Sitz. Otis drehte für sich und dann für Greg einen

Joint. Und als sie nebeneinander so friedlich dahockten und rauchten und das Gesicht in die milde Frühlingssonne hielten, über die Schule sprachen, den Frust mit den Lehrern, über die neuesten Politskandale und die Unfähigkeit der Regierung, eine anständige Bildungspolitik zu betreiben, dachte Greg, daß Otis der erste schwarze Junge war, der dieselbe Sprache sprach wie er selbst.

«Das Irre war», sagte Greg, «daß Otis und ich uns irgendwie in allen Punkten einig waren. Wir mochten dieselben Filme, dieselbe Musik – na ja – mit ein paar Abstrichen –, dieselben Klamotten. Und ich weiß noch, wie ich dachte, der könnte dein Freund werden. Das ist irgendwie ein altmodischer, bekloppter, sentimentaler Gedanke, ich weiß. So was wie Freundschaft hat es an unserer Schule nicht gegeben. Nie. Da war immer nur Kampf: Mann gegen Mann, um die besseren Zensuren, um die besseren Kontakte zu den Lehrern, bessere Startchancen bei neuen Projekten, der Druck der Eltern kam dazu. Otis war der erste Typ, bei dem ich dachte: Der ist ganz relaxed. Der sieht das wirklich cool. Der hat irgendwie den Überblick und scheißt sich nicht ins Hemd wegen jeder Kleinigkeit.»

Panetta stellte fest, daß er während der Adventszeit noch nie in der Buchhandlung gewesen war. Es herrschte ein Betrieb wie in einem Kaufhaus zum Sommerschlußverkauf. Aber Barnes & Noble hatte sich auf den Ansturm der Käufer gut vorbereitet: Die ganze Buchhandlung war vollgestellt mit Pyramiden aus Bestsellern. Auf jeder Treppenstufe vom Erdgeschoß in den ersten Stock eine Säule. Jede Säule ein neuer Bildband. Zwischen den Regalen Tische, die ihre Last kaum tragen konnten: Kochbücher, Liederbücher zu Weihnachten, alte und neue Weihnachtsmärchen ... Greg hingegen schien viel mehr von dem Mädchen an der Espressomaschine fasziniert. Wenn sie die Arme reckte, um Tassen vom Bord zu holen, blitzte ein Stück sehr weißer, glatter Haut zwischen Ringelpulli und Satinhose auf.

«Otis hat viel gelesen», sagte Panetta, um das Gespräch nicht abreißen zu lassen. «Sein Zimmer war vollgestopft mit Büchern.»

«Mir liegt das Lesen nicht so.» Greg grinste verlegen. «Aber diese Stimmung hier, die find ich trotzdem gut. Hab ich gar nicht gewußt, daß man in Buchhandlungen auch einfach so abhängen kann. Ich dachte, hier kriegt man nur einen Kaffee, wenn man gleichzeitig einen dicken Wälzer ersteht.»

«Otis und Sie. Wenn Sie sagen, Otis war Ihr Freund – was war das für eine Freundschaft? Wie hat das ausgesehen?» fragte Panetta.

Greg überlegte. «Wie hat das ausgesehen. Also, eigentlich, in der ersten Zeit, war es so, daß ich meine Termine so gelegt hab, daß ich Otis bei den Spaziergängen mit Lester begleiten konnte. Ich war einfach da, wenn er klingelte, hab als erster die Tür aufgemacht. Gar nicht so einfach bei uns. Mercedes – das ist unser Hausmädchen – ist dermaßen neugierig, die rast immer zur Haustür. Ich bin dann immer mit Otis und Lester losgezogen. Drei, vier Stunden am Nachmittag. Montag, Dienstag und Donnerstag. Da kommt ein Haufen Stunden zusammen.»

«Für die Stunden», fragte Panetta, «wurde Otis bezahlt?»

«Ja, das hat Mercedes erledigt, wenn wir zurückkamen. Sie hat natürlich mal eine Bemerkung fallenlassen. Das sei rausgeworfenes Geld. Ebensogut könnte ich ja auch allein mit Lester spazierengehen. Sie hat das nicht verstanden, was da zwischen uns war. Mom und Dad auch nicht.»

«Was haben die gesagt?»

«Die haben abgewartet, denke ich, daß Precious wieder zurückkommen würde und alles sich einspielt wie gewohnt. Aber daran waren Otis und ich nicht interessiert. Precious war längst wieder gesund, doch das sagten wir nicht. Otis hatte ihr einfach den Job abgenommen. Wir glaubten irgendwie, daß wir ein Alibi für unsere Freundschaft brauchten, verstehen Sie? Wir gehörten nicht zusammen, wir kamen aus anderen Vierteln, aus einer anderen Schicht, sie wissen schon, wie ich das meine. Mein Dad fand es merkwürdig, meine Mom unpassend, daß ich die Nachmittage mit Otis rumhing. Sie verkniffen sich aber irgendwelche Kommentare. Otis und ich hätten uns darum auch nicht geschert. Jeden Dienstag- und Donnerstagnachmittag kam er gegen drei, und da stand ich schon neben der Tür und wartete, zusammen mit Lester. Wir hatten wirklich eine richtig gute Zeit in dem Sommer. Das ging so lange, bis die Ferien anfingen und wir die Sachen packten für Fisherman's Island.»

«Was ist das?»

«Na ja, da haben wir so eine Art Familiensitz, würde ich sagen. Ein altes Haus, zweihundert Jahre oder so, das den Großeltern meiner Mom gehört hat. Liegt zwei Meilen vom Meer entfernt, nicht gerade der beste Strand, nicht so richtig schneeweiß und so, wie man das gerne hätte, aber immerhin fünfhundert Meter eigener Strand, ist doch auch schon was, oder?»

Panetta stellte sich vor, wie es wäre, wenn er ein zweihundert Jahre altes Haus mit fünfhundert Meter eigenem Strand am Atlantik hätte. «Und da verbringt ihr immer den Sommer?»

«Exakt, und zwar so lange ich denken kann. Ich hab da schon den Sommer verbracht, als ich noch in den Windeln steckte, und jetzt eben immer noch. Nicht gerade berauschend spannend, was? Andere in meiner Schule fliegen nach Europa oder nach Kolumbien, klettern in den Anden rum oder bringen die Erbschaft in Las Vegas durch. Ich bin immer auf Fisherman's Island. Morgens Tennis mit Mom, mittags Barbecue am Strand, nachmittags lernen für das nächste Semester, abends Dads und Moms Freunde aus der Nachbarschaft zum Sundowner auf der Veranda. Als ich Otis erzählte, wie mein Leben in den Sommerferien abläuft, war er zum ersten Mal stumm. Ich hab gedacht, der graust sich wie ich. Bis mir klar wurde, daß es genau umgekehrt war. Eine Art Traum für ihn. Und da wünschte ich mir, ich hätte es für mich behalten, den ganzen Blödsinn mit Sundowner auf der Veranda und so.»

«Weißt du, was Otis in den Sommerferien gemacht hat?»

Greg nickte. «Er hat sich verliebt. Ich kam zurück, Mitte September, und als erstes hab ich Otis angerufen. Ich wollte ihm erzählen von diesen neuen Nachbarn, die mit ihren fünf Töchtern eines Tages aufgetaucht waren, eine schärfer als die andere.» Greg lachte. «Ich war echt überfordert. Ich konnte mich für keine entscheiden. Ich hätte sie alle haben können. Nicht, weil ich so klasse bin, sondern aus Mangel an anderen Typen, das wollte ich Otis erzählen. Nächstes Mal kommst du mit, wollte ich sagen. Aber Otis hat gelacht und gesagt: Ich hab mich verliebt, Greg. Ich hab ein Mädchen kennengelernt. Das ist ein bißchen kompliziert. Aber ich erzähl's dir irgendwann.

Komm, erzähl es mir jetzt, hab ich gesagt. Aber Otis hat wieder nur gelacht. Ich glaube, seine Mutter war irgendwo im Hintergrund, denn er hielt immer die Hand über die Sprechmuschel. Irgendwann, Greg, sagte er. Jetzt nicht. Ich muß erst noch ein paar Dinge auf die Reihe kriegen. Bring sie mit, hab ich vorgeschlagen, wenn du nächstes Mal kommst.

Einen Augenblick war es still, und dann hat Otis gesagt: Ich weiß nicht, ob es ein nächstes Mal gibt.

He, was? Was soll das? hab ich gerufen. Bloß weil ich zwei Monate nicht da war, haust du in den Sack?

Ich hab nur gesagt, ich weiß nicht, was wird. Ich muß das mit Brenda erst mal für mich auf die Reihe kriegen.» Greg holte tief Luft. «Da hab ich gewußt, es wird nicht wieder so, wie es war. Dieser April, der Mai, der Juni, das waren echt gute Monate. Wir haben unsere Joints geraucht und uns über Weiber unterhalten, über jeden Scheiß, wir waren immer einer Meinung. Ich dachte, er hat keine Geheimnisse vor mir. Ich hatte jedenfalls keine vor ihm. Ich hätte ihm die ganze Story erzählt. Mit Marisa, das war das zweitälteste der Mädels da aus dem Nachbarhaus. Ich hätte es ihm erzählt. Aber ich merkte plötzlich, er will es gar nicht mehr wissen. Es interessiert ihn einen Scheiß, was ich mache.»

«Das war enttäuschend», sagte Panetta mitfühlend.

«Genau, exakt, das war enttäuschend. Ich hab dementsprechend reagiert: Mach doch, was du willst, hab ich geknurrt und das Gespräch beendet. Und es hat dann einen Monat oder so gedauert, bis ich ihn wiedergesehen hab.»

«Einen Monat?» Panetta rechnete. «Da war es schon Oktober?»

«Kann sein. Oktober. Ja, ja, gut möglich. Im Park waren die Bäume rot. Stimmt. Der Ahorn. Indian Summer. Mrs. White hatte ein Vorstellungsgespräch, und deshalb hatte sie Otis gebeten, einmal wieder mit Lester auszugehen. Normalerweise wäre ich an dem Tag gar nicht dagewesen – Computerkurs –, aber wie das so ist: Ich war da. Otis hat gelächelt, ein bißchen verlegen, als ich die Tür aufgemacht hab.

Hi, Kumpel, sagte er.

Hi, Otis.

Und? Wie ist das Leben so? hat Otis gefragt.

Kann nicht klagen. Und bei dir?

Otis hat gelächelt, seine Fingernägel angeschaut und gesagt: Beschissen.»

ZWÖLFTES KAPITEL

PANETTA hatte fast vergessen, warum er Marthas Freunde, Ed und Joyce, nicht leiden konnte. Er war noch oben im Bad und schluckte die Handvoll Tabletten, die seine tägliche Ration waren, da hörte er ihr kieksiges Lachen unten im Flur. Diese aufgesetzte Fröhlichkeit, diese gewollte Munterkeit hatte er nie ertragen. Das Lachen von Joyce paßte zu dem Goldschmuck, mit dem sie sich behängte. Immer ein bißchen zuviel und zu schrill. So wie Joyce nie aus dem Haus ging, ohne ein halbes Pfund Gold anzulegen – Ohrringe, Halsbänder, Armreifen –, zeigte ihr Gesicht auch nie etwas anderes als den unbedingten Willen, sich zu amüsieren. Für dieses Lachen, das sie offenbar für lebensnotwendig hielt, hatte sie sich vom teuersten Zahnarzt der Stadt die passenden Kronen anfertigen lassen. Ihre Lippen ließ sie mit Collagen auffüllen, sobald sich wieder die ersten feinen Rillen zeigten. Ed, der zwanzig Jahre mit Joyce verheiratet war, hatte sich angepaßt. Er war laut, lärmend, hemdsärmelig, bot immer etwas zu schnell die Freundschaft an. War immer ein bißchen zu aufdringlich und zu persönlich. Außerdem trank er. Joyce behauptete, daß er nur trank, um sein schlechtes Handicap zu verarbeiten. Ed sei einer der schlechtesten Golfspieler des Clubs, sagte Joyce, aber nur, wenn Ed es nicht hörte. Er schummelte. Aber er ließ sich dabei nicht erwischen. Außerdem hätte man es ihm nicht zugetraut. Dazu war er zu fröhlich, zu kumpelhaft, zu nett eben.

Joyce und Ed waren für Panetta das perfekte Produkt einer Gesellschaft, die ihre Werte aus dem Fernseher bezog. *Live Entertainment* hieß die Botschaft, an die sie glauben wollten. Sie trugen diese Botschaft wie einen Stempel auf ihrer Stirn. Joyce und Ed hatten irgendwann, als sie noch die High School besuchten und im Autokino knutschten, beschlossen, daß sie nur noch Spaß haben wollten. Und den hatten sie. In ihrem Laden am Mitchell Drive («nur einen Abschlag vom Golfclub entfernt», wie Ed immer aufgeräumt sagte), ein Laden, der im Rancherstil eingerichtet war, verkauften sie das gleiche Golfzeug, das man überall in der City bekam – nur dort zum doppelten Preis. Das störte offenbar niemanden in der Gegend. «Unsere Kunden können rechnen», hatte Ed ihnen erklärt, «die rechnen einfach den Frust auf der langen Autofahrt in die City mal den Spritverbrauch und die Zeit, die damit draufgeht, einen Parkplatz zu finden – und wenn sie dann sehen, welche Qualität unsere Produkte haben und wie angenehm das Einkaufen bei uns ist – dann wissen sie genau, daß sie ein Schnäppchen gemacht haben.» Und Ed lachte breit.

Panetta hatte sich immer gefragt, wie Martha die Freundschaft mit Joyce und Ed über Jahre halten konnte, obwohl sie beide weder Golf spielten noch jemals darum gekämpft hatten, Eintrittskarten zu einer dieser albernen Fernsehpreisverleihungen in der City Hall zu ergattern. Eigentlich verband sie nichts, dachte Panetta, während er den Weißwein für Martha und Joyce entkorkte (Ed trank immer nur Foster-Bier), als Marthas eiserner Wille, diese Freundschaft durchzuziehen. Martha hätte es für eine Niederlage gehalten, wenn ihre Wege sich irgendwann getrennt hätten. Sie hütete heute noch die Telefonnummern ihrer Schulkameraden – säuberlich wurden sie Jahr für Jahr von einer Agenda in die andere übertragen. Sie korrespondierte noch mit ihrer Nanny und schickte ihr Päckchen zu allen Festtagen. Martha schickte auch Weihnachtsgrüße an

Leute, die sie während eines Urlaubs kennengelernt hatten. Ehepaare, mit denen sie mal einen Abend an der Bar verbracht oder bei einer gemeinsamen Autofahrt ein paar Gemeinsamkeiten entdeckt hatten. Martha dachte auch immer daran, Urlaubsbekanntschaften zu fotografieren, sie gab sich mit den Fotos sogar ungeheure Mühe, um sie dann später «als kleine Erinnerung an schöne Stunden» zu verschicken. Meist bekam sie überschwenglichen Dank dafür. Etwas, das Panetta ins Unrecht setzte und Martha wieder einmal die Gelegenheit gab, seine Misanthropie zu beklagen. Wenn alle Leute solche Einsiedlerkrebse wären wie du, Darling, hatte sie bei einer solchen Gelegenheit einmal gesagt, wäre aus diesem Planeten nichts geworden.

Ist aus diesem Planeten denn etwas geworden? hatte er darauf gefragt, und das Thema war beendet, Martha beleidigt.

Nun waren also Ed und Joyce da. Saßen auf ihrem Sofa, hatten sich herausgeputzt wie zur Eröffnung einer Fotoausstellung über Washingtons Society und bombardierten Martha und ihn mit Anekdoten aus den letzten sechs Monaten. Vom Golfplatz, aus ihrem Laden, aus dem heiteren Leben von Eds Mutter, die in einem der teuersten Seniorenheime der Stadt lebte, dem Schneechaos, das über die Stadt hereingebrochen war, der neuen Mode, zum Frühstück rohen Fisch zu essen wie die Japaner. Immer wieder unterbrochen von dem hohen Lachen, das Joyce in regelmäßigen Abständen ausstieß. Jeder Lacher ein kleiner Orgasmus. Damit alle merkten, daß es auch für Frauen jenseits der Fünfzig noch Sinnlichkeit gab.

Panetta zerrte an dem Korken, der sich beharrlich widersetzte. Er fluchte. Er bekam einen roten Kopf.

«Darling, laß mich das doch machen. Das strengt dich zu sehr an.»

«Wenn ich nicht mal mehr eine Weinflasche aufkriege, kann ich ja gleich aufgeben», knurrte Panetta. Das ewige Kichern von Joyce machte ihn rasend. Er zerrte an dem Korken, bekam einen roten Kopf. Martha kämpfte, um ihm die Flasche zu entwinden, und da brach der Korken ab, und Panetta drückte den Rest einfach in die Flasche, um ihr gleichzeitig seine mit Wein besprenkelten Hände entgegenzustrecken. Wie ein Kind, das weiß, es hat Blödsinn gemacht.

Joyce gluckste. «Ihr seid einfach süß. Ed, sag mal was. Ist es nicht herrlich, daß wir endlich mal wieder bei den beiden sind? Sind sie nicht einfach hinreißend?»

«Klar», sagte Ed. «Klar, keine Frage.»

«Sagt mir lieber, wie ich den verdammten Korken aus der Flasche kriege», sagte Martha.

Ed sprang auf. Er legte Martha den Arm um die Schulter und küßte sie. «Wir gehen jetzt zusammen in die Küche, mein Mädchen, und regeln das. Das sag ich dir doch immer: Du mußt den alten Ed einfach nur ranlassen.»

Joyce kicherte.

Panetta wischte den Wein mit dem Taschentuch von den Fingern und schaute ratlos zwischen Küche und Sofa hin und her. Er wußte nicht, welches die schlimmere Alternative war: neben Joyce auf dem Sofa Platz zu nehmen oder Ed und Martha in die Küche zu folgen, um die Finger unter dem Wasserhahn zu waschen. Der Wein klebte zwischen den Fingern. Wahrscheinlich war er zu süß.

Er suchte nach irgendeiner Beschäftigung. Ihm fiel nichts ein. Das war typisch für ihn. Eine Hausfrau hätte in dieser Sekunde mindestens zehn Handgriffe gewußt, die unaufschiebbar waren. Und sei es nur, die Servietten vom Eßtisch zu holen und auf den Wohnzimmertisch zu legen. Genau das tat er jetzt.

«Eine Serviette gefällig?» fragte er.

Joyce starrte ihn an. Große Augen, offener Mund. Sie hatte wirklich – trotz ihrer fünfzig – immer noch etwas Backfischhaftes! «Eine Serviette?» flüsterte sie kichernd. «Natürlich, danke, danke. Aber das hätte ich doch selbst gekonnt.» Sie nahm eine Papierserviette von dem dargebotenen Stapel und legte sie auf den Schoß. Sie trug eine Leopardenjacke mit Goldknöpfen zu hautengen Lederhosen, die an der Seite einen Leutnantstreifen aus rotem Satin hatten.

Er saß ihr gegenüber, Joyce' ganzes Gesicht war eine freudige Bereitschaft, auf jedwedes Gesprächsthema einzugehen, das er anbieten würde.

Panetta schielte zur Küchentür. Er fragte sich, was Ed und Martha trieben. Man hörte nichts. Joyce schien das nicht zu kümmern. Sie schaute ihn aus kugelrunden Augen an. Sie hat einen Blick wie eine Kuh, dachte Panetta, eine Kuh, die mit Goldlametta geschmückt ist.

«Bist du jetzt richtig wunderbar glücklich und dankbar?» fragte Joyce. «Das muß doch wie ein Weihnachtsgeschenk sein für dich. Oder? Und ich habe so oft über dich gesprochen und was ihr beide wohl fühlt.»

«Ich weiß nicht genau, was Martha fühlt, aber was ich fühle, kann ich dir sagen: genau das, was der Besitzer eines schönen Oldtimers fühlt, dessen Motor plötzlich den Geist aufgibt, und der dann den richtigen Mechaniker findet, der für dieses schöne alte Auto einen passenden Ersatzmotor hat. Ich komm mir vor wie dieser Autobesitzer, der sich wieder ans Steuer setzt, den Schlüssel rumdreht und losfahren kann.»

Joyce hatte die Lippen halb geöffnet, den Kopf etwas zur Seite gelegt. Sie schaute ihn an. Zum ersten Mal war dieses dümmliche Lächeln auf ihrem Gesicht verschwunden. Das erfüllte Panetta mit einem zufriedenen Grimm. Er dachte darüber nach, was er noch sagen konnte, um dieses Lachen so lange wie möglich aufzuhalten.

«Weißt du, Joyce», sagte er schließlich, «ich kann es auch anders ausdrücken. Ich fühlte mich vor der Operation wie ein Hamster, dem man das Rad weggenommen hatte und der völlig verblüfft auf dem Boden hockte und Angst hatte. Denn er kannte ja nur das Leben in diesem Hamsterrad. Immer rundrum, immer rundrum. Verstehst du? Aber dann taucht auf einmal ein lieber Onkel auf und steckt ihn in ein neues Rad. Und der Hamster spuckt in die Pfoten und beginnt wieder zu rennen. Ganz schöne Scheiße, was?» Er grinste.

Joyce starrte ihn nur an. Panetta fragte sich, was sie dachte. Er fragte sich, was er ihr noch sagen könnte.

Aber da war sie schon aufgesprungen, ihre Goldarmbänder klimperten, als sie in die Hände klatschte. «Bravo!» rief sie. «Oh, bravo, bravo, das war einfach wunderbar, wie du das gesagt hast, Kinder, Martha, Ed, habt ihr das gehört? Ich hab ja schon immer gewußt, daß Daniel schlauer ist als wir. Aber er ist ja ein richtiger Philosoph!»

Ed und Martha tauchten auf der Türschwelle auf. Ed hatte den Arm um Martha gelegt (immer noch? Oder schon wieder? dachte Panetta). In der anderen hielt er eine Flasche Wein. Marthas Gesicht glühte, und ihre Augen sprühten vor Glück. Sie steckte sich eine Pistazie in den Mund und fütterte Ed mit einer zweiten.

«Der Wein schmeckte nach Korken», sagte Martha. Und Ed und sie brachen in Lachen aus. Als sei in diesem Satz irgendein Geheimnis versteckt, ein Code, den nur sie beide kannten.

Panetta wurde genau in diesem Augenblick bewußt, was Martha während der ganzen Monate vermißt hatte. Genau dieses: ein Abend mit Freunden, mit Lachen, Wein, einem guten Essen. Die Musik war von Cole Porter, der Wein aus dem Friaul. Marthas Cocktailkleid von Donna Karan, die Möbel toskanischer Landhausstil. Ihre Freunde hatten sich herausgeputzt für den Abend, sind ihnen mit offenen Armen entgegengekommen, als wollten sie sagen: Macht nichts, daß ihr euch so lange ausgeklinkt habt. Wir haben euch nicht vergessen, wir fangen einfach da wieder an, wo wir vor einem halben Jahr aufgehört haben. Das ist lebenswert. Das war's. Das große Programm, das mit Riesenlettern in den Himmel aufs Firmament geschrieben. Daran konnte von jetzt an wieder gearbeitet werden.

Martha verteilte die Aufgaben. Joyce mußte die Sushi-Platte dekorieren, Ed durfte den Parmesankäse für das Carpaccio hobeln («Oh, lecker!» rief Joyce. «Alles roh!»), Martha deckte den Tisch. Sie hatte dunkelrote Kerzen besorgt und Tannengrün. Aus einem Plastikbeutelchen hatte sie lauter silberne Sternchen über die Dekoration gestreut. Auf Panettas Platz ein Teller mit gekochter Hähnchenbrust.

Panetta flüchtete ins Schlafzimmer. Er setzte sich auf den Bettrand, die Hände zwischen den Knien, und starrte auf den flimmernden Weihnachtsbaum, der am Ausleger eines Baukranes hin und her schwang. Er versuchte herauszufinden, wie er sich fühlte. Das Gespräch mit Greg war gut gewesen, einerseits, weil er über Otis Dinge erfahren hatte, die das Bild irgendwie klarer machten. Aber es war auch schlecht gewesen, denn Panetta schaffte es kaum noch, seine Gedanken von Otis zu lösen.

Otis hatte sich in diesen Sommerferien, die Greg mit Flirts und ersten Sexspielen am Strand von Fisherman's Island verbracht hatte, zum ersten Mal in seinem Leben verliebt.

Das Mädchen war sechzehn, zwei Jahre jünger als Otis, und kam aus Haiti. Ihre Eltern arbeiteten in einer Reinigung, bei der Otis immer die Bettwäsche abgab. Precious wusch ihre Bettwäsche niemals selbst. Das war der einzige Luxus, den sie sich gönnte – wie die reichen Leute, die immer in gebügelte Laken schlüpften, so wollte auch sie schlafen. Otis mußte alle vierzehn Tage einen Umweg machen, an der Reinigung vorbei, und eines Tages war da dieses Mädchen aus Haiti. Sie trug ein ausgeblichenes Baumwollkleid zu weißen Turnschuhen, und immer hatte sie andere Schleifchen und Kämmchen in den Haaren. Ihre Haare waren lackschwarz und glatt, schlicht hinter die Ohren gekämmt. Ihr Busen war groß, aber ihre Taille konnte Otis mit zwei Händen leicht umfassen. Nach allem, was Greg erzählte, muß dieses Mädchen aus Haiti eine Schönheit gewesen sein. Otis hatte Greg Fotos gezeigt. Fotos, die das Mädchen ihm geschenkt hatte. Das war noch zu der Zeit gewesen, als alles okay war und Otis wie auf Wolken ging, zum ersten Mal verliebt, und das in das schönste Mädchen von D.C. Auch für sie war es die erste Liebe, sagte sie. Und Otis glaubte ihr. Ihre Eltern hatten sie streng erzogen. Dann waren diese Leute gekommen, diese Frau, eine Frau Mitte Vierzig, so hatte das Mädchen sie beschrieben, ganz bürgerlich angezogen, eine Weiße. Sie hatte offenbar einen großen Haushalt, es gab immer einen Berg Bettwäsche, den sie brachte und abholte. Das Geld trug sie bar in ihrer kleinen roten Ledertasche mit sich. Das Mädchen machte Schularbeiten im Verkaufsraum, weil die Eltern nicht wollten, daß das Mädchen alleine zu Hause war. Wegen der Gegend, hatte Otis gesagt, in der sie wohnten. So lernte das Mädchen also die Frau kennen, die Berge von Bettwäsche brachte und abholte. Manchmal bekam sie einen Dollar dafür, daß sie die Pakete mit der Bettwäsche zum Auto trug, einem grünen Rover. Dann bekam sie zehn Dollar dafür, daß sie der Frau beim Großeinkauf im Supermarkt half, alles ins Auto verfrachten und so, die schweren Bierkästen, Limos, eine Kiste Whisky, eine Kiste Gin. Der Supermarkt war schräg gegenüber der Reinigung.

Die Frau erzählte dabei, daß sie oft Gäste hätten und jemand bräuchten, der ein bißchen zur Hand ging. Drinks herumreichen und so, sagte sie, Snacks anbieten. Daran konnte Greg sich genau erinnern, wie Otis diesen Satz wiederholte: Snacks anbieten. Und wie er fast dabei gekotzt hatte. Das Mädchen aus Haiti war begeistert. Sie war scharf auf das Geld wie alle Teenager. Sie hatte Wünsche wie alle. Und sie wollte ihre Eltern, die zwölf oder vierzehn Stunden schufteten, sechs Tage die Woche, nicht um jeden Cent bitten. Also sagte sie, ja, gerne, wenn Sie wollen, kann ich ja kommen und helfen. Und sie hatte gelacht, als sie Otis das erzählt hatte, und ihn geküßt, und sie hatte Otis zu einem Doppel-Cheeseburger, einer großen Portion Pommes und einem Bananen-Milkshake eingeladen. Alles in Vorfreude auf das Geld, das sie verdienen würde.

Otis hatte ein schlechtes Gefühl gehabt, ohne sagen zu können, wieso. Mir wäre es lieber, hat er zu dem Mädchen gesagt, wenn du da nicht hingehen würdest.

Aber wieso denn? Die sind vollkommen in Ordnung. Meine Mom sagt, die Frau macht einen netten Eindruck. Meine Mom mag sie auch.

Ach, dann hast du deinen Eltern erzählt, daß du bei Parties bedienen sollst? Kennst du die Leute? Das Haus?

Das Mädchen war rot geworden und hatte verschämt den Kopf geschüttelt. Sie war sechzehn, und auf Haiti wurden die Mädchen streng erzogen. Das sollte sich auch in Washington, D.C., nicht ändern. Nur weil sich die Mädchen hier schon mit sechzehn wie Nutten kleideten, mußte sie ja das nicht nachmachen. Die Eltern liebten ihre Tochter, das Mädchen aus Haiti, das wie eine Blume duftete.

Das Mädchen erzählte Otis nicht, wie die Leute hießen und wo sie wohnten. Er wußte nur, daß die Frau einen dunkelgrünen Rover fuhr, mit Washingtoner Kennzeichen. Die erste Party fand an einem Freitagnachmittag statt, und am Samstag, als Otis sie von der Schule abholen wollte, war sie nicht am Treffpunkt. Ein Mädchen aus ihrer Klasse, die Otis zufällig traf, sagte, sie sei nicht in die Schule gekommen. Otis fuhr zur Reinigung.

Da war sie auch nicht. Ihre Eltern sagten, sie sei zu Hause, krank. Otis wußte, sie würden nie erlauben, daß er sie dort besuchte.

Otis ging jeden Tag zur Schule und wartete auf sie. Am Dienstag war sie wieder da, und sie sah aus wie immer. Sie lachte. Und sie schenkte Otis einen kleinen silbernen Ring. Und als sie am Potomac spazierengingen, legte sie ihren Kopf an seine Schulter und schaute den Wolken nach, und er fragte verwirrt: Weinst du? Aber sie schüttelte den Kopf und wischte verstohlen mit dem Handrücken über das Gesicht. Als er sie aufforderte, von der Party zu erzählen, schüttelte sie nur den Kopf. Ich will nicht, sagte sie. Bitte, laß mich, ja? Mach dir keine Sorgen. Bis eben hab ich mir auch keine Sorgen gemacht, erwiderte Otis.

Es dauerte genau acht Wochen, bis er erfuhr, was sie mit seinem Mädchen machten. Genau acht Wochen, in denen er nur so einen Verdacht hatte, aber nichts Genaues wußte. Nur so eine Ahnung. Und Alpträume. Er kam an sein Mädchen nicht mehr heran. Er fragte, bohrte, aber sie wich aus. Sie veränderte sich. Sie schenkte ihm immerzu etwas, aber er wollte nichts. Er wollte lieber, daß sie Zeit für ihn hatte. Aber sie sagte: Es geht nicht. Und wenn er fragte: Wieso nicht? Wieso? Wieso?

Dann legte sie die Finger an seine Lippen, küßte ihn und sagte: Bald ist es vorbei.

Was ist bald vorbei? Was? Was? schrie Otis. Aber sie wollte es nicht sagen. Er ahnte, daß sie sich schämte, oder daß das, was sie hätte erzählen müssen, zu schrecklich war.

Sie ziehen weg, sagte das Mädchen. Und dann ist alles wieder wie früher. Dann können sie mir nichts mehr tun.

Was tun sie dir? Was? Was? fragte Otis.

Aber sie sagte es nicht. Sie sagte ihm nur, daß die Leute wegzogen, nach Buena Vista. Daß es nur noch ein paar Tage dauern würde. An einem Donnerstag nach der Schule sahen sie sich zum letzten Mal. Sie sagte ihm, daß sie ihn immer lieben würde. Und daß er nicht schlecht von ihr denken sollte, egal was passierte. Wir gehören zusammen, sagte sie.

Am nächsten Tag, in der Metrostation Garfield Park, stürzte sich ein Mädchen, das keine Ausweise bei sich trug und von der Polizei später als Brenda Kiki identifiziert wurde, vor den einfahrenden Zug. Sie tat es so schnell und so lautlos, sie tat es mit einem kleinen Dreher, der wie ein Tanzschritt aussah, nur daß der Fuß, mit dem sie nach dieser Pirouette wieder aufkommen wollte, im Nichts landete. Und sie direkt vor den einfahrenden Zug sprang.

Ihr Körper, so hieß es, sei übersät von merkwürdigen Wunden, Verbrennungen und Hautabschürfungen an den Gelenken, die man sich nicht erklären konnte und die nichts mit dem Zugunglück zu tun hätten, das Wort Sado-Sexspiele war auf einmal im Raum. Und Otis erinnerte sich an Bruchstücke, halbe Sätze, Andeutungen ... und an alle Alpträume, die ihn verfolgt hatten. Da die Eltern keine Strafanzeige gegen Unbekannt stellten, gab es keine weiteren Ermittlungen.

Die Eltern des Mädchens gaben den Job in der Reinigung auf und zogen in eine andere Stadt.

Otis erzählte seiner Mutter kein Wort. Er wurde immer schweigsamer. Der Name des Mädchens kam nicht über seine Lippen. Wenn ein Liebesfilm im Fernsehen lief, verließ er wortlos den Raum. Precious White wunderte sich, aber sie schwieg.

Er ging nicht wieder in die Schule. Er verbrachte seine Tage vor der Reinigung. Er wartete auf eine blonde Frau in einem dunkelgrünen Rover, die ganz viel Bettwäsche brachte oder abholte. Eine Frau mit einem roten Ledertäschchen, das prall gefüllt mit Bargeld war. Aber diese Frau kam nicht. Es kam auch kein dunkelgrüner Rover. Das einzige, was Otis wußte, war, daß diese Leute nach Buena Vista ziehen wollten. Otis hatte Greg die ganze Geschichte erzählt, in einem Atemzug, und am Ende hatte er gesagt: Ich werde diese Leute finden, Greg. Wo immer dieses Buena Vista ist, und wie lange ich auch suchen muß. Aber ich schwöre dir, ich werde sie finden. Kommst du mit? Oder könntest du mir deine Maschine borgen?

Zu Panetta sagte Greg, daß er nicht sofort bereit gewesen war, da mitzumachen. Er mußte sich das erst durch den Kopf gehen lassen. Die ganze Geschichte. Mußte erst sehen, wie er dazu stand. Was er dazu meinte. Er sagte, bevor er sich von Otis verabschiedete: Ruf morgen an.

Und als Otis am nächsten Tag anrief, Punkt fünf Uhr, wie verabredet, da war Greg gleich am Telefon und sagte: Du kannst auf mich zählen.

Panetta hörte sie lachen. Er hörte das Klingen der Gläser. Martha stellte sich an den Fuß der Treppe und rief: «Darling! Wann kommst du? Wenn du nicht bald kommst, ist nichts mehr übrig!»

«Das beste Sushi, das es je gab!» rief Ed. «Komm runter, alter Freund.»

«Ja, bitte, Daniel, komm her zu uns!» kreischte Joyce. «Wir möchten unbedingt von dir hören, ob Martha recht hatte. Ist dieser Doc wirklich so unverschämt gutaussehend? Wieso laden wir ihn nicht einmal ein? Ich bin völlig verkorkst durch das Fernsehen, ich weiß, aber für mich sind Ärzte einfach das Allergrößte!»

Panetta erhob sich. Er mußte sich an der Wand abstützen, er taumelte zum Spiegel, starrte die Fratze an, die ihm entgegenglotzte. Wieso trug er an diesem Abend eine Fliege? Und dann noch in so einem albernen Muster? Er konnte sich nicht erinnern, wann er sie umgebunden hatte. Seine Kehle war wie ausgetrocknet. Er brauchte einen Drink, aber dieser Drink würde wie immer nur aus Wasser bestehen.

Sie hatten die Cole-Porter-Scheibe abgenommen und durch heiße kubanische Rhythmen ersetzt. Ed und Joyce hatten die CD mitgebracht – alles, was aus Kuba kam, war gerade in

Mode. Und Ed und Joyce waren die ersten, die haben mußten, was gerade in Mode kam. Joyce sprang auf, als Panetta die Treppe herunterkam, warf die Arme hoch und bewegte ihren Hintern, als habe sie irgendwann in einem Volkshochschulkursus Bauchtanz gelernt. Dazu machte sie mit der Zunge ein Geräusch, das wie Kastagnetten klingen sollte. Sie hatte ihre Sandaletten ausgezogen. Barfuß tanzte sie für ihn einen Samba. Für ihn, Panetta, der die Treppe herunterkam. Ihr Goldschmuck glitzerte. Ed hatte einen roten Kopf. Den bekam er immer nach vier Dosen Bier. Martha war richtig betrunken. Er wunderte sich, wie schnell das in letzter Zeit ging. Sie brauchte nur noch ein, zwei Gläser Chardonnay – und schon veränderten sich ihre Gesichtszüge. Er hatte Schuld. Er hatte sie aus dem Gleichgewicht gebracht, hatte ihr die Lebensfreude geraubt, den Optimismus, hatte sie in einem Klima aus Angst und Entsetzen älter werden lassen, und nun quälte er sie schon wieder. Dieser Alptraum hatte einen Namen: Mörderherz.

Sie sah ihn, lächelte und hob das Glas, um ihm zuzuprosten. «Was Martha uns erzählt hat ist besser als die spannendste Folge von *Emergency Room*», Ed rülpste und hielt erschrokken die Hand vor den Mund, als Joyce ihn anstieß.

«Entschuldigung», murmelte er, «ist mir so rausgerutscht.»

«Da ist noch ganz leckeres Sushi», Joyce griff in der Tanzbewegung nach einem Lachsröllchen, und in der zweiten Drehung war sie bei Panetta und schob es ihm zwischen die Lippen. Panetta spuckte das Sushi auf den Boden. Er schob Joyce von sich weg. Martha stand auf und kam ihm unsicher entgegen. Panetta verstand nicht, wie sich innerhalb kurzer Zeit eine Party von vier Leuten in einen Horrortrip verwandeln konnte. Er begriff nicht, was passiert war. Wieso hatten diese Menschen Gesichter wie Zombies? Wieso bedrängten sie ihn alle? Wieso fletschten sie ihre Zähne und grinsten wie Krokodile? Was war los? Geriet die ganze Welt aus den Fugen?

«Einmal», lallte Ed, «würde ich die Narbe schon sehr gerne sehen, alter Knabe. Ein Schnitt vom Hals bis zum Bauch. Das ist Wahnsinn. Das ist wie ...» Er suchte nach Worten. Das war nichts Ungewöhnliches für Ed. Solange Panetta sich erinnern konnte, hatte er immer nach passenden Worten gesucht.

Panetta wartete mit unbeweglicher Miene.

«Darling», flüsterte Martha, «sie meinen es nicht so. Es sind unsere besten Freunde. Sie haben mit dir gelitten. Mit uns beiden. Joyce und Ed wissen genau, was wir durchgemacht haben.» Sie rollte ihr Glas über seine Lippen. Er mußte ihren säuerlichen Weingeruch einatmen. Er stieß sie weg. «Natürlich mußt du die Narbe nicht zeigen. Ed, verschwinde. Hör auf. Laß ihn in Ruhe. Laß meinen Danny in Ruhe.» Sie schmiegte sich wieder an ihn, sie tätschelte an ihm herum. Sie kicherte. «Das Schönste haben wir den beiden noch gar nicht erzählt, oder? Soll ich, Darling? Darf ich? Oder ist das peinlich?»

«Das weiß ich erst, wenn ich weiß, was du sagen willst.»

«Vorgestern nacht», wisperte Martha und kicherte wieder.

«Oh! Wie irre!» kreischte Joyce. «Versteh ich das richtig? Habt ihr beide ... vorgestern nacht? Du und Martha, Daniel, habt ihr wieder wie früher ...?»

Ed stellte seine Bierdose weg und schlug mit der Faust auf den Handteller. «So. Und so. Und so. So. So.» Er grinste. «Und? War es klasse, Martha? Das Herz eines Achtzehnjährigen, was? Da steckt noch Saft und Kraft drin. Mann, erzähl Joyce bloß nichts, sonst will sie auch einen Achtzehnjährigen im Bett.»

Panetta löste sich sanft von seiner Frau. Er ging in die Küche, zog die oberste Schublade auf, nahm das Fleischermesser heraus, das zu einem 299-Dollar-Set gehörte, welches er Martha letztes Jahr zu Weihnachten geschenkt hatte, und kam ins Wohnzimmer zurück. Er hielt das Messer in der Hand, ganz ruhig, ganz locker. Keineswegs aggressiv. Die Messerspitze deutete auf den Boden. Keiner der Anwesenden war in diesem oder einem anderen Augenblick in irgendeiner Lebensgefahr. Alles war normal. Aus den Boxen kubanische Rhythmen. Auf dem Tisch weihnachtliche Dekoration, silberne Sternchen. Etwas Ruß stieg auf von den Kerzen. Marthas Augen waren rund wie Kastanien. Joyce kicherte wie eine Idiotin.

Ed brüllte: «Mach keinen Scheiß, alter Knabe!»

Panetta stand nur da. Er hob das Messer ein wenig und prüfte mit der linken Hand die Schärfe der Schneide. Ein Tropfen Blut quoll aus seiner Fingerspitze. Er leckte das Blut ab. Er schaute sich um.

«Verschwindet», sagte Panetta sanft. «Ganz schnell, ja? Feiert eure Parties in Zukunft woanders, verstanden? Hier nicht mehr. Nicht bei Martha und Daniel Panetta.» Er räumte mit einer Handbewegung die letzten Sushi vom Teller und stopfte sie in Eds Jackentasche. «Nimm alles mit. Da liegt noch eins auf dem Boden. Los, nimm es mit. Wo ist das Dessert, Joyce, das du gemacht hast?»

«In der Küche», wisperte Joyce. Sie wich Zentimeter für Zentimeter vor ihm zurück. Auf ihrem Gesicht machte sich Entsetzen breit. Sie schaute zu Martha hinüber, dann zu Ed. «Ed», flüsterte sie, «sag was, Ed.» Wenigstens kichert sie nicht mehr, dachte Panetta.

Aber Ed konnte nichts sagen. Dieser Abend war außer Kontrolle geraten, er lief nicht nach einem Muster aber, in dem Ed sich auskannte. Im Fernsehen hätte man jetzt den Werbeblock eingeblendet. Aber dies war kein Fernsehen, dies war die absurde Realität.

«Okay», sagte Panetta, «geh in die Küche und pack es ein.»

«Du bist verrückt, Daniel», sagte Martha scharf. «Hör auf.»

Panetta lächelte seiner Frau zu. «Richtig, Liebes, ich hab gar nicht gefragt, wie es geworden ist, vielleicht ist ihr ja tatsächlich mal ein Dessert gelungen.»

«Daniel, es reicht», sagte Martha. Sie war auf einen Schlag wieder nüchtern.

«Was ist es geworden, Joyce?» Panetta lächelte Joyce zu. Sie räusperte sich: «Eine Himbeer-Charlotte», flüsterte sie.

«Oh», sagte Panetta, «die hat viel Arbeit gemacht, was?»

«Den ganzen Nachmittag hat sie in der Küche gestanden, alter Knabe, nur um dir eine Freude zu machen.» Ed knackte nervös mit den Fingergelenken. «Also, ich muß jetzt wirklich sagen ...» Panetta deutete mit der Messerspitze auf Ed. «Sag es nicht, Ed, tu mir den Gefallen. Steht einfach auf und geht. Ja? Mit Himbeer-Charlotte oder ohne. Egal. Hier.» Er drückte Joyce die halbvolle Flasche Wein in die Hand. «Nimm die auch mit. Trink im Auto weiter. Brauchst du noch ein Bier für die Fahrt, Ed? Hol es dir aus dem Kühlschrank.»

«Daniel!» sagte Martha. Es klang wie eine letzte Warnung. Aber Panetta hörte nicht hin. Er war jetzt in Fahrt. Er war nicht mehr aufzuhalten. Eine große zornige Welle schwappte durch seinen Körper, und es war ihm, als habe er das, was er tat, schon vor Jahren tun wollen, als habe er seine Nächte damit verbracht, sich solche Szenen auszumalen.

«Martha und ich danken euch für eure Freundschaft, aber nun ist es genug. Nichts im Leben währt ewig. Wir wollen euch nicht mehr sehen, Martha und ich. Wir wollen uns eure blöden Witze nicht mehr anhören, und ich will auch nicht wissen, bei welcher Diät dein Arsch wieder dünner geworden ist, Joyce. Zeig deine Tigerklamotten woanders vor. Ich bin sicher, es gibt ein paar Männer, die das geil finden. Danke auch für eure Genesungswünsche und die vielen Anrufe in der Klinik. Ich hab keine Ahnung, warum ihr euch immer um uns gekümmert habt. Warum ihr euch in unser Leben geschummelt habt. Vielleicht, weil euer eigenes so langweilig ist. Geht mich nichts an. Interessiert mich nicht, danke für alles, und tschüs. Ich glaube, eure Mäntel hängen in der Garderobe.»

Martha starrte ihn fassungslos an. Eds Kopf war knallrot. Er hatte auf einmal einen Schluckauf. Joyce war zurückgewichen bis zum Schrank. Ihre Hände tasteten nach einem Halt. Ed räusperte sich. «Wenn du nicht diese Operation hinter dir hättest, alter Knabe», sagte er mühsam beherrscht, «dann wüßte ich, was ich jetzt täte.»

«So?» fragte Panetta herausfordernd. «Was denn? Na, sag schon. Na, was denn?»

Ed fixierte ihn. Er hob die Hände, ließ sie aber plötzlich wieder sinken. «Joyce, wir gehen», knurrte er.

Joyce war schon in der Diele. Sie tuschelte mit Martha, er konnte hören, wie sie wisperten, dann das Klappern der Bügel, dann Eds dunkles Geknurre, und wieder wisperte sie. Dann hörte er die Schritte auf den Treppenstufen, ein kalter Windhauch wehte herein, und dann schlug die Tür.

Panetta lächelte. Seine Brust war groß und weit. Er atmete tief durch. Er fühlte sich gut. Zufrieden ließ er sich auf die Couch fallen und wartete, daß Martha zurückkehrte.

Martha würdigte ihn keines Blickes, als sie an ihm vorbei in die Küche ging, eine neue Flasche Wein holte und sie öffnete. Panetta lachte. «Sie haben den Wein tatsächlich mitgenommen, was? Ich wette, Joyce besäuft sich jetzt endgültig, und Ed fährt, besoffen wie er ist.» Er saß breitbeinig auf der Couch, die Arme ausgebreitet auf den Lehnen, er blinzelte vergnügt. Er dachte, daß es auf einmal so war wie früher. Damals, als sie sich noch selbst genug waren, hatten sie manchmal Gäste oder Verwandte mit fadenscheinigen Ausreden aus dem Haus komplimentiert. Und wie sie sich dann lachend in die Arme gefallen waren, wie Kinder, denen ein Streich gelungen war. Manchmal waren sie schon im Bett gewesen, bevor die Gäste noch das Taxi bestiegen hatten.

Martha kam mit ihrem gefüllten Glas zu ihm. Sie nippte an dem Glas, während sie sich vor ihn stellte und ihn anschaute.

Er faßte ihre Hüften und zog sie näher zu sich heran, zwischen seine geöffneten Schenkel.

Sie trank und ließ es geschehen, daß er mit einem Finger ihren Rock ein wenig hochschob und dann mit der ganzen Hand in ihren festen Schenkel griff. Das Knistern der Lycra-Strümpfe. Elektrisch geladen, die ganze Frau.

Panetta schaute nicht auf seine Hände, nicht auf ihre Schenkel, sondern auf ihren Mund, der sich um den Glasrand wölbte. Der Lippenstift war verschmiert, die winzigen Fältchen um den Mund hatten sich vollgesogen mit dem rotgefärbten Fett. Früher hatte sie pralle, volle Lippen gehabt, jetzt ähnelte ihr Mund dem Mund seiner Mutter. Natürlich war er an dieser Entwicklung schuld. Er war an allem schuld. Aber er würde es wiedergutmachen.

Er schob ihren Rock so hoch, daß er unter den Strümpfen ihren Slip sehen konnte.

«Du und ich, Martha», murmelte er, «mehr brauchen wir doch nicht. Wir brauchen diese Leute nicht, was? Sag mir, daß ich recht habe.»

Martha prüfte den Rest Wein in ihrem Glas. Dann drehte sie, sehr langsam und ruhig, das Glas um und ließ die Flüssigkeit in Panettas Schoß rinnen. Sofort bildete sich ein feuchter Fleck zwischen seinen Schenkeln.

«Ich schlaf ab heute im Gästezimmer», sagte sie. Und ging. Ohne einen Kuß, ohne ein Versöhnungslächeln.

Panetta schwitzte. Er wälzte sich in dem Bett, das er ganz für sich alleine hatte, und fand keinen Schlaf. Mehrfach stand er auf, tappte auf bloßen Füßen zur Treppe und lauschte nach unten. Zuletzt hatte Helen im Gästezimmer geschlafen, immer bei offener Tür. Er hatte ihr Schnarchen hören können. Vorher hatte er nicht einmal geahnt, daß Frauen schnarchen. Marthas Schlaf war lautlos, sie rührte sich kaum, so daß er oft in Panik, sie könnte im Schlaf einfach vergessen zu atmen, sein Gesicht ganz nah an ihr Gesicht gebracht hatte, bis er den warmen Hauch ihres Atems auf den Wangen gespürt hatte. Dennoch war Helens Schnarchen wohltuend gewesen. Ein Geräusch, das besagte, es ist jemand da, ist im rechten Augenblick zur Stelle, wenn er Hilfe brauchte. Damals brauchte er oft Hilfe. Atemnot, Erstickungskrämpfe, Schleim, der sich in den Luftwegen festgesetzt hatte. Todesangst.

Panetta lag auf der Seite, zusammengerollt wie ein kleines Kind, eine Hand unter dem Kopf. Er blinzelte gegen das aufkommende Morgenlicht. Er hatte die Vorhänge nicht zugezogen. Der Anzug, den er Ed und Joyce zu Ehren angezogen hatte, lag wie ein Haufen Lumpen auf dem Kelim. Nordafrikanisches Muster. Passend zu der terracottafarbenen Seide der Vorhänge. Die Socken, das teure Hemd. Gut, daß Martha das nicht sah.

Martha lag unten in dem schmalen Gästebett und schmollte. Vielleicht war es mehr als nur ein Schmollen, vielleicht nahm sie ihm richtig übel, was er ihren Freunden angetan hatte. Gut, er würde sich entschuldigen. Er würde morgen früh bei Ed im Geschäft anrufen und sagen: Hört her, Freunde, ihr wißt nicht, was so eine Operation mit einem macht. Man ist manchmal nicht man selbst. Ich entschuldige mich in aller Form. Wie ist das? Könnt ihr einem alten Freund verzeihen? Martha ist ganz außer sich, daß ich euch das angetan habe. Martha liebt euch doch. Ihr seid ihre ältesten Freunde. Und ich bin ein Arschloch, daß ich ihr alles versaue. Könnt ihr mir Marthas wegen verzeihen? Darf ich euch ins Dimaggio zum Essen einladen? Hab neulich in der *Washington Post* ein Foto gesehen. Die weihnachtliche Dekoration des Restaurants, das wird Joyce gefallen – Martha sowieso. Da geht ihr das Herz auf. Na ja …

Panetta zerrte den Bezug von Marthas Kopfkissen und wischte damit den Schweiß von seiner Stirn, seinem Hals, den

Armen. Das hatte er seit der ersten postoperativen Woche nicht mehr erlebt, so einen Schwitzanfall. Diese Schwäche, die damit einherging. Zitternde Knie. Schwindel. Er hielt sich am Bettpfosten fest, während er sich aufrichtete, tief durchatmete. Er sollte dankbar sein für jeden tiefen Atemzug. Der Himmel über Washington hatte an diesem Morgen eine Farbe wie Phosphor, giftig und gelb.

Er hatte Martha fragen wollen, ob sie ihn auf der Fahrt nach Buena Vista begleitete. Aber das war nun nicht mehr möglich. Sie würde ihn mit Schweigen strafen, das war ihre Stärke, das hatte sie früher schon gekonnt. Wortlos ihre Morgentoilette zelebrieren. Vorher kochte sie sich immer einen Becher schwarzen Tee, den nahm sie dann mit ins Bad. Manchmal gab es dazu auch einen dieser Prince-Charles-Kekse, mit Orangengeschmack, die sie so liebte. Das erste Frühstück im Bad, während sie sich salbte, frisierte, manikürte. Ihre kleine einsame Insel. Er gönnte ihr diesen Fluchtpunkt. Er selber war ja auch immer auf der Suche nach solchen Fluchtpunkten gewesen. Meist hatte er sie in den Büchern gefunden. Bücher, ein Sessel, ein abgeschirmtes Plätzchen, die Ecke eines Eisenbahnwaggons. Als Kind hatte er auf dem Klo gelesen. Dem wenig benutzten Gästeklo im unbeheizten Teil des Hauses. Stundenlang Daniel Defoe und Robert Louis Stevenson. Damals hatte seine Leidenschaft begonnen für Bücher, die Literatur, für die Phantasie. Niemals hatte er aber eine Geschichte wie seine eigene gelesen.

Vielleicht, dachte Panetta, während er mit dem Kopfkissenbezug seine feuchten Schenkel abtrocknete, schreib ich das Buch selbst. Gar keine schlechte Idee. McCall kann mein Nachfolger werden, daran arbeitet er ja sowieso schon seit geraumer Zeit, und ich zieh mich mit Ruth in eines der kleinen Studierzimmer zurück, im zweiten Stock.

Ich werde im Zimmer auf und ab gehen, Ruth wird dasitzen, ein Block auf den Knien. Vielleicht schreibt sie auch gleich in den

Computer. Aber nein, das ist zu wenig inspirierend. Wir brauchen eine writer's corner – eine kreative kleine Nische, in der wir uns unseren eigenen Kaffee kochen, auf Sofakissen herumlümmeln und schwarze Zigaretten rauchen können. Ich werde Ruth eine Zigarettenspitze schenken und einen japanischen Seidenschal mit Drachen. Sie wird meine Muse sein. Wird mich inspirieren. Wir werden immer ein Band laufen lassen, es abtippen und dann redigieren, in eine Form bringen. Das wird Spaß machen. Hin und wieder werden wir Leute einladen. Den Doc, der mich operiert hat. Schwester Heather, die mir das Vertrauen in meine Potenz zurückgegeben hat, und Greg, der befreundet war mit dem Spender, dessen Herz ich habe ... Schade, daß Greg nicht mit mir nach Buena Vista kommen wollte. Wirklich schade. Aber er muß aufpassen, daß er nicht in den Fall hineingezogen wird. Das versteh ich. Sein Vater ist in höchster Alarmbereitschaft. Sein Vater weiß, daß die Waffe, die Greg Otis geliehen hat, registriert ist unter seinem Namen. Theodore Dickens, Anwalt der Rifle Association, verwickelt in einen Mord. Das wäre eine gute Schlagzeile. Aber das Ende von Theodore Dickens' Karriere. Die Waffe ist bis jetzt nicht gefunden.

Mein Dad, hatte Greg gesagt, behauptet ja, daß Waffen nicht töten. Verstehen Sie?

Nein, hatte Panetta gesagt, das verstehe ich nicht.

Mein Dad sagt, es sei dasselbe, als wenn man einen Hund dafür zur Rechenschaft zieht, daß er ein Kind gebissen hat. Dieser Hund beißt nur, weil er falsch gehalten wurde. Weil man mit der Kraftmaschine falsch umgegangen ist. Die Waffe an sich ist unschuldig. Ist harmlos. Ein abschreckendes Werkzeug. Eine Drohgebärde. Mehr nicht. Erst der Halter der Waffe, der Finger am Abzug, machte sie zu einem tödlichen Instrument. Das sagt mein Dad. Greg hatte verlegen gegrinst und den Rest des Pumpkin-Muffin in seinen Mund geschoben. Beim Kauen hatte er Hamsterbacken und sah wie ein Kind aus.

Nein, hatte Panetta wiederholt, ich verstehe es nicht. Ich bin Pazifist. Wie Otis. Otis war gegen Waffen. Das hat er immer zu Precious gesagt. Ich werde mir diese Schülerzeitung besorgen, in der er einen flammenden Aufruf gegen die NRA geschrieben hat. Vielleicht sollte dein Vater ihn mal lesen ... Panetta konnte Greg nicht überreden. Er sagte, zu dem Haus der Harpers sei er damals sowieso nicht mitgefahren. Er wisse gar nicht genau, wo das Haus liegt, wie es aussieht. Er habe bei einem Kentucky Fried Chicken auf ihn gewartet. In der Nähe von Stony Creek, ungefähr zwanzig Meilen weit weg von Buena Vista. Weiter wollte er nicht mitkommen, er habe plötzlich kalte Füße bekommen. Es war abgemacht, daß Otis die Sache alleine durchziehe. Immerhin, sagt Greg, war es ja auch seine Wut auf diese perversen Schweine. Und nicht meine. Okay, ich hab ihn verstanden. Ich weiß, wie er sich gefühlt hat. Wenn man zum ersten Mal ein Mädchen liebt. Und plötzlich merkt, wie sie sich verändert, daß sie sich nicht mehr anfassen läßt, und daß sie irgendwelche Ausreden findet für die Brandmale an ihrem Busen. Und daß sie dünn wird wie ein Strich und schwarze Ränder unter den Augen hat. Und immerzu ausweicht, immer schweigsamer wird und blöde Ausreden findet für die blauen Flecke am Hals, den Armen. Das nimmt einen mit. Ganz klar. Otis hatte keinen Führerschein, und ich hab ihm trotzdem unsere Kawasaki gegeben. Das war einfach, weil die gerade in der Werkstatt war, vor dem Winter die übliche Generalüberholung. Das haben wir immer so gehalten. Die BMW steht in unserer Garage. Die bin ich gefahren.

Greg hatte in dem Kentucky Fried Chicken gesessen und gewartet, bis die Bedienung die Stühle auf die Tische gestellt hat und eimerweise Seifenlauge auf die Fliesen geschüttet. Ein widerlicher Gestank, sagte Greg, der sei ihm so in die Nase gestiegen, daß er einfach habe raus müssen. Er habe dann draußen auf seiner Maschine gesessen und einen Joint nach dem anderen geraucht. Immer gehorcht, ob von irgendwo der Sound der Kawasaki näher kam. Ein paar Leute seien noch gekommen, irgendwelche Vertreter, junge Pärchen, ein Mann mit einer Hundestaffel, die er alle draußen an die Kinderrutschbahn gebunden hat. Sie wurden noch bedient, konnten sich aber drinnen im Restaurant nicht mehr hinsetzen. Greg hat zugesehen, wie sie das Zeug aus Tüten verspeist hatten, hinter dem Steuer ihres Autos. Der Mann mit der Hundestaffel hat die Chicken Wings an seine Hunde verfüttert. Die hatten Geifer am Maul vor Gier, sagte Greg. Das war fast ein Horrortrip, da zuzusehen. Kann auch an dem schlechten Gras gelegen haben, das ich damals geraucht hab.

Um elf Uhr sind die Lichter des Kentucky Fried Chicken ausgegangen. Eine Viertelstunde später die Lichter auf dem Parkplatz. Greg hat auf seiner Maschine gewartet, im dunkeln. Es war sehr kalt geworden, feuchte Atlantikluft. Die sei ihm richtig durch seine Lederklamotten gedrungen. Wie Schüttelfrost war das auf einmal, sagte Greg. Und dann habe sich seine Kopfhaut zusammengezogen, und er hatte auf einmal so einen Druck auf den Augen und in den Ohren. Ein Sausen. Ihm war irgendwie ganz komisch. Und dann, hat Greg gesagt, habe ich es mit der Angst gekriegt. Ganz plötzlich. Otis war viel zu lange weg. Hätte längst wieder da sein müssen. Aber er kam nicht. Und ich dachte: Okay, dann hast du hier auch nichts mehr verloren. Hab meine Maschine angeworfen und bin weg. Den ganzen Weg zurückgebrettert, ohne Pause, bis hierher. Da dämmerte es schon. Ich habe die Maschine in die Garage gerollt, mit abgedrehtem Motor. Wir haben eine neue Automatik am Garagentor, macht überhaupt keinen Lärm mehr. Vorher war das immer ein Gequietsche und Gegrummel. Das hat man selbst im Bett noch gehört, wenn jemand nachts das Garagentor aufgemacht hat. Aber seit wir dieses neue Tor haben, kannst du kommen und gehen – und keiner hört was.

Am nächsten Morgen hab ich mit Dad und Mom gefrühstückt (war einer der seltenen Tage, wo meine Mom da war und nicht einen Termin in irgendeiner Beautyfarm hatte), und da brachten sie es in den Nachrichten. Den Doppelmord. Randolph und Sophie Harper. Und ich hab nur gedacht: Scheiße, Scheiße, Scheiße. Er hatte nicht gesagt, daß er sie umbringen will. Er hat gesagt, er will von ihnen das Geständnis. Er will sie dazu bringen, daß sie es zugeben, haarklein. Daß sie sich fühlen wie ein Haufen Scheiße. Das hat Otis gesagt. Und dann will er zur Polizei und sagen: Überprüft mal diese Leute. So wollte er es machen. Aber daß er sie einfach abknallen würde, davon war keine Rede ... Ich frage mich, was da passiert ist in dem Haus, in dem Keller. Was da abgelaufen ist. Ich kann es mir nur so erklären, daß Otis durchgedreht ist, als er das ganze Ausmaß der Schweinerei begriffen hat. Wer weiß, vielleicht haben die ja noch ganz andere Sachen auf dem Kerbholz. Mädchenhandel oder so. Irgendwelche Kunden, die sie im Internet finden und denen sie Mädchen für sadistische Spiele anbieten. Etwas, bei dem die Mädchen draufgehen können, nur damit so ein geiler, perverser Sack seinen Schwanz noch mal hochkriegt ...

Panetta preßte sich Marthas unbezogenes Kopfkissen auf das Gesicht. Das Inlett war kühl und weich. Er atmete tief, mit geschlossenen Augen. Unten schlief Martha. Seine liebe Frau. In einem dieser schönen Nachthemden, für die man bei Victoria's Secrets ein kleines Vermögen zahlt. Martha schlief den Schlaf der Gerechten. Sie war gottesfürchtig erzogen, hatte ihre wilden Jahre genossen und dann zielstrebig an einem schönen Leben gearbeitet. An einer Zukunft, die wie ein Sonnenaufgang am Horizont leuchtete. Merkwürdigerweise hatte sie angenommen, daß so eine Zukunft mit ihm, Daniel Panetta, Leiter der Bibliotheken in D. C., möglich sei. Jetzt schlief sie im Gästezimmer und war enttäuscht. Er mußte sie trösten. Er sollte hinuntergehen, sich still zu ihr auf das schmale Bett legen, eine Hand auf ihren Brüsten, die Nase in ihre Nackenhaare graben und etwas Zärtliches murmeln. Etwas Versöhnliches. Eine Abbitte. Ja, er wollte als Büßer kommen.

Er erhob sich, und der Schwindel erfaßte ihn sofort. Aber er bekämpfte das Gefühl. Schließlich stand er auf seinen beiden Füßen und tastete sich im fahlen Morgenlicht zur Treppe vor. Er stieg langsam die Treppe hinunter, machte kein Geräusch. Die vierte Stufe knarrte, aber die ließ er aus. Marthas Tür war zu. Damit hatte er gerechnet. Ganz behutsam drückte er die Klinke herunter, schob die Tür auf. Im Zimmer war es vollkommen dunkel. Martha konnte bei Licht nicht schlafen. Manchmal verschloß sie in Hotelzimmern die Vorhänge mit einer Sicherheitsnadel. Oder einer Wäscheklammer, wenn so etwas aufzutreiben war. Der kleinste Lichtstreifen weckte sie. Das war einer der wenigen Konflikte gewesen, die sie in der Ehe meistern mußten: Er ließ die Vorhänge gerne offen.

Er konnte ihr Bett nur ahnen, nicht sehen. Vorsichtig tastete er sich vorwärts und dachte sogar daran, daß Marthas Kleider auch irgendwie auf dem Boden liegen könnten. Oder daß sie einen Stuhl mitten in den Weg geschoben haben könnte. Er stieß mit dem Schienbein gegen die Bettkante, blieb stehen, wagte kaum zu atmen. Allmählich gewöhnten die Augen sich an die Dunkelheit. Etwas Licht fiel vom Flur herein. Er konnte jetzt das weiße Bettzeug sehen, und darauf eine dunkle Masse. Marthas schöne Haare. Er schob sich vorsichtig, Fuß für Fuß, an der Bettseite entlang. Da war ihr Arm. Ein nackter, schöner Frauenarm auf der Bettdecke. Er erinnerte sich plötzlich, wie sie damals aus dem Meer auf ihn zugelaufen kam, wie sie das Wasser aus den Haaren schüttelte, wie es von den Armen perlte. Ihre mageren, langen Arme, feingliedrig wie bei einer Ballettänzerin. Er hatte unter dem balinesischen Sonnenschirm gesessen und ihr entgegengeschaut. Mit dem Lächeln des stolzen Liebhabers. Dieser rote Badeanzug, einteilig, mit hohem

Beinausschnitt, der ihren Bewegungen etwas Gazellenhaftes gab. Die anderen Badegäste schauten zu ihr hin. Wie sie lachte. Ihre weißen Zähne in dem sonnengebräunten Gesicht. Das Strahlen ihrer Augen, der feine Sand, der beim Laufen aufspritzte und sich wie ein Film aus kleinen gelben Kristallen auf ihre Härchen setzte.

Panetta beugte sich über den Arm seiner Frau und berührte ihn mit den Lippen. Martha fuhr auf. Sie schlug um sich. Sie schrie. «Hilfe!»

«Psssst», machte Panetta, «ich bin es nur, pssst. Ich wollte nur …»

«Hau ab! Geh weg! Rühr mich nicht an! Faß mich nicht an!» Sie schlug um sich, und er fühlte ihre scharfen Fingernägel in seinem Gesicht.

Er wich zurück. Schließlich hatte sie den Lichtschalter gefunden. Als die Deckenlampe anging, stand Panetta zwei Schritte von ihrem Bett entfernt, vollkommen nackt, und lächelte.

«Was machst du hier?» schrie Martha. «Was willst du?»

Er hob die Schultern. Er war verlegen, und er schämte sich, weil er nackt war und es an seinem Körper keinen einzigen schönen Muskel mehr gab. Er schämte sich, daß er nicht daran gedacht hatte, seine Blöße mit einem Pyjama zu bedecken. Martha trug ein Nachthemd mit Spaghettiträgern. Er fragte sich, was für einen Nutzen das bringen konnte, die Schultern der kalten Nachtluft ausgeliefert, der Hals. Martha klagte oft über Schmerzen in den Halswirbeln, im Schulterbereich.

«Entschuldige, ich habe dich erschreckt», murmelte Panetta. «Das wollte ich nicht.»

Martha rutschte am Kopfende hoch, zog die Bettdecke bis ans Kinn und schlang die Arme um die angezogenen Knie. «Was wolltest du dann?»

«Nichts», murmelte Panetta. «Nichts.» Er streckte flehend

die Hand nach ihr aus, aber sie zog sich weiter zum Kopfende zurück. Dennoch faßte er den Mut, sich auf die Bettkante zu setzen. Er schaute auf ihre nackten Arme, die Knie, die sich unter der Bettdecke abzeichneten. Die Sehnsucht nach ihrer Nähe, ihrer Zärtlichkeit, war wie ein körperlicher Schmerz.

«Ich wollte mich nur etwas zu dir legen. Sonst gar nichts!»

«Du wolltest dich zu mir legen?»

«Ja», sagte Panetta. «Ich hatte Sehnsucht. Ich wollte deine Haut fühlen. Ich wollte mich entschuldigen. Ich wollte ...» Als er sah, daß ihr Gesicht nichts anderes ausdrückte als blankes Entsetzen, Abscheu und Abwehr, hob er hilflos die Schultern. «Es tut mir leid», fügte er hinzu. «Jetzt habe ich dich aus dem Schlaf geschreckt. Jetzt bist du noch wütender auf mich.»

«Ja», sagte Martha, «das bin ich. Kannst du jetzt bitte wieder in dein Bett gehen und mich in Ruhe schlafen lassen?»

Panetta nickte. Er hätte gerne diese Arme gestreichelt, die Stirn, die Haarsträhne hinter das Ohr zurückgestrichen und ihr einen kleinen Kuß gegeben. Versöhnlich, väterlich, keusch. Aber er traute sich nicht, wollte sie nicht noch mehr verärgern. Er erhob sich, drehte sich schnell weg, um sie nicht mit dem Anblick seiner Genitalien zu beleidigen. Er wußte nicht mehr, was Martha fühlte, wenn sie ihn so nackt sah. Er fürchtete, sie könnte seinen Anblick schauerlich finden. Das betrübte ihn noch mehr als alles andere. Er fühlte, daß er weinen mußte. Er ging schnell zur Tür. «Schlaf schön weiter», sagte er, «ich werde morgen das Frühstück machen. Ich weck dich, wenn es fertig ist. Okay?»

Martha sagte nichts. Sie schlüpfte aus dem Bett, und als Panetta die Tür hinter sich zuzog, hörte er, wie sie den Schlüssel von innen herumdrehte.

Panetta weinte lautlos, als er die Treppe wieder hinaufstieg.

Er legte sich stumm in sein Bett, auf den Rücken, und fühlte, wie die warmen Tränen rechts und links aus den Augenwinkeln über die Schläfen in die Haare liefen, und sich dann zu kleinen nassen Flecken auf dem Kopfkissen sammelten.

Er verstand nicht, was das bedeutete. Er hatte nicht geweint, seit er ein Kind war.

Er drehte langsam das Gesicht zum Fenster. Durch den Tränenschleier sah er die aufgehende Sonne, die sich in den Fenstern des Embassy Suites Hotel spiegelte.

DREIZEHNTES KAPITEL

SIE MACHEN mir Geschenke, Mister?» Precious musterte ihn durch die Lesebrille, die ihre Augen monströs vergrößerte. «Warum tun Sie das?» Sie stand in der Tür, als wolle sie ihn daran hindern, noch einmal in ihre Wohnung einzudringen, in ihr Reich. Sie musterte den Strauß gelber Narzissen, die Panetta in der Hand hielt. Das Päckchen, rot mit grüner Schleife. Panetta hatte der Einfachheit halber noch einmal das Parfum gekauft, das Alicia so begeistert hatte. Er hatte gehofft, sie würde sich freuen. Aber sie hielt in der einen Hand die Illustrierte, in der anderen den Türgriff. Alles an ihr war Abwehr.

«Sie haben gesagt, wir sind jetzt ein Team», sagte Panetta. «Schon vergessen?»

«Ich hab eine Menge gesagt an dem Tag, als Sie mir plötzlich in den Weg getreten sind, Mister. Und ich möchte mich an alles gar nicht so genau erinnern. Sie haben mich überrannt. Auf dem falschen Fuß erwischt. Jawohl. Es war Ihre Ehrlichkeit, die mich so von den Socken gebracht hat. Weiße Männer sind normalerweise nicht so ehrlich.»

«Jetzt verrennen Sie sich aber in Vorurteilen. Es gibt eine ganze Menge ehrlicher weißer Männer.»

«Hin oder her. Ich weiß, was ich erlebt habe. Sie wissen, was Sie erleben. Unsere Welten gehören nicht zusammen, Mister. Ihren Namen habe ich schon vergessen.»

«Panetta.» Panetta hielt ihr den üppigen Narzissenstrauß

unter die Nase. «Frühlingsboten. Und das im Dezember. Das gibt Hoffnung, finden Sie nicht?»

«Mag schon sein. Für Leute, die Grund haben, auf irgendwas zu hoffen. Ich hoffe auf gar nichts mehr, Mister. Ich habe ein Schreiben vom Police Department bekommen, in dem sie mir mitteilen, daß sie meinen Otis aufgrund von Indizien als Mörder dieser beiden Leute da in Buena Vista für schuldig erklären.»

«Oh», sagte Panetta erschrocken. «Und ich dachte ...»

«Im zweiten Absatz», fuhr Precious unbeirrt fort, «schreiben sie aber, daß weitere Ermittlungen eingestellt werden. Die hätten sich erledigt, da der Verdächtige tot ist. Und keine Strafanträge gestellt wurden. Sie können Otis jetzt wenigstens nicht aufhängen. Oder in die Gaskammer schicken. Haben eine Giftspritze gespart. Das haben sie mir mitgeteilt. Mit rotem Siegel. Ich will nicht mit Ihnen reden, Mister, ich will mit niemandem reden. Ich brauche keine Blumen, die was mit Hoffnung zu tun haben. Dieser Staat hat mir alles genommen, was ich hatte. Aber eins laß ich mir nicht nehmen: den Glauben an meinen Sohn. Otis ist unschuldig. Ich will auf der Stelle tot umfallen, wenn ich mich irre.»

«Nehmen Sie diese Blumen als Bestätigung», sagte Panetta hastig. Er hörte den Lift. Ein quietschendes Schaben, dann ein Ruck, ein Rattern, die Tür wurde aufgestoßen. Eine schwarze Frau mit sehr krummem Rücken und schlohweißem Haar schlurfte an ihnen vorbei, ohne auch nur aufzuschauen. Sie zerrte einen Einkaufswagen auf quietschenden Rädern hinter sich her. Der Wagen war vollgestopft mit alten nassen Zeitungen. Die Frau verschwand in der gegenüberliegenden Wohnung. Precious tat, als habe sie die Frau gar nicht gesehen. Sie drängte ihn von der Tür weg.

«Schenken Sie die Blumen Ihrer Frau.»

«Aber ich will sie Ihnen schenken. Sie haben mir gesagt, Otis habe Ihnen immer mal etwas geschenkt. Ich kam zufällig an dem Blumenstand vorbei.» Panetta ließ den Strauß sinken. «Aber wenn Sie nicht wollen ... War nett gemeint.»

Precious seufzte. Sie nahm die Brille ab, wischte über die Lider, trat einen Schritt zur Seite und sagte: «Also gut, dann kommen Sie eben rein. Aber ich warne Sie, nichts ist aufgeräumt. Ich weiß nicht mehr, für wen ich saubermachen soll. Das ist das Problem. Es macht keinen Sinn. Legen Sie die Blumen dahin. Irgendwo ist eine Vase.» Sie schlurfte davon. Sie trug einen alten, ausgeleierten Jogginganzug und Pantoffeln, deren Fersen heruntergetreten waren. Auf dem Küchentisch leere Milchtüten, Becher mit Kaffeeresten, Zigarettenkippen auf Untertassen, Zeitungen, Briefe, die wie Mahnungen aussahen. Den Brief des Police Department konnte Panetta nicht darunter entdecken. Precious stand plötzlich wieder in der Tür. Sie hatte ein Band um die Haare gebunden und sich die Lippen angemalt.

«Ich lauf sonst nicht so rum», sagte sie, während sie die Vase mit Leitungswasser füllte. «Aber wenn man so einen Brief bekommt, wissen Sie, dann hat man zu nichts mehr Kraft, zu gar nichts. Wieso sind Sie wieder hier? Gefällt es Ihnen bei Precious White so gut? Was stimmt nicht an Ihrem Zuhause?»

Panetta lächelte verlegen. «Ich wollte Ihnen erzählen, was ich bei den Dickens erlebt habe. Ich hab mit Greg geredet. Er mochte Otis. Ich dachte, das würden Sie gerne hören.»

«Ich weiß, das Greg meinen Otis mochte. Natürlich weiß ich das. Ich weiß doch, daß die beiden zusammen Touren auf dem Motorrad gemacht haben. Was glauben Sie, was eine Mutter alles weiß. Auch wenn der eigene Junge nichts erzählt.»

Panetta schwieg verwirrt. Vorher hatte Precious behauptet, nichts zu wissen über das, was ihr Sohn nach der Schule trieb. Und an den Wochenenden.

«Mr. Theodore Dickens, der durfte das nicht erfahren. Mercedes – das ist die Haushälterin –, die hat mir gesteckt, daß Theodore Dickens nicht gerade das ist, was man einen Freund der Schwarzen nennt. Mich hat das nie interessiert. Sein Hund konnte mich leiden. Lester hat zwischen Weiß und Schwarz keinen Unterschied gemacht. Der mochte auch Otis. Das mußten sie irgendwie akzeptieren. Aber Mercedes sagt, daß Greg die Freundschaft mit Otis unter der Decke hielt. Runtergespielt, verstehen Sie? Damit gar nicht erst Diskussionen aufkamen. Greg haßte es, mit seinem Vater über Politik zu reden. Wollen Sie wieder nur abgekochtes Wasser? Oder darf es schon ein Tee sein oder was Stärkeres?»

«Wasser ist prima.» Panetta schaute Precious zu, die einen Wasserkessel auf den Gasherd stellte, die Flamme entzündete und dann ihre Hände gegen den Bauch des Wasserkessels hielt, bis er zu heiß wurde.

«Wußten Sie», fragte Panetta, «daß Otis eine Freundin hatte?»

Precious wandte sich zu ihm um. «Eine Freundin?»

«Ja, ein Mädchen. Ein Mädchen aus Haiti. Brenda Kiki. Ihre Eltern haben in der Reinigung gearbeitet in der Vermont Street, Ecke Roundhill. Die mit den großen Gullydeckeln im Eingang, aus denen immer dicker, gelber Dampf aufsteigt. Ich hab's mir angeguckt. Ist nur fünf Häuserblocks von Otis' College entfernt.»

Precious wischte die Hände an ihren Jogginghosen ab, holte einen Becher aus dem Regal, füllte ihn mit kochendem Wasser und schob ihn Panetta hin, gleichzeitig schob sie die Zeitungen vom Tisch. Sie setzte sich auf den Rand des Küchenstuhls und beugte sich weit vor.

«Und wenn Otis eine Freundin gehabt hätte – was beweist das?» Panetta versuchte, aus dem, was Greg ihm geschildert hatte, und dem, was er sich selber zusammenreimte, eine Story zu formen, die Precious verstehen könnte. Die Precious vielleicht helfen könnte, ihren Sohn zu begreifen. Seine Wut. Seinen ohnmächtigen Zorn. Seine Verzweiflung. Die ihn zum Täter machen könnte. Es fiel ihm nichts ein.

«Ich weiß», sagte Precious, nachdem Panetta lange geschwiegen hatte, «daß die Menschen jede Art von Schweinerei drauf haben. Jede Art, Mister. Ich will Sie nicht aufhalten mit den Geschichten, die mir passiert sind, als ich jung war. Was glauben Sie, warum ich gesagt habe, ich zieh meinen Jungen alleine groß? Ich brauch kein Männerschwein in meinem Bett.»

«So wie Greg die Geschichte erzählt hat, muß es sich um eine Sache handeln, die dieses Ehepaar gemeinsam betrieb: diese Sado-Maso-Parties. Wie ein Unternehmen. Daher brauchten sie jede Woche diese Mengen von frischer Bettwäsche. Greg sagt, daß Otis erst nachher klargeworden ist, daß sie rote Bettwäsche hatten, damit man das Blut nicht sah.»

«Hat diese Brenda gesagt, daß so etwas stattgefunden hat?» fragte Precious. Es klang, als glaubte sie kein einziges Wort.

Panetta hob die Schultern. «Ich weiß es nicht genau. Vielleicht ja. Vielleicht hat Otis mehr gewußt, als er zugeben wollte. Brenda soll am ganzen Körper Wunden gehabt haben. Merkwürdige Stellen, die auf Mißhandlung hindeuteten. Als Otis fragte, hatte sie ausweichend geantwortet. Danach ließ Brenda ihn nicht mehr an sich heran. Er durfte nicht einmal mehr ihre nackten Arme sehen. Sie ließ sich von ihm auch nicht mehr küssen. Sie entfernte sich immer weiter von ihm, zog sich zurück. Sie wurde immer kleiner. Wie eine Figur in einem Trickfilm, verstehen Sie? Otis hatte das Gefühl, er konnte sie immer weniger erreichen. Es machte ihn wahnsinnig. Er schüttelte sie, er wollte die Wahrheit aus ihr herausprügeln. Aber sie schwieg. Und wurde immer kleiner.»

«Und warum schwieg sie wohl?» fragte Precious mißtrauisch.

«Aus Scham? Aus Angst? Weil man sie vielleicht bedrohte?

Weil man sie unter Druck gesetzt hatte? Weil sie viel Geld bekam? Was weiß ich? Ich kenne ja nicht einmal den Namen ihrer Eltern. In der Reinigung haben sie gesagt, das Ehepaar sei weggezogen, und sie hätten die Unterlagen über sie nicht aufbewahrt. Außerdem würden sie mit Fremden nicht über ihre ehemaligen Angestellten reden. Es gebe da nichts zu sagen. Aller Lohn sei immer bezahlt worden. Guter Lohn.»

Precious schwieg. Sie stützte den Kopf in die Hände. Panetta pustete in den Becher, bis das Wasser so weit abgekühlt war, daß er es trinken konnte.

Schließlich hob Precious den Kopf. «Also hat er es getan», sagte sie langsam, «also haben diese Hunde von der Polizei recht. Er ist es gewesen, was? Er hat auf einmal ein Motiv. Das ist es doch, oder? Deshalb sind Sie gekommen, um mir das zu sagen. Durch die Blume.» Sie schnaubte verächtlich, als ihr Blick auf den Narzissenstrauß fiel.

«Ich bin gekommen, um Ihnen zu sagen, daß ich nach Buena Vista fahre.» Panetta erhob sich. «Und ich wollte Sie fragen, ob Sie mich begleiten wollen.»

Precious schaute zu ihm hoch. «Warum sollte ich Lust haben, Sie zu begleiten?»

«Ich weiß es nicht, um ehrlich zu sein.» Panetta hob hilflos die Schultern. «Ich habe es nur gehofft.»

«Warum?» fragte Precious noch einmal.

Es machte ihn rasend. «Vielleicht, weil ich Angst habe vor dem Alleinsein», sagte Panetta schließlich leise. «Weil ich überhaupt Angst habe. Und weil ich mit dieser Angst nicht umgehen kann. Ich dachte, Precious, daß Sie mich und meine Angst vielleicht verstehen. Weil sie ihrer Angst ähnlich ist.»

Er wartete. Precious drehte die Ringe an ihren Fingern und starrte vor sich hin. Ihr Blick fiel auf das kleine Päckchen, das Panetta neben die Thermoskanne gelegt hatte.

«Was ist da drin?» fragte sie.

«Ein Parfum», sagte Panetta. «Von Valentino.»

«Und wer soll das sein?»

«Ein Italiener. Macht Kleider. Und Parfum. Meine Frau sagt, es ist gut.»

Precious schaute ihn an. Lange. Er konnte nicht raten, was in ihrem Kopf vorging. Schließlich stand Precious auf, ging auf ihn zu, legte ihre Hände um sein Gesicht und sagte: «Ich kann Ihnen bei Ihrer Angst nicht helfen, Mister. Mag sein, daß ich stark aussehe. Otis hat immer gedacht, seine Mom ist stark. Seine Mom schafft alles. Otis sollte das auch denken. Dafür habe ich geschuftet, gearbeitet, den Clown gespielt, Theater gemacht, gelogen, geklaut. Alles. Ja. Alles, damit Otis denkt, seine Mom schafft das. Aber jetzt kann ich nicht mehr, Mister. Verstehen Sie das? Seit Otis tot ist, geht die Kraft aus mir raus. Wie wenn man mit einer ganz feinen Nadel in einen Luftballon stößt. Ganz langsam. Man hört nichts, aber wenn man genau hinsieht, merkt man, daß der Ballon immer kleiner wird. Sie müssen da allein durch, Mr. Panetta. Die Narzissen dürfen Sie hierlassen. Sie können das nicht wissen, aber Narzissen waren seine Lieblingsblumen. Hab ich ihm aufs Grab gelegt, einen Strauß Narzissen. Hat um die Jahreszeit ein Vermögen gekostet. Aber ich wollte, daß mein Junge die Blumen mitnimmt, die ihm am besten gefallen. Gelb wie das Sonnenlicht, was? Frühling, was? Hoffnung. Na ja und all das. Rufen Sie nicht wieder an. Kommen Sie nicht wieder vorbei. Es ist mir gleich, was Sie in Buena Vista herausfinden. Ich will es nicht wissen, hören Sie?»

Panetta schluckte. Er spürte Precious' kalte Finger an seinem heißen Gesicht. Ihr Blick war sanft, voller Mitgefühl. Er hätte jetzt seinen Kopf an ihre Schulter legen und weinen können. Aber sie schob ihn von sich weg. Sanft, aber bestimmt schob sie ihn zur Tür. «Kommen Sie nicht wieder.»

Als er aus dem Haus trat, schneite es in dicken Flocken. Die Straße glänzte schwarz.

Panetta bereitete seine Fahrt sorgfältig vor. Er suchte die Adressen und Telefonnummern der Leute heraus, mit denen er sprechen wollte. Da war zuallererst Jamón Lopez, vom Williamsburg Police Department.

Panetta hatte durch einen Anruf, der ihn zu einer kleinen Notlüge gezwungen hatte, auch die private Adresse des Polizisten herausgefunden. 1564 Upper Valley Drive klang nach einer langen Straße, die sich in weiten Schleifen durch grünes Farmland zog oder zwischen Golfplätzen hindurch.

Er wußte auch, wo er Christopher Clark antreffen konnte. Tagsüber in seinem kleinen Versicherungsbüro in Boomville, und er hatte sich aus dem Internet zwei, drei Hotels herausgesucht, die am Wege lagen und ruhige, komfortable Zimmer versprachen.

Martha war den ganzen Tag über in verschiedenen Sitzungen. Sie würde nicht anrufen. Sie würde vielleicht ohnehin nie wieder aus ihrem Büro anrufen, um zu fragen: Darling, wie geht's?

Darling, auf was hast du heute Appetit, oder: Wollen wir nicht diesen neuen Film im Capitol ansehen?

Seit seinem nächtlichen Besuch in ihrem Gästezimmer hatten sie nur noch das Nötigste miteinander besprochen. Martha wich ihm aus, ja, es ging so weit, daß sie ihm nicht einmal mehr in die Augen blickte, wenn sie sich verabschiedete. Sie winkte nur irgendwie vage in den Raum hinein, warf den Kopf in den Nacken und sagte: «Ich bin weg.»

«Gut», sagte Panetta dann jedesmal, mit einem letzten Anflug von versöhnlichem Humor. «Ich bin da, wenn du zurückkommst.»

Ihre einzige Antwort war das Zuschlagen der Haustür. Er zerbrach sich den Kopf, was er tun müsse, um Marthas Liebe zurückzugewinnen. Er wußte es nicht. Sie hatte sich im Gästezimmer häuslich eingerichtet. Jeden Abend trug sie einen Armvoll Kleiderbügel nach unten, stapelte ihre Pullis neben dem kleinen Nachtkästchen.

Panetta schaute zu und schwieg. Was sollte er auch anderes tun. Sie aßen zwar noch miteinander, aber immer wortloser. Der Fernseher lief. Um das Schweigen zwischen ihnen erträglicher zu machen, versuchte Panetta, sie nach dem Tag im Büro zu fragen, vorsichtig, freundlich, mit einer gemäßigten Neugier. Sie hob nur die Schultern und sagte: War normal heute. Weißt du doch. Bei mir gibt es keine spannenden Geschichten. Mein Leben ist überschaubar.

Er hatte bei Ed und Joyce angerufen mit dem festen Vorsatz, sich für sein Betragen zu entschuldigen. Es war ihm nicht leichtgefallen. Und es hatte nichts bewirkt. Eine schnippische Joyce hatte ihm erklärt, daß sie zwar blöde sei, wie er offenbar annahm, aber nicht zu blöde, um zu wissen, daß Schluß sei, wenn Schluß sei. Und dann hatte sie den Hörer aufgelegt, mit einem lauten Knall, der in seinem Trommelfell explodiert war. Er stieg in den ersten Stock und holte aus der Kammer sein Köfferchen. Einen Augenblick überwältigte ihn die Erinnerung. Mit diesem Koffer war er ins Krankenhaus gefahren. Dieser Koffer hatte 199 Tage neben seinem Bett gestanden, fertig gepackt. Nicht nur Wäsche, Bücher, ein Handy und Bettsocken waren in dem Koffer gewesen, sondern all die gebündelten Hoffnungen und Wünsche für ein zweites Leben. Eine zweite Chance. Panetta saß auf einem Umzugskarton und ließ die Schlösser aufschnappen. Als er seine Nase hineinsteckte, atmete er plötzlich den Krankenhausgeruch von Fairfax. Doc Grady fiel ihm ein und der kleine Zettel in seiner Brusttasche mit den Fragen über die letzten Dinge.

Warum hatte er dieses neue Herz haben wollen?

Was wollte er mit seinem Leben tun, das ihm geschenkt wurde?

Panetta erinnerte sich nicht, was er Grady auf diese Fragen

geantwortet hatte. Er wußte es einfach nicht mehr. Er hatte fast schon die Angst vergessen, die ihn vier Jahre lang bei jedem Atemzug begleitet hatte. Das war eine andere Angst gewesen als die, die ihn jetzt umtrieb. Aber Angst war es auch gewesen. Wenn er heute mit Grady sprechen könnte, würde er sagen: Ich bin betrogen worden. Ihr habt in mir falsche Hoffnungen erweckt. Ihr habt mir nicht gesagt, daß man nach dieser Transplantation die Angst nur gegen eine andere tauscht, eine unerfüllte Sehnsucht gegen eine andere. Ihr habt mir nicht erzählt, daß das Wort Zukunft eine Schimäre ist, etwas, das sich immer entzieht, das flüchtet, eh man es greifen kann. Ihr habt mir nicht gesagt, daß das zweite Leben nicht besser sein wird als das erste. Daß es einfach nur gelebt werden muß, Atemzug für Atemzug wie das erste. Und er dachte, wenn es damals aufgehört hätte, wäre es auch gut gewesen.

Der Gedanke erschreckte ihn so, daß er hastig ein frisches Hemd, Socken, Sockenhalter und einen Satz Unterwäsche (er trug seit neuestem wieder Unterhemden, um sich vor dem unsinnigen Reflex zu schützen, den Menschen seine aufgesägte Brust zu offenbaren) in den Koffer warf und den Deckel zuschlug.

Den Koffer trug er nach unten. Er war leicht. Leichter als damals, schien es ihm, als er ins Krankenhaus aufgebrochen war. In diesem Koffer waren keine Hoffnungen mehr. Und keine Wünsche.

Neben der kleinen toskanischen Konsole im Eingang blieb er stehen. Er schaute auf die Schale, in der sie immer die Post sammelten. Eingehende und ausgehende Post.

Dorthin wird Marthas Blick als erstes fallen, wenn sie heimkommt, dachte er. Sie soll es gleich wissen. Nicht, daß sie ihm vorwarf, er habe sie wieder in Angst und Schrecken versetzt durch sein Fortbleiben. Aber vielleicht fürchtete sie sich inzwischen mehr davor, daß er da war? Wer weiß.

Martha, Liebes, schrieb er, ich bin nun also weg. Du weißt, daß ich es nicht mehr aufschieben kann. Verzeih mir, wenn ich mich lächerlich mache. Sobald ich dieses Haus gefunden habe, werde ich ruhiger sein. Das hoffe ich zumindest. Und wir können endlich mit der Zukunft anfangen. Ich liebe dich. Paß auf dich auf. Daniel.

Er hatte bei Alamo einen Wagen bestellt, einen geräumigen Four-Wheel-Drive mit erhöhtem Sitz. Er wollte einen guten Rundblick haben auf der Fahrt, wollte thronen auf der Interstate. Nicht tief unten auf dem Asphalt dahinkriechen, eingekeilt von monströsen Lastern.

Der Wagen war hellblau und hatte schwarze Kunststoffsitze, die eine unangenehme Kälte gegen den Rücken und die Nieren ausstrahlten.

Er ging noch einmal ins Haus zurück, um die Wolldecke von der Couch zu nehmen, ein leichtes Kaschmir-Plaid, sonnengelb. Martha wickelte an kalten Winterabenden manchmal ihre Füße darin ein, wenn sie arbeitete.

Er breitete die Decke sorgfältig über den Fahrersitz, legte das Handy neben die Straßenkarte und das Büchlein mit den Telefonnummern und Adressen.

Er tastete noch einmal sein Sakko ab, Führerschein, Kreditkarten, Kleingeld. Dann legte er das Köfferchen auf den Rücksitz, stieg in das Auto, drehte den Schlüssel um und drückte auf das Gaspedal. Der Wagen hatte einen leisen Motor, eine leichte, angenehme Lenkung, und das Lenkrad lag – trotz der extremen Position, in der es angebracht war – gut in der Hand. Für die Interstate nach Richmond wurde freie Fahrt gemeldet. Panetta suchte im Radio einen Sender mit Rockmusik der siebziger Jahre und fädelte sich über dem Potomac in den Verkehr nach Süden ein.

Der Himmel war makellos, bis auf dünne Schleierwolken,

wie zerrissene Schafwolle, die Fäden eines seidigen Merinoschafes. Es war elf Uhr vormittags. In fünf Stunden würde die Sonne untergehen, in sechs Stunden war es stockdunkel. Panetta hoffte, daß er bis dahin sein Ziel erreicht hatte.

Nach zwei Stunden hielt er an einem Rastplatz. Er kaufte sich an der Bar einen Becher Kaffee, einen Hamburger mit Pommes und einen Schokoladenkuchen zum Dessert. Alle diese Dinge standen für ihn auf der roten Liste. Früher hätte er sich bei einer derartigen Speisenzusammenstellung erbrochen. Heute hielt er dieses Essen für das Beste, was Amerika zu bieten hatte. Er summte vor sich hin, als er mit seinem Tablett einen freien Platz suchte. Die Tische waren mit künstlichen Tannenzweigen und Engeln aus Zelluloid dekoriert. Aus den Lautsprechern Kinderchöre: *Jingle bells, jingle bells* ...

Panetta grinste, als er sich Gradys Gesicht vorstellte. Wenn du mich hier sehen könntest, Freund ...

Mit Bedacht aß er seinen Lunch.

Er fragte sich, was er tun würde, wenn das Haus der Harpers tatsächlich das Haus war, das er in den Träumen immer wieder sah. Er könnte es zeichnen, auf die Serviette da neben seinem Teller. Die klaren Konturen. Ein zweistöckiges, rotes Haus auf einem Hügel. Weiße Fensterrahmen, eine weiße Haustür. An der Ostseite ein Erker. Bogenfenster im ersten und zweiten Stock. Das Erkerdach aus schwarzen Schindeln. An der höchsten Stelle ein Wetterhahn, golden. Auf der anderen Seite der Pool. Einer von dieser Sorte, die aus Kunststoff gegossen und in den Boden eingelassen werden. Türkis auslackiert. Ohne Wasser. Neben dem Pool eine weiße, schmiedeeiserne Lampe, die ihn an Paris erinnerte. Die Fenster waren immer geschlossen gewesen, wenn er im Traum auf dieses Haus zugegangen war. Ebenso die Haustür. Das Haus machte einen verlassenen Eindruck. Das Land wirkte öde und nicht bestellt.

Verdorrtes Gras. Was hinter dem Haus stattfand, wußte er nicht.

Er hatte nie jemanden gesehen, weder an dem Pool noch im Garten. Es hatte auch nie jemand hinter dem Fenster gestanden und ihn beobachtet. Da war er sicher. Im Traum war ihm immer klargewesen, daß auf der Rückseite das Geheimnis des Hauses lag … Daß sich dort die Bewohner aufhielten …

«Noch einen Kaffee, Mister?» fragte die Kellnerin mit einem Blick auf sein Tablett. «Oder kann ich das hier mitnehmen?»

«Nehmen Sie's mit.» Panetta lächelte die Frau an. Sie schob das Tablett weg und wischte mit einem Seifenlappen, der nach Zitronenaroma roch, über die Resopalplatte. Panetta sah die große, rotweiß gestreifte Schleife ihrer Schürze, die auf den Arschbacken wippte, als sie sich zwischen den festgeschraubten Tisch hindurchschlängelte. Im Radio sangen sie: *Silent night, holy night.*

Er stand auf, warf ein paar Münzen in die Spendenbüchse für die Heilsarmee und verließ das Rasthaus.

Im Wagen nahm er das Handy aus dem Handschuhfach und wählte die Nummer von Doc Grady. Während er darauf wartete, daß der Anschluß geschaltet wurde, beobachtete er, wie ein Laster in eine Parkbucht manövriert wurde. Der Anhänger war hoch beladen mit Weihnachtstannen. Manche waren voller Zapfen. Panetta überlegte, wie man wohl einen Tannenbaum schmückte, der voller Zapfen war. Martha würde das nicht gefallen. Martha liebte Weihnachtsbäume, die wie Kunstwerke aussahen. Ganz golden und mit viel Glitter. Sie hatte vor ein paar Jahren begonnen, alte Christbaumkugeln zu sammeln. Die kosteten ein Vermögen, aber Panetta mußte ihr recht geben: Der Glanz, der von ihnen ausging, war anders. Er wärmt das Kinderherz in mir, hatte Martha gesagt.

«Vorzimmer Professor Grady. Alicia hier.»

Panetta räusperte sich. «Oh», sagte er, «Alicia, hallo. Immer im Dienst, was?»

«Es ist Donnerstag, zwei Uhr mittags, und ich wüßte nicht, warum ich nicht im Dienst sein sollte. Mit wem spreche ich?»

«Können Sie's nicht raten?»

«Wenn Sie bitte Ihren Namen nennen würden, Sir, und mir sagen, was ich ...»

«10. November», sagte Panetta, «OP-Termin um 14.30 Uhr.» Einen Augenblick war es still und dann hörte er, wie Alicia, fast schuldbewußt, einmal tief Luft holte. «Daniel Panetta! Oh, das ist mir jetzt aber peinlich. Mr. Panetta! Gestern hat Doc Grady gerade ihren Fall erwähnt. Wie geht es Ihnen? Wo sind Sie gerade?»

«Es geht mir gut, und ich befinde mich irgendwo zwischen Carmel Church und Doswell, falls Ihnen das was sagt.»

«Überhaupt nichts, Mr. Panetta. Was machen Sie da? Auf dem Weg in die Weihnachtsferien? Oder Verwandte besuchen?»

«Vielleicht eher das zweite», sagte Panetta. «Ich suche einen Verwandten.»

Der Mann, der die Weihnachtsbäume transportierte, verließ sein Führerhaus, stopfte das karierte Flanellhemd in den engen Jeansgürtel, machte ein paar Kniebeugen und ging dann mit schlenkernden Schritten auf das Rasthaus zu. Er hatte O-Beine wie ein Cowboy. Und spielte mit seinem dicken Schlüsselbund, als wär's ein Phallussymbol.

Er grinste zu Panetta rüber und grüßte, machte ein Handzeichen zu den Weihnachtsbäumen und verdrehte die Augen. Panetta grinste zurück. Er hatte keine Ahnung, was der Lastwagenfahrer ihm signalisieren wollte. Er begriff nur, daß dies ein gutgelaunter Mensch war. Jemand, der das Leben genoß. Das faszinierte ihn so, daß er einen Augenblick den Gesprächsfaden verlor.

Alicia redete immer noch.

«Gestern noch hat Doc Grady gesagt, von Daniel hört man gar nichts. Sie wissen schon, daß wir noch eine Biopsie machen müssen? Nehmen Sie auch regelmäßig die Tabletten? Alle? In der richtigen Reihenfolge?»

«Ich geb mir Mühe», sagte Panetta.

«Wissen Sie, das hab ich neulich zum Professor gesagt: Mr. Panetta ist anders als unsere anderen Transplantis.»

Panetta lachte trocken. «So sagt ihr? Transplantis?»

«Interner Sprachgebrauch. Ich hoffe, Sie sind jetzt nicht beleidigt.»

«Keineswegs. Transplantis klingt nett. Wie eine neue Kinderserie im Fernsehen. Was haben Sie also gesagt?»

«Daß Sie sich sowenig bei uns melden.»

«Einmal bin ich gekommen, unangemeldet. Ich hatte nicht das Gefühl, daß man sich sonderlich gefreut hätte.»

«O doch, Mr. Panetta, Sie sind immer willkommen. Jederzeit. Wirklich. Aber Sie könnten ja auch anrufen. Wir haben Patienten, die rufen noch ein halbes Jahr nach der Operation mindestens jeden zweiten Tag an. Einfach nur, um zu sagen, wie es ihnen geht.»

«Dann vergißt man das also nie?» fragte Panetta.

«Was?»

«Dieses neue Herz, das da in der Brust schlägt.»

«Darüber kann ich Ihnen nichts sagen.» Alicias Stimme war plötzlich spröde, nervös. Sie hustete verlegen.

«Und wieso hat Doc Grady von mir gesprochen? Was hat er gesagt? In welchem Zusammenhang habt ihr über mich gesprochen? Gibt es etwas Neues? Neue Erkenntnisse?»

«Mr. Panetta, ich werde nicht eingeweiht in die medizinischen Dinge. Ich habe keine Ahnung, ob es etwas Neues gibt, ich weiß nur, daß wir sehr schnell einen Termin für die Biopsie machen sollten.»

«Mir hat der Doktor gesagt, nur wenn es Anzeichen einer Verschlechterung gibt. Sonst will er das Herz in Ruhe lassen. Hat er gesagt. Wieso ist er auf einmal anderer Meinung?»

«Weiß ich nicht, ob er anderer Meinung ist. Wir haben nur eben von Ihnen gesprochen, unter anderem. Ist Martha bei Ihnen?» Panetta überlegte eine Sekunde, ob er lügen sollte. Einfach behaupten, daß Martha neben ihm säße, seine Hände hielte, ihn mit Apfelsinenscheiben und Butterkeksen fütterte …

«Martha hat zu tun», sagte Panetta.

«Aber es geht ihr gut?»

«Ich denke.»

Eine kleine Pause. Alicia hüstelte ein Verlegenheitslächeln durch das Telefon. «Mr. Panetta, ich merke schon, Sie wollen mit dem Doktor reden. Sie haben was auf dem Herzen. Ich stell Sie einfach durch.» Es klickte.

«Daniel Panetta! Ich dachte schon, ich muß in die Weihnachtsferien gehen ohne ein Lebenszeichen von Ihnen!»

«Und schon bin ich in der Leitung», sagte Panetta. Neben ihm auf dem Parkplatz versuchte eine junge Frau ihr zweijähriges Kind auf den Kindersitz zu heben. Das Kind bockte, schrie, drückte das Kreuz durch und schlug mit Armen und Beinen um sich. Der Terrier, der um die beiden herumtanzte, japste und bellte. Die Frau wirkte erschöpft, wie am Rande eines Nervenzusammenbruchs. Sie schaute sich verstohlen um, ob es auch niemand sah, wenn sie dem Kind jetzt einfach mit flacher Hand ins Gesicht schlug. Panetta wandte den Kopf ab. Als er wieder hinschaute, saß das Kind auf dem Kindersitz und wurde festgeschnallt. Der Hund sprang ohne Aufforderung durch die offene Heckklappe. Das Kind brüllte.

«Was ist mit Ihnen los, Daniel?» fragte Grady.

«Nichts, nichts ist los.»

«Ich hab neulich mit Martha telefoniert. Martha macht sich Sorgen.»

Sie haben miteinander telefoniert, dachte Panetta. Kein Wort darüber von Martha. Was verschweigt sie mir noch? Welche Geheimnisse haben die beiden vor mir?

«Sie muß sich keine Sorgen machen, das sag ich ihr immer wieder, Doktor. Aber wenn sie unbedingt Probleme haben will, kann ich sie nicht hindern, oder?»

«Panetta, Sie sitzen immer noch im falschen Boot.»

«Ich sitze in einem Four-Wheel-Drive, Doktor, der Firma Alamo. Ein sehr gutes Auto übrigens.»

«Sie wissen, wovon ich rede. Martha hat mir erzählt, was neulich bei euch vorgefallen ist. Diese Sache mit Marthas Freunden. Was haben Sie sich dabei gedacht, Daniel?»

«Ich habe mich schon entschuldigt. Solche Sachen bespricht Martha mit Ihnen? Können wir dann vielleicht über etwas Wichtigeres reden?»

«Martha hielt es für wichtig. Martha sagt, sie kennt den Mann nicht mehr, mit dem sie sieben Jahre verheiratet war. Das klingt doch alarmierend. Finden Sie nicht? Da muß ein Arzt hellhörig werden. Sie sagen gar nichts, Daniel.»

«Ich kann dazu nichts sagen. Ich kann nicht erkennen, daß ich mich verändert habe. Möglich, daß mich jetzt andere Dinge interessieren.»

«Immer noch auf dem Trip mit dem Mörderherz?» fragte Grady.

«Das ist kein Trip, Doktor, das wissen Sie so gut wie ich. Aber ich bin auf dem besten Wege, Klarheit in die Sache zu bringen.»

Schweigen. Er hörte, wie Grady mit Papier raschelte. Ich werde auflegen, dachte Panetta, wenn er nebenbei irgendwelche Akten studiert. Wenn ich ihm nicht einmal diese paar Minuten Zeit wert bin. Einfach den Ausknopf drücken.

«Sie müssen aufhören, über Otis White nachzudenken», sagte Grady beschwörend. «Das führt doch zu nichts!»

«Der Name kommt Ihnen ja schnell über die Lippen.» Panetta lächelte. Wieder ein Beweis dafür, daß er recht hatte. «Ich bin übrigens auf dem Weg dahin.»

«Wohin?» Gradys Stimme war jetzt scharf. Scharf, wachsam und schneidend. «Wohin fahren Sie, Panetta?»

«Nach Buena Vista. So hieß doch das Nest, in dem Otis dieses Ehepaar ermordet haben soll. Die Polizei will die Akte übrigens schließen. Offenbar kein Zweifel mehr, daß er es gewesen ist, nichts, was zu seinen Gunsten spricht, das ihn entlasten könnte. Ich weiß jetzt, daß er zur Tatzeit in der Gegend war. Und was schlimmer ist: Er hatte sogar ein Motiv.»

«Was wissen Sie über das Motiv von Otis? Hat das in der Zeitung gestanden? Woher wissen Sie, daß der Fall abgeschlossen wurde?»

«Ich weiß es von seiner Mutter.»

«Sie waren bei seiner Mutter?»

«Precious hat es schriftlich. Sie haben ohne jeden Zweifel ermittelt, daß Otis der Mörder ist. Sie schließen den Fall, weil der Mörder tot ist.» Panetta lachte. «Nicht ganz tot, allerdings, wie wir wissen. Ich fühl, wie es bumbum-bumbum macht unter meinen Rippen.»

«Daniel, Sie müssen mit Scotty reden. Scotty versucht seit drei Wochen, mit Ihnen Kontakt aufzunehmen. Wieso rufen Sie ihn nicht zurück?»

«Keine Zeit», knurrte Panetta, «war viel unterwegs.»

«Es gibt wichtige und unwichtige Dinge, Daniel. Sie müssen Prioritäten setzen.»

«Was glauben Sie, was ich tue?» Panetta überlegte, wie er Grady von diesem Thema wegbringen könnte. Er bereute längst, daß er den Doc angerufen hatte. «Nach Neujahr werde ich zurückkehren zu meinem Job in der Bibliothek», sagte Panetta. «Bin schon ein paarmal wieder dagewesen. War ein gutes Gefühl.»

«Schön, das höre ich gerne. Der erste gute Satz, Daniel. Im Januar also. Und Sie meinen, Sie können dann gleich wieder voll einsteigen?»

«Kommt drauf an», sagte Panetta. «Im Augenblick sieht es so aus.»

«Wenn Sie vor Weihnachten noch mal kommen wollen, ich bin bis Samstag früh hier zu erreichen. Dann allerdings mache ich mich davon. Wir wollen Weihnachten in den Rockies verbringen, meine Familie und ich. Über Silvester.»

«Gute Idee.» Panetta beobachtete ein Pärchen, das engumschlungen aus dem Rasthaus kam und sich gegenseitig mit einem Eis am Stiel fütterte, als wäre Sommer. Das Mädchen hatte ein rosa Eis, der Junge ein hellgrünes. Wahrscheinlich Minze, dachte Panetta. Er hatte plötzlich einen unbändigen Appetit auf so ein frisches Pfefferminzeis – mitten im Advent.

«Ich muß jetzt Schluß machen», sagte Panetta. «Schöne Ferien in den Rockies.»

«Ja, danke, Ihnen auch. Alles Gute. Und Martha. Grüßen Sie sie herzlich. Sie rufen von unterwegs an, was?»

«Ja, von unterwegs. Soll heute angeblich noch schneien.»

«Dann kehren Sie lieber wieder um.»

«Geht nicht. Ich muß was überprüfen.»

Gradys Argwohn war durch das Telefon zu spüren. «Was denn überprüfen, Daniel? Weiß ich davon? Haben wir darüber geredet?»

«Wir haben über vieles geredet, Doktor, aber nicht über alles. Ich muß nur einen Traum überprüfen. Wenn das erledigt ist, ist es gut.»

«Darf man fragen, um welchen Traum es sich handelt?»

«Es geht nur um ein Haus, das ich jede Nacht im Traum sehe. Ein lächerliches zweistöckiges Backsteinhaus mit weißen Fenstern. Mehr nicht. Das ist schon alles.» Panetta lachte aufgeräumt. «Klingt nicht sehr spannend, oder?»

Grady schwieg. Vielleicht macht er sich einen Reim drauf, dachte Panetta. Vielleicht ahnt er mehr, als er zugibt. Weiß mehr, als er je aussprechen würde. Ein verdammter Geheimniskrämer.

«Sie haben mir nie von diesem Haus erzählt, Daniel», sagte Grady gedehnt. «Ist es ...»

«Ich ruf Sie an, wenn ich es gefunden habe. Okay? Ich ruf Sie an, versprochen. Grüße an Alicia.» Panetta legte auf, bevor Grady weitere Fragen stellen konnte. Bevor er Dinge preisgab, die er nicht preisgeben wollte.

Je weiter er in Richtung Süden vorankam, desto dichter wurde der Schleier feiner Wolken, bis es irgendwann so dicht war, daß die Sonne es nicht mehr schaffte. Panetta hatte noch 80 Meilen vor sich bis zur Ausfahrt nach Williamsburg, als die ersten Schneeflocken herabwirbelten.

Er war schon eine halbe Stunde auf der falschen Interstate unterwegs, als er den Fehler bemerkte. Irgendwo im Norden von Richmond hatte er sich verfahren, war zu früh oder zu spät rechts abgefahren, hatte ein einziges Hinweisschild verpaßt, vielleicht auch mehrere, seine Gedanken waren ihm weggerutscht während der eintönigen, ruhigen Fahrt durch die zunehmende Dunkelheit. Zuerst hatte er den Musikkanal häufig gewechselt, hatte darauf geachtet, rechtzeitig im Stundentakt die Nachrichten mitzubekommen. Hatte pünktlich die Tabletten geschluckt und aus der Wasserflasche getrunken, die er auf dem Beifahrersitz abgelegt hatte. Dann war er müde geworden, schläfrig, ohne sich wirklich erschöpft zu fühlen. Es war vielleicht das Gleichmaß des Tempos, es hatte sich bei 65 Meilen eingependelt, das ruhige Dröhnen des Motors, der Scheibenwischer mit dem großen Gummiblatt, der im immergleichen Rhythmus hin- und herwischte, einen großen Halbkreis beschreibend. Das Tanzen der Schneeflocken, das vor allem, hatte ihn schläfrig gemacht. Die Flocken sprangen ihn aus dem Nichts, aus der Dunkelheit an, zerplatzten an der Frontscheibe, wurden weggewischt, eine Sekunde gab es Schlieren auf der Scheibe, dann war sie so klar und durchsichtig, als gäbe es keine Trennung zwischen dem Drinnen und Draußen, und in der nächsten Sekunde flogen sie ihm schon wieder entgegen, dicke Flocken, locker aus Kristallen zusammengesetzt, die wieder in Kristalle zerplatzten, sobald sie auf die Scheibe trafen.

Im Radio spielten sie zum zehnten Mal *Jingle bells, jingle bells* ... Mit einem Seufzer drehte Panetta den Ton ab, und im gleichen Augenblick sah er das Hinweisschild *Charlottesville 60 Miles.* Fluchend trat er auf die Bremse. Der Caravan, der ihm folgte, geriet ins Schleudern, und für einen Augenblick glaubte Panetta, daß dies das Ende sei. Ein banaler Tod auf der Interstate 64. Beim Caravan griffen die Bremssysteme offenbar nicht, oder am Steuer saß einfach nur ein verdammt schlechter Autofahrer, der den Wagen nicht abfangen konnte.

Da hatte Panetta nun ein zweites Herz geschenkt bekommen, um es am Meilenstein 59 wieder abzugeben.

Wie ein Geschoß kam der Caravan von hinten auf Panetta zu. Panetta starrte in den Rückspiegel und zog den Wagen nach rechts.

Seine ABS-Warnanzeige leuchtete auf. Es war wirklich spiegelglatt. Nicht einmal darauf hatte Panetta geachtet, obgleich dieser Wagen mit allen Warn- und Frühwarnsystemen ausgestattet war, die man sich wünschen konnte. Temperaturmesser drinnen und draußen, automatisches Einblenden in Verkehrsnachrichten aus der Region. ABS-Warnsystem.

Panetta konnte den Wagen abfangen, bevor er auf den Grünstreifen geriet. Dort wäre er verloren gewesen, wenn zwei der Räder im tiefen Matsch steckten, während die anderen über das Glatteis schlitterten.

Der Caravan schoß an ihm vorbei.

Panetta faßte das Steuer mit beiden Händen. Er hatte den Fuß vollständig vom Gas genommen. Er ließ den Wagen auf der Standspur ausrollen. Der Verkehr schnurrte an ihm vorbei. Im nächsten Augenblick konnte er von dem Caravan nicht einmal mehr die Rücklichter sehen.

Panetta schaltete die Warnblinkanlage an, legte die Hände in den Schoß und schloß die Augen. Er versuchte herauszufinden, was er fühlte.

Dankbarkeit, daß er noch lebte? Erleichterung, daß alles glimpflich verlaufen war?

Früher legte er nach so einer Schrecksekunde die Hand immer auf das Herz. Interessant, daß er diese automatische Reaktion verlernt hatte. Seine Hände lagen im Schoß. Er spürte die Hitze der Hände auf den Oberschenkeln. Sonst fühlte er gar nichts. Kein Herzrasen, keinen schnellen Puls. Nichts.

Hatte er auch nur eine Sekunde lang die gleiche Todesangst gespürt, die ihn vier Jahre lang gequält hatte, damals, als er noch sein altes, ausgeleiertes Herz mit sich herumschleppte?

Er wußte es nicht. Seine Hände zitterten. Im linken Bein breitete sich Taubheit aus wie nach örtlicher Narkose.

Er schaute in den Rückspiegel. Die Lastwagen rollten in ununterbrochener Kette an ihm vorbei. Aussteigen wäre tödlicher Leichtsinn. Er beugte sich über den Beifahrersitz, stieß die Tür auf und atmete tief und gierig die frische Winterluft ein. Erst nach dem dritten Atemzug merkte er, daß diese Luft aus Diesel-Benzin-Gemisch bestand und seinen Kopf benebelte. Er zog die Tür wieder zu, lehnte sich zurück und konzentrierte seine Gedanken auf etwas Positives. Martha, dachte er. Ich muß es Martha erzählen.

Es war kurz vor sechs. Er tastete in der Jackentasche nach seinem Handy, gab Code und Pinnummer ein, drückte die 1. Auf der 1 war die Nummer ihrer Wohnung in der Juniper

Street gespeichert. Wenn Martha zu Hause war, hatte sie bestimmt überall Licht gemacht. Goldenes Licht. Honigfarben, weich und mild. Das sollte – nach Marthas Vorstellung – den Erdton der Wände unterstreichen. Das sollte dem Olivenholz das richtige Finish geben. Und es funktionierte. Martha hätte auch als Innenarchitektin Karriere gemacht. Vielleicht saß sie jetzt auf ihrem Lieblingsplatz, dem Sessel mit dem neuen englischen Leinenbezug, und zappte durch die Fernsehkanäle auf der Suche nach einem Nachrichtenkanal. Vielleicht telefonierte sie mit Helen. Oder mit Joyce. Wahrscheinlich mit Joyce. Mit ihr sprach Martha bestimmt nur noch, wenn er nicht in der Nähe war. Vielleicht wunderte sie sich, daß die Kaschmirdecke verschwunden war.

Er hörte das Tuten. Er stellte sich das Telefon vor, in dem Relais auf dem Küchentresen. Er sah Marthas Hand, die schöne zarte, wohlmanikürte Hand, die nach dem Telefon griff. Er sah, wie sie mit einem Schwung ihre Locken zurückwarf. Er sah ihren Mund. Ihre Lippen, die sich immer ein bißchen kräuselten, wenn sie «Ja, hallo, wer ist da?» sagte, nie ihren Namen, nie etwas Verbindliches. So war Martha.

«Du bist ja schon zu Hause, Liebes», sagte Panetta.

«Daniel?» Marthas Ton wurde sofort schärfer. «Wo bist du?»

«60 Meilen von Charlottesville entfernt. Ich habe die falsche Ausfahrt genommen, irgendwo bei Richmond.»

«Was willst du in Richmond?»

«Gar nichts. In Richmond wollte ich die Straße nach Williamsburg nehmen. Ich habe sie verpaßt. Eben ist mir beinah ein Caravan ins Auto gefahren. Es friert hier. Und es schneit in dicken Flocken.»

«Verdammt noch mal, Daniel, was soll das auch? Wieso bist du nicht hiergeblieben? Hast du mit Grady geredet, bevor du losgefahren bist?»

«Natürlich, ich tu doch immer, was du sagst.»

«Und? Hat er dir etwa nicht abgeraten?»

«Doch, das hat er.»

«Aber es interessiert dich nicht, stimmt's? Du machst sowieso, was du willst.»

Panetta wußte, daß sie wirklich wütend war. Er konnte es an ihrer Stimme hören.

«Daniel, ich bitte dich, sofort umzudrehen und zurückzukommen.»

«Martha, Liebes, hast du meinen Brief nicht gefunden?»

«Welchen Brief?»

«Meine Nachricht.»

«Ach das. Doch. Ich weiß nicht, was ich dazu sagen soll, Daniel. Du mußt mit Scotty sprechen. Du mußt endlich mit dieser Therapie anfangen.»

«Ich brauche keine Therapie, Martha. Ich habe ein neues Herz, ich bin gesund. Kein Reha-Programm, keine Psychotherapie. Ich bin gesund.»

«Das nennst du gesund? Du bist doch besessen. Du kannst doch gar keinen normalen Gedanken mehr fassen, Daniel! Mein Gott, wie kann man dir begreiflich machen, daß du einem Phantom folgst?»

«Indem ich mich selbst vom Gegenteil überzeuge», sagte Panetta ruhig. «Ich weiß, was ich tue, Liebes. Keine Angst. Wenn ich das hier erledigt habe, bin ich wieder der alte. Wenn ich das hier auf die Reihe gekriegt habe, fangen wir an mit der Zukunft. Das ist versprochen. Hoch und heilig.»

«Ich würde jetzt schon gerne anfangen», sagte Martha. «In vier Tagen ist Weihnachten. Hast du daran schon mal gedacht? Oder hat in deinem Kopf sonst gar nichts mehr Platz?»

«Weihnachten bin ich längst wieder zurück, Liebes. Mach dir keine Sorgen.» Er drückte einen Kuß auf die Sprechmuschel. «Es wird alles gut.»

Martha sagte nichts. Sie schwieg, bis Panetta den Ausknopf gedrückt hatte. Panetta schob das Handy, nachdem er es vollkommen ausgeschaltet hatte, in seine Jackentasche zurück. Er stellte den Motor wieder an, betätigte den linken Blinker und fädelte sich zwischen zwei Lastern in den rollenden Verkehr. Der Schnee war noch heftiger geworden. Er beugte sich weit vor, um kein Ausfahrtsschild zu verpassen.

Bei einem Ortsschild, das Short Pump hieß, verließ er die Interstate, machte einen großen Bogen, weil die Auffahrt nach Richmond gesperrt war, und gelangte auf einen Highway, der ihn über Glendale auf die Interstate 65 zurückbrachte.

Es war halb neun, als er seinen Wagen vor der Rezeption des New Kent Plaza Motel zum Stehen brachte. Auf dem Parkplatz, der für mehrere hundert Autos geplant war, verloren sich einige wenige Pkw. Im unbeleuchteten Teil des Parkplatzes war ein riesiger Anhänger geparkt, auf dem THOMSON-Transport stand. Die kleinen japanischen Autos in der Nähe des Lieferanteneingangs hatten dicke Schneehauben. Die Wagen gehörten offenbar dem Personal.

Panetta nahm seinen kleinen Koffer aus dem Wagen, schloß ab und schleppte sich müde und zu Tode erschöpft die Treppen zur Rezeption hinauf. Da das Hotel höchstens zu zwanzig Prozent ausgebucht war, beehrte man ihn mit einem upgrading. «Sie bekommen eine Suite, Sir», sagte das Mädchen an der Rezeption mit einem Lächeln, das für jede Dritte-Zähne-Kampagne getaugt hätte, «ein kleines Weihnachtsgeschenk der Direktion. Wir hoffen, Sie genießen den Aufenthalt im New Kent Plaza Motel und empfehlen uns weiter.»

«Bestimmt.» Panetta nahm den Schlüssel und schaffte, mit dem letzten Rest von Anstand, die zehn Schritte bis zum Lift. Er ahnte, daß das Mädchen ihm nachschaute. Er wollte nicht den Eindruck eines Todkranken machen, der in der Suite sein Leben aushauchte. Aber er fühlte sich so.

Eine halbe Stunde lag er im lauwarmen Badewasser, ließ den trockenen Naturschwamm, der auch eine Aufmerksamkeit der Direktion war, wie Panetta auf der Plastikhülle lesen konnte, mit Wasser vollaufen und drückte ihn über seinem Gesicht wieder aus, dann auf der Brust. Er ließ das Wasser über die Narbe rinnen, die an diesem Tag dunkelrot war und schmerzte. Panetta führte das auf den plötzlichen Kälteeinbruch zurück. Oder auf seine Erschöpfung.

Nach dem Bad stellte er sich unter die eiskalte Dusche und rieb sich nacheinander mit allen drei dicken Frotteetüchern ab. Dann schlüpfte er in den Bademantel, der auf dem Bett lag, bestellte ein Omelette und eine Gemüseplatte und wählte die Nummer von Christopher Clark, die er in seinem Adreßbuch notiert und rot unterstrichen hatte.

Er mußte lange warten, bis das Telefon abgenommen wurde.

«Mhmhm?» Das war keine Stimme, nur ein mißtrauisches Knurren.

«Mr. Clark?»

«Mhmh.»

«Christopher Clark?»

«Was wollen Sie? Es ist halb zehn abends, Mensch. Was wollen Sie?»

«Mit Ihnen reden. Wenn es möglich ist.»

«Wer sind Sie? Worüber wollen Sie mit mir reden?»

Panetta nannte seinen Namen und erwähnte die Harpers.

«Ich war ein Freund von ihnen», log er. «Randolph und Sophie, wir waren mal Nachbarn, viele Jahre her. Ich bin gerade auf der Durchfahrt, habe eben durch Zufall unten an der Bar von der Geschichte gehört. Furchtbar.»

Clark schwieg. Panetta konnte das Mißtrauen förmlich fühlen.

«Buena Vista», sagte Panetta tapfer, «ist gar nicht weit, hat man mir erzählt. Sie wohnen da auch? Ich meine, in der Nähe des Hauses, in dem das passiert ist mit Randolph und Sophie?»

«Kann man sagen. Paar Meilen westlich. Zehn Minuten mit dem Wagen. Wann waren Sie Nachbarn?»

«Oh, lange her.» Panetta schwitzte. Lügen strengte ihn an. Hatte ihn als Kind schon angestrengt, obwohl er sich täglich darin trainiert hatte. Ohne Lügen hätte er seine Kindheit nicht durchgehalten, das wußte er sicher. Später hatte er am Erwachsensein besonders genossen, daß man nicht mehr lügen mußte. Er erinnerte sich genau, daß dies für ihn die Definition von Erwachsensein bedeutete: Man muß keine Notlügen mehr erfinden. Das hatte aber nur gegolten, bis er an seinem ersten Arbeitsplatz an einen Typen geraten war, der belogen werden mußte, belogen werden wollte.

«Wie lange?» fragte Clark.

Panetta lachte. «Sie haben ein gesundes Mißtrauen gegenüber ihren Mitmenschen. Das gefällt mir. Geht mir nicht anders. Aber warum können wir beide nicht ganz entspannt miteinander reden? Sie waren mit den Harpers befreundet, und ich auch. Ich dachte, es wäre gut, über die beiden zu reden. Man sagt ja, nur der ist wirklich tot, den alle vergessen haben. Und dessen Namen nie mehr genannt wird. Die beiden hätten es verdient, daß sie nicht so schnell vergessen werden, denke ich.»

Stille. Dann, nach einer Weile, knurrte Clark:

«Ich weiß nicht, was die beiden verdient haben. Ich weiß gar nichts. Überhaupt nichts. In welcher Stadt, sagten Sie, waren Sie Nachbarn?»

Panetta dachte angestrengt nach. Er versuchte sich an die Artikel zu erinnern, die sich mit Clarks Aussagen beschäftigt hatten, so lange her. Er hatte damals noch im Krankenhaus gelegen. Clark hatte zu Protokoll gegeben, daß die Harpers erst vor kurzem nach Buena Vista gezogen waren. Randolph und er waren zusammen zum Angeln gegangen. Sie müssen viel rumgekommen sein, früher, hatte Clark gesagt. Aber irgendwie war alles vage gewesen, was die Vergangenheit betraf. Vermutungen. Nichts Konkretes.

Panetta schluckte einmal kurz und sagte so beiläufig wie möglich: «Naples, Florida. Schon eine ganze Weile her. Könnte nicht mal sagen, wie viele Jahre eigentlich. Ich müßte mal nachsehen, ob ich noch ein paar alte Fotos von damals habe. Randolph und ich, wir sind ein paarmal zusammen zum Fischen gewesen. Er hatte ein schönes Boot damals, hochseetauglich.»

«Ah», sagte Clark.

Panetta, der genau hinhörte, hatte das Gefühl, dieses «ah» klang freundlicher als das «mhmhm».

«Ich war nicht wirklich eng befreundet mit den beiden», sagte Panetta schnell, «aber ich kannte sie. Wie man sich kennt, wenn man in einer Straße wohnt und sonntags den gleichen Gottesdienst besucht.»

«Sie sind in die Kirche gegangen?» fragte Clark verblüfft. «Randolph auch?»

Panetta schluckte nervös. Das war ein Fehler, das hätte er nicht sagen sollen. Wie verdammt noch mal ist er auf die Kirche gekommen? Weil es gepaßt hätte zu dem ganzen aufgesetzten, biederen Leben. Camouflage für all die Schweinereien, die sie abends getrieben haben, nachts, in ihren Partykellern, auf roter Bettwäsche. Rote Frottierhandtücher. Damit man die Blutflecken nicht sieht. Das einzige, was er nicht verstand: Warum die Harpers das Zeug nicht selbst gewaschen haben. Andererseits: In der Wäscherei interessierte sich keiner für sie. Guten Kunden stellt man keine Fragen.

«Von wo rufen Sie an?» fragte Clark.

«New Kent Plaza Motel.»

«Mhmh», brummte Clark, «dann sind Sie fast direkt am James River, was?»

«Ich hab keine Ahnung. Es war stockfinster und es hat geschneit, als ich hier angekommen bin.»

«Na, dann werden Sie eine Überraschung erleben, wenn Sie morgen aus dem Fenster sehen.»

«Hoffentlich eine gute», sagte Panetta mit einem leichten Lachen. «Schlechte Nachrichten hatte ich in letzter Zeit genug.»

«Wer hat das nicht», sagte Clark. Dann schwieg er, und Panetta wartete. Es dauerte ungefähr dreißig Sekunden, bis Clark wieder das Wort ergriff. «Wenn Sie wollen», sagte er, «könnte ich morgen kurz vorbeikommen. Hab in der Nähe einen Termin mit einem neuen Kunden. Ich meine, wenn Sie sich das antun wollen, die ganze Geschichte noch mal aufwühlen. Ziemlich grausig. Bin gerade dabei, sie zu vergessen.»

Panetta wäre lieber zu Clark gefahren, dann hätte er sich besser ein Bild machen können, wie Clark wohnte, was ihn interessierte und was ihn wohl mit den Harpers verbunden hatte. Ob er auch ein Perverser war? Ob er teilgenommen hatte bei den Sexspielen, an denen junge Mädchen zugrunde gingen? Oder gehörte er zu dem anderen, dem sauberen Teil der Harperschen Biographie? Was Panetta aber unbedingt wollte, war, daß Clark ihn zu dem Haus führte, daß er ihm zeigte, wo die beiden die letzten Monate ihres Lebens verbracht hatten. Vielleicht hatten sie sich ja von ihrer ganzen schweinischen Vergangenheit befreit? Vielleicht hatte der Tod dieses jungen Mädchens aus Haiti bei ihnen was ausgelöst? So etwas wie Reue. Ein Umdenken. Das hätte er gerne an Ort und Stelle herausgefunden.

«Ich könnte auch zu Ihnen kommen. Ich will Ihnen auf keinen Fall Umstände machen», sagte Panetta, «so kurz vor Weihnachten haben wir immer alle Hände voll zu tun, was? Geschenke, Briefe, letzte Bankgeschäfte und so.»

«Ich schenk niemandem was, ich hab keinen, dem ich schreiben muß, und niemanden, den ich besuchen will», brummte Clark. «Weihnachten ist für mich ein Tag wie jeder andere.»

Panetta beeilte sich, Clark zuzustimmen. «Wenn man bedenkt, wie das früher war. Da haben die Eltern mich zur Beichte geschickt, am Tag vor Weihnachten, damit ich mit reinem Herzen vor der Krippe stehe. Heute fragt keiner danach.»

Clark ging darauf nicht ein. «Dann bin ich also um neun im Hotel», sagte er, «und Sie bestellen schon mal einen Tisch am Fenster. Mit Blick auf den Fluß. Ich wette, das Restaurant hat Ausblick auf den Fluß. Würde mich nicht wundern, wenn er morgen früh zugefroren ist. In den Zeitungen schreiben sie, daß die Graugänse in diesem Winter den Abflug nach Süden verpaßt haben, weil der Kälteeinbruch so früh gekommen ist.»

Panetta wählte noch einmal Marthas Nummer. Aber sie hatte den Anrufbeantworter eingeschaltet. Offenbar wollte sie nicht mehr mit ihm sprechen. Er lauschte seiner eigenen Stimme. «Hallo, dies ist der Anschluß von Martha Wollington und Daniel Panetta. Wir sind im Augenblick nicht zu Hause. Wenn Sie eine gute Nachricht ...» Er fand, daß seine Stimme brüchig und müde klang. Die Stimme eines Mannes, der mit dem Leben abgeschlossen hatte. Er würde die Ansage ändern, sobald er zurückkäme.

Er wartete, bis der Piepton ertönte. Dann sagte er mit der sanftesten, mildesten Stimme, die er zustande brachte: «Martha, ich bin es. Wenn du mich hörst, nimm bitte ab, ja? Ich habe eine Nachricht für dich. Eine gute Nachricht, wie ich hoffe. Nimm ab, Martha, bitte.» Er wartete. Er starrte dabei auf seinen Sekundenzeiger. Kurz bevor der Anrufbeantworter sich ausschaltete, rief er im munteren Ton eines Radio-Moderators: «Die gute Nachricht heißt: Ich liebe dich!»

Bevor er in das King-Size-Bett stieg, zog er noch einmal die Vorhänge zurück und starrte nach draußen. Es war stockfinster, er sah nichts. Weder einen Fluß noch eine schlafende Graugans, noch irgend etwas anderes.

Das Hotel lag nur hundert Meter vom Flußufer entfernt. Der Fluß war an dieser Stelle breit und flach, das Schilf am Ufer bedeckt mit einer Schicht aus Schnee und Frostkristallen. Manches Rohr hatte dem Gewicht nicht standgehalten und war gebrochen. Die Graugänse hatten Schneisen in das Schilf getrampelt, sie hockten jetzt in der flachen, zugefrorenen Bucht, fast alle hatten einen der roten Füße in das Federkleid gezogen und den Kopf unter der Flugfeder versteckt. Große, runde, graue Pakete, reglos in einer weißen, frostigen Welt, auf einem Bein balancierend.

Panetta brauchte lange, bis er begriff, wie man die kleine Fensterklappe in der Panoramascheibe öffnen konnte. Er schob die Hände durch die Lücke und klatschte die Handflächen gegeneinander. Die Gänse richteten sich wie auf Kommando auf. Ruckartig schnellten sie die Köpfe hoch und stellten sich auf beide Füße. Sie blickten nicht zu ihm hin, ihre Köpfe waren nach Westen gerichtet, zur Flußmündung.

Panetta hatte irgendwo gelesen, daß Gänse einen Blickwinkel von 360 Grad haben. Sie müssen niemals ihren Kopf in die Richtung wenden, aus der sie ein Geräusch vernehmen, wie Menschen und die meisten anderen Tiere. Das ist verwirrend und trägt zu ihrem Mythos bei.

Er klatschte noch einmal in die Hände. Jetzt schlugen die Gänse mit ihren großen Flugfedern um sich und hüpften ein paar Meter weiter. Es waren mindestens zweihundert Tiere. Ein Wogen ging durch die gefiederten Körper. Manche hoben vom Boden ab und landeten sofort wieder weich, im frostigen Schnee. Andere hüpften nur ein, zwei Meter und verharrten reglos. Panetta hörte ihren kehligen Schrei, hell und schneidend in der Winterluft. Sie blieben so stehen, mit gereckten Hälsen, aufmerksam, wachsam. Gänse waren die besten Wächter. Das römische Kapitol. Auch die US Army hatte ihre Karawanen durch Gänse schützen lassen während des Zweiten Weltkrieges. Die Empfehlung eines Biologen, dessen Namen Panetta vergessen hatte. Ein guter Mann. Gänse, hatte er gesagt, sind unbestechlich. Sie brauchen fast keinen Schlaf. Im Gegensatz zu Hunden, die manchmal über Stunden tief schlafen, haben Gänse die Angewohnheit, nur für Minuten, den Kopf ins Gefieder gesteckt, zu schlafen. Aber auch nur dann, wenn andere aus der Schar für sie Wache halten. Hunde kann man bestechen mit Wurst, Süßigkeiten oder einem Stück Fleisch. Gänse niemals.

Panetta dachte daran, daß er mit Martha einmal über Gänse sprechen müßte, vielleicht, wenn sie irgendwann dieses Haus auf dem Land kauften, könnten sie sich eine kleine Gänseschar halten. Das würde ihm gefallen, morgens von dem Quak-Quak geweckt zu werden, ihre schönen weißgrauen Körper zu sehen, diese Form, die so klar und einfach ist, daß ein Kind sie zeichnen kann. Wie sie morgens über seinen Rasen zum Teich hinuntergehen, wie sie ins Wasser gleiten, sich mit den Flugfedern Wasser unter den Bauch spritzen, eintauchen, für Sekunden ganz verschwinden, am Ende des Teiches wieder hochkommen und das Wasser von ihren Federn abperlt wie von Marmor. Das würde ihm gefallen, wenn eine kleine Gänseschar morgens schnatternd auf die Terrasse käme, wo Martha und er gerade frühstückten, Orangensaft, Eier, Toast, Kaffee. Irgendwann wird er auch wieder Kaffee trinken können. Dann die Zeitung. Später eine Runde Golf. Nicht ausgeschlossen, daß Martha und er, wenn sie erst einmal auf dem Lande lebten, doch mit dem Golf beginnen würden. Grady hatte ihnen eine Betätigung an der frischen Luft dringend empfohlen. Nicht alle Golfer müssen ja so sein wie Ed und Joyce, es wird da auch normale nette Leute im Golfclub geben.

Oder sie kauften ein Haus am Fluß. Ein Fluß wie der James River, im Winter schwarzes, träges Wasser in einer weißen Winterwelt, auf der sich Schneegriesel sammelte. Nur einige Buchten bedeckt mit dünner Eisschicht. Vielleicht gab es überschwemmte Wiesen in der Gegend, auf denen Kinder Schlittschuh laufen konnten. Auch ein Bild, das ihm gefallen könnte, vom warmen Sessel aus zu beobachten, ein Buch auf dem Schoß. Im Sommer dann das ganze bunte, pralle Leben. Das Summen der Hummeln, der Bienen. Mückenschwärme, ein Ventilator, der träge brummt. Der schwere, süße Duft der Blumen. Glyzinien, Hibiskus und Oleanderbüsche bis hinunter zum Aussichtsplatz am Ufer. Ein Pavillon, dahinter der Bootssteg. Sie würden sich ein Boot anschaffen, ein Teakholzboot, möglicherweise antik. Martha würde den Picknickkorb pakken, einen balinesischen Sonnenschirm daran festzurren und mit ihm den großen Rasen hinunter zum Bootssteg gehen. Er würde ihr ins Boot helfen, sie müßte ihm dafür unter der breiten Krempe ihres Sommerhutes einen Blick zuwerfen wie damals …

VIERZEHNTES KAPITEL

DAS TELEFON klingelte. Panetta zuckte zusammen. Er riß sich die Haut am Unterarm auf an der eisigen, scharfen Kante der Fensterluke, sah, daß ein Blutstropfen herausquoll, und erschreckte sich so, daß er glaubte, keinen Schritt mehr gehen zu können. Das Telefon klingelte unbeirrt weiter.

Panetta stürzte zum Bett, preßte den blutenden Unterarm gegen den Kopfkissenbezug, nahm mit der anderen Hand den Hörer und rief: «Martha?»

Er wußte, sie konnte es nicht sein. Er hatte ihr ja nicht einmal gesagt, in welchem Hotel er war. Dennoch hätte er genau jetzt ihre Stimme gebraucht. Diese weiche, zärtliche Stimme von damals. Er hätte ihr von seiner Idee erzählt, ein Haus am James River zu kaufen. Zukunftsmusik.

«Mr. Panetta? Hier ist ein Herr, der sagt, daß er mit Ihnen verabredet ist. Ein Mr. Christopher Clark.»

«O Gott, ja, sagen Sie ihm, ich komme sofort runter, ich ...»

Plötzlich war Clarks Stimme da. «Was ist los? Wollen Sie auf einmal nicht mehr? Ich stehe da im Restaurant und komme mir vor wie ein Idiot. Drei Leute hab ich angesprochen. Was ist los? Wollen Sie nicht?»

«Mr. Clark, es tut mir leid, ich habe nur ...» Panetta verhaspelte sich. «Ich bin in einer Sekunde unten.» Er warf den Hörer auf die Gabel und eilte ins Bad. Er riß ein paar Lagen Klopapier heraus, preßte es gegen die blutende Stelle. Dabei schaute er sich im Spiegel an. Auf seiner Stirn rote Flecken. Das hatte er lange nicht beobachtet. Seine Nase ganz weiß. Die Lippen schmal. Blutleer. Er sah richtig krank aus. Vielleicht hätte er Mundschutz und Handschuhe doch länger tragen sollen. Die Pommes nicht essen. Den Schokoladenkuchen. Die lange Autofahrt. Alles falsch.

Wenn Grady mich so sieht, dachte er, bringt er mich um. Der Mann hat sich den Arsch aufgerissen, um mir ein neues Herz einzupflanzen, wie Thoreau einmal sagte, den Arsch aufgerissen.

Panetta hatte diesen Ausdruck im Zusammenhang mit einer Herztransplantation besonders degoutant gefunden. Aber Ärzte waren nun einmal so. Je brutaler und unnatürlicher ihre Methoden, desto zynischer die Sprache. Panetta war längst nicht mehr sicher, ob Ärzte wirklich aus Menschenliebe diesen Beruf ergriffen, oder ob sie von ganz anderen, tieferen, dunklen Motiven angetrieben wurden ...

Er zog das Sakko über, suchte sekundenlang hektisch nach dem Zimmerschlüssel, fand ihn schließlich auf dem Fensterbrett, neben zwei Blutstropfen, die er aber einfach nicht zur Kenntnis nehmen wollte, um nicht ein zweites Mal zu erschrecken, und war schon im Flur.

Der Lift wartete, mit offener Tür. Er mußte nur einsteigen, auf LOBBY drücken, sich zurücklehnen und entspannen.

Clark stand neben der Rezeption. Er war der einzige Mensch an der Rezeption, und er fixierte den Lift.

Das Mädchen an der Rezeption war schwarz, lang und dünn.

«Mr. Panetta!» rief sie.

Panetta lächelte, breitete die Arme aus. «Ich bin's, meine Lieben», sagte er im Ton eines Conférenciers, «tut mir leid, daß ich hier ein Chaos verursacht habe.»

Clark kam auf ihn zu, streckte die Hand aus. «Unsinn»,

knurrte er, «war meine eigene Schuld, hätte mich ja an der Rezeption melden können.» Er deutete mit einer Kopfbewegung auf das Mädchen. «Sie ist extrem blöde. Aber wundert uns das?»

Panetta wußte nicht genau, wie Clark das meinte, aber er hütete sich, nachzufragen. Er wollte seine Vorurteile gegen Clark nicht schon in der ersten Sekunde bestätigt wissen. Clark war ein großer Mann mit kurzgeschnittenem, rötlichgrauem Haar, schlecht rasiert, er trug unter dem offenen, gestreiften Hemd ein dunkelblaues T-Shirt, darüber eine weinrote Strickjacke. Die dunkelbraune Cordhose steckte in pelzgefütterten Stiefeln mit offenem Reißverschluß. Er sah aus wie ein Farmer und nicht wie ein Versicherungsvertreter. Clark durchmaß mit drei Schritten einen Raum, und wenn er die Hand ausstreckte zur Begrüßung, wußte man instinktiv, daß man danach seine Fingerknöchel würde zählen müssen.

«Danke», sagte Panetta, dem der Schmerz des Händedrucks Tränen in die Augen getrieben hatte, «daß Sie es möglich machen konnten.»

«Ich bin mein eigener Boss. Was ich möglich machen will, kann ich möglich machen. Wenn ich ehrlich sein soll: Ich hab einen verdammten Hunger. Ich frühstücke sonst um acht, jetzt ist es gleich halb zehn.»

«Furchtbar unhöflich von mir.» Panetta schenkte Clark und dann auch dem Mädchen sein schönstes Lächeln. «Wo wird hier gefrühstückt?»

«Da drüben.» Clark deutete auf eine gläserne Doppeltür. «Die Fenstertische sind alle besetzt. Ich hab dem Mädchen fünf Dollar gegeben. Sobald einer frei ist, wird für uns frisch eingedeckt. Ich will den Fluß sehen. Wenn ich schon mal hier bin. Das einzige, wofür das Hotel einen Stern verdient, ist der Blick auf den Fluß. Oder was meinen Sie?»

«Von meinem Fenster aus hab ich die Gänse gesehen.»

«Ich hoffe, Sie haben nicht den Fehler gemacht wie alle blöden Touristen», sagte Clark, «und sie aufgescheucht.»

Panetta errötete. «Ich weiß nicht, was genau Sie meinen ... ich hab am Fenster gestanden, am offenen Fenster, und ...»

«Was ich meine, werde ich Ihnen sagen: Die Tiere müßten jetzt ganz woanders sein. Weiter im Süden. Sie sind hiergeblieben, weil der verdammte El Niño alles durcheinandergebracht hat. Sie haben irgendwie den Moment des Abflugs verpaßt, und jetzt hat der Winter sie erwischt. Mit Eis und Frost können sie nicht gut umgehen. Sie verbrauchen extrem viel Energie, nur um dieses Wetter auszuhalten. Jedesmal, wenn sie aufgestöbert werden, wenn sie flüchten müssen und einen neuen Ruheplatz suchen, geht lebenswichtige Energie verloren. Und wieder liegt eine tot auf dem Eis. Es ist eine verdammte Schweinerei. Ich hab einen Leserbrief hier an die Zeitung geschickt, bin mal gespannt, ob sie den veröffentlichen. Mein Nachbar hat gesagt, sie drucken nur Briefe von Lesern, die seit mehr als zehn Jahren Abonnenten sind. Verdammt verbohrte Patrioten sind das hier.»

Die Kellnerin kam ihnen entgegen. Sie strahlte und knickste fast vor Clark, der, seine Hände tief in den Hosentaschen vergraben, den Zahnstocher von der linken in die rechte Mundhälfte schob. «Der schönste Tisch wird gerade für Sie vorbereitet», rief sie. «Die Gäste brechen bereits auf. Geben Sie uns noch zwei Minuten, bitte? Sie werden es nicht bereuen.»

«Was ich bereuen werde, Mädel, und was nicht, das hat mit einem Tisch in eurem Restaurant herzlich wenig zu tun.»

Weil das Mädchen plötzlich ganz enttäuscht wirkte, sagte Panetta hastig. «Zwei Minuten ist kein Problem.»

Das Mädchen bat sie, schon einmal einen Blick auf das Buffet zu werfen, das es als «reichhaltig und üppig» bezeichnete. Wahrscheinlich stand es so im Hotelprospekt. Clark wanderte um das Buffet, das rund um eine Säule angerichtet war und genauso aussah wie die Säule vor dem Thomas Jefferson Memorial, aber aus Gips war.

Panetta würde Quark essen mit ein paar Blaubeeren und dazu Rice Crispies. Darauf hatte er Appetit.

Sie hatten den Fensterplatz, und Clark aß sich durch das Buffet. Orangensaft, dreimal nachgeschenkt, heiße Milch zum Tee und zwei Löffel Zucker für jede Tasse, Früchte mit Joghurt, Cornflakes mit kalter Milch. Dann das Farmer's Breakfast von der Karte: Omelette aus Kartoffeln, Zwiebelringen, Tomaten, Speck und Eiern, dazu zwei Bratwürstchen und einen Teller schwarze Oliven. Danach zwei Plunderhörnchen und eine Rosinenschnecke. Dann ein Toast, so heiß, daß die Butter einfach schmolz und durchlief wie Wasser. Und Orangenmarmelade. Panetta zerstückelte mit der Gabel seinen Pancake in kleine Häppchen und schaute Clark beim Essen zu. Er konnte sich nicht erinnern, wann er je einen Menschen mit einem solchen Appetit hatte essen sehen. Die Kellnerin blieb bei jeder Runde, die sie mit der Thermoskanne durch das Restaurant machte, vor ihm stehen und fragte: «Noch einen Tee, Sir?» Und er nickte nur, weil er mit vollem Mund nicht sprach, und sein Mund war immer voll. Irgendwann, Panettas Pancakes (er hatte nur einen halben geschafft) waren längst abgeräumt und seine Tasse mit entkoffeiniertem Kaffee ebenfalls, lehnte Clark sich zurück, wischte mit der Serviette über die fettigen Lippen und sagte: «Das war ein anständiges Frühstück, Mr. Panetta. Man dankt.»

«Oh, gerne, gerne.»

«Sie haben gar nichts gegessen.»

«Für meine Verhältnisse war das viel.»

«Und warum essen Sie so wenig? Gehören Sie auch zu diesen Leuten, die von einem Schlankheitswahn besessen sind?»

Panetta schüttelte den Kopf. «Mein Arzt verbietet es mir.»

«Oh», sagte Clark, und man merkte, daß Krankheiten nicht gerade sein Lieblingsthema waren, «ja, dann.»

«Ich hab ein neues Herz», sagte Panetta beiläufig, ohne den kleinsten dramatischen Unterton. «Seit sechs Wochen. Muß ein bißchen aufpassen. Wir sind noch in der Phase, wo wir uns aneinander gewöhnen müssen.»

Clarks Augen wurden schmal. «Das Herz und Sie, was?»

Panetta nickte. Er lächelte und sagte leichthin: «Aber das muß Sie jetzt nicht belasten.»

«Die Krankheiten anderer Leute belasten mich nicht. Mich belasten andere Sachen. Wie diese Geschichte, die den Harpers passiert ist. Das war schlimm. Das war furchtbar. Krankheit, das ist etwas, mit dem wir alle rechnen müssen, früher oder später. Ich bin darauf gefaßt, daß es mich irgendwann trifft. Dann muß man eben den Löffel abgeben. Aber das, was Randolph und Sophie passiert ist ...» Er zögerte. «Sie haben die beiden gekannt. Sie wissen, worüber wir reden. Ich hab nie treuherzigere Personen getroffen. In meinem ganzen Leben nicht. So hilfsbereit. So freundlich. Wirklich, ich weiß, ich hätte mitten in der Nacht anrufen können und sagen, ich brauch ein Aspirin, und Sophie hätte mir die Tabletten gebracht. Ich weiß es einfach. Ich hab's nicht ausprobiert. Aber ich wußte, daß es genau das ist, was sie unter Freundschaft verstehen.»

«Nachts», sagte Panetta vorsichtig, «nachts waren Sie nie bei ihnen?»

«Wer bei wem?» fragte Clark stirnrunzelnd.

«Ich meine Sie, Sie haben niemals eine Nacht bei Randolph und Sophie verbracht?» Es kostete Panetta einige Überwindung, die Harpers mit dem Vornamen zu nennen. Aber es mußte sein. Wer mit einer Lüge begonnen hat, muß mit der Lüge weiterleben.

«Nein», sagte Clark, «nie. Wir wohnen ja nicht weit auseinander. Und Straßenkontrollen gibt's hier nicht. Ein Bürgermeister, der so was veranlaßt, würde nicht wiedergewählt.»

«Sie sind kein Party-Typ, oder?»

Clark schaute ihn an. «Ich denke, Sie kennen die Harpers.»

«Klar, damals, als wir Nachbarn waren, da haben die beiden abends vor dem Fernseher gehockt, und um zehn ist das Licht ausgegangen. Hätte ja sein können, daß sich das geändert hat.»

Clark nickte. «So waren sie. Früh aus den Federn morgens, früh ins Bett. Der frühe Vogel fängt den Wurm. Das war das Motto von Sophie. Morgens um acht hat die schon rumgepusselt im Garten. Nicht, daß es viel gebracht hätte auf dem dürren Stück Land, extrem magerer Boden. Aber sie hat es versucht. Im Frühjahr wollten wir ein Bewässerungssystem bauen, Randolph und ich. Na ja, Träume.» Clarks Miene verzog sich. Panetta hatte einen Augenblick die Panik, er würde anfangen zu weinen.

«Ich frag nur nach den Parties», sagte Panetta, «weil man sagt, daß die beiden in Washington ein ziemlich wildes Leben geführt haben sollen. Parties und so.»

«Wer sagt das?» fragte Clark mißtrauisch. «Warum erzählen Leute so einen Scheiß? Wer hat das erzählt?»

«Ich weiß es nicht persönlich», sagte Panetta schnell, «aber ich hab ein paar Anrufe geführt mit Leuten, die mit Sophie und Randolph enger in Washington befreundet waren, die haben so Andeutungen gemacht ...»

«Was für Andeutungen?» knurrte Clark.

«Na ja, ich weiß nichts Genaues. Geht mich auch nichts an.»

«Was für Andeutungen?»

«Also, da war eine Reinigung, in der 13. Straße, Nähe Eastern Market, da ist einmal in der Woche ein riesiges Wäschepaket abgegeben worden. Bettwäsche, Handtücher und so. Alles dunkelrot. Sah so aus, als wenn sie mindestens einmal in der Woche das Haus bis unter das Dach voller Gäste gehabt hätten.»

«Rote Bettwäsche?» fragte Clark.

Panetta nickte.

«Rote Handtücher?»

«Ja, 24 Stück, Woche für Woche.»

«Klingt wie die Ausstattung eines Puffs», sagte Clark.

Panetta lächelte. «Genau das ist mir auch durch den Kopf gegangen, als ich die Geschichte hörte.»

«Rote Bettwäsche? Rote Handtücher? 24 Stück? Wir reden von den selben Leuten, ja? Sophie und Randolph Harper?»

«Ganz genau.» Panetta beugte sich vor, dämpfte die Stimme ein wenig, weil er das Gefühl hatte, am Nachbartisch bekam man lange Ohren: «Es heißt, sie hatten einen Partykeller in D.C. Schalldicht. Mit Räumen, in denen es gewisse Utensilien gab ... Ich denke, ich muß nicht weiterreden.»

«Sex?» fragte Clark, ohne seine Stimme auch nur ein bißchen zu dämpfen. «Perverser Sex? Meinen Sie das? Dominas, Leder und Peitsche? Solche Sachen?»

«So ungefähr», murmelte Panetta. Er war jetzt wirklich verlegen und wünschte, sie würden dieses Gespräch woanders führen.

«Ah», sagte Clark, «deshalb die rote Bettwäsche, damit man die Blutspuren nicht sieht. Meinen Sie das?» Er grinste breit. Die Geschichte schien ihn zu amüsieren.

Clark schnippte mit dem Finger nach der Kellnerin, bestellte noch einen Tee und noch einen Topf heißer Milch.

Die Kellnerin fragte Panetta, ob er noch einen Wunsch hatte, aber Panetta schüttelte den Kopf.

«Ihnen ist der Appetit vergangen, was?» sagte Clark. «Kann ich verstehen. Mein Magen war auch k.o., nachdem ich die beiden gefunden hab.»

«Im Keller, oder?» fragte Panetta.

Clarks Augen wanderten durch den Raum. «Mhmh», machte er.

«Und, was war das für ein Keller?» fragte Panetta.

«Das war ein Keller, so wie Sie und ich ihn auch gern hätten», sagte Clark wütend. «Ein ganz normaler Keller mit Gartengeräten an den Wänden, einer Heizanlage, einem Vorratsraum für all das Zeug, das Sophie immer hamsterte. Sie hatte Angst davor, daß irgendwann eine Atombombe hochgeht und es nichts mehr zu essen gibt. Dann gab es noch einen gekachelten Raum mit Waschmaschine, Trockner und so was, und das war's. Nichts Perverses, nichts Pornographisches, nicht das geringste. Mein Gott, die Sophie. Die wurde doch rot, wenn Randolph und ich einen kleinen schmutzigen Witz machten. Das hab ich auch den Reportern erzählt. Die war wie eine Mimose. Irgendwie erzogen von Mormonen oder so. Als hätte sie keine Ahnung, wie das Leben draußen ist. Wie brutal. Wie kaputt. Wie pervers. Sie ist wie ein Veilchen, hat Randolph immer gesagt. Er hat sie geliebt. Ich versteh das. Sie war wie meine Betsy. Meine Betsy und Sophie wären beste Freundinnen geworden, das hab ich Sophie immer gesagt. Und sie hat gemeint, vielleicht treffen wir uns alle im nächsten Leben.»

Panetta schwieg. Er schaute aus dem Fenster auf den Fluß. Die Graugänse konnte man von hier nicht sehen, der Blick würde durch Buchsbaumhecken eingeschränkt. Was sich hinter den Hecken verbarg, konnte man nicht einmal ahnen. Vielleicht Liegewiesen für die Sommergäste, Lieferanteneingänge, ein Barbecueplatz.

«Ich würde mir gern das Haus einmal ansehen, in dem Randolph und Sophie gelebt haben.» Panetta merkte plötzlich, daß Clark ihn schon eine Weile sehr intensiv musterte. Fast mißtrauisch.

«Und warum sollten Sie das wollen?» fragte Clark.

«Ich weiß nicht. Um mir ein Bild zu machen.»

«Ich kann Ihnen das Haus beschreiben», sagte Clark.

Panetta schüttelte den Kopf. «Das wär nicht dasselbe. Ich

muß es sehen.» Er beugte sich vor und schaute Clark in die Augen. «Sie würden mir einen großen Gefallen tun.»

Clark zögerte. Er schaute sich wieder im Restaurant um, ließ seinen Blick auf den Dingen ruhen. Der Säule, der Kellnerin, dem Buffet, der Pendeltür, die in die Küche führte. Dann sagte er: «Sie und ich, Mr. Panetta, gehören in zwei verschiedene Welten. Das ist mir gleich aufgefallen, als Sie da aus dem Lift kamen. Was sind Sie von Beruf?»

«Ich leite die Büchereien in Washington.»

«Sie haben studiert? High School, College, Universität, all das?» Panetta nickte, er hatte keine Ahnung, worauf Clark hinauswollte.

«Und jetzt verdienen Sie die dicke Kohle, hab ich recht?»

«Nicht ganz», sagte Panetta. «Diese Operation hat meine ganzen Ersparnisse aufgezehrt.»

«Die Versicherung zahlt so was nicht?»

«Doch, die Operation, aber nicht das Vorher und Nachher.»

«Verstehe.» Clark rührte mit dem Messer in der Teetasse, leckte das Messer ab und legte es auf das Tischtuch zurück.

«Sie haben mich mit Recht daran erinnert, daß bald Weihnachten ist», sagte Clark. «Und da ist mir eingefallen, daß ich mir eigentlich zu Weihnachten neues Angelzeug kaufen wollte.»

«Gute Idee», sagte Panetta. «Ich hab gelesen, daß Randolph und Sie zusammen zum Angeln waren. Randolph wollte mich auch immer mitnehmen, aber ich hab nicht viel Ahnung von Fischen.»

Clark ging nicht darauf ein. Er verfolgte beharrlich seinen eigenen Gedanken. «Leider kann ich mir diese Angel nicht leisten. Das Geschäft läuft nicht, wie ich gehofft habe.»

«Ich dachte, Sie hätten Ihr Geschäft verkauft?»

«Das stimmt. Und das Geld in ein Haus gesteckt. Und jetzt stellt sich raus, in den Balken ist der Holzbock. Kostet ein kleines Vermögen, das zu sanieren. Deshalb fang ich klein wieder an. Meine Versicherungsfirma besteht aus einem kleinen Büroraum. Hab wieder ein Dutzend Kunden. Nicht viel, aber bringt ein bißchen was ein. Von den Zinsen kann man nicht mehr leben, bei der Politik, die die da oben machen.» Er legte seine Hände auf die Tischdecke und betrachtete seine runden gelben Fingernägel. «Wenn Sie, sagen wir mal, mir einen kleinen Weihnachtswunsch erfüllen, dann könnt ich mir durchaus vorstellen, Sie zu dem Haus der Harpers zu führen.»

Panetta errötete, weil er sich für Clark schämte. Damit hatte er nicht gerechnet. Seine Menschenkenntnis ließ offenbar nach.

«Sie müssen nicht. Keine Erpressung oder so», Clark hatte Panettas Reaktion offenbar richtig gedeutet. Er hob die Hände und verschränkte sie hinter dem Kopf. Sein Brustkorb wurde groß und breit. Panetta konnte den Blick nicht von dem Hornknopf der Wolljacke lösen, die jeden Augenblick aufplatzen würde. So eine männliche Brust hatte er sich immer gewünscht. Nicht eine Brust, in der nur ein Hasenherz Platz hat.

«Ich würde Ihnen gerne einen kleinen Weihnachtswunsch erfüllen, Mr. Clark», sagte Panetta. «Ich hab nur keine Ahnung, was solche Angeln heute kosten.»

«Nicht soviel wie ein neues Herz. Sagen wir: Fünfhundert Dollar?»

Panetta hielt seinem Blick stand. Er fragte sich, was in Clark vorging, was er dachte.

«Okay.» Panetta gab sich geschlagen. «Fünfhundert Dollar.» Er lachte ein bißchen zu laut. «Ich wollte meiner Kirche etwas spenden zu Weihnachten, aber warum, verdammt, soll man das nicht mal direkt erledigen? Jetzt oder später?»

Panetta streckte die Hand nach seiner Brieftasche aus. Er hatte keine fünfhundert Dollar in bar dabei, er könnte Clark aber einen Scheck geben. Ein Scheck müßte okay sein. Oder man könnte an einem Bankautomaten halten.

«Nicht jetzt, später.» Clark winkte ab. «Wir haben Zeit.»

Panetta rief die Kellnerin und sagte ihr, sie solle das Frühstück auf die Zimmerrechnung setzen. Er ließ kein Trinkgeld zurück. Fünf Dollar dafür, daß sie selbst fast alles selber vom Buffet hatten holen müssen, waren genug.

Als sie das Hotel verließen und die kalte Winterluft ihnen entgegenschlug, sagte Clark: «Ich will Ihnen sagen, warum ich die fünfhundert Dollar will.»

Panetta schaute zu seinem Auto hin, es war von einer dünnen, frostigen Schneeschicht bedeckt. Er wartete.

«Ich glaube Ihnen nämlich kein Wort», sagte Clark. «Ich denke, Sie haben mich vom ersten Augenblick an belogen. Sie waren nie mit Randolph und Sophie befreundet. Sie wollen aus einem ganz anderen Grund das Haus sehen.»

«Und was könnte das für ein Grund sein?» fragte Panetta lauernd.

Clark musterte ihn. «Das weiß ich nicht», sagte er. «Aber ich denke, ich krieg es raus. Da drüben steht mein Wagen. Fahren wir mit einem Auto oder mit zweien?»

«Mir wär lieber», sagte Panetta ein wenig verlegen, «wenn ich mit meinem eigenen Wagen fahren könnte. Dann sind wir danach unabhängiger voneinander.» Er verschwieg, daß er sich sicherer fühlte, wenn Clark nicht neben ihm saß.

Clark nickte gleichmütig. «Es ist ungefähr fünfunddreißig Minuten von hier. Wir müssen die Interstate überqueren und dann Richting Lightfoot fahren. Falls wir uns irgendwie verlieren: Vor dem Ort Lightfoot ist eine Tankstelle, neben einem Farmhaus. Da gibt es ein Restaurant The Old Farmhouse. Jede Menge Hinweisschilder. Ist so eine Art *landmark* hier in der Gegend. Wir können uns auf dem Parkplatz treffen, falls wir uns aus den Augen verlieren.»

Clark fuhr eines dieser Vehikel, die wie Mondautos aussehen: ein kleines, hohes Gehäuse auf überdimensional großen Profilreifen, dazu eine kurze Ladefläche mit Seitenklappen, in Army-Manier verschraubt. Farbe: Anglergrün. Es war ein Auto, das man nicht so leicht aus den Augen verlor. Clarks Fahrzeug war das einzige dieser Art auf der ganzen Strecke zwischen dem Park Plaza und dem Old Farmhouse Restaurant. Clark fuhr ein ruhiges, gleichmäßiges Tempo, weder beschleunigte er, wenn er einen Laster überholte, noch kam es vor, daß er ruckartig auf die Bremse trat. Er fuhr umsichtig und vorausblickend. Sie hatten sich auf einen Abstand von circa hundert Metern eingependelt. Während der Fahrt versuchte er Martha zu erreichen. Er rief in ihrem Büro an, aber Elaine, ihre Sekretärin, beteuerte so eindringlich, daß sie Martha in einer wichtigen Sitzung keineswegs unterbrechen dürfe, bis Panetta ihr schließlich glaubte. Er stopfte das Handy ins Handschuhfach zurück.

Er dachte an das letzte Gespräch, das er mit Greg geführt hatte. Er hatte ihn gefragt, woran er zuerst gemerkt hatte, daß Otis sich verändert hatte.

Es war die Art, hatte Greg erwidert, wie er redete. Die Art, wie er einem nicht mehr in die Augen sah. So, als lohne es sich nicht. Er bewegte sich langsam, wie in Zeitlupentempo. Er hustete oft. Das war so ein nervöses Husten, das irgendwie keinen Sinn machte. Er machte böse, zynische Witze, sagte Greg, ohne je darüber zu lachen. Er betrachtete immerzu seine Hände. Die Innenflächen seiner Hände. Er wusch sich oft. Eigentlich ständig, wenn wir an irgendeinem Hydranten vorbeikamen, sagte er: Halt mal. Und ich dachte, er will Lester Wasser saufen lassen. Aber er streifte die Ärmel seines Sweatshirts zurück und ließ das Wasser über die Hände und Arme laufen. Er rieb die Hände, immer wieder, und ließ sie an der Luft trocknen. Er hätte sie an seinem Pulli abwischen können, an der Hose, aber das tat er nicht. Er wedelte mit den Händen so wie Frauen, wenn sie sich die Nägel lackiert haben und nichts anfassen wollen, bevor der Lack trocken ist. Dieses ewige Waschen war wie ein Zwang. Wir hockten auf der Mauer vom Springfield College, sagte Greg, ließen die Beine baumeln und rauchten einen Joint. Die Sonne schien, Lester schnüffelte einer Hündin hinterher. Gegenüber verkaufte jemand Eiscreme. Ich überlegte gerade, ob ich mir ein Erdbeereis kaufen sollte, da fragte Otis aus heiterem Himmel: Hast du eine Waffe?

Ich war wie vom Donner gerührt. Wir hatten vorher mal über Waffen geredet, ich hab ihm gesagt, daß bei uns in der Schule fast jeder eine hat. Aber wir waren uns beide einig, daß Waffen scheiße sind. Daß sie nur für ein paar Leute gut sind, die Waffenindustrie und alle, die da dran hängen. Ich hatte ihm erzählt, daß mein Vater in der Kanzlei arbeitet, die die National Rifle Association vertritt. Otis wollte es kaum glauben. Dein Vater? fragte er immer wieder, dein Vater macht solche Sachen? Kämpft auf der falschen Seite?

Rechtsanwälte kennen keine richtige und keine falsche Seite, hatte Greg erwidert. Es war das, was sein Vater ihm erklärt hatte: Rechtsanwälte bekommen einen Auftrag vom Kunden, um herauszufinden, was das Gesetz ihnen erlaubte, wo es Lükken gab, durch die sie entkommen konnten. Rechtsanwälte sind dazu da, Löcher in dem Sicherheitssystem zu finden, das die Gründungsväter unserer Verfassung erarbeitet haben. Je mehr Löcher sie finden, desto berühmter werden sie. Und desto reicher. Gregs Vater, Theodore Dickens, war schon ein berühmter Rechtsanwalt, als die Kanzlei-Bosse ihm die Partnerschaft anboten. Dickens hatte gerade einen sechzehnjährigen High-School-Absolventen verteidigt, der seine Großeltern erschossen hatte. Mit der Waffe seines Vaters, die der im Nachttisch aufbewahrte. Sein Vater hatte den Sohn mit zu Schießübungen genommen, seit der zehn Jahre alt war. Der Junge war vernarrt in Waffen. Sein Vater hatte argumentiert, es sei ihm lieber, der

Junge könne mit einer Waffe umgehen, als daß er sich aus Versehen die Mündung ans Gesicht halte und abdrücke.

Dickens konnte die Jury überzeugen, daß dies eigentlich ein pädagogisch richtiger Ansatz war im Umgang mit Waffen. Der Junge habe die Großeltern nicht erschossen, weil er so eine Lust gehabt habe, die Waffe des Vaters auszuprobieren, sondern weil die Großeltern ihm die versprochene Belohnung für sein Abschlußzeugnis an der High School nicht ausgezahlt hatten.

Die Jury schloß sich der Meinung des Verteidigers an und schickte den Jungen für fünf Jahre in ein Resozialisierungsprogramm.

Ein neues Waffengesetz, das den Mißbrauch von Waffen durch Jugendliche verhindern sollte, wurde abgeschmettert dank Dickens' raffinierter Verteidigungsstrategie. Die Medien, die sich eingeschossen hatten auf die Waffenindustrie und die amerikanischen Waffengesetze, knickten wieder ein. Und dann kam das Angebot der größten Kanzlei von Washington, deren größter Kunde die National Rifle Association war.

Natürlich besaß Greg eine Waffe. Eine 9mm-Pistole. Die Waffe war eingetragen auf den Namen seines Vaters. Greg bewahrte sie in der Schreibtischschublade auf. Manchmal, wenn Greg sich beim Lernen langweilte, spielte er damit herum: Auseinandernehmen, zusammensetzen, laden, leeren. Er konnte die Handgriffe blind. Auch sein Vater hatte einen Revolver. Otis ließ sich zeigen, wie man mit einer 9mm umging. Er war geschickt. Für einen Typen, sagte Greg, der Waffen für Teufelszeug hielt, war er sehr bei der Sache.

Bevor sie losfuhren nach Buena Vista, fragte Greg: Du willst sie nicht benutzen, oder? Ich meine, nicht wirklich benutzen?

Otis hatte ein weißes, ganz schmales Gesicht. Er schüttelte den Kopf. Er sagte: Ich will bloß ihr Geständnis, ich will sie dazu bringen, daß sie die ganze Scheiße zugeben, ich will wissen, was sie mit Brenda gemacht haben. Ich denke, sie werden reden, wenn sie wissen, daß eine Waffe auf sie gerichtet ist.

Das kannst du dir auch so denken, sagte Greg. Hol dir ein Sex-Video, eins von den verbotenen, die sie im Internet anbieten. Da kannst du alles genau sehen, was sie mit Mädchen wie Brenda machen, auf diesen privaten Parties der Perversen.

Otis wollte sich kein Video ausleihen. Er wollte nicht sehen, was sie mit anderen machten. Er wollte wissen, was sie mit Brenda angestellt hatten. Wie sie es fertiggebracht hatten, aus einem sechzehnjährigen Mädchen, das unschuldig wie ein Lamm nach Washington gekommen war, innerhalb von ein paar Monaten ein Gespenst zu machen. Und dann eine Tote. Er wollte es wissen, warum man ihm das Mädchen weggenommen hatte, das er heiraten wollte. Er wollte mit ihr in eine andere Stadt ziehen. Nach Boston vielleicht. Er wollte dort amerikanische Literatur studieren. Brenda würde sich einen Job suchen, irgend etwas, das ihr Spaß machte. Seine Examensarbeiten waren so gut, daß er auf ein Stipendium hoffen konnte. Er hatte alles geplant. Er wollte Brenda nicht anfassen, bevor sie siebzehn war. Wirklich anfassen. Bislang hatten sie sich nur geküßt und ihre nackte Haut befühlt. Ein bißchen Petting, ein bißchen sich gegenseitig anregen, mehr war nicht gewesen. Er kannte noch nicht einmal die Farbe ihrer Schamhaare, sagte Greg. Wahrscheinlich waren sie schwarz wie ihre Achselhaare. Sie rasierte sich nicht. Otis fand das aufregend, wie er alles an Brenda aufregend fand. Sie hatte einen weichen, zarten Flaum in den Achselhöhlen. Otis konnte stundenlang über Brenda reden, wenn sie zusammen waren. Greg, der von Frauen nur wußte, was er aus dem Kino und den Sex-Videos kannte (und der persönlichen Anschauung am Strand von Fisherman's Island), hörte atemlos zu. Otis war echt verliebt in dieses Mädchen, sagte Greg. Und deshalb hat es ihm die Füße weggezogen, als sie tot war. Die Verletzungen, die man ihr angetan hatte, wogen seine

Liebe nicht auf. Seine Zärtlichkeit. Ihre gemeinsamen Pläne. Was sie erlebte, war zu furchtbar. Er war nicht mehr derselbe. In seinen Augen war alles tot, wenn er einen ansah. Ich hab die verdammten verrückten Witze gemacht, nur um ihn noch einmal lachen zu sehen. Aber Otis hat nicht gelacht. Er hatte es einfach verlernt. Für Otis gab es auf der Welt keinen Grund mehr, sich zu freuen, seit diese Leute Brenda in den Tod getrieben haben. Sie ist gestorben, weil sie sich wie ein Stück Dreck fühlen mußte, hat Otis gesagt. Sie wollte lieber tot sein, als jemandem zu erzählen, was mit ihr passierte.

Clark blinkte und scherte aus auf die langsame Spur. Panetta folgte ihm. Auf dem Seitenstreifen lagen noch Reste von Schnee. Die anderen Fahrspuren waren geräumt. Die Sonne hatte sich durch die dünne Wolkenschicht gearbeitet und tauchte die Landschaft in ein fahles Winterlicht. Eine hügelige Landschaft, mit kleinen Wäldchen auf Hügelkuppen, gesperrten Golfplätzen und pompösen Einfahrten zu riesigen Grundstücken, mit Eisengittern und Videokameras gesichert. Jede zweite Straße, an der sie vorbeikamen, war eine Privatstraße.

Und überall das Schild: *no trespassing.* Manche waren deutlicher. Sie schrieben: *keep away.*

Panetta fragte sich, was sich hinter den Mauern dieser feudalen Herrenhäuser abspielte. Panetta hatte viele Geschichten gelesen, die in diesen Herrenhäusern mit den hohen Säulengängen spielten. Geschichten von Sklaven, die gepeinigt und ausgebeutet wurden, Geschichten von schönen Töchtern, die man unglücklich verheiratete, von strengen Vätern, die im Sezessionskrieg ihr Vertrauen in das Vaterland verloren. Sklavengeschichten hatte er gelesen, Hunderte. Viele spielten irgendwo in dieser Gegend. In einem fruchtbaren, sanft hügeligen Gelände wie diesem, durchzogen von einem undurchschaubaren System privater Straßen, hin und wieder eine Brücke, die über einen Fluß führte, das Hinweisschild auf ein Museum, ein Schlachtfeld, ein Denkmal.

Das Old Farmhouse Restaurant war nicht, wie Panetta es sich vorgestellt hatte, eine Autobahnraststätte, sondern das ehemalige Rathaus einer Kleinstadt, die aussah wie eine Filmkulisse. Ein Museumsdorf eigentlich, in dem die Häuser liebevoll restauriert waren, die Bäume beschnitten, die Bürgersteige von Schnee gereinigt. Alle Lampen waren geschmückt mit Tannengrün und Efeu, und über jeder Haustür prangte eine dicke rote Weihnachtsschleife. Die Kinder hatten rote Wangen, und die Mütter schleppten pralle Tüten in die Häuser.

Panetta hatte vergessen, daß Weihnachten war.

Er parkte den Wagen neben Clarks Wagen und ließ die Scheibe herunter, als Clark ausstieg und auf ihn zukam.

«Von hier», sagte Clark, «sind es noch zehn Minuten. Das Restaurant ist übrigens das beste in der ganzen Gegend hier. Die verkaufen auch Sachen, die sie selber herstellen. Im Augenblick riecht es da drinnen wie in der Backstube des Weihnachtsmannes. Ich dachte nur, falls Sie Ihrer Frau noch irgend etwas mitnehmen wollen.»

Bei dem Gedanken an Anis und Pfefferkuchengewürz wurde Panetta fast übel.

«Von mir aus», sagte er, «können wir gleich weiter. Ich will Sie nicht länger als nötig von Ihrer Arbeit abhalten.»

Clark nickte. Er kraulte sein Kinn und schaute sich um, während er an Panettas Wagenfenster lehnte. «Da drüben», sagte er, «ist übrigens eine Reinigung. Die einzige hier in der Gegend.»

Er deutete auf ein weißes Haus, vor dem mehrere Autos parkten. Ein junger Mann, im weißroten Overall, schleppte einen Packen Wäschepakete in einen der Vans, schlug die Tür zu, stieg ein und steuerte den Wagen rückwärts aus der Parklücke. Da sah Panetta den grünen Rover. Seine Finger klammerten sich um das Steuer. Er starrte auf den Wagen, der ein Washingtoner Kennzeichen trug.

«Hey», sagte Clark, «was ist? Irgendwo rote Bettwäsche unterwegs?»

Panetta schüttelte den Kopf. Schweiß bildete sich auf seiner Stirn. Er fixierte den Wagen. Ein grüner Rover.

«Der grüne Rover da», sagte er, «sieht aus, als hätte er den Harpers gehört, was?»

Clark musterte den Wagen lange, dann zog er wortlos aus einem Päckchen, das er in der Hemdentasche trug, einen Zahnstocher und kaute daran herum.

Es wunderte Panetta nicht, daß Clark zu der Sorte der Zahnstocherkauer gehörte. Es paßte zu den anderen Eigenschaften, die er an ihm auch nicht mochte. Schon als Kind hatte Panetta aufstehen und den Eßtisch verlassen müssen, wenn er eine Fleischfaser zwischen den Zähnen fühlte oder ein Stückchen Apfelschale, die er mit der Zunge allein nicht herausbekam. Das Pulen in den Zähnen ist eine höchst peinliche und abstoßende Beschäftigung, die in der Intimität des Badezimmers stattfinden sollte. So hatte seine Mutter es ihm erklärt, seine Mutter hatte sich immer, wenn sie mit Panetta ein Erziehungsthema erörterte, sehr gewählt ausgedrückt. Als zitierte sie aus einem alten Benimm-Buch. Panetta hatte lange im Bücherschrank gestöbert, um dieses Buch zu finden. Er wollte es in den Garten tragen und es dort verbrennen. Aber es war nirgends zu finden. «Wie kommen Sie darauf, daß Randolph einen grünen Rover fuhr?» fragte Clark.

«Ich dachte», sagte Panetta, «daß ich es irgendwo gelesen habe.»

Clark schüttelte den Kopf. «Einen Chevrolet. Ein schickes Auto fuhren die. Ledersitze. Eins von den Autos, mit denen man zum Golfspielen fährt, nicht so eines, mit denen man Material vom Baumarkt holt. Das paßte nicht zu den Harpers.»

Panetta versuchte sich zu erinnern. Otis hatte Greg gegenüber von einem Rover gesprochen, das war sicher. Greg jedenfalls hatte es weitergegeben. Aber wenn Otis sich nun geirrt hatte? Oder Greg? Auch durch Nachdenken würde er jetzt die Lösung nicht finden.

Er zuckte die Achseln und sagte. «Also? Fahren wir?»

Clark schob den Zahnstocher von einem Mundwinkel in den anderen. «Ich denke, das letzte Stück fahr ich mit Ihnen. Ein bißchen langweilig, so wortlos hintereinanderher zu fahren, was? Außerdem würden die Umweltschützer auf die Barrikaden gehen.»

Sie verließen den kleinen Ort über eine Straße, die an einem Möbelcenter, einem Supermarkt und einer Metzgerei vorbeiführte. Eine schmale Straße, die rechts von einer Steinmauer gesäumt wurde und links in ein offenes Feld überging. Die Steinmauer, erklärte Clark, gehört zu einem ehemaligen Anwesen, das aber aufgeteilt worden war in einige große Grundstücke. Die gehörten alle noch der Gemeinde. Niemand wußte genau, was man damit machen könnte.

«Einen Golfplatz», schlug Panetta vor. «In Amerika wird doch immer ein Golfplatz angelegt, wenn keiner weiter weiß.»

Clark lachte leise in sich hinein. Offenbar war er kein passionierter Golfspieler. Das machte ihn schon wieder ein bißchen sympathischer.

«Ich dachte», sagte Clark, nachdem sie eine Weile geschwiegen hatten, «daß Sie mir endlich die Wahrheit auftischen, wieso Sie das Haus der Harpers sehen wollen.»

«Ich denke, das habe ich schon gesagt.»

«Sie haben zwar eine ganze Menge gesagt, Mr. Panetta, aber das war ein Haufen Lügen. Ich weiß nicht viel über die Menschen, aber wann sie lügen, das weiß ich immer. Also, was ist los?»

Das Schweigen wurde unangenehm. Clark schien entschlossen, nicht wieder das Wort an Panetta zu richten, bis der ihm die Wahrheit gesagt hatte.

Panetta mußte sich mehrfach räuspern. Er spürte ein Kratzen in der Kehle. Als er hustete, meldete sich die Narbe. Eine Sekunde dachte er an die Möglichkeit, daß er sich irgendwo eine Infektion geholt haben könnte. Zu früh ohne Mundschutz, ohne Handschuhe. Zu wenig Ruhepausen. Keine radikale Diät, wie vorgeschrieben.

«Ich war im Krankenhaus», sagte Panetta schließlich, alle anderen Gedanken abschüttelnd, «als diese Sache passiert ist, mit Randolph und Sophie Harper. Sie haben recht, ich habe die beiden nicht gekannt, wir waren keine Nachbarn. Ich hab nur im Krankenhaus, weil es nichts anderes zu tun gab, jede Zeile über diesen Mordfall gelesen. Und irgendwie ist es zur fixen Idee geworden.»

«Was?» fragte Clark.

«Was?» Panetta spürte, daß er einen heißen Kopf bekam. «Ich wollte wissen, was dahintersteckt.»

«Jetzt wissen Sie es. Ein Wirrkopf. Ein junger Schwarzer aus dem Armenghetto von D.C., der Rambo gespielt hat.»

«Ich glaube», sagte Panetta, «er hatte ein Motiv. Wenn er es war, dann hatte er ein Motiv. Ich könnte Ihnen mehr darüber erzählen, aber ich glaube nicht, daß ich dazu Lust habe.»

Clark knurrte nur und deutete mit der rechten Hand auf eine Abzweigung. «Da, rechts ab. Vorsichtig, da kommt ein Laster.»

«Seit dieser Zeit», fuhr Panetta fort, «habe ich einen Traum, der immer wiederkehrt, fast jede Nacht. Ich bin auf einer Landstraße in einer Gegend wie dieser. Ich sehe in der Ferne ein Haus. Ich gehe auf das Haus zu. Ich kann es erkennen, ganz deutlich. Jede Einzelheit. Ich gehe auf das Haus zu und weiß, etwas Schreckliches passiert dort, aber ich wache immer auf, bevor ich die Haustür öffnen kann.»

«Klingt für mich nicht besonders schrecklich», entgegnete Clark. «Es gibt ganz andere Träume.»

Natürlich hatte Clark recht. Panetta mußte konkreter werden, ehrlicher. «Ich habe Anlaß zu glauben, daß das Haus, das ich im Traum sehe, das Haus der Harpers ist», sagte er.

Clark schaute ihn an. «Und was, wenn es nicht das Haus ist?»

Panetta lächelte. «Das wäre fabelhaft, dann könnte ich wieder ruhig schlafen. Dann wüßte ich, daß mein Traum nichts mit dem Leben von Otis White zu tun hat.»

«Warum sollte Ihr Traum etwas mit dem Leben von Otis White zu tun haben?» Clark streckte die Hand aus. «Da vorne, an dem großen Tor, müssen wir links vorbei. Wir sind gleich da. Achtung, die Straße wird schlecht, nicht gepflastert. Kann sein, daß der Boden von dem Schnee und dem ganzen Regen, den wir hatten, etwas schmierig ist, morastig.»

Deshalb, dachte Panetta, hat er sein Auto stehenlassen. Dabei wären wir mit dem Mondauto viel besser durch den Schlamm gekommen. Aber er sagte nichts. Es war schließlich ein Leihwagen, und in dem Vertrag gab es nirgends einen Passus, der sagt, daß man schlammige Wege tunlichst meiden sollte.

«Haben Sie Otis denn gekannt?» fragte Clark plötzlich.

Panetta zögerte.

«Ich denke, nein», sagte er schließlich.

«Sie denken, nein?» Clark lachte ungläubig. «Was ist das denn für eine Scheiße, Mann? Entweder haben Sie ihn gekannt oder nicht. Aber eines sage ich Ihnen gleich: Wenn sich herausstellt, daß Sie irgend so ein verdammter Menschenfreund sind, einer, der zu jedem Mörder Bruder sagt und der glaubt, daß auch ein Mörder von Natur aus gut ist, dann sind Sie bei mir an der richtigen Adresse: Solche Leute halte ich für Dummköpfe.»

«Ich will nur Gewißheit», sagte Panetta, «sonst nichts.»

«Und wenn Sie die haben? Was dann?»

«Dann werde ich mich entscheiden.» Panetta wußte, daß Clark ihn nicht verstand. Er war dankbar, daß er nicht nachhakte, sondern mit zusammengezogenen Augenbrauen vor sich hin starrte.

«Nach der Kurve», sagte er schließlich, «kann man es sehen. Es liegt ein bißchen in einer Senke. Wir müssen erst über die Hügelkuppe, dann sehen wir es.» Er warf Panetta einen Blick zu. Seine Stimme klang höhnisch. «Das Haus in Ihrem Traum, liegt es in einer Senke?»

Panetta ließ die Augen nicht von der schlammigen Piste. Sie schlitterten hin und her, er konnte aber immer wieder in die Spur zurückfinden. Der Schnee in den tiefen Wagenspuren war unberührt. Hier war seit gestern morgen kein Fahrzeug durchgekommen. Das war sicher.

«Ich hab Sie was gefragt», knurrte Clark.

«Könnten Sie die Frage noch einmal wiederholen? Verdammt schlechte Straße», murmelte Panetta.

«Das Haus, das Sie im Traum sehen, liegt das in einer Senke? In einem Tal?»

«Nein», sagte Panetta.

Er zog den Wagen in der schlammigen Spur durch die Kurve. Die Räder drehten fast durch, als es bergauf ging, eine sanfte Steigung nur, aber bei dem Untergrund schon riskant. Gut, dachte er, daß ich einen Four-Wheel-Drive genommen habe. Er leckte die Schweißperlen auf der Oberlippe ab. Als sie den Hügel erreichten, nahm er den Fuß vom Gas. Unten, in der Senke, lag das Haus. Mehrere hundert Meter entfernt. Umgeben von einem weißen Gatter. Das Tor war ausgehakt, lehnte am Zaun. Auf jedem Pfosten eine kleine Schneekrone, die geschmolzen und wieder gefroren war. Man konnte den Weg verfolgen, der zum Haus führte.

Sie hatten die Sonne im Rücken. Manchmal huschte ein

Schatten über das Gelände. Schwarze Flecken auf dem weißen Schnee, und dann lag alles wieder im Wintersonnenlicht da. Kalt und fahl. Kein Weihnachtsschmuck am Haus, soweit Panetta sehen konnte. Kein Tannenbaum, keine Girlanden, kein Schnickschnack. Vielleicht waren sie noch zu weit entfernt. Die Farbe des Hauses war nicht zu erraten, weil Schnee auf dem Dach lag.

In seinem Traum hatte er das Haus im Sommer gesehen, Herbst. Bräunliches Gras, Bäume, an denen das Laub welkte. Laub auf den Wegen. Er war zu Fuß auf das Haus zugegangen, und das Laub war unter seinen Schritten mit einem leichten trockenen Knistern zerfallen zu Staub.

«Na?» fragte Clark.

Panetta schwieg. Er steuerte den Wagen behutsam die Hügelkuppe hinunter. Sie fuhren an dem ausgehängten Gatter in die Einfahrt. Die Einfahrt wirkte fester, griffiger. Der Wagen kam ohne Schlingern voran.

Panetta konzentrierte sich auf das Fahren.

«Hier müssen Sie halten», sagte Clark. «Hier ist der Parkplatz.»

Panetta trat sofort auf die Bremse. Er nahm die Hände vom Steuer. Seine Hände waren schweißnaß. Er schaute Clark an. «Ich steig besser aus», sagte er. «Und geh die letzten Meter zu Fuß.»

«Ich komm mit.» Clark machte Anstalten, seine Tür zu öffnen, aber Panetta hielt ihn fest. «Nein, bitte, ich möchte das alleine tun.»

Clark musterte ihn. «Sind Sie sicher, daß mit Ihnen alles okay ist?»

«Ganz sicher.»

«Sie sehen aus wie ein Geist. Sie sind totenblaß, wissen Sie das eigentlich? Gucken Sie mal in den Spiegel.» Clark drehte den Rückspiegel so, daß Panetta sich sehen mußte. «Ich hab keine Lust, noch mal den Notarztwagen hierher zu bestellen. Die Leute denken ja am Ende, ich könnte es gewesen sein.»

Panetta stieg aus. Der Wind war kalt und böig. Er schlug den Mantelkragen hoch, vergrub die Hände in den Taschen. Er bewegte sich auf das Haus zu. Er war ungefähr noch dreißig Schritte von der Treppe entfernt, die zum Haus führte. Auf dem Dach schmolz der Schnee. Panetta blinzelte. Das Dach war nicht rot. Das Dach war schwarz. Er schaute zur Tür. Eine Haustür mit Kastenfenstern, verglast.

Die Treppe war rechts und links mit kleinen Buchsbäumchen bepflanzt. Breite, ausladende Stufen. Neben der Haustür ein Emailleschild, auf dem *Sophie und Randolph Harper* stand. Rechts und links ein steinerner Löwe. Neben der Haustür ein Igel aus Drahtborsten, und darüber ein Schild: «Schuhe abputzen».

Drucksachen auf dem Fußabtreter. Briefe, Päckchen. Panetta starrte auf den Klingelknopf, der aus Messing war, groß und rund. Er schaute auf den Briefschlitz unter den Kastenfenstern, in dem Werbeprospekte steckten. Ein kleiner Lorbeer links neben der Tür, in einem blauen Keramiktopf. Er hatte das alles noch nie gesehen. Er kannte das Haus nicht. Die Fenster, die Tür. Dieses hier war ein flacher, billiger Bungalow, einer von der Sorte, die man auf einen Tieflader verfrachten und meilenweit über Autobahnen transportieren konnte, ohne in den Zimmern die Gardinen abzunehmen. Dieses Haus war gar nichts, ein Pappkarton, die Farce eines Hauses, auf ein Kellerfundament gestellt. Billige, dünne Wände, kitschige Löwen, ein Dach aus schwarzer Teerpappe, ein Fertighaus. Das Haus aus seinen Träumen hatte zwei Stockwerke und einen Erker, der nach Osten zeigte. Auf dem Spitzdach des Erkertürmchens drehte sich ein Wetterhahn. Das Haus lag auf einer Hügelkuppe, der rote Klinkerbau war weithin sichtbar. Ein Haus, das nicht in die Landschaft paßte. Ein Haus, dem man sich nicht so ohne weiteres näherte. Ein Haus, an dessen Rückseite man einen Hundezwinger vermutete. Die Rosen im Vorgarten waren Tarnung, sollten etwas vortäuschen, das es nicht gab: Normalität. An diesem Haus war nichts normal. Die Fenster wie tote Augen. Selbst im Erdgeschoß waren die Fenster so hoch, daß man nicht hineinsehen konnte, nicht einmal, wenn man sich auf die Zehenspitzen stellte. Dieses Haus war es nicht.

Das Haus, auf das Panetta im Traum schon Dutzende Male zugegangen war, wirkte, als sei es von seinen Bewohnern vor langer Zeit verlassen worden. Oder als lebten Menschen in dem Haus, die nie ins Freie gingen. Es gab keine Anzeichen menschlichen Lebens um das Haus herum. Keinen Gartenschlauch, der darauf hindeutete, daß man sich in den trockenen Monaten um die Pflanzen kümmerte, kein Fahrrad, keine Wäscheleine, keinen Ball, keinen Gartenstuhl, keinen Tisch, auf dem das Fallobst gesammelt wurde. Denn das Haus war umgeben von Bäumen, das fiel Panetta auf einmal wieder ein. Apfelbäume, Birnen, Pfirsiche, etwas in der Art. Er hatte für die Bäume keine Augen gehabt. Er war immer auf das Haus zugegangen, über diesen Schotterweg, und hatte das Knirschen des Schotters unter den Sohlen gespürt, hatte auf die blinden Fenster gestarrt, den Erker, den Wetterhahn, der immer in die gleiche Richtung zeigte: nach Norden.

Panetta spürte, wie die Anspannung von ihm wich. Er konnte die Hände in die Manteltaschen stecken. Konnte locker drei, vier Schritte auf das Haus zugehen. Es noch genauer inspizieren. Er kannte dieses Haus nicht. Er hatte es nie gesehen. Nicht einmal im Traum. Es war ein fremdes Haus, in dem vielleicht ein Mord passiert war. Aber es hatte nichts mit ihm zu tun.

Panetta betrachtete die Werbeprospekte, die fast aus dem Briefkasten herausfielen. Den Igel, an dem man die Schuhsohlen putzen konnte. Das Emailleschild mit den Schnörkeln und den Veilchen.

Dies war ein nettes Haus. Ein biederes, schlichtes Haus, ein Haus, in dem ein gräßlicher Mord passiert war, gewiß. Aber was hatte er damit zu tun? Was ging es ihn an?

Otis White, der für das Massaker, das im Keller des Hauses stattgefunden hatte, verantwortlich war, war tot.

Er atmete tief durch. Es war ihm, als wäre eine Last von seiner Brust genommen. Er hatte sich umsonst verrückt gemacht. Grady hatte recht: Das Herz ist eine Pumpe. Nichts weiter. Möglicherweise hatten sie ihm tatsächlich das Herz von Otis eingepflanzt, das Herz eines Mörders. Panetta zweifelte nicht eine Sekunde, daß Otis den Tod seiner Freundin rächen wollte, daß er es vielleicht auch getan hatte. Alles, was Greg ihm erzählt hatte, deutete darauf hin. Außerdem paßte es zu den Ermittlungen der Polizei. Aber ebenso klar war jetzt, daß dieses Herz nichts in seinem Bewußtsein bewirkte. Es schlug einfach. Es verrichtete seine Arbeit. Es pumpte und saugte und pumpte. Es filterte die Luft, brachte Sauerstoff in seine Adern und Venen, wie auch immer. Er hatte sein Wissen über Herzkrankheiten schon wieder verdrängt.

Otis White war tot. An einem Baum zerschellt. Das einzig Gute, das man über diesen Jungen sagen konnte, war, daß er einen Spenderausweis bei sich trug, als er diese Fahrt unternahm, mit der 9mm-Pistole, die registriert war auf den Namen Theodore Dickens. Und einer Kawasaki, die registriert war auf den Namen Gregory Dickens. Eigentlich ein Wunder, daß man den Namen Theodore Dickens nie in diesem Zusammenhang gelesen hatte. Aber was ging es ihn an. Gar nichts. Absolut nichts. Vielleicht hatte man die Waffe nie gefunden. Egal. Martha hatte recht. Sie alle hatten recht. Selbst Ed und Joyce. Er würde sie anrufen und sich noch einmal entschuldigen, bei allen würde er sich entschuldigen, sogar bei Scotty. Meinetwegen, dachte er, als er sich von der Haustür abwandte, kann Scotty kommen und mich in die Mangel nehmen. Ich bin bereit. Scotty wird einen Daniel Panetta vor sich haben, dem man ein neues Herz geschenkt hat. Und der am 15. Januar in der Bibliothek die Arbeit wiederaufnimmt. Der jetzt zurückfährt nach D.C., um seiner Frau ein angemessenes Weihnachtsgeschenk zu kaufen. Vielleicht einen Nerz. Oder ein Collier von Bulgari. Irgend etwas sündhaft Teures. Es machte nichts, wenn er sich noch ein bißchen verschuldete. Die Geste zählte. Martha sollte begreifen, daß der Alptraum vorbei war. Jetzt, dachte Panetta, als er zu seinem Auto zurückging, kann ich anfangen zu leben. Dieses ist mein Geburtstag. Mein wirklicher Geburtstag.

Er lächelte, als er die Tür aufzog und sich auf den Fahrersitz fallen ließ. «Ich hab das Haus nie in meinem Leben gesehen», sagte er, nachdem er tief Luft geholt und keinen Schmerz dabei verspürt hatte, nicht den kleinsten, winzigsten Schmerz. «Auch nicht im Traum. Es geht mir gut.»

«Da ist jemand, der Sie sprechen will.»

Clark hielt ihm sein Handy hin. Clarks Gesicht war undurchschaubar wie das Gesicht eines Pokerspielers.

«Wer ist das?» fragte Panetta.

«Reden Sie mit ihr. Sie wird es Ihnen sagen.»

Panetta nahm widerstrebend das Handy in die Hand, wechselte von der Rechten in die Linke. Er schaute auf die Südseite des Harperschen Hauses, als er sagte: «Daniel Panetta hier. Mit wem spreche ich?»

Eine heisere Stimme am anderen Ende des Telefons. Eine weibliche Stimme. «Hallo, Mister. Ich weiß nicht, wer Sie sind. Aber Christopher sagt, daß Sie jemanden suchen.»

«Danke», sagte Panetta, «ich hab schon gefunden, was ich suchte.»

«Laß sie ausreden», knurrte Clark.

Panetta preßte das Handy fester an sein Ohr.

Die Stimme sprach mit einem Akzent. Panetta überlegte, was für ein Akzent das sein konnte. Vielleicht Pakistani?

«Wenn Sie mir sagen, wer Sie sind und was Sie von mir wollen», sagte er.

«Shandra heiße ich. Ich arbeitete in der Reinigung in Shellyfield. Neben dem Old Farmhouse Restaurant.»

Panetta wandte langsam den Kopf, er starrte in Clarks Pokerface. Clark hob die Achseln und schaute aus dem Fenster, wandte sich ab, als habe er mit der Sache nichts zu tun.

«Ich höre, daß Sie jemanden suchen. Jemanden, der rote Bettwäsche hat und rote Handtücher. Das stimmt doch, Mister, oder? Hat Christopher gesagt. Sie suchen so jemanden.»

Panetta räusperte sich. Er schloß die Augen. «Nicht mehr», sagte er. «Jetzt nicht mehr. Ich habe gefunden, was ich suchte.»

«Dann ist es ja gut», sagte die weibliche, heisere Stimme mit dem pakistanischen Akzent. «Ich hab schon zu Christopher gesagt, die Dame war heute morgen hier, sie kommt vor nächster Woche bestimmt nicht wieder. Sie kommt nur einmal in der Woche. Aber dann hat sie so viel Wäsche. Alles rot. Drei große Pakete. Manchmal auch vier. Ich hab zu Christopher gesagt, daß ich ihm den Namen und die Adresse der Kundin nicht geben kann. Ich glaube, das ist nicht erlaubt. Ich möchte keine Schwierigkeiten haben, verstehen Sie? Mein Mann und meine Kinder warten in der Heimat, daß ich ihnen die Tickets schicke. Wir wollen alle hier leben. Scherereien kann ich nicht gebrauchen.»

«Verstehe.» Panetta spürte die Erschöpfung, die durch seinen Körper flutete, fühlte, wie er schwer wurde, alles, Arme, Kopf, Beine...

«Sie müssen die Adresse nicht sagen. Es spielt keine Rolle.»

«Geben Sie her.» Clark nahm Panetta den Hörer ab. Seine Stimme war barsch. Die Stimme eines Menschen, der irgendwann mal gelernt hat, Befehle zu geben. Panettas Verdacht wuchs, daß Clark den längsten Teil seines Lebens in der Army zugebracht hatte.

«Shandra, mach keinen Zirkus. Gib mir den Namen und die Adresse dieser Lady. Soll dein Schaden nicht sein. Schau aus dem Fenster. Da siehst du meinen Wagen, stimmt's?» Er wartete, seufzte, rieb mit dem Fingerknöchel auf dem Armaturenbrett, schließlich sagte er: «Okay, wenn ich den Wagen abhole, komm ich rein. Fünfzig Dollar. In Ordnung? Also, wie heißt die Lady? Schön langsam. Zum Mitschreiben.»

Er gab Panetta ein Zeichen, und automatisch nahm Panetta sein Notizbuch aus der Manteltasche und zog den Kugelschreiber aus der Innentasche des Sakkos.

«Gladys Coons. Mit Ypsilon? Und zwei O? Okay, Adresse? Unicorn Farm, Riverdale. Sag mal, das ist ja fast unten in Sussex? Wieso fährt jemand 30 Meilen, um bei dir seine Wäsche waschen zu lassen? Du hast keine Ahnung, wundert mich nicht. Okay, Shandra, dank dir erst mal. Nein, ich vergesse die fünfzig Dollar nicht. Die hast du dir verdient.»

Starr hielt Panetta das Steuerrad umklammert. Die Euphorie, die er eben noch gespürt hatte, war verflogen. Er fühlte sich elend, erschöpft, müde. Er fragte sich, wie er je aus diesem Parkplatz herauskommen könnte, ohne im Morast zu versinken. Wie er den Hügel hinauf- und auf der anderen Seite herunterkommen könnte. Er fragte sich, warum er hierhergekommen war. Diese verdammte Tour hatte ihm, außer einer halben Minute Seelenfrieden, nichts gebracht.

Eine halbe Minute Erleichterung, Freude, ein Hochgefühl, eine Lebenslust, ganz plötzlich, für eine halbe Minute Glücksgefühle. Martha, Grady, Weihnachten.

Das war's also.

«Warum haben Sie das gemacht?» flüsterte Panetta.

Clark riß die Augenbrauen hoch. «Wieso ich? Mir war bloß eingefallen, daß ich einfach mal durchtesten könnte. Ich habe zufällig drei Reinigungen unter meinen Kunden. Die haben sich gegenseitig weiterempfohlen. Gehören alle zur gleichen Kette, aber arbeiten im Franchise-System. Bei den ersten beiden war Fehlanzeige, aber Shandra, meine liebe kleine Shandra, war der Hit. Also, jetzt haben Sie, was Sie suchen. Sie bringen mich zurück zum Old Farmhouse, geben mir fünfzig Dollar für Shandra und fünfhundert für mein Angelzeug, und dann können Sie mit der verdammten Adresse machen, was Sie wollen. Mich interessiert das nicht.» Clark verschränkte die Arme vor der Brust, während Panetta den Wagen rückwärts bis zum Gatter steuerte. Er verfolgte Panettas Fahrmanöver im Seitenspiegel. «Ich wußte gleich, daß Sie da was verwechselt haben, Mr. Panetta. Die Harpers und Sexspiele im Keller, das paßte nicht zusammen, keine Sekunde. Keine Ahnung, warum Sie diese Leute suchen, die es in roter Bettwäsche treiben, interessiert mich auch nicht. Ich hab in der Army genug Spinner getroffen, in meiner Einheit. Das reicht fürs ganze Leben. Ich hoffe, Sie haben fünfhundertfünfzig Dollar? Fünfhundert Dollar war die Absprache. Aber Shandra braucht auch Geld. Sie will ihre Familie nachholen.»

«Das hat sie mir gesagt.»

«Na ja, dann wissen Sie ja, daß Sie ein gutes Werk tun.» Clark lachte leise in sich hinein. «Das hat mir gefallen, wie Sie sagten: Sie wollten eigentlich ihrer Kirche was spenden. Und fänden es irgendwie befriedigender, wenn Sie es direkt jemandem geben. Nun, ich habe Ihnen zu einem Weihnachtsgefühl verholfen. Ich hoffe, Sie sind mir dankbar.»

«Alles, was ich weiß, ist, daß ich in der letzten Zeit wenig Anlaß zu dankbaren Gefühlen hatte», sagte Panetta. «Irgendwie hat es nicht den Anschein, als sollte sich daran so bald etwas ändern.»

Clark grinste. Mitleid war offenbar nicht seine Sache. «Sie müssen es machen wie ich. Ich hab einfach aufgehört, mir über irgendwas Sorgen zu machen. Als Betsy starb, war ich am Ende. Ich dachte, keinen Tag will ich hier alleine aushalten, auf diesem verdammten Planeten. Aber dann lernte ich Sophie und Randolph kennen, und es ging mit mir bergauf. Ich hab sogar die verdammte Zeitung wieder abonniert, so sehr interessierte mich auf einmal das Leben. Hab mich ein bißchen eingemischt, Lokalpolitik und so. Sophie war richtig stolz auf mich. Ich hab sogar wieder angefangen, mit Versicherungen zu dealen. Diese Reinigung, das waren übrigens meine ersten neuen Kunden, seit ich das Geschäft verkauft hatte. Die sind alle fest in koreanischer Hand, wußten Sie das? Wenn du das Vertrauen von einem hast, dann hast du sie alle.»

Panetta versuchte, dem endlosen Redestrom von Clark zu entkommen, indem er seinen eigenen Gedanken folgte. Harpers hatten nie einen Rover besessen, sagte Clark. Greg behauptete das Gegenteil, weil Otis es ihm erzählt hatte. Konnte Greg sich irren? Hatte er vielleicht etwas verwechselt? Oder Otis? Vielleicht war es nur die grüne Farbe, oder, andere Möglichkeit, Brenda hatte nicht die geringste Ahnung von Autos. Oder diese Leute hatten nur ein einziges Mal, für eine Fahrt, einen grünen Rover benutzt. Das Auto der Nachbarn, von Freunden. Das Auto eines aus diesem Freundeskreis der Perversen, die sie allein ließen mit einem minderjährigen Mädchen, ans Bett gefesselt, während sie die Wäsche zur Reinigung brachten …

«Aber als das mit Randolph und Sophie passierte, war bei mir auf einmal Ende. Wissen Sie, Panetta, ich hab mich gefühlt wie jemand, der in der Badewanne sitzt, und ein anderer zieht den Stöpsel. Und es wird kalt, und man kann nicht aufstehen. Kein Handtuch weit und breit. Und der Typ mit dem Stöpsel verläßt grinsend das Zimmer und schließt hinter einem ab. Verstehen Sie? Und da hab ich mir gesagt, Chris, bevor du ganz durchdrehst, hör einfach auf, dir Gedanken zu machen. Das einzige, was mich noch kümmern sollte, ist, ob es einen fischreichen Sommer gibt. Ich interessiere mich nur noch für Fische. Verstehen Sie das?»

Als die Pause zu lang wurde, warf Panetta Clark einen verlegenen Blick zu. «Entschuldigung», murmelte er, «ich fürchte, ich hab nicht zugehört.»

«Macht nichts», knurrte Clark. «Da vorne ist ein Stoppschild.» Panetta bremste scharf. Er hätte das Schild übersehen.

•

Es sind die falschen Leute gewesen, dachte er. Er saß im Restaurant. Der Kamillentee schmeckte noch scheußlicher als der im Krankenhaus. In seinem Kopf entstand ein furchtbarer Verdacht: Otis hat die falschen Leute umgebracht. Sophie und Randolph Harper sind nicht die Leute, die das Mädchen aus Haiti in den Selbstmord getrieben haben. Sophie und Randolph Harper haben keine Schuld daran, daß Otis' Lebensentwurf zerstört war, daß Otis den Boden unter den Füßen verlor. Sie hatten das Pech, daß sie im falschen Augenblick an diesen Ort gezogen sind. Buena Vista. Vielleicht hatten sie sogar das Haus gekauft, das eigentlich Brendas Peiniger kaufen wollten. Mag sein, daß ihnen die Nachbarn nicht gefielen. Christopher Clark, der vielleicht herumlungerte und jeden beobachtete, der mit dem Immobilienmakler das Grundstück besichtigte. Die falschen Leute, dachte Panetta.

Schweiß brach auf seiner Stirn aus. Er wischte ihn mit der Papierserviette, die neben seinem Teller lag, ab.

Das Steak war noch roh, obwohl er es gut durchgebraten bestellt hatte. Der Cesar's Salad wirkte wie in der Maschine geschleudert. Schlapp, mit braunen Rändern. Die Croutons waren weich, und der Knoblauch hinterließ einen fauligen Geschmack auf der Zunge. The Old Farmhouse war ein lausiges Lokal. Panetta verstand auf einmal, warum Clark seine Einladung zum Mittagessen abgelehnt hatte. Hätte er gewußt, worauf er sich einließ, als er den Verlockungen des altmodischen handgemalten Schildes erlag – nun, er wäre einfach weitergefahren.

Aber jetzt saß er hier, hatte die leicht verkohlten Außenseiten des Steaks mit dem Messer abgesäbelt – das wenigstens war scharf –, Pommes mit der Gabel aufgespießt und in Ketchup getaucht, um sie dann doch wieder auf dem Teller abzustreifen. Den Salatteller hatte er längst beiseite geschoben. Er tat, was er immer tat, wenn ihm der Appetit vergangen war: Er klammerte sich an das Glas kohlensäurearmes Wasser. Trank in kleinen Schlucken das lauwarme Zeug und überlegte, ob sich das Leben wirklich lohnte. Ob man dafür all das auf sich nehmen mußte. Diese ganze verdammte Scheiße.

Panetta winkte dem Kellner, er erklärte ihm schroff und ohne das Mindestmaß an Höflichkeit, das man als Amerikaner einem Mitglied der Dienstleistungsgesellschaft entgegenbrachte, daß das Essen eigentlich ungenießbar sei.

Er könne sich das nicht erklären, stotterte der Kellner, alle Gäste hätten das Farmersteak immer sehr gelobt. Es sei das beliebteste Gericht der Karte. Vielleicht fühle sich der Herr nicht ganz wohl, und deshalb ...

«Warum soll ich mich nicht wohl fühlen?» knurrte Panetta gereizt. «Schauen Sie sich das Fleisch an, den Salat, die Pommes frites. Sparen Sie sich Ihre Entschuldigung. Es macht nichts. Ich hatte ohnehin keinen Hunger. Kann man hier telefonieren? Die Batterie meines Handys ist leer.»

«Natürlich», sagte der Kellner eifrig, «selbstverständlich kann man hier telefonieren. Mit Karte oder auch mit Bargeld – beides vorhanden», erklärte er stolz und deutete mit dem Kopf die Richtung an. Die Toiletten neben den Waschräumen. Gut, dachte Panetta, gut. Dann erst die Waschräume. Der Kellner stellte sich ihm in den Weg, als Panetta schon aufgestanden war. Er hielt ihm die Dessertkarte vors Gesicht. «Wenn der Herr sich vielleicht ein Dessert aussuchen möchte? Auf Kosten des Hauses, als kleine Wiedergutmachung.» Der Koch könne zwar die Beanstandung nicht verstehen, aber da in drei Tagen Weihnachten sei und sie einfach wollten, daß man das Old Farmhouse weiterempfehle... Er könne persönlich Reiskuchen besonders empfehlen, aber vielleicht wolle Panetta lieber das Halbgefrorene mit Rosinen und Pistazien? Oder etwas ganz Weihnachtliches? Ein Plumpudding mit Rumfrüchten?

Um den Kellner endlich loszuwerden, entschied Panetta sich für warmen Apfelkuchen, mit einer Kugel Vanilleeis. Grady hätte die Hände über dem Kopf zusammengeschlagen. Er würde es einfach stehenlassen. Er verspürte plötzlich den Wunsch, mit allen Menschen zu sprechen, die ihm nahestanden. Zuerst Martha. Aber dann Grady. Grady gehörte zur Familie. Vielleicht würde er auch noch Helen anrufen.

Die Sekretärin sagte, daß Martha eben das Zimmer verlassen habe, um zum Lunch zu gehen, aber sie würde versuchen, Martha noch zu erwischen.

«Das wäre reizend», sagte Panetta, «falls es nicht zu viel Mühe macht.»

«Für Sie doch nicht, Mr. Panetta!»

Schließlich meldete die Sekretärin sich wieder. «Mr. Panetta?» Ihre Stimme klang atemlos. «Es tut mir so leid, aber sie ist mir entwischt. Ich hab noch versucht, den Pförtner anzurufen, aber der war natürlich gerade nicht an seinem Platz. Tut mir so leid, Mr. Panetta. War es denn etwas Wichtiges?»

Panetta war nicht sicher, aber sein Gefühl sagte ihm, daß Martha ihn nicht sprechen wollte, daß sie der Sekretärin im Laufschritt mitgeteilt hatte, sie sei sehr in Eile, und wenn es etwas Wichtiges sei, möge die Sekretärin es doch notieren.

«Sie ruft sofort zurück, wenn sie vom Lunch kommt», sagte die Sekretärin. «Ganz sicher, das verspreche ich.»

«Wie können Sie das versprechen», fragte Panetta, «wenn Sie gar nicht mit meiner Frau gesprochen haben?»

In die kleine, peinliche Stille hinein, die folgte, sagte Panetta schließlich versöhnlich. «Also, wenn Sie meiner Frau bitte Folgendes mitteilen: Ich habe das Haus gesehen.»

«Sie haben das Haus gesehen», wiederholte die Sekretärin, sie schrieb offenbar mit.

«Es ist nicht das Haus.»

«Es ist nicht das Haus», wiederholte die Sekretärin.

«Es sieht vollkommen anders aus. Ich bin sehr erleichtert.»

«Sie sind sehr erleichtert.»

«Ich muß nur noch eine Sache erledigen, dann komme ich zurück.»

«Nur noch eine Sache.»

«Sie müssen nicht alles wiederholen.»

«Oh, Verzeihung, Mr. Panetta.»

«Sie müssen sich nicht entschuldigen. Wissen Sie zufällig, in welchem Restaurant Martha zum Lunch verabredet ist?»

Wieder diese kleine, peinliche Pause. Panetta litt fast ebenso wie die Sekretärin.

«Nein, tut mir leid, Mr. Panetta, das habe ich hier nicht notiert. Ihre Frau geht ja gerne ins Anselmo's oder ins Flic-Flac. Aber ob sie heute dort ist...»

«Danke. Schon gut, nicht wichtig. Wenn Sie meiner Frau nur ausrichten, was ich gesagt habe.»

«Und wo können wir Sie heute nachmittag erreichen?»

«Gar nicht», sagte Panetta. «Mein Handy hat den Geist aufgegeben. Aber richten Sie Martha aus, daß ich heute abend zurück sein werde.» Er zögerte, schloß sekundenlang die Augen und fügte hinzu: «Aber sagen Sie ihr, daß ich mich freue, wenn wir uns wiedersehen.»

«Ich hab alles notiert.»

«Das ist gut», sagte Panetta sanft, «daß Sie alles notiert haben. Ich wünsche Ihnen einen schönen Nachmittag.» Er legte auf.

Er hätte gerne gewußt, mit wem Martha zum Lunch verabredet war. Und in welches Lokal sie davongeeilt war, als er noch versucht hatte, sie aufzuhalten. Sie hatte sich nicht aufhalten lassen. Das bedeutete entweder, daß sie gar nicht mehr mit ihm reden wollte, oder daß es eine wichtige Verabredung war, bei der sie pünktlich sein wollte. Oder mußte.

Wenn sie mit einem ihrer Bosse oder mit einem wichtigen Klienten verabredet wäre, hätte die Sekretärin das gewußt. Die Sekretärin hätte keinen Anlaß gesehen, so etwas zu verheimlichen. Immerhin war er Marthas Ehemann. Und zwar seit mehr als sieben Jahren.

Panetta seufzte, erhob sich, knöpfte das Sakko zu, stieß die Kabinentür auf und kehrte mit steifen Schritten zu seinem einsamen Ecktisch neben der Tür, die zu den Waschräumen führte, zurück.

Der Kellner eilte zu seinem Tisch, auf vier Fingern balancierte er den Dessertteller und plazierte ihn schwungvoll neben dem Teller mit dem Weihnachtsgebäck. «Wir haben den Apfelkuchen für Sie extra noch einmal in die Mikrowelle geschoben», sagte der Kellner.

Panetta hob, mit gespielter Überraschung, die Augenbrauen. «Das ist mehr, als ich in meinen kühnsten Träumen erwartet hätte.»

Der Kellner verbeugte sich stumm und wandte sich hastig ab, um am Nebentisch die benutzten Gläser abzuräumen. Panetta sortierte seine Münzen auf dem Tischtuch. Er klaubte die Dimes zusammen, ließ sie in die Hosentasche gleiten und steuerte wieder auf die Telefonzelle zu. Der Kellner folgte ihm mit Blicken. Panetta tat, als merke er es nicht. Irgend etwas stimmte nicht mit dem Kellner. Vielleicht dachte der Kellner das gleiche von ihm. Panetta wandte sich, als er schon in der mit Samt ausgeschlagenen Kabine stand, noch einmal um und grinste den Kellner an. Es war mehr ein Zähnefletschen. Der

Kellner bückte sich rasch. Tat, als müsse er seine Schuhe zubinden.

Er hatte Glück. Man stellte ihn sofort zu Lopez durch. Offenbar war er kein wichtiger Mann, den man abschotten mußte. Ein kleiner Cop, der einmal berühmt geworden war, weil er einen Doppelmord zu klären hatte. Jedenfalls anfangs. Bis das FBI sich eingeschaltet hatte.

«Sie sagen, Sie wollen mit mir über Randolph und Sophie Harper sprechen? Warum?»

«Aus persönlichem Interesse», sagte Panetta.

«Ach, und Sie glauben, daß jeder amerikanische Bürger, der sich für irgendeinen Mord interessiert, einfach bei der Polizei anrufen und um Auskunft nachsuchen kann?» Seine Stimme klang gereizt und bitter.

«Ich habe Gründe», sagte Panetta schnell, bevor Lopez den Hörer auf die Gabel werfen konnte.

«Und was könnten das für Gründe sein?»

«Gründe, die auch für Ihre Ermittlungen interessant sein könnten.»

«Die Ermittlungen sind abgeschlossen.»

Panetta seufzte. «Mr. Lopez, würde es Ihnen etwas ausmachen, wenn ich einmal kurz bei Ihnen auf der Polizeistation vorbeikäme? Ich brauche nur zehn oder fünfzehn Minuten.»

«Am Telefon wollen Sie mir nicht sagen, worum es geht?»

«Nein», sagte Panetta, «am Telefon nicht.» Ich will dich sehen, dachte er. Ich will dir in die Augen sehen. Dein Gesicht, will wissen, wie dein Dienstzimmer riecht und wie du dich gefühlt hast in dieser Nacht, zehn Tage vor Thanksgiving, als man dich plötzlich aus dem Dämmerschlaf gerissen hat mit der Nachricht: zwei Morde in Buena Vista. Ich will nur wissen, was du da gesehen hast. Mit deinen eigenen Augen. Und dein Gesicht dabei ansehen. Und dann werde ich mich still aus dem Staub machen und alles vergessen. Alles.

Lopez ließ sich Zeit. Wahrscheinlich löste er Kreuzworträtsel, während er mit Panetta telefonierte. Panetta konnte förmlich das Kratzen des Kulis auf dem Zeitungspapier hören.

«Gut, wenn Sie meinen, Sie müssen kommen, dann kommen Sie eben. Ich kann Sie nicht daran hindern. Wir sind dazu da, uns um die Bürger zu kümmern. Ich hoffe nur, Sie haben wirklich etwas zu sagen.»

Panetta dachte plötzlich, daß es besser wäre, wenn er Lopez einen kleinen Wink gäbe. Einen Appetithappen hinwerfen gleichermaßen. «Es hat etwas mit Otis White zu tun.»

«Dem Mörder?»

«Ja, ich habe etwas herausgefunden, was Sie wahrscheinlich noch nicht wissen.»

«Ah», brummte Lopez. Immer noch das verdammte Kreuzworträtsel, dachte Panetta und fügte hinzu: «Ich habe Gründe zu der Annahme, daß Otis White die falschen Leute umgebracht hat.»

Jetzt hab ich dich, dachte Panetta, als er hörte, wie Lopez die Luft einzog. Ein langgezogenes, hohes Pfeifen, als habe Lopez eine kaputte Lunge.

«Die falschen?» wiederholte Lopez verständnislos.

«Ja, die falschen. Das könnte interessant sein, oder?»

Panetta sah auf die Uhr. «Ich kann in vierzig Minuten bei Ihnen sein. Laufen Sie ja nicht weg.»

«Eine Frage noch», sagte Lopez. «Interessieren Sie sich für den Fall, weil Sie mit den Harpers verwandt sind? Oder mit Otis White?»

«Wenn überhaupt, dann würde ich sagen, ich bin ein bißchen mit Otis White verwandt. Aber nur im übertragenen Sinne.» Wieder eine Pause.

«Sie sind doch kein Spinner, oder?» fragte Lopez. «Für solche Typen haben wir hier nämlich keine Zeit, drei Tage vor Weihnachten.»

«In vierzig Minuten bin ich da.» Panetta legte auf.

Er fühlte sich nicht besser nach diesem Telefonat, eher noch schlechter. Die Hitze in seinem Körper nahm zu, als habe er einen Fieberanfall.

Als er in den Waschraum ging, war er nicht mehr sicher, ob es richtig war, zu Lopez zu fahren. Aber nun hatte er sich angemeldet. Panetta gehörte zu den Leuten, die alle Dinge, die sie einmal angefangen hatten, auch zu Ende führen mußten. Im Waschraum ließ Panetta lauwarmes Wasser über seine Hände laufen und starrte dabei sein Spiegelbild an. Du hast die falschen Leute umgebracht, Otis, flüsterte er. Hörst du? Die falschen. Die Leute, die du dafür bestrafen wolltest, daß sie Brenda in den Tod getrieben haben, leben noch. Otis! Hörst du? Sie leben noch! Die deinen Lebenstraum zerstört haben. Deine erste Liebe. Die daran schuld sind, daß ein sechzehnjähriges Mädchen sich vor den Zug wirft und zermalmt wird. Die leben noch! Wie findest du das, Otis? Oder interessiert dich das auf einmal nicht mehr? Jetzt, wo du tot bist? Was sagst du dazu, daß zwei unschuldige Leute sterben mußten, nur weil du nicht richtig recherchiert hast? Das ist verdammt fahrlässig, Otis. Das hätte dir nicht passieren dürfen.

Aber vielleicht wolltest du sie ja gar nicht umbringen. Die Pistole hast du nur mitgenommen, um sie einzuschüchtern. Um sie zum Reden zu bringen. Du wolltest ihr Geständnis, stimmt's? Du wolltest, daß sie es zugeben, daß ihnen klar wird, was sie da tun. Randolph sollte es sagen im Angesicht von Sophie, denn sie wußte ja vielleicht gar nichts von seinen Sexspielen. Kann doch sein, oder? Du hast Randolph an den Stuhl gefesselt und das Geständnis aus ihm rausprügeln wollen. Mit Fausthieben. Ins Gesicht. In die Leber. Gegen die Brust. Den Hals. Daher die ganzen blauen Flecken. Randolph konnte deinen Schlägen nicht ausweichen, konnte sich vor deiner Wut nicht schützen. Sag es ihr, hast du geschrien, erzähl deiner Frau, was ihr so treibt, wenn sie nicht da ist. Hier im Keller? Macht ihr es hier? Und Randolph, dessen Mund so angeschwollen war, daß er sowieso nicht hätte sprechen können, schüttelte immer nur verzweifelt den Kopf. Sophie hat vielleicht um Gnade gebettelt, hat vielleicht unter Tränen beteuert, daß sie einfache, harmlose Leute sind. Hat vielleicht überhaupt gar nicht verstanden, worum es dir ging, Otis. Hat nur deine Wut gesehen. Deine rasende Wut und Enttäuschung darüber, daß sie nicht gestehen wollten, daß sie so stur waren. So uneinsichtig. Wenn sie gestanden hätten, wären sie vielleicht noch am Leben. Was, Otis? Ah, du wolltest sie vielleicht nur einschüchtern. Nur mal sehen, was sie dir alles beichten, nur mal hören, wie Menschen sich ihre Weltanschauung zurechtzimmern, wie perverse Schweine ihr Haus zur Verfügung stellen für Sachen, von denen du eigentlich nie etwas wissen wolltest.

Genau wie ich, Otis. Mich haben die sexuellen Abarten der Lust nie interessiert, nicht mal in Büchern. Ich kann dir ein Dutzend Schriftsteller aufzählen, alles Amerikaner, deren Schriften immer vulgärer wurden, immer perverser die Phantasie, je älter sie wurden. Vielleicht, weil sie ihren eigenen Schwanz nicht mehr hochkriegten, haben sie sich an der Phantasie aufgegeilt. Kann doch sein, Otis? Wenn man jung ist, braucht man das nicht. Stimmt das? Ich hab's nie gebraucht. Allerdings auch später nicht. Martha war zufrieden, so wie wir es machten, ich wette, Brenda wäre auch zufrieden gewesen mit deiner Vorstellung von Sex. Sollte nicht sein, was?

Du hast sie umgelegt, weil dir auf einmal nichts anderes einfiel. Und weil du die Pistole in der Hand hattest. Das solltest du mal Theodore Dickens erzählen, daß das Instrument einen zum Mörder macht, einfach nur durch die Tatsache, daß man so leicht an so ein Ding herankommt. Und wenn man es hat, dann braucht man es nur noch zu entsichern und abzudrücken.

Theodore Dickens hätte diese Geschichte bestimmt nicht gerne gehört. Und seine Klienten auch nicht. Gerade deshalb, Otis, hättest du cool bleiben müssen.

Und was war das mit dem Messer? Hattest du das auch dabei? Hast du es vom Küchentisch genommen, als du die beiden in den Keller gejagt hast?

Oder hast du erst Randolph runtergestoßen, mit dem Pistolenlauf, und Sophie hat versucht, ihren Mann zu retten?

Oder hat sie, nachdem ihr Mann schon tot war und du dachtest, daß sie auch nicht mehr lebt, sich noch einmal nach oben geschlichen, in die Küche, hat das Messer genommen und ist wieder runter? Daher das Blut auf der Treppe, oder?

Vielleicht hat Sophie das alles geglaubt, was du erzählt hast. Vielleicht hat sie gedacht, ihr Randolph, dieser harmlose Rentner, ist ein Perversling, ein sexgeiles Monster.

Vielleicht war er noch gar nicht tot, als du gegangen bist. Vielleicht hat sie mit dem Küchenmesser den Rest erledigt. Wie findest du das, Otis, daß du das Leben von zwei Menschen vernichtet hast?

Von zwei Unschuldigen!

Otis, verdammt, ich rede mit dir!

Gib mir Antwort!

Einmal, verdammt!

Du bist ein Mörder, ein Killer. Clark hat recht. Ein Killer mordet ohne Motiv. Für dieses Verbrechen gibt es keine Entschuldigung. Keine. Verstehst du?

Ich hatte gehofft, daß du diesen verdammten Mord nicht getan hast. Du hast unschuldige Leute umgebracht. Das ist schlimmer, als eine Sache zu rächen. Viel schlimmer. Das kann niemand entschuldigen. Nicht einmal ich. Und ich war zu vielem bereit, Otis. Hörst du mir überhaupt zu, verdammt?

Panetta hob die linke Faust und schlug gegen den Spiegel. Einmal. Noch einmal. Das Glas splitterte nicht, es ächzte nur, und es bog sich ein wenig, als versuchte es, vor den Faustschlägen zurückzuweichen. Aber es splitterte nicht.

Panetta verließ den Waschraum, ohne den Wasserhahn zuzudrehen.

Er mußte sich auf die Stuhllehnen stützen, als er zu seinem Platz zurückkehrte. Eine langsame Kreisfahrt aller Dinge. Die Decke, der Fußboden, die Fenster, die Tische, die Ketchupflaschen auf den Tischen, die Anrichte mit den Besteckkästen, der Serviettenstapel, der Korb mit den Brotstangen, die Gäste drehten sich alle gleichzeitig zu ihm um. Ihre Köpfe schwankten hin und her. Panetta blinzelte, damit ihre Gesichter wieder zur Ruhe kämen. Aber sie schwankten.

Große weiße Gesichter mit offenen Mündern.

Panetta quälte sich schwitzend ein Lächeln ab, als wolle er die anderen beruhigen. Keine Panik, Leute, mir geht es gut. Nur ein kleiner Schwächeanfall, der sofort vorüber ist, wenn ich erst einmal auf meinem Stuhl sitze.

Er setzte vorsichtig, als könne er dem Boden nicht trauen, einen Fuß vor den anderen. Sein eigener Platz schien ihm Meilen entfernt. Sein Kopf glühte. Er war nicht sicher, ob er diesen Stuhl, auf dem er gesessen hatte und über dessen Lehne sein Mantel hing, je erreichen würde.

Das weiße Gesicht einer Frau mit weit aufgerissenen Augen. Er mußte sich auf ihre Schulter stützen, als er an ihr vorbeiging. Sie war alt, sie hatte schwarzgefärbte Haare. Ihre Kopfhaut war rosa, der Ansatz weiß. Sie schüttelte ihn ab wie ein lästiges Insekt.

Panetta schaffte es bis zu seinem Stuhl. Er ließ sich fallen, die Arme hingen schlaff herunter, der Kopf fiel auf den Brustkorb. Er schloß die Augen. Er zählte langsam bis zehn. Dann noch einmal bis zwanzig.

Langsam wich die Hitze aus seinem Kopf. Das taube Gefühl wich aus dem linken Arm. Er wußte nicht, wie das passieren konnte, daß sein Arm auf einmal so taub war. Er atmete tief und gleichmäßig, konzentrierte sich auf nichts als den Atem. Als er die Augen öffnete, stand der Kellner vor ihm. «Ist Ihnen nicht gut, Sir?» fragte er. Der Apfelkuchen war unangetastet. Das Eis zu einem gelblich-milchigen See geschmolzen.

«Warum sollte mir nicht gut sein?» schnappte Panetta.

Der Kellner beugte sich vor, so weit, daß Panetta seinen warmen Atem an der Wange spürte. «Ihr Hosenstall ist offen, Sir», flüsterte er.

FÜNFZEHNTES KAPITEL

LOPEZ trug ein halbärmeliges Polizeihemd. Seine Arme waren dunkelbraun und stark behaart. Er trug einen Ehering, an der anderen Hand einen goldenen Ring mit einem glitzernden roten Stein, der wahrscheinlich nicht echt war. Vielleicht aber doch. Ein goldenes Kettchen am Handgelenk, das nicht zu der Uhr mit losem Gliederarmband paßte. Wenn Lopez redete, schlenkerte er den Arm mit der Uhr, als genieße er das Geräusch, wenn das Kettchen gegen die metallenen Glieder des Armbandes stieß. Seine schwarzen Haare hatte er glatt aus der Stirn gekämmt. Eine sehr hohe Stirn, eine ausgeprägte Nase, Oberlippenbart. Das Büro war parfümiert. Auf dem Schreibtisch standen viele Bilderrahmen. Panetta, der auf der anderen Seite des Schreibtisches saß, konnte nicht sehen, wen der Sergeant Jamón Lopez da immer anschaute während seiner Dienstzeit. Frau und Kinder wahrscheinlich. Vielleicht aber auch nicht.

«Wissen Sie», sagte Lopez, nachdem Panetta ihm die ganze Geschichte von den Leuten mit der roten Bettwäsche erzählt hatte, «die Story klingt nicht schlecht. Ich höre jeden Tag viele Geschichten, von Spinnern, aber auch von Leuten, die überzeugt sind, daß sie die Wahrheit sprechen. Oder Leuten, die sogar die Wahrheit erzählen. Möglich, daß Otis White die falschen Leute umgebracht hat, wie Sie das nennen. Möglich, daß es in Sussex ein Ehepaar gibt, das im Keller perverse Sexspiele veranstaltet mit zahlenden Kunden. Wir sind keine Sittenwächter, Mr. Panetta. Es geht uns nichts an, was die Leute privat treiben, wir haben keine Möglichkeit, da einzugreifen.»

«Wenn es aber vielleicht die Ermittlungen im Fall Harper vorantreibt?» fragte Panetta tastend. «Was ist dann?»

Lopez lehnte sich zurück. Er strich mit beiden Händen seine geölten Haare glatt. «Ich sage Ihnen was, Mr. Panetta. Als Sie mich angerufen haben, da ahnte ich es zwar schon, aber ich hatte es nicht schwarz auf weiß. Jetzt habe ich es schwarz auf weiß. Moment.» Er öffnete eine grüne Aktenmappe und wühlte eine Weile darin herum. Dann schob er Panetta ein Papier hin. «Achten Sie auf den Briefkopf», sagte er. «Und den Stempel. Unten rechts. Mit Siegel.»

Der Brief war vom FBI und besagte, daß die Ermittlungen im Mordfall Sophie und Randolph Harper definitiv eingestellt seien, da man ohne jeden Zweifel Otis White als Mörder identifiziert habe.

Panetta hob die Augen. «Und was ist, wenn Otis es gar nicht war?»

«Natürlich war er es», knurrte Lopez. «Wieso denn nicht? Was hat das mit diesen Leuten in Sussex zu tun? Gar nichts, sage ich Ihnen.»

«O doch.» Panetta beugte sich vor, um seiner Stimme mehr Eindringlichkeit zu verleihen. «Können Sie sich vorstellen, daß das Verbrechen an den Harpers einfach nur ein Irrtum war? Daß Otis White sich in der Person geirrt hat? Der Junge hatte ein Motiv, das stimmt. Ein starkes Motiv. Er wollte den Tod seiner Freundin rächen. Seine Freundin hat sich in D.C. vor den Zug geworfen. Eine schlimme Geschichte. Otis wollte, daß jemand für diesen Selbstmord zur Rechenschaft gezogen wird. Er wollte das tun, weil die Polizei die Ermittlungen eingestellt hatte, nachdem die Eltern des Mädchens keine Anzeige erstattet hatten. Wie das üblich ist.»

«Er hat die falschen Leute umgebracht?» fragte Jamón Lopez. «Dann ist er trotzdem ein Mörder.»

«Ja, das stimmt. Aber die Leute, die einen Selbstmord zu verantworten haben, laufen weiter frei herum.»

«Das interessiert mich nicht.»

«Es sollte Sie aber interessieren. Denn der Tod dieses Mädchens aus Haiti muß kein Einzelfall sein. Es kann sich anderes ereignen.»

Lopez warf Panetta einen langen Blick zu.

Panetta beugte sich vor, er sprach immer eindringlicher. «Es stimmt, daß Otis White tot ist», sagte er, «aber die ganze Wahrheit ist noch nicht ans Licht gekommen. Verstehen Sie? Die Hintergründe dieses Verbrechens sind nicht aufgeklärt. Der Fall Otis White ist viel spannender, als Sie vielleicht gedacht haben. Es ist möglich, daß diese Story noch viel größer wird, daß Sie wieder in die Zeitungen kommen, Mr. Lopez. Sie werden der berühmteste Polizist von Virginia, wenn Sie diesen Fall restlos aufgeklärt haben.»

Lopez erhob sich. Bedächtig schob er das Hemd in den breiten Gürtel, zerrte die Hose zurecht und ging um den Schreibtisch herum. Er ging zum Schrank, schloß ihn auf, holte eine Plastiktüte heraus und ließ die Tüte in Panettas Schoß gleiten. «Wenn Sie wissen wollen, wie beschissen sich ein Polizist fühlt, der zwei Monate lang an einem Mordfall gearbeitet hat und genau in dem Augenblick, wo er die Mordwaffe findet, einen Brief vom FBI bekommt, dann wissen Sie es jetzt.»

«Was ist das?» flüsterte Panetta. Mit großen Augen starrte er auf das schwarze Ding in der fast undurchsichtigen Plastikfolie. «Machen Sie auf», sagte Lopez gleichmütig. «Fingerabdrücke spielen keine Rolle mehr. Mit dieser Pistole sind die beiden erschossen worden.»

Panetta zog das Klebeband auf und schaute hinein. Da lag eine Pistole.

«Das ist sie?» flüsterte er.

«Das ist sie. Eine 9mm-Pistole. Sie werden nicht raten, wo ich die gefunden habe. In einem Gebüsch an der Zufahrtstraße zu Harpers Haus. Ich bin den Weg hundertmal gefahren. Und auf einmal hab ich gewußt: Da hat er sie reingesteckt. In diesen Busch. Ich wollte gerade die Daten in den Computer einfüttern und prüfen lassen, auf welchen Namen sie registriert ist, da kam dieser Brief. Vorher ist die Nachricht über Fax gekommen, aber da habe ich mich noch geweigert, sie zur Kenntnis zu nehmen. Schöne Waffe, was? Kostet eine Stange Geld.»

Panetta faßte die Tüte mit spitzen Fingern an. Er legte sie auf den Schreibtisch.

«Ich schenk sie Ihnen», sagte Lopez.

«Sie schenken mir die Waffe?»

«Ja, Mann, und Sie fragen mich nicht, warum und ob ich das überhaupt darf. Dann würde ich Sie bitten, sich bequem hinzusetzen und mir ein paar Stunden Zeit zu geben. Stunden, in denen ich Ihnen erzähle, wie beschissen es ist, wie gottverdammt saumäßig deprimierend es ist, wenn man sich den Arsch aufreißt wegen solch einer Sache, wenn man erst von allen Nachrichtensendern dieses Landes interviewt wird wegen dieser Sache, wenn man wie ein Spürhund Tag und Nacht auf der Lauer liegt, Hunderte von Zeugen befragt, Tausende von Spuren verfolgt, über Computer, Internet und weiß der Teufel noch was. Achtzehn Stunden täglich, Mr. Panetta, hab ich an diesem Fall gearbeitet. Meine Frau wollte sich scheiden lassen. Meine Kinder haben gesagt, wieso ist Daddy nie mehr zu Hause, Mami, hat Daddy eine Freundin? Und ich hab immer gesagt: Wartet ab, Kinder. Warte ab, Lily, das ist meine große Chance. Das wird mein Durchbruch, dieser Mordfall Harper. Als ich dies Ding hier fand, Sir, hab ich gedacht: Jetzt kann ich endlich den Leuten da oben zeigen, was in mir steckt. Eine Beförderung ist das mindeste, was drin ist. Vielleicht ein satter

Bonus zu Weihnachten. Das wär's gewesen. Wir zahlen gerade die letzte Rate für unser Haus ab. Kleines Haus nur, aber jedes Kind ein eigenes Zimmer. Das war uns wichtig, daß wir das im Leben hinkriegen. So.» Er fegte mit einer wilden Bewegung die Pistole vom Tisch. «Und dann kommt so ein gottverdammtes, beschissenes Fax. Vielen Dank, das war's. Alles geklärt. Business as usual. Da war doch dieser Diebstahl im Supermarkt, der noch nicht aufgeklärt ist. Zwei Tuben Colgate. Oder dieser Radweg, an dem immer die Schilder abmontiert werden. Vielen Dank, Jungs, sag ich nur. Ihr habt mich geleimt. Wie soll ich das meiner Frau und meinen Kindern sagen? Ich fühl mich, als hätten sie mir die Eier abgeschnitten. Entschuldigen Sie, Sir.»

Lopez war erschöpft nach dieser Rede. Er ließ sich zurückfallen und schloß die Augen. Panetta bückte sich, hob die Pistole auf und legte sie auf seine Knie.

Er wartete, ob Lopez noch etwas hinzufügen wollte. Die Pistole auf den Knien war kalt und glatt, aber nicht unangenehm. Panetta hatte noch niemals vorher eine Waffe in der Hand gehalten. Vorsichtig zog er sie aus der Folie. «Ist sie geladen?» fragte er.

Lopez öffnete die Augen. «Und ob.»

Als Panetta sie erschrocken wieder fallen lassen wollte, grinste er. Panetta war dankbar, daß Lopez wieder grinsen konnte. Er hatte beschlossen, daß er diesen Polizisten sympathisch fand. Daß er seinen Frust verstand. So wie Lopez fühlten sich in diesem Land wahrscheinlich Zigtausende von Polizisten.

«Sie ist gesichert», sagte Lopez. «Da, der kleine Hahn, den muß man zur Seite schieben, wenn man sie entsichern will. Aber wenn Sie damit rumlaufen oder sie im Handschuhfach spazierenfahren wollen: Immer sichern. Das müssen Sie mir versprechen.»

Panetta lächelte. «Aye, aye, Sir.»

«Sie sehen aus, als könnten sie mit so einem Ding überhaupt nicht umgehen.»

«Das ist korrekt», sagte Panetta.

«Aber ich sage Ihnen eins.» Lopez beugte sich vor und begann, den Arm mit der Uhr zu schlenkern. Ein Zeichen, daß er sich schon besser fühlte. «Im Ernstfall weiß es jeder ganz instinktiv, wie man so ein Ding benutzt. Ich meine, wenn du in Notwehr handeln mußt, wenn du weißt, entweder der oder ich, und du hast eine Knarre, dann entsicherst du ganz automatisch, zielst und drückst ab. So ist der Mensch. Der Mensch ist für die Waffe geboren, sag ich immer.»

Panetta grinste. «Ich nicht.»

«Warten Sie ab», sagte Lopez.

Das Telefon klingelte. Lopez sprach jetzt spanisch, mit kolumbianischem Akzent. Er nuschelte in einer Geschwindigkeit, die es Panetta unmöglich machte, auch nur ein einziges Wort zu verstehen, aber die Stimme klang weich und Panetta nahm an, daß er vielleicht mit seiner Frau sprach oder auch nicht. Als Lopez auflegte, hatte seine Haut wieder eine gesunde Farbe, und die Augen unter den buschigen Brauen blitzten. «Okay, Mr. Panetta. Ich denke, ich muß mich wieder den dringenden Fällen zuwenden.»

Panetta verstand. Er erhob sich sofort. «Und dies hier?» fragte er, die Pistole hochhaltend.

«Ein Geschenk. Wissen Sie doch. Wenn Sie wollen, können sie dafür was für die Pensionskasse der Polizei spenden. Die Dose steht draußen neben dem Eingang. Wir sind für jeden kleinen Betrag dankbar, über einen großen freuen wir uns um so mehr. Auch meine Kinder können jeden Augenblick zu Waisen werden. Was weiß ich, welcher Irre mir da draußen auflauert, heute oder morgen?»

Er nahm seine Uniformjacke vom Bügel und zog sie an. Er öffnete die Tür, die in den Korridor führte, ließ Panetta den

Vortritt. Verlegen steckte Panetta die Pistole in seine Manteltasche. Lopez deutete auf die Spendendose, die neben dem Adventsgesteck auf dem Empfangstresen stand.

Panetta dachte an die Kinder von Jamón Lopez. Er zog einen Hundertdollarschein aus der Brieftasche, zeigte ihn einmal hoch, obwohl Lopez so tat, als schaue er nicht hin, faltete ihn dann zweimal zusammen und schob ihn durch den Schlitz.

«Fröhliche Weihnachten.»

Lopez öffnete Panetta die Tür.

Panetta hatte vergessen, wie lieblich diese Gegend von Virginia war. Auf dem Weg nach Chesapeake hatten Martha und er immer eine östlichere Route genommen, die Schnellstraße. Aber er benutzte jetzt schmalere, zweispurige Chausseen, er fuhr durch Alleen von Eukalyptusbäumen. Eine Townhall aus roten Ziegelsteinen, dreistöckig, mit weißen Fensterrahmen und grünen Fensterläden. Schlanke, weiße Säulen über dem Eingang. Und an den Lorbeerbäumen rechts und links des Portals blinkten kleine bunte Glühbirnen.

Er kam an eine Kreuzung mit einem alten, fast baufälligen Haus, in dem sich ein Antiquariat befand. Das Schild war schwarz, mit goldener Schrift. Früher hatte Panetta so etwas oft gesehen. Automatisch trat er auf die Bremse und fuhr im Schrittempo an dem Haus vorbei. Zwei Schaufenster, etwas eingestaubt, und auf den Fensterbänken stapelten sich Bücher. Panetta lächelte. Er kämpfte einen kleinen Kampf. Sollte er anhalten, aussteigen und ein bißchen in dem Laden herumstöbern? Er würde mit dem Antiquar ins Gespräch kommen.

Gegenüber eine Boutique für Brautmoden. Eine Puppe im bodenlangen, gerüschten Kleid drehte sich auf einer Scheibe. Sie hatte die Arme leicht erhoben, als wolle sie den Schleier richten, der über ihr Puppengesicht fiel. Daneben ein Geschäft für alte geschnitzte Türen. Aber kein Passant auf den Bürgersteigen. Nicht einmal eine Katze, die in großen Sprüngen die Straße überquerte.

Dann wieder weites, offenes Land. Winterweizen breitete grüne Decken über die Hügel und die Senken. Jetzt, gegen fünf Uhr nachmittags, war das Grün schon fast schwarz. Aber immer noch leuchteten die letzten goldenen Blätter am Ahorn. Eine Kirche. Als er vorbeifuhr, begannen die Glocken zu läuten. Jetzt begegneten ihm mehr Autos, noch ohne Licht, obwohl es dämmerte. Aber der Himmel war hell wie ein Topas.

Der Ölstandmesser blinkte auf. Irgend etwas war mit dem Wagen nicht in Ordnung. Panetta, der ohnehin fürchtete, daß er sich verfahren hatte, hielt an der nächsten Tankstelle und bat den Tankwart, einen Blick unter die Motorhaube zu werfen. Der Mann sah aus, als ob er sein Handwerk verstünde. Wortlos schraubte er den Deckel auf, zog den Ölmeßstab heraus, rieb ihn an einem Lappen ab, steckte ihn wieder hinein, prüfte die Zündkerzen, bat Panetta, den Wagen im Leerlauf zu starten, den Motor wieder auszuschalten.

Irgendwann fragte Panetta ihn, ob er den genauen Weg wüßte zu einer Farm in Riverdale, die Unicorn Farm hieß.

«Unicorn Farm?» Der Mann schüttelte den Kopf. «Nie gehört.»

«Es kann nicht mehr weit von hier sein, nach meiner Schätzung», meinte Panetta. «Vier oder fünf Meilen, höchstens.»

«Beschreiben Sie das Haus», sagte der Mann.

«Das kann ich nicht», sagte Panetta, «ich war noch nie dort.»

«In Riverdale gibt es eine Paradise Farm und die Rinderfarm der Jason-Brüder. Aber eine Unicorn Farm gibt es nicht, was bauen die denn an? Was für Tiere züchten die?»

«Keine Ahnung. Vielleicht hieß die Farm ja früher anders», sagte Panetta. «Vielleicht ist es ja die Paradise Farm.»

«Die hat ihren Namen nicht geändert», sagte der Tankwart. «Und wer soll da wohnen? Wie heißen die Leute?»

«Ein Ehepaar. Sie heißt Gladys. Gladys Coons.»

«Mit C wie Chevrolet und S wie Subaru?» Er schüttelte den Kopf. «Den Namen hab ich nie gehört. Ich les immer die Namen auf den Kreditkarten, die ich entgegennehme. Aber da war kein Coons dabei, das wär mir aufgefallen. Coons ist kein geläufiger Name. Unicorn Farm auch nicht. Komischer Name für eine Farm. Unicorn. Was soll das sein? Was züchten die da?»

«Unicorn», sagte Panetta, «ist dieses Fabeltier, mit einem Horn auf der Stirn. Sieht aus wie ein Hirsch. Aber hat dieses eine Horn statt eines Geweihs.»

Der Tankwart dachte nach. Dann grinste er. «Das waren früher genau solche geilen Typen wie heute, was? Die sich solche Geschichten ausgedacht haben. Unicorn. Klar, jetzt verstehe ich.» Er warf die leere Öldose mit Schwung in den Abfalleimer und wischte die Hände an einem Schwamm ab. «Die meisten», sagte er, «tragen ihr Horn nicht auf der Stirn, sondern in der Hose, was? Na ja, nehmen Sie's mir nicht übel. War nur ein kleiner Scherz.»

Panetta folgte ihm in sein Büro.

Er hatte die Kreditkarte schon in der Hand, da überlegte er es sich anders. Er zahlte bar.

Der Tankwart zählte die Fünfdollarscheine nach und klemmte sie unter die Hundertdollarscheine in seiner Kasse.

«Ich wünsche Ihnen jedenfalls, daß Sie Ihr Fabeltier finden», sagte er. «Vielleicht kommen Sie mal wieder vorbei und erzählen mir, wo die Farm ist.»

«Ja.» Panetta steckte das Wechselgeld in die Manteltasche. «Vielleicht.»

Als er sich wieder in den Wagen setzen wollte, rief der Tankwart: «Warten Sie, mit den Scheiben können Sie nicht Weihnachten zur Kirche fahren. Ich mach sie schnell sauber.» Er schleppte den Wassereimer an, in dem eine trübe Brühe schwamm, und begann die Scheiben zu putzen.

Panetta wartete hinter dem Steuer. Er wäre gerne sofort weitergefahren, wollte aber nicht unhöflich sein. Jedenfalls würde er dem Tankwart kein Trinkgeld geben. Er wirkte, als sei er der Besitzer. Manche reagieren ganz komisch. Verletzter Stolz. Als sähen sie aus wie Leute, die Trinkgelder entgegennehmen. Die Frontscheibe war sauber, die Seitenscheibe auch. Panetta ließ den Motor an.

Da riß der Tankwart Panettas Tür auf und sagte: «Ich würde sie ins Handschuhfach tun.» Er deutete auf den Beifahrersitz. «Da gibt es ein paar Leute, die deswegen ein Auto klauen würden.» Er grinste. «Die wissen ja nicht, daß die Karre einen Ölschaden hat.»

Panetta folgte seinem Blick. Auf dem Beifahrersitz, immer noch in der Plastikfolie, lag die 9mm-Pistole. Hastig stopfte er das Ding ins Handschuhfach.

«Danke», sagte er mit einem Lächeln, das ein bißchen zu verkrampft geriet, «guter Tip.»

Der Tankwart schaute ihn an, aufmerksam, ohne Lächeln, so, als wolle er sich dieses Gesicht merken.

Panetta schlug den Mantelkragen hoch. «Danke noch mal», rief er und drückte das Gaspedal durch bis zum Anschlag. Das war sein erster Kavalierstart, seit er zwanzig war. Er blickte in den Rückspiegel, als er wieder auf der Chaussee war. Der Tankwart stand mitten auf der Straße und blickte ihm nach.

Das Haus war schon von weitem sichtbar. Es stand einsam auf einer Anhöhe. Und hinter dem Haus versank die Sonne. Ein Farbenspiel, dieser Sonnenuntergang. So, als wolle ihm jemand noch einmal zeigen, wie schön die Welt war, bevor er es vollkommen vergaß.

Panetta trat auf die Bremse. Er legte die Arme um das Lenkrad und starrte auf das Haus, von dem er ungefähr noch eine halbe Meile entfernt war.

Es dämmerte bereits. Hinter ihm war der Himmel schon dunkel, und vorn, in Richtung auf das Haus, glühte er noch. Über ihm glitzerten die ersten Sterne. Der Mond war nur eine hauchfeine Sichel.

Es würde eine kalte Nacht werden, mit Frost bis minus zehn Grad, falls der Himmel wolkenlos bliebe, so hatten es die Meteorologen vorhergesagt.

Das Haus hatte zwei Stockwerke, es war höher als breit, und es hatte einen Erker, und auf dem Erker ein Türmchen, und auf dem Türmchen saß ein Wetterhahn.

Panetta konnte den Wetterhahn nicht wirklich sehen, dazu war er noch zu weit entfernt.

Aber er wußte, daß dieser Wetterhahn da war, unbeweglich, den Kopf ihm zugewandt.

Es war vollkommen windstill. Ein ungewöhnlich klarer Dezembertag. Panetta ließ die Seitenscheiben herunter. Die Luft war kalt und ohne Geruch. Er stieg aus. Seine Beine waren wie taub. Er hatte zu lange hinter dem Steuer gesessen. Wie viele Stunden war er gefahren, seit er Washington verlassen hatte? Immer in dieser verkrampften, angespannten Haltung. Er hätte nicht den Umweg über das Plaza Motel machen sollen, um auszuchecken. Statt dessen sich lieber aufs Ohr legen oder den Graugänsen zuschauen. Auf den James River blicken, im Radio einen Sender mit klassischer Musik suchen. Vielleicht hätte er Bach gefunden. Oder Haydn. So etwas spielten sie in der Weihnachtszeit oft. Einmal hatte er Martha dazu überreden können, ins Weihnachtsoratorium zu gehen. Eine fabelhafte Aufführung. Aber Martha hatte nach dem Konzert kein Wort darüber verloren. Er mußte annehmen, daß es ihr nicht gefallen hatte. Später sagte sie einmal, in Gegenwart von Freunden, daß sie diese Ergriffenheit des Publikums albern gefunden hätte, daß man nicht applaudiert, sondern schweigend den Konzertsaal verläßt. Albern fand sie das. Na ja.

Martha hatte dafür andere Vorzüge. Er hätte jetzt gerne ihre Stimme gehört. Von seinem Hotelzimmer könnte er sie anrufen. Von hier aus aber war das Telefonieren nicht möglich, das Handy hatte den Geist aufgegeben, eine Telefonzelle hatte er auf den letzten 30 Meilen nirgendwo entdeckt. Die Telefonzellen kamen überhaupt immer mehr aus der Mode. In dem Erkerzimmer ging ein Licht an. Ein gelbes Licht, das wie das Signal eines Leuchtturms wirkte. Wie ein Lockzeichen. Panetta warf die Wagentür zu und steckte die Hände in die Manteltasche. Er konnte vor dem Haus kein Auto sehen. Überhaupt sonst kein Lebenszeichen. Nur dieses eine Licht im Erker. Er wußte nicht, was er tun sollte. Er lehnte sich an den Kühlergrill, den Mantelkragen hochgeschlagen, die Hände tief in den Taschen. Er hätte jetzt gern eine Pudelmütze und einen Schal gehabt. Diese kalte Winterlandschaft erinnerte ihn an seine Kindheit. Früher war er manchmal um diese Zeit nach Hause gekommen, von einer Schlittenfahrt, oder mit den Schlittschuhen über der Schulter. War so auf das Haus seiner Kindheit zugelaufen. Ein einsames Haus, das auf einem Hügel stand. Nur, daß es ganz anders ausgesehen hatte. Aber ein Licht hatte immer gebrannt, damit der kleine Daniel nach Hause fand, sich nicht verirrte. Damit wußte er: Es gibt einen Ort, der warm und hell ist, der dich willkommen heißt. Die weichen Arme seiner Mutter, die Kinderfrau, die ihm eine Tasse heißer Schokolade an die Lippen hielt. Die ihm die Strümpfe von rotgefrorenen Füßen zog und sie dann sanft in eine Fußwanne mit warmem Wasser stellte. Die seine Zehen massierte und ihm dabei in diesem karibischen Singsang Geschichten erzählte.

Ihm fiel plötzlich ein, daß seine Nanny aus Haiti kam, ursprünglich. Ihre Eltern hatten im Hafen von Port au Prince einen Laden gehabt. Mit Schiffszubehör. Früher, als noch die

Yachten der Amerikaner da angelten, hatte sie gutes Geld verdient. Dann aber war es immer schlechter geworden. Sie bekamen keinen Nachschub, und es wollte auch niemand ihre Sachen kaufen. Dann wurde ihr Geschäft geplündert, die Großeltern eingesperrt, und sie flüchtete mit ihren Eltern nach Amerika. Panetta klopfte seine Taschen ab. Er hatte auf einmal einen unbändigen Appetit auf etwas Süßes. Natürlich hatte er nichts bei sich. Als Kind hatte er die Schokolade, die Verwandte und Freunde seiner Eltern ihm schenkten, in seiner Nachttischschublade gehortet. Plötzlich wußte er sogar, wie die Verpackungen ausgesehen hatten. Er sah sie vor sich, all die Tafeln, rechteckig und quadratisch, säuberlich getürmt in der rechten Schubladenecke. Und da fiel ihm auch der Name seiner Nanny wieder ein: Mabel.

Jetzt gingen die Lampen neben der Haustür an. Und dann öffnete sich die Haustür, und ein greller Lichtstrahl fiel nach draußen. Panetta zog unwillkürlich den Kopf ein. Es war ihm, als könne er schemenhaft eine Gestalt in der offenen Tür sehen. Vielleicht schaute diese Gestalt zu ihm hinüber. Er war weithin sichtbar mit seinem Auto.

Die Haustür fiel wieder zu. Dann ging das Licht der beiden Schiffslampen aus.

Nach einer Weile wurde auch das Licht im Erkerzimmer ausgeknipst, und das Haus war nur noch ein schwarzer Umriß gegen einen dämmrigen Winterhimmel.

Panetta legte den Kopf in den Nacken und schaute zu den Sternen hinauf. Lange hatte er nicht einen solchen Sternenhimmel gesehen. Über Washington wurde der Himmel ja nie mehr richtig dunkel. Hier jedoch konkurrierte kein Licht mit den Sternen und dieser feinen, strahlenden Mondsichel. In der Verlängerung der unteren Sichelspitze ein heller, strahlender Stern, heller als die anderen.

Der Orion, dachte Panetta, das muß der Orion sein. Er

spürte, daß seine Füße kalt wurden. Er trug nur normale Straßenschuhe. Er konnte den Bodenfrost durch die Schuhsohlen spüren. Die Kälte kroch seine Wirbelsäule hinauf.

Er ging um den Wagen herum, öffnete die Beifahrertür, nahm die Pistole aus dem Handschuhfach und steckte sie in die Manteltasche. Mehrfach schlug er die Arme um den Körper, um sich zu wärmen, steckte die Finger in den Mund, so wie er es früher als Kind getan hatte, wenn er die Handschuhe verloren hatte.

Martha bekam im Winter immer kalte Hände. Wenn sie am Potomac spazierengingen, hatte sie ihre kleine, kalte Hand immer in seine Hand geschoben. Das hatte ihn stolz gemacht und gleichzeitig gerührt. Es war eine Geste der Unterwerfung gewesen. Martha kannte nicht viele solcher Gesten.

Ich liebe dich, dachte er. Du weißt gar nicht, wie sehr ich dich liebe, mein Mädchen.

Eine absolute Stille umgab ihn. Diese Stille war so vollkommen, daß er glaubte, das Singen der Sterne im Weltall zu hören. Ein leises, feines Summen und Sirren.

Ihm fiel ein Weihnachtslied ein, das seine Mutter gesungen hatte.

Martha wollte dieses Weihnachten den Baum mit altem Weihnachtsschmuck dekorieren, den sie auf einer Aktion ersteigert hatte. Es sollte Hummer geben. Hummer stand ganz oben auf seiner Diätliste. Sie hatten Glück, Martha und er, daß sie beide Hummer liebten. Das war festlich, machte wenig Arbeit und war gesund. Keine Kalorien. Nichts, was das Herz und den Kreislauf beschwerte. Er hatte zu oft gesündigt in der letzten Zeit. Er hatte sich nicht an Doc Gradys Vorschriften gehalten. Er hatte sich überhaupt an keine Vorschriften gehalten. Das würde besser werden. Alles.

Schade, daß er Martha nicht anrufen und ihr sagen konnte, was ihm jetzt durch den Kopf ging. Er war sicher, daß sie sich freuen würde, wie auch immer ihre Stimmung in der letzten Zeit gewesen war. Martha war im Grunde ihres Herzens wie er: versöhnlich. Sie mochte keinen Streit. Vier Jahre lang hatte sie alles ertragen, seine Schmerzen, seine Todesangst, hatte mit ihm gewacht, mit ihm um Luft gerungen, wenn er zu ersticken glaubte. Er schuldete ihr viel. Er schuldete ihr mindestens zehn gute Jahre.

Ich versprech es dir, Martha, murmelte er.

Er war sich nicht bewußt, daß er im Gehen halblaut Sätze vor sich hin murmelte. Der Atem gefror vor seinem Mund. Die Kälte schmerzte an der Stirn und brannte in den Augen. Er spürte, daß seine Wimpern vereisten. Ein merkwürdiges Gefühl. Als er die rechte Hand in die Manteltasche steckte, fühlte er den Griff der Pistole, wie weich und seidig sich das anfühlte, angenehm. Er hätte nie gedacht, daß es so angenehm war, einmal den Griff einer Pistole zu umfassen.

Warum sie wohl das Licht ausgemacht hatten?

Ob sie hinter dem Fenster standen und ihn erwarteten?

Vielleicht irrte er sich auch. Vielleicht war niemand da, und das Licht, das an- und ausging, war automatisch eingestellt, zur Tarnung, um eine Anwesenheit vorzutäuschen, die gar nicht da war. Oder sie standen tatsächlich am Fenster und beobachteten ihn durch das Fernglas. Restlichtverstärker, die die Dinge sichtbar machten, die man mit bloßem Auge nicht mehr erkennen konnte in der Dunkelheit. Die Dunkelheit kam jetzt schnell. Als fiele ein Vorhang aus dem Weltraum genau hinter dem Haus herab. Man konnte kaum noch die Umrisse erkennen.

Aber Panetta kannte seinen Weg.

Als er nur noch wenige Schritte von der Haustür entfernt war, blieb er stehen und musterte die Hausfassade. Roter Klinker. Weißer Fensterrahmen. Er konnte nichts Beunruhigendes erkennen. Er legte den Kopf weiter zurück und schaute in den Sternenhimmel.

Martha, flüsterte er, ich muß nur noch eine Kleinigkeit erledigen. Gib mir noch ein paar Minuten, Martha, dann bin ich ganz bei dir. Für immer.

Ein Frauenkrimi der Extraklasse!

Blue McCarron, Sozialpsychologin in San Diego, und ihre neue Partnerin Roxanne werden von der Polizei um Hilfe gebeten: Zwei prominente Politikerinnen sterben unter ungeklärten Umständen an Schlaganfällen. Beide Opfer erhielten zuvor Drohbriefe, unterzeichnet mit »Schwert des Himmels«. Blue und Roxanne nehmen ihren Job als Profiler auf. Doch ihr Gegner scheint ihnen stets einen Schritt voraus zu sein.

Abigail Padgett

Ein heißer Fall

Roman

Deutsche Erstausgabe

ULLSTEIN TASCHENBUCH

UB162